Torsten Fink

NOMADE

— DER SOHN DES SEHERS —

Roman

blanvalet

Verlagsgruppe Random House FSC-DEU-0100
Das FSC-zertifizierte Papier *Holmen Book Cream* für dieses Buch
liefert Holmen Paper, Hallstavik, Schweden.

1. Auflage
Originalausgabe Mai 2010 bei Blanvalet,
einem Unternehmen der Verlagsgruppe Random House GmbH, München
Copyright © 2010 by Torsten Fink
Umschlaggestaltung: HildenDesign München
Lektorat: Simone Heller
HK · Herstellung: sam
Satz: Vornehm Mediengestaltung GmbH, München
Druck und Einband: GGP Media GmbH, Pößneck
Printed in Germany
ISBN: 978-3-442-26691-3

www.blanvalet.de

*Für meinen Vater,
der ein sehr hellsichtiger Mann war*

Prolog

DER JUNGE STARRTE trotzig auf den Boden unter seinen nackten Füßen. Er wusste, dass sein Vater, der mit verschränkten Armen vor ihm stand, Recht hatte, aber das machte es nicht besser. Vorsichtig blickte er auf. Unten im Tal trieben seine Brüder Schafe und Wollziegen mit Pfiffen an der Wasserstelle zusammen. Es wurde Abend, die Sonne war schon hinter den steilen Felswänden verschwunden. Sein Bruder Enyak würde bald kochen, und dann würden sie zusammensitzen und sich Geschichten erzählen.

»Es ist doch nur ein Lamm, Baba. Und du hast es mir geschenkt«, sagte er vorsichtig.

Der Vater nahm die Äußerung seines Jüngsten ohne sichtbare Gefühlsregung zur Kenntnis. »Ich habe es dir geschenkt, mein Sohn, weil ich dachte, dass ich dir das Leben eines Tieres anvertrauen kann. Habe ich mich so in dir getäuscht?«

Der Junge blickte weiter zu Boden. Sie standen in einem kleinen Geröllfeld. Die Steine schnitten ihm in die nackten Fußsohlen, aber das machte ihm nichts aus. Eine grüne Eidechse huschte dicht am Fuß des Jungen vorbei. Für einen Augenblick erwachte der Jagdtrieb in ihm, aber jetzt konnte er dem flinken Tier natürlich nicht nachstellen. »Ich kann es morgen früh suchen, gleich als Erstes«, sagte er und sah hoffnungsvoll zum strengen Gesicht seines Vaters auf.

»Und der Bussard? Und die Gefahren der Nacht? Es ist dein Tier, aber das heißt auch, dass du dafür sorgen musst. Wenn du einmal ein Mann bist und eine eigene Herde hast, dann magst du Lämmer verlieren, so viele du willst, aber nicht, solange ich das Oberhaupt unserer Familie bin!«

»Aber Baba, es ist so weit weg. Ich schaffe es doch nie zurück, bevor es dunkel ist!«

»Dann bleibst du eben über Nacht dort. Vielleicht wird dir das eine Lehre sein!«

Der Junge schluckte. Der Zorn trieb ihm Tränen in die Augen. Wieso schenkte ihm sein Vater ein Lamm, wenn er dann nicht damit machen durfte, was er wollte? »Aber, Baba …«, begann er erneut.

»Lewe!«, unterbrach ihn sein Vater schroff. »Je länger du wartest, desto länger wird es dauern. Also lauf!«

Der Junge hätte gerne noch etwas gesagt, aber er spürte, dass er gleich in Tränen ausbrechen würde. Es war einfach nicht gerecht. Er hatte es doch gut gemeint. Weit hinten in dieser Schlucht gab es eine Wiese mit saftigem Gras. Sie trieben die Tiere sonst nie hinein, weil dort mit Pferden kein Durchkommen war. Er hatte den weiten Fußweg auf sich genommen. Und das war der Dank? Die anderen würden essen, trinken, auf ihren Decken liegen und Geschichten hören. Und er? Wortlos drehte er sich um und stapfte davon. Das Geröll gab unter seinem wütenden Tritt nach. Er spürte die scharfen Kanten der Steine unter den Füßen. Er lief, ohne sich umzudrehen, bis zu dem kleinen Rinnsal, das aus der Schlucht kam. Und irgendwo in dieser Schlucht, die das Wasser in den Fels gefressen hatte, lag die Wiese, auf der er das schwarze Lamm zurückgelassen hatte.

Elwah sah ihm nach. Der Knabe war noch keine acht Winter alt. Verlangte er zu viel von ihm? Er hatte das Tier wohl einfach vergessen. Lewe war genauso verträumt, wie er selbst es als Kind auch gewesen war. Sweru, sein Zweitjüngster, kam herangeritten. Vorsichtig ließ er sein Pferd außerhalb des Geröllfeldes halten. »Willst du ihn wirklich alleine dorthinein schicken, Baba?«, fragte er. Mit zweifelndem Blick musterte er den düsteren Einschnitt im Berg. Über ihm schrie ein Bussard.

»Er schafft das schon«, verkündete Elwah. Er war froh, dass die Mutter des Knaben im Lager des Klans und somit weit entfernt war – sonst hätte er sich einiges anhören dürfen. »Und du, wieso hilfst du deinen Brüdern nicht?«, fragte er Sweru.

Sweru seufzte, wendete sein Pferd, drückte ihm die Fersen in die Flanken und trabte davon. Elwah sah ihm nach. Es waren gute Söhne. Die älteren trieben jetzt seine Tiere unten am Wasser zusammen. Er fragte sich, wie er früher all das ohne sie geschafft hatte. Die Erinnerung ließ ihn lächeln. Als er geheiratet hatte, hatte er genau drei Wollziegen und zwei Schafe besessen. Und nun gab es im Klan niemanden, der mehr Schafe hatte als er. Er stieg auf sein Pferd, das einige Schritte entfernt den kargen Boden nach Gras absuchte, und lenkte es hinab. Das Tal war abgeweidet, und morgen früh würden sie weiterziehen. Er fragte sich wieder, ob er seinen Jüngsten nicht zu hart angefasst hatte. Er war gerade halb so alt wie Sweru, der Zweitjüngste, und seine Mutter hatte den Nachzügler bisher zu sehr verwöhnt. Vielleicht war es doch ein Fehler, den Jungen alleine in diese Schlucht zu schicken. »Hirth wird ihn schon beschützen«, murmelte Elwah.

Plötzlich hatte er das Gefühl, beobachtet zu werden, und ein paar kleine Steine sprangen hinter ihm die Felsen herab. Er drehte sich um und suchte mit gerunzelter Stirn die steile Wand ab. Aber da war nur der nackte Fels, in den sich hier und dort ein grauer Busch gekrallt hatte. Vielleicht ein Murmeltier? Er zuckte mit den Achseln und folgte seiner Herde hinab in die Talsohle. Noch einmal blickte er zurück, aber sein Jüngster war schon in der dunklen Schlucht verschwunden.

Nach dem Essen lagerten Elwah und seine Söhne unweit der kleinen Wasserstelle am Feuer. Ihre Tiere waren müde und ließen die Köpfe hängen. Sie würden ihnen heute Nacht keine Schwierigkeiten bereiten. Das Wetter war heiß und trocken. Es war beinahe Mittsommer, aber die Nacht versprach Abkühlung. Elwah fand dennoch keine Ruhe.

»Lewe hat es nicht zum Abendessen geschafft, Baba«, sagte Calwah, sein Ältester.

»Ich habe ihm gesagt, dass er dort bleiben soll, wenn es spät wird.«

»In der Schlucht? Allein in der Dunkelheit? Ohne Essen?«, fragte Enyak, der Zweitgeborene.

»Es war klar, dass du zuerst ans Essen denkst«, stichelte Anak, der dritte von Elwahs Söhnen.

Sie lachten über den harmlosen Scherz, aber es war ein sehr verhaltenes Lachen.

»Es ist kalt und dunkel dort, Baba«, meinte Calwah besorgt.

»Die Nacht ist kurz, und der Junge versteht es, mit dem Feuerstein umzugehen«, brummte Elwah, der gerade das Gleiche gedacht hatte. Lewe war kein kleines Kind mehr. Das Leben im Staubland war hart. Die Kinder der Hakul lernten früh, auf sich selbst aufzupassen. Lernten sie es nicht, dann ... Elwah dachte den Gedanken lieber nicht zu Ende.

»Aber was, wenn es dort oben Wölfe gibt?«, fragte Sweru.

Elwah runzelte missbilligend die Stirn. »Wölfe? In den Schwarzen Bergen? Hast du hier schon einmal einen Wolf gesehen?«

»Nein, aber es gibt doch überall Wölfe«, entgegnete Sweru.

Elwah seufzte. Sweru war im letzten Winter zum ersten Mal mit auf den Beutezug der Männer gegangen. Unglaublich, wie schnell der Knabe erwachsen geworden war. Aber wusste er so wenig über sein Volk, dass er glaubte, hier gäbe es Wölfe? Er fasste ihn genauer ins Auge und entdeckte die gespannte Erwartung im Blick seines Sohnes. Darum ging es also, er wollte eine Geschichte hören. Elwah beschloss, sich darauf einzulassen. Vielleicht würde ihn das ablenken von den Gedanken, die er sich um seinen Jüngsten machte. »Wisst ihr nicht, warum die Wölfe nicht in dieses Tal und auch in kein anderes der Schwarzen Berge kommen?«, fragte er. Irgendwo im Tal rollten Steine einen Hang hinunter. Elwah lauschte, denn er dachte, es sei vielleicht Lewe mit dem Lamm. Aber dem ersten Steinschlag folgte kein zweiter.

»Nein, Baba«, antworteten seine Söhne im Chor.

Elwah blickte von einem zum anderen. Calwah hatte selbst schon zwei Kinder, er sollte eigentlich wissen, dass ein Vater seine Sprösslinge immer durchschaut. »Nun, meine Söhne, offensichtlich haben eure Mutter und ich vieles versäumt. Sollte es wirklich so sein, dass ihr diese Geschichte – die wichtigste der Hakul – nicht kennt?«

»Welche Geschichte, Baba?«

Also begann Elwah die alte Geschichte zu erzählen. Sie führte sie von ihrem kleinen Feuer weit zurück in die dunkle Vergangenheit, in der die Hakul noch nicht der Schrecken ihrer Nachbarn gewesen waren, sondern schwach und voller Furcht. »Ein armes Volk waren wir, das Schafe über die staubige Ebene trieb«, erzählte Elwah, »und es war schwer zu sagen, ob wir über das Land zogen – oder flohen. Aus dem Norden drängten die Akradai in unser Land. Sie vertrieben uns von unseren angestammten Weiden, errichteten Dörfer und wühlten die Erde für ihre Felder um. Aus dem Südosten kamen die Viramatai, die Männertöterinnen, mit ihren Streitwagen. Sie verschleppten die Männer für ihre Bergwerke und andere Sklavenarbeit. Aus dem Südwesten zogen die Romadh immer wieder über die Wüste Dhaud. Sie raubten unser Vieh, verschleppten die Mädchen und Kinder und machten sie zu Sklaven.

Am fürchterlichsten aber war das Übel, das uns hier im Westen am Rande der Wüste bedrohte – Xlifara Slahan, die gefallene Göttin! Sie schlich im Schutz der verfluchten Winde rastlos um unsere Zelte und raubte Kinder, Frauen, sogar Männer aus unserer Mitte. Ihre Opfer fand man oft weit von den Zelten entfernt, die Gesichter angstverzerrt, in den Adern kein Tropfen Blut mehr, und kein Zauber vermochte den Schrecken zu bannen. Wenn aber einmal keine Bedrohung von außen kam, dann stritten die Sippen und Stämme untereinander, und nie fanden sie Ruhe. Finstere Zeiten waren das, und wer Hakul war, verfluchte die Götter dafür, dass er diesem Volk angehörte.

Genau zu dieser Zeit aber wurde in einem Zelt, unweit der Schwarzen Berge, also gar nicht weit von hier, ein Knabe geboren, Etys genannt. Er war der Sohn eines Schmiedes und wuchs selbst zum besten aller Schmiede heran. Er sah das Elend seines Volkes, und da er ein frommer Mann war, betete er viel zu den Hütern, den vier Erstgeborenen Göttern, doch erhörten sie ihn nicht. Und Etys tadelte die Götter für ihre Untätigkeit. Sein Vater aber mahnte seinen Sohn, sich nicht an ihnen zu versündigen. Etys aber erwiderte: ›Sie hören mich nicht, wenn ich zu ihnen bete, so werden sie mich auch nicht hören, wenn ich sie verfluche. Doch will ich nicht hinnehmen, dass sie sich taub stellen. Ich werde an ihr Nachtlager treten und sehen, ob ich sie nicht doch wecken kann.‹ Etys wusste natürlich, dass die Hüter in tiefem Schlaf liegen, seit der Kriegsgott sie überlistet und die Macht über diese Welt an sich gerissen hat. Und er erklärte, dass er, falls er die Erstgeborenen nicht wecken könne, eben zu Edhil selbst gehen und ihn um Hilfe bitten wolle. Sein Vater erschrak, denn er fürchtete, sein Sohn sei dem Wahnsinn verfallen. Wie könnte ein Hakul es wagen, die Hüter, ja sogar den Schöpfergott selbst anzusprechen, der fern von den Menschen im Sonnenwagen über den Himmel zieht? Er versuchte Etys sein Vorhaben auszureden, doch sein Sohn war von starkem Sinn und ließ sich nicht beirren.«

Elwah stocherte mit einem langen Ast im Feuer, um die Glut anzuheizen, dann fuhr er fort: »Er ging nach Osten, in das hohe Gebirge, hinter dem Edhil des Morgens zu erscheinen pflegt und das wir deshalb das Sonnengebirge nennen. Sieben Jahre stieg Etys durch das Gebirge und suchte jenen höchsten Gipfel, auf dem die Götter ruhen sollen. Und immer wenn er dachte, er habe ihn erreicht, sah er, dass es noch einen anderen gab, der höher war. Also stieg er wieder ins Tal hinab und den nächsten Berg hinauf. Durch dichten Schnee und eine Kälte, die ihr euch nicht einmal vorstellen könnt, kletterte er Tag um Tag, immer auf der Suche nach dem Berg der Götter.«

Elwah legte eine Pause ein und starrte ins Feuer. Etys musste ein ausgesprochen sturer Mann gewesen sein, dachte er für sich. Und er dachte an seinen Jüngsten, der ein Trotzkopf war und der jetzt ganz allein in der Nacht in dieser Schlucht saß und auf den Aufgang der Sonne warten musste. Er war zu hart gewesen, viel zu hart. Gleich im Morgengrauen würde er aufbrechen und nach Lewe suchen. Er seufzte. Seine vier Söhne starrten ihn gebannt an. Seltsam, dass sie diese Geschichte immer wieder hören wollten. »Schließlich, als selbst Etys' unerschütterlicher Geist beinahe ins Wanken geriet«, fuhr Elwah mit seiner Erzählung fort, »erklomm er einen Berg, dessen Haupt die Wolken durchstieß. Und über den Wolken ragte er noch einmal so hoch auf wie schon unter ihnen. Etys kletterte und stieg immer weiter, denn immer noch war der Gipfel fern. Und als er über den gefrorenen Fels kletterte, da wurde es plötzlich hell um ihn, und eine Stimme sprach: ›Mensch aus dem Staubland, hoch bist du gestiegen. Was suchst du an der Schlafstatt der Götter? Hast du keine Angst vor dem Abgrund, der dich umgibt?‹

Etys schloss geblendet die Augen, denn es war Edhil selbst,

der ihn angesprochen hatte! Und der Held nahm all seinen Mut zusammen und erwiderte: ›Ich werde noch höher steigen, denn es scheint, als würden die Götter die Hilfeschreie meines Volkes nicht hören, wenn sie aus der Steppe gen Himmel gerufen werden. Jetzt will ich sehen, ob sie mich auch noch überhören, wenn ich an ihrem Nachtlager stehe.‹

›Aber die Hüter schlafen, Hakul, und du kannst sie nicht wecken‹, beschied ihn der Gott.

›Dann musst eben du meine Klagen hören, Sonnengott‹, antwortete der Held. Und dann schilderte Etys dem Schöpfergott die Not der Hakul. Die Augen hielt er dabei stets geschlossen, denn das Licht des Sonnengottes strahlt zu hell für uns Menschen, und Etys fürchtete, zu erblinden. Und Edhil hielt den Sonnenwagen an und lauschte, denn er erkannte, dass Etys ein reines Herz hatte und seine Absichten edel waren. Als der Held all seine Klagen vorgetragen hatte, erwiderte Edhil: ›Du führst eine große Klage gegen die Götter, Mensch, doch tust du uns Unrecht. Nicht wir sind es, die die Hakul schwach erscheinen lassen. Sieh die wilden Pferde in der Steppe: Sie sind schwächer als ihr, und die Wölfe, die sie jagen, sind zahlreich. Aber anders als die Hakul halten sie zusammen in der Gefahr, und so überleben sie.‹

›Aber die Wölfe werden dennoch satt‹, widersprach Etys dem Gott. ›Sollen wir uns weiter wie die Pferde von unseren Feinden über die Steppe jagen lassen?‹

Edhil lachte und erwiderte: ›Vielleicht sollten sich die Hakul nicht nur untereinander, sondern auch mit ihren Nachbarn, den Pferden, verständigen. Dies ist mein Rat für dich, Mensch, und mehr will ich dir nicht sagen.‹ Dann trieb Edhil die Sonnenpferde mit seinem morgendlichen Ruf an und zog mit dem Wagen davon.

Und plötzlich verstand Etys, was der Gott ihm hatte mitteilen wollen, und er fasste einen kühnen Plan. Doch würden die Hakul ihm folgen? Sie sind eigensinnig und hören selten auf einen Mann, der nicht ihrer Sippe angehört. Er brauchte einen Beweis, dass er wirklich mit Edhil selbst gesprochen hatte. Also öffnete Etys die Augen einen Spalt weit und griff nach dem Wagen, als er an ihm vorüberrollte. Was für ein Schmerz erfasste ihn da! Seine Hand verbrannte, doch gelang es ihm wirklich, ein kleines Stück vom Zierrat des Sonnenwagens abzubrechen. Es loderte golden in seiner Hand, heißer als ein Schmiedefeuer und hell wie die Sonne. Er konnte es mit den Händen nicht halten, also wickelte er es in sein ledernes Hemd und steckte es in seinen Gürtel. Und dann stieg er mit verbrannter Hand und beinahe unbekleidet hinab ins Tal.« Elwah seufzte. Er ließ seinen Söhnen Zeit, sich vorzustellen, wie der Held mit nur einer gesunden Hand und halb nackt den eisigen Berg hinabklettern musste. Ihm half die Geschichte nicht, sich abzulenken. Er musste ständig an Lewe denken. Außerdem war es schon spät, und die Nacht nur wenige Stunden lang. Er beschloss, die Sache abzukürzen: »Ihr wisst, dass es ihm mit Hilfe des Heolins, des Lichtsteins von Edhils Wagen, gelang, die zerstrittenen Stämme zu vereinen, denn der Heolin öffnete allen, die ihn sahen, die Augen. Und ihr wisst, dass es Etys war, der unsere Ahnen lehrte, auf dem Rücken der Pferde zu reiten. Von da an endete die Not der Hakul, und unsere Nachbarn begegnen uns seit dieser Zeit mit mehr Achtung. Ihr wisst aber auch, dass es schon spät ist und uns morgen ein langer Tag bevorsteht.«

»Aber Baba, das ist doch der beste Teil der Geschichte«, widersprach Sweru, »wie die Sippen und Stämme der Hakul hinter Etys vereint über die Steppe galoppierten und die Viramatai besiegten und die Romadh. Und wie sie die Akradai aus den Häusern vertrieben, die sie auf unseren Weiden errichtet hatten.«

Elwah schüttelte den Kopf. »Es ist vor allem ein sehr langer

Teil, mein Sohn, und wenn ich ihn erzähle, dann werden wir noch bei Tagesanbruch hier sitzen.«

»Dann erzähle uns wenigstens noch, warum die Wölfe nicht in dieses Tal kommen, Baba«, forderte Sweru hartnäckig.

»Damit hast du angefangen, damit musst du auch aufhören, Baba«, meinte Calwah grinsend.

Elwah seufzte. »Die Wölfe kommen nicht in dieses Tal, weil Etys es ihnen verboten hat. Denn er ruht hier, gar nicht weit von uns entfernt, in jener schmalen Schlucht, die wir die Jüngste Schwester nennen. Wir gehen dort nicht hin und halten auch unsere Tiere von seinem Grab fern, denn wir wollen seinen Schlaf nicht stören.«

»Und warum hören die Wölfe auf ihn, Baba?«, fragte Sweru hartnäckig.

»Weil immer noch der Heolin in seiner verbrannten Hand liegt. Die Wölfe fürchten ihn wie das Feuer, und er hält das Böse von diesen Bergen fern. Es ist heiliger Boden, den kein Daimon oder Alfskrol zu betreten wagt. Ja, selbst Xlifara Slahan, die Menschendiebin, wurde seit jener Zeit nicht mehr bei den Zelten der Hakul gesehen. Und jetzt ist es genug für heute.« Und damit beendete Elwah die Geschichte. Sie ging noch weiter, denn der Stammvater Etys hatte drei Töchter. Ihre Männer taugten nicht viel, und es geschah viel Unrecht und Leid, weil sie sich darum stritten, wer das Volk führen sollte. Sie fochten einen endlosen Krieg um Etys' Erbe aus, kaum dass er gestorben war. So endete die Einigkeit und Größe der Hakul bereits mit Etys' Tod. Den Heolin aber hatte der Fürst mit ins Grab genommen, denn die Seher verlangten es. Und seit Etys mit dem Lichtstein im Schoße des Berggottes Kalmon ruhte, war die Menschendiebin nicht mehr bei den Zelten der Hakul gesehen worden. Elwah seufzte, und dann mahnte er Anak, der die erste Wache übernehmen sollte, nicht wieder einzuschlafen.

Anak nickte verdrossen. Er war nur ein einziges Mal auf Wache eingeschlafen, und das war beinahe drei Jahre her, auf seinem allerersten Kriegszug. Würde sein Vater ihm das ewig vorhalten? Er sah zu, wie sich die anderen in ihre Mäntel wickelten und bald in die Arme des Schlafes sanken. Die Sommertage waren lang und schön, aber auch angefüllt mit Arbeit. Vom Morgengrauen bis zur Abenddämmerung saßen sie im Sattel. Er gähnte. Wenn Etys das Böse von ihnen fernhielt, warum musste er dann eigentlich Wache stehen? Er kauerte sich zusammen und schürte das Feuer. Sein Vater hatte ihm eingeschärft, es nur ja nicht ausgehen zu lassen. Falls Lewe es in der Schlucht nicht aushielt, sollte die Flamme ihm den Weg weisen.

Anak stand auf und starrte hinüber zur Felswand. Drei Schluchten gab es dort. In einer war sein Bruder verschwunden. Lewe tat ihm leid, aber er hätte es nie gewagt, die Entscheidung seines Vaters in Frage zu stellen. Vieh war wichtig, und jedes Lamm zählte. Mochten sie auch jetzt noch so viele Lämmer haben – ein einziger strenger Winter konnte das ändern. Er setzte sich wieder und gähnte. Sein Vater hatte nicht verbergen können, dass er sich Sorgen um Lewe machte. Als er die Geschichte von Etys erzählt hatte, schien er oft nicht recht bei der Sache gewesen zu sein. Anak schüttelte den Kopf. Manchmal traf Elwah ziemlich seltsame Entscheidungen, das hatte er schon am eigenen Leib erfahren. Meist war es dann seine Mutter Sigil, die vermittelnd eingriff, aber die war im Lager des Klans, viele Stunden entfernt. Das Feuer brannte langsam herunter, und er schürte es lustlos. Er starrte hinauf zu den Sternen. Die Nacht war ungewöhnlich ruhig. Selbst die nächtlichen Geräusche, die sonst die Schlucht erfüllten, schienen verstummt. Dann war ihm, als würde er ein leichtes Scharren vernehmen, irgendwo im Tal. Er setzte sich halb auf und sah sich um. Aber da war nichts.

Ein leichter Wind kam auf, und die Tiere wurden unruhig. Das war der Wind, den sie Skefer nannten, den Peiniger. Er ließ die Augen tränen, machte den Kopf schwer und Mensch und Tier reizbar. Anak seufzte. Den Wind konnte Etys mit dem Lichtstein also nicht fernhalten. Er zog seinen langen Umhang enger um sich und lauschte auf den schweren Atem seines Vaters. Schon seit einiger Zeit wälzte sich Elwah unruhig hin und her. Vielleicht hatte er einen bösen Traum. Der junge Hakul überlegte kurz, ob er ihn wecken sollte, um ihn von diesem Albdruck zu befreien. Andererseits konnte man nie wissen, was die Träume den Schlafenden sagten. Manchmal waren es Warnungen, die man beherzigen sollte. Das hatte er schon oft gehört. Es war also besser, man ließ den Traum seine Nachricht überbringen. Anak lehnte sich an einen kleinen Felsen und starrte nachdenklich ins Feuer.

Da scharrte wieder etwas in der Dunkelheit. Er hob den Kopf. Das Tal lag verlassen im Sternenlicht. Hier und da warfen Felsbrocken schwarze Schatten. Anak lauschte angestrengt, ob sich das Geräusch noch einmal wiederholte. Aber da war nichts. Und die Wölfe kamen ja nicht in dieses Tal. Mit diesem Gedanken schlief er ein.

Wolfsfährten

DER WIND HATTE gedreht. Awin spürte es im Nacken, und er sah es am Staub, den die Hufe seines Pferdes aufsteigen ließen. Müde hing er im Sattel und starrte auf den Steppenboden. Die vergangene Nacht war sehr kurz gewesen, und er fühlte sich zerschlagen. Er blickte verstohlen hinüber zu Curru, der neben ihm ritt, und fragte sich, aus welchem unverwüstlichen Holz dieser Mann wohl geschnitzt war. Zu spät bemerkte Awin, dass ihn sein Meister musterte.

»Ich werde es dir bestimmt nicht sagen, Awin«, erklärte er jetzt.

Natürlich – die Frage! Curru wartete auf eine Antwort. Awin rang seine Müdigkeit nieder und blickte auf das wilde Durcheinander von Spuren, dem sie seit einer guten Stunde folgten. Er sah die weiten Sprünge der Gazellen, dahinter die sich kreuzenden Wolfsfährten. Awin hielt sein Pferd an. Er versuchte, den dumpfen Kopfschmerz auszublenden, der immer schlimmer wurde, je höher die Sonne stieg, und sah sich um. Curru warf ihm einen humorlosen, prüfenden Blick zu. Wenn es nach Awin gegangen wäre, hätten sie das gerne verschieben können, aber Curru war stur. Ihn kümmerte nicht, dass Ech, der zweite Sohn des Klanoberhaupts, gestern zurückgekehrt war und dass die Männer dieses Ereignis ausgiebig mit dem letzten Fass Brotbier gefeiert hatten. Das Fest war bescheiden gewesen im Vergleich zur großen Hochzeit vor einem Jahr, aber es hatte sich dennoch fast bis zur Dämmerung hingezogen. Da war es doch kein Wunder, dass er sich elend fühlte, seit der Morgen viel zu früh angebrochen war. Aber unter der Müdigkeit lauerte noch etwas anderes. Es lag ihm schon den ganzen Morgen auf dem Gemüt, schwer wie Blei, ein tief sitzendes Unbehagen, für das er keine Erklärung hatte.

Mehr als zwei Stunden Schlaf hatte Awin nicht bekommen, Curru eher noch weniger, und dennoch saß er so gerade auf seinem Ross wie ein Herrscher auf dem Thron. Awin riss sich zusammen. Curru hatte darauf bestanden, dass sie ausgerechnet heute seine Fähigkeiten auf die Probe stellten. Wieder einmal. Awin beugte sich zur Erde hinab. Die Gazellen hätten den Wölfen leicht entkommen müssen, aber sie waren es nicht. Im staubigen Boden waren kleinere Hufabdrücke. Deshalb hatten die Wölfe die Jagd fortgesetzt, obwohl die Gazellen sie frühzeitig gewittert hatten. Awin sah sich um. Das Land zog sich in sanften Wellen dahin. Hier und da ragte ein dürrer Busch oder eine verkümmerte Birke aus dem Boden. Je weiter die niedrigen Hügel entfernt waren, desto grüner und saftiger sahen sie aus. Aber das war eine Täuschung. Es war Sommer, das Gras war vertrocknet, und Srorlendh, das Staubland, machte seinem Namen alle Ehre. Awin suchte den Horizont ab, bis er fand, was er erwartete: Zwei schwarze Punkte kreisten am Himmel.

Er räusperte sich. Seine Stimme klang belegt, als er die Frage schließlich beantwortete: »Die Wölfe haben die Jagd nicht aufgegeben, weil Jungtiere unter den Gazellen waren, Meister Curru. Dort hinten kreisen zwei Geier, also haben die Wölfe bekommen, was sie wollten.« Er fragte sich, wieso es nur zwei waren. Lag vielleicht noch irgendwo anderes Aas?

Curru schüttelte den Kopf. »Mewe sagt, du könntest ein guter Jäger werden, wenn du nicht so ein hoffnungslos schlechter Bogenschütze wärst, Awin, aber ich bin nicht Mewe der Jäger, junger Freund.«

Sah der Alte nicht, wie müde er war? Doch, natürlich sah er

das – vermutlich machte es ihm Spaß, ihm in dieser Hitze so zuzusetzen und ihm noch einmal unter die Nase zu reiben, in welchen anderen Feldern er ebenfalls ein Versager war. Awin unterdrückte ein Seufzen und versuchte, sich an den passenden Seherspruch zu erinnern. Curru waren diese Sprüche heilig, und er hatte viel Mühe darauf verwendet, sie ihm beizubringen. Vielleicht hätte Awin sie sich besser merken können, wenn er an sie geglaubt hätte. Er sah sich die Fährten der Wölfe noch einmal an. Sie kreuzten sich – das war kein Wunder, sie waren sich ihrer Beute sicher gewesen. Kreuzende Fährten. Awin sagte: »Wenn die Fährten der Wolfsbrüder sich kreuzen, erwarte die Veränderung schon bald.«

Curru schüttelte den Kopf. »Du hast nicht aufgepasst, Awin. Hast du nicht gesehen, dass einer der Jäger schwarz ist?«

Awin starrte verblüfft auf die Fährten. Wie sollte er an einem Abdruck im Staub sehen, welche Farbe das Tier hatte? Curru wies nach hinten. Die Schwarzen Berge ragten dort steil aus der Ebene auf, scheinbar zum Greifen nahe, aber in Wirklichkeit doch etliche Stunden entfernt. Aber das meinte Curru nicht, er deutete auf einige Dornbüsche unter dem Hügelkamm. Natürlich, die Wölfe waren an dieser Stelle vorbeigekommen, und sicher hatte einer der ihren dort etwas Fell gelassen. Wäre er nicht so schrecklich müde gewesen, hätte er das sicher ebenso bemerkt wie sein Meister, der seinen Sieg sichtlich genoss.

»Nun?«, fragte Curru ungeduldig.

Awin verkrampfte sich, wie immer, wenn sein Ziehvater ihn unter Druck setzte. Er hatte dann immer das Gefühl, dass sein Kopf das Denken einstellte. Er versuchte, sich zu sammeln. Schwarzer Wolf? Fast immer eine ernste Warnung. Aber in Verbindung mit kreuzender Fährte? »Ein Unglück«, stieß Awin schließlich hervor, um überhaupt etwas zu sagen, und er konnte nicht verhindern, dass es wie auf gut Glück geraten klang. Es gab wenigstens zwei Dutzend Sehersprüche, die den Schwarzen Wolf zum Inhalt hatten.

Curru schüttelte wieder missbilligend den Kopf. »Siehst du es wirklich nicht? Der Schwarze Wolf und der kreisende Geier?«

»Erschütterung«, rief Awin. Jetzt war es ihm wieder eingefallen.

»Und wann?«, fragte Curru streng.

Awin zögerte mit der Antwort. Er wartete auf einen weiteren Tadel seines Meisters, aber der kam nicht. Der Zeitpunkt war schwierig zu bestimmen. Das Gras hatte sich gebeugt, der Wind war stärker geworden. Awin blickte zur Sonne. Dann auf den Boden. Für einen Augenblick schien das Gras sich rot zu färben.

Curru wirkte plötzlich geistesabwesend. »Erschütterung«, murmelte er nachdenklich.

Awin dachte fieberhaft nach. Das rote Gras war ein Zeichen, oder? Andererseits hatte die Sonne ihn geblendet. Deshalb hatte er das Gras in einer anderen Farbe gesehen, oder? Das ungute Gefühl, das ihn seit dem Aufstehen begleitet hatte, trat jetzt klar und deutlich hervor. Er hatte plötzlich einen Geschmack von Eisen im Mund, und ihm war elend zumute. »Es ist bereits geschehen, Meister«, sagte er schließlich leise. Für gewöhnlich gab er nicht viel auf die alten Sprüche, die seit Generationen von Seher zu Seher weitergegeben worden waren. Curru hatte hunderte davon im Kopf. Sie waren meist so allgemein gehalten, dass sie auf irgendeine Weise immer eintrafen. Ob der Wolf nun über den Hügel kam oder in der Senke lauerte – was sollte das über den kommenden Winter aussagen? Die Winter waren meist streng, das Vieh im Frühjahr immer zu mager, und ein Unglück vorauszusagen war leicht. Das Leben der Hakul war hart und gefährlich, der Tod ein steter Gast in ihren Zelten und Begleiter auf den Weiden.

Doch der Schauer, der Awin über den Rücken lief, sprach

eine andere Sprache. Es war etwas beinahe Greifbares im Wind, im Gras, selbst im Sonnenlicht. Es war etwas geschehen, etwas Furchtbares! Awin drehte sich um. Am Horizont standen unerschütterlich die Schwarzen Berge, die heiligen Berge der Hakul. Der Legende nach hatten ihre Vorfahren dort Zuflucht gefunden, als vor vielen Altern die Welt gewandelt und die Goldenen Städte der Menschen zerstört worden waren. Von dort waren sie ausgezogen in die karge Steppe, die sie seither mit ihren Herden durchwanderten.

Die Geier des Gebirges! Dutzende der Aasfresser nisteten dort und flogen weit über die Steppe, immer auf der Suche nach Aas. Wenn die Wölfe ein Tier erbeutet hatten, dann pflegten sie sich darüber zu sammeln. Aber Awin sah immer noch nicht mehr als die beiden, die dort schon seit längerem ihre Kreise zogen. Er suchte den Himmel ab. Eigentlich sollten sie jetzt von überall herangleiten, denn ihren scharfen Augen entging nie, wenn einer der ihren eine Beute erspäht hatte. Aber es waren weit und breit keine Geier zu sehen.

»In den Bergen«, stieß Awin hervor. »Dort muss etwas geschehen sein.«

Curru schüttelte wieder mürrisch den Kopf. »Du sollt nicht denken wie ein Jäger, auch nicht raten oder vermuten – du sollst sehen!«, schimpfte er.

Awin konnte es nicht ändern, er vertraute eben lieber auf seinen Verstand als auf die alten, ungenauen Sprüche. Er blickte wieder zu den steilen Bergen, die das Staubland hier von der offenen Wüste, der gefürchteten Slahan, trennten. Der Himmel über ihnen war nicht blau, sondern von fahlem Weiß.

»Sag, mein Junge, hattest du in dieser Nacht einen Traum?«, fragte Curru unvermittelt.

Awin runzelte die Stirn. Er hasste diese Frage. Vermutlich stellte sein Ziehvater sie deshalb so oft. Es war etwas geschehen, das spürte er. Aber Curru saß auf seinem Pferd, als ginge ihn das nichts an. Sein Blick ruhte streng auf seinem Schüler.

»Die Nacht war sehr kurz, Meister«, wich Awin aus.

»Das sieht man dir auch an, Junge«, entgegnete Curru trocken, »aber das ist keine Antwort.«

Awin seufzte. Sein Lehrer hatte leider das Recht, von seinen Träumen zu erfahren. Tengwil, die große Schicksalsweberin, sandte den Sehern ihre Botschaften auf viele Weisen. Sie versteckte sie in Wolfsfährten, im Wind, im Gras und manchmal eben auch in Träumen.

»Ich sah ein Mädchen. Sie pflückte Blumen.«

»Wer war das Mädchen? Und welche Farbe hatten die Blüten?«

Awin versuchte sich zu erinnern. Das Mädchen war ihm fremd erschienen. Und er hatte sie nur schemenhaft sehen können: Sie trug schwarz, wie die meisten Hakul seines Stammes. Er versuchte sich genauer zu erinnern, aber es gelang ihm nicht. Wenn die Träume Botschaften der Schicksalsweberin waren, warum verblassten sie dann nur so schnell? »Ich weiß es nicht, ich sah das Mädchen nur aus der Ferne und von hinten. Ich weiß nur, dass sie die Blumen im Schatten einer Mauer pflückte.« Jetzt stand Awin dieser Teil wieder klar vor Augen. »Es war eine hohe und lange graubraune Mauer, vielleicht auch eine Felswand. Und sie wurde unterbrochen von … von einer grünen Höhle … glaube ich.« Das Bild war schon wieder verblasst.

Curru starrte ihn an. »Die Mauer – ein Ort, den du kennst?«

Awin dachte nach, dann schüttelte er den Kopf. »Ich glaube, sie gehört zu einer Stadt. Aber ich war noch nie in einer Stadt. Ich weiß nur noch, dass sie sehr hoch und lang war.«

»Die Blumenpflückerin. Eine Feier«, murmelte Curru, »aber es ist nicht klar, ob aus Freude oder aus Kummer, denn du hast nicht auf die Farbe der Blüten geachtet. Und die

Mauer? Nun, das kann vieles bedeuten. Eine grüne Höhle, sagtest du?«

»Ja, Meister.«

»Nun, wir werden darüber nachdenken, was dir die Weberin damit mitteilen wollte. Vielleicht zeigte sie dir auch nur die Mauer, die zwischen dir und deiner Berufung steht, mein Junge, denn wahrlich, ich weiß nicht, warum ich immer noch versuche, dich zu unterrichten.«

Awin lag auf der Zunge, dass ein anderer Seher, nämlich sein Vater, ihm schon bei der Geburt diese Berufung in die Wiege gelegt hatte, aber er schluckte die Bemerkung hinunter. Curru ließ Zweifel an seiner Zunft meist nicht zu, nur bei Awins Vater machte er eine Ausnahme, und er wollte seinem Ziehvater nicht die Gelegenheit geben, wieder einmal über seine richtige Familie zu spotten. Daran, dass er es Curru nicht recht machen konnte, hatte er sich inzwischen beinahe gewöhnt. Er selbst hatte auch nie behauptet, ein geborener Seher zu sein. Sein Vater musste sich geirrt haben. Awin hielt das für das Wahrscheinlichste, wenn er das Schicksal bedachte, das ihn und seinen Klan ereilt hatte.

»Hörst du das?«, fragte Curru.

Awin horchte auf. Im Wind war eine Stimme, und es war nicht das Raunen der Schicksalsweberin, sondern die helle Stimme eines Mädchens. Er wendete sein Pferd. Auf dem Hügel tauchte eine Reiterin auf. Sie hielt kurz an, gab dann ihrem Pferd die Fersen und ließ es den sanften Hang hinabstürmen, dass es nur so staubte. Über Awins Gesicht huschte das erste Lächeln des Tages. Es war Wela, die Tochter des Schmieds. Völlig außer Atem hielt sie an.

»Seid ihr taub, ihr Männer?«, keuchte sie.

»Sei auch du mir gegrüßt, Wela«, antwortete Curru mürrisch. »Weiß dein Vater, in welchem Aufzug du hier durch die

Steppe reitest?«, fragte er mit missbilligendem Blick auf die Männerkleider, die sie so gerne trug. »Es ist kein Wunder, dass so selten Bewerber um deine Hand in unserem Lager erscheinen.«

Wela warf Curru einen giftigen Blick zu. »Es kommen immer noch mehr Freier meinetwegen als Ratsuchende deinetwegen, Meister Curru«, erwiderte sie, »aber ich bin nicht gekommen, um mit dir zu streiten. Habt ihr denn das Horn nicht gehört?«

»Der Wind hat gerade erst gedreht«, warf Awin schnell ein, um die üblichen Streitereien zwischen den beiden zu unterbinden. Sobald er in Welas Gesicht blickte, entdeckte er tiefe Besorgnis unter dem oberflächlichen Ärger über Curru.

»Es ist Furchtbares geschehen«, stieß sie schnell hervor, »vielleicht Krieg! Elwahs jüngster Sohn Lewe kam ins Lager, die Kleider voller Blut. Yaman Aryak ruft die Krieger zusammen.«

Awin wurde flau im Magen. Er hatte es gesehen. Das rote Gras. Das Verhängnis war wirklich bereits eingetreten. Er warf einen Seitenblick auf Curru. Dieser nickte grimmig und behauptete: »Siehst du, Junge? Es ist, wie ich sagte, der Schwarze Wolf hat das Unglück angekündigt. Und du hast es nicht gesehen.«

Awin öffnete schon den Mund, um zu widersprechen. Aber er konnte seinem Meister keine Widerworte geben, nicht in Gegenwart anderer.

Wela blickte zweifelnd von einem zum anderen. »Es scheint mir, du hättest den Wolf besser früher gefragt, Meister Curru, vielleicht hätte das Unglück dann verhindert werden können. Aber ich muss weiter. Meister Bale ist mit seiner Herde am Weißen Weiher, und der Yaman will alle Männer sofort im Lager sehen. Ihr solltet euch beeilen.« Damit drückte sie ihrem Pferd die Fersen in die Flanke und stob davon.

»Ich frage mich oft, welche Sünde Tuwin begangen hat, dass

er mit einer solchen Tochter gestraft wurde – und wir mit ihm«, brummte Curru.

Awin sah Wela noch eine Weile hinterher. Er mochte sie schon deshalb, weil sie sich von Curru nichts gefallen ließ.

»Träum nicht, Junge, du hast diese Unglücksbotin gehört. Wir müssen zurück.«

Die staubigen Hügel endeten an einem schmalen Bach, der sich durch das Gras in Richtung Westen schlängelte, bis er ein gutes Stück südlich der Schwarzen Berge im Sand der Slahan versickerte. Weit vorher aber floss er durch das Lager Aryaks, und das war ihr Ziel. Sie ritten in scharfem Trab. Schließlich entdeckte Awin eine Staubwolke, die über dem Lager zu stehen schien.

»Ich glaube, sie brechen das Lager ab, Meister«, rief Awin.

Curru warf ihm einen missmutigen Blick zu.

»Dort vorne, der viele Staub«, erklärte Awin.

»Meinst du, das habe ich nicht schon längst gesehen, mein Junge?«, entgegnete Curru. Und er gab seinem Pferd die Fersen und galoppierte davon.

Awin seufzte und folgte ihm. Sie umrundeten ein schütteres Birkenwäldchen, und dann sahen sie die ersten Rundzelte. Das Lager erweckte den Anschein eines einzigen großen Durcheinanders. Frauen und Männer waren dabei, die Zelte abzuschlagen. Pflöcke wurden aus dem Boden gezogen, lange Stangen gebündelt und Lederbahnen zusammengefaltet, Pferde mussten angeschirrt und die leichten Wagen mit den Habseligkeiten beladen werden. Dazwischen versuchten Kinder, die Ziegen zusammenzutreiben. Es war ein vertrauter Anblick, denn so ging es stets, wenn der Klan weiterzog. Deshalb wusste Awin auch, dass diesem scheinbaren Chaos in Wahrheit eine strenge Ordnung zu Grunde lag. Das alles war schon tausendmal geschehen, und jeder Handgriff saß. Nur, dass dieses Mal alles viel schneller zu gehen schien. Und wo war das Gelächter, und wo waren die Spötteleien, die diese lästige Arbeit sonst zu erleichtern pflegten? Selbst die Kinder lachten nicht. Awin folgte Curru bis zu den ersten Zelten und hielt Ausschau nach seiner Schwester.

»Awin, hier!«, rief Gunwa, die ihn zuerst gesehen hatte, und lief ihm entgegen. Sie war ein Jahr jünger als er und hatte die nussbraunen Haare ihrer Mutter.

Er trieb sein Pferd durch eine Gruppe Ziegen zu ihr. »Weißt du, was hier vorgeht?«, fragte er, obwohl er es eigentlich schon wusste.

»Wir müssen fort, hat der Yaman gesagt. Lewe kam vorhin über die Weide. Halbtot vor Angst. Kein Wort kann er sprechen, sagen sie, aber seine Kleider reden für ihn. Sie sind rot von Blut.«

»Und sein Vater und seine Brüder?« Awin dachte an Anak, denn der war nur ein wenig älter als er selbst, und sie waren gut befreundet. Aber seine Schwester wusste nicht mehr, als sie schon gesagt hatte. Sein Falbe schnaubte unwillig, weil Ziegen zwischen seinen Beinen hindurchdrängten.

»Pass doch auf, Großer, du bist im Weg«, rief eine helle Kinderstimme. Awin lenkte sein Pferd zur Seite und sprang aus dem Sattel.

»Gunwa, Gunwa! Wo steckst du?«, rief eine heisere Frauenstimme. »Soll ich das alles hier alleine schleppen?« Im Gewühl der Zeltbahnen tauchte ein grauer Frauenkopf auf.

»Ich komme schon, Mutter Egwa!«, rief Gunwa zurück. Egwa war nicht ihre leibliche Mutter. Sie war die Gefährtin von Curru. Die beiden hatten Awin und seine Schwester nach dem Tod ihrer Mutter an Kindes statt aufgenommen.

»Ah, dein nichtsnutziger Bruder ist auch wieder da. Du wirst im Zelt des Yamans erwartet, Awin, also beeile dich. Und sag es auch Curru, wenn er nicht schon dort ist! Und du, Gunwa? Was ist mit den Seilen? Glaubst du, die rollen sich von selbst auf? Mach schon, Mädchen, denn Eile ist geboten!«

Gunwa seufzte und lief. Es war nicht ratsam, ihrer Ziehmutter nicht zu gehorchen. Awin versuchte, in dem Durcheinander die Übersicht zu behalten. Der vertraute Anblick, den das Lager noch am Morgen geboten hatte, versank gerade in einer Staubwolke. Allein das Zelt des Sippenoberhauptes stand noch unberührt. Awin packte sein Tier am Zügel und zog es hinter sich her. Er sah die drei Söhne des Yamans vor dem Eingang. Ebu und Ech wirkten ernst und gefasst, aber Eri, der jüngste, konnte vor Aufregung nicht still stehen.

»Warum brechen wir nicht endlich auf?«, rief er gerade. »Diese Untat schreit doch nach Rache.«

»Fasse dich in Geduld, kleiner Bruder«, wies ihn Ech sanft zurecht, »wir wissen doch noch gar nicht, was geschehen ist.«

Ein Tuch wurde zur Seite geschlagen, und zwei Frauen erschienen. Sie waren beide leichenblass. Es handelte sich um Sigil, die Frau Elwahs, die sich kaum auf den Beinen halten konnte, und ihre Schwiegertochter Hengil, die sie stützte. Sie warf Eri einen vorwurfsvollen Blick zu, den der Knabe aber nicht verstand. »Wir werden deinen Mann rächen, Sigil, das verspreche ich dir!«, rief er mit heller Stimme. Die Frau zuckte zusammen und wandte sich ab. Ihre Schwiegertochter führte sie eilig davon.

Ech gab Eri einen harten Stoß gegen die Schulter. »Wie kannst du nur! Wir wissen doch gar nicht, ob Elwah tot ist. Willst du Tengwil zwingen, dieses Schicksal über ihn zu verhängen?«

Awin musste Ech zustimmen. Der Teppich des Schicksals bestand aus unzähligen Fäden, aber alle liefen sie durch die Hand der Großen Weberin. Ein unbedacht geäußerter Gedanke konnte zur Gewissheit werden, wenn er Tengwil zu Ohren kam.

»Sieh da, der junge Seher«, rief Ebu. Die Herablassung in seiner Stimme war unüberhörbar. Manchmal dachte Awin, sie sei ihm angeboren und der älteste Sohn Aryaks könne gar nichts dafür. Awin band sein Pferd an einen der Zeltpfosten. Dort stand bereits ein kleiner struppiger Schecke, der, wenn er sich nicht täuschte, Lewe gehörte. Curru war nicht zu sehen. Sicher war er im Zelt. Awin war unschlüssig, ob er ihm folgen sollte. Ech schien seine Unsicherheit zu spüren: »Dein Meister ist bereits drinnen, und du solltest auch hineingehen. Das ist eine Sache für Seher, scheint mir«, sagte er freundlich.

»Und für die, die sich so nennen«, meinte Ebu trocken. Awin mochte Ebu ebenso wenig wie dieser ihn, aber Ebu war der älteste Sohn des Yamans – sein Erbe –, und Awin schuldete ihm Achtung. Also drängte er sich stumm an ihm vorbei. Er brauchte einen Augenblick, um sich an das gedämpfte Licht im Zelt zu gewöhnen.

»Ah, Awin, komm herein«, begrüßte ihn Yaman Aryak, der auf einem dicken Kissen saß. Seine Frau Gregil war dabei, einen Jungen mit warmem Wasser abzuwaschen. Sie nickte ihm aufmunternd zu. Aber auch ihre Freundlichkeit konnte nicht verhindern, dass sich Awin in der Nähe des Klanoberhauptes eingeschüchtert fühlte. Curru kniete vor dem Knaben und starrte ihm ins Gesicht.

»Sieh nur zu, junger Seher, vielleicht vermagst du etwas zu lernen«, sagte Aryak und winkte ihn näher heran.

Awin kannte Lewe als verträumten und etwas dickköpfigen Knaben, doch das, was er da vor sich sah, glich eher einem Gespenst als einem Kind. Seine Augen waren völlig leer, und seine mageren Arme hielt er eng an den Körper gepresst. Awin fragte sich, warum seine Mutter Sigil nicht bei ihm geblieben war.

»Nun?«, fragte Aryak.

Curru seufzte. »Die Dunkelheit hat sich fest um den Knaben geschlossen. Meine alten Augen vermögen sie nicht zu durchdringen. Ich denke aber, wir werden die Antwort auf unsere Fragen in den Schwarzen Bergen finden.«

Der Yaman runzelte die Stirn. »Ich weiß, dass Elwah sein Vieh dort zu weiden pflegt, doch ist dieser Boden heilig. Selbst die Budinier wagen sich nicht in böser Absicht dort hin. Und sicher keine der jungen Hakul, die sich beweisen wollen.«

»Ich war mit meinem Schüler in der offenen Steppe, Aryak, und ich sah die Fährte des Schwarzen Wolfs und den Flug des Geiers. Und sie sprachen beide von den Bergen. War es nicht so, mein Junge?«

Awin nickte. Streng genommen war es nicht ganz so gewesen, aber er durfte seinen Meister natürlich nicht bloßstellen. Außerdem fand er selbst die Lage viel zu ernst, um jetzt über solche Kleinigkeiten zu streiten.

»Und hast du auch sehen können, ob uns ein Angriff bevorsteht, alter Freund?«

»Weder Wolf noch Geier wollten mir Genaueres sagen, Aryak, doch ich denke, wir müssen mit dem Schlimmsten rechnen. Es war der Schwarze Wolf. Es ist gut, dass du das Lager abbrechen lässt.«

Awin dachte nach. Krieg? Es wäre eine seltsame Zeit für die Budinier, auf Kriegszug zu gehen. Es war Sommer, da waren ihre Männer auf den Feldern beschäftigt. Vielleicht eine der Banden, die aus der nördlichen Einöde gelegentlich bis ins Staubland kamen? Auch das konnte er sich nicht recht vorstellen. Die Slahan war in diesen Wochen ein Glutofen. Wer sich jetzt durch sie hindurchquälte, musste schon einen großen Gewinn erwarten.

Der Yaman nickte. »Wir werden das Lager an die Zwillingsquelle verlegen«, erklärte er und erhob sich. »Kommt, ich sage den Männern, sie sollen sich auf den Kampf vorbereiten.«

Awin folgte den Männern hinaus, aber dann drehte er sich im Ausgang noch einmal zur Frau des Yamans um. Ihm war etwas eingefallen. »Sag, ehrwürdige Gregil – Lewe, er kam doch zu Pferd ins Lager, nicht wahr?«

Gregil war dabei, den Knaben abzutrocknen. Er ließ es immer noch völlig teilnahmslos über sich ergehen. Sie blickte auf, runzelte die Stirn und nickte.

»Es ist das kleine struppige, das an eurem Zelt angebunden ist, oder?«

»Das ist es«, bestätigte die Yamani, »aber warum fragst du, Awin?«

Awin zögerte. Er war sich seiner Sache nicht sicher, aber dann sagte er es doch: »Es sah mir nicht aus, als sei es den ganzen Weg von den Bergen hierher gehetzt worden. Entweder ist unser Feind sehr langsam, oder er hat Lewe nicht verfolgt und vielleicht auch gar nicht vor, uns zu überfallen.«

Gregil musterte ihn scharf, dann sagte sie: »Du bist doch nicht so dumm, wie Curru gerne behauptet, scheint mir. Du solltest es dem Yaman sagen.«

Awin schüttelte den Kopf. »Ich müsste es erst meinem Meister sagen, und ... ich weiß nicht, ob ich ihn überzeugen kann«, antwortete er vorsichtig.

»Er meint es gut mit dir, junger Seher«, antwortete Gregil mit einem Lächeln. »Aber du hast Recht. Ich werde meinem Mann berichten, was du mir gesagt hast. Aber jetzt eile, es steht ein Kriegszug bevor, und ich glaube, auch du musst dich darauf vorbereiten.«

Als Awin wieder vor das Zelt trat, hatte sich das Lager bereits beträchtlich verändert. Die Rundzelte waren verschwunden, die Wagen beladen und die Ziegen der verschiedenen Familien zu einer einzigen, großen Herde zusammengetrieben worden. Der Yaman und seine Söhne waren dabei, ihre Pferde zu satteln.

Gregil hatte Recht, auch er musste sich rüsten. Er sprang auf sein Pferd und lenkte es dorthin, wo am Morgen noch seine Schlafstatt gewesen war. Curru war dort und sprach mit Egwa, die mit zusammengekniffenem Mund zusah, wie er seine Waffen zusammensuchte.

»Wenn Krieg ist, ist Krieg, Egwa«, sagte der alte Seher gerade, »und ich werde sicher nicht zurückstehen, wenn die Männer in die Schlacht ziehen.«

»Das gefällt euch doch!«, erwiderte Egwa bissig. »Ihr zieht hoch zu Ross in irgendeinen Kampf, und wir Frauen dürfen sehen, wie wir allein zurechtkommen.«

»Sonst beschwerst du dich immer, ich sei dir im Weg«, brummte Curru, der angelegentlich die Federn seiner Pfeile prüfte.

»Bist du auch, und wenn ich es so betrachte, weiß ich gar nicht, warum ich mich aufrege. Ich werde das Zelt schneller aufbauen, wenn du mir nicht hilfst. Denn ich habe ja Gunwa, und die ist viel verständiger als du.«

»Dann ist ja alles in bester Ordnung«, entgegnete Curru mürrisch. Die Pfeile steckte er in den Köcher, der an seinem Sattel baumelte. Jetzt prüfte er mit dem Daumen die Schneide seines Sichelschwertes.

»Deine Sachen sind hier, Bruder«, rief Gunwa Awin entgegen. Sie hielt das Fellbündel im Arm, in dem er seine Waffen aufbewahrte.

»Ach ja, noch so ein Held!«, rief Egwa, bevor sie sich umdrehte und wütend zum Wagen stapfte.

Curru schwang sein Schwert ein paarmal hin und her. »Nun, mein Junge. Niemand erwartet Heldentaten von dir«, begrüßte er Awin, »aber ich denke, es wäre doch an der Zeit, dass du dir endlich deinen Dolch verdienst.«

Awin seufzte. Das war noch so ein wunder Punkt, den sein

Ziehvater gerne reizte. Awin war sechzehn und schon zweimal bei den Winterzügen der Sippe dabei gewesen, aber einen Feind hatte er dabei noch nicht töten können.

»Komm, ich helfe dir«, rief Gunwa, als er vom Pferd glitt und missmutig seine Waffen anstarrte.

»Und ich werde mal sehen, ob meine Gefährtin ihrem Manne nicht auch in seine Rüstung helfen will«, brummte Curru und schulterte seinen ledernen Panzer. Egwa tat, als hätte sie irgendetwas Wichtiges an der Ladung des Wagens zu schaffen. Awin grinste. Er konnte sich gar nicht vorstellen, wie lange Curru und Egwa schon zusammenlebten, aber solange er sie kannte, erlebte er diese ständigen Reibereien zwischen ihnen.

»Sie macht sich Sorgen«, sagte Gunwa, als Curru außer Hörweite war.

»Ich weiß«, erwiderte Awin, der versuchte, die Sehne auf seinen Bogen zu ziehen.

»Du hättest ihn besser fetten sollen«, meinte Gunwa.

»Auch das weiß ich«, keuchte Awin. Er stemmte sich mit seinem Gewicht auf den Bogen, aber immer noch fehlte ein Fingerbreit, um die Schlaufe der Sehne über die Spitze zu bringen.

»Für einen Seher bist du manchmal bemerkenswert kurzsichtig«, stichelte Gunwa.

»Du klingst schon wie Egwa«, gab Awin zurück, und mit einer letzten Anstrengung schaffte er es, den Bogen weit genug zu biegen und ihn endlich zu bespannen. »Wolltest du mir nicht eigentlich helfen, liebe Schwester?«, sagte er, als er ihren sorgenvollen Blick sah.

Sie nickte und zog die Bänder der ledernen Armschienen und des tellergroßen ledernen Brustpanzers fest. Dann half sie ihm beim Schwertgurt und mit den Köchern. Awin strich die Federn seiner Pfeile glatt. Er hatte lange versucht, seinen Misserfolg mit dem Bogen auf diese Pfeile zu schieben. Doch sein Freund

Anak hatte ihm bewiesen, dass ein anderer sehr gut damit treffen konnte.

Und es war gar kein guter Einfall gewesen, dem Bogen die Schuld zu geben. Tuge, der Bogner des Klans, hatte sich angehört, was Awin stotternd vorbrachte, ihm dann stumm Bogen und Pfeile abgenommen und drei meisterhafte Schüsse auf die Spitze einer Zeltstange abgegeben. Danach hatte er Awin den Bogen wortlos wieder gereicht und war immer noch schweigend in seinem Zelt verschwunden. Anak hatte sich halb totgelacht, weil Awin dann den Besitzer des Zeltes, Tuges Bruder Tuwin, bitten musste, ihm seine Pfeile zurückzugeben. Anak! Awin fiel wieder ein, warum er sich hier auf einen Kampf vorbereitete. Seinem Freund musste etwas zugestoßen sein. Awin wollte aber nicht, dass ihm etwas geschehen war, also schickte er in Gedanken ein Gebet an die Große Weberin, auch wenn er fürchtete, dass der Faden, an dem Anaks Schicksal hing, längst verwoben war.

»Wie sehe ich aus?«, fragte er seine Schwester, als er endlich fertig war.

»Wie ein Kind, das sich als Krieger verkleidet hat«, antwortete Egwa trocken an Stelle seiner Schwester. Sie führte Currus Pferd am Zügel.

»Bist du so weit, mein Junge?«, fragte Curru. Er saß auf seinem Grauschimmel, die Sgerlanze, das Feldzeichen des Klans, stolz aufgerichtet. Ein schwarzer Rossschweif war unter der kostbaren eisernen Spitze angebunden, darunter baumelte eine Bronzescheibe, auf der ein schwarzer, nach unten offener Winkel aufgemalt war. Es war das Sgertan, das Zeichen der Sippe Aryaks, des Klans der Schwarzen Berge.

Awin nickte und sprang auf sein Pferd. Er beugte sich zu seiner Schwester hinab, die ihm seinen Bogen reichte, und streichelte ihr in einer plötzlichen, unbeholfenen Geste über das Gesicht.

»Ich komme wieder, das verspreche ich«, sagte er.

»Davon gehe ich aus, oder willst du los, ohne etwas zu essen einzupacken?«, erwiderte Gunwa bissig. Aber er sah, dass ihr Tränen in den Augen standen.

Egwa lachte heiser. »Das Mädchen hat Recht. Immer eines nach dem anderen, junger Held. Wer nichts isst, kann auch nicht kämpfen!«

Awin seufzte und folgte Curru, der steif und würdevoll, das Kriegszeichen in der Rechten, zur Mitte des Lagers ritt.

Sie wurden bereits erwartet. Der Yaman war dort mit seinen Söhnen, und auch die anderen Männer waren zu Pferd und in Kriegsbewaffnung erschienen. Frauen und Kinder waren ebenfalls dort versammelt oder kamen gerade heran, und das Raunen vieler leiser und besorgter Gespräche erfüllte die Luft. Die Männer rückten noch einmal ihre Rüstungen zurecht oder ließen sich von ihren Frauen dabei helfen. Eri hatte offensichtlich Schwierigkeiten mit dem Gurt für den Bogenköcher, aber er ließ nicht zu, dass seine Mutter ihm half, sondern trieb sein Pferd ein wenig zur Seite. Er war mit fünfzehn Jahren einer der jüngsten Krieger. Bale, der dicke Pferdezüchter, war der Älteste. Er ging inzwischen auf die sechzig zu, und er war der Einzige, der keine Rüstung, sondern immer noch die übliche Hirtenkleidung trug. Und er war alleine erschienen. Yaman Aryak war das nicht entgangen. Er saß auf seinem Pferd, einem kräftigen Fuchs, und musterte die Männer, die sich um ihn scharten. Jetzt wandte er sich an Bale. Er musste laut sprechen, um die allgemeine Unruhe zu übertönen. »Sag, mein Freund, wo ist deine Rüstung, und wo sind dein Sohn und dein Enkel?«

»Sie sind noch bei den Tieren, Yaman. Verzeih, aber die Fohlen haben uns aufgehalten. Ich habe ihnen gesagt, dass sie sich eilen sollen, und bin vorausgeritten, um zu sehen, was es denn überhaupt gibt.«

»Deine Fohlen? Hat Wela dir meine Botschaft nicht überbracht? Dass wir vielleicht kämpfen müssen?«

»Doch, Yaman, das hat sie, doch ist sie nur ein Mädchen, und ich dachte, sie hätte vielleicht etwas nicht recht verstanden. Krieg? Zu dieser Jahreszeit? Welcher vernünftige Mensch kann da in den Krieg ziehen wollen?«

Awin sah sich unwillkürlich nach Wela um, aber er konnte sie nicht sehen. Das war gut für den alten Bale, denn sie hätte ihm diese abfällige Bemerkung sicher nicht so schnell verziehen.

»Meine Tochter kann sich einfache Worte durchaus merken, wenn sie so wichtig sind wie diese, Bale«, meldete sich Tuwin der Schmied an ihrer Stelle zu Wort. Er war empfindlich, was seine Tochter betraf. Die Götter hatten sich entschieden, ihm Söhne vorzuenthalten und ihm nur diese eine Tochter geschenkt. Es hatte sich herausgestellt, dass sie die Begabung für sein wichtiges Handwerk geerbt hatte und dass sie geschickter darin war als alle Jungen der Sippe. Doch konnte ein Mädchen wirklich Schmiedin werden, die Zauberkräfte erlernen, die bis dahin den Männern vorbehalten waren? Nun war Tuwin, wie die meisten Schmiede, auch der Heiler des Klans, und vielleicht hätte man Wela dieses eine Amt überlassen, aber sie wollte beide Künste erlernen. Niemand hatte je gehört, dass so etwas vorgekommen wäre. Tuwin hatte sich viele Abende mit Yaman Aryak und auch mit Curru in dieser Angelegenheit besprochen. Alle Möglichkeiten waren sorgfältig erwogen und von allen Seiten betrachtet worden, bis sie nach mehreren Wochen endlich zu dem Schluss gekommen waren, Wela ihren Wunsch zu erfüllen. Nicht jeder war damit einverstanden. Bale war einer der Unzufriedenen und ließ das auch bei jeder Gelegenheit durchblicken. Er setzte zu einer scharfen Antwort an, wurde aber vom Yaman daran gehindert. »Genug davon«, rief Aryak und hob die Hand. Augenblicklich verstummte das Gemurmel.

»Es ist ein dunkler Tag für unseren Klan«, begann er. »Der Schwarze Wolf ist in der Steppe und hat zu Curru gesprochen, und noch nie war es gut, wenn er sich zeigt. Viele haben gesehen, wie Lewe heute Mittag zu uns in Lager kam, die Kleidung befleckt von Blut, die Augen starr vor Schreck und die Zunge gelähmt. Wir müssen annehmen, dass es das Blut seines Vaters und seiner Brüder ist, das er zu uns brachte. Und wenn fünf unserer Krieger fallen oder verwundet werden, dann muss wirklich ein gefährlicher Feind über sie gekommen sein. Deshalb habe ich entschieden, das Lager abzubrechen und an die Zwillingsquellen zu verlegen. Sollte der Feind uns hier suchen, wird er uns nicht finden.«

Der Yaman richtete sich im Sattel auf. Er ließ seinen Blick über die Runde schweifen, bis jeder in der schweigenden Menge das Gefühl hatte, der Yaman habe ihn gesehen und seine Sorgen verstanden. Dann fuhr er fort: »In einem hat Bale hier Recht. Es ist nicht die Zeit des Krieges. Weder die Budinier noch die Räuber aus dem Ödland ziehen in der Hitze des Sommers durch die Slahan. Auch ich kann nicht glauben, dass ein Feind gegen unser Lager vorrückt. Wenn der Feind Lewe gefolgt wäre, müsste er längst hier sein.«

Awin blickte auf. Seine Meinung war also zum Yaman durchgedrungen. Er fing einen freundlichen Blick der Yamani auf. Aryak wartete, bis die Sippe verstanden hatte, dass die Gefahr vielleicht doch nicht so groß war, wie sie befürchtet hatten. »Dennoch werden wir Krieger nun zu den Schwarzen Bergen reiten und ergründen, was Elwah und seinen Söhnen widerfahren ist. Und sollte ihnen Schlimmes begegnet sein, werden wir nicht ruhen, bis die Schuldigen gefunden und bestraft sind.«

Zustimmendes Gemurmel erhob sich. Awin konnte sehen, dass es dem Yaman gelungen war, die schlimmsten Befürchtungen zu zerstreuen. Allerdings nicht bei allen. Er sah Sigil, Elwahs

Frau, und ihre Schwiegertochter, die ihre Pferde am Zaumzeug heranführten. Hatten sie etwa vor, die Krieger zu begleiten?

Curru hatte die Ansprache des Yamans genutzt, um die erforderlichen Opfer vorzubereiten. Die große Bronzeschale stand bereit. Ein Lamm zitterte unter Currus festem Griff. Curru erflehte den Segen Kalmons, des Gottes der Schwarzen Berge und ihres Klans, und opferte ihm das weiße Lamm. Und da ihr Weg sie in die Nähe der Slahan führte, brachte er auch Xlifara Slahan unter stummen Gebeten das Wasseropfer.

»Wo ist Mewe?«, fragte Tuwin der Schmied, als der kurze Ritus beendet war. »Wir werden ihn brauchen.«

Aryak nickte. »Ich habe ihn in die Steppe geschickt. Er soll Lewes Spur aufnehmen und uns warnen, falls unterwegs doch unangenehme Überraschungen auf uns warten.«

Plötzlich war Gunwa bei Awin und hielt ihm einen Trinkschlauch und ein Paket hin. »Hier, Bruderherz, aber iss nicht alles auf einmal«, flüsterte sie.

»Du hast den Yaman gehört, Schwester, wir ziehen nicht in den Krieg«, versuchte Awin sie zu beruhigen. Er hängte sich die Flasche um. »Ich bin auch viel zu sehr bepackt, um in den Kampf zu ziehen.« Es war ein schwacher Scherz, und er verfehlte seine beabsichtigte Wirkung.

»Du musst zurückkommen, Awin, hörst du. Du bist doch der einzige Mensch, den ich noch habe.«

Awin lächelte ihr zu. Er war froh, dass der Yaman endlich das Zeichen zum Aufbruch gab. Auch er machte sich Sorgen. Die Krieger ließen Frauen, Kinder und Alte nahezu schutzlos zurück. Natürlich würde die Yamani die Weißen Federn am Wagen und später auf ihrem Zelt setzen lassen, und natürlich würde kein Hakul von Ehre ein Lager angreifen, das unter dem Schutz dieses Zeichens stand. Aber was, wenn er sich geirrt hatte? Was, wenn da draußen doch Feinde waren, Fremde, vielleicht so zahlreich, dass sie keine Eile nötig hatten? Was, wenn gerade jetzt hunderte von Kriegern über die staubige Ebene ausschwärmten, fest entschlossen, jeden Hakul, gleich ob Mann, Frau oder Kind zu töten? Er versuchte die Gedanken zu verscheuchen, aber es fiel ihm nicht leicht. Er musste wieder an die Wolfsfährten denken. Eine schwere Erschütterung stand ihnen bevor, wenn stimmte, was die Sehersprüche der Alten sagten. Awin hoffte inständig, dass sie sich irrten.

Die Schwarzen Berge

DER SGER WAR noch gar nicht aufgebrochen, als er gleich wieder stockte, denn Yaman Aryak bemerkte, dass Elwahs Frau Sigil tatsächlich vorhatte, sie mit ihrer Schwiegertochter Hengil zu begleiten. Er versuchte zunächst, es ihr auszureden, dann wollte er es ihr verbieten, aber sie blieb stur: »Es ist mein Mann, und es sind meine Söhne, um die es geht. Kein Gott, kein Daimon und schon gar kein Mensch wird mich daran hindern, in die Berge zu reiten, Yaman Aryak, ob mit dir und deinen Kriegern – oder ohne euch.«

Der Yaman blickte hilfesuchend zu seiner Frau, aber die nickte nur und sagte: »Nimm sie mit, Aryak, oder willst du sie an einen Wagen binden wie ein Stück Vieh? Denn einen anderen Weg, sie aufzuhalten, kann ich nicht sehen.«

Brummend gab Aryak nach. Seinen Unmut bekam Bale zu spüren, den er wütend anfuhr und ermahnte, sich endlich zu rüsten. »Und dann wirst du dich beeilen, uns mit deinen missratenen Nachfahren einzuholen. Sollten wir die Schwarzen Berge ohne euch erreichen, wirst du das sehr bedauern, Bale!«

Awin beobachtete mit Erstaunen, wie der sonst so selbstbewusste Bale unter dem Zorn des Klanoberhauptes zu schrumpfen schien und nur kleinlaut nickte. Als auch diese Angelegenheit geklärt war, brachen sie endlich auf. Sie verließen das Lager Richtung Westen. Auf der Kuppe des ersten Hügels drehte sich Awin noch einmal um. Viele Frauen und Kinder standen dort unten und blickten ihnen stumm nach. Dann hörte er die helle Stimme der Yamani: »Auf jetzt, ihr Frauen, beladet die Wagen und macht euch fertig. Es liegt ein langer Weg vor uns.« Und daraufhin zerstreute sich die Menge. Es mochte vielerlei Sorgen geben, aber Gregil war klug genug, ihnen keine Zeit für dunkle Gedanken zu lassen. Awin wandte den Blick nach vorn. Die Zeichen waren düster, und es waren nicht nur die alten Sehersprüche, die ihn bekümmerten: Er fühlte immer noch dieses bleischwere Unbehagen, das ihm seit dem Morgen auf dem Gemüt lag. Und dann die Geier – wenn sie nicht über der Steppe kreisten, dann mussten sie in den Bergen Nahrung gefunden haben. Er würde bald wissen, ob es etwas anderes war als einige verendete Schafe. Ein unangenehmer Wind blies ihm ins Gesicht. Skefer, den Peiniger, nannten ihn die Hakul. Er kam aus der Wüste. Wenn er über die Dünen zog, brannte es in den Augen, und der Kopf schmerzte. Tuge der Bogner ritt eine Weile neben Awin. »Skefer wagt sich heute weit in die Ebene hinaus«, meinte er schließlich. »Was sagen die Seher zu diesem Zeichen?«

Awin nahm an, dass ihn der Bogner mit dieser höflichen Frage aufmuntern wollte. Vielleicht hatte Curru ihm erzählt, wie unzufrieden er mit dem Verlauf der Probe am Morgen gewesen war. Er bedachte seine Antwort sorgfältig. Die Hakul hassten diesen Wind und fürchteten ihn als Unglücksboten. Er wurde zu den fünf verfluchten Winden der Slahan gezählt. »Die Tränen, die Skefer dich weinen lässt, werden nicht ohne Grund vergossen«, zitierte Awin eine alte Seherweisheit und fuhr fort: »Du hast Recht, Meister Tuge, er weht weit von der Slahan entfernt, und das ist kein ermutigendes Omen.«

»Und nichts zu sehen, was dir Anlass zur Hoffnung gibt?«

Curru hätte vermutlich geantwortet, dass doch immer Anlass zur Hoffnung sei, aber Awin wäre es unangemessen erschienen, Tuge mit so einer Binsenweisheit abzuspeisen. Stattdessen sagte er: »Es ist nur ein Wind, Meister Tuge. Ich glaube nicht, dass er etwas über uns oder Elwah weiß. Lewe hat es ins Lager geschafft. Ich finde, das ist ein gutes Zeichen.«

»Du hast ihn nie gesehen, oder?«, fragte der Bogner mit einem seltsamen Lächeln.

»Wen?«

»Skefer.«

Awin kannte die Geschichten, die man sich am Lagerfeuer erzählte: Von Skefer, der angeblich von Zeit zu Zeit als verirrter Wüstenwanderer Gestalt annahm und um Hilfe rief. Wer immer aber ihm zu Hilfe eilte, der wurde von der Slahan verschlungen wie von einem hungrigen Raubtier. Und weil die Hakul klug geworden waren und niemandem mehr halfen, verwandelte sich der Peiniger wieder in einen Wind und suchte die Hakul von Zeit zu Zeit noch in ihren Zelten heim.

»Das sind doch nur Legenden«, beantwortete Awin endlich die Frage des Bogners.

»Curru hat mir schon gesagt, dass du nicht viel auf die alten Überlieferungen gibst«, meinte Tuge. Dann fuhr er ernst fort: »Ich kann verstehen, dass ihn das bekümmert, junger Seher, aber ich hoffe doch sehr, dass du Recht hast und all diesen schlechten Vorzeichen keine Bedeutung zukommt.«

Dann schnalzte er mit der Zunge und galoppierte nach vorn. Awin fragte sich, ob er Curru wohl von dieser Unterredung berichten würde. Im Westen ragten die Schwarzen Berge in den Himmel. Am Abend würden sie dort sein, wenn sie nicht auf unvorhersehbare Hindernisse stießen. Es war gut, dass der Yaman Mewe vorausgesandt hatte. Er war der beste Jäger des Klans und ein Meister im Spurenlesen. Ihm würde kein Zeichen von Gefahr entgehen. Awin suchte selbst immer wieder den Horizont nach verräterischen Staubwolken ab, doch da war nichts zu sehen. Wenn ein Feind in der Steppe war, bewegte er sich nicht.

»Du siehst besorgt aus«, sagte Karak, der neben ihm ritt. Er war der jüngere Sohn des Bogners.

»Erstaunt dich das?«, fragte Awin befremdet. »Etwas Schlimmes muss geschehen sein, wenn Lewe blutbefleckt und alleine ins Lager kommt. Wie sollte ich da nicht besorgt aussehen?«

Karak nickte und biss sich auf die Lippen. Er war ein Jahr älter als Awin, wirkte ihm gegenüber aber immer etwas befangen. Offenbar empfand er Scheu vor der Sehergabe. Awin merkte erst jetzt, dass der Ältere nur ein Gespräch hatte anfangen wollen und er ihn verschreckt hatte. Also sagte er: »Es tut mir leid, Karak, ich war in Gedanken. Die Zeichen mögen düster sein, aber die Sonne scheint hell, und Mewe ist uns vorausgeritten. Ich glaube nicht, dass uns Gefahr droht.«

Tauru, der ältere Bruder Karaks, ritt vor ihnen in der Doppelreihe. Er wandte sich um und sagte: »Du glaubst? Kannst du es denn nicht sehen?« Sein spöttischer Unterton war nicht zu überhören.

»Lass ihn, Tauru«, bat Karak. »Ich hoffe, er hat Recht – einem starken Feind wären wir kaum gewachsen.«

Tauru lachte verächtlich. »Wir sind Hakul, wir zählen unsere Feinde nicht.«

»Aber wir zählen unsere Freunde«, warf Tuge der Bogner ein, der sich wieder ein Stück hatte zurückfallen lassen. »Und ich meine, die wenigen, die wir sind, sollten beträchtlich weniger Lärm machen. Ihr seid weiter zu hören als mein Jagdhorn. Haltet Ruhe, oder habt ihr vergessen, dass dies ein Kriegszug ist?«

»Nein, Baba«, antwortete Karak und wurde rot.

»Dann schweigt und haltet die Augen offen. Und macht mir keine Schande, denn während Mewe vorausreitet, hat der Yaman mir die Aufsicht über euch Jungkrieger übertragen.«

Dann gab er seinem Pferd die Fersen und nahm seinen alten

Platz wieder ein. Awin kam dieser Befehl nur gelegen. Er wollte nicht über das reden, was vor ihnen lag, und er wollte auch keine wilden Vermutungen darüber anstellen. Er dachte an das, was Tuge gesagt hatte. Ihre Schar war wirklich klein. Sie ritten, wie üblich, in Doppelreihe, der Yaman und Curru vorn, dahinter die erfahrenen Krieger und die Söhne des Yamans, dazwischen die beiden Frauen. Sie trugen leichte, helle Reitkleidung und hatten Schleier angelegt, um ihr Gesicht vor dem Staub zu schützen, den Skefer über die Steppe trieb.

Awin entging nicht, wie unangenehm den Männern ihre Gegenwart war. Sie waren auf Kriegszug – eine Angelegenheit voller Blut, von der düstere Lieder am Lagerfeuer kündeten, Männersache eben. Aber wie sollte man vom Töten reden oder gar singen, wenn Frauen zugegen waren? Er selbst fand, dass diese beiden hellen Frauengestalten ihrem Zug etwas Unwirkliches gaben. Es sah aus, als würden sie zwei Bräute zu ihrer Hochzeit begleiten, nur dass sie keine Bräute, sondern vielleicht Witwen waren. Tuge beschloss mit den Jungkriegern den Zug. Und so oft Awin auch zählte, sie wurden nicht mehr. Wenn er Mewe und den dicken Bale mit Sohn und Enkel dazurechnete, kam er auf gerade einmal sechzehn Krieger. Fünf fehlten. Erst jetzt wurde ihm bewusst, was es für den Klan bedeutete, wenn Elwah und seinen vier Ältesten wirklich etwas Schlimmes zugestoßen sein sollte.

Sie waren bereits zwei Stunden unterwegs, als hinter ihnen ein Pfiff ertönte. Der Yaman ließ den Zug halten. Awin beschattete die Augen und starrte nach hinten. Es tat gut, dem Wind und dem feinen Staub für einen Augenblick den Rücken zudrehen zu können. Vier Reiter waren dort aufgetaucht. Vier? Der Yaman ließ sie zwar nicht absitzen, erlaubte aber seinen Männern, sich mit Trockenfleisch und Wasser zu stärken, während sie auf die

Nachzügler warteten. Awin grinste. Der vierte Reiter war eine Reiterin.

»Ist das deine Tochter, Tuwin?«, fragte der Yaman, mehr verblüfft als verärgert.

Der Schmied seufzte nur, statt zu antworten.

»Wenn uns jemand sieht, wird er denken, wir reiten zu einem Fest und nicht in die Schlacht«, brummte Curru missvergnügt. Er hielt das Feldzeichen der Sippe, die Sgerlanze, immer noch in seiner Rechten. Für gewöhnlich wurde sie sonst nur kurz vor der Schlacht gezeigt und bei Aufbruch und Heimkehr, aber offensichtlich wollte der Seher den Männern den Ernst der Lage vor Augen führen.

»Wer hat dir erlaubt, uns zu folgen?«, fuhr der Schmied seine Tochter an, als die vier den Zug endlich erreicht hatten.

»Niemand, aber es hat mir auch niemand verboten, Baba«, lautete die schlichte Antwort.

»Ich hätte mehr Vernunft von dir erwartet, Bale«, wandte sich Tuwin nun an den Pferdezüchter.

Dieser blickte ihn erstaunt an. Er war weit mehr außer Atem geraten als seine jüngeren – und schlankeren – Begleiter. Sein Pferd keuchte. Jetzt holte er tief Luft und sagte: »Es ist deine Tochter, nicht meine, wofür ich den Göttern dankbar bin. Hast du nicht vorhin noch ihre Klugheit und Verständigkeit gelobt, Tuwin?«

»Sie ist verständiger als du, Bale. Ich nehme an, du hast sie mitnehmen müssen, damit sie dir den Weg zeigt.«

Bale lief rot an. »Müssen? Ich bin schon über diese Hügel geritten, als du noch nicht geboren warst, Tuwin. Ich kenne hier jeden Grashalm und jeden Busch, und ich kenne meinen Pfad. Kannst du das auch von dir und der Frucht deiner Lenden behaupten?«

Plötzlich lenkte der Yaman seinen Fuchs zwischen die beiden Streithähne. Er blickte finster von einem zum anderen und sagte: »Ich denke, wir können eine weitere heilende Hand gut gebrauchen, falls Elwah oder einer seiner Söhne verletzt sein sollte. Also mag sie bleiben. Und jetzt müssen wir weiter.«

Awin konnte sehen, dass Bale und Tuwin noch nicht miteinander fertig waren, doch Aryaks strenger Blick ließ keine weiteren Sticheleien zu. Also begnügten sie sich vorerst mit finsteren Blicken. Wela versuchte, sich bei den Jungkriegern einzureihen, aber ihr Vater befahl sie zur Enttäuschung Awins an seine Seite. Sie zogen weiter, und Yaman Aryak trieb zur Eile. Es war bereits Nachmittag, und sie wollten das Grastal, in dem sie Elwah vermuteten, noch vor Sonnenuntergang erreichen. Zweimal bot Aryak den Frauen eine kurze Rast an, aber sie lehnten ab. Das Gelände stieg mehr und mehr an, die Hügel wuchsen, und ihre Hänge wurden abschüssiger. Endlich ragten die Schwarzen Berge steil vor ihnen auf. Awin war noch nicht sehr oft hier gewesen, und jedes Mal erstaunte es ihn aufs Neue, wie unvermittelt die dunkelgrauen Felsen aus der Erde brachen.

Der Sage nach hatten sich die Vorfahren der Hakul hierher geflüchtet, als die Welt gewandelt wurde, und Kalmon, der Gott dieser Berge, hatte seine schützende Hand über sie gehalten. Fürchterliche Stürme hatten damals alles zermalmt, was in der Ebene war, und tiefe Furchen in diese Felsen geschnitten, die einst ein einziger Berg gewesen waren. Nur die, die bis zum Gipfel geflohen waren, hatten überlebt. Die Alten erzählten, dass man in diesen Schluchten noch heute die Schreie der Unglücklichen hören könne, die damals von den Stürmen zerrissen worden waren. Awin wusste, es war nur der Wind, der von Zeit zu Zeit um die Felsen pfiff und heulte, aber ein Rest der kindlichen Furcht war ihm geblieben und meldete sich jetzt wieder zu Wort.

»Ist das dort Mewe?«, fragte Karak.

Awin war dankbar dafür, dass ihn sein Nachbar aus den Gedanken riss, und kniff die Augen zusammen. Ein Reiter näherte sich schnell. Natürlich war das Mewe, wer sollte es sonst sein? Er fragte sich, welche Botschaft der Jäger wohl bringen mochte. Der Yaman ließ den Zug halten und ritt dem Späher mit Curru ein Stück entgegen. Vermutlich wollte er nicht, dass die Frauen hörten, was der Mann zu berichten hatte. Aber da hatte er sich verrechnet, denn als Sigil sah, was da vor sich ging, gab sie ihrem Tier kurz entschlossen die Fersen und folgte ihnen einfach. Der Yaman versuchte Sigil aufzuhalten. Ihr Pferd scheute und brach zur Seite aus. Aber die Frau Elwahs war eine geschickte Reiterin und hatte es rasch wieder im Griff.

»Mewe, was hast du gesehen?«, rief Sigil dem Jäger laut zu.

Der schüttelte den Kopf. »Nichts habe ich gesehen. Denn wie der Yaman verlangte, hielt ich am Eingang des Tales an.«

»Wenn ihr es nicht wissen wollt, ich kann nicht länger warten«, rief Sigil. Erneut gab sie ihrem Braunen die Fersen und galoppierte davon.

»Halt!«, schrie der Yaman. »Mewe, halte sie auf!«

Mewe versuchte, Sigil den Weg abzuschneiden, aber sie schlug einen Haken, durch den sie hinter ihm vorbeischlüpfte, und versetzte dabei Mewes Rappen einen Schlag mit der Reitgerte, dass er sich aufbäumte und der Jäger alle Mühe hatte, sich im Sattel zu halten. Plötzlich löste sich eine zweite Reiterin aus der Schar. Es war Hengil, Calwahs Frau. Sie brach mitten durch die Reihe der Krieger. Die Pferde erschraken und sprangen zur Seite, und die Männer fluchten und versuchten, sie wieder zu beruhigen. Yaman Aryak brüllte noch einmal ein »Halt« hinter den beiden Frauen her, aber sie dachten nicht daran, auf ihn zu hören.

»Und ihr? Worauf wartet ihr, ihr Krieger der Hakul, ihnen nach! Oder wollt ihr sie in ihr Verderben reiten lassen?«

Die Männer fluchten, dann setzten sie den beiden Frauen nach. Es war nicht mehr weit bis zum Eingang des Grastals. Elwah war der beste Schafzüchter der Sippe, aber wie sich nun zeigte, besaß seine Familie auch gute Pferde. Wie der Wind flogen die beiden Frauen den langen Hang zum Eingang des Tals hinauf. Die Pferde der Männer hatten schwerer zu tragen. Awin legte sich weit vornüber, um seinen Falben zu entlasten, und bald war er unter den ersten Verfolgern. Ganz vorne aber war Mewe. Sein Rappe wirkte frisch, und schnell holte er Hengil ein. Er rief ihr ein paar zornige Worte zu, die Awin nicht verstehen konnte, aber sie schienen zu wirken, denn die junge Frau zügelte ihr Tier.

Das Gras trat zurück, und sie erreichten die weite Felsplatte, die vor dem Eingang des Tales lag. Der Hufschlag der galoppierenden Pferde hallte von den steilen Wänden wider. Wenn dort im Tal ein Feind auf sie wartete, würde er sie hören, lange bevor er sie sah. Awin biss die Zähne zusammen und jagte weiter. Sigil hatte das Ende der Felsplatte erreicht, und Mewe war dicht hinter ihr. Er brüllte ihr etwas zu, aber Elwahs Frau hetzte ihr Pferd weiter. Sie verschwanden hinter einer Felsbiegung. Dann erklang das durchdringende Wiehern eines Pferdes und ein vielstimmiges Blöken. Awin bog um die Ecke – und zog scharf am Zügel. Vor ihm drehte sich Sigils Brauner in schnellen Kreisen inmitten einer Herde Schafe, die sich über den Grund des Tales verstreut hatte, und Mewe hatte alle Hände voll zu tun, seinen Rappen zu bändigen. Von den Hirten war nichts zu sehen. Awin konnte die Verzweiflung in Sigils Gesicht erkennen. Natürlich wusste sie schon seit dem Mittag, dass etwas Furchtbares geschehen sein musste, aber jetzt, da sie mit eigenen Augen sah, dass der größte Schatz ihres Mannes, seine Tiere, unbewacht und verloren durch das Tal streunte, sah sie ihre schlimmsten Befürchtungen wohl bestätigt. Sie war aschfahl im Gesicht. Es dauerte nicht sehr lange, und die anderen Hakul trafen ein. Der Yaman wartete, bis auch der dicke Bale angekommen war. Die Sonne war schon hinter den westlichen Hängen verschwunden, und das Tal versank allmählich im Dämmerlicht. Der Yaman verzichtete darauf, Elwahs Frau zur Rede zu stellen, und beriet sich leise mit Curru. Awin lenkte sein Pferd näher heran. Er war der Schüler des Sehers und hatte daher das Recht, dieser Beratung beizuwohnen.

»Die Felsen schweigen. Die Geier fliegen nicht. Der Weg vor uns versinkt in Dunkelheit. Ich vermag nicht zu sehen, was vor uns liegt«, erklärte Curru.

»So sollten wir uns für den Kampf rüsten?«, fragte der Yaman.

»Es kann nicht schaden, denn eines kann ich doch sagen – ich sehe Blut am Ende unseres Pfades.«

Der Yaman dachte kurz nach, dann nickte er. Awin verzog keine Miene, auch wenn er sich über die Blindheit des Alten wunderte. Es gab vielerlei Zeichen: Die verstreut weidenden Tiere verrieten doch, dass keine Viehdiebe in dieses Tal gekommen waren. Und der Boden war zwar karg, aber er nahm trotzdem Spuren auf. Wäre hier eine große Schar Feinde vorübergezogen, dann wäre das unübersehbar. Awin sah Mewe den Jäger, der sich von seinem Rappen hinunterbeugte und den Boden absuchte.

»Warum stürmen wir nicht einfach hinein und überraschen den Feind?«, fragte Eri ungeduldig.

Der Yaman schnappte diesen Vorschlag auf und sagte: »Hört, ihr Männer, wir wissen nicht, was uns hier erwartet. Mewe, du wirst mit den Jungkriegern voranreiten. Bale, du und Tuwin, ihr bildet mit den Frauen den Schluss. Rüstet euch zum Kampf.«

»Hakul!«, antworteten die Männer mit dem alten Schlachtruf ihres Volkes.

Awin hatte als Junge eine Mutprobe bestehen müssen. Sie bestand darin, die Maske eines Kriegers zu entwenden und ihr einfach nur lange in die leeren Augenhöhlen zu schauen. Er erinnerte sich gut daran, wie er in Tuges Zelt geschlichen war, die Maske vom Zeltpfahl genommen und in ein Tuch gehüllt hatte. Alle Kinder wussten, dass die Schmiede den Masken Zauberkräfte gaben. Wer in ihre Augen schaute, konnte von diesen Kräften gefangen und gelähmt werden. Awin erinnerte sich mit Schaudern daran, wie er die überraschend leichte Bronzemaske in den Händen gehalten hatte. Sie hatte wenig Ähnlichkeit mit einem menschlichen Gesicht. Ein schmaler Spalt für den Mund, ein stumpfes Dreieck für die Nase, die beiden runden Löcher anstelle von Augen.

Er hatte sich gefürchtet, aber dann doch tapfer in die leeren Augen gestarrt, weil ihn die anderen Knaben, Ebu voran, verhöhnt hatten. War es Zauberei? Er hatte gemerkt, wie ihm die Glieder schwer wurden, der Atem immer flacher ging. Er hörte die anderen lachen und ihn verspotten, aber er konnte seinen Blick einfach nicht von den leeren Augen wenden. Ech hatte den Spuk schließlich beendet, indem er ihm die Maske einfach aus der Hand genommen hatte. Noch einen halben Tag lang hatte Awin unter einem Gefühl der Taubheit in seinen Fingern gelitten. Diese Erinnerung kam nun wieder hoch, denn die Yamanoi, die erfahrenen Krieger, die an der Seite des Yamans reiten durften, befestigten die Kriegsmasken an ihren Helmen. Bald waren die vertrauten Gesichter hinter ausdrucksloser Bronze verschwunden. Ein leiser Pfiff von Mewe riss ihn aus seinen Gedanken. Es sah so aus, als sollten die jungen Krieger Gelegenheit bekommen, sich auszuzeichnen. Sie waren nur leicht gepanzert und beweglicher als die Maskenreiter. Sollte sie ein Feind erwarten, würden sie ihm mit Pfeilen einen Gruß senden und sich schnell zurückziehen. Dann würde sich zeigen, ob der Gegner auch einem Angriff der Yamanoi standhalten konnte.

»Wurde aber auch Zeit«, knurrte Mewe, als Awin herantrabte.

In langsamem Schritt ritten sie voraus. Der Talgrund war recht weit, und Mewe schickte die anderen Jungkrieger an die Flanken. Sie rückten vorsichtig vor, den Blick auf die steilen Hänge gerichtet. Hinter jedem Stein konnte ein Feind lauern. Die Bögen hielten sie in den Händen. Mehr als einmal zuckten sie zusammen, weil plötzlich ein Schaf oder eine Wollziege hinter einem Felsen hervorsprang. Awin suchte die Grate und Felsblöcke ab, ohne etwas zu entdecken. Das Licht wurde allmählich dämmrig. »Wir werden keine Feinde dort finden«, sagte er schließlich leise.

Mewe, der schon die ganze Zeit den Blick nur auf den Boden gerichtet hielt, sah ihn scharf an. »Hat der Geier mit dir gesprochen, junger Seher, oder der Wolf?«

Awin schüttelte den Kopf. »Es gibt keine Wölfe in diesen Bergen, heißt es. Und siehst du irgendwo auch nur einen Raubvogel?«

Mewe hielt sein Pferd an. »Wenn es keine Zeichen der Weberin gibt, was verschafft dir dann diese Gewissheit, Awin, Kawets Sohn?«

Auch Awin zügelte seinen Falben. »Wenn dort hinten im Tal Feinde wären, dann würden die Geier am Himmel kreisen und sich nicht an ihre … Beute heranwagen.« Beute – das konnte auch ein Tier sein. Awin wusste es besser, aber er verbot sich, Elwah und die seinen aufzugeben. Vielleicht waren sie wirklich nur verletzt oder gefangen.

»Es sei denn, der Feind versteckt sich in einem der Seitentäler«, widersprach Mewe knapp. Awin wunderte sich, dass sich der Jäger auf dieses Gespräch einließ. Dies war keine Probe seiner Fähigkeiten, dies war ein Ritt, der sie in einen Kampf führen konnte.

»Das mag sein«, gab Awin zu, »aber entweder ist er nicht sehr zahlreich, oder er kann fliegen, denn ich kann seine Spur nicht sehen.«

Mewe strich sich nachdenklich über den dünnen Bart. »Hier waren Reiter. Hin und her sind sie geritten. Das können aber auch Elwah und seine Söhne gewesen sein. Der Talgrund ist hart, die Schafe haben alles zertrampelt, und ich kann nicht erkennen, wie alt die Spuren sind. Der Boden sagt, dass nicht viel mehr als eine Handvoll Reiter in diesem Tal gewesen sein können. Wären es mehr, hätte ich ihre Fährte gesehen.«

»So können wir unsere Vorsicht aufgeben? Ich fürchte, wir finden Elwah sonst erst in der Dunkelheit.« Und wieder versuchte Awin, nicht an das Schlimmste zu denken. Die anderen Jungkrieger hatten ihre Pferde angehalten und sahen von Ferne zu, wie Awin und Mewe sich berieten. Einen Bogenschuss entfernt hatten die Yamanoi ihre Pferde angehalten.

Mewe schüttelte den Kopf. »Du bist klug, junger Seher, und hörst, was Himmel und Erde uns sagen. Vom Kampf verstehst du aber nichts. Es ist gut möglich, dass dort nur ein einziger Mann auf uns wartet. Wenn dieser Mann aber Elwah und seine Söhne besiegt hat, muss er ein gefährlicher Gegner sein, oder nicht? Wir werden uns also vorsehen. Und jetzt weiter.«

Mewe nickte den anderen Reitern zu, und sie ritten langsam tiefer ins Tal hinein. Awin biss sich auf die Unterlippe. Er war so stolz gewesen, als Mewe ihm Recht gegeben und seine Klugheit gelobt hatte, aber jetzt sah er ein, dass der Jäger viel umsichtiger war als er selbst. Das Grastal wurde allmählich schmaler, und der Talgrund stieg leicht an. Sie erreichten den höchsten Punkt des Tals, eine lang gestreckte, flache Kuppe. Wer im Frühjahr nach der Schneeschmelze hierherkam, fand einen kristallklaren See vor, der das weite Tal fast bis an diese Kuppe heran ausfüllte. Jetzt, im hohen Sommer, war davon nur noch eine kleine Wasserstelle übrig.

Awin hatte es als selbstverständlich angenommen, dass sie Elwahs Lager am Wasser finden würden. Jetzt sah er sich bestätigt. Dort unten lag der See. Schafe und Wollziegen drängten sich am Ufer und tranken. Ein einsames Pferd streunte durch das Tal. Er entdeckte die erloschene Feuerstelle – und daneben eine Ansammlung dunkler Flügel und hässlicher Köpfe, die sich um mehrere reglose Körper scharten. Sie hatten Elwah und seine Söhne gefunden. Mewe stieß einen durchdringenden Schrei aus und spannte seinen Bogen. Sein Pfeil schnellte von der Sehne und sirrte hinab ins Tal. Einer der gefiederten Aasfresser wurde aus der schwarzen Versammlung herausgeschleudert. Ein vielstimmiges Krächzen erklang, Geier und Bussarde flatterten mit misstönenden Schreien auf und erhoben sich schwerfällig in die Luft. Sie schienen unschlüssig, ob sie wirklich von ihrer Beute lassen sollten. Ein zweiter Pfeil traf einen der Vögel, der sich in der Luft überschlug und zu Boden stürzte. Es war Karak, der seinen Bogen wieder senkte. Mewe schrie noch einmal und trieb sein Pferd im Galopp zur Feuerstelle. Awin folgte ihm, und auch er schrie, so laut er konnte. Erst jetzt sahen die Aasfresser ein, dass sie ihr Mahl beenden mussten. Mit wütendem Krächzen stiegen sie in den Himmel. Mewe war an der Feuerstelle angelangt und vom Pferd gesprungen. Nach zwei schnellen Schritten blieb er wie angewurzelt stehen. Er drehte sich zu Awin um. »Sigil und Hengil dürfen das nicht sehen!«, rief er.

Awin nickte, aber er konnte selbst kein Auge von dem Schrecklichen wenden, das dort am erkalteten Feuer wartete.

»Schnell doch!«, drängte Mewe.

Awin wendete seinen Falben. Die Maskenreiter waren an

der Kuppe angekommen. Das Tal lag nun völlig im Schatten. Der Himmel über den Reitern leuchtete in einer Helligkeit, die Awin unpassend erschien. Er musste seine Augen beschatten. Er sah eine ausdruckslose Reihe bronzener Gesichter, die stumm auf das Verhängnis hinabblickten, das ihre Sippe ereilt hatte. Dann tauchte eine hell gekleidete Gestalt zwischen ihnen auf – Sigil. Sie schien auf ihrem Pferd zu erstarren. Awin sah, wie der Abendwind die Staubschleier vor ihrem Gesicht leicht bewegte. Sie sah wirklich aus wie eine Braut auf ihrem Ritt zum Bräutigam. Aber nur der Tod hatte hier Hochzeit gefeiert.

Ein Feuer flackerte am Ufer. Die Männer waren damit beschäftigt, Steine zusammenzutragen. Sie waren übereingekommen, Elwah und seine vier Söhne an Ort und Stelle zu begraben. Sigil und Hengil saßen am Feuer. Elwahs Frau war vorhin alleine zum Seeufer hinabgeritten. Die Maskenreiter waren zurückgeblieben. An der Feuerstelle hatte sie ihr Pferd angehalten und war abgestiegen. Dann war sie an die Leiche ihres Mannes herangetreten und ihm einmal mit der Hand sanft über das zerstörte Gesicht gefahren. Sie weinte nicht, und sie klagte nicht. Dann war Hengil erschienen und hatte sich weinend und wehklagend über den toten Calwah geworfen. Erst da hatte sich die Erstarrung der Krieger gelöst. Wela war dazugekommen und hatte versucht, die Frauen zu trösten. Die Männer hatten stumm danebengestanden. Selbst Curru fand keine Worte. Erst jetzt, wo das Feuer brannte und die Krieger beschäftigt waren, Steingräber für ihre fünf Waffenbrüder vorzubereiten, wich das lähmende Entsetzen allmählich. Sie waren Hakul. Der Tod ritt immer an ihrer Seite, und im Krieg blieb wenig Zeit, die Gefallenen zu betrauern. Aber der Tod hatte immer auch Folgen für die Hinterbliebenen, die bedacht werden wollten. Awin war zufällig Zeuge, als Curru in dieser Angelegenheit mit dem Yaman sprach.

»Wie du sicher weißt, Aryak, war Elwah ein Vetter von mir. Und deshalb frage ich dich, als das Oberhaupt unseres Klans, was du zu tun gedenkst mit dem, was er hinterlassen hat – seinen Herden, seinen Pferden.«

Der Yaman blickte ihn erstaunt an. »Tun? Nichts. Lewe ist sein Erbe, wie dir doch wohl bekannt sein wird.«

»Der Knabe ist doch noch keine acht Winter alt. Er wird kaum für die Tiere und die Frauen sorgen können. Soweit ich es sehe, bin ich nach Lewe der nächste Verwandte Elwahs.«

Plötzlich stand Sigil hinter dem Yaman. Sie hatte den Staubschleier abgenommen. Sie war blass, ihre Augen waren leer, aber ihre Züge so hart wie Granit. »Elwah war mein Mann, und Lewe ist mein Sohn. Glaube mir, Seher, wir sind nicht auf deine Fürsorge angewiesen und selbst in der Lage, uns um unser Eigen zu kümmern!«

»Es ist nicht deine Entscheidung, Weib, sondern obliegt dem Yaman, in solchen Fällen den Erben und, wie es mir hier angebracht scheint, einen Vormund einzusetzen, bis Lewe alt genug ist«, entgegnete Curru ungerührt.

Eri, der jüngste Sohn des Yamans, trat hinzu. »Wenn sie Hilfe braucht, kann sie auf uns zählen«, bot er mit großmütiger Geste an.

Sein Vater warf ihm einen tadelnden Blick zu. Sigil drehte sich langsam zu Eri um. »Du, Yamanssohn, hast meinen Mann tot genannt, als selbst die Seher es noch nicht wussten. Von dir will ich keine Hilfe, denn mit dir reitet das Unglück.«

Eri wurde blass. Aryak hob begütigend die Hand. »Die Frage des Erbes werden wir erörtern, wenn Elwah in der Erde ruht. Ich erkläre aber die Ansprüche von Lewe für berechtigt. Du wirst gute Gründe brauchen, Freund Curru, wenn du mich vom Gegenteil überzeugen willst.«

Curru nickte knapp. Dann drehte er sich um und ging. Der

Yaman wandte sich an seinen Jüngsten, der – es war schwer zu unterscheiden, ob aus Betroffenheit oder Wut – ganz bleich geworden war. »Und du, mein Sohn? Hast du nichts zu tun? Es sind auch deine Freunde, die wir beerdigen müssen. Also hilf den Kriegern.«

»Ja, Baba«, sagte Eri und stapfte davon.

»Und du, Awin, Kawets Sohn, wirst mir, Mewe und Curru helfen, Licht in das Dunkel dieses Tals zu bringen.«

Awin nickte stumm. Die Aufforderung überraschte ihn. Das war eine ernste Sache, keine Übung für einen heranwachsenden Seher, bei der es auf das Ergebnis nicht ankam. Er folgte dem Yaman zu der Stelle, an der Elwah und die seinen getötet worden waren. Die Hakul hatten sie mit ihren eigenen schwarzen Umhängen zugedeckt. Mewe war bereits dort. Er saß auf einem Stein und schien in tiefem Nachdenken versunken zu sein. Curru war bei ihm. Er sah noch übellauniger aus als sonst. Dass Awin mit dem Yaman zu ihnen stieß, schien seine Laune auch nicht zu bessern.

»Nun, Mewe, Jäger unserer Sippe, was sagen dir die Spuren dieses Ortes?«, fragte Aryak.

Mewe blickte auf. Er schwieg einen Augenblick, dann sagte er langsam und bedächtig: »Es gibt hier mehr Fragen als Antworten, Yaman, und meine Gedanken enden stets an der Asche dieser Feuerstelle. Ich glaube, dass nur ein Mann Elwah und seine Söhne tötete, denn er tat es immer auf genau die gleiche Weise. Er kam wohl in der Nacht. Anak fanden wir etwas abseits von den anderen, dort, bei diesem Stein. Ich nehme an, er hatte Wache, aber ich kann keine Spuren eines Kampfes finden. Es mag daran liegen, dass das Licht schwach ist und dass die Aasfresser hier waren, aber ich glaube es nicht. Ich nehme an, Anak fühlte sich zu sicher und ist eingeschlafen, und der Fremde hatte leichtes Spiel mit ihm und ein noch leichteres mit seinen Brüdern und seinem Vater, denn denen hat er die Kehlen im Schlaf durchgeschnitten.«

Awin hörte zu. Anak war sein bester Freund gewesen. Er fühlte eine Taubheit dort, wo eigentlich Schmerz sein sollte. War es für Trauer noch zu früh?

»Im Schlaf? Was für ein Krieger ist das, der seine Feinde im Schlaf ermordet!«, rief Yaman Aryak angewidert aus.

»Ich war auf vielen Kriegszügen dabei, wie ihr wisst, und habe vielen Feinden ins Gesicht gesehen, doch ich muss sagen, dass dieser Mann mir unheimlich ist. Denn nach seiner Tat hat er gegessen, dort am Feuer, mitten unter den Leichen. Dort liegt der Holzteller, noch mit Resten bedeckt. Es war wohl etwas übrig von dem Mahl, das Elwah oder einer seiner Söhne zubereitet hatte.«

Awin spürte einen Schauer über seinen Rücken laufen. Was für ein Mensch war fähig, in solcher Lage zu essen?

»Noch befremdlicher ist, dass er am nächsten Tag ein zweites Feuer entfacht hat, weiter drüben«, fuhr der Jäger fort. »Er hat einen Hammel getötet und zwei Schenkel gebraten. Von einem liegen die Knochen dort, der andere fehlt, also hat er ihn vielleicht mitgenommen.«

»Vielleicht wollte er die Leichen bei Tage nicht sehen«, meinte der Yaman nachdenklich.

»Das ist möglich, vielleicht haben ihn auch nur die Fliegen gestört, die inzwischen sicher …« Mewe schüttelte den Kopf und beendete den Satz nicht. Dann erklärte er: »Er muss recht lange dort gesessen haben, denn es scheint, als seien die Geier erst spät vom Himmel herabgekommen, sonst …« Auch diesen Satz beendete der Jäger nicht. Stattdessen sagte er: »Ich weiß nicht, was für ein Mann das ist. Hätte er nicht Waffen verwendet, würde ich glauben, dass es ein Daimon war, denn ich verstehe den Sinn seiner Handlung nicht. Und ich verstehe nicht, wie Lewe davongekommen ist.«

»Sein Herz ist schwarz, und das Böse braucht keinen Grund für böse Taten«, warf Curru ein.

»Hast du Zeichen gesehen, alter Freund, die uns erklären, was hier geschehen ist?«

»Der Flug der Geier war unruhig, Aryak. Sie wissen, dass uns ein Unglück widerfahren ist. Aber sie schweigen über die Ursache.«

»Und du, junger Seher?«, wandte sich der Yaman jetzt an Awin.

Curru blickte überrascht auf, und Awin zuckte unwillkürlich zusammen. Es war noch nie vorgekommen, dass der Yaman sich an Awin wandte, wenn Curru nicht weiterwusste. Er musste schlucken, bevor er antwortete: »Ich sehe auch keine Zeichen, die uns das erklären, ehrwürdiger Yaman.« Das war nur die halbe Wahrheit, denn es gab Hinweise, aber die waren nicht im Flug der Aasfresser zu finden. Der Yaman spürte wohl, dass das noch nicht alles war. »Aber?«, fragte er.

»Mir ist aufgefallen, dass ihre Dolche verschwunden sind«, stieß Awin hervor.

Curru lachte verächtlich. »Als hätten wir das nicht schon längst bemerkt.«

»Dann hättest du es vielleicht erwähnen sollen, alter Freund«, entgegnete Aryak nachdenklich.

»Es ist kein Seherzeichen«, widersprach Curru.

»Aber es ist wichtig«, warf Mewe ein. »Ich habe es auch bemerkt, aber nicht darauf geachtet. Doch der Junge hat Recht. Es sagt etwas aus über den Mann, der diese Tat verübte.«

»Und was soll das sein?«, fragte Curru verächtlich.

»Die Schafe und Ziegen sind noch hier. Also war es kein Viehdieb. Ich dachte zuerst, er hätte vielleicht nur einige wenige Tiere davongetrieben, dann hätte es ein Hakul sein können: ein Jungkrieger, der sich beweisen will, oder ein Mann, dessen

Sippe Not leidet. Vielleicht sogar ein alter Feind Elwahs, der eine Rechnung zu begleichen hatte. Aber kein Hakul würde den Blutdolch eines anderen stehlen.«

»Fehlt nicht eines der Pferde?«, fragte Awin schüchtern.

»Es mag sich in den Seitentälern verlaufen haben«, schnaubte Curru.

Mewe starrte Awin nachdenklich an. »Wieder hat der Junge Recht.«

»Also ein Pferdedieb?«, fragte der Yaman zweifelnd.

Awin durchfuhr ein Gedankenblitz. Es war ein Bild. Eine große, zerbrochene Steinplatte, über die eine grüne Eidechse huschte. Er verstand nicht, wo dieses Bild herkam oder was es ihm sagen wollte. Er blinzelte verwirrt. Was hatte der Yaman gerade gesagt?

»Nein, kein Pferdedieb, denn sonst hätte er alle mitgenommen, nicht bloß eines«, widersprach Mewe.

»Dann kann es ein Späher gewesen sein«, meinte Curru.

»Und was wollte der hier ausspähen? Und wenn er einem feindlichen Heer vorausgeht, wäre es doch sehr unklug, durch Mord unsere Wachsamkeit zu wecken«, hielt Mewe ihm entgegen. »Nein, ich verstehe einfach nicht, was der Fremde an diesem See wollte.«

Awin hatte immer noch das Bild der zerbrochenen Steinplatte vor Augen. Es war wichtig, das fühlte er. Aber was um der Götter willen hatte es zu bedeuten? War es eines der Gesichte gewesen, von denen erfahrene Seher manchmal berichteten? Oder eine Erinnerung? Glatt wie ein Fisch trieb ihm ein Gedanke durch den Kopf, den er einfach nicht zu fassen bekam. Es passte zu einem anderen Gedanken, den er schon vorher gehabt hatte, aber er verstand den Zusammenhang nicht. Dann hörte er sich selbst sagen: »Und wenn der See gar nicht sein Ziel war?«

Curru schüttelte seufzend den Kopf. »Seht ihr, wie viel Ärger ich mit diesem Jungen habe? Glaubst du etwa, dass dieser kaltblütige Mörder unserer Verwandten sich bloß verlaufen hat?«

Awin wurde rot und senkte den Kopf. Das hatte er nun wirklich nicht behaupten wollen. Mewe sprang plötzlich auf. »Etys' Grab!«, rief er.

Der Yaman sah ihn groß an: »Das Grab des Stammvaters? Was ist damit?«

»Er kam nicht hierher, um Elwah zu töten. Habt ihr die Seitentäler abgesucht?«

Hier im hinteren Bereich des Grastals zweigten einige schmale Täler und Schluchten ab. Einige waren nur wenige Schritte tief, andere zogen sich lang und gewunden weit durch den Fels.

Der Yaman schüttelte den Kopf. »Es ist schon zu dunkel, gerade in den Schluchten. Und sagtest du nicht selbst, dass wir jetzt keine Spuren mehr finden werden? Außerdem führt keine dieser Schluchten aus den Bergen hinaus. Sollte er wirklich noch hier sein, kann er uns auf diesem Weg sicher nicht entkommen.«

»Fackeln!«, rief Mewe. »Schnell! Und dann auf die Pferde.«
»Alle?«, fragte Aryak, offensichtlich befremdet.

Mewe starrte ihn kurz an. »Nein, besser nur wir vier. Ich fürchte das Schlimmste.«

Wenig später ritten sie durch die nördlichste der Drei Schwestern. Das waren drei Schluchten, die sich wie drei gekrümmte Finger nebeneinander in den Berg gruben. Mewe ritt voran. Und obwohl es zwischen den senkrecht stehenden Felsen schon finster war und das Licht der Fackeln kaum ausreichte, um den Weg zu erkennen, ritten sie im scharfen Trab. Mewe hatte sich über sein Ziel ausgeschwiegen, aber als er genau auf diese eine Schlucht, die Jüngste Schwester, zuhielt, begriff Awin, was er befürchtete. Der Yaman ritt vor ihm, aber er konnte ihm noch von hinten ansehen, wie besorgt er war. Auch Curru schien verstanden zu haben, was hier möglicherweise geschehen war. Und Awin teilte ihre Sorgen. Das, was er befürchtete, würde alle offenen Fragen beantworten. Gleichzeitig weigerte er sich zu glauben, dass es wirklich geschehen war. Es war einfach undenkbar, dass ein Mensch so tief sinken und diesen Frevel begehen würde. Mewe hielt sein Pferd scharf an. Sie hatten ihr Ziel erreicht, eine glatte Felswand am Ende des Tales. Vor ihr lag eine zerbrochene Steintafel, über die, im Licht der Fackeln kaum zu erkennen, eine Eidechse huschte. Awin bekam weiche Knie, als er das Bild wiedererkannte. Die anderen sprangen von den Pferden. Stumm starrten sie auf das Loch, das dort in der Wand klaffte. Etys' Grab war geöffnet worden.

»Ich habe es nicht verstanden«, sagte Curru schließlich.

»Was meinst du, alter Freund?«, fragte der Yaman tonlos.

»Das Pferd. Als ich sagte, es sei in eine der Schluchten gelaufen. Es war eine Nachricht der Schicksalsweberin, aber ich habe sie nicht verstanden.«

»Aber du hast es gesagt. Es war ein Hinweis«, stellte der Yaman fest.

»Wir müssen nachsehen«, sagte Mewe schließlich. Er packte seine Fackel fester und trat an das Grab heran.

»Warte«, rief der Yaman. »Es ist heiliger Boden.«

Mewe blieb stehen. »Curru?«, fragte er, und die Verunsicherung war seiner Stimme deutlich anzuhören.

Der Seher hatte sich noch nicht gerührt. Jetzt nickte er nachdenklich. »Ja, es ist heiliger Boden, aber er wurde bereits entweiht. Wir können das Grab betreten. Unser Ahn wird uns vergeben.«

Awin starrte in das finstere Loch, das wie eine offene Wunde im Fels klaffte. Es hieß, die Ahnen freuten sich, wenn ihre Nachfahren sie besuchten, und so führte der Weg des Klans immer wieder an den Gräbern der Verstorbenen vorbei. Aber es gab Ausnahmen. Die Gräber der Weisen und der großen Anführer wurden gemieden. Denn sie wachten über die ihren und durften nicht gestört werden. Und keine Wacht war wichtiger als die des Großen Etys.

Aber da war noch etwas anderes. Als Awin mit den anderen das Grab betrat, fühlte er sich, als würde er in den Rachen eines Raubtieres steigen. Hier war etwas Böses vonstattengegangen – und es konnte sie alle verschlingen.

Ein kurzer Gang führte sie zur eigentlichen Grabkammer. Stumm betrachteten sie das Bild der Verwüstung, das sich ihnen darbot. Die Tonkrüge mit Nahrung waren zerschlagen worden, die Kisten mit Schmuck und Waffen waren umgestürzt, und – am schlimmsten – auch der Sarkophag war aufgebrochen worden. Der steinerne Deckel lag, in vier Teile geborsten, auf dem nackten Boden. Der Yaman überwand als Erster die heilige Scheu, die sie alle empfanden. Er trat an den Sarg und blickte lange hinein. Seiner Brust entrang sich ein gequältes Stöhnen. »Er hat sogar die Gebeine berührt und die Ringe gestohlen«, sagte er schließlich.

Mewe untersuchte die Kisten und Krüge. »Er hat alles mitgenommen, was von Wert war. Von den Speeren hat er die silbernen Spitzen abgebrochen, und dort liegt ein silberbeschlagener Brustpanzer, der ihm wohl zu schwer war. Aber er hat die Silbernägel herausgezogen. Einige hat er verloren. Er war wohl in Eile.«

Yaman Aryak hörte kaum zu. Unverwandt starrte er in den Sarg.

»Und – der Heolin?«, fragte Curru plötzlich.

Der Yaman beugte sich tief über den Sarg, verharrte lange so.

Schließlich drehte er sich um. Sein Gesicht war wie versteinert. »Er ist fort.«

Awin war, als würde man ihm den Boden unter den Füßen wegziehen. Der Heolin. Nichts war den Hakul heiliger als der Lichtstein.

»Wir sind verloren«, sagte Curru tonlos.

Aryak hob den Kopf. Es war nur eine winzige Bewegung, aber Awin sah, wie er sich straffte. »Das sind wir nicht!«, entgegnete er entschlossen. »Ein Dieb war hier und hat uns bestohlen, und er hat fünf der unseren im Schlaf ermordet. Das wird er bald bedauern. Wir werden ihm folgen, und wir werden ihn finden. Er wird sterben. Hatte er Helfer, werden wir auch diese töten. Gehört er zu einem Klan, werden wir diesen für seine Verbrechen bestrafen. Schützt ihn eine Siedlung oder Stadt, werden wir sie zerstören. Als Sger oder als Stamm, wenn es erforderlich ist. Ja, ich bin zwar kein Seher wie du, alter Freund, aber ich sage dir voraus, dass sich unser ganzes Volk vereinen wird, um dieses Verbrechen zu sühnen – wenn es die Speere unseres Sgers nicht schaffen.«

Awin konnte den Blick nicht von dem Sarg wenden. Dort lag der berühmteste und größte aller Hakul.

Der Yaman seufzte tief, dann fuhr er fort: »Aber vorerst, vorerst ist das eine Angelegenheit unseres Sgers. Wir sind der Klan der Schwarzen Berge. Dies sind unsere Weiden. Ich werde mich sicher nicht an Heredhan Horket wenden und um Hilfe bitten, wenn es sich nur irgend vermeiden lässt.«

»So weit werden wir es nicht kommen lassen«, erwiderte Curru ernst.

Awin nickte stumm. Dazu *durften* sie es einfach nicht kommen lassen. Horket war ein gefährlicher Mann, der erste Heredhan seit Menschengedenken, der dem alten Titel wieder echte Macht verliehen hatte – und niemand in Aryaks Klan hatte seinen Machthunger so schmerzhaft gespürt wie Awin. Die dunklen Erinnerungen an die Flucht durch die Steppe und die Tränen seiner Mutter, als sein Vater sich für immer von ihnen verabschiedete, kamen wieder hoch. Er biss die Zähne zusammen und trat an den Sarg. Es war besser, sich neuen Schrecken zu stellen, als die Gespenster der Vergangenheit heraufzubeschwören.

»Was tust du, junger Seher?«, fragte Mewe erschrocken.

Awin antwortete nicht. Er hoffte, dass es den Ahn jetzt nicht mehr störte, wenn ein weiterer Hakul seinen Leichnam sah. Da lag er nun vor ihm, im flackernden Licht ihrer Fackeln. Schatten tanzten über die sterblichen Überreste. Er trug ein halb zerfallenes, langes ledernes Gewand. Seine Rippen waren darunter sichtbar. Sein Schädel lag dort, zur Seite gekippt. Es waren noch Reste von Haaren zu erkennen. Vielleicht hatte er einen wertvollen Stirnreif getragen, den der Räuber ihm vom Haupt gerissen hatte. Die Finger seiner Linken waren gebrochen worden, einzelne Glieder fehlten. Es war, wie der Yaman gesagt hatte, der Dieb hatte sich wohl der Ringe bemächtigt. Seine Rechte war in einen ledernen Handschuh gehüllt. Das also war die Hand, die den Heolin von Edhils Sonnenwagen gebrochen hatte. Er wandte sich ab.

»Hast du etwas gesehen?«, fragte ihn der Yaman.

Awin schüttelte den Kopf.

»Du bist und bleibst eine Enttäuschung«, sagte Curru kalt. »Ich hoffe sehr, dass du ihn nicht zu sehr verärgert hast, junger Schüler!«

»Curru?«, fragte der Yaman.

Der Alte nickte und trat nun seinerseits an den offenen Sarg. Lange blickte er stumm hinein. Als er schließlich zurücktrat, sah Awin, dass er wirklich tief erschüttert war. »Sollte er sprechen, so kann ich ihn nicht hören, sollte er Zeichen senden, vermag ich sie nicht zu erkennen. Es ist eine dunkle Stunde.«

»Sag, Curru, was sind das dort für Zeichen an den Wänden?«, fragte Mewe plötzlich.

Awin hatte die schwarzen Striche schon bemerkt, ihnen aber keine Aufmerksamkeit geschenkt. Sie waren dicht unter der Decke auf alle vier Wände gemalt. Es waren einfache schwarze Linien mit einem nach links gewendeten Kopfstrich. Als er sie nun näher betrachtete, erkannte er, dass sich diese Zeichen durch kleine zusätzliche Striche oder Punkte voneinander unterschieden.

»Es sind alte dhanische Zeichen«, meinte Curru, als er sie eine Weile angestarrt hatte, »Zeichen, wie sie die Maghai verwenden.«

Von den Maghai hatte Awin gehört. Das waren mächtige Zauberer, doch es gab nur noch wenige von ihnen, wie es hieß. Gesehen hatte er jedenfalls noch keinen.

»Und was bedeuten sie?«, fragte der Yaman.

»Ich vermag das nicht zu lesen, doch ich glaube, dass es einen Schutzzauber oder etwas Ähnliches darstellen soll. Offenbar hat er nicht gewirkt«, meinte Curru kopfschüttelnd. »Maghai!«, setzte er voller Verachtung hinzu.

»Und was sollen wir jetzt tun, Yaman?«, fragte Mewe, der immer noch die Zeichen an der Wand anstarrte.

Aryak dachte einen Augenblick nach, dann sagte er bedächtig: »Wir werden zuerst den Sarg wieder schließen. Dies ist das wenigste, was wir für Etys tun können. Ich fürchte, wir können auch nicht viel mehr tun. Um das Grab angemessen herzurichten und zu versiegeln, fehlen uns die Mittel. Auch ist dieser Ort nun entweiht. Wir werden nach Tiugar gehen, wenn das hier vorbei ist. Aber nur, wenn wir den geraubten Heolin in unseren Händen halten, können wir es wagen, das Ross-Orakel um Auskunft und Hilfe zu bitten.«

Awin hatte die Stadt noch nie gesehen – Tiugar, die Verborgene, deren Lage kein Fremder kannte. Sie war die einzige steinerne Siedlung der Hakul, und dort weideten die Weißen Stuten, das mächtigste Orakel seines Volkes. Er wusste, dass der Yaman Recht hatte. Ihre Sippe war seit alters her verantwortlich für dieses Grab. Das war eine große Ehre, aber eine noch größere Verpflichtung.

»Willst du es den Männern sagen?«, fragte Curru.

»Wenn wir den Lichtstein nicht wiederbeschaffen, wird man unsere Sippe in Schande aus Volk und Stamm ausschließen. Die Männer sollten Bescheid wissen. Auch werden sie schon ahnen, was geschehen sein könnte. Doch darf es nicht nach außen dringen«, mahnte der Yaman. »Niemand außerhalb unseres Sgers soll davon wissen. Nicht, solange wir es vermeiden können. Begegnen wir anderen Hakul, so jagen wir einfach nur den Mörder unserer Brüder.«

»Eine weise Entscheidung«, lobte Curru.

Damit war alles gesagt. Sie hoben den zerbrochenen Deckel wieder auf den Sarg. Sie taten es zu dritt, denn Mewe wollte sich auf keinen Fall dem Großen Etys nähern. Als sie die Teile der Steinplatte auflegten, sah Awin die zerstreut im Sarg liegenden Fingerknochen. Aber auch er hätte es niemals gewagt, diesen heiligen Leichnam zu berühren.

Am Lagerfeuer wurde wenig gesprochen in dieser Nacht. Die Nachricht von der Schändung des Grabes hatte die Hakul erschüttert. Selbst Sigil und Hengil waren bestürzt, obwohl sie doch bereits um ihre Familie trauerten. Im Schein des Feuers konnte Awin die Grabhügel sehen, die in einer Reihe aus losen Steinen aufgeschichtet worden waren. Awin hatte bereits, wie seine Sgerbrüder, seinem Pferd Mähnenhaare abgeschnitten und jedem der Toten einige davon ins Grab gelegt. Dies sollte ihnen helfen, auch im nächsten Leben viele gute Rösser zu finden, mit denen sie, Seite an Seite mit den Ahnen, im Gefolge des Pferdegottes Mareket über die immergrüne Steppe jagen konnten. Morgen früh würden sie die Gräber verschließen, aber Curru sprach die Gebete noch in der Nacht, denn die Männer mussten mit dem ersten Licht des Tages fort. Die Frauen würden zurückbleiben. Eine Tatsache, die den dicken Bale sehr zu beschäftigen schien. Awin war zufällig in der Nähe, als er mit dem Yaman sprach. »Höre, Aryak, es sind nur drei Frauen, wie sollen die all das Vieh bis zu den Zwillingsquellen treiben?«

»Es sind Hakul. Sie haben Vieh getrieben, seit sie laufen können.«

»Aber drei Frauen, alleine mit dieser stattlichen Herde? Lass mich und die meinen ihnen helfen.«

Der Yaman starrte Bale finster an. »Hast du nicht begriffen, was hier vor sich geht, Bale? Wir haben eine Aufgabe zu erfüllen.«

»Aber wenn ich es richtig verstehe, ist es nur ein Räuber. Brauchst du da wirklich alle Männer des Sgers?«

»Jeden Mann, Bale, der eine Waffe halten kann. Und das kannst du doch – oder hat deine Hand vergessen, wie sich ein Schwert anfühlt?«

»Sicher nicht, Aryak, sicher nicht. Doch sieh mich an. Ich bin alt geworden. Mein Pferd ist langsam. Ich werde euch eher aufhalten als nutzen.«

»Dein Pferd ist langsam, weil du nicht nur alt, sondern vor allem dick geworden bist, Bale von den Hammelkeulen. Wenn du erst einmal eine Woche im Sattel gesessen und nichts als trockenes Fleisch gegessen hast, wird es deinem Pferd schon leichter fallen, dich zu tragen, glaube mir. Und nun geh und sieh nach, ob du für morgen alles bereit hast. Wir müssen vor dem Morgengrauen los.«

Als der Pferdezüchter gegangen war, näherte sich Tuwin der

Schmied dem Yaman. »In einem hat der Alte Recht, er wird uns eher aufhalten als nutzen.«

Der Yaman nickte. »Ich weiß es, Tuwin, aber ich will ihn nicht als einzigen Mann im Lager haben. Er ist ein Querkopf und Unruhestifter.«

»Wohl wahr, dennoch sollten wir den Frauen ein oder zwei junge Krieger mitgeben. Ich dachte an Eri. Er ist ein Hitzkopf, und ich fürchte, er versteht nicht, wie ernst diese Sache ist.«

Aryak seufzte. »Er ist jung, aber er wird schnell lernen, und ich will ihn an meiner Seite haben. Aber vielleicht hast du Recht. Was ist mit Marwi, Meryaks Sohn? Er ist der Jüngste unseres Sgers.«

»Eine gute Idee«, lobte Tuwin. »Wenn du willst, werde ich mit seinem Vater reden.«

»Ja, das wäre gut, mein Freund, denn es gibt so vieles, um das ich mich noch kümmern muss. Und du, junger Seher«, wandte er sich plötzlich an Awin, »solltest mehr auf die Zeichen der Nacht als auf die Gespräche der Männer lauschen.« Und damit ging er davon.

Awin hörte Tuwin lachen und wäre am liebsten im Erdboden versunken. Er zog sich ans Feuer zurück und starrte schweigend in die Flammen. Karak bot ihm ein Stück Trockenfleisch an, aber ihm war der Appetit vergangen. Er dachte wieder an die zerbrochene Steinplatte und die Eidechse. Hatte er das wirklich vorhergesehen? Es war so unwirklich. Inzwischen kam es ihm eher vor, als würde ihm seine Erinnerung einen Streich spielen. Einige Zeit später trat Curru zu Awin und forderte ihn leise auf, ein Stück mit ihm zu gehen. Er folgte ihm mit einem unguten Gefühl. Ob es wohl um die Gespräche ging, die er zufällig mitgehört hatte? Als sie außer Hörweite waren, blieb Curru stehen und blickte in den Himmel. »Siehst du die Sterne, mein Junge?«

Awin blickte nach oben. Es war eine klare Nacht, und der tiefschwarze Himmel zeigte sich übersät mit Gestirnen.

»Ja, Meister«, antwortete Awin.

»Die Akkesch glauben, dass man aus den Sternen die Zukunft lesen kann.«

»Können sie das, Meister?«

»Die Sterne sind weit fort und nur in der Nacht am Himmel. Was können die schon über unsere Tage wissen? Die Akkesch sind Narren. Sie leben in Häusern aus Stein und beackern mühsam immer denselben Boden. Sie wissen gar nichts.«

»Ja, Meister.«

»Und darin gleichen sie dir, mein Junge.«

Awin schwieg. Das hatte ihm an diesem schrecklichen Tag noch gefehlt, dass Curru ihn zum zweiten Mal zurechtwies.

Der Alte fuhr fort: »Ich muss dir leider sagen, dass der Yaman deinetwegen besorgt ist. Ja, du hast ihn enttäuscht.«

»Aber was habe ich denn getan?«, fragte Awin erschrocken.

»Du hast die Zeichen geleugnet und dann das, was du zu Tuge über Skefer gesagt hast.« Awin biss sich auf die Lippen. Also hatte der Bogner doch über ihre kurze Unterhaltung gesprochen.

»Tuge fand es sogar unterhaltend, dich so abfällig über unseren alten Feind reden zu hören, aber der Yaman denkt nicht so. Und ich ebenfalls nicht«, schloss Curru streng.

»Ja, Meister, aber welche Zeichen habe ich geleugnet?«

»Das Pferd und die Schlucht. Als ich diesen Wink der Weberin Tengwil erahnte, bist du mir ins Wort gefallen. Und so verblasste der Gedanke, bevor ich ihn fassen konnte.«

Awin schwieg, denn der Vorwurf war ebenso falsch wie ungerecht. Er war es, der das Pferd erwähnt hatte, und Curru hatte seinen Hinweis, dass eines fehlte, mit einer verächtlichen Bemerkung beiseitegewischt.

»Nun, Awin, ich mache dir keinen Vorwurf«, behauptete Curru, »auch ich war einst jung und übereifrig.«

Awin hatte Schwierigkeiten, sich vorzustellen, dass sein Ziehvater wirklich einmal jung gewesen war, behielt aber auch diesen Gedanken für sich.

»Jedenfalls will ich, dass du dich in Zukunft zurückhältst mit deinen vorschnellen Bemerkungen, wenigstens solange wir auf diesem Kriegszug sind. Und glaube mir, mein Junge, es geht mir nicht darum, dass der Yaman seine Verärgerung über dich an mir auslässt, das bin ich inzwischen leider gewohnt. Nein, ich befürchte, du könntest dauerhaft in Ungnade fallen. Du weißt selbst am besten, dass deine Verbindung zu unserem Klan nur schwach ist, Awin, Kawets Sohn. Ich habe Sorge, sie könnte ganz reißen.«

Jetzt war Awin wirklich beunruhigt. Ihm war gar nicht aufgefallen, dass der Yaman so schlecht auf ihn zu sprechen war. »Reißen, Meister?«

»Ja, das befürchte ich. Der Yaman ist ein geduldiger Mann, doch ist dies eine schwierige und dunkle Zeit. Er kann sich keine Fehler leisten und keinen Ärger durch einen vorlauten jungen Seher. Und was wird aus deiner Schwester, wenn du in Ungnade fällst?«

»Aber ...«, begann Awin.

»Ich will kein Aber und keine Widerworte mehr hören, Awin. Zu deinem eigenen Besten. Verstehst du das?«

Awin verstand es nicht, aber ihm war klar, dass er das Wohlwollen Currus brauchte, wenn er wirklich beim Yaman in Ungnade gefallen war. Also schluckte er den aufwallenden Zorn hinunter und sagte: »Ja, Meister, ich verstehe.«

»Gut, du bist doch ein verständiger junger Mann, wenn auch nicht so klug, wie du glaubst. Deshalb rate ich dir noch einmal, dich zurückzuhalten. Rede nur, wenn du gefragt wirst – und vor allem gewöhne dir ab, mir zu widersprechen. Das macht einen schlechten Eindruck.«

»Ja, Meister«, murmelte Awin verdrossen.

»Gut, dann geh jetzt. Und bete zu den Göttern, dass sie endlich die Blindheit von dir nehmen, junger Seher.«

Sie brachen noch vor dem ersten Licht des Tages auf. Das Vieh, das sich im Tal zerstreut hatte, war über Nacht zur Wasserstelle zurückgekehrt und drängte sich zusammen, als würden selbst Ziegen und Schafe spüren, was hier geschehen war. Die Männer sattelten ihre Pferde schweigend. Selbst die erfahrensten Krieger wirkten tief beunruhigt. Awin selbst kam es vor wie ein böser Traum. Die ermordeten Freunde, der aufgebrochene Sarg, die geraubten Schätze und vor allem der verschwundene Heolin. Das alles war doch eigentlich undenkbar. Wie konnten die Götter zulassen, dass so etwas geschah?

Über ihm verblassten die Sterne. Er zog seinen Sattelgurt fest und stieg auf. Niemand sprach ein Wort. Er sah Sigil, Hengil und Wela am Feuer sitzen. Sie würden die Gräber der Toten verschließen, wenn die Krieger fort waren. Der junge Marwi würde ihnen helfen. Er war der Sohn von Meryak, dem zweiten Pferdezüchter des Klans. Marwi war sicher nicht sehr glücklich darüber, dass er als einziger Mann zurückbleiben musste, aber er fügte sich der Entscheidung des Yamans ohne Widerworte. Aryak gab ein stummes Zeichen, und sie brachen auf. Sie ritten einer nach dem anderen an den offenen Gräbern ihrer Sgerbrüder vorüber. Sie hielten nicht, und sie sprachen kein Gebet. Awin blickte hinab. Noch waren die Gräber offen, aber die Gesichter der Toten lagen im Dunkeln. Dafür war er dankbar, denn er musste an das denken, was die Geier angerichtet hatten. Da lagen sie: Elwah der Träumer, sein ältester Sohn Calwah, Enyak, der so gern kochte, Sweru, der kaum älter als der junge Marwi gewesen war, und Anak, Awins bester Freund. Eigentlich hatte Awin eine Flut von Gefühlen erwartet, aber beim Anblick der schlichten Geröllhaufen empfand er nur eine tiefe Leere. Er wandte seinen Blick ab und sah nach vorne.

Es war eine schweigende Reihe von Kriegern, und Awin fragte sich, ob sie sich ebenso leer fühlten wie er selbst. Nur Eri, der jüngste Yamanssohn, sorgte für Unruhe, denn sein Pferd war ähnlich übermütig wie er selbst, und er musste es mit scharfen Worten zur Ordnung rufen. Seine hellen Schreie hallten von den Talwänden wider. Umso unwirklicher wirkte das tiefe Schweigen der anderen Krieger. Awin drehte sich nicht um. Er hoffte, dass ihm Wela trotzdem gute Wünsche mit auf den Weg gab. Sie stand am See und sah ihnen nach, ohne eine Regung zu zeigen. Am Himmel schwanden die letzten Sterne. Die Jagd hatte begonnen.

Slahan

ALS SIE DIE Felsplatte vor dem Zugang zum Grastal hinter sich gelassen hatten, war es Mewe hell genug, um die Fährte des Räubers aufzunehmen. »Drei Pferde«, verkündete der Jäger nach kurzer Suche. »Jedes trägt Last, entweder einen Reiter oder Beute. Ich kann nicht genau sagen, wie viel der Feind geraubt hat, doch denke ich, es sind eher zwei Reiter und ein Lastpferd.«

»Also sind es doch zwei Männer, die wir jagen«, stellte der Yaman fest. Im Osten dämmerte der Morgen heran. Es war kühl, und Awin fröstelte.

»Das ist es, was die Spuren sagen«, bestätigte der Jäger. Sein Blick war bemerkenswert scharf, denn Awin sah im Zwielicht nicht viel mehr als graue Schemen.

»Und kannst du sagen, wie viel Vorsprung sie haben, Mewe?«, fragte Aryak.

»Dazu ist das Licht noch zu schwach, Yaman, aber wenn du willst, kann ich es mit Hilfe einer Fackel in Erfahrung bringen.«

Der Yaman nickte. Das war eine wichtige Frage, über die sich Awin auch schon seine Gedanken gemacht hatte. Der Feind hatte in der Nacht zuvor Elwah und seine Söhne ermordet. Jetzt im Sommer waren die Nächte kurz. Länger als vier Stunden schliefen die Hirten nicht, was bedeutete, dass es vielleicht schon nach Mitternacht gewesen war, als er zuschlug. Dann hatte er offenbar in grauenvoller Seelenruhe gegessen und geruht, bevor er daranging, das Grab aufzubrechen, was sicher eine ganze Weile gedauert hat. Awin erinnerte sich an die dicke

Steinplatte, die der Feind aus der Verankerung hatte sprengen müssen. Das musste Stunden gedauert haben. Vermutlich war er nicht vor dem Mittag aus dem Tal herausgekommen. Vielleicht auch später. Es kam darauf an, ob er wusste, dass Lewe dem Verhängnis entgangen war oder nicht. Er hatte ihn aber nicht verfolgt. Ja, Awin war sich jetzt sicher, dass er nichts von Lewe wusste. Deshalb hatte er nach der schweren Arbeit den Hammel getötet und die Keulen gebraten, bevor er aufbrach. Awin kam schließlich zu der Überzeugung, dass der Feind vielleicht erst am Nachmittag das Tal verlassen hatte, vier oder fünf Stunden, bevor sie selbst es am späten Abend erreicht hatten. Rechnete er die kurzen Nachtstunden dazu, kam Awin auf etwa zehn Stunden, die der Feind Vorsprung haben mochte. Doch wer war der zweite Reiter? Nach allem, was der Jäger am Vorabend gesagt hatte, war die Ermordung seiner Klanbrüder das Werk eines einzelnen Mannes gewesen. Ein Gehilfe?

Mewe hatte seine Untersuchung beendet. »Es mögen zehn, vielleicht auch zwölf Stunden sein, die der Wind schon über die Spur hinwegstreicht. Aber es scheint, als habe es der Feind nicht besonders eilig gehabt, denn die Pferde gingen im Schritt.«

»Und sein Ziel?«, fragte der Yaman.

»Slahan«, lautete die Antwort des Jägers.

Das war zu erwarten gewesen. Überwand der Räuber die Slahan, war er beinahe in Sicherheit, denn jenseits der Wüste strömte der breite Dhanis, und dort begann das Reich der Budinier, die den Hakul nicht freundlich gesonnen waren.

»Er hat einen gefährlichen Pfad gewählt, Männer«, wandte sich der Yaman nun an die Krieger. »Die Slahan ist jedem Menschen feindlich gesonnen, doch wir kennen diese Feindin gut. Ich bezweifele, dass der Fremde das auch von sich behaupten kann. Wenn er den Wasserstellen folgt, wird er wenigstens fünf Tage bis zum Dhanis brauchen. Und wie es aussieht, weiß er nicht, wie dicht wir ihm schon auf den Fersen sind. Fünf Tage haben wir, den Verfluchten und seinen Helfer einzuholen, und wir sind Hakul. Wir schlafen im Sattel, wenn die Lage es erfordert. Wird er uns also entkommen, ihr Männer?«

»Niemals!«, riefen die Krieger, und auch Awin rief es laut. Sie waren Hakul, sie bekämpften den Feind vom Rücken ihrer Pferde aus. Alle Welt fürchtete sie für ihre Reitkunst. Der Fremde würde seine Taten sehr bald schon bedauern.

Sie ritten kurze Strecken im Trab und ließen ihre Pferde dann immer wieder im Schritt gehen, um ihnen Gelegenheit zur Erholung zu geben. Sie kamen gut voran. Edhil hatte seinen Sonnenwagen inzwischen an den Himmel gelenkt, und es wurde schnell heiß. Die Slahan begann als sandiges Hügelland, von vielen trockenen Büschen bewachsen und mit Felsen durchsetzt. Diese Felsen wurden bald weniger, die Büsche auch, und der Sand wurde tiefer. Es gab einen alten Pfad durch die Slahan, der um die tiefsten Dünen herumführte. Die Hakul nutzten ihn, wenn sie im Spätherbst oder Winter gegen die Budinier zogen, und auch ihre Feinde folgten diesem Weg, wenn sie sich dafür rächen wollten. Die Slahan war oft zum Schlachtfeld geworden. Die Wüste der Erschlagenen, so nannten sie die Budinier, und die meisten hastig ausgehobenen Gräber fanden sich entlang des alten Pfades. Der Fremde mied ihn jedoch. Er hatte den kurzen Weg mitten durch das Sandmeer eingeschlagen. Bald ritten sie durch das ewige Auf und Ab der Sanddünen, die hier langsam, Handbreit um Handbreit, von West nach Ost wanderten. Nach einer Weile stießen sie auf eine Feuerstelle. Mewe verkündete, dass der Verfluchte hier wohl zwei bis drei Stunden geruht haben musste. Eine Nachricht, die ihnen sehr willkommen war und mit Jubel aufgenommen wurde. Der Yaman mahnte zur Ruhe. In der Slahan trug der Schall weit, und der Feind durfte sie doch auf keinen Fall vor der Zeit hören oder sehen.

»Das Erste, was er hört, sollte das Sirren meines Pfeiles sein, der sein Leben beenden wird«, sagte Karak leise, als er wieder neben Awin ritt.

Awin nickte. Der Gedanke gefiel ihm.

»Ich glaube, wir werden ihn bald haben, was denkst du?«, fragte Karak.

Awin dachte an das, was Curru in der Nacht gesagt hatte. Er sollte sich mit Vermutungen vielleicht lieber zurückhalten. Also zuckte er nur mit den Schultern.

»Siehst du denn keine Zeichen?«, fragte der Sohn des Bogners weiter.

Awin blickte auf. Er hatte sich während des Rittes gar nicht um Zeichen gekümmert. Sie hatten eine Fährte, die deutlich vor ihnen durch den Sand lief. Was brauchte es mehr? Er sah sich um. Kein Wölkchen trübte den Himmel, kein Vogel zeigte sich, nicht einmal ein Geier. Awin hörte das leise Schnaufen der Pferde und ihre Tritte im tiefen Sand. Es war alles ruhig. Das gefiel ihm nicht.

»Sieht es denn nicht gut aus?«, fragte Karak nach. »Sogar Skefer hat doch von uns abgelassen.«

Awin durchfuhr eine böse Ahnung. Er zog am Zügel und hielt seinen Falben an. »Pass doch auf!«, rief Mabak, der Enkel des dicken Bale, der hinter ihm ritt.

Auch Karak hielt sein Pferd nun an. Tuge, der wieder die Führung der Jungkrieger übernommen hatte, bemerkte die Unruhe und wendete sein Pferd.

»Was ist, junger Seher?«, fragte er besorgt. »Hat sich dein Falbe verletzt?«

Awin blickte nach vorn. Curru ritt neben dem Yaman. Vielleicht wäre es klüger, es ihm zuerst zu sagen, aber dieses Zeichen war so offensichtlich, dass er es doch schon selbst bemerkt haben musste. »Skefer ruht«, verkündete er.

Der Bogner starrte ihn an.

»Dein Sohn Karak hat mich darauf hingewiesen«, fuhr Awin fort. »Es geht kaum ein Windhauch, aber es ist auch nicht Dauwe, der Bruder Skefers, der uns mit Windstille und Luftspiegelungen zu täuschen versucht.«

Der Bogner kniff den Mund zusammen. »Du hast Recht. Ich spüre schon seit einer Weile meine alte Pfeilwunde und habe sie nur nicht beachtet. Verdammt seien Skefer und seine Verwandtschaft. Ich werde es dem Yaman sagen.« Dann wendete er seinen Braunen und jagte ihn nach vorn. Awin blickte ihm nach. Es war wohl zu spät, ihn zu bitten, seinen Namen aus dieser Geschichte herauszuhalten.

»Was ist denn los?«, fragte Karak, als Awin seinen Platz in der Reihe wieder einnahm. Vorne berichtete der Bogner dem Yaman. Der Zug geriet ins Stocken. Curru und der Yaman warfen einen langen Blick zurück. Dann gab Aryak das Zeichen zum Galopp.

Awin erklärte es seinem Nachbarn: »Der Wind, der sich in den Sand schlafen legt, steht oft als Sturm wieder auf.« Es war eine der alten Seherweisheiten, aber eine der wenigen, von deren Wahrheit Awin überzeugt war. Sie lebten lange genug am Rande der Wüste, um zu erkennen, wann ein Sandsturm bevorstand.

»Es gibt einen Sturm?«, rief Karak, als sie durch den tiefen Sand jagten.

»Schon bald«, rief Awin zurück.

Schnell wurden die Zeichen unübersehbar, denn im Südwesten verfärbte sich der Himmel fahlgelb. Sie hetzten weiter der Fährte hinterher. Sie war leicht zu verfolgen. Drei Pferde, die im Schritt die Dünen entlanggezogen waren. Der Feind hatte viel von seinem Vorsprung eingebüßt und war ihnen nun nur noch drei, vielleicht vier Stunden voraus, aber die Zeit war gegen sie. Der gelbe Himmel wurde dunkler und dunkler. Und dann schickte die Wüste Nyet, den Angreifer, den stärksten der fünf verfluchten Winde. Sie sahen ihn schon von weitem. Er kam in Gestalt einer breiten Wolke rötlich gelben Staubs, die über den Sand heranrollte. Der Yaman trieb sie weiter zur Eile, aber dieses Rennen konnten sie nicht gewinnen. Der Sandsturm kam ihnen entgegen. Windböen gingen ihm voraus und quälten Mensch und Tier mit tausendfachen Nadelstichen. Das Atmen fiel schwer. Der Yaman ließ sie absitzen. Eine Weile zogen sie ihre widerstrebenden Tiere noch hinter sich her, aber dann versank die Welt in gelber Dunkelheit. Nyet hatte sie erreicht. Bald konnten sie kaum noch zehn Schritte weit sehen. Eine Weile kämpften sie dagegen an, quälten sich und ihre Tiere, dann gab der Yaman auf. Sie zogen die Pferde in eine Dünensenke. Mehr Schutz gab es hier nicht. Sie zwangen ihre Pferde, sich hinzulegen, streckten sich daneben aus, deckten sich und den Kopf ihrer Tiere mit ihren schwarzen Umhängen zu und ergaben sich der Gewalt des Windes.

Annähernd drei Stunden wütete Nyet, dann endlich war er vorüber. Awin hatte Mühe, seinen Umhang anzuheben, so schwer lag der Sand auf ihm. Sein Falbe sprang auf und schüttelte sich. Rings um ihn herum krochen Männer aus dem Sand. Eris Pferd ging durch, als es endlich aufstehen durfte. Fluchend stolperte der Knabe hinterher. Niemand lachte. Die Krieger schüttelten Sand aus ihren Kleidern, ihren Haaren, und sie spuckten sogar Sand aus. Der Yaman sah bedrückt aus. Er klopfte sich mit geradezu übernatürlicher Ruhe den Staub aus der ledernen Rüstung. Der Sturm hatte alle Spuren verweht. Vielleicht waren sie dem Fremden schon sehr nahe gekommen, doch jetzt konnte er überall sein. Oder?

»Es gibt keinen Grund zu verzagen, ihr Männer!«, rief Curru. »Slahans Sturm hat den Feind ebenso aufgehalten wie uns.«

»Und wie sollen wir ihn finden, alter Freund?«, fragte der Yaman mürrisch. »Er kann überall sein.«

»Er ist ein Mensch, also braucht er Wasser, ebenso wie seine Tiere. Er wird zum Knochenwasser reiten. Dort werden wir seine Spur wieder aufnehmen.«

»Und wenn er einen Haken schlägt? Wenn er nach Süden oder Norden ausgewichen ist?«

»Ich kann kein Zeichen dafür sehen, Yaman. Hat er bisher einen Versuch unternommen, uns zu täuschen? Er weiß wohl gar nicht, wie dicht wir ihm auf den Fersen sind. Glaube mir, er will zur Wasserstelle.«

Awin lag der Widerspruch auf der Zunge. Der Feind war gerissen und kaltblütig. Warum hätte er die Richtung wechseln sollen, wenn der Sand doch seinen Weg verriet? Aber jetzt war alles anders. Der Sturm hatte sich lange genug angekündigt. Er gab ihm die vollkommene Gelegenheit, alle Verfolger in die Irre zu führen, und gerade, weil er bislang keine Haken geschlagen hatte, war sich Awin sicher, dass er es jetzt tun würde. Aber wohin wollte der Feind? Wollte er nach Süden oder nach Norden? Oder änderte er zweimal die Richtung und ging doch nach Westen? Das konnte er nicht sagen. Und da er sich seiner Sache nicht sicher war, zumindest nicht sicher genug, um es sich deswegen mit Curru zu verderben, schwieg er. Vielleicht würde ihnen Tengwil, die Schicksalsweberin, ein Zeichen senden, das ihnen die Augen öffnete oder das wenigstens Curru dazu brachte, seinen Standpunkt zu überdenken. Solange es dieses Zeichen aber nicht gab, würde er weiter darüber nachgrübeln. Vielleicht kam er dem Feind ja so wieder auf die Schliche.

Sollte ihm das nicht gelingen, war Currus Rat gut, das musste er sich eingestehen: Der Weg zum Knochenwasser war der vernünftigste, den sie einschlagen konnten. Wenn der Feind durch die Slahan wollte, musste er seine Pferde dort tränken, sonst würde er es nie durch die Wüste schaffen. Fanden sie dort keine Spur von ihm, wussten sie wenigstens sicher, dass er nicht zu den Budiniern wollte. Auf Mewes Vorschlag hin ließ Yaman Aryak die Reiter ausschwärmen. Sie bildeten eine lange Kette, einer gerade noch in Sichtweite des anderen. Es erhöhte ihre Aussichten, die Fährte vielleicht doch noch zu finden. Und so zogen sie schweigend, jeder für sich, durch die sengende Hitze.

Sie ritten Stunden ohne Rast, doch die Spur blieb verloren. Allmählich änderte sich die Landschaft. Die Dünen wurden flacher, und einzelne Felsen wuchsen aus dem Sand. Hier und dort zeigten sich erste graue Grashalme. Dann folgte dorniges Buschwerk. Ein untrügliches Zeichen dafür, dass sie sich dem Knochenwasser näherten. Der Yaman rief die Krieger wieder zusammen. Awin fühlte sich wie zerschlagen. Seit dem Morgengrauen waren sie nun unterwegs. Und die Zwangspause im Sturm, in der es mehr Staub als Luft zum Atmen gegeben hatte, konnte nun wirklich nicht als Rast zählen. Es ging schon auf den Abend zu.

»Männer, ich weiß, das war ein langer Ritt. Aber vergesst nicht, weshalb wir hier sind, und denkt daran, dass auch der Feind Nyets Angriff aushalten musste. Vor uns liegt das Knochenwasser. Wenn wir ihn dort finden, ist unsere Jagd zu Ende. Ist er aber nicht dort, so werden wir uns nicht lange aufhalten, denn diese Jagd duldet keine Rast und keinen Aufschub.«

»Die Pferde sind müde«, wandte der dicke Bale ein.

Der Yaman warf ihm einen wütenden Blick zu. »Schieb es nicht auf die Pferde, wenn du erschöpft bist, Bale. Sie werden bald trinken und vielleicht sogar rasten können, wenn es gut geht. Wenn nicht, wird der Feind ebenso müde sein wie wir, und wir werden nicht ruhen, bevor er gestellt ist. Dies ist eine heilige Jagd und kein Viehtrieb, Bale!«

»Ich sage nur, dass wir ihn nicht einholen werden, wenn die Pferde unter uns zusammenbrechen, Yaman«, erwiderte der Pferdezüchter mürrisch.

»Und du glaubst, das weiß ich nicht? Doch genug jetzt. Mewe und Awin, ihr zwei reitet voraus und meldet, was ihr dort am Knochenwasser seht. Vielleicht hat der Feind Verbündete, die dort auf uns warten. Sind sie nur zu zweit, beginnt den Kampf dennoch nicht ohne uns. Wir sind dicht hinter euch.«

Awin war überrascht, dass der Yaman ihn zu dieser wichtigen Aufgabe heranzog. Curru war es offensichtlich ebenfalls. Er bedachte seinen Schüler mit einem finsteren Blick, sagte aber nichts. Der Yaman hatte seine Entscheidung getroffen und verkündet – er würde sie unter keinen Umständen rückgängig machen.

»Warum hat der Yaman mich ausgesucht?«, fragte Awin den Jäger, als sie die anderen hinter sich gelassen hatten.

Der Jäger sah ihn an und grinste. »Ihm ist durchaus aufgefallen, dass du aufmerksame Augen hast, junger Seher. Und wirklich, wenn du nur ein wenig besser mit dem Bogen wärst, würde ich in dir den nächsten Jäger des Klans sehen. Mir scheint, du hast dazu mehr Talent als zum Seher.«

»Danke«, murmelte Awin verdrossen.

Danach sprachen sie nicht mehr. Sie lenkten ihre Tiere im leichten Trab an einigen Felsen vorbei. Nach etwa dem Viertel einer Stunde hielten sie an.

»Näher kommen wir nicht heran. Die Pferde wittern schon das Wasser und werden unruhig. Wir binden sie hier an und gehen zu Fuß weiter«, flüsterte der Jäger.

Sie schlichen an einigen weiteren Felsen vorbei bis zu einer flachen Düne. Dann krochen sie vorsichtig zum Kamm der

Erhebung im Sand und spähten hinab. Es war spät geworden, die Sonne schickte sich bereits an, den Himmel im Westen zu verlassen. Vor ihnen lag die weite Senke mit der Wasserstelle. Einzelne Dattelpalmen erhoben sich am Ufer, Buschwerk zog sich bis zum Rand hin, und dicht am Wasser deckte üppiges Gras den Boden. Über allem lag eine dünne gelbe Staubschicht. Also war der Sturm auch hier vorübergezogen, wenn auch offensichtlich nicht in voller Stärke.

Es waren Menschen dort. Ein schwerer, vierrädriger Karren stand unweit des Ufers. Zusammengenähte Lederhäute waren wie ein Zelt darübergespannt, so dass Awin nicht sehen konnte, was sich auf dem Wagen befand. Eine bucklige, weißhaarige Frau kniete dort unten, halb verdeckt durch einige Büsche und offenbar im Begriff, ein Feuer zu entfachen. Am Wasser weideten zwei stattliche Ochsen. Der Wagen schwankte leicht, also war noch jemand auf der Ladefläche. Mehr als ein oder zwei Menschen konnten es aber nicht sein. Awin starrte hinunter. Irgendetwas an der weißhaarigen Gestalt schlug ihn in den Bann, aber er konnte nicht sagen, was es war. Vielleicht die weißen, schweren Zöpfe, die fast bis zum Boden reichten. Der Jäger tippte ihm auf die Schulter. Sie krochen zurück und liefen dann eilig zu ihren Pferden.

»Was sind das für Leute?«, fragte Awin leise.

Der Jäger zuckte mit den Schultern. »Vielleicht Händler. Sie sind sehr mutig oder sehr dumm, wenn sie die Slahan mit einem Ochsenkarren durchqueren wollen. Ja, ich wundere mich, dass sie mit dem schweren Gespann überhaupt so weit gekommen sind. Wichtiger aber ist, dass ich dort keine Spur von unseren Feinden oder ihren Pferden sehen konnte. Oder ist mir etwas entgangen?«

Awin schüttelte den Kopf. »Sollen wir die Fremden befragen?«

»Nein, das überlassen wir besser unserem Yaman, junger

Seher. Reite ihm entgegen und berichte, was wir hier vorgefunden haben. Ich werde derweil die Wasserstelle umrunden und sehen, ob es an anderer Stelle Spuren gibt. Dann erwarte ich euch hier.«

»Und wenn der Fremde dort irgendwo lauert?«

»Es wird ihm schwerfallen, die Pferde vom Wasser fernzuhalten, wenn sie es erst einmal gewittert haben. Auch er selbst wird durstig sein. Nein, ich glaube nicht, dass er so stark ist, dass er dieser Versuchung widerstehen könnte. Aber jetzt eile. Und erwartet mich hier.«

Awin musste nicht weit reiten, denn der Sger hatte sie fast eingeholt. Kurz berichtete er dem Yaman von den Fremden, die am Knochenwasser lagerten, und von dem, was Mewe gesagt hatte. Der Yaman nickte nur, aber Curru hatte noch Fragen: »Und die Zeichen, junger Schüler? Was sagen die Zeichen?«

»Ich weiß nicht, welche Zeichen du meinst, Meister«, antwortete Awin verunsichert.

»Das Gras, war es geneigt oder aufgerichtet? Waren Vögel über dem Wasser? Und die Ochsen, weideten sie einträchtig nebeneinander, oder waren sie einander zugewandt? Kennst du die Zeichen nicht, wenn du sie siehst, Awin, Kawets Sohn?«

»Ich ... ich habe nicht darauf geachtet, Meister«, gab Awin stotternd zu.

»Nun, es ist gut, ich mache dir keine Vorwürfe, Awin. Du bist jung und leider blind für das Offensichtliche. Aber ich werde es ja selbst bald sehen und die Schlüsse ziehen, die du nicht zu ziehen vermagst.«

»Ja, Meister«, antwortete Awin verdrossen.

»Weiter jetzt«, befahl der Yaman.

Sie zogen bis zu dem Felsen, an dem sie auf Mewe warten sollten. Eri kam zu seinem Vater und schlug vor, sofort über den Kamm zu reiten und die Fremden ohne Vorwarnung anzugreifen. »Dies ist unsere Wasserstelle, Baba. Sie haben dort nichts verloren. Sicher haben sie dem Fremden geholfen. Wir sollten sie töten.«

»Nein, mein Sohn. Nach dem, was unsere Späher meldeten, können es nicht mehr als zwei oder drei sein, einer davon ein altes Weib. Wir wollen sie befragen, nicht töten oder zu Tode erschrecken.«

»Aber sind sie nicht auf unserem Land? Gehört daher nicht alles, was sie mitführen, von Rechts wegen uns, Baba?«, fragte der junge Hakul.

Sein Vater lächelte. »Wie ich sehe, kennst du unsere Gesetze, mein Sohn. Dann weißt du hoffentlich auch, dass wir fahrende Händler nicht berauben. Wir werden also erst herausfinden, mit wem wir es zu tun haben, bevor wir entscheiden, wie wir mit ihrem Besitz verfahren.«

»Ja, Baba«, lautete die enttäuschte Antwort.

Kurze Zeit später kam Mewe von seiner Erkundung zurück. »Ich kann keine Spur von Pferden dort finden. Wenn er hier war, dann hat der Feind das Knochenwasser verlassen, bevor Nyet diesen Ort streifte.«

Der Yaman nahm die Nachricht ohne sichtbare Regung auf. »Wir werden die fragen, die dort lagern. Dann werden wir Klarheit haben. Wir reiten in Schlachtreihe, denn sie sollen wissen, dass es uns ernst ist. Aber wir werden ohne Kriegsmaske reiten, und niemand greift sie an, wenn ich es nicht sage. Ist das klar, ihr Krieger?«

Die Männer antworteten mit einem vielstimmigen »Hakul!«. Auf Heimlichkeit kam es jetzt nicht mehr an. Sie stellten sich auf wie zur Schlacht, die Jungkrieger, die Hand an der Bogensehne, auf den Flügeln, die erfahrenen Speerträger mit dem Yaman in der Mitte. Curru richtete die Sgerlanze auf. Die bronzene Scheibe mit dem Symbol ihres Klans blitzte hell in der tief stehenden Sonne. Sie rückten im Schritt vor. Oben auf der Düne hielten sie. Dort unten stand der Karren. Ein kleines Feuer flackerte davor. Die weißhaarige Gestalt saß daneben und schien in einem Topf eine Mahlzeit vorzubereiten. Sie blickte kurz auf, als sie die Hakul sah, aber dann kümmerte sie sich wieder um ihr Essen. Die Hakul warteten. Offenbar verfehlte ihr kriegerischer Auftritt seine beabsichtigte Wirkung. Vielleicht lag es an den Pferden, denn die waren durstig und wurden unruhig, als sie das nahe Wasser witterten. Der Yaman wartete eine Weile mit unbewegter Miene, dann gab er das Handzeichen, und sie ritten langsam hinab.

Sie waren Hakul, und sie brauchten keine Befehle, um zu wissen, was sie zu tun hatten. Als sie die Pferde anhielten, hatten sie Wagen und Lagerfeuer eingekreist. Die bucklige Frau bequemte sich nun dazu, sich doch zu erheben. Ihr Haar war schneeweiß und hing in zwei schweren Zöpfen wirklich bis fast auf den Boden. Ihre Kleidung war schlicht und von grauer Farbe, vielleicht etwas zu schwer für die Wüste. Sie trug keine Waffen, nicht einmal ein Messer steckte in ihrem Gürtel. Am bemerkenswertesten aber war ihr Gesicht und darin wiederum die Augen. Sie waren hellblau, so hell, dass es beinahe Weiß war. Ihr rundes Gesicht war bis auf ungezählte Fältchen um die Augen ganz glatt und von frischem Rot. Dennoch spürte Awin sofort, dass er wohl noch nie in seinem Leben einem so alten Menschen begegnet war.

»Sie sehen durstig aus, eure Pferde, wollt ihr sie nicht tränken?«, begrüßte die Alte sie freundlich.

»Ich bin Yaman Aryak, und dies ist der Sger vom Klan der Schwarzen Berge. Du hast dein Lager an unserem Wasser aufgeschlagen«, entgegnete der Yaman.

»Ich grüße dich und die deinen, Yaman Aryak. Ich denke, es ist genug Platz für uns und für euch.«

Gerade, als Awin sich fragte, wer denn mit »uns« gemeint war, teilten sich die ledernen Häute, die das Innere des Karrens vor fremden Blicken verbargen, und eine junge Frau kletterte auf den schmalen Kutschbock. Sie war in vielem das genaue Gegenteil der Alten. Sie war schlank, hochgewachsen und ihr langes Haar so rabenschwarz, wie es bei den Hakul nur alle hundert Jahre einmal vorkam. Gegen die kräftigen roten Wangen der Buckligen wirkte ihr schmales Gesicht ungewöhnlich blass. Die Augen jedoch, die waren fast so hell wie die der Alten. Sie trug ein langes schwarzes Gewand, und an ihrem Gürtel baumelte eine Waffe. Ein Schwert, vermutete Awin, obwohl die Form der Schwertscheide ungewöhnlich war. Die Waffe schien gerade und sehr schmal zu sein, ohne den Bogen, der den Sichelschwertern der Hakul ihre Stärke gab. Sie schien weder überrascht noch besorgt darüber zu sein, dass fünfzehn schwer bewaffnete Hakul-Krieger sie anstarrten.

»Sind hier noch mehr von euch?«, fragte der Yaman streng.

Die Alte lachte heiser. »Sind wir dir nicht genug, Yaman Aryak von den Schwarzen Bergen? Aber nein, wir sind nur zu zweit, und deine Krieger brauchen keine Angst vor uns zu haben.«

Die Männer wurden unruhig. Angst? Vor zwei Frauen? Es sollte doch wohl eher umgekehrt sein. Wusste die Alte nicht, wer die Hakul waren?

Der Yaman wirkte ebenfalls verblüfft. Sah die Bucklige nicht, dass ihr Leben in seinen Händen lag?

»Du bist seltsam, Alte. Sag mir endlich deinen Namen und den dieses Mädchens, denn ich muss wissen, mit wem ich es zu tun habe.«

»Dann höre, Yaman Aryak. Ich bin Senis von den Kariwa, und dies dort ist meine Ahntochter Merege. Wir sind Reisende und suchen keinen Streit mit euch.«

»Kariwa?«, fragte Aryak ungläubig. »Dann seid ihr weit von eurer Heimat entfernt. Was führt euch an unsere Wasserstelle?«

Auch Awin war erstaunt. Er hatte bisher nur Geschichten über dieses Volk gehört, die die Alten am Lagerfeuer erzählten. Angeblich lebten die Kariwa am nördlichen Rand der Welt in Häusern aus Eis.

»Was uns herführt? Unser Weg, Yaman, nur unser Weg. Wir wollen nach Süden, wenn du es unbedingt wissen willst. Bis ans Schlangenmeer und vielleicht noch weiter.«

»Nach Süden? Durch die Slahan? Das werden eure Ochsen kaum schaffen, Senis von den Kariwa.«

»Sie haben uns den ganzen Weg bis hierher gebracht, und ich denke, sie werden uns auch weiter gute Dienste leisten. Doch jetzt frage ich dich noch einmal – willst du deine Pferde nicht endlich trinken lassen, Yaman Aryak? Sie haben Durst, und der Anblick jammert mich. Dann können sich deine Krieger gerne an unser Feuer setzen. Die Nacht ist nicht mehr fern.«

»Es kommt nicht oft vor, dass ich auf meinem eigenen Land eingeladen werde«, entgegnete der Yaman kühl. »Wir werden uns jedoch nicht lange hier aufhalten, denn wir suchen zwei Reiter.«

»Ich wünsche euch, dass ihr sie findet«, entgegnete die Alte.

Die Hakul hatten bislang dem Gespräch ohne sichtbare Regung gelauscht. Steif hatten sie auf ihren Pferden gesessen, die Hand als stumme Drohung an der Waffe, und darum bemüht, die durstigen Tiere ruhig zu halten. Nun löste sich einer aus dem Kreis. Es war Ebu. Er schnalzte mit der Zunge und lenkte sein Pferd zum Wagen. Das blasse Mädchen stand dort auf dem Kutschbock. In ihren ebenmäßigen Zügen war immer noch keine Spur von Sorge zu erkennen. Aryak runzelte missbilligend die Stirn, als er seinen Sohn sah, aber er sagte nichts. Awin dachte, dass wohl kein anderer Hakul das hätte wagen dürfen, aber Ebu war nicht irgendein Krieger, er war der älteste Sohn des Klanoberhauptes, und er war mit grenzenlosem Selbstvertrauen gesegnet – auch was Frauen betraf. Er setzte sein gewinnendes Lächeln auf, hielt sein Pferd dicht am Karren an, nahm seinen Speer in die Schildhand, streckte seine Rechte aus und sagte: »Kann ich dir herunterhelfen, Merege von den Kariwa?«

Die Augen des Mädchens wurden schmaler. Sie zögerte einen Augenblick, dann antwortete sie, doch sprach sie so leise, dass Awin sie nicht hören konnte. Plötzlich bockte Ebus Pferd, sprang mit steifen Beinen in die Luft, und sein Rücken bog sich zu einem regelrechten Buckel. Ebu hatte das Reiten noch vor dem Laufen gelernt, aber er war auf den Ausbruch seines Tieres nicht vorbereitet. Er ließ den Speer fallen und klammerte sich an den Sattel. Das Pferd bäumte sich ein weiteres Mal auf und warf ihn ab. Der Sohn des Yamans flog durch die Luft und landete in einigen dürren Büschen. Die ganze Sache dauerte nur wenige Augenblicke. Awin hatte selten etwas Komischeres gesehen. Aber niemand lachte, und auch er wusste sich zu beherrschen.

»Es scheint hier Pferdebremsen zu geben«, meinte die Alte trocken.

Ebus Pferd schlug noch ein paarmal heftig aus, dann irrte es davon, immer am Ufer des Wasserlochs entlang.

»Willst du es nicht einfangen, mein Sohn?«, fragte der Yaman ruhig.

Ebu errötete, warf einen hasserfüllten Blick auf das Mädchen und rannte seinem Tier nach.

Die Männer waren beunruhigt, ebenso wie Awin. Was war da eben geschehen? War es wirklich eine Bremse, die das arme Tier gestochen hatte? Oder hatte das Mädchen etwas damit zu tun? War sie vielleicht eine Hexe?

Der Yaman schien die Erklärung der Alten zu glauben. »Ich bitte dich und deine Enkeltochter um Vergebung für das Benehmen meines Sohnes, Senis von den Kariwa.«

Die Alte winkte ab. »Schon gut, das ist eben der Übermut der Jugend, dem wir wohl leider schon beide ein wenig entwachsen sind. Doch sag, Yaman Aryak, wollt ihr nicht endlich absteigen? Es fällt mir schwer, immer zu dir aufzusehen, wie du da so hoch auf deinem stolzen Ross sitzt.«

Aryak nickte. »Absitzen«, rief er, »und kümmert euch um die Pferde.«

Die Männer gehorchten, doch blieben sie misstrauisch. Eben war etwas vorgefallen, das sie noch nicht verstanden. Wenn es nun wirklich Hexen waren? Warum war der Yaman so ruhig? Aryak gab seinem zweiten Sohn Ech die Zügel seines Fuchses in die Hand und blieb bei der Alten stehen.

»Was nun die beiden Männer betrifft, die du suchst, so wirst du sie hier nicht finden, es sei denn, sie verstehen sich unsichtbar zu machen«, erklärte die Alte. »Wir sind seit dem Morgen hier und haben keine Menschenseele gesehen.«

Awin tränkte sein Pferd beinahe zufällig ganz in der Nähe der beiden und konnte hören, was sie sprachen. Er nahm seinem Falben den Sattel ab und suchte sich Gras, um Staub und Schweiß von seinen Flanken abzuwischen. Verstohlen wanderte sein Blick dabei zum Wagen. Merege war inzwischen vom Kutschbock gesprungen und kümmerte sich um den Kochtopf, den die Alte vorbereitet hatte. Sie war groß, sicher fast so groß wie Meister Curru und damit größer als er selbst.

»Und es kann nicht sein, dass sie während des Sturms hier vorüberkamen?«, fragte der Yaman gerade die Alte.

»Dieser Sturm hat nur ein paar Staubwolken hierhergeschickt, diesen Ort aber nicht selbst besucht, ebenso wenig wie die beiden, denen du nachjagst. Es tut mir leid, dir das sagen zu müssen, Yaman Aryak, denn ich ahne, dass dein Zorn gerechtfertigt ist.«

»Fünf der unseren hat er ermordet«, stieß der Yaman hervor.

Awin wunderte sich, dass Aryak gegenüber dieser Fremden so mitteilsam war.

»Er? Sagtest du nicht, du suchtest zwei Männer?«

»Einer war es, der sie ermordete, doch hat er einen Helfer.«

»Das Böse findet immer Helfer«, lautete die seltsame Antwort.

Das Mädchen ging von der Feuerstelle zum Wagen. »Ahntochter« hatte die Alte sie genannt, eine seltsame Bezeichnung. Awin konnte den Blick nicht von ihr lösen. War sie die Enkelin oder gar schon die Urenkelin der Buckligen? Merege nahm etwas von der Ladefläche. Vielleicht war es ein Gewürz, denn es landete im Topf. Sie überragte jeden der Jungkrieger sicher um mindestens ein oder zwei Fingerbreit, auch die Yamanssöhne, und das fand Awin irgendwie tröstlich. Er sah Ebu, der sein Pferd dort tränkte, wo er es eingefangen hatte, und tat, als beschäftige er sich nicht mit dem, was am Feuer vorging.

»Er war nicht hier, nicht heute«, erklärte Curru. Der Seher hatte sein Pferd einem der Jungkrieger anvertraut und betrachtete nun eingehend die Palmen und die Gräser.

»Sagtest du nicht …«, begann der Yaman, aber er beendete den Satz nicht.

»Ich sagte, dass es keine Zeichen für seinen Weg gab, und das ist richtig. Die Bäume und Gräser flüstern, dass er vor einigen Tagen hier war, auf dem Hinweg vermutlich. Doch wissen sie nichts von einer Rückkehr.«

»Du bist ein Seher?«, fragte die Alte freundlich.

Curru würdigte sie keiner Antwort.

»Und hat Tengwil dir keine weiteren Zeichen gegeben, alter Freund?«, wollte Aryak wissen.

Curru schüttelte den Kopf. Seine Miene war äußerlich unbewegt. Awin fragte sich, ob er bereit war, zuzugeben, dass er mit seiner Vorhersage falschgelegen hatte.

»Ich habe größte Achtung vor jenen, die die Fäden der Schicksalsweberin erkennen«, erklärte die Bucklige freundlich. Eigentlich, so dachte Awin, war es nicht zutreffend, sie bucklig zu nennen. Das Alter hatte sie gebeugt. Ob sie einst ähnlich groß gewesen war wie ihre Ahntochter? Awin schaute wieder zu Merege. Sein Blick begegnete dem ihren. Schnell wandte er sich ab. Sie hatte da etwas auf der Wange, eine schwarze Linie, die sich, einer stark gekrümmten Sichel ähnlich, über das Jochbein bis knapp über die Augenbraue zog. Awin wusste, dass sich die Farwier aus dem Waldland mit Zauberzeichen auf der Haut zu schützen pflegten, und er fragte sich, ob die Kariwa das auch taten.

»Es gibt da doch etwas – ein Zeichen, doch habe ich ihm bislang keine Beachtung geschenkt«, erklärte Curru jetzt langsam. Etwas in seiner Stimme ließ Awin aufhorchen.

»Ich hatte einen Traum, schon in der Nacht vor der Untat, und der hat mir etwas gezeigt. Ich dachte, es sei nur eine Erinnerung an alte Tage, wie es oft vorkommt, doch jetzt glaube ich, dass es eine starke Botschaft der Weberin war. Ich fürchte, ich werde alt und vermag die Zeichen nicht mehr zu unterscheiden. Gäbe es einen Besseren, würde ich mein Amt sofort niederlegen, Aryak, glaube mir.«

»Dein Rat hat uns schon oft geholfen, alter Freund, und ich bin sicher, er wird es auch heute tun. Was war das für ein Bild?«

»Lass uns nicht hier darüber sprechen, nicht vor Fremden, Aryak, denn wir wissen nicht, ob sie nicht doch mit dem Feind in Verbindung stehen.«

Zu Awins Enttäuschung zog Curru den Yaman vom Ufer fort, und er konnte nicht hören, was der Seher geträumt hatte.

Eigentlich hatte er ja das Recht, zuzuhören, wenn sein Meister sprach, aber nach dem, was der Yaman in der vorigen Nacht über das Lauschen gesagt hatte, hielt er es für besser, sich etwas zurückzuhalten. Was für ein Traum mochte das gewesen sein? Gedankenverloren streichelte er den Hals seines Falben.

»Pass auf, dass dein Pferd nicht ertrinkt, junger Hakul«, sagte die Bucklige plötzlich zu ihm.

Awin zuckte zusammen. Er hatte gar nicht bemerkt, wie sie näher gekommen war. Er starrte sie an. Aus der Nähe waren ihre beinahe weißen Augen noch eindrucksvoller. Awin stotterte etwas davon, dass er schon Acht geben werde.

Die Alte unterbrach ihn grinsend. »Ich bin sicher, dass du das tust, junger Hakul. Deine Augen sind überall, das habe ich schon bemerkt. Sei doch so gut und fülle einer alten Frau diesen Eimer mit Wasser. Willst du das für mich tun?«

Awin nahm ihr stumm den Ledereimer aus der Hand und füllte ihn im Wasserloch. Dann schleppte er ihn zum Feuer. Die Alte war bereits dort, und auch ihre Ahntochter hatte dort Platz genommen. Beide würdigten ihn keines Blickes. Sie starrten auf den Boden. Er stand einen Augenblick unschlüssig dort, den Eimer in der Hand. Dann sah er etwas vor der Alten im Staub liegen. Als er genauer hinsah, bemerkte er, dass es sechs kleine Knochen waren. Einige von ihnen waren mit schwarzen Zeichen bemalt.

»Stell ihn nur ab, mein Junge«, sagte die Alte schließlich, ohne sich umzudrehen. »Und dann geh zu deinen Leuten. Hörst du nicht, dass der Yaman euch zusammenruft? Wo sind nur deine Gedanken?«

Awin fuhr erschrocken herum. Seine Waffenbrüder versammelten sich wirklich um den Yaman. Er stellte den Eimer so eilig ab, dass er ihn beinahe umgestoßen hätte, und beeilte sich, dem Ruf des Yamans zu folgen. Alle anderen waren schon dort.

»Wir werden hier rasten, für drei Stunden, um der Pferde willen. Dann müssen wir weiter«, begann der Yaman.

»Nur drei Stunden? Das ist zu wenig, Aryak«, warf Bale ein. »Da sind die Pferde bald am Ende.«

Der Yaman ging auf den Einwand des Pferdezüchters nicht ein. »Curru hat etwas gesehen, im Traum, und das kann uns zum Feind führen. Doch sind Träume selten eindeutig und klar, und so werden wir uns aufteilen müssen.«

»Was hat Curru gesehen?«, fragte Tuwin der Schmied.

»Ich sah eine Stadt«, erklärte Curru mit halb geschlossenen Augen, »oder vielmehr eine lange graubraune Mauer. Ich kann deshalb nicht sicher sagen, welche Stadt es war, doch erinnerte sie mich sehr an Serkesch.«

Awin traute seinen Ohren nicht. Das war *sein* Traum!

»Und wenn es doch eine andere war?«, fragte Bale mürrisch.

»Nicht viele Städte gibt es, die der Feind erreichen kann, Bale«, erwiderte der Yaman scharf. Curru hob die Hand. »Ich verstehe den Einwand, denn Traumbilder sind meist unscharf, und der wache Geist muss prüfen, was der Schlaf ihm zeigte. Vier Städte sind es, die in Frage kommen. Da ist Budingar jenseits der Slahan, dann die Totenstadt Gyrn bei der Hochebene Edhawa, Scha-Adu hinter den Stromschnellen und natürlich Serkesch, unsere alte Feindin im Süden.«

»Eben, vier Möglichkeiten«, brummte Bale, der die Widerworte offenbar nicht lassen konnte.

»Nur zwei«, entgegnete Curru, »oder kennst du diese Orte nicht? Die Mauern von Scha-Adu sind aus Holz und dem roten Stein der Hochebene. Gyrn liegt auf einer Felsnadel hoch über dem Fluss und hat gar keine Wälle. Nur die Mauern von Budingar und Serkesch sind aus Lehmziegeln gebaut. Ja, ich bin eigentlich sicher, dass er nach Serkesch will, denn ich sah im Traum das grüne Tor, dass die Akkesch der Göttin Hirth geweiht haben.«

»Und warum sollen wir uns dann aufteilen?«, fragte Bale störrisch.

Curru setzte zu einer scharfen Antwort an, aber dann schüttelte er den Kopf. »Du bist ein dummer Mann, Bale von den Pferden. Träume sind unsicher und vieldeutig. Vieles spricht dafür, dass er nach Serkesch will, aber was, wenn die Weberin mich getäuscht hat, wie es eben leider vorkommt? Oder wenn der Feind, der nach Serkesch wollte, seine Meinung ändert? Oder wenn die beiden Männer, die wir verfolgen, sich trennen?«

»Genug davon«, rief der Yaman. »Vier von uns werden nach Westen reiten, zum Dhanis. Finden sie dort keine Spur des Feindes, werden sie dem Strom flussabwärts folgen. Es gibt nicht viele Stellen, an denen ein Reiter ans andere Ufer gelangen kann. Tuge, mein Freund, du wirst diese Männer führen. Wenn es sein muss, den ganzen Weg bis nach Serkesch. Wer weiß, vielleicht begegnen wir uns dort wieder.«

Der Bogner wirkte überrascht, dass er für diese Aufgabe ausgewählt worden war, aber dann nickte er und fragte nur: »Wer wird mich begleiten?«

»Nimm Meryak und Malde, denn sie sind erfahren, und deinen Sohn Karak von den Jungkriegern, denn er ist verständig und wird dir keinen Ärger machen. Seid wachsam, denn auch wenn Curru sagt, dass der Feind nach Serkesch will, müssen wir mit allem rechnen. Dieser Mann ist ein gefährlicher Gegner.«

Die Sache war entschieden, auch wenn Bale einige Widerworte gab. Malde war sein Ältester, und er wollte nicht einsehen, dass sie nicht weiter zusammen reiten konnten. Awin wartete ungeduldig auf das Ende der Versammlung. Er wollte Curru zur Rede stellen. Er war fassungslos, dass sein Meister den Traum als seinen eigenen ausgegeben hatte, und fühlte sich, als hätte man ihn bestohlen. Curru würde eine sehr gute Erklärung für seine Handlungsweise brauchen. Doch vorerst war der Seher beschäftigt, und auch Awin musste sich um seinen Falben kümmern. Drei Stunden Ruhe gönnte der Yaman seinen Kriegern und den Pferden, und er ließ ein Feuer anfachen, ein gutes Stück von den Frauen entfernt. Auch verbot er seinen Kriegern, vor allem aber seinem Sohn Ebu, die Kariwa aufzusuchen.

»Was hat sie zu dir gesagt?«, fragte Ech seinen Bruder halblaut am Feuer.

»Wer?«, fragte Ebu verdrossen zurück.

»Die junge Kariwa.«

»Gar nichts hat sie gesagt«, lautete die Antwort. Dann stand Ebu auf und ging in die Dunkelheit davon.

Ech zwinkerte Awin zu. »Es kommt nicht oft vor, dass eine Frau meinem Bruder so kühl begegnet.«

»Vielleicht stimmt ja, was man über sie sagt«, warf Tauru, der ältere Sohn des Bogners, ein. »Es heißt nämlich, diese Nordmenschen bestünden zur Hälfte aus Eis.«

»Diese bestimmt«, meinte Karak, sein jüngerer Bruder, der nachdenklich ins Feuer starrte. Er schien nicht recht bei der Sache zu sein.

»Keine Bange, Karak, wir sehen uns bald wieder«, meinte Tauru, der die Gedanken des Jüngeren wohl richtig erriet. »Vielleicht hast du ja Glück, und ihr erwischt den Verfluchten noch vor uns.«

»Aber Curru hat gesagt, er geht nach Serkesch«, meinte Karak enttäuscht.

»Der Alte hat heute Mittag noch gesagt, der Feind wäre hier«, versuchte Ech ihn zu trösten.

»Und der Alte weiß stets, was er sagt«, meinte Curru trocken, der unbemerkt hinter sie getreten war.

Awin bemerkte, wie die anderen jungen Männer vor Ehrfurcht erstarrten. Es mochte sein, dass sie gelegentlich über den Seher spotteten, jedoch hatten sie alle Angst vor ihm. Ein Seher konnte die Schicksalsfäden erkennen, die Tengwil webte – ja, es hieß, ein starker Seher könnte sie auch bitten, sie nach seinen Wünschen zu verweben. Jeder junge Hakul kannte die Geschichten von mächtigen Sehern, die Tengwil dazu brachten, ihre Feinde ins Verderben zu stürzen, und keiner wollte herausfinden, ob Curru das ebenfalls vermochte. Awin hatte seine Zweifel. Falls Curru dazu im Stande war, hatte er seinen Schüler noch nicht in dieser Kunst unterwiesen. »Kann ich dich etwas fragen, Meister Curru?«, bat er jetzt. Er hatte keineswegs vergessen, auf wessen Traum die Entscheidung des Yamans beruhte.

Curru nickte würdevoll. »Natürlich, Awin. Komm, lass uns ein Stück gehen. Vielleicht finden wir ein Zeichen, das uns sagt, was die Große Weberin für diese vorlauten jungen Hakul bereithält.«

Sie gingen ein Stück vom Feuer weg, die Sanddüne hinauf. Die Sonne war inzwischen untergegangen. Noch während der kurzen Nacht würden sie aufbrechen.

»Skefer hat sich wieder erhoben«, stellte Curru fest.

So war es auch. Awin spürte das Brennen in den Augen, das der Wind verursachte. Er wusste nicht, wie er beginnen sollte, aber sein Meister nahm ihm das ab.

»Du fragst dich sicher, warum ich deinen Traum als den meinen ausgegeben habe, junger Freund.«

Awin nickte.

»Es geschah zu deinem Besten, Awin, auch wenn du es vielleicht nicht glaubst.«

»Zu meinem Besten?«

»Der Yaman hat immer noch große Zweifel an dir, was ich ihm nicht übel nehmen kann, wenn ich bedenke, wie du dich heute und gestern benommen hast. Und dieses Traumbild ist mehr als ungewiss. Die Mauer von Serkesch hast du gesehen, ich habe sie gleich wiedererkannt, als du sie beschriebst.«

»Wegen der grünen Höhle?«

»Genau. Du kannst es nicht wissen, aber diese Stadt hat vier große Tore, jedes ist einem anderen der Hüter gewidmet und hat eine andere Farbe. Das Tor der Erdgöttin Hirth ist grün.«

»Das habe ich verstanden«, erwiderte Awin. Er wollte sich nicht von dem Alten einwickeln lassen.

»Du hättest es aber sicher nicht verstanden, wenn ich es dir nicht erklärt hätte, oder? Und – und das ist viel wichtiger – wir wissen nicht, was dieses Traumbild bedeutet. Es kann heißen, dass du eines Tages diese Stadt besuchen wirst. Vom Feind hast du doch nichts dort gesehen, oder?«

»Nein, das nicht«, gab Awin zu.

»Das macht mich auch sehr besorgt. Wenn du so willst, habe ich halb geraten, aber es ist das beste Zeichen, das wir gesehen haben. Ich glaube fast, der Feind steht mit der Slahan im Bunde. Ihre Winde zumindest sind gegen uns. Erst kommt Skefer, lässt den Kopf schmerzen und macht das Denken schwer, dann erhebt sich Nyet, verwischt alle Spuren und vertreibt die Geier vom Himmel.«

Awin schwieg betroffen. Diese Möglichkeit hatte er noch gar nicht in Betracht gezogen. War das überhaupt möglich? »Aber er ist doch nur ein Sterblicher – und sie eine Göttin!«, widersprach er.

»Eine gefallene Göttin, nicht besser als eine Alfskrole!«, belehrte ihn Curru. Dann senkte er die Stimme. »Es ist seltsam, dass mir dieser Gedanke erst jetzt gekommen ist. Aber wäre es für Slahan, die Gefallene, nicht ein großer Sieg? Der Heolin geraubt – der Stein, der sie seit Jahrhunderten von unseren Zelten fernhält?«

Awin verstummte. Eigentlich hatte Curru es doch nur so

dahingesagt, dass die Slahan mit dem Feind im Bunde stünde, so wie Hirten manchmal schimpfen, dass der Wind mit den Wölfen sei, wenn sie wieder ein Lamm gerissen hatten. Doch als der alte Seher es ausgesprochen hatte, hatten sie beide plötzlich gespürt, dass sie an eine Wahrheit rührten. Nein, das ist Unsinn, dachte Awin und schüttelte innerlich den Kopf über sich selbst. Er kannte die alten Geschichten von der immer dürstenden Slahan, die einst Kinder, Frauen und sogar Männer aus den Zelten geraubt hatte, um ihr Blut zu trinken, aber das waren nur Ammenmärchen. Beinahe hätte er sich von Curru anstecken lassen. Der alte Seher starrte nachdenklich in die Wüste hinaus. »Ja, die Wege der Götter sind unergründlich, junger Seher. Vielleicht fordern die Götter den Heolin zurück, denn schließlich hat Etys den Stein vor langer Zeit vom Sonnenwagen gestohlen.«

»Das war eine große Tat, und er hat den Lichtstein mit seiner verbrannten Hand ausgelöst. Die Schuld ist bezahlt!«, widersprach Awin. Jetzt redete der Alte wirklich Unsinn. Edhil konnte doch nicht wollen, dass Slahan der Lichtstein in die Hände fiel. Außerdem – was sollte sie mit ihm anfangen? Wollte sie das Böse von sich fernhalten, wo sie doch selbst das Böse war?

»Wie ich sehe, hast du den Geschichten aufmerksam gelauscht, Awin, Kawets Sohn. Und du bist klug. Es ist wirklich schade, dass dir die Begabung zum Seher fehlt.«

»Und der Traum, *mein* Traum?«, entgegnete Awin wütend.

»Der Traum, ja. Wie ich schon sagte, der Yaman hat große Zweifel an dir und deiner angeblichen Berufung. Kannst du ihm das verdenken? Dein eigener Vater war es, der sagte, dass du auch ein Seher sein wirst, aber sonst niemand. Wir alle wissen doch, dass die Väter für ihre Söhne oft mehr wollen, als gut für sie ist. Nun stell dir vor, wir erführen, dass der Feind doch nicht nach Serkesch gegangen ist – was dann? Nein, es ist besser, ich nehme dann diesen Fehler auf mich. Ich bin alt und habe gelernt, für die Irrtümer anderer meinen Kopf hinzuhalten.«

»Und wenn es kein Irrtum ist?«

»Dann, junger Seher, werde ich dem Yaman erzählen, dass du es warst, der diesen Traum von Tengwil empfangen hat. Oder glaubst du etwa, ich wollte diesen Ruhm für mich beanspruchen?«

»Nein, Meister«, sagte Awin leise, obwohl es genau das war, was er vermutet hatte.

»Na, siehst du? Und jetzt lass uns zurück zum Feuer gehen und nicht mehr über diese Angelegenheit sprechen. Und erwähne vor allem nicht, dass vielleicht die Slahan selbst hinter diesem Raub stecken könnte.«

Das konnte Awin leicht versprechen, schließlich glaubte er es selbst nicht. Als sie zum Wasserloch gingen, kamen ihnen zwei Menschen entgegen. Die Dämmerung war schon weit fortgeschritten, aber Awin erkannte trotzdem die breitschultrige Gestalt des Yamans und die unverkennbaren buckligen Umrisse der alten Kariwa.

»Ah, Curru, wir haben dich gesucht«, rief der Yaman.

»Mich?«, fragte der Alte.

»Den Seher«, bestätigte Senis mit einem eigentümlichen Lachen.

»Ich will dich bei dieser Beratung dabeihaben, alter Freund, denn hier geht es um Dinge, über die ein Yaman nicht viel weiß.«

»Ihr müsst wissen, dass nicht nur die Hakul versuchen, den Verlauf des Schicksalsfadens zu erkennen«, begann Senis ohne weitere Umschweife. »Auch ich habe heute versucht, den Willen der Götter zu erforschen, und bin zu dem Schluss gekommen, dass diese Angelegenheit auch uns, meine Ahntochter und mich, betrifft.«

»Euch? Ihr seid hier fremd«, entgegnete Curru kühl.

»Nun, da hast du Recht, Curru von den Hakul«, gab Senis zu. »Ich gedachte auch nicht, mich in eure Angelegenheit einzumischen, denn ich habe meine eigenen Dinge zu besorgen. Doch habe ich die Knochen gefragt, und sie sind anderer Meinung.«

»Knochen?«, schnappte Curru. Es war schwer, die Verachtung in seiner Stimme zu überhören.

»Ich hätte sie nicht gefragt, wenn mich nicht schon seit gestern ein Gefühl plagte, ein Gefühl, das ich nicht fassen kann«, fuhr Senis unbeeindruckt fort. »Es ist, als sei etwas erwacht, das sehr lange geschlafen hat. Etwas, das ich kenne, anders, vielleicht sogar stärker – ach, ihr müsst einer alten Frau verzeihen, ich finde einfach nicht die richtigen Worte, es zu beschreiben.«

Awin dachte an das, was er am Abend gesehen hatte, die kleinen Knochen, die die Alte auf den Boden geworfen hatte. Sollte so etwas Lebloses wie ein paar Stückchen Gebein etwas über das Schicksal offenbaren können?

»Aber was hat das mit uns zu tun?«, fragte Curru.

»Ich bin für so eine Jagd, wie ihr sie unternehmt, sicher zu alt, ihr Krieger, aber meine Ahntochter ist jung und stark. Ihr solltet sie mitnehmen.«

»Das Mädchen?«, entfuhr es Curru, und es klang ehrlich entsetzt.

Auch Yaman Aryak war mehr als erstaunt. »Du willst, dass wir ein Weib mit auf diesen gefährlichen Ritt nehmen?«, fragte er.

»Die Knochen wollen es«, lautete die schlichte Antwort.

»Nun, ich weiß nicht, welches Spiel du hier spielst, alte Frau«, sagte Curru kalt, »aber sei dir sicher, dass wir eure Hilfe weder brauchen noch wollen.«

»Ist das die Meinung des Sehers?«, fragte Senis ruhig.

Es war dunkel, aber Awin hatte für einen Augenblick den Eindruck, dass sie ihn und nicht seinen Meister ansah.

»Das ist sie!«, erklärte Curru bestimmt. »Wirklich, Yaman, ich verstehe nicht, warum du dich mit diesem Weib abgibst.«

»Sie scheint mir nicht ohne Weisheit zu sein, alter Freund«, lautete die ruhige Antwort.

»Und ich? Bin ich vielleicht ohne Weisheit?«, giftete Curru.

Awin verstand nicht, was ihn so aufbrachte. Natürlich war der Vorschlag der Alten abwegig. Aber das war doch kein Grund, so aus der Haut zu fahren.

»Dein Rat ist für uns unentbehrlich, mein Freund«, versuchte der Yaman ihn zu beruhigen.

»Ich danke dir für dein Angebot, Senis von den Kariwa, aber wir können deine Enkelin nicht mitnehmen.«

Ahntochter, verbesserte Awin in Gedanken. Auch er fand den Vorschlag der Alten seltsam. Frauen hatten auf Kriegszügen nichts verloren. Bei anderer Gelegenheit würde er allerdings gerne an der Seite des Mädchens reiten.

»Die Knochen haben mich gewarnt«, sagte die Alte heiter. »Sie haben gesagt, dass der Samen auf unfruchtbaren Boden fallen wird. Aber ich musste es trotzdem versuchen. Wer weiß, vielleicht muss der Boden erst bereitet werden. Versprich mir nur eines, Yaman Aryak, versprich mir, dass du dieses Angebot sorgfältiger überdenken wirst, wenn ich es dir noch einmal unterbreite.«

»Ich werde morgen früh nicht anders darüber denken als heute Nacht, Mutter Senis«, erklärte der Yaman.

»Ich weiß, du wirst im Zwielicht aufbrechen und keine Zeit haben, mit mir zu sprechen«, sagte die Alte. »Versprich es mir trotzdem.« Ihr Tonfall hatte etwas Drängendes.

»Nun, ich verspreche, es zu überdenken, Senis von den Kariwa, da es dir so am Herzen liegt. Doch fürchte ich, die Antwort wird dieselbe sein.«

»Wir werden sehen, Yaman Aryak, wir werden sehen. Auf

bald.« Dann drehte sie sich um und ging zum Wagen zurück. Ihre schneeweißen Zöpfe leuchteten im Dunkeln.

»Seltsames Weib«, murmelte Curru.

»Wir sollten sie nicht verärgern«, meinte Aryak nachdenklich. »Die Kariwa leben am Rand der Welt, nah bei den Daimonen und Riesen. Es heißt, sie haben viel von ihnen gelernt.«

»Sie fragen ihre Knochen? Welche Weisheit soll darin stecken, Aryak? Nein, wir brauchen sie nicht, denn wir wissen, wohin der Feind geht. Wir werden ihn stellen und töten. Wir sind Hakul – wann hätten wir je Hilfe von Fremden benötigt?«

»Du hast natürlich Recht, alter Freund. Und nun solltest du ruhen. Die Nacht ist kurz, und die Jagd geht schon bald weiter.«

Mit der Dunkelheit kam die Kälte in die Slahan. Auf Mewes Bitten hin hatte der Yaman die Rast auf vier Stunden verlängert, und so wurden Wachen aufgestellt, und die, die von diesem Dienst verschont wurden, legten sich schlafen. Awin wickelte sich in seinen Mantel. Er war zu müde, um lange über das Gespräch mit Curru oder das mit Senis nachzudenken, und schlief fast sofort ein. Er schlief tief und traumlos, bis ihn jemand mit einem Fußtritt weckte. Es war Tuwin der Schmied, der ihn angrinste. »Auf, junger Seher, es geht weiter.«

Für einen Augenblick hoffte Awin, das sei nur ein Scherz – er hatte die Augen doch gerade erst zugemacht. Aber dann fiel ihm wieder ein, was alles geschehen war. Er setzte sich auf. Um ihn herum schälten sich Hakul aus ihren Umhängen oder kümmerten sich schon um ihre Pferde. Dann sah er das Mädchen am Ufer. Leichter Dunst zog über das Knochenwasser. Sie schöpfte in ruhigen Bewegungen Wasser mit einem Eimer. Warum wollte die Alte, dass das Mädchen sie begleitete?

»Sie ist größer als du, also schlag sie dir aus dem Kopf«, rief Tauru, der Bognersohn, und knuffte ihn in die Seite. Awin fiel zu seinem Bedauern keine schlagfertige Antwort ein, und so schwieg er verdrossen. Sie hatten wenig Zeit für Scherze, denn der Yaman trieb sie zur Eile. Lange vor Sonnenaufgang saßen sie im Sattel und verließen das Knochenwasser. Tuge ritt mit seinen Männern nach Westen, während Aryak mit den seinen den Weg nach Osten einschlug. Mit Senis oder ihrer Ahntochter sprach keiner mehr an diesem Morgen. Als sie über die Düne ritten, blickte Awin noch einmal zurück. Die beiden Frauen saßen am Feuer und schienen etwas zu betrachten, das vor ihnen auf dem Boden verstreut lag. Es musste sie sehr beschäftigen, denn weder Merege noch Senis hatten ein Auge für die Hakul, die nun in entgegengesetzten Richtungen die Wasserstelle verließen und mit dem Zwielicht über den Dünen verschmolzen.

Staubland

SKEFER WAR TROTZ der kühlen Morgenstunde schon erwacht und blies feinen Staub über die Dünen. Die Hakul ritten schnell, doch schlugen sie nicht den Weg nach Süden ein, was bei den Jungkriegern für Unruhe sorgte.

»Wenn wir ihn einholen wollen, müssten wir doch einfach nach Süden, quer durch die Slahan, auch wenn der Weg hart ist«, meinte Tauru, der neben Awin ritt.

»Mitten durch das Sandmeer? Ein weiter Weg. Das würden weder wir noch die Pferde schaffen«, belehrte ihn Mewe knapp.

Awin nickte, das war ohne Zweifel wahr. Dann stellte er eine Frage, die ihn die ganze Zeit schon beschäftigt hatte: »Meister Mewe, wenn der Fremde nicht am Knochenwasser war, wieso hältst du es trotzdem für möglich, dass er nach Westen will? Wie soll er das schaffen ohne Wasser?«

»Der Feind ist gerissen. Vielleicht hat er schon auf dem Hinweg irgendwo Wasser versteckt? Vielleicht opfert er seine Pferde und hält irgendwo Trampeltiere bereit, die auf ihn warten? Er versteht sich darauf, andere zu täuschen, das sagt mir jede Fußspur, die ich von ihm finde. Haben wir nicht lange angenommen, er sei im Grastal allein gewesen? Und haben wir nicht noch länger geglaubt, er ritte auf geradem Weg zum Knochenwasser? Und nun glauben wir, er will nach Süden, nach Serkesch. Vielleicht irren wir uns wieder?«

Awin dachte eine Weile nach, dann fragte er: »Und was, wenn Tuge und die anderen diesen gefährlichen Feind treffen? Sie sind nur zu viert.«

»Sie wissen, wie gefährlich er ist, und werden sich vorsehen. Und es gibt keinen besseren Bogenschützen als Tuge. Der Fremde wäre tot, bevor er zur Waffe greifen könnte.«

Das leuchtete Awin ein, und er versuchte, nicht daran zu denken, dass Tuge und die anderen in einen Hinterhalt geraten könnten. »Wohin reiten wir jetzt, Meister Mewe?«

»Der Feind hat wieder einen großen Vorsprung, junger Seher. Wir brauchen frische Pferde, wenn wir ihn einholen wollen«, erwiderte der Jäger.

Das bedeutete, dass der Yaman einen Umweg in Kauf nahm. Der Feind würde vermutlich am Rand der Wüste nach Südosten ziehen. Er musste den Glutrücken umgehen, denn die Stadt Serkesch lag auf der anderen Seite des felsigen Höhenzuges, der mit einem Pferd nicht zu überqueren war. Awin hatte die roten Felsen einmal aus der Ferne gesehen. Sie trennten die Slahan von ihrer Schwester, der Wüste Dhaud, und der kargen Ebene Naqadh. Der Glutrücken würde den Feind zu einem Umweg nach Osten zwingen. Die Entscheidung des Yamans war klug. Sie würden zunächst etwas Zeit verlieren, aber die würden sie mit frischen Pferden wieder einholen. Es sei denn …

»Was, wenn der Fremde auch frische Pferde hat?«, fragte Awin den Jäger.

»Dann können wir es nicht ändern. Aber ich bezweifle es. Er müsste sie von einem anderen Klan kaufen. Und jeder Hakul würde ihn fragen, was er im Staubland zu suchen hat.«

Awin nickte. Der Jäger war wieder einmal klüger als er. Dennoch hatte er das Gefühl, dass es irgendetwas gab, was sie nicht bedacht hatten, doch er kam nicht darauf, was das sein könnte.

Sie ritten, so schnell es die Pferde zuließen, ungefähr nach Osten, der rasch steigenden Sonne entgegen. Es wurde heiß, aber der Yaman gönnte ihnen keine Ruhepause. Sie konnten die Zwillingsquelle und damit das Lager der Frauen und Kinder am Abend erreichen, wenn sie sich und ihre Reittiere nicht schonten. Awin redete seinem Falben gut zu. Die meisten der älteren Hakul besaßen zwei oder drei Pferde, er und die anderen Jungkrieger jedoch nicht. Er nahm an, dass der Yaman das bedacht hatte. Die Sanddünen wurden allmählich flacher, und Buschwerk und Gras waren häufiger zu sehen. Schließlich trommelten die Hufe ihrer Pferde über den harten Boden des Staublandes. Sie alle waren müde, ihre Pferde schweißbedeckt, aber der Yaman trieb sie immer wieder zur Eile. Als die Pferde nicht mehr konnten, ließ er absitzen und sie am Zügel führen, bis sich die Tiere wieder erholt hatten. Nur einmal ließ er sie kurz rasten, da hatten sie den kleinen Bach erreicht, der von den Zwillingsquellen gespeist und bald von der Slahan verschluckt wurde. Sie tränkten die Pferde und tranken selbst, dann ging es weiter. Der dicke Bale fiel zurück. Sein Pferd hatte am schwersten zu tragen, aber auch darauf nahm der Yaman keine Rücksicht: »Weiter, ihr Männer, weiter. Er wird uns am Lager einholen. Es ist nicht mehr weit.«

Kurz darauf trafen sie auf eine große Herde Schafe und Wollziegen, die den Bach entlangzog. Vier Reiter trieben sie voran. Es war Elwahs Herde. Seine Witwe Sigil kam ihnen entgegen. »Habt ihr ihn?«, rief sie schon von weitem. »Habt ihr den Mörder meines Mannes und meiner Söhne gestellt und gerichtet?«

Der Yaman ließ den Sger vom langsamen Trab in Schritt fallen, aber er hielt nicht an.

»Nein, Sigil«, erklärte er grimmig, »wir haben ihn nicht.«

Jetzt kam Wela heran. »Wo ist Tuge, wo sind Meryak und Bale?«, rief sie. »Gab es einen Kampf?«

Mit mürrischer Miene ließ der Yaman den Sger nun doch anhalten. »Es gab keinen Kampf, der Feind ist uns entkommen – doch werden wir ihn bald haben.« Und dann erklärte er in kurzen Worten, was vorgefallen war und was sie vorhatten. Die Frauen hörten stumm zu. Marwi, Meryaks Sohn, wirkte besorgt, als er hörte, dass sein Vater mit Tuge und den anderen durch die Slahan nach Westen geritten war.

»Kein Sorge, Marwi«, versuchte ihn der Yaman zu beruhigen, »sie werden dem Feind vermutlich gar nicht begegnen.«

»Warum gehen sie dann nach Westen?«, fragte Wela.

»Du solltest deiner Tochter sagen, dass sie ihre Ohren besser aufsperren sollte«, murrte Curru.

»Sie kann dich hören, Freund Curru, sag es ihr ruhig selbst«, entgegnete der Schmied grinsend.

»Habt ihr vor, mit uns hier das Vieh zu hüten, oder jagt ihr den Mörder unserer Männer und Söhne, ihr Krieger?«, fragte Sigil mit bitterer Stimme dazwischen.

Der Yaman straffte sich. »Du hast Recht, Sigil. Unsere Jagd duldet keine Rast. Wenn du erlaubst, werde ich Wela und Marwi mitnehmen. Bale ist dicht hinter uns. Gönnt ihm keine Ruhe. Wie ich ihn kenne, wird er anbieten, euch hier zu helfen, doch brauchen wir ihn dringender im Lager. Ich werde einige der älteren Kinder herschicken, damit sie euch zur Hand gehen. Doch jetzt müssen wir weiter.«

Die Witwe nickte, ihr Mund war eine schmale Linie. Awin sah ihr an, wie sehr sie der ungeheure Verlust getroffen hatte. Er fragte sich, wo sie die Kraft hernahm, sich weiter um die Herde zu kümmern.

»Auf geht's, Hakul, wir sind bald da!«, rief der Yaman, und dann gab er seinem Pferd die Fersen und ließ es noch einmal galoppieren. Und sein Sger, staubbedeckt und müde, folgte ihm nach. Tatsächlich erreichten sie das Lager mit den letzten Strahlen der Sonne.

»Was für ein Ritt«, murmelte Mewe in seinen schütteren Bart, als die ersten Rundzelte vor ihnen auftauchten. Awin blickte kaum auf. Er flüsterte seinem Falben seinen Dank zu. Das Tier war völlig erschöpft. Sie waren seit dem Morgengrauen eine Strecke geritten, die sonst leicht zwei Tage erforderte. Die Menschen im Lager waren in heller Aufregung, als sie die Krieger zurückkehren sahen, und bald wurden die Männer mit Fragen bestürmt. Das Entsetzen war groß, als die Männer berichten mussten, was mit Elwah und seinen Söhnen und mit Etys' Grab geschehen war.

Falls einer der Reiter auf eine längere Rast gehofft hatte, wurde er enttäuscht, Aryak gab ihnen Zeit, mit ihren Frauen und Kindern zu sprechen und sich zu stärken, dann sollte es schon weitergehen. Als der schnaufende Bale endlich auch im Lager eintraf, kam er gerade rechtzeitig, um zu erfahren, dass der Yaman die Jungkrieger mit Pferden aus seiner Herde versorgt hatte. Sein wütender Einspruch wurde von Aryak beiseitegewischt: »Es sind Notzeiten, Bale, wann wirst du das endlich begreifen?«

»Ich begreife es wohl, doch sehe ich nicht ein, warum die jungen Männer nicht mit Tieren aus Meryaks Herde versorgt werden können.«

Meryak züchtete Trampeltiere, aber auch Pferde, und Bale mochte ihn nicht, wie Awin, der das Gespräch zufällig mitbekam, wusste.

»Meryak ist weit weg mit Tuge, wie du wohl weißt. Ihn können wir nicht fragen.«

»Mich habt ihr auch nicht gefragt, Yaman«, erwiderte Bale aufgebracht.

»Wenn du nicht so fett und langsam wärst«, rief Curru dazwischen, »hätten wir dich schon gefragt, aber so ...«

Der Yaman hob begütigend die Hand. »Ich weiß, dass du deine Tiere über alles liebst, Bale, und niemand züchtet bessere Pferde als du. Also frage ich dich jetzt: Bist du bereit, den Jungkriegern mit frischen Tieren auszuhelfen? Der Klan wird dir deine Hilfe nicht vergessen.«

Bale schluckte. Der Yaman hatte es nicht gesagt, aber er verstand wohl, dass die Sippe es ihm erst recht nicht vergessen würde, wenn er nicht half.

»Natürlich, Yaman Aryak, meine Herde soll die eure sein«, presste er hervor. »Du hättest mich nur fragen sollen, so hätte ich dir die besten Tiere herausgesucht.«

»Da bin ich sicher«, meinte der Yaman trocken, »aber dein Enkel Mabak hat uns geholfen. Er hat dein Auge für gutes Blut geerbt, scheint mir.«

Der Pferdezüchter lächelte gequält. Mabak hatte wirklich ein gutes Händchen bei der Auswahl der Tiere gezeigt. Awin trennte sich nur sehr ungern von seinem Falben, aber Bales Enkel hatte ihm einen lebhaften Schecken gebracht, der ihm auf Anhieb gefiel.

»Er stammt übrigens vom selben Vater wie deiner, soweit ich weiß«, hatte der Junge erklärt. Er war jünger als Awin und zuvor noch auf keinem Beutezug gewesen, aber was Pferde anging, da machte ihm niemand etwas vor. Er kannte jedes Tier der Herde und hatte wirklich die besten Tiere für seine Waffenbrüder ausgesucht. Seine Wahl war so gut, dass sein Großvater Bale alles andere als glücklich darüber war. Awin sah, wie er seinen Enkel zur Seite nahm und mit wütenden Vorwürfen überhäufte. Irgendwann trat Tuwin der Schmied dazu und beruhigte den aufgebrachten Pferdezüchter. Awin sattelte den Schecken, dann zog er ihn zum Zelt seiner Familie.

»Ihr habt ihn also noch nicht gefangen«, stellte Gunwa, seine Schwester, fest, als Awin ins Zelt trat. Es war gerade erst fertig aufgebaut und noch gar nicht eingerichtet worden. Als er ins Lager gekommen und vom Pferd gestiegen war, war ihm Gunwa um den Hals gefallen und hatte ihn fast umgeworfen in ihrer Freude, ihn gesund und munter wiederzusehen. Aber jetzt wirkte sie wieder so ruhig und zurückhaltend, wie sie es immer war.

Awin zuckte mit den Achseln. »Wir wollen ihn nicht fangen, sondern töten«, erklärte er trocken.

Seine Schwester sah ihn stirnrunzelnd an. »Dennoch müsst ihr ihn erst einmal fangen, oder?«

»Das ist schon richtig, Schwester, aber ich glaube, wir werden ihn bald haben.«

Gunwa senkte ihre Stimme: »Hast du es gesehen?«

Awin schüttelte den Kopf. »Nein, Schwester, ich habe den Feind nicht gesehen. Und auch das, was im Grastal geschah, habe ich nicht vorhersehen können.« Er fühlte sich plötzlich unendlich müde und fragte sich wieder einmal, ob sein Vater sich vielleicht doch geirrt hatte, was ihn betraf. Er hatte behauptet, die Sehergabe sei ihm in die Wiege gelegt worden, aber davon bemerkte Awin herzlich wenig. Vielleicht hatte ja auch Curru Recht. Der Alte war ein erfahrener Seher, und noch nie hatte er behauptet, dass auch Awin das Zeug dazu hätte.

»Hat Curru dich wieder einmal heruntergeputzt?«, fragte Gunwa.

»Wie kommst du denn da drauf«, wehrte Awin ab.

»Ich sehe es dir immer an, wenn er dich tadelt. Du siehst dann aus wie ein Lamm, das getreten wurde.«

»Na, vielen Dank«, murmelte Awin.

Gunwa legte ihm die Hand auf den Arm. »Schau, Bruder, er ist unser Ziehvater, und er ist streng. Ebenso wie Egwa, unsere Ziehmutter.«

»Sie meinen es gut mit uns«, erwiderte Awin.

»Bei Egwa weiß ich das sicher«, antwortete seine Schwester und sah ihm dabei fest in die Augen.

»Was ist bei mir sicher?«, fragte Currus Frau, die gerade durch den Zelteingang trat.

»Dass wir immer eine gute Suppe bei dir bekommen werden, Mutter Egwa«, rief Gunwa lachend.

»Soso. Dieser junge Mann hier sieht aus, als hätte er sie nötig. Und auch ein Bad im Bach könnte ihm nicht schaden. Was die Suppe betrifft, so werde ich sehen, was sich machen lässt. Aber jetzt solltest du in das Yamanszelt gehen, Awin, Aryak hat wieder nach dir gerufen.«

»Nach mir?«, fragte Awin verblüfft.

»Nach den anderen Männern auch, also bilde dir bloß nichts ein. Und jetzt beeil dich, oder willst du das Oberhaupt deiner Sippe warten lassen? Und du, junge Frau, wirst dich endlich nützlich machen. Sonst wird dieses Zelt nie aussehen wie ein Zuhause.«

Als Awin das Zelt verließ, hielt ihn Egwa noch einmal kurz fest: »Der kleine Lewe hat immer noch keinen Ton gesprochen. Nie ging mir etwas mehr zu Herzen als das Leid dieses Knaben. Ich hoffe, ihr tötet den, der dafür verantwortlich ist, und ich hoffe, du bist meinem Mann dabei endlich einmal die Hilfe, die er verdient!«

Awin nickte verdrossen. Sie ließ ihn los, und er lief eilig zum Yamanszelt. Unterwegs kam ihm Eri, der jüngste Sohn Aryaks, entgegen, der mit einer Weidenrute Blumen köpfte. Irgendetwas schien den Jungen verärgert zu haben, aber Awin fragte nicht nach. Er hatte Wichtigeres zu tun, als auf die Launen dieses Knaben einzugehen. Als er ins große Zelt trat, warteten der Yaman und Curru dort, ebenso Mewe und Tuwin der Schmied. Auch Ebu und Ech saßen dort auf ledernen Kissen. Jedoch trank keiner von ihnen den sonst unvermeidlichen Kräutersud – ein Zeichen dafür, dass es keine sehr lange Versammlung werden würde.

»Mach doch bitte Platz, junger Seher«, schnaufte es hinter

ihm. Der dicke Bale drängte sich ins Zelt. Awin stellte überrascht fest, dass er der einzige Jungkrieger im Zelt war. War Eri deshalb so zornig, weil er nicht dabei sein durfte? Noch jemand war da: Gregil, die Frau Aryaks, die einen sehr ernsten Blick auf die Stiefel der Männer warf. Awin sah schuldbewusst nach unten. Seine Stiefel! Er hatte Sand und Staub in dieses Heim getragen, aber da war er nicht der Einzige.

»Ich habe den Rat der Männer einberufen, weil wir eine Entscheidung treffen müssen«, begann Aryak. »Wie ihr wisst, sagt Currus Traum, dass der Fremde nach Serkesch gehen wird. Doch enthält dieser Traum viele Unwägbarkeiten. Vielleicht verkauft der Feind seine Beute vorher an der Eisenstraße, vielleicht überdenkt er sein Ziel, vielleicht trennen sich die Wege der beiden Männer, die wir verfolgen.«

Die Krieger sahen sich besorgt an. Wie oft sollten sie ihre kleine Schar denn noch aufteilen?

»Hast du einen Vorschlag, ehrwürdiger Yaman?«, fragte sein Sohn Ech. Dass er die förmliche Anrede wählte, zeigte, dass ihm der Ernst der Lage bewusst war.

»Den habe ich, mein Sohn. Ich denke, wir sollten Yaman Auryd um Hilfe bitten.«

Die Männer schwiegen und bedachten den Vorschlag. Bale meldete sich als Erster zu Wort: »Sagtest du nicht, ehrwürdiger Yaman, dass diese Angelegenheit unter uns bleiben sollte?«

»Das sagte ich, doch verbindet uns viel mit Auryds Sippe. Wie du weißt, ist er mein Halbbruder.«

»Das weiß ich wohl, ehrwürdiger Yaman, doch hörte ich auch, dass seine Herrschaft über den Klan des Schwarzen Fuchses nicht unumstritten ist«, erwiderte Bale.

»Deine Ohren sind größer als die deiner Pferde, scheint mir, Bale. Sein Schwiegervater hat ihn zum Erben bestimmt, und niemand hat bisher gewagt, ihn herauszufordern.«

Bale schnaubte verächtlich. Offenbar ärgerte er sich immer noch über die Geschichte mit den Pferden, anders war es nicht zu erklären, dass er es hier, in der Versammlung der Männer, so offensichtlich an Achtung fehlen ließ.

»Von uns stellt niemand Yaman Auryd in Frage«, warf Tuwin ein. »Du willst ihn also um Männer bitten?«

»Ich werde ihn um jeden Mann bitten, den er entbehren kann. Es ist ja auch nicht nur Auryd, der uns mit diesem Klan verbindet. Elwahs Schwiegertochter Hengil stammt aus dieser Sippe, und hast du nicht selbst, Bale, zwei deiner Töchter dorthin verheiratet?«

Bale nickte mürrisch und sagte: »Es mag schon sein, dass die Bande stark genug sind und dass sie uns helfen werden, vor allem, wenn sie erfahren, was mit Elwah und seinen Söhnen geschehen ist. Doch bezweifle ich, dass sie es umsonst tun werden.«

»Wir werden eine Verpflichtung eingehen müssen, das ist gewiss«, gab Aryak zu.

Awin wusste, dass dies eine gefährliche Sache war. Sollte die Sippe Auryds einmal in Schwierigkeiten geraten, waren sie zur Hilfe verpflichtet – gleich, welcher Art diese Schwierigkeiten waren. So manche Sippe war durch eine Verpflichtung schon ins Unglück gestürzt worden.

»Willst du ihnen auch vom Heolin erzählen?«, fragte Tuwin.

»Er wird es erfahren, denn sonst wird er kaum verstehen, warum wir so dringend seine Hilfe fordern.«

»Ich nehme an, du willst einen Boten schicken?«, fragte Mewe der Jäger.

Das war naheliegend. Sie waren kaum so eilig hierhergehetzt, um nun bei einem weiteren Umweg wieder Zeit zu verlieren. Awin dachte nach. Das war eine heikle Entscheidung. Sie würden Zeit sparen, aber es mochte sein, dass sie den Feind erwischten, bevor Auryd zu ihnen gestoßen war. Die Verpflichtung wären sie dann dennoch eingegangen. Aber die Lage war so ernst, dass der Yaman wohl nicht anders konnte. Doch welchen Krieger würde Aryak mit dieser wichtigen Botschaft betrauen?

Aryak hatte einen Augenblick mit seiner Antwort gezögert, doch jetzt sagte er: »Eine Botin, um genauer zu sein, denn ich denke, dass Wela dieser Aufgabe gewachsen ist.«

»Die Tochter des Schmieds?«, rief Bale mit ungläubigem Staunen. »Willst du eine so ernste Angelegenheit in die Hand dieses unreifen Weibes legen?«

»Ich werde sie jedenfalls nicht in deine Hand legen, Bale, denn du wirst an meiner Seite und schon weit von hier fort sein, wenn Wela meinen Bruder erreicht.«

»Aber ein Weib?«, fragte Bale noch einmal.

»Meine Tochter ist eine bessere Reiterin als du, Bale«, erklärte Tuwin freundlich lächelnd, »zumindest tragen die Pferde sie lieber als dich. Außerdem kann sie mit einem Mann reden, ohne gleich Streit mit ihm anzufangen.«

Das saß. Der dicke Bale hielt verstimmt den Mund.

»Auryd hat gute Männer«, meinte der Schmied dann, »ich kenne viele von ihnen. Mit ihrer Hilfe werden wir den Feind finden und töten. Wenn er uns denn einholen kann.«

»Um diese Zeit lagert der Schwarze Fuchs für gewöhnlich bei den Hügeln, die man die Fünf Brüder nennt. Und dies ist eine glückliche Fügung, denn die Fünf Brüder liegen nicht viel weiter vom Glutrücken entfernt als unser eigenes Lager. Am Rotwasser kann er uns einholen.«

Die Männer nickten. Der Yaman schien eine gute Entscheidung getroffen zu haben.

»So kann ich davon ausgehen, dass mein Vorschlag eure Zustimmung findet, Hakul?«, fragte Yaman Aryak in die Runde.

»So ist es«, lautete die einstimmige Antwort. Selbst Bale war nicht so verärgert, dass er sich gegen alle anderen stellen wollte. Nur Awin hatte nichts gesagt. Er war es nicht gewohnt, in der Versammlung der Männer gefragt zu werden.

Dem Yaman war das nicht entgangen. Er lächelte und sagte: »Und habe ich auch deine Zustimmung, junger Seher?«

Die Männer grinsten, nur Curru seufzte und schüttelte den Kopf. Awin lief rot an und stotterte: »So ist es, ehrwürdiger Yaman.«

Eigentlich war die Zusammenkunft damit schon zu Ende, doch plötzlich meldete sich Gregil zu Wort: »Ich weiß, es ist nicht üblich, dass in dieser Versammlung Frauen reden, doch möchte ich etwas sagen.«

Die Männer schauten die Frau des Yamans erstaunt an. Der Yaman blickte kurz zu Curru, der gleichgültig mit den Schultern zuckte, dann nickte er seiner Frau zu.

»Ihr sprecht viel vom Feind und dass ihr ihn töten werdet«, sagte Gregil. »Ich habe meine drei Söhne sogar darüber streiten hören, welcher von ihnen seinen Kopf nehmen darf. Auch ich spüre den Wunsch nach Rache, aber vergesst über eurer Jagd den Heolin nicht. Seit Jahrhunderten schützt er unsere Sippe, den Stamm, das ganze Volk der Hakul vor dem Bösen, das in der Slahan lauert. Er ist wichtiger als die Rache für Elwah. Bringt den Lichtstein zurück! Und wenn ihr vor der Wahl steht, dem Feind zu folgen oder dem Heolin, dann trefft die richtige Entscheidung. Darum bitte ich euch.«

»Keine Sorge, Gregil, das werden wir«, antwortete Curru, und es schwang belustigte Herablassung in seiner Stimme mit.

Awin verließ das Zelt als letzter der Männer. Gregil hatte Recht. Natürlich, sie alle waren von dem Wunsch nach Rache beseelt, aber der Lichtstein war viel wichtiger. Als er in die Gesichter der Männer blickte, wuchsen in ihm Zweifel, dass sie das ebenso sahen.

Awin hatte wenig Zeit, die nahrhafte Suppe, die Egwa in kurzer Zeit gezaubert hatte, zu genießen. Es war Nacht geworden, aber der Yaman ließ ihnen keine Ruhe. Er ritt selbst auf einem frischen Rappen durchs Lager und rief die Krieger zusammen. »Schlafen könnt ihr im Sattel, ihr Männer. Oder seid ihr keine Hakul?«, ermahnte er sie.

Noch jemand bereitete sich auf den Aufbruch vor: Wela. Die Tochter des Schmieds hatte ihr Pferd gesattelt und bekam von ihrem Vater eine Menge guter Wünsche und Ratschläge mit auf den Weg.

»Du tust, als ritte sie das erste Mal«, spottete Yaman Aryak freundlich. Er brachte Wela eine kleine Bronzescheibe. Sie glich jener, die am Feldzeichen des Klans baumelte. Ein schwarzes, unten offenes Dreieck war daraufgemalt.

»Wenn du Auryd das Sgertan zeigst, weiß er, dass du in meinem Namen sprichst. Wenn du es ihm übergibst, heißt das, dass wir bereit sind, uns ihm zu verpflichten. Wir erwarten ihn am Rotwasser. Hast du das verstanden, Wela, Tuwins Tochter?«

»Natürlich, Yaman Aryak, jetzt und auch schon vorhin, als du es mir zum ersten Mal gesagt hast, und danach, als mein Vater es mir zum zweiten Mal erklärte«, antwortete Wela grinsend.

»Dies ist eine ernste Sache, Schmiedetochter. Ich hoffe, das ist dir bewusst«, erwiderte der Yaman sehr ruhig.

»Ich weiß es, ehrwürdiger Yaman«, antwortete Wela, und das Grinsen erlosch auf ihrem Gesicht. Bevor sie aufbrach, lenkte sie ihr Tier an Awin vorbei, der noch dabei war, sich mit seinem Schecken anzufreunden. »Ich hoffe, du passt auf dich auf, Awin, Sehersohn«, begann sie. Sie nannte ihn nie »Seher«. Es war ihre Art, ihn zu necken.

»Das hoffe ich auch von dir, zukünftige Heilerin«, antwortete Awin.

Sie verzog das Gesicht. Sie mochte es nicht, so genannt zu werden. »Ich kann dich jedenfalls nicht heilen, wenn du halbtot in der Wüste liegst, Awin, also tu mir den Gefallen und versuche, das zu vermeiden. Schon, um meinem armen Vater Arbeit zu ersparen.«

Awin nickte und grinste breit.

»Und noch etwas«, fuhr Wela stockend fort. »Ich habe gehört, dass ihr in die Stadt Serkesch reitet.«

»Das sagte mein … meines Ziehvaters Traum«, antwortete Awin und konnte gerade noch verhindern, dass er Curru bloßstellte.

Wela sah ihn prüfend an. Sie war nicht dumm, aber sie überging die Frage, die sie sich nun gewiss stellte, und sagte stattdessen: »Ich war noch nie in einer Stadt, und ich will, dass du sie dir genau ansiehst und mir alles erzählst, hörst du?«

»Das werde ich«, versprach Awin.

»Also lass dir nicht einfallen, dich umbringen zu lassen, bevor du mir nicht alles haarklein berichtet hast, verstanden?«

»Ich werde es versuchen, Wela«, antwortete Awin. Ein Lächeln spielte kurz um seine Lippen und erlosch wieder. Serkesch, die alte Feindin der Hakul, erwartete ihn. Er hatte ihre Mauer gesehen. Hoch und mächtig war sie ihm erschienen und auch bedrohlich. Es war ein gefährliches Ziel, das die Schicksalsweberin ihm gewiesen hatte. Dann dachte er an das Mädchen, das er im selben Traum gesehen hatte, am Fuße der Mauer. Es hatte Blumen gepflückt. Curru hatte gesagt, dass das auf eine Feier hindeutete, aber da er die Farbe der Blüten nicht gesehen hatte, mochte es ebenso eine Freuden- wie eine Trauerfeier sein. Nun, es war nur ein Traum, und vermutlich bedeutete es gar nichts, gleich, was Curru sagen mochte. Dennoch, wenn er nachdachte, lag es auch für ihn nahe, dass der Feind nach Serkesch wollte. Er war nicht am Knochenwasser gewesen, und dort musste er vorbei, wenn Budingar sein Ziel war. Er hatte reichlich Beute gemacht, die musste er verkaufen. Gyrn war eine Totenstadt und schwer zu erreichen, Scha-Adu war nur eine armselige Festung. Außerdem lagen beide Städte jenseits der Slahan, und wenn der Fremde nicht fliegen oder seine Pferde nicht ohne Wasser leben konnten, waren sie für ihn nahezu unerreichbar. Nein, wäre er der Feind, würde er nach Serkesch gehen. Die Stadt war reich, und die Akkesch würden nicht fragen, woher er seine Waren hatte. War es also nur Zufall, dass ihm sein Traum diese Mauer gezeigt hatte? Als Wela ihrem Pferd die Fersen gab und davongaloppierte, wurde ihm klar, dass er gar nicht sagen konnte, wer das Mädchen in diesem Traum gewesen war. War es Wela?

Es war mitten in der kurzen Nacht, als der Sger sich wieder in Bewegung setzte. Sie alle waren müde. Curru verzichtete sogar darauf, die Sgerlanze zu zeigen, wie es sonst bei Kriegszügen üblich war. Sie steckte im Halfter, aber auch ohne das Feldzeichen wussten alle, wie ernst die Lage war. Der Yaman ließ sie nach Süden reiten, bis die Dünen der Slahan im Gesichtsfeld auftauchten, dann schwenkten sie nach Südosten. Es wurde wenig gesprochen, und Awin nickte tatsächlich für einige Zeit ein. Hakul lernen früh, auch im Sattel zu schlafen.

Bei Sonnenaufgang erreichten sie die Nadelebene, einen flachen Ausläufer der Wüste, dessen Boden mit unzähligen Steinen gespickt war. Sie umgingen ihn westlich, was bedeutete, dass sie ihre Pferde wieder in die Slahan hineinführen mussten. Awin erkannte die Absicht des Yamans: Ihr nächstes Ziel war das Rotwasser, ein Wasserloch nicht weit von den nördlichen Ausläufern des Glutrückens. Aryak führte sie durch das unfruchtbare Grenzland zwischen Staubland und Slahan dorthin. Es gab kürzere Wege, aber es lebten andere Sippen in der Nähe der Wüste, und nicht alle waren dem Klan der Schwarzen Berge wohlgesonnen. Und die Hakul, mit denen sie keinen Streit hatten, würden Fragen stellen, was der Sger zu dieser Jahreszeit so weit von seinen Weiden entfernt zu suchen hatte. Nein, es war besser, allen Fragen und allem Ärger auszuweichen und sich nahe der Wüste zu halten, auch wenn Skefer wieder wehte und sie, wie jetzt, durch den tiefen Sand der Dünen reiten mussten. Gegen Mittag schwenkten sie dann doch tiefer ins Staubland hinein, denn die Pferde waren durstig. Mewe kannte die Gegend und führte sie an einen der kleinen Bäche, die sich durch das Land schlängelten, um dann irgendwann im Sand der Wüste zu versickern. Sie folgten seinem Lauf jedoch nicht, sondern hielten sich wieder weitab von allem, was einen Hakul-Hirten anziehen mochte. Erst gegen Abend schlugen sie ihr Lager an einem Bach auf.

»Das Wasser schmeckt nach Sand«, meinte Bale, als er am Wasserlauf kniete und aus den hohlen Händen trank.

»Aber es löscht den Durst«, wies ihn Curru streng zurecht.

»Ich meine ja nur«, erwiderte Bale mürrisch.

»Dann meine es leise, Bale, dies ist keine Reise zu einem Fest, hast du das schon wieder vergessen? Du solltest den Jungkriegern ein Vorbild sein und sie nicht noch entmutigen.«

Als Curru außer Hörweite war, brummte der Dicke missmutig. »Vielleicht reiten wir doch zu einem Fest – unserer eigenen Trauerfeier, was meinst du, junger Seher?«

Awin runzelte die Stirn. Es kam nicht oft vor, dass Bale ihn nach seiner Meinung fragte. »Ich meine, das Wasser löscht meinen Durst, Meister Bale. Und im Augenblick ist es mir lieber als Stutenmilch oder Brotbier.«

»Und unser Ziel«, fragte der Pferdezüchter lauernd, »hast du gesehen, was uns dort erwartet?«

»Nein, Meister Bale, das habe ich nicht«, lautete die schlichte Antwort. Vermutlich suchte der dicke Züchter nur nach Verbündeten. Jetzt, da sein Sohn Malde nicht hier war, um ihn zu unterstützen, war ihm vermutlich aufgegangen, dass er allein gegen den Yaman stand. Awin spürte wenig Lust, sich auf die Ränkespiele des alten Querkopfs einzulassen. Es half ihm aber nichts. Als er abends seine Wache antrat, kam Ebu zu ihm. »Ich habe gesehen, dass du dich lange mit dem Dicken unterhalten hast, Awin.«

Awin sah den ältesten Sohn des Yamans überrascht an. »Er ist mein Sgerbruder«, antwortete er schlicht.

»Dein Bruder? Du bist nicht in diesem Klan geboren, vergiss das nicht, Awin, Kawets Sohn. Und denke nicht, dass ich nicht ein Auge auf dich und deine Freunde habe!« Und damit ließ Ebu ihn stehen.

Awin fragte sich, was er dem Yamanssohn getan hatte, dass dieser ihn so hasste, aber er fand darauf keine Antwort. Vielleicht war es auch nur Skefer, der verfluchte Wind, der sie alle reizbar machte.

Der nächste Tag unterschied sich nur wenig von dem vorigen. Sie brachen noch in der Nacht auf, rasteten nur, wenn die Pferde Wasser brauchten, und hielten sich nahe der lebensfeindlichen Slahan. Allmählich kamen sie in Gegenden, die Awin nicht kannte. Der Klan vom Schwarzen Berg pflegte seine Herden viel weiter nördlich zu weiden. Auch die Sippen dieses Landstrichs hatten sicher viele junge Männer, aber die kamen nicht in Aryaks Lager, wenn sie auf Brautschau gingen, und noch kein Mann von Aryaks Klan hatte das Brautjahr so weit im Süden verbracht.

»Werden wir uns auch nicht verirren, Meister Mewe?«, fragte Tauru am Mittag des zweiten Tages den Jäger.

Der schüttelte den Kopf. »Ich kenne diese Gegend, und auch die anderen Meister waren schon hier, junger Krieger. Das ist der Weg, der zur Eisenstraße führt. Früher, als uns noch nicht Horkets mächtige Sippe mit all ihren Verbündeten und Verpflichteten den Weg versperrte, da zogen wir hier nach Süden, um uns an der Eisenstraße zu holen, was wir für den Winter brauchten.«

»An der Eisenstraße?«, fragte Tauru nach. Er musste die alten Geschichten doch kennen, dachte Awin und vermutete, dass dem Jungkrieger einfach nur langweilig war und er versuchte, aus Mewe eine Geschichte herauszukitzeln.

Aber der Jäger war einsilbig. »Das ist lange her, und die Zeiten haben sich geändert«, sagte er, und dann trieb er sein Pferd an, um zum Yaman aufzuschließen.

Das waren wirklich andere Zeiten, dachte Awin. Angeblich, so hatte ihm seine Mutter erzählt, hatte sein Vater den Aufstieg Horkets zum Heredhan vorausgesehen. Geholfen hatte es aber weder ihm noch seinem Klan, der von Horket vernichtet worden war.

»Woran denkst du? Siehst du etwas?«, fragte Mabak, der mit Awin meist am Ende des Zuges ritt. Er hatte wohl aus dem abwesenden Gesichtsausdruck des Sehers falsche Schlüsse gezogen.

»Nein, gar nichts, Mabak, Maldes Sohn«, antwortete Awin und versuchte ermutigend zu lächeln. Mabak hatte es nicht leicht mit seinem Großvater Bale, seit er die besten Tiere aus der Herde für Awin und die anderen ausgesucht hatte. Bale war wirklich kleinlich. Er tat fast, als habe man ihm Hab und Gut geraubt, dabei hatten neben Awin nur Tauru, Eri und Curru seine Großzügigkeit in Anspruch genommen. Bei seinem Ziehvater hatte Awin den Verdacht, dass er es nur getan hatte, um den Pferdezüchter zu ärgern. Er besaß selbst noch einen zähen Wallach, hatte sich aber von Mabak einen prachtvollen Rotschimmel aussuchen lassen, angeblich, weil er als Seher

Anspruch auf ein weißes Pferd hatte. Falls es diese Sitte wirklich gab, war sie ziemlich neu. Awin hatte jedenfalls noch nie davon gehört.

Am nächsten Morgen wurde Skefer abgelöst durch Isparra, die sie die Zerstörerin nannten. Isparra war ein stetiger starker Wind, nicht so gewaltig wie Nyet, aber da, wo der Angreifer sich in wenigen Stunden verausgabte, blies die Zerstörerin den Sand tagelang scharf über die Dünen, ohne je müde zu werden. Manchmal kam sie für einen Tag, manchmal für eine Woche oder auch für einen ganzen Mond. Sie liebte es, mit den Zelten der Hakul zu spielen, die Halteleinen zu lösen und Wolle oder gar Leder mürbe zu machen, bis es riss. Die Alten sagten, wenn sie nur lange genug bliese, dann könne Isparra selbst Mauern zum Einsturz bringen. Der Sger konnte darauf keine Rücksicht nehmen. Also verhüllten die Reiter ihre Gesichter, schützten die Rücken der Pferde mit ihren Mänteln und zogen weiter. Von Zeit zu Zeit stiegen sie ab und führten ihre Tiere am Zügel, um sie zu schonen, und so kamen sie nur langsam voran. Ein Zug von Kriegern, der, so dachte Awin, irgendwann im Sand ertrinken würde. Ein Gerücht entstand unter den Kriegern. Awin hörte es schließlich von Mabak: »Sie sagen, der Feind sei ein Diener Slahans«, flüsterte er, als sie gegen Mittag rasteten, um die Pferde zu tränken.

Awin schüttelte den Kopf. Curru hatte am Knochenwasser etwas Ähnliches gesagt. Stammte dieses Gerücht etwa von ihm? »Wer sagt das, Mabak?«, fragte er.

»Alle«, behauptete der Junge.

»Die Götter stehen nicht auf Seiten von Mördern und Räubern, Mabak, das kannst du mir glauben.«

»Aber Slahan ist eine Gefallene Göttin«, widersprach Mabak.

»Soweit ich weiß, hasst sie alle Menschen, denn sie gibt uns die Schuld an ihrem Schicksal. Ich habe noch nie gehört, dass sie Freundschaft mit einem Sterblichen geschlossen hätte«, entgegnete Awin.

»Aber warum sind dann die Winde gegen uns?«

»Ich glaube, unser Feind wird genauso unter Isparra leiden wie wir. Kein Mensch kann sich über diesen Wind freuen.« Damit hatte Awin den Jungen beruhigt, aber er wusste natürlich, dass das nicht stimmte. Isparra verwehte Spuren. Sie nahmen an, der Verfluchte würde zum Rotwasser reiten. Aber was, wenn er sie noch einmal genarrt hatte? Ohne seine Fährte würden sie über sein Ziel im Ungewissen bleiben. Awin schickte ein stummes Gebet zu Fahs, er möge ein Machtwort sprechen und die verfluchten Winde beruhigen, die doch einst seine Diener gewesen waren. Aber Fahs erhörte ihn nicht, und Isparra wehte den ganzen Tag und die ganze folgende Nacht, ohne müde zu werden.

Als sie im Morgengrauen aufbrachen, war es nicht viel besser geworden, aber die Landschaft änderte sich, und einzelne baumhohe Felsen boten von Zeit zu Zeit ein wenig Schutz vor Isparra. Und im Windschatten eines lang gezogenen Felsens ließ Mewe den Zug plötzlich anhalten. Er war auf eine Spur gestoßen. Die Männer sahen stumm zu, wie der Jäger jene wenigen Abdrücke im Sand abschritt, die Isparra ihm gelassen hatte. Die Anspannung stand allen ins Gesicht geschrieben.

»Drei Pferde«, erklärte Mewe schließlich, nachdem er die halbverwehten Abdrücke lange betrachtet hatte.

Immer noch sagte keiner der Krieger etwas, so als hätten sie Sorge, ein unbedachtes Wort könne die kümmerliche Spur zerstören.

»Sie sind müde, seht ihr? Dort ist eines gestolpert, und jenes hat einen schleppenden Gang.«

»Ist es der Feind?«, fragte der Yaman.

»Er ist es«, erklärte der Jäger ruhig.

»Und wann war er hier?«

»Isparra macht es schwer, das genau zu sagen, aber ich denke, es war gestern. Zwölf Stunden mag es her sein, vielleicht fünfzehn.«

»Aber seine Tiere sind müde, das heißt, er muss rasten, oder?«, fragte Curru.

»Das muss er, sonst werden sie bald unter ihm zusammenbrechen.«

Mehr musste er nicht sagen. Wenn der Feind inzwischen eine weitere Rast eingelegt hatte, waren sie nur noch acht oder neun Stunden hinter ihm, und sie hatten ihre Pferde gewechselt, er nicht. Er würde von Tag zu Tag langsamer werden. Awin bemerkte, wie die Zuversicht in die Gesichter der Krieger zurückkehrte. Tuwin rechnete es ihnen vor: Wenn der Feind über das Rotwasser und die Eisenstraße nach Serkesch wollte, würde er noch wenigstens sechs Tage brauchen. Sie konnten ihn vorher einholen. Dieser Gedanke gab ihnen neuen Mut, und sie ertrugen den Wind nun leichter. Gegen Mittag stießen sie auf einen Lagerplatz, und es war der ihres Feindes. Mewe untersuchte die Asche des Feuers. Offenbar hatte er längere Zeit geruht. Er schien leichtsinnig zu werden. Glaubte er etwa, er habe sie abgeschüttelt? Bald darauf wurden die Felsen weniger, und die Spuren verloren sich wieder im Sand. Auch ihre Tiere waren müde, und Aryak ließ sie wieder absitzen und die Pferde führen. Kein Hakul läuft gerne, aber jeder Schritt brachte sie dem Verfluchten näher. Bald darauf zeigte sich hinter den Staubschleiern, die Isparra unermüdlich über die Ebene blies, eine dunkle Linie.

»Dieses Buschwerk gehört zu einem Bachlauf, ich erkenne es wieder«, erklärte Mewe. Er sprang aufs Pferd und ritt nach vorne, um Aryak zu unterrichten. Der Yaman ließ sie wieder aufsitzen.

»Endlich«, stöhnte Bale, »viel weiter hätte ich auch nicht mehr laufen können.«

»Aber es bekommt dir, mein Freund«, rief Tuwin ihm gutgelaunt zu, »du hast schon viel von deinem Fett verloren. Ich glaube, dein Pferd erkennt dich fast nicht wieder.«

»Wenigstens ist es *mein* Pferd, Tuwin«, gab Bale giftig zurück.

Tuwin lachte nur, denn auch der Schmied ritt sein eigenes Tier und keines aus der Herde des Züchters.

Sie waren dem Bachlauf schon ein gutes Stück näher gekommen, als Mewe plötzlich die Hand hob. Unverzüglich hielten sie ihre Pferde an. Dort drüben am Bach bewegte sich etwas. Awin hörte einen lang gezogenen Pfiff. Ein Pferdekopf tauchte auf, dann ein weiterer, schließlich zeigte sich dort drüben eine ganze Herde, streunte kurz in die offene Ebene, dann kamen zwei Reiter hinzu und trieben sie mit Pfiffen zurück. Die Herde verschwand wieder hinter den Büschen. Hatten die Männer sie gesehen? Ein einzelner Reiter erschien in der Ebene. Er ritt langsam, und er hatte sie ohne Zweifel entdeckt. Er streckte sich im Sattel und beschattete die Augen, vermutlich mehr wegen des Staubs als wegen der Sonne. Dann hielt er sein Tier an. Sein schwarzer Reitmantel flatterte im Wind. Es war ein Hakul. Der Sger sammelte sich um Yaman Aryak. Der Reiter machte keinerlei Anstalten, ihnen entgegenzukommen.

»Sollen wir unser Glück an einer anderen Stelle versuchen?«, fragte Tuwin.

»Er hat uns gesehen. Wenn wir weiterziehen, wird das mehr Fragen aufwerfen, als wenn wir mit ihm reden«, meinte der Yaman.

»Zu welchem Klan mag er gehören, Mewe, weißt du es?«, fragte Bale.

»Es ist lange her, dass ich in dieser Gegend war, Bale«, wich der Jäger einer klaren Antwort aus.

Curru zog das Feldzeichen des Sger aus dem Futteral, aber er legte es quer vor sich in den Sattel, als Zeichen, dass ihr Zug nicht gegen die Sippe des Unbekannten gerichtet war. Der Yaman hob die Hand, und sie setzten sich langsam in Bewegung. Der Fremde ließ sie herankommen. Weder rief er nach seinen Gefährten, noch griff er nach seinen Waffen. Er trug seinen Staubschal lässig um den Hals, nicht vor dem Gesicht, kaute auf einem kleinen Zweig, den er von einem Mundwinkel in den andern wandern ließ, und betrachtete sie mit unverhohlener Geringschätzung. Er schien sich völlig sicher zu fühlen, und Awin fragte sich, warum das so war. Er war ein einzelner Hakul, vielleicht mit noch zwei oder drei Helfern. Sie waren ein fremder Sger. Er sollte besorgt sein, aber er war es nicht. Auf einen Wink des Yamans schwärmte der Sger aus und bildete die Schlachtreihe. Als sie nur noch wenige Schritte vom Reiter entfernt waren, hielten sie erneut. Der Hirte sah sich das Schauspiel mit unbewegter Miene an, dann deutete er auf die Bronzescheibe am Sgertan und fragte: »Was ist dies für ein Zeichen? Ich kenne es nicht.«

»Es ist das unsere. Wir sind der Sger der Schwarzen Berge.«

»Auch diesen Klan kenne ich nicht, aber von den Schwarzen Bergen habe ich gehört. Ihr seid weit von der Heimat entfernt, Hakul«, meinte der Hirte.

»So ist es«, antwortete Aryak, »und unser Weg führt uns noch weiter von unserer Heimat fort. Sag mir deinen Namen, Mann, und sag mir, wessen Weiden wir hier durchqueren.«

Der Hakul nahm den Zweig aus dem Mund, spuckte aus und antwortete: »Es ist nicht dein Land, Hakul, so denke ich, dass nicht du hier die Fragen zu stellen hast.«

Awin merkte, wie die Krieger unruhig wurden. Der Fremde begegnete ihnen mit an Verachtung grenzender Überheblichkeit. Für wen hielt er sich? Aryak blieb gelassen.

»Verzeih, edler Krieger, wenn ich dich zuerst nach deinem Namen fragte, denn als Yaman meines Sgers bin ich gewohnt, dass ein einzelner Reiter sich mir vorstellt, wenn ich ihn treffe. Doch mag in dieser Gegend die Sitte anders sein. Ich bin Yaman Aryak, und vielleicht gibst du mir die Ehre, mir nun deinen Namen zu verraten?«

Ein Reiter tauchte zwischen den Büschen auf. Ein Jungkrieger, sicher nicht viel älter als Awin. »Was sind das für Reiter, Baba?«, rief der Junge und griff nach dem Bogen, der im Köcher steckte.

»Fremde, die sich verirrt haben, denke ich. Kein Grund zur Aufregung, mein Sohn. Sie werden still weiterziehen und uns nicht belästigen, nicht wahr?«

»Ich denke, sie werden ihre Pferde tränken und dann friedlich weiterziehen, falls es deine Großmut erlaubt, edler Krieger«, erwiderte Yaman Aryak und legte die Hand auf den Griff seines Sichelschwertes.

Der Fremde sah diese Geste und ließ seinen Blick kurz über die Reihe der Krieger schweifen. Er spuckte seinen Zweig aus und sagte: »Ich erlaube es, aber haltet euch von meinen Pferden fern, das rate ich euch!« Dann riss er seinen Braunen am Zügel hart herum, brach durch das Buschwerk und sprengte davon. Sein Sohn folgte ihm.

»Was sollen wir davon halten?«, fragte Tuwin flüsternd, als sie am Bachlauf standen und die Pferde saufen ließen.

Der Hakul beobachtete sie. Er hatte seine Herde, sicher dreißig oder vierzig Tiere, ein Stück vom Bach weggetrieben, war aber selbst wieder näher gekommen und ließ sie nicht aus den Augen. Der zweite Reiter umkreiste die Herde zusammen mit einem weiteren Jungen, der kaum älter war. Awin vermutete auch in ihm einen Sohn des fremden Hakul.

»Sehr höflich sind sie nicht«, brummte Curru missmutig.

»Wenigstens stellen sie keine Fragen«, meinte Tuwin.

»Das gefällt mir nicht«, sagte Mewe.

Auch Awin war misstrauisch. Mehr als ihren Namen hatte der Reiter nicht wissen wollen, weder nach ihrem Ziel noch nach ihren Absichten hatte er gefragt. Aber wenigstens waren sie durch das dichte Buschwerk für eine Weile Wind und Staub entronnen.

»Die Tiere stehen gut im Futter, aber nicht alle«, meinte Bale plötzlich.

»Was meinst du?«, fragte Tuwin.

»Sieh doch, dort drüben der Rappe, er lässt den Kopf hängen, und sein Fell ist stumpf. Und daneben der Schecke ebenso.«

Das Tier wirkte müde. Awin sah genauer hin. Ein Schauer erfasste ihn: »Sag, Meister Mewe, ist das nicht Anaks Schecke?«

Der Jäger erstarrte. Der Yaman stand plötzlich neben Awin. »Bist du sicher, junger Seher?«

An seiner statt antwortete Mewe: »Er ist es, der braune Halbmond an der Brust. Kein Zweifel.«

Der Yaman zögerte nur ganz kurz. »Aufsitzen«, raunte er.

Stumm folgten die Krieger seinem Befehl und formten die Schlachtreihe, ohne dass der Yaman es erst hätte befehlen müssen.

»Ihr müsst in Eile sein, wenn ihr schon aufbrechen wollt. Eure Tiere sehen immer noch durstig aus«, rief der Fremde. Es klang höhnisch.

Der Yaman lenkte seinen Rappen näher an den Namenlosen heran. »Sag, edler Krieger, ich habe eine Frage und die Hoffnung, dass du sie vielleicht beantworten kannst.«

»Wenn ich dazu in der Stimmung bin, vielleicht.«

Seine beiden Söhne beobachteten aufmerksam, was vor sich ging, blieben aber bei ihren Tieren.

»Wir sind auf der Suche nach zwei Männern mit drei Pferden. Sind sie vielleicht hier vorbeigekommen?«

Der Hakul grinste breit. »Vielleicht.«

»Nein, ich bin sicher, dass sie das sind, denn ich sehe eines der Pferde dort. Es gehörte einem meiner Verwandten.«

Noch immer schien der Hakul nicht im Geringsten beunruhigt. »Er wird es vermutlich vermissen, denn es ist ein gutes Tier.«

»Er wurde ermordet, der Schecke gestohlen, Mann«, fuhr ihn der Yaman hart an.

Der Fremde zuckte gleichgültig mit den Achseln, doch war zum ersten Mal so etwas wie Verunsicherung in seinen Augen zu sehen. »Das mag wohl sein, doch wusste ich davon nichts. Ich habe dieses Tier auf ehrliche Art erworben.«

Plötzlich löste sich Ebu aus der Schlachtreihe, die Hand am Schwertgriff. »Du hast Handel getrieben mit dem Mörder meines Vetters, Hakul. Sag mir, warum ich dich nicht töten soll?«

»Du würdest mich nicht lange überleben, Hakul!«, gab der Hirte aufgebracht zurück.

»Ruhig, Männer, ruhig«, rief Yaman Aryak, »niemand muss hier sterben.«

Die beiden Söhne des Hirten hatten ihre Bögen aus den Futteralen gezogen und schon einen Pfeil auf die Sehne gelegt. Aber ihr Vater gab ihnen einen Wink, und sie senkten die Waffen wieder. »Du sagst es, Yaman, niemand muss hier sterben, aber lass dir gesagt sein, dass keiner von euch seine Heimat wiedersehen würde, wenn mir oder meinen Söhnen etwas zustieße!«

»Leere Drohungen«, schnaubte Bale verächtlich, aber der Yaman blickte ihn zornig an, und er verstummte.

»Nun gut, Hirte, sag uns, wer diese Männer waren und was für einen Handel du mit ihnen abgeschlossen hast. Dann wird dir nichts geschehen.«

Der fremde Hakul zögerte, aber schließlich antwortete er unwillig: »Fremde waren es, ein Mann aus dem Süden mit einem Knaben, jünger noch als meine Söhne, aber von kräftiger Gestalt. Drei Pferde bot er mir, abgekämpft, aber von gutem Blut. Ich gab ihm zwei von den meinen. Nicht die besten, aber auch keine schlechten, denn solche findest du nicht in meiner Herde.«

»Mir scheint, du warst freundlicher zu ihm als zu uns, Hakul. Ich weiß doch, wie ihr Züchter an euren Tieren hängt, und mag kaum glauben, dass du dich auf diesen Handel mit einem Fremden eingelassen hast. Oder hat er dir noch mehr gegeben als diese drei Tiere?«

»Ich habe dir gesagt, was ich zu sagen habe, und nun solltet ihr endlich von unseren Weiden verschwinden, bevor ich meinen Großmut mit dir und deinem Gesindel bereue, Yam…«

Der Hakul stockte. Sein Mund stand offen, aber es kam kein Wort mehr heraus, nur Blut. Ein schwarzer Pfeil steckte ihm in der Kehle. Einen Augenblick noch hielt er sich im Sattel, dann sank er leblos vom Pferd. Ein heller Schrei erklang: »Hakul!«, jubelte die Stimme. Es war Eri, der triumphierend seinen Bogen in die Höhe hielt.

»Achtung«, schrie eine zweite Stimme.

Awin zog instinktiv den Kopf ein, als er ein bösartiges Sirren hörte. Ein Pfeil zischte dicht an ihm vorbei. Ein zweiter bohrte sich in Tuwins ledernen Schild. Awin sah die beiden Söhne des Toten. Ihre Gesichter waren blass, jetzt griffen sie zu den Zügeln, gaben ihren Pferden die Fersen und sprengten davon.

»Ihnen nach, Männer«, rief der Yaman, aber das war gar nicht nötig, denn die Krieger hatten bereits die Verfolgung der Flüchtenden aufgenommen. Nur Awin hatte erschrocken gezögert. Jetzt sah er seine Waffenbrüder davonjagen, gab dem Schecken die Fersen und galoppierte ihnen hinterher. Es ging hinaus in die Ebene jenseits des Baches. Buschwerk und schüttere Bäume standen hier im Wind. Vor den Kriegern stob die Herde des Hakul in wilder Panik auseinander. Wo waren die beiden Flüchtenden? Isparra wehte Staubschleier über die Ebene. Awin sah Bale, den letzten der Verfolger, und holte ihn schnell ein. Dann entdeckte er Mewe, der sich links hielt, und Ebu, der nach rechts schwenkte. Offenbar hatten ihre Feinde sich getrennt. Awin musste seinen Schecken hart herumreißen, weil plötzlich ein herrenloses Pferd vor ihm querschoss. Er fiel zurück.

Dann entdeckte er einen der beiden fremden Hakul. Er jagte sein Pferd eine Böschung entlang, verfolgt von Mewe und Marwi. Geschickt nutzte er Büsche und Bäume als Deckung, schlug immer wieder Haken. Ech und Eri tauchten seitlich auf. Pfeile schwirrten durch die Luft, aber Isparra nahm sie und verwehte sie. Auch Awin zog hastig seinen Bogen aus dem Köcher, legte einen Pfeil auf. Sein Schecke verstand den Druck seiner Schenkel und galoppierte noch schneller. Vielleicht würde es ihm gelingen, vor den Feind zu gelangen. Den anderen konnte er nicht sehen. Awin hetzte sein Pferd weiter – wenn er ihm den Weg abschneiden könnte, würden sie ihn bald stellen. Der junge Hakul hing tief im Sattel und bot nur ein kleines Ziel. Dann schrie er plötzlich auf. Sein Pferd schwenkte im vollen Lauf nach links. Awin sah, dass der Krieger getroffen war, ein gefiederter Pfeil ragte aus seinem Rücken hervor. Sein Tier hetzte weiter, machte allerdings einen Bogen, vielleicht um Awin auszuweichen. Seine Verfolger, die den Bogen schneiden konnten, holten auf. Sie waren nur noch wenige Pferdelängen hinter dem Verfolgten. Dieser richtete sich plötzlich auf, drehte sich um und ließ nun seinerseits einen Pfeil von der Sehne schnellen. Marwi schrie auf. Sein bereits gespannter Bogen glitt ihm aus der Hand, und er wurde langsamer.

Mewe stieß einen wütenden Ruf aus und schoss. Doch der Flüchtende hatte gerade einen scharfen Haken geschlagen, und so ging der Pfeil fehl. Dieser Haken führte den Jungkrieger wieder in seine alte Richtung. Er hielt jetzt geradewegs auf Awin zu. Awin ließ seinen Schecken halten und spannte seinen Bogen. Der andere bemerkte ihn, für den Bruchteil einer Sekunde wurde er langsamer – und das war sein Verhängnis. Aus dem Augenwinkel sah Awin, wie der schwarz gefiederte Pfeil von Mewes Hornbogen auf sein Ziel zuschnellte. Der Hakul zuckte kurz zusammen, sein Körper erschlaffte, und sein Pferd wurde langsamer. Er kam weiter auf Awin zu, mit starrem Blick, und dann rutschte er langsam von seinem Tier. Awin ließ seinen Bogen sinken.

»Fang das Pferd ein, junger Seher!«, rief ihm Mewe zu, aber das war gar nicht nötig, denn das Tier trabte noch einige Schritte, blieb stehen und kehrte langsam zu seinem toten Herrn zurück. Awin folgte ihm.

Der Jungkrieger, der dort unten lag, konnte wirklich nicht viel älter als er selbst sein.

»Ein guter Schuss«, lobte Ech, der dicht hinter Mewe geritten war.

»Wo ist Marwi?«, fragte Awin.

»Ich habe ihn aus dem Auge verloren, denn er wurde getroffen und ist zurückgefallen«, lautete Echs Antwort.

Awin erhob sich im Sattel. In der Ferne kündete eine Staubwolke davon, dass dort eine weitere Jagd im Gange war. Pferde streunten über die Ebene. Aber Isparra verhinderte mit dichten Staubschleiern, dass sie Einzelheiten erkennen konnten.

»Dort drüben!«, rief Mewe.

Jetzt sah es Awin auch. Marwi hing tief über den Sattel gebeugt auf seinem Braunen.

Als sie näher kamen, richtete sich der Jungkrieger auf und hob die Hand zu einem schwachen Gruß. »Es ist nichts«, rief er mit schmerzverzerrtem Gesicht.

»Dieses Nichts steckt aber tief in deiner Schulter, junger Freund«, antwortete Mewe.

»Ja, ich hatte ihn schon fest im Blick und hätte ihn sicher nicht verfehlt, Meister Mewe.«

Mewe schüttelte den Kopf. »Wenn du einen Skorpion jagst, junger Marwi, darfst du nie vergessen, dass er einen gefährlichen Stachel hat.«

»Ich werde es mir merken, Meister Mewe«, antwortete Marwi mit zusammengebissenen Zähnen.

»Awin, ich schlage vor, dass du diesen jungen Helden zurück zum Bach bringst. Und du, Ech, kannst mir helfen, die Pferde zusammenzutreiben. Und wenn du einen Pfeil findest, hebe ihn auf. Er könnte sonst den Verwandten dieses Jungen verraten, von wessen Bogen er abgeschossen wurde.«

Marwi behauptete zwar tapfer, dass er sein Pferd selbst führen könne, aber Mewe beharrte auf seinen Anweisungen.

Als sie zurück zum Bach ritten, fragte Marwi unvermittelt: »Werde ich den Arm verlieren?«

Awin hielt an und sah ihm ernst in die Augen: »Das wirst du nicht, Marwi, Meryaks Sohn. Meister Tuwin wird sich das ansehen, die Pfeilspitze herausnehmen und dich schneller heilen, als du denkst.«

Damit war Marwi halbwegs beruhigt. Awin wusste hingegen, dass von »herausnehmen« keine Rede sein konnte. Der Pfeil hatte Widerhaken, also würde Tuwin schneiden müssen. Und das war eine schmerzhafte Angelegenheit, die auch böse Folgen haben konnte. Am Bach trafen sie den Yaman und Curru, die sich nicht an der Jagd beteiligt hatten. Sie hoben Marwi vom Pferd und kühlten seine Wunde mit Wasser. Dabei hörten sie sich Awins kurzen Bericht an.

»Wisst ihr inzwischen, zu welchem Klan dieser Mann gehörte?«, fragte er anschließend die beiden Männer.

Curru schüttelte den Kopf. »Er hat kein Sger-Zeichen getragen, und wenn seine Söhne auch keines bei sich haben, werden wir es wohl nie erfahren.«

»Sein Dolch«, rief Awin, einer plötzlichen Eingebung folgend.

Der Yaman starrte ihn kurz an, dann gab er Curru einen Wink. Der alte Seher runzelte zwar missbilligend die Stirn über Awin, aber dann ging er zum Toten und zog den Dolch aus seinem Gürtel. Er betrachtete ihn stumm. Aus seiner Miene konnte Awin erkennen, dass er etwas gefunden hatte – etwas, das ihm nicht gefiel. Curru reichte dem Yaman wortlos die Klinge. Der nahm sie in die Hand und ließ seinen Blick lang auf dem Griff ruhen. Auf einmal sah er müde und erschöpft aus. Awin trat näher heran. Der Yaman reichte ihm die Waffe. Awin entdeckte ein Symbol, sorgfältig eingekerbt auf beiden Seiten des Griffes. Es waren drei schwarze Striche, die, wie ein Büschel Gras, nach oben hin auseinanderstrebten. Ein Sippenzeichen.

»Dies, junger Seher«, erklärte der Yaman sehr ruhig, »ist das Sger-Zeichen des Klans des Schwarzen Grases – Heredhan Horkets Sippe.«

Kurz darauf kamen Mewe und Ech zurück. Sie trieben einige Pferde vor sich her. Bale war bei ihnen. Am Zügel führte er das Pferd, auf dessen Rücken der Reiter lag, den Mewes Pfeil getötet hatte. Bale lachte und rief: »Hier bringen wir den einen, doch ist dies sicher nicht mein Verdienst. Ich glaube, ich werde langsam alt und blind. Ich bin einem herrenlosen Ross gefolgt.«

»Und der andere?«, fragte der Yaman knapp.

»Er wird noch gejagt. Unsere Krieger waren dicht hinter ihm, doch habe ich sie aus dem Auge verloren.«

Der Yaman sagte daraufhin nichts, aber Awin sah ihm an, unter welcher Anspannung er stand. Ebu und Mewe stiegen von ihren Pferden und sahen nach Marwi, der sich die Wunde mit Wasser kühlte. Der Pfeil steckte immer noch in seiner Schulter. Curru erklärte ihnen, was sie bei dem Toten gefunden hatten. Mewe nickte grimmig, so als habe er nichts anderes erwartet. Bale wurde bleich. »Viele Sippen weiden ihre Herden im Staubland, warum muss es ausgerechnet diese sein?«

Awin hörte ihn jammern, aber er war mit seinen Gedanken weit weg. Heredhan Horket. Dieser Name weckte die schlimmsten Erinnerungen. Horkets Krieger hatten seinen Klan, den Klan der Schwarzen Dornen, ausgelöscht, als er noch klein gewesen war. Seine Mutter hatte nie darüber gesprochen und ihm verboten, es selbst jemals zu erwähnen oder danach zu fragen. Und so lagen die Ereignisse, die zum Tod fast aller seiner Verwandten geführt hatten, für ihn verborgen hinter einem Schleier des Schweigens. Er sah hinüber zu Curru. Er musste über diese Geschichte Bescheid wissen. Es war vielleicht Zeit, ihn danach zu fragen, später, wenn sie ungestört waren.

»Deine Söhne sind prachtvolle Reiter, Yaman Aryak«, rief Tuwin schon von weitem. Er war der Nächste, der zurückkehrte.

»Habt ihr den anderen auch erwischt?«, fragte Curru, als der Yaman nichts sagte.

»Ich sah den einen fallen, von drei Pfeilen getroffen«, rief der Schmied, noch außer Atem von der wilden Jagd. »Und hier sehe ich den zweiten schon neben seinem Vater liegen. Wir waren siegreich.«

»Es ist vielleicht nicht angebracht, zu jubeln, Tuwin«, rief Bale. »Besser, du steigst von deinem Pferd und kümmerst dich um den Verwundeten.«

Der Schmied sprang besorgt vom Pferd. Er besah sich die Wunde und meinte: »Du hast Glück, Marwi, denn ich fühle, dass der Pfeil nur im Fleisch und nicht im Knochen steckt. Es wird nicht viel mehr zurückbleiben als eine Narbe, mit der du die Mädchen beeindrucken kannst.« Und dabei schlug er dem Jungen aufmunternd auf die gesunde Schulter. Seine gute Laune verflüchtigte sich jedoch, als er erfuhr, zu welchem Klan die Toten gehörten.

Bald nach ihm kamen die anderen. Ebu und Eri vorneweg, auch sie führten ein Pferd am Zügel, auf dessen Rücken eine Leiche lag. Eris Pferd tänzelte unruhig. Die Aufregung seines Reiters schien es angesteckt zu haben.

»Alle drei, Baba, ich habe sie alle drei getroffen!«, rief er mit hochrotem Gesicht und völlig außer Atem.

»Aber getötet hast du nur den ersten, kleinen Bruder!«, wies ihn Ebu zurecht. Sie hatten die Wartenden erreicht und ließen den Toten neben seinem Vater zu Boden gleiten. »Den hier«, erklärte Ebu, »habe ich selbst getötet, und dort sehe ich den anderen. Tengwil war uns gnädig, Baba.«

»War sie das? Wirklich? Komm her zu mir, Eri.«

»Aber den ersten habe ich getötet, mit nur einem einzigen Schuss, Baba!«, rief der Junge aufgekratzt.

»Und hast du nicht gehört, was ich ihm versprochen habe?«

»Versprochen? Er war ein Verräter an unserem Volk«, erwiderte Eri. Er wirkte mit einem Mal verunsichert. Der Tonfall seines Vaters sagte ihm wohl, dass er nicht das erhoffte Lob erhalten würde. Als sein Vater schwieg, fuhr er trotzig fort: »Er hat mit dem Mörder meines Vetters Handel getrieben. Versprechen gelten nicht bei Verrätern.«

»Das Wort eines Yamans gilt immer, gleich, wem er es gibt«, fuhr ihn Aryak an.

Eri starrte seinen Vater an. Awin sah Tränen der Wut in seinen Augen. Der Jungkrieger fühlte sich ungerecht behandelt.

»Geschehen ist geschehen, Baba«, versuchte Ech zu vermitteln.

»Und du musst zugeben, es war ein guter Schuss«, meinte Ebu.

»Gut? Wisst ihr denn, wen sein Pfeil getroffen hat? Nein, danach fragt ihr nicht, berauscht von der Jagd und eurem traurigen Erfolg. Seht ihr das? Seht ihr den Dolch? Dieser Mann und seine beiden Söhne gehören zum Klan Horkets. Vielleicht wird ja der Heredhan eure Künste mit dem Bogen loben, wenn er davon erfährt – ich werde es sicher nicht tun!«

Die Krieger schwiegen betroffen. Nur Eri riss heftig am Zügel seines Pferdes, gab ihm die Fersen und preschte davon. Awin sah, dass er mit seinen Tränen zu kämpfen hatte.

»Ebu, Ech, reitet ihm nach. Er hat sich um einen Toten zu kümmern, wenn er sich beruhigt hat«, erklärte Aryak mit gezwungener Ruhe.

Tuwin hatte unterdessen ein Feuer vorbereitet, um seine Klinge zu erhitzen. Er musste die Pfeilspitze herausschneiden, wie es Awin befürchtet hatte. Er konnte sehen, wie viel Angst Marwi davor hatte, auch wenn der Schmied behauptete, es täte kaum weh. Ein Stück entfernt davon standen die Männer um die drei Toten versammelt.

»Was sollen wir jetzt tun?«, fragte Bale.

Die Männer starrten schweigend auf die Leichen. Sie alle dachten wohl dasselbe – warum musste es ausgerechnet dieser Klan sein, warum nicht einer der vielen anderen, die in dieser Gegend ihre Tiere weideten?

»Wir könnten dem Heredhan Sühne anbieten«, schlug Curru schließlich vor. »Der Klan Horkets zählt viele Köpfe. Wenn wir Glück haben, waren jene drei nicht sehr nah mit ihm verwandt.«

»Und wenn doch?«, erwiderte Aryak düster. »Er wird wenigstens den Kopf des Schützen fordern, vor allem wenn er erfährt, dass es mein Sohn war.«

»Horket ist kein Mann, der für seine Barmherzigkeit bekannt wäre«, gab Curru zu.

»Und noch etwas gebe ich zu bedenken«, fuhr der Yaman fort: »Wenn wir mit dem Heredhan eine Sühne aushandeln, wird das Zeit in Anspruch nehmen. Dies können wir nicht zulassen, nicht, solange wir den Heolin nicht in unseren Händen halten. Wären die Umstände anders, würde ich diesen Weg trotzdem gehen, denn wohin der andere Weg uns führt, könnt ihr wohl ahnen.«

Die Krieger sahen einander betroffen an.

»Er wird vielleicht nie erfahren, wer hierfür verantwortlich ist«, meinte Bale.

»Früher oder später wird er es erfahren«, entgegnete Aryak.

»Der Heolin!«, rief Curru plötzlich. »Wenn wir den Lichtstein wiedererlangt haben, können wir ihn als Sühne anbieten. Diesem Angebot wird Horket nicht widerstehen können.«

»Der Heolin«, murmelte Aryak nachdenklich.

Awin runzelte die Stirn. Der Lichtstein war Eigentum aller Hakul, er war das Herz der Stämme. Kein Fürst und kein Klan sollte ihn besitzen. War er denn der Einzige, der so dachte? Fast schien es so, denn Mewe sagte nur: »Es wird ihm noch mehr Macht geben, als er ohnehin schon hat.«

»Und vielleicht erstickt er endlich daran«, meinte Curru. »Ja, wenn Horket sich im Glanz des Heolins sonnt, werden die anderen Fürsten diesen hellen Lichtschein nicht mehr übersehen.«

Awin begriff, worauf sein Ziehvater hinauswollte. Wenn Horket den heiligsten Gegenstand der Hakul sein Eigen nannte, würde er den Neid aller anderen Fürsten wecken. Es war gut möglich, dass sie sich gegen ihn verbündeten. Auch die anderen Männer schienen das so zu sehen. Ja, auf einmal schien es, als würde sich dieser unselige Vorfall sogar zum Guten wenden lassen. Sie würden weiterziehen und den Heredhan auf dem Rückweg aufsuchen. Wenn sie ihm den Heolin als Sühne anboten, würde er kaum Nein sagen, und dann würden die Dinge ihren Lauf nehmen. Der Klan wäre gerettet, und der Heredhan würde bald feststellen, dass diese Sühne ihm den Untergang brachte. Niemand schien daran denken zu wollen, dass sie dazu den Lichtstein erst einmal haben mussten. Nach einigem Zögern stimmte Aryak Currus Vorschlag zu. Ein heller Schrei beendete die Versammlung – der Schmied hatte Marwi mit glühender Klinge den Pfeil herausgeschnitten, und der Knabe war ohnmächtig geworden.

Kurz darauf kehrte Eri zu ihnen zurück. Seine Augen waren rot, aber er sagte nichts. Auch seinem Vater fehlten lange die Worte, dann sprach er ganz ruhig: »Ich sollte dich nach Hause schicken zu den Frauen und Kindern, denn du hast dich nicht benommen wie ein Mann, sondern wie ein unreifer Knabe. Und wenn ich auch nur einen Krieger entbehren könnte, würde ich das tun.«

Der Junge sah seinen Vater stumm an, aber kein Wort der Entschuldigung kam ihm über die Lippen.

»Bist du stumm? Vorhin hast du gejubelt, als du mit deiner törichten Tat den ganzen Klan in Gefahr gebracht hast. Höre ich nun etwas von dir? Nein? Gar nichts? Ich verstehe. Nun, nimm dein Schwert. Wir können die Toten nicht begraben, aber du wirst ihre Leichen mit Ästen und Zweigen decken. Und ich will, dass du dir die Gesichter der drei Männer gut einprägst. In ihren toten Augen kannst du vielleicht unser Schicksal lesen. Und nun mach dich an die Arbeit!«

Der Junge gehorchte wortlos, und der Yaman verbot den anderen, ihm zu helfen. Stattdessen trieben sie unter Bales Führung die Pferde der Fremden hinaus in die Wüste. Sie sollten

Durst leiden, damit sie später zunächst an den Bach zurückkehren und nicht etwa den Weg in das Lager ihres Herrn suchen würden.

»Auch das noch«, murmelte Mewe, der neben Awin ritt.

»Was ist denn, Meister Mewe?«, fragte er.

»Isparra – sie lässt nach«, erklärte der Jäger.

Also würde der Wind ihre Spuren wohl nicht verwehen. Es schien sich alles gegen sie verschworen zu haben.

»Es ist eine Schande«, meinte Bale. Aber er sprach nicht vom Wind. Awin sah ihm an, dass es ihn in der Seele schmerzte, die Tiere leiden zu lassen, aber es war unvermeidlich. Sie mussten Zeit gewinnen. Das Unglück war nur, dass sie gleichzeitig wertvolle Zeit verloren.

Rotwasser

ES WURDE BEREITS dunkel, als sie den Bach endlich hinter sich ließen. Curru hatte die Gebete für die Gefallenen gesprochen, aber er hatte sich kurz gefasst, und keiner der Männer opferte Mähnenhaare seines Pferdes für die Toten. Sie waren als Feinde gefallen, und es wäre nicht gut, wenn sie in der nächsten Welt zu viele Pferde ihr Eigen nennen würden.

»Er hätte höflicher sein sollen, dann könnte er noch leben«, murmelte Tuwin beim Aufbruch. Marwi ritt neben ihm. Er war blass, seine Schulter in kühlendes feuchtes Moos eingepackt, aber er ertrug die Schmerzen tapfer.

»Er hätte dem Fremden seine Pferde nicht verkaufen sollen, dann wäre das alles nicht geschehen«, meinte Bale nachdenklich.

Danach wurde nicht mehr über diese Angelegenheit gesprochen. Sie ritten zunächst auf ihrer eigenen Spur zurück nach Nordwesten, ehe sie an einer Stelle, an der der Boden hart war und wenige Spuren aufnahm, in weitem Bogen nach Südosten schwenkten. Es war ein schwacher Versuch, mögliche Verfolger zu täuschen, und er kostete wieder Zeit. Auch hatten sie die Spur ihres Feindes verloren, und sie fanden sie nicht wieder. Sie ritten die ganze Nacht hindurch, und auch am Morgen gönnte ihnen der Yaman keine Rast, sondern ließ sie nur absitzen und marschieren, um die Tiere zu schonen. Allein Marwi durfte auf seinem Tier sitzen bleiben. Er litt Schmerzen, das sah man ihm an, aber er klagte nicht.

Eri hielt sich nun am Ende des Zuges auf, denn sein Vater

hatte ihn aus dem Kreis der Yamanoi verbannt. Awin fand die Strafe gerechtfertigt, fühlte sich aber mit dem immer noch vor Zorn bebenden Knaben in seiner Nähe nicht besonders wohl. Den anderen Jungkriegern ging es ähnlich, und so blieben die gelegentlichen Scherze, mit denen sie in den vergangenen Tagen die langen Ritte erträglicher gemacht hatten, an diesem Tag aus. Selbst Isparra schien sie nun ganz zu meiden, und das war schlecht. Erst gegen Mittag erhob sich ein leichter Wind, Seweti, die Tänzerin, die in Böen Sandwirbel aus der Slahan über das Staubland schickte.

»Besser als nichts«, meinte Mewe trocken, als ihn Awin fragte, ob das reichen würde, ihre Fährte zu verwischen. Awin blickte zurück. Windwirbel zogen über das staubige Land. Seweti war die unbeständigste unter den Winden der Slahan. Aber sie war auch gefürchtet, denn sie wechselte oft die Richtung, und deshalb war sie im Inneren der Wüste gefährlich. So mancher Reisende hatte sich durch ihr leises Hauchen, ohne es überhaupt zu merken, in die falsche Richtung locken lassen. Unwillkürlich lauschte Awin ihrem Flüstern, und wieder einmal hatte er das Gefühl, sie fast verstehen zu können. Im Frühling war Seweti stark genug, um jungen Hakul allerlei Flausen in den Kopf zu setzen, aber jetzt war sie schwach – zu schwach, um auch nur die Spur des Sgers zu verwischen. Es würde wohl darauf ankommen, wann die drei Männer vermisst werden würden. Sie waren Hirten und hoffentlich ein gutes Stück vom Lager ihres Klans entfernt gewesen. Horkets Sippe war groß, ihre Hirten mussten weit ziehen, wenn sich ihre Tiere nicht gegenseitig das Futter wegnehmen sollten. Über wie viele Krieger mochte der Heredhan gebieten? Awin hatte Curru gefragt. Der hatte missmutig geantwortet: »Sei sicher, dass ihn dieser Verlust weit weniger hart trifft als uns der unsere. Wir hätten schon dreißig töten müssen und nicht bloß drei, damit es ihn schmerzt.«

Am Nachmittag zeichneten sich in der Ferne endlich die ersten Ausläufer des Glutrückens ab, und Seweti schenkte ihnen Rückenwind. Das beschleunigte ihr Vorankommen und hob die gedrückte Stimmung ein wenig. Sie wussten, dass dort das Rotwasser auf sie wartete und dass der Yaman sie vielleicht würde rasten lassen, bis Auryd mit seinem Sger dort eintraf.

»Warum nennt man es das Rotwasser, Meister Mewe?«, fragte der junge Mabak den Jäger irgendwann.

»Dieses Gewässer hat dieselbe Farbe wie die Berge, zu deren Füßen es liegt. Siehst du nicht, wie sie sich dort erheben und weit nach Süden ziehen? Und siehst du nicht ihre Farbe?«

»Mein Großvater sagt, es ist rot, weil dort einst viele Männer erschlagen wurden«, wandte Mabak schüchtern ein.

Mewe antwortete ungerührt: »Da mag Bale Recht haben. Es heißt ja auch, dass die Felsen rot sind, weil sie das Blut unzähliger Krieger gefärbt hat.«

»Wirklich?«, rief Mabak erschrocken aus.

Der Jäger lachte leise. »Nein, mein Junge, das sind nur die alten Geschichten. Es ist der Stein, der eine rote Farbe hat, so wie der Stein unserer Berge eben schwarz und der der Sonnenberge grau ist. Aber es ist wahr, dass um diesen Tropfen Wasser zwischen den Wüsten schon oft gekämpft und viel Blut vergossen wurde. Sei dennoch unbesorgt, Mabak, du wirst deinen Durst dort stillen können.«

»Wenn Horket uns lässt«, warf Tauru, der Bognersohn, ein.

»Aber Tauru!«, rief Mabak erschrocken aus.

Mewe warf Tauru einen tadelnden Blick zu. Dann sagte er: »Nein, Mabak, um den Heredhan müssen wir uns keine Gedanken machen. Er wird erst in einigen Tagen erfahren, was an jenem Bach geschehen ist, wenn er es überhaupt je erfährt. Wir werden ihm frühestens auf unserem Rückweg begegnen, wenn wir die Sühne schon in der Hand halten.«

Mabak nickte halbwegs beruhigt. Awin wusste es besser. Es war nur eine Frage der Zeit, bis Horket die Wahrheit herausbekommen würde. Der Heredhan würde Kundschafter aussenden, sich umhören und bald erfahren, welcher Klan seinen Sger im Sommer nach Süden geschickt hatte. Und ob sie dann den Lichtstein wirklich in den Händen hielten? Seit Tagen jagten sie dem Feind hinterher, und immer, wenn sie glaubten, ihm näher gekommen zu sein, geschah etwas, das sie wieder zurückwarf. Was, wenn Horket die Wahrheit erfuhr, während sie im fernen Serkesch waren? Würde er ihrer Spur nachjagen – oder würde er sie bei ihren Weidegründen suchen? Sie hatten Frauen und Kinder schutzlos zurückgelassen. Awin wollte den Gedanken nicht zu Ende denken und schickte ein stummes Gebet an die Schicksalsweberin, sie möge Horket in die Irre führen. Er blickte zum Himmel. Dort oben kreiste ein schwarzer Punkt.

»Er folgt uns schon den ganzen Tag«, sagte Mewe.

»Es ist ein Bussard, kein Geier, ein gutes Zeichen«, antwortete Awin.

Mewe sah ihn zweifelnd an, aber dann verstand er, dass diese Bemerkung mehr den Jungkriegern als ihm selbst galt, und nickte. Die Geier, so dachten sie wohl beide, waren anderweitig beschäftigt. Vielleicht hatten sie die Leichen am Bach nicht gut genug abgedeckt.

Die Landschaft veränderte sich wieder. Der Sand wurde weniger tief, und rote Steinplatten, vom Wind glatt geschliffen, bedeckten weite Teile des Bodens. Auch der Sand selbst war hier von rötlicher Farbe, und die nackten Felsen des Glutrückens kamen schnell näher. Hier und da zeigte sich Buschwerk, und dann wurzelten erste, verkrüppelte Bäume im Stein. Das Rotwasser konnte nicht mehr weit sein. Schließlich wich der Sand ganz dem Fels, und der Hufschlag ihrer Pferde hallte von seltsam geformten Steinsäulen und -wänden, die sie bald umgaben. Der Yaman schickte Mewe ein Stück voraus. Bald kam der Jäger außer Atem zurück. »Der Feind ist nicht dort«, erklärte er, »und auch keine andere Gefahr. Aber dafür sah ich dort Menschen, mit denen ich nicht gerechnet hätte.«

»Wer ist es?«, fragte Bale.

»Es ist besser, ihr seht es selbst, denn ich glaube fast, dass die Götter meinen Augen einen Streich gespielt haben.«

Und auch als der Yaman noch einmal fragte, wollte Mewe nicht mehr darüber sagen. Obwohl er erklärt hatte, dass ihnen dort keine Gefahr drohe, hieß der Yaman die Männer, sich kampfbereit zu machen. Er ermahnte sie, erst auf seinen Befehl hin anzugreifen. Er sah Eri bei diesen Worten nicht an, aber jeder wusste, an wen diese Bemerkung besonders gerichtet war. Eri ritt in der Schlachtreihe nun bei den Jungkriegern, und zwar auf Befehl seines Vaters ausgerechnet ganz außen, zur Linken Awins. Der nickte dem Jungen aufmunternd zu, aber der Blick, den er dafür erntete, lehrte ihn, den Knaben in Zukunft besser in Ruhe zu lassen. Sie rückten langsam vor. Dann öffnete sich der Kessel, in dessen Grund das Rotwasser lag – ein lang gezogenes steinernes Becken, von Büschen und Bäumen nur spärlich bewachsen. Dort unten stand ein schwerer, vierrädriger Wagen. Eine bucklige, weißhaarige Gestalt saß dort an einem Feuer und briet in aller Seelenruhe einige Fische.

»Das ist unmöglich«, flüsterte Tuwin heiser.

»Wie kann ein Ochsenkarren schneller sein als die Pferde der Hakul?«, fragte Bale tonlos.

»Hexerei«, murmelte Tauru, Tuges Sohn, der zur Rechten Awins ritt.

Auch Awin selbst konnte kaum glauben, was er da sah. Es war Senis, ohne Zweifel, aber sie konnte nicht hier sein. Jetzt trat

Merege hinter dem Wagen hervor. Sie brachte in einem Netz weitere Fische zum Feuer.

»Wer nimmt denn ein Netz mit in die Wüste?«, platzte Bale plötzlich heraus.

Die Männer grinsten verunsichert über diese Bemerkung, die auf seltsame Art verdeutlichte, wie unfassbar das war, was sie gerade sahen.

Curru schüttelte den Kopf. »Dieses Weib steht mit Daimonen im Bunde«, sagte er heiser, »vielleicht sollten wir sie töten, sie und ihre Brut.«

Der Yaman hatte bisher geschwiegen, jetzt sagte er ruhig: »Glaubst du nicht, dass wir uns schon genug Feinde gemacht haben, alter Freund? Nein, wir werden hinunterreiten und mit ihnen reden. Ich will hören, wie die Alte dieses Wunder erklärt.«

»Ich sehe nur einen Ochsen«, sagte Mewe.

»Noch ein Rätsel, das wir nicht lösen können, wenn wir hier nur herumsitzen und sie angaffen. Folgt mir, Hakul«, rief der Yaman und trieb seinen Rappen voran. Mit sehr gemischten Gefühlen folgte ihm Awin mit den Männern hinab zum Wasser.

»Ich grüße dich, Yaman Aryak, dich und deine Krieger«, begrüßte sie die Alte. Sie war aufgestanden und ihnen ein Stück entgegengekommen.

Ihre Ahntochter hatte die Fische am Feuer abgelegt und sah die Männer mit verschränkten Armen gleichgültig an.

»Ich grüße dich auch, Senis von den Kariwa«, begann Aryak und verstummte dann. Die Männer hinter ihm ritten in Schlachtreihe, blieben dabei aber dichter zusammen als sonst üblich.

»Hast du über mein Angebot nachgedacht?«, fragte Senis lächelnd.

»Dein Angebot?«, erwiderte der Yaman. Die unerwartete Frage überrumpelte ihn offensichtlich.

»Es gilt noch«, sagte die Bucklige. Ihr glattes Gesicht strahlte freundlich.

»Es gibt andere Dinge, über die ich nachdenken muss«, antwortete der Yaman zögernd, »zum Beispiel, wie du es vermochtest, vor uns hier einzutreffen, ehrwürdige Senis«, setzte er hinzu, und seine Stimme gewann an Festigkeit.

Die Alte legte den Kopf schief und sah ihn mit zusammengekniffenen Augen an. »Ist das wirklich wichtig?«, fragte sie schließlich.

Der Yaman holte tief Luft und sagte: »Ich bin Yaman Aryak von den Schwarzen Hakul und habe das Recht auf eine Antwort. Und deshalb frage ich dich – bist du eine Zauberin, Senis von den Kariwa? Und wenn du eine Zauberin oder Hexe bist – wie sind deine Absichten? Bist du unsere Feindin?«

Senis lachte und schüttelte den Kopf. »Ich bin eine Reisende und kenne viele Wege, von denen andere nichts wissen, Yaman. Ich habe diese Wüsten schon durchquert, lange bevor du geboren wurdest. Eure Feindin bin ich nicht, es sei denn, du oder einer deiner Männer handelt unbedacht gegen mich oder meine Ahntochter. Ich biete euch aber im Namen der Hüter Schutz für die Nacht an meinem Feuer, Hakul.«

Der Yaman zögerte. Awin erriet seine Gedanken. Die Alte hatte sich auf die Hüter und damit auf das heilige Gastrecht berufen. Selbst im Lager eines Feindes hätte er sich unter diesem Schutz sicher gefühlt, aber war diese Frau überhaupt ein Mensch? Oder war sie ein Alfskrol, ein Daimon oder ein anderes unsterbliches Wesen? Nun, es hieß, auch diese Wesen achteten die Hüter. Der Yaman war zu einem Entschluss gekommen. »Im Namen der Hüter nehmen wir deine Gastfreundschaft in Anspruch. Wir danken dir für deine Einladung.«

Die Hakul sahen einander besorgt an, aber sie folgten dem Beispiel ihres Klanoberhaupts und stiegen von ihren Pferden.

»Hüter hin oder her, ich werde meinen Dolch nicht aus der Hand legen«, murmelte Tuwin, als er neben Awin sein Ross tränkte.

»Wir hätten sie gleich töten sollen, wie Curru gesagt hat«, meinte Bale flüsternd. »Jetzt ist es zu spät.«

»Ich bezweifle, dass wir es vermocht hätten«, entgegnete Tuwin ebenso leise. »Denk an das, was die junge Hexe mit Ebus Pferd angestellt hat, oben am Knochenwasser.«

»Ich habe es nicht vergessen«, murmelte Bale düster.

»Reitest du nicht sonst einen Falben?«, fragte eine helle Stimme hinter Awin.

Erschrocken fuhr er herum. Da stand Merege hinter dem Rücken seines Schecken und streichelte ihn. Sie trug silbernen Schmuck in ihrem schwarzen Haar, wie ihm erst jetzt auffiel. Alle Gespräche am Ufer verstummten.

»Falben?«, fragte Awin verwirrt.

»Dein Pferd, du erinnerst dich?«

»Doch, ja, einen Falben. Wir haben die Pferde gewechselt. Um sie zu schonen. Um den Feind einzuholen«, stotterte er.

»Vermisst du ihn?« Ihre Stimme war hell und klar, und sie war gut zu verstehen, selbst wenn sie so leise sprach wie jetzt.

»Den Feind?«

Ihre Augen verengten sich zu Schlitzen. »Den Falben, junger Hakul.«

»Wie? Ja. Den Falben. Ja. Er fehlt mir.«

Hinter ihm unterdrückte jemand ein Lachen. Awin wurde rot.

»Aber das hier scheint mir auch ein gutes Pferd zu sein, oder nicht?«

»Was? Ja, der Schecke. Ja. Ein Pferd. Ich meine, ein gutes Pferd.«

»Wirst du auch ihn vermissen?«, fragte die klare Stimme ruhig. Ihm fiel wieder die schwarze sichelförmige Zeichnung über ihrem Jochbein auf, und er fragte sich erneut, was sie bedeutete. Ihre Frage verstand er allerdings nicht. Warum sollte er den Schecken vermissen?

»Nein, ich meine, ja. Es ist ein gutes Tier. Ausdauernd. Sehr.«

»Und es stottert nicht«, spottete Tuwin hinter ihm.

Die Männer lachten, und Awin hätte sich gerne in Luft aufgelöst. Merege schenkte ihm einen letzten Blick aus ihren blassblauen Augen, dann drehte sie sich um und verschwand grußlos.

Diese Begegnung am Ufer sorgte dafür, dass Awin zu einer beliebten Zielscheibe des allgemeinen Spotts wurde. Vor allem Tuwin der Schmied verstand sich hervorragend darauf, seine gestotterten Antwortversuche wiederzugeben. Curru hatte dafür nur Verachtung übrig, aber die Männer lachten; selbst Marwi, der unter großen Schmerzen litt, lächelte.

Yaman Aryak nahm Awin irgendwann zur Seite und sagte: »Das hast du gut gemacht, Awin, Kawets Sohn.«

Awin starrte ihn verständnislos an.

»Du hast es geschafft, den Männern ihre Angst zu nehmen. Dafür bin ich dir dankbar, denn diese Anspannung hätte schlimm enden können.«

»Gern geschehen«, erwiderte Awin unglücklich.

Aber der Yaman klopfte ihm aufmunternd auf die Schulter. »Wenigstens hat sie nicht dafür gesorgt, dass du von deinem Pferd abgeworfen oder in den See gestoßen wurdest. Du bist also besser dran als Ebu, mein Ältester. Ich glaube, auch er ist dir dankbar, denn nun spotten die Männer über dich und nicht mehr über ihn.«

Awin seufzte. Niemand hatte es gewagt, über Ebu zu spotten. Der Yamanssohn war als äußerst nachtragend bekannt. Wusste Aryak das nicht? Zu Awins Erleichterung aßen sie bald darauf am Feuer der Kariwa, und der Spott verstummte für eine Weile.

Es gab Brassen, von den Frauen mit Kräutern zubereitet, die den Hakul fremd waren. In der Gegenwart der beiden Kariwa kam die Befangenheit der Hakul zurück. Manch einer der Jungkrieger stocherte in seinem Essen, als habe er Angst, vergiftet zu werden. Auch Awin war sich zunächst unschlüssig, aber als er sah, dass Mewe, Tuwin, der Yaman und vor allem Bale mit großem Appetit aßen, beschloss er, ihrem Beispiel zu folgen. Es war die erste warme Mahlzeit seit Tagen.

»Ihr habt eine ebenso seltsame Art zu kochen wie zu reisen, scheint mir«, sagte der Yaman, als er seinen Teller zur Seite schob.

»Wir kochen nicht oft für Fremde, Yaman Aryak. Ich hoffe, es hat dir trotzdem geschmeckt«, entgegnete Senis mit einem verschmitzten Lächeln.

Der Yaman nickte. »Das hat es, und ich danke dir für dieses Mahl. Erlaubst du mir, dich etwas zu fragen, ehrwürdige Senis?«

»Frag nur, aber erwarte nicht, dass ich auf jede Frage eine Antwort weiß.«

»Wie seid ihr hierhergelangt?«

»Gereist«, lautete die knappe Antwort.

Der Yaman seufzte. »Verzeih, Ehrwürdige, offenbar möchtest du dieses Geheimnis bewahren, und ich werde nicht weiter nachfragen. Doch habe ich noch eine andere Frage. Du sagtest, dass ihr auf einer Reise seid, ans Schlangenmeer, wenn ich mich recht erinnere. Was suchst du dort, so weit weg von deiner Heimat?«

Senis sah den Yaman nachdenklich an. »Ein Kraut suche ich, eine Wurzel. Sie wächst nicht in unseren Breiten, nur weit im Süden ist sie zu finden. Und selbst da findet man sie nur an wenigen Orten, wenn stimmt, was der Maghai, der vor einigen Jahren bei uns war, über diese Pflanze gesagt hat.«

»Ein Maghai? Ich bin noch nie einem begegnet. Man sagt, sie wissen viel über Dinge, über die wir gewöhnlichen Menschen besser nichts wissen sollten. Ich kann mir vorstellen, dass er von einer besonderen Blume berichtet haben muss, wenn ihr dafür die weite Reise auf euch nehmt, du und deine Enkeltochter. Vielleicht kenne ich sie. Wie wird sie genannt?«

Senis sah den Yaman scharf an, dann sagte sie schlicht: »Er nannte sie die Todeswurzel.«

Die Hakul am Feuer blickten beunruhigt auf, nicht nur wegen des Namens, sondern noch eher wegen der Art, wie die Alte ihn aussprach. Awin suchte nach einem Wort, es zu beschreiben. Schließlich fand er es: *Sehnsucht*. Tiefe Sehnsucht war es, die dabei in ihrer Stimme lag.

Die Alte erhob sich plötzlich. »Verzeih, Yaman, aber ich werde mich für eine Weile zurückziehen. Der Weg hierher war anstrengend, und ich brauche Ruhe. Denke noch einmal über mein Angebot nach. Und überlege dir die Antwort gut, das möchte ich dir nur raten.« Dann drehte sie sich um und ging auf die andere Seite des Wagens. Merege erhob sich wortlos und folgte ihr. Die Hakul blieben verblüfft zurück. Es war unhöflich von ihren Gastgeberinnen, mitten im Mahl einfach zu verschwinden. Ratlos starrten sie einander an. Nur Bale war noch mit seinen Brassen beschäftigt. Awin bezweifelte, dass er irgendetwas von dem Gespräch mitbekommen hatte.

Der Yaman klatschte in die Hände. »Es ist genug, ihr Männer. Dieses Mahl ist beendet. Schlaft, wenn ihr könnt, denn dies wird die letzte ruhige Nacht für viele Tage sein. Tuwin, teile Wachen ein. Curru, Mewe und ja, auch Awin, kommt, wir haben etwas zu bereden.«

Awin war überrascht, aber auch dankbar für diese Einladung, denn sie bedeutete, dass Tuwin ihn nicht zur Wache einteilen konnte.

»Dieses Weib ist mir ein Rätsel«, eröffnete der Yaman ihre Beratung.

»Vielleicht hätten wir sie doch töten sollen«, brummte Curru.

»Ich bezweifle, dass wir das können«, meinte Mewe. »Diese Alte hat Macht, so viel ist sicher. Wie wäre sie sonst vor uns hier eingetroffen? Und ihre Augen – sie sind fast weiß. Vielleicht stimmt, was man sagt, und die Kariwa bestehen wirklich zur Hälfte aus Eis.«

»Mir ist gleich, woraus sie bestehen, ihr Männer, ich weiß nur, dass ich die Alte nicht zum Feind haben möchte. Und deshalb habe ich euch gerufen«, sagte der Yaman.

Offensichtlich spielte der Yaman auf das Angebot der Alten an. Auch Curru schien das so zu verstehen. Was er sagte, klang, als sei es ein Gesetz: »Wir können das junge Weib nicht mitnehmen!«

»Ich sehe das ebenso, alter Freund. Auf einem Kriegszug hat ein Weib nichts verloren. Habt ihr die Blicke der jungen Männer gesehen? Jetzt haben sie noch Angst, aber das würde sich bald legen. Mord und Totschlag wären die Folge, wenn sie zwischen ihnen ritte.«

»Und ich sehe, dass sie Zauberkräfte hat«, warf Curru ein.

»Du siehst es?«, fragte Mewe ehrfürchtig.

Awin dachte an das Ereignis vom Knochenwasser, als Ebu abgeworfen worden war. Es war nicht schwer, dahinter Zauberkräfte zu vermuten. Er begriff aber auch, dass Curru seine Worte mit Bedacht gewählt hatte, denn es war keine Meinung oder Vermutung, wenn er etwas »sah«, es war eine Feststellung.

»Ich sehe es, und ich bin sicher, auch mein Schüler Awin würde es sehen, wenn er nicht ganz andere Dinge im Kopf hätte, ist es nicht so?«

»Ja, Meister«, stotterte Awin verlegen.

»Andererseits wäre es vielleicht gar nicht schlecht, eine

Zauberin an unserer Seite zu haben, wenn wir in das Land der Akkesch reiten«, meinte Mewe plötzlich.

Curru schnaubte verächtlich. »Mewe, du bist ein kluger Mann, aber du redest hier von Dingen, die eher die Seher als die Jäger verstehen. Ein Zauberer ist immer nur auf seiner eigenen Seite, nie ist er ein verlässlicher Verbündeter. Sehe denn nur ich, dass die Alte ihre eigenen Ziele verfolgt? Oder glaubt ihr, sie macht uns dieses Angebot aus reiner Freundlichkeit?«

In diesem Punkt hatte Curru unbestritten Recht, das musste Awin zugeben. Aber was versprach sich die Alte nur davon?

»Der Heolin«, rief der alte Seher plötzlich. »Natürlich, sie wollen den Lichtstein von uns stehlen. Ja, vielleicht waren sie nur deshalb in der Slahan, aber ein anderer kam ihnen zuvor, oder – ja, der Mann, den wir suchen, war ihr Verbündeter, aber er hat sie betrogen. So muss es sein, das würde alles erklären.«

»Fast alles«, brummte Mewe und fuhr fort: »Wenn sie die Slahan in einem Ochsenkarren schneller als jeder Reiter durchqueren kann, wieso hat sie dann den Fremden nicht eingeholt?«

»Ich glaube«, meinte der Yaman schließlich, »wir können noch lange hin und her überlegen, wir werden nie sicher wissen, was die Kariwa vorhaben. Wir wissen aber, dass sie über Zauberkräfte verfügen und dass wir sie nicht verärgern sollten. Und ihr habt gehört, dass ihr Angebot beinahe eine Drohung war.«

Awin glaubte nicht, dass die beiden Frauen Böses im Schilde führten. Sie waren geheimnisvoll, das sicher, aber er hatte bisher nichts an ihnen erkannt, was auf Falschheit hindeutete.

»Du willst das Mädchen mitnehmen?«, fragte Curru ungläubig.

»Das habe ich nicht gesagt, alter Freund«, erklärte der Yaman ruhig. »Ich suche einen Weg, ihr Angebot abzulehnen, ohne sie zu beleidigen.«

»Sie hat kein Pferd«, meinte Mewe plötzlich. Die anderen

sahen ihn fragend an. Ungeduldig erklärte der Jäger: »Sie hat kein Pferd, also können wir sie nicht mitnehmen, selbst wenn wir wollten. Soll sie zu Fuß neben den Reitern laufen? Es kann sie auch keiner der unseren mit in den Sattel nehmen, denn das würde kein Pferd lange durchhalten.«

»Und wenn sie verlangt, dass einer von uns zurückbleibt?«, fragte Curru. Er verstand wohl noch nicht, worauf Mewe hinauswollte. Der erklärte es ihm: »Wir bieten ihnen an, dass die junge Kariwa mitkommen kann, wenn sie ein eigenes Pferd hat.«

Curru wirkte immer noch nicht überzeugt: »Bei diesem Weib würde ich mich nicht wundern, wenn sie eines unter ihrem Karren hervorzöge.«

»Das mag sein, alter Freund, aber Mewes Vorschlag ist gut. So werden wir es machen«, sagte der Yaman. Und damit war die Angelegenheit entschieden.

Awin blieb tatsächlich vom Wachdienst verschont. Eine Entscheidung Tuwins, die nicht alle seine Waffenbrüder guthießen.

»Ich verstehe nicht, warum man ihn schont«, sagte Ebu so laut, dass Awin es hören musste. »Würde er wenigstens als Seher taugen, dann könnte ich es verstehen. Den Hütern sei Dank, dass wir Curru haben, denn sonst würden wir wohl immer noch durch die Slahan irren, ohne auch nur zu ahnen, wohin der Feind will.«

Awin lauschte, aber es fand sich niemand, der dem ältesten Yamanssohn widersprach. Er sagte sich, dass er nichts darauf geben sollte. Er wusste doch, dass Ebu ihn nicht mochte. Aber es half nichts, es setzte ihm trotzdem zu. Also versuchte er, an etwas anderes zu denken.

Sie würden Merege wohl nicht mitnehmen. Irgendwie bedauerte er das. Die anderen sagten, eine Frau habe auf einem Kriegszug nichts zu suchen, und da war sicher etwas dran. Andererseits lebten im Osten die Viramatai. Bei diesem Volk kämpften doch nur die Frauen, und sie waren gefürchtet, auch bei den Hakul. Ob Merege wirklich Zauberkräfte besaß? Die Alte sicherlich. Und warum nannte Merege die Alte Ahnmutter – war das mehr als eine Groß- oder Urgroßmutter? Über dieser Frage schlief Awin schließlich ein.

Er fühlte den Sand – roten Sand. Alles um ihn herum war rot, Felsen und Dünen. Es war heiß, und die Sonne stach unbarmherzig vom Himmel herab. Er ritt auf einem Braunen durch die Wüste. Schweiß brannte ihm in den Augen. Die Gegend war ihm fremd. Sie waren dicht an einer Felswand. War das der Glutrücken? Vor ihm ritt ein Mann, eine hagere Gestalt, die gerade hinter einer Düne verschwand. Sein eigenes Pferd wählte den leichteren Weg und versuchte, die Düne auf halber Höhe zu umrunden. Plötzlich änderte sich alles. Der Sand geriet in Bewegung. Er sank ein. Ein Krater wuchs um ihn herum. Der Braune scheute zurück, aber seine Beine waren bereits so tief eingesunken, dass er nicht von der Stelle kam. Awin schrie, doch kein Laut kam über seine Lippen. Der andere hatte ihn trotzdem gehört. Plötzlich stand er am Rand des Kraters und rief ihm etwas zu. Ein Südländer. Awin konnte sein Gesicht nicht richtig erkennen, aber er war sicher, ja, er *wusste*, dass der Mann aus dem Süden stammte. Der Fremde forderte etwas Bestimmtes von ihm. Aber er verstand nicht, was es war, denn der Sand erstickte alle Geräusche. Sein Pferd sank immer tiefer ein.

Plötzlich war er ein gutes Stück von seinem Tier entfernt. Hatte er sein Tier im Stich gelassen und war aus dem Sattel gesprungen? Wenn, dann nicht weit genug, denn der Sand schnürte ihm schon die Brust zu, er würde darin ertrinken. Er blickte über die Schulter in die angstvoll aufgerissenen Augen des Braunen. Er hatte eine große sternförmige Blesse auf der Stirn, und Awin wunderte sich, denn er kannte dieses Pferd nicht. Der Südländer stand dort und sah stumm zu, wie Awin vom Sand verschlungen wurde. Dann sah Awin sich plötzlich selbst. Er kniete ein gutes Stück entfernt auf einer Düne und sah zu, wie er im Sand ertrank. Und neben ihm stand eine hochgewachsene Fremde mit langen schwarzen Haaren. Und obwohl sie ganz anders aussah, wusste Awin ohne jeden Zweifel, dass diese Frau Senis war. Alles wurde rot um ihn. Das war der Sand. Er schnürte ihm die Luft ab. Sein Brustkasten wurde zusammengepresst, und dann spürte er einen harten Griff an der Schulter, riss die Augen auf und starrte in das Gesicht seines Meisters. »Es ist längst Morgen, junger Freund, willst du dich nicht langsam um dein Pferd kümmern?«

Awin starrte ihn verwirrt an. Ein Traum? Hatte er nur geträumt? Er setzte sich auf und atmete tief durch. Curru war weitergeeilt. Awin stolperte zum Wasser und warf sich kaltes Wasser ins Gesicht, bis der Albdruck nachließ. Er sah sich um. Überall am Ufer waren Hakul damit beschäftigt, ihre Pferde zu versorgen. Es war ein friedliches Bild. Auch Marwi war auf den Beinen. Es schien ihm besser zu gehen. Awin wusch sich, kümmerte sich um seinen Schecken und frühstückte trockenes Fleisch. Und die ganze Zeit dachte er über das nach, was er geträumt hatte. Es hatte sich angefühlt, als geschähe es wirklich. Aber was hatte Senis' Anwesenheit zu bedeuten? Sie war ihm wie ein Fremdkörper erschienen. Und wieso war er noch einmal dort gewesen und hatte sich selbst beobachtet? Plötzlich wusste er, dass er mit ihr darüber sprechen musste. Er lief zu ihrem Wagen, aber der stand verlassen am Ufer. Die beiden Frauen waren nirgends zu entdecken.

»Was ist mit dir, du siehst aus, als sei dir ein Geist begegnet«, fragte Tuwin, der im Schatten einer Dattelpalme saß und sein Zaumzeug prüfte.

»Wo ist Curru – ich meine, Meister Curru?«, fragte Awin,

statt eine Antwort zu geben. Er hatte seinen Ziehvater nicht mehr gesehen, seit dieser ihn geweckt hatte.

»Er ist oben in den Felsen und hält Ausschau nach Zeichen.«

»In den Felsen?«, fragte Awin verwundert.

»Ja, er sagt, die alte Kariwa würde alle Zeichen verderben und verfälschen. Er sagt, sie lasse die Wahrheit welken«, erklärte der Schmied und grinste. Offenbar belustigte ihn die Abneigung, die Curru gegen die Kariwa gefasst hatte.

»Dann sollte ich ihn suchen«, meinte Awin. Aber das war gar nicht nötig, denn Curru kam gerade mit langen Schritten in ihr Lager zurück. An seinem Gesichtsausdruck sah Awin, dass er Erfolg gehabt hatte. Aber welche Zeichen er auch immer erspäht hatte, er musste erst von dem Traum erfahren. Es war ein überwältigend starkes Bild gewesen, und Awin, der Träumen sonst lange nicht so viel Bedeutung beimaß wie sein Lehrer, war sicher, dass ihm dieses Mal die Große Weberin etwas hatte mitteilen wollen.

»Meister Curru!«, rief er und lief ihm entgegen.

»Jetzt nicht, mein Junge, jetzt nicht. Ich habe gute Neuigkeiten«, wehrte ihn Curru ab und marschierte geradewegs zu Aryak. Er bat ihn, die Männer zusammenzurufen. Awin versuchte noch einmal, ihn anzusprechen, aber Curru schob ihn zur Seite und stieg auf einen Stein, um etwas zu verkünden. Die Männer versammelten sich bis auf den jungen Mabak, Bales Enkel, der auf einem der Felsen stand und nach Auryds Männern Ausschau hielt.

»Ihr Krieger«, begann Curru, »lange schon sitzen wir im Sattel, und viele Tage folgten wir dem Feind, ohne dass ich auch nur ein Zeichen entdeckt hätte, das uns etwas über den Weg des Fremden offenbarte. Auch schien es doch, als hätten sich alle Winde der Wüste gegen uns verschworen – Skefer, der unsere Gedanken lähmte, Nyet, der die Spuren verwehte, Isparra, die

die Vögel vom Himmel vertrieb, und dann Seweti, die uns verspottete, denn sie tanzte auf unseren Spuren, aber verwischte sie nicht. Doch endlich schweigen die Winde. Also ging ich heute Morgen dort hinauf auf einen der Felsen und bat Tengwil um ein Zeichen – und die Weberin erhörte mich!«

Die Hakul hingen gespannt an den Lippen des Sehers. Es wäre gut, ein ermutigendes Zeichen zu empfangen, nachdem in den letzten Tagen so vieles so schlecht gelaufen war. Awin sah die Hoffnung in ihren Augen. Der alte Seher fuhr fort. »Seht nach oben, ihr Männer, was seht ihr?«

Alle blickten nach oben, und es war Mewe, der rief: »Zwei Bussarde.«

»So ist es, ihr Krieger. Seht ihr, wie sie über dem Gewässer kreisen, nebeneinander in Einigkeit? Und wie sie immer an derselben Stelle stets nach Südosten ausbrechen, bevor sie den Kreis schließen?«

Mehrere aufgeregte Rufe belegten, dass die Männer sahen, was der Seher meinte.

»Diese Vögel weisen uns den Weg, und sie bestätigen meinen Traum. Der Feind nimmt die Eisenstraße, östlich des Glutrückens.«

»Und er geht nach Serkesch?«, fragte Tuwin.

»Die Bussarde sagen, dass dies sein Vorhaben ist, aber sie sagen auch, dass er Zweifel an seinem Weg hat. Seht ihr, wie sie den Abstand zueinander verringern und vergrößern, wie erst der eine, dann der andere auf der inneren Bahn kreist? Selbst mein Schüler Awin weiß, dass dies für Zweifel steht und für eine Entscheidung, die überdacht wird. Der Feind hat sich noch nicht endgültig entschieden, nach Serkesch zu gehen, aber uns hat die Weberin diesen Weg bestimmt. Und sie sagt, dass wir die Eisenstraße nehmen sollen, denn die führt zu jenem grünen Tor, das ich im Traume sah. Unser Weg ist uns offenbart!«

Die Krieger murmelten beifällig. Der Seher hatte sie überzeugt. Einige sahen Awin an, als erwarteten sie Zustimmung, aber Awin war zu sehr in Gedanken, um darauf einzugehen. Es war eben Curru mit seinen alten Seherssprüchen – und dann bog er sie sich auch noch zurecht. Awin kannte nicht halb so viele der alten Weisheiten wie sein Meister, aber den Spruch, auf den sein Lehrer sich berufen hatte, den kannte er. Eine Entscheidung, die überdacht wird? Nein, eigentlich hieß es: Eine Entscheidung, die überdacht werden *sollte*! Und das sollte sie dringend, denn der Seher wusste noch nichts von Awins Traum. Doch jetzt stand Curru beim Yaman und den anderen Kriegern, beantwortete ihre Fragen und hatte keine Zeit für seinen Schüler. Und Awin konnte nicht vor dem gesamten Sger die Deutungen seines Meisters anzweifeln. Also musste er sich in Geduld üben. Er zog sich ein Stück von den anderen zurück, denn er wollte in Ruhe nachdenken. Auf seinem Weg zum Wasser sah er plötzlich Merege. Sie stand am Wagen, und seine Schritte führten ihn beinahe zufällig dicht an dem Karren vorbei. Er fragte sich, wo sie die ganze Zeit gesteckt haben mochte, und bemerkte zu spät, dass er sie anstarrte.

»Ah, der Hakul mit dem Schecken«, grüßte sie ihn. Ihr Gesicht blieb unbewegt. Awin bekam das Gefühl, dass sie ihn mit nicht mehr Anteilnahme betrachtete als einen der Steine, von denen es am Ufer reichlich gab. Er nickte ihr möglichst ernsthaft und knapp zu, um nicht zu zeigen, wie brennend gern er erfahren hätte, wo sie gewesen war.

»Wo gehst du hin?«, fragte sie unverblümt.

»Ans Wasser, ich meine ans Ufer. Wasser.« Schon wieder geriet er ins Stottern.

»Dort ist es angenehm kühl«, erklärte sie.

»Ich weiß«, antwortete Awin, dem einfach nicht mehr zu sagen einfiel.

Sie wandte sich von ihm ab, drehte sich aber noch einmal um: »Eines noch, Hakul. Meine Ahnmutter wünscht, dass ich euch begleite, also werde ich es tun. Glaubt aber bloß nicht, dass ich es will.«

Sie wollte nicht? Dann war sie ja mit dem Sger einer Meinung, denn der wollte sie auch nicht dabeihaben. Awin fühlte sich dennoch rätselhaft enttäuscht. Außerdem hatte er das Gefühl, dass jetzt dringend irgendeine Bemerkung – so etwas wie höfliches Bedauern – angebracht wäre. Er suchte nach den richtigen Worten. »Gut«, sagte er schließlich, und das war ziemlich genau das Gegenteil von allem, was er hatte sagen wollen.

Wieder verengten sich die blassblauen Augen zu schmalen Schlitzen. Dann verschwand Merege im Wagen. Awin starrte ihr hinterher. Sie war eine Zauberin, ganz sicher, denn immer, wenn sie mit ihm redete, war sein Kopf leer und das, was er sagte, sinnlos und dumm. Als er unten am See seinen Durst stillte, fiel Awin ein, dass er das Mädchen noch fragen wollte, was das bedeutete – Ahnmutter und Ahntochter. Er seufzte und fragte sich, ob es ihm wohl gelingen würde, bei seiner nächsten Begegnung mit ihr etwas weniger Unsinn zu reden. Er hörte Schritte hinter sich und drehte sich um, aber es war nicht Merege, die zurückkehrte, sondern ihre Ahnmutter. Er erhob sich eilig. »Sei gegrüßt, ehrwürdige Senis«, rief er.

Sie erwiderte den Gruß mit einem ernsten Nicken. »Meine Ahntochter wirkt verärgert, junger Hakul. Hat das etwas mit dir zu tun?«

»Mit mir?«, rief Awin erschrocken. Er konnte dem Blick aus den fast weißen Augen kaum standhalten. »Ich hoffe nicht, ehrwürdige Senis.«

»Das hoffe ich ebenfalls nicht, junger Hakul. Aber warum bist du so weit weg von deinesgleichen und so nachdenklich und still? Du weißt: Der Vogel, der nicht singt, wird nicht gehört.«

Wusste sie, was ihn beschäftigte? Er hatte sie dort gesehen. »Ich ... ich hatte einen Traum, ehrwürdige Senis«, stieß er hervor und hätte sich gleich danach am liebsten auf die Zunge gebissen. Warum erzählte er dieser wildfremden Frau etwas, was er bisher nicht einmal einem Sgerbruder anvertraut hatte?

»Einen Traum? Das ist gut, junger Hakul, sehr gut sogar. Ich nehme an, du weißt, wie Edhil die Hüter, die Erstgeborenen Götter, erschaffen hat?«

Bei dieser Frage sah sie ihn nachdenklich an, und er hatte das Gefühl, in diesen Augen zu versinken wie in Schnee. »Er ... er hat sie erträumt«, sagte er.

»Ja, du weißt es. Und auch diese Welt hat er erträumt. Doch war sie roh, unfertig und noch im Fluss. Nichts war fest, der Boden kochte. Wenn du einmal zu uns in den Norden kommst, an den Rand der Welt, dann kannst du dort sehen, wie die Welt aussah, als sie nur erträumt und nicht vollendet war, denn bei uns ist sie noch in Bewegung. Rot und heiß bricht sie aus dem Stein hervor und ruft nach einem Schmied, der sie in die endgültige Form bringt.«

»Aber ... aber Brond schläft«, stotterte Awin, als die Alte verstummte.

Sie lächelte. »Ja, der Hüter des Feuers und Gott der Schmiede schläft, seit der Kriegsgott ihn mit jener Blume des Schlafs betäubte. Weißt du aber auch, dass die Hüter, als sie die Welt vollendeten, viele Helfer hatten, alle von Edhil erschaffen?«, fragte die Alte weiter.

Awin nickte. Das wusste jedes Kind. Er fragte sich, worauf sie hinauswollte.

»Ich sehe, du kennst diese Geschichten. Und du weißt von den niederen Göttern, den Alfholden, die die schwere Arbeit vollendeten und aus Edhils schönem Traum diese Welt schufen, und sicher hast du auch von den Alfskrols gehört, den Ausgeburten von Edhils Albträumen, die alles zerstören und verderben wollen. Aber weißt du auch von den Riesen, den stärksten Helfern der Hüter, unsterblich wie die Götter?«

Die letzten Worte waren so leise gesprochen, dass Awin sie kaum verstand, und es klang seltsam verbittert. »Ich habe von ihnen gehört«, erwiderte er, als Senis verstummte und gedankenverloren auf das rote Wasser schaute.

»Hast du dich je gefragt, junger Hakul, was aus den Alfholden, Riesen und Alfskrols wurde, als die Welt vollendet war?«, fuhr sie fort.

»Nein, ehrwürdige Senis«, antwortete Awin. Gefragt hatte er sich das nie, aber es gab doch viele Geschichten darüber. Die Götter hatten ihre festen Plätze, ihre Haine, Quellen und Berge, von wo aus sie ihren Teil der Schöpfung überwachten und die Menschen beschützten.

»Als die Menschen kamen«, fuhr Senis fort, »zogen sie sich zurück. Einige blieben hier, in der Erde, den Bäumen, den Flüssen, und wachten über diese Orte. Sie schlugen Wurzeln, wenn du so willst, wurden eins mit der Erde, dem Wasser, dem Wind. Sie schlummern, und es ist nicht leicht, sie zu wecken. Nicht so aber die Alfskrols oder Daimonen, wie sie auch genannt werden. Für sie war kein Platz mehr auf der Erde, und die Hüter verbannten sie an den nördlichen Rand der Welt, hinter einen mächtigen Riegel aus ewigem Eis. Und die, die sich der Verbannung widersetzten, wurden vom Großen Jäger Boga getötet. Doch die anderen warten nun, warten darauf, dass sie noch einmal gerufen werden. Wenn du einmal zu uns kommst, junger Hakul, dann kannst du sie hören, wie sie an dem großen Tor rütteln, das ihnen die Rückkehr in unsere Welt verwehrt.«

Awin schauderte es. Ein Tor, an dem die Daimonen rüttelten? »Und die Riesen?«, fragte Awin, denn er hatte das Gefühl, dass es das war, worauf es Senis ankam.

»Die Riesen, mein Junge, wurden nicht verbannt, aber sie gingen schließlich freiwillig ins ewige Eis. Und die Hallen, die sie dort bauten, sind die letzten Werke, die sie erschufen. Dort sitzen sie nun untätig am Feuer und träumen von alter Kraft und Tat. Ein Schatten ihrer selbst sind sie, müde von den Erinnerungen. Sie schlafen meist, denn in ihren Träumen sind sie noch machtvoll. Nur Tengwil schläft nie.«

»Die Schicksalsweberin … ist eine Riesin?«, fragte Awin ungläubig.

»Natürlich ist sie das, junger Hakul. Die Götter nahmen zu viel Anteil an dieser Welt und empfanden zu viel Liebe für die Menschen. Deshalb blieben sie auch, als die Arbeit vollbracht war. Ihnen konnte der Schicksalsfaden nicht anvertraut werden. Die Herzen der Riesen dagegen sind aus Eis. Ihre Gedanken gelten nur dem eigenen Werk. Sie kümmert nicht, was die Menschen tun. Auch Tengwil ist es gleichgültig, welcher Art der Faden ist, den sie zu ihrem Teppich verwebt. Aber selbst sie, die niemals Schlafende, hat Träume, junger Hakul, und manche sagen, sie träumt, was sie weben wird. Ich fand, du solltest das wissen. Und jetzt gib mir deine Hand!«

Awin war so verblüfft über diese bestimmte Aufforderung, dass er ihr ohne nachzudenken folgte. Senis fasste sie mit der Rechten, drehte und betrachtete sie und murmelte Worte, die Awin nicht verstand. Dann strich sie sanft mit der Linken darüber. Plötzlich spürte er einen leichten Stich. Erschrocken zog er die Hand zurück. Senis sah ihn mit ihren beinahe weißen Augen freundlich an und sagte: »Ich denke, das wird genügen.«

Und bevor Awin verstand oder fragen konnte, was sie damit meinte, drehte sie sich um und kehrte zum Wagen zurück. Er sah ihr noch hinterher, als sie längst im Inneren des Wagens verschwunden war. Erstaunlich behände war sie hineingeklettert. Er betrachtete misstrauisch seine Hand. Es war nichts zu sehen, keine Wunde, nicht der kleinste Tropfen Blut. Hatte er sich den Stich nur eingebildet? Was hatte das zu bedeuten? Und warum erzählte sie von den Riesen? Die Hakul kannten nur wenige Geschichten über diese Wesen. In keiner davon kamen sie besonders gut weg. Es waren tumbe Geschöpfe, die von klugen Hakul leicht überlistet werden konnten. Nie war davon die Rede, dass sie den Göttern geholfen hätten, diese Welt zu vollenden, nie davon, dass sie irgendwo warteten und träumten. Wusste Senis etwas über *seinen* Traum? Er hatte sie gesehen. Als er im Sand versank, hatte sie dagestanden und ihn beobachtet. Warum nur hatte er sie eben nicht danach gefragt? Der Traum! Er musste Curru endlich davon erzählen!

Er ging zurück zur Feuerstelle seines Sgers, aber Curru war immer noch in Gespräche mit dem Yaman und Tuwin vertieft und vertröstete ihn auf später. Awin erwog, seinen Traum gleich vor den dreien zur Sprache zu bringen, aber dann dachte er an das, was Curru über seine schwache Bindung zum Klan gesagt und wie er ihn davor gewarnt hatte, ihm vor anderen zu widersprechen. Er hatte zwar nicht den Eindruck, dass der Yaman so verärgert über ihn war, wie sein Ziehvater behauptete, aber sicher war er sich nicht. Also entschloss er sich, das unnötige Wagnis eines offenen Streits mit seinem Ziehvater zu vermeiden und sich lieber in Geduld zu üben. Awin setzte sich zu den anderen Jungkriegern ans Feuer und wartete auf eine passende Gelegenheit.

Bald darauf meldete sich Mabak mit lauten Pfiffen von seinem Posten in den Felsen.

»Was bedeutet das?«, fragte Marwi, als er das Signal hörte.

»Still«, beschied ihn Mewe und lauschte. Dem ersten langen Pfiff folgten zwei kurze, nach einer deutlichen Pause ein weiterer. »Zwei bis drei Dutzend Reiter«, meinte der Jäger dann, »das ist gut.« Und als er den fragenden Blick des Jungkriegers sah, erklärte er: »Entweder sind es Auryd und seine Männer, oder Horket schickt uns weniger Männer hinterher, als er sollte.«

Der Yaman hatte die Pfiffe ebenfalls gehört. »Auf die Pferde, Männer. Macht euch bereit zu empfangen, wen immer wir dort antreffen.«

Binnen Sekunden waren die Krieger kampfbereit, denn sie hielten sich nicht damit auf, die Pferde zu satteln. Der Yaman sandte Mewe mit den Jungkriegern hinter einen Felsen. Sollte es wirklich Horket sein, würden sie ihm in die Flanke fallen. Er selbst nahm mit Curru, Bale und Tuwin Aufstellung am Wasser. Curru richtete die Sgerlanze auf. Laut hallte das Hufgetrappel der Ankömmlinge von den roten Felsen wider. Dann tauchten sie am Rand des Tales auf. Die Männer waren staubbedeckt, die Pferde schweißüberströmt, aber es war ein beeindruckender Anblick, als sie in vierfacher Schlachtreihe langsam und schweigend über den Hügel kamen und dort anhielten. Ein kahlköpfiger alter Kämpfer mit zernarbtem Gesicht reckte das Feldzeichen zum Gruß. Es war der Klan des Schwarzen Fuchses. Unten stand Curru und erwiderte den Gruß mit der eigenen Sgerlanze.

»Es sieht aus, als bliebe uns ein Kampf erspart«, meinte Mewe, »auch dir, Eri, Aryaks Sohn. Nimm also den Pfeil von der Sehne. Es ist dein Onkel Auryd.«

»Wer ist der Kahlkopf?«, fragte Tauru flüsternd.

»Das ist Harmin der Schmied. Ein Meister seines Faches, aber auch ein Mann mit Ehrgeiz«, erklärte Mewe leise. Bevor geklärt werden konnte, von welcher Art dieser Ehrgeiz war, setzte sich ein einzelner Reiter in Bewegung. Aryak ritt ihm entgegen.

»Ich grüße dich, Yaman Auryd – dich und die Männer vom Schwarzen Fuchs«, rief Aryak, als sie sich auf halbem Weg begegneten. »Mögen die Hüter dich und deinen Klan segnen. Seid willkommen an unserem Feuer.«

»Auch ich grüße dich, Yaman Aryak, und ich grüße die Krieger der Schwarzen Berge«, entgegnete Auryd förmlich. Dann sprangen sie beide vom Pferd. Awin fiel die große Ähnlichkeit auf, die zwischen den Halbbrüdern bestand. Aber er sah auch die Unterschiede: Wo Aryak Würde ausstrahlte, strotzte Auryd vor Stolz, und er wirkte so kampflustig wie sein älterer Bruder bedächtig. Nun fassten sie einander am Unterarm, wie es bei den Hakul Brauch war, und sahen sich schweigend an. Vielleicht hätten sie einander umarmt, wenn ihre Krieger nicht dort gewartet und zugesehen hätten, aber so blieb es bei dieser steifen und knappen Begrüßung. Dann gab Auryd seinen Männern einen Wink, und sie kamen hinab zum Wasser.

Unter anderen Umständen wäre diese Begegnung Anlass für ein Fest gewesen, aber dafür war keine Zeit. Die Neuankömmlinge bekamen Gelegenheit, sich am Rotwasser zu erfrischen, dann rief Yaman Aryak die erfahrenen Männer umgehend zum Kriegsrat zusammen, während es den Jungkriegern überlassen wurde, sich weiter um die erschöpften Pferde zu kümmern. Falls die Männer vom Schwarzen Fuchs sich fragten, was es mit den beiden Frauen und ihrem Wagen auf sich hatte, behielten sie diese Fragen vorerst für sich. Vielleicht hielten sie sie für Händler, so wie es Awin vor einigen Tagen auch zuerst getan hatte. Awin wurde zu seiner Überraschung erneut zum Rat hinzugezogen.

»Ich danke dir für das Sgertan, das du mir geschickt hast, Bruder, und ich werde es sicher verwahren«, eröffnete Auryd die Versammlung. Damit war geklärt, dass er das Angebot angenommen hatte. Er würde helfen, aber Aryaks Klan musste sich ihm dafür verpflichten.

Harmin, der kahlköpfige Schmied, ergriff das Wort. »Wie ihr seht, ist unser Yaman ein großzügiger Mann, aber ich frage mich, welche Hilfe ihr von uns erwartet. Ist der Klan der Schwarzen Berge nicht in der Lage, einen einzelnen Räuber zu töten?«

Eisiges Schweigen folgte dieser Bemerkung. Der Schmied hatte es vollbracht, mit wenigen Worten viele Männer zu kränken, einschließlich seines eigenen Yamans. Awin sah, wie erzürnt Auryd über diese unverschämte Frage war. Nur Yaman Aryak behielt die Ruhe: »Ich verstehe deine Frage, Harmin, doch ist dies kein gewöhnlicher Räuber. Es scheint fast, als seien die Winde auf seiner Seite, denn immer verwehen sie seine Spur und machen uns die Jagd schwer. Und wir jagen nicht nur einen Mörder, sondern auch den Heolin, den Lichtstein, den der Verfluchte aus dem Grab unseres Fürsten Etys entwendet hat. Der Heolin muss zurückgebracht werden! Deshalb haben wir euch das Sgertan gesandt, und wir werden eure Hilfe mit Beistand in jedweder Gefahr vergelten – reicht dir das nicht?«

»Du kannst umkehren, wenn dir der Ritt beschwerlich wird, Oheim«, fügte Auryd bissig hinzu.

»Mein Vater hat das Recht, diese Frage zu stellen, denn wir sind im Rat und reden über den Krieg«, sprang ein junger Mann dem alten Schmied zur Seite. Awin hatte den beiden schon vorher die enge Verwandtschaft angesehen. Doch warum waren sie so feindselig?

»Krieg?«, rief Curru. »Ich sehe keinen Krieg. Ich sehe Männer, die ausziehen, um einen ungeheuren Frevel zu sühnen. Ich bin überrascht, Harbod, Harmins Sohn, dass ihr an diesem Ritt zweifelt. Nicht nur wir, alle Hakul wurden beraubt! Unser Herz, der Heolin, wurde gestohlen. Ich frage mich, wie wir hier noch sitzen und beraten können, während der Feind Stunde um Stunde davoneilt!«

»Du hast Recht, Seher«, entgegnete Harmin, »alle Hakul wurden bestohlen, doch wo sind sie? Ich sehe sie nicht. Ich sehe hier nur zwei Sgers eines Stammes, dessen Sippen niemand zählen kann. Warum fragtet ihr uns und nicht den Heredhan?«

»Horket werden wir fragen, wenn unsere und eure Speere nicht ausreichen«, erklärte Aryak sehr bestimmt.

»Und es hat nichts damit zu tun, dass er weit mehr von euch für seine Hilfe verlangen würde als unser so großzügiger junger Yaman?«, fragte Harmin spöttisch.

Das war plump, aber Awin verstand endlich, worum es hier ging. Harmin erkannte Auryds Herrschaft über seinen Klan nicht an. Der dicke Bale hatte am Bach etwas in der Art angedeutet. Und Auryd hatte Harmin Oheim genannt. Dann musste er ein naher Verwandter des alten Yamans gewesen sein, dessen Tochter Auryd geheiratet hatte.

»Es hat damit zu tun, dass wir Horket Sühne schulden«, erklärte Aryak trocken.

»Sühne?« Harmin sprang auf. »Wollt ihr uns in einen Kampf mit dem Heredhan locken?«

»Unser Streit mit Horket ist unsere Sache, und wir werden euch nicht bitten, uns darin beizustehen, Harmin«, entgegnete Aryak ruhig.

»Ich frage mich, ob Heredhan Horket das zu unterscheiden weiß und ob ihm diese feinen Unterschiede aufhalten, wenn er Streit mit uns sucht«, giftete der alte Schmied.

»Mir genügt das Wort meines Bruders«, fiel ihm sein Yaman ins Wort. »Wir werden den Mörder der Männer finden, die auch unsere Verwandten waren. Aber Harmin hat Recht, euer Zwist mit Horket geht uns nichts an, und ihr könnt dabei nicht mit unserer Hilfe rechnen!«, erklärte Auryd, um dann mit schneidender Stimme fortzufahren: »Und wir sitzen hier, Harmin, weil wir beraten wollen, wie wir unseren Brüdern helfen können, und nicht, ob wir es tun werden. Diese Entscheidung war schon gefallen, als wir auf unsere Pferde stiegen.«

»Ich habe deine Entscheidung nicht vergessen, Auryd«, entgegnete Harmin finster.

»Stellst du sie in Frage?«, fragte sein Yaman mit ruhiger Stimme.

Harmin zögerte einen Augenblick, dann schüttelte er den Kopf. »Ich bin hier, genügt das nicht als Antwort?«

»Fürs Erste soll es genügen, Harmin«, antwortete Auryd, aber Awin sah den beiden an, dass dieser Streit noch lange nicht beendet war.

Als sich Harmin wieder gesetzt hatte, begann Aryak seinen Plan zu erläutern: »Tengwil, die Große Weberin, hat unserem Seher Curru die Mauern von Serkesch in einem Traum gezeigt. Dies war das erste Zeichen, das auf diese Stadt verwies. Auch fanden wir vor zwei Tagen eine Spur des Feindes, die uns schließlich hierherführte. In den Felsen ging sie verloren, aber die Bussarde sagen, dass der Feind über die Eisenstraße nach Serkesch will. Es gibt jedoch immer wieder Anzeichen, dass sein Geist unruhig ist und er vielleicht auch ein anderes Ziel wählt. Und deshalb bat ich euch um Hilfe. Ich selbst werde mit meinen Männern nach Serkesch gehen, doch mag es sein, dass der Verfluchte noch weiter nach Süden geht, in die Salzstadt Albho. Vielleicht geht er aber auch über die Eisenstraße nach Osten und sucht bei den Viramatai Schutz. Und daher bitte ich euch, diese Wege zu verfolgen.«

»Wenn er zu den Viramatai geht, wird er sich wundern. Die Männertöterinnen sind nicht sehr freundlich zu Fremden«, meinte Tuwin.

»Es sei denn, sie haben den Lichtstein in der Hand«, gab Aryak zu bedenken. »Aber es kann auch sein, dass er nur bis zur Festung Kaldhaik-Nef geht und dort verkauft, was er geraubt hat. Vielleicht trifft er auch auf eine Karawane, mit deren Meister er den Handel abschließt. Es gibt viele Möglichkeiten, wie ihr seht. Ginge es nur um Rache, hätten wir euch nicht gerufen, denn wir werden ihn finden, früher oder später. Doch er hat den Heolin, und der darf nicht in fremde Hände geraten.«

»Und ist sicher, dass er die Eisenstraße nimmt?«, fragte Harbod.

»Unser Seher sagt es.«

»Du sagtest selbst, die Zeichen sind nicht eindeutig, und Seher können irren«, meinte Harbod. Das war kein unberechtigter Einwand, aber der herablassende Ton war beleidigend. Curru erhob sich und baute sich vor Harbod auf. »Er wird die Eisenstraße nehmen, Hakul«, rief er aufgebracht. »Die Bussarde haben es gesagt. Und wenn du dem Seher nicht vertraust, dann frage deinen Verstand. Welchen Weg sollte er sonst nehmen?«

Harbod ließ sich von dem Zornesausbruch nicht beeindrucken. »Er könnte auf dieser Seite des Glutrückens bleiben. Einen ganzen Tag könnte er gewinnen.«

»Durch die Slahan? Am Glutrücken? Er müsste mitten hindurch durch Uos Mund. Wenn er diesen Weg wählt, ist er verloren!«

Uos Mund? Davon hatte Awin noch nie gehört. Die Worte ließen etwas in ihm anklingen. *Uos Mund* – er fühlte, dass das wichtig sein könnte. Er würde Mewe danach fragen, sobald diese Versammlung vorüber war. Nach einigen weiteren fruchtlosen Streitereien kamen sie allmählich zu einer Entscheidung. Man beschloss, zunächst gemeinsam bis zur Eisenstraße zu reiten. Dort würden sich die beiden Sgers trennen. Hier nun überraschte Auryd seinen Bruder mit einem großzügigen Angebot: »Wie ich sehe, seid ihr nur zwölf Männer, Bruder. Ihr werdet nicht sehr viel Eindruck machen, wenn ihr mit so kleiner

Schar vor Serkesch erscheint. Ich werde dir, wenn du es erlaubst, einige meiner Männer mitgeben, denn ich denke, ein Yaman sollte nicht mit weniger als zwanzig Kriegern vor der Stadt seiner Feinde erscheinen.«

»Ich danke dir für dieses Angebot, Auryd, und ich werde es annehmen, denn du hast Recht, seit Elwah und seine Söhne ermordet wurden, ist meine Schar klein geworden.«

»Ich hoffe, dass unseren Sger nicht das gleiche Schicksal ereilt, wenn er an eurer Seite reitet, Yaman Aryak«, warf Harmin düster ein.

Und damit gelang es ihm, das Ende des Rates noch einmal mit düsteren Vorahnungen zu überschatten.

Nur zwei Stunden Rast gönnten die Yamane den erschöpften Pferden des Fuchs-Klans, dann wollten sie los, um bis zum Abend wenigstens die Eisenstraße zu erreichen. Bevor sie aufbrachen, besiegelten die beiden Yamane ihr Bündnis in einer kurzen Zeremonie. Unter Currus Anleitung opferten sie Mareket, dem Gott der Pferde, Trockenfleisch und einige Mähnenhaare und erflehten seinen Segen. Sie verzichteten auf das Wasseropfer für Xlifara Slahan, und Awin fragte sich, ob das nicht ein Fehler war. Zwar würden sie die Wüste bald hinter sich lassen, aber dennoch hatte Awin das Gefühl, dass sie alles tun sollten, um die Gefallene Göttin zu besänftigen. Sie schien unruhig, und ihre Winde quälten sie schon, seit sie zu ihrer Jagd aufgebrochen waren. Awin versuchte noch einmal, mit Curru zu sprechen, aber wieder hatte sein Meister keine Zeit für ihn. Erst musste er das Opfer vorbereiten, dann hatte er wichtige Dinge mit den Yamanen zu besprechen. Als die Männer begannen, ihre Pferde zu satteln, stieg Senis wieder aus ihrem Karren. Merege folgte ihr. Sie suchte Yaman Aryak.

»Was sind das für seltsame Frauen, Bruder, und was suchen

sie hier an diesem See? Wie Händler sehen sie mir nicht aus«, fragte Auryd.

»Es sind Kariwa, Bruder, und ich rate dir zur Vorsicht, denn ich glaube, es sind Zauberinnen.«

Mehr konnte Aryak seinem Halbbruder nicht mitteilen, denn Senis kam auf ihn zu. »Nun, Yaman Aryak, wie ich sehe, macht ihr euch bereit zum Aufbruch. Darf ich dich fragen, wie du über mein Angebot denkst?«

Die Männer um sie herum wurden aufmerksam. Awin sah, wie die Krieger von seinem Klan den anderen halblaut zuflüsterten, was sie über die beiden Frauen wussten – oder zu wissen glaubten.

»Ich habe darüber nachgedacht, ehrwürdige Senis«, beantwortete Aryak die Frage der Alten. »Dein Angebot ehrt uns sehr, und wir können deine Enkeltochter mitnehmen, doch nur, wenn sie über ein eigenes Pferd verfügt. Denn sieh, wir sind in Eile, und wir können keinem unserer Tiere einen zweiten Reiter zumuten.«

»Ein Weib? Auf einen Kriegszug?«, fragte Auryd verblüfft.

»Das ist gegen Sitte und Gesetz!«, rief Harmin.

»Sie wird mit uns reiten, Männer vom Schwarzen Fuchs, nicht mit euch – wenn sie denn reiten kann«, versuchte Aryak die Gemüter zu beruhigen.

»Ein eigenes Tier – ist das deine Bedingung, Aryak?«, fragte Senis.

»Das ist sie, ehrwürdige Senis.«

»Ich verstehe, und ich bedaure es. Es wäre wirklich besser, einer eurer Jungkrieger, die doch fast noch Kinder sind, würde sie zu sich in den Sattel nehmen. Aber du hast dich entschieden.«

»Das hat er, hast du es nicht gehört, Weib?«, mischte sich Curru plötzlich ein. »Ein eigenes Pferd. Das ist die Bedingung.

Ich wünschte, wir hätten eines für dieses Mädchen, aber leider haben wir keines. Verstehst du es nun?«

»Du wünschtest? Ein seltsamer Wunsch, Curru von den Hakul. Gib Acht, dass Tengwil ihn nicht hört. Das Weitere liegt nicht in meiner Hand.«

Curru erbleichte. Er hatte sich hinreißen lassen, und jetzt konnte er die Worte nicht mehr zurücknehmen. Senis drehte sich um und ging, gefolgt von einer schweigsamen Merege, zurück zum Wagen. Awin war sich nicht sicher, denn die Miene des Mädchens zeigte fast keine Regung, aber er glaubte doch, so etwas wie Erleichterung bei ihr zu erkennen. Die beiden Kariwa zogen sich in ihren Wagen zurück, und Awin fiel ein, dass sie niemand gefragt hatte, was aus ihrem zweiten Ochsen geworden war.

Als sie ihre Pferde sattelten, fand Awin eine Gelegenheit, Mewe nach Uos Mund zu fragen.

Der Jäger sah ihn prüfend an. »Ich war nie dort, denn unter allen schrecklichen Orten der Slahan ist dies der schrecklichste. Es soll dort still sein, so still, dass es einen Mann in den Wahnsinn treiben kann. Und die Akkesch und ihre kydhischen Sklaven erzählen, dass dort ein Zugang zu Ud-Sror verborgen liegt, ihrer Unterweltstadt, in der der Totengott Uo herrscht. Einst soll dort eine Stadt gelegen haben, deren Bewohner in ihrem Stolz den Gott beleidigten. Also kam er hinauf, zerstörte die Stadt, tötete alle und errichtete sich aus ihren Knochen eine gewaltige Halle. Dies ist lange her, und die Akkesch sagen, dass der Gott längst nach Ud-Sror zurückgekehrt ist. Aber ich hörte, dass sich noch heute dort die Wüste manchmal auftut, um die Reisenden zu verschlingen. Und deshalb nennen sie es Uos Mund.«

Awin wurde heiß und kalt. Die Wüste, die die Reisenden verschlingt? Genau das hatte er in seinem Traum gesehen. »Wo ist Curru?«, fragte er aufgeregt.

Mewe grinste. »Siehst du ihn nicht? Dein Meister steht dort drüben und ärgert sich mit Bale herum, der ihm vorwirft, sein Tier nicht gut zu behandeln.«

Jetzt sah Awin die beiden Streithähne. Er nahm an, dass es um irgendetwas anderes ging. Curru war sicher weder ein liebevoller Ehemann noch ein fürsorglicher Ziehvater, aber er war ein Hakul und behandelte seine Tiere gut. Awin erreichte die beiden, als der Streit schon vorbei war und Bale wütend davonstapfte. Curru grinste selbstzufrieden, offenbar hatte er sich durchgesetzt.

»Ah, Awin, was gibt es, mein Junge?«

»Ich hatte einen Traum, Meister Curru, vergangene Nacht«, platzte Awin heraus.

Der Seher runzelte die Stirn. »Und warum kommst du damit erst jetzt zu mir?«

»Ich habe es vorher versucht, Meister, doch du warst beschäftigt.«

»Nun, sicher, ich habe Besseres zu tun, als auf deine Träume zu warten, mein Junge. Hast du wieder von einem Mädchen geträumt?«

Awin verschlug es kurz die Sprache. Sie waren nur hier, weil *sein* Traum sie nach Serkesch sandte. Und das Mädchen an der Mauer hatte dabei nun wirklich keine Rolle gespielt. »Nein, Meister, ich träumte, ich würde im Sand versinken, verschlungen werden.« Jetzt, wo er versuchte, es zu beschreiben, fehlten ihm die passenden Worte.

»Vom Sand?«, fragte Curru.

»Ja, und da war ein Mann, ein Südländer, hager. Und ein Pferd, das im Sand unterging. Und Senis, die Kariwa, war ebenfalls dort. Ich glaube, der Fremde reitet durch Uos Mund.«

Jetzt starrte der Seher ihn an. »Sie täuscht dich«, sagte er schließlich.

»Wer?«

»Die Kariwa. Die alte Hexe zeigt dir Bilder, um dich in die Irre zu führen.«

»Aber warum mir, nicht dir, Meister?«, fragte Awin zweifelnd.

»Warum? Ist das nicht offensichtlich? Sie weiß, dass du jung und leicht zu täuschen bist. Sie weiß sicher auch, wie oft du bei diesem Ritt schon versagt hast. Sie versucht, dich zu verführen. Lass dich nicht täuschen, mein Junge!«

»Aber was hätte sie davon?«

Curru stockte kurz, dann leuchteten seine Augen: »Ich sehe es deutlich vor mir. Sie wusste, dass wir ihre Enkeltochter nicht mitnehmen würden. Da beschloss sie, sich an uns zu rächen. Deshalb will sie, dass wir durch Uos Mund ziehen, denn sie weiß, dass wir das kaum überleben würden. Ja, in gewisser Weise zeigt dein Traum dir die Wahrheit – wir würden alle im Sand elendiglich zu Grunde gehen, wenn wir diesem Traumbild folgten. Eine Hexe ist sie, wahrhaftig, wir hätten sie am ersten Abend töten sollen!«

»Aber Meister, hast du nicht selbst gesagt, dass Xlifara mit dem Feind im Bunde steht? Warum sollte er die Wüste also verlassen?«, widersprach Awin. Es war ein verzweifelter Versuch, seinen Meister umzustimmen, denn er glaubte selbst nicht an das, was er da sagte.

Curru stockte und wirkte für einen kurzen Augeblick verunsichert. Aber dann erwiderte er: »Ich sehe wieder einmal, dass du nicht viel vom Wesen der Slahan verstehst, mein Junge. Gerade weil die Gefallene Göttin mit ihm im Bunde ist, will sie, dass der Heolin ihr Reich endlich verlässt. Hat er sie nicht über die Jahrhunderte gebannt? Die Kraft des Steines ist gegen die Slahan gerichtet – sie kann nichts mit ihm anfangen.«

Er biegt es sich wieder einmal zurecht, wie er es braucht, dachte Awin. Wie konnte sein Meister nur die Widersprüche übersehen? Serkesch lag doch auch am Rande der Wüste, wenn auch durch den Glutrücken von ihr getrennt. Warum also sollte die Slahan ihren Verbündeten dorthin schicken und nicht ans andere Ende der Welt? »Aber, Meister ...«, versuchte Awin es erneut, doch Curru schnitt ihm ungeduldig das Wort ab. »Kein Aber mehr, mein Junge. Du hast die Bussarde ebenso gesehen wie ich. Der Feind ist auf der Eisenstraße. Dort werden wir ihn stellen und töten. Und nun geh zu deinem Tier. Wir werden gleich aufbrechen, und du willst doch sicher nicht der Letzte sein, dessen Pferd bereit ist, oder?« Und damit schwang sich Curru auf seinen Rotschimmel und ritt hinüber zu den Yamanen, die ebenfalls bereits aufgesessen waren.

Awin stolperte zurück zu seinem Schecken. Er war tatsächlich der Letzte. Aber was hatte Curru da gesagt? Senis wollte ihn irreführen? Wozu? Und das Bussardzeichen war wirklich eindeutig – viel eindeutiger, als Awin es bei einem der alten Sehersprüche für möglich gehalten hätte. Es sagte, eine getroffene Entscheidung sollte noch einmal überdacht werden. Sah Curru das nicht? Warum war er nur so stur? Awin war sich jetzt sicher, dass sie den Feind in der Slahan finden würden. Aber warum hatte der Südländer ihm zugesehen, als er versank? Und warum hatte er auf einem fremden Pferd gesessen? Seltsamerweise war die sternförmige Blesse des Braunen das, was ihm von seinem Traum am stärksten in Erinnerung geblieben war. Uos Mund – nur dort würde er die Antwort auf seine Fragen finden. Aber vielleicht – und erst jetzt begriff er, was dieses Bild ihm doch zuallererst gezeigt hatte – fand er dort auch seinen Tod.

Die Ebene der Steinernen Götter

DURCH DIE MÄNNER von Auryd war die Schar der Hakul jetzt auf vierundvierzig Krieger angewachsen. Die Stimmung war gut, als sie das Rotwasser verließen, denn jetzt waren sie zuversichtlich, jeder Finte des Feindes begegnen zu können. Er mochte sich wenden, wohin er wollte, sie würden ihn finden. Noch etwas hob die Laune der Krieger – Yaman Aryak hatte sich gegen die Kariwa durchgesetzt. Seine List hatte gewirkt, er hatte ihr zweifelhaftes Hilfsangebot zurückgewiesen, ohne sie zu beleidigen. Wie groß diese Tat war, begriffen die Fuchs-Krieger erst, als ihnen die Männer von den Schwarzen Bergen erzählten, was sie mit den beiden Zauberinnen bereits erlebt hatten. Awin konnte sehen, wie Yaman Aryak und sein Sger in der Achtung der anderen stiegen. Dann entdeckten sie kurz nach dem Verlassen der Wasserstelle einige Wüstengazellen in der Ferne, deren ruhigen Zug Curru sofort als weiteres gutes Vorzeichen deutete.

Die Sonne brannte vom Himmel, und die Tage, die vor ihnen lagen, würden ebenso hart sein wie die, die sie schon hinter sich hatten, aber für den Augenblick machte ihnen das nichts. Die beiden Sippen waren sich lange nicht mehr begegnet, und so gab es viel zu erzählen. Hier trafen sich schließlich Männer, von denen viele mehr oder weniger weitläufig miteinander verwandt waren. Auryd war der jüngere Halbbruder Aryaks, der die Tochter des alten Yamans Menyk geheiratet hatte. Auch Tuwins verstorbene Frau stammte aus dem Fuchs-Klan, und Bale hatte zwei seiner Töchter an Krieger aus dem Fuchs-Klan verheiratet und nun Gelegenheit, seine Schwiegersöhne gründlich auszuforschen. Ihm schien zu gefallen, was er hörte, denn Awin sah ihn immer wieder zufrieden nicken. Auf der anderen Seite hatten die Fuchs-Krieger viele Fragen über die furchtbaren Ereignisse in den Schwarzen Bergen und den Verlauf der Jagd. Aryaks Männer gaben bereitwillig Auskunft, nur über ein bestimmtes Ereignis an einem Bach, einen Tagesritt entfernt, schwiegen sie sich aus. Und als Auryds Krieger nach Marwis Verletzung fragten, bekamen sie zur Antwort, dass der Jungkrieger unglücklich vom Pferd gestürzt war. Eine Antwort, die sie hinnahmen, auch wenn sie ahnten, dass dies bestenfalls die halbe Wahrheit war. Es entging den Klügeren von ihnen auch sicher nicht, dass der jüngste der Yamanssöhne nicht, wie sonst seinem Geburtsrecht entsprechend, mit den Yamanoi, sondern am Ende ihres Zuges ritt. Aber auch dazu stellten sie vorerst keine Fragen. Vielleicht dachten sie an das alte Hakul-Sprichwort, dass ein geteiltes Geheimnis eine doppelte Verpflichtung bedeutete. Lieber sprachen sie über weniger rätselhafte Dinge, und so redeten sie bald über ihre Pferde, die Jagd und ihre Waffen.

So ging es in der ersten Stunde zügig voran. Dann verebbten die Gespräche allmählich, und die Krieger schienen sich darauf zu besinnen, dass es klüger wäre, die Kräfte zu schonen. Sie umrundeten den nördlichsten Ausläufer des Glutrückens, und die Landschaft bot ein befremdliches Bild. Es war, als hätte der Höhenzug mit letzter Kraft noch einige Felsen in die Landschaft geworfen – mächtige rote Felsbuckel, die vom Wind zu den merkwürdigsten Formen geschliffen worden waren.

»Wie nennt man diese Gegend, Meister Mewe?«, fragte Mabak.

»Dies ist die Ebene der Steinernen Götter«, antwortete der Jäger.

»Götter?«, hakte Mabak nach.

Der Jäger lächelte. »Kennst du die Geschichte von Xlifara und dem Aufstand der vierzehn Götter nicht, junger Krieger?«

Mabak verneinte mit einem Kopfschütteln, was, wie Awin annahm, nicht der Wahrheit entsprach. Jeder kannte diese Geschichte. Der Jäger tat ihm jedoch den Gefallen, sie zu erzählen, wenn auch in einer sehr kurzen Fassung: »Die Göttin Xlifara war die schönste der Dienerinnen der Hirth, und Fahs, Hüter der Winde und des Himmels, hatte sich unsterblich in sie verliebt. Sie herrschte über eine fruchtbare Ebene am Ufer des Dhanis, den schönsten Garten, der sich denken ließ. Die Winde liebten sie und ihr Land und kamen sie oft besuchen. Und auch unter den anderen dienenden Gottheiten, den Alfholden, war sie berühmt und wurde von vielen geliebt.

Als nun aber die Erschaffung der Welt abgeschlossen war und die Zeit kam, dass die Götter die Herrschaft über diese Welt an die Menschen abgeben sollten, weigerte sich die schöne Xlifara, diesem Befehl zu gehorchen: ›Ich habe einen Garten geschaffen, so schön, dass kein Mensch ihn betreten sollte, denn sie fällen Bäume für ihre Feuer und töten Tiere für ihre Nahrung. Ich werde ihnen dieses Land nicht überlassen.‹ Sie stiftete Unruhe unter den anderen Göttern und rief sie zu einer großen Versammlung. Aber nur vierzehn folgten ihrem Ruf und kamen hierher, in diese Ebene, um zu beraten, wie sie sich dem Befehl der Hüter widersetzen könnten. Doch blieb diese Versammlung den Hütern nicht unbemerkt, und sie beschlossen, die Ungehorsamen zu bestrafen. Fünf Winde allerdings – die Xaima, die der schönen Göttin verfallen waren – warnten Xlifara, und so blieb sie dem Treffen fern. Die anderen Götter jedoch begannen ihre Beratung, ohne auf Xlifara zu warten. Und Fahs sandte einen lautlosen Wind, der von einem zum anderen schlich und ihnen ihre Namen und ihre Erinnerungen stahl, denn er wusste, dass sie ohne ihre Namen hilflos waren. Und so sitzen die Unglücklichen noch heute hier, ohne zu wissen, warum, und sind über die Zeitalter zu Stein erstarrt. Manchmal, vor allem in der Nacht, kann man sie noch raunen hören. Also beraten sie wohl immer noch. Vielleicht fragen sie auch nur, wer sie sind. Eines Tages werden sie sich vielleicht erinnern und aufstehen. Dann sollten wir nicht in ihrer Nähe sein.«

»Und Xlifara wurde nicht bestraft?«, fragte Mabak, als der Jäger verstummte.

Mewe schmunzelte. Dies war nun ein Teil der Erzählung, den jeder Hakul kennen *musste*. Er erzählte ihn trotzdem: »Sie entging ihrer Strafe nicht, junger Hakul, denn Fahs wusste, dass sie die Urheberin des Aufstands war, und er war sehr zornig, denn sie war seine Geliebte gewesen und hatte ihn doch hintergangen. Also verbot er den Regenwinden, sie zu besuchen, und seine Schwester Alwa, Hüterin allen Wassers, hinderte die Bäche, die sich einst durch ihre sanften Hügel und Täler zum Dhanis geschlängelt hatten, sie weiterhin zu durchqueren. Ja, selbst der Flussgott Dhanis gab ihr nichts mehr von seinem Wasser ab. Und so verdorrte das Land, bis sich die fruchtbare Ebene in eine furchtbare Wüste verwandelt hatte und Xlifara mit ihr – nur noch ein Schatten ihrer einstigen Schönheit und Macht. Sie litt schrecklichen Durst und trank nun statt Wasser das Blut der Menschen, denn sie gab den Menschen die Schuld an ihrem Schicksal. Ganze Heere hat sie schon verschlungen. So wurde aus Xlifara schließlich die immer dürstende Slahan, die Gefallene Göttin und Feindin der Menschen, die unter dem Wüstensand unruhig schläft. Deshalb, junger Krieger, opfern wir ihr Wasser, bevor wir aufbrechen, denn ihr Durst soll sie nicht wecken. Die fünf ungehorsamen Winde, die sie damals gewarnt hatten, wurden von Fahs ebenfalls bestraft. Sie müssen für immer bei ihr bleiben und ziehen seither über das tote

Land, unglücklich und voller wehmütiger Erinnerungen. Und auch sie hassen die Menschen und quälen uns, wenn sie können.«

Awin sah sich die eigentümlich geformten Felsen an, die aus der steinigen Ebene wuchsen. Es war leicht zu glauben, dass es einmal Götter gewesen waren. Aber sie sahen nicht aus, als würden sie sich bald erheben, auch wenn der junge Mabak das zu fürchten schien. Einer der jungen Fuchs-Krieger fragte daraufhin, ob Bales Enkel denn auch noch an andere Ammenmärchen glaube. Der Spott war milde, und es entspann sich ein harmloses Wortgefecht zwischen den Jungkriegern Aryaks und Auryds. Awin beteiligte sich nicht daran. Nach der Geschichte des Jägers waren seine Gedanken wieder zu seinem Traumbild zurückgekehrt. Immer noch war er zu keinem Schluss gekommen, was es bedeuten mochte. Uos Mund. Harbod, Harmins Sohn, hatte gesagt, der Feind könne auf diesem Weg einen ganzen Tag Vorsprung gewinnen. Warum nur war Curru so sicher, dass der Feind das nicht wagen würde? Er war fremd, das hatte der Hakul am Bach gesagt, ein Südländer, so war er ihm auch im Traum erschienen. Vielleicht wusste dieser Mann gar nicht, wie gefährlich dieser Pfad war? Je länger Awin darüber nachdachte, desto wahrscheinlicher erschien es ihm, dass der Mörder von Elwah diesen Weg genommen hatte. Aber er war sich andererseits nicht sicher genug, um deshalb seinem Meister vor den anderen Männern zu widersprechen.

Sie zogen zwischen den Steinernen Göttern weiter, und die letzten Gespräche verstummten nach und nach. Der Hufschlag ihrer Pferde hallte von den roten Felsen wider. Dann ging ein Flüstern durch die Reihen. Es war schwer zu sagen, wer damit begonnen hatte, aber es betraf etwas, das Curru vor ihrem Aufbruch gesagt hatte.

»Ein Pferd für das Mädchen hat er sich gewünscht«, raunte einer der Jungkrieger hinter Awin.

»Es war nur so dahingesagt«, meinte Tauru, der Bognersohn, leise. Offenbar hatte er das Bedürfnis, den Seher seines Sgers in Schutz zu nehmen.

»Aber wenn Tengwil ihn gehört hat?«, fragte der andere.

»Dann soll sie eben eines haben. Wer weiß, vielleicht verirrt sich eines von … irgendwoher dorthin«, meinte Tauru.

Awin wusste, dass Tauru an die Herde vom Bach dachte. Sie hatten die Tiere in die Wüste getrieben. Sie würden Wasser suchen, aber er hielt es für unwahrscheinlich, dass sie den weiten Weg zum Rotwasser finden würden. Awin warf Tauru einen warnenden Blick zu.

»Was für ein Pferd sollte sich dorthin verirren?«, fragte der junge Krieger vom Fuchs-Klan.

»Ich meinte nur«, antwortete Tauru lahm.

Aber der Schaden war angerichtet. Die Krieger Auryds fragten nicht weiter nach, aber sie stellten leise Vermutungen an. Und irgendein kluger Kopf zählte die verirrten Pferde und die Sühne, die sie dem Heredhan schuldeten, zusammen. Hatte Aryak nicht selbst gesagt, dass man den Heredhan nicht um Hilfe bitten könne? Was, wenn es nicht nur um Sühne, sondern um Vergeltung ginge? Wäre dann nicht ihr Sger mitten in einen Streit geraten, aus dem er sich heraushalten sollte? Plötzlich wurde von einer Schlacht geflüstert, die sich der Sger der Berge mit einem Sger des Grases geliefert habe. Die Krieger Aryaks hörten das Geflüster, aber sie konnten wenig dagegen tun. Awin hörte Mewe sagen, dass von einer Schlacht keine Rede sein könne. Das war nur die halbe Wahrheit, und Awin sah Mewe an, wie unwohl er sich fühlte. Das Gerücht war so nicht zu ersticken. Weiter vorne in ihrem Zug wurde leise, aber heftig gestritten. Harbod, Harmins Sohn, war mit Ebu aneinandergeraten. Awin fragte sich, warum die Yamane dem kein Ende setzten. War ihnen an der Spitze des Zuges das Gerücht nicht zu Ohren gekommen?

Sie waren beinahe zwei Stunden unterwegs, als der Weg anstieg und ihre Doppelreihe eine kurze Sandsteinrampe überwinden musste. Sie war breit, vier Reiter hätten bequem nebeneinander Platz gefunden, aber in ihrem Zug hatte sich Unruhe ausgebreitet. War es mangelnde Aufmerksamkeit des Reiters, oder war es einfach ein unglücklicher Tritt auf eine brüchige Sandsteinplatte? Plötzlich brach eines der Pferde zur Seite aus. Awin meinte zu sehen, dass sich der Boden unter dem Tier bewegte. Es rutschte weg, ein Stück nur, aber seine Hufe fanden keinen Halt. Sein Reiter versuchte, es zu beruhigen. Doch gerade, als es ihm gelungen schien, rutschte ein weiteres Stück Sandstein unter den Hinterbeinen des Falben weg, und er stolperte schnaubend über den Rand der Rampe. Sein Reiter stürzte mit einem Schrei aus dem Sattel. Das Pferd rutschte über die steile Sandsteinkante. Es ging dort sicher eine doppelte Mannshöhe in die Tiefe. Es verletzte sich wie durch ein Wunder nicht, erschrak sich jedoch zu Tode und stürmte wiehernd davon. Der Sturz und das angstvolle Wiehern des Pferdes ließen die anderen Tiere scheuen. Die Hakul hatten alle Hände voll zu tun, sich und ihre Pferde auf der Rampe zu halten.

»Will denn keiner diesem Pferd nachsetzen, ihr Männer?«, rief Yaman Aryak laut.

Sein Sohn Eri ritt am Schluss des Zuges, und er hatte sein Pferd im Griff. Er gab ihm die Fersen und jagte dem Falben nach, der schon hinter einem der Steinernen Götter verschwunden war. Zwei Jungkrieger aus dem Fuchs-Sger folgten kurz darauf. Harmin stieg vom Pferd und lief zu seinem Sgerbruder, Tuwin folgte ihm. Der gestürzte Krieger lag in grotesker Verrenkung über der Felsplatte und rührte sich nicht. Die Hakul starrten betroffen auf den Verunglückten. Harmin hob den Kopf des Mannes ein Stück an, blickte ihm ins Gesicht und ließ ihn langsam wieder sinken. Tuwins Miene verdüsterte sich.

»Was ist mit ihm?«, rief Auryd.

»Es ist Dege, Gorwes Sohn. Er ist tot.«

»Tot? Wie kann das sein?«

»Tengwil hatte wohl dieses Schicksal für ihn vorgesehen«, lautete die schlichte Antwort.

Die Yamane stiegen ab, um sich das Verhängnis aus der Nähe anzusehen. Curru folgte ihnen.

»Warum ist er nur so nah an der Kante geritten? Diese Rampe ist doch breit genug für vier Rösser«, murmelte Mewe neben Awin. Curru dachte wohl ähnlich, aber er drückte es anders aus: »Dieser Narr, warum hielt er sein Tier nicht auf dem Weg wie die anderen?«

Harmin erhob sich und blickte den Seher erbost an. »Narr? Dieser Mann war mein Vetter und hat schon in vielen Kriegs- und Beutezügen an meiner Seite gekämpft. Er war sicher kein Narr. Aber anders ist es bei dir, Curru von den Schwarzen Bergen. Warst du es nicht, der Tengwil herausgefordert hat?«

Curru öffnete den Mund zu einer scharfen Antwort, doch dann erinnerte er sich wohl an das, was er Senis zugerufen hatte, denn er schwieg betroffen.

»Natürlich, dieser Unglücksbringer hat sich vor der Kariwa ein herrenloses Pferd gewünscht«, murmelte einer der Jungkrieger neben Awin.

Curru hatte seine Fassung wiedergefunden. »Du beschuldigst mich, Harmin? Gib die Schuld lieber den beiden Hexen. Es war ihr Zauberspruch, der euren Bruder hier getroffen hat.«

»Und dennoch warst du ein Narr, dieses Unglück herauszufordern, Seher«, schleuderte ihm Harmin zornig entgegen.

»Hört auf zu streiten, Männer«, mahnte Yaman Aryak. »Dege ist tot, und wir können sein Schicksal nicht ändern. Aber bestatten können wir ihn, und das wollen wir tun.«

»Du gehst sehr leicht über den Tod eines Mannes hinweg, der nicht in deinem Sger ritt, Yaman Aryak«, gab Harmin wütend zurück.

»Auch ich habe Männer verloren, Harmin, vergiss das nicht! Und auch bei Elwah und den seinen blieb uns keine Zeit zu trauern.«

Sie bestatteten Dege am Fuße der verhängnisvollen Rampe, und wie bei Elwah und seinen Söhnen begruben sie ihn nicht in der Erde, sondern unter einem hastig zusammengefügten Grabhügel aus Steinen. Während die Krieger noch Felsbrocken und Sandsteinplatten zusammentrugen, kehrten die drei Jungkrieger von der Verfolgung zurück. Das geflohene Pferd führten sie nicht mit sich. »Es war, als sei der Falbe von einem Daimon besessen, er war nicht einzuholen«, rief Eri.

»Wir haben ihn zwischen den Felsen aus den Augen verloren«, berichtete einer der beiden anderen Verfolger. Mit Bestürzung blickten sie auf das frisch errichtete Grab.

»Ich bin sicher, wir sehen ihn wieder«, verkündete Curru düster.

Die Krieger sahen einander an. War das vorstellbar? Würde der Falbe mit einer der Zauberinnen im Sattel zu ihnen zurückkehren?

»Wenn sie es wagt, werden wir sie töten«, sagte Ebu düster.

»Wir werden nichts dergleichen tun«, verkündete Yaman Auryd. »Unser Sgerbruder hat einen traurigen Tod gefunden. Doch habe ich nicht gesehen, dass ein Zauber wirkte. Eher war es doch so, dass wir selbst Tengwil herausgefordert haben.«

»Wir? Sage nicht wir, wenn du diesen unglückseligen Seher meinst, Yaman«, erklärte Harmin düster.

»Ich sage *wir*, Harmin, denn wir reiten, kämpfen und sterben zusammen.«

»Aber nur bis zur Eisenstraße«, gab der alte Schmied grimmig zurück.

Die Männer der beiden Sgers sahen einander beunruhigt an. War es nun Currus Schuld, da er die Große Weberin herausgefordert hatte? Oder hatte doch ein tückischer Zauber der beiden Kariwa den Tod zu ihrem Waffenbruder gelockt? Awin zog eine andere Möglichkeit in Betracht. Als es geschehen war, hatten sie gestritten – über das, was Curru gesagt hatte, und vor allem über das Geheimnis ihres Sgers, die Toten vom Bach. Es hieß, eine böse Tat würde auch den schnellsten Reiter weit verfolgen. Vielleicht war es der Fluch dieser Tat, der hier einen der ihren eingeholt hatte. Aber diesen Gedanken behielt Awin für sich.

Inzwischen war das Grab weitgehend fertig gestellt worden. Nur die letzte Steinreihe, die Deges Grab verschließen würde, fehlte noch. Curru wollte die üblichen Worte am Grab sprechen, doch hielt Auryd das für keine gute Idee. Stattdessen fand sich plötzlich Awin dazu ausersehen. Und während die Männer Mähnenhaare ihrer Rösser ins offene Grab legten, sprach Awin zum ersten Mal die überlieferten Worte und wünschte Dege, Gorwes Sohn, eine gute Aufnahme auf der immergrünen Steppe der nächsten Welt und dass er bald mit seinen Ahnen und dem Wind um die Wette reiten würde, weit vorne, unter den Edelsten im Gefolge des Pferdegottes Mareket. Er schwitzte Blut und Wasser, aber ihm unterlief kein einziger Fehler. Nachdem das Grab verschlossen war, kam Curru zu ihm. »Nicht schlecht für das erste Mal, mein Junge, wenigstens für dieses Amt magst du geeignet sein, wenn du schon als Seher nicht taugst.«

Sie hatten viel Zeit verloren durch diesen unglücklichen Vorfall, über dessen mögliche Ursache bald wieder in der Schar geflüstert wurde. Kurz darauf erreichten sie das Ende der Felsenhöhe der Steinernen Götter, und vor ihnen öffnete sich ein weites, karges Tal, das von einer Reihe scharfkantiger Brüche durchzogen wurde.

»Das ist das Tal des Dhurys«, erklärte Mewe.

Bales Enkel Mabak reckte den Hals: »Aber ich kann den Fluss nicht sehen.«

Jemand lachte, und Mabak wurde rot.

Mewe lächelte nachsichtig. »Du weißt es offenbar nicht, aber Dhurys wird, wenn er das Staubland durchquert hat, von Mutter Dhaud verschlungen. Nur manchmal, wenn uns der Winter viel Schnee und der Frühling viel Regen bringt, zeigt er sich auch hier. Dann wälzt er sich als rachsüchtiger Strom durch die Wüste und hinterlässt viele Narben. Du siehst sie dort.« Und damit deutete der Jäger auf die Bruchkanten.

»Und wo ist Dhurys jetzt?«, fragte Mabak ungläubig.

Awin konnte seine Zweifel gut verstehen, denn der Fluss war weiter im Norden und Osten ein breites Band, und an seinem Ufer fanden sich die üppigsten Weiden von Srorlendh, Weiden, um die es viel Streit gab. Er hatte gehört, der Strom würde in der Wüste Dhaud verschwinden, erst weit im Süden wieder zu Tage treten und die beiden Seen der weißen Stadt Albho speisen. Das aber konnte Awin wiederum nicht glauben.

»Der Fluss ist im Sand verschwunden, Mabak«, erklärte Mewe jetzt. »Der Durst der Dhaud ist groß, und Dhurys kann ihn nur selten stillen. Doch weiter jetzt, wir werden bald dort unten lagern, dann kannst du selbst sein ausgetrocknetes Bett sehen.«

Der Tag neigte sich bereits seinem Ende zu, als sie am Dhurys ihr Nachtlager aufschlugen. Die Yamane ließen die Jungkrieger im trockenen Flussbett nach Wasser graben. Sie mussten tiefe Löcher ausheben, aber dann trat tatsächlich schlammiges Wasser hervor. Sie filterten es durch einen ihrer Mäntel und teilten es mit ihren Pferden. Die Stimmung am Lagerfeuer war gedrückt. Sie hatten einen Sgerbruder verloren. Selten gingen Beutezüge ohne Verluste vonstatten, aber die waren leichter zu ertragen, wenn auch einige Feinde den Tod fanden. Doch nun hatten sie schon sechs Männer beerdigt – die Fuchs-Krieger wussten noch immer nichts von den Toten am Bach – und den Feind noch nicht einmal zu Gesicht bekommen.

Auch Marwi ging es schlechter. Die Wunde in seiner Schulter eiterte, und er litt Schmerzen, die Tuwin nicht stillen konnte, denn er fand in der Wüste die Kräuter nicht, die er dazu benötigte. Er konnte nicht viel mehr tun, als die Wunde mit feuchten Tüchern zu kühlen. Er wendete auch die üblichen Heilsprüche an, doch schienen sie nicht zu wirken. Schweigsam verzehrten sie ihr Trockenfleisch. Später kam Mewe zu Awin und forderte ihn auf, ihn ein Stück zu begleiten. Ein paar der anderen Jungkrieger warfen ihnen fragende Blicke zu, aber der Jäger gab ihnen keine Auskunft. Sie verließen das Lager und kletterten auf einen kleinen Sandhügel. Er bot einen weiten Ausblick. Außer dem Feuer der Hakul war weit und breit kein Anzeichen für die Anwesenheit von Menschen zu sehen. Nur in der Ferne, fast schon jenseits des Gesichtskreises, meinte Awin einen Lichtschimmer zu entdecken. Er fragte den Jäger, was das sei.

»Die Akkesch unterhalten Wachtürme entlang der Eisenstraße. Das wird einer davon sein.«

»Türme?«

»Ja, Festungen, mit denen sie uns daran hindern wollen, die Reisenden zu plündern, doch sind sie inzwischen in schlechtem Zustand und nur schwach besetzt. Vielleicht stehen sie auch leer, denn schon seit Jahren überfallen wir keine Karawanen mehr.«

Awin erinnerte sich daran, dass Curru früher davon gesprochen hatte, welch reichhaltige Beute an der Eisenstraße zu machen war. »Warum überfallen wir sie nicht mehr, Meister Mewe?«

Der Jäger lachte bitter. »Der Raik von Serkesch hat einen Handel mit Heredhan Horket geschlossen. Nun bekommt Horket Eisen und Silber ohne Kampf, dafür lassen alle Klans der Schwarzen Hakul die Reisenden in Frieden ziehen.«

»Er macht Geschäfte mit den Akkesch?«, fragte Awin erstaunt.

»Ja, er weiß, was gut für ihn ist. Und wer ebenfalls weiß, was gut für seinen Klan ist, hält sich an Horkets Gebot.«

Natürlich, niemand wagte, gegen den Willen des Heredhans zu handeln. Dunkel erinnerte sich Awin an Geschichten, dass dies auch einmal anders gewesen war vor vielen Jahren. Aber hatte der Jäger ihn hierher geführt, um über Horket zu sprechen?

»Sag, Awin, Kawets Sohn, was ist das eigentlich zwischen dir und deinem Meister?«, fragte Mewe unvermittelt.

»Meister Curru?«, entgegnete Awin ausweichend.

»Ich bin nicht blind, mein Junge. Ich sehe, wie er jede Gelegenheit nutzt, dich und deine Fähigkeiten herabzusetzen. Erst heute am Grab. Du hast gut gesprochen, aber Lob hast du dafür nicht bekommen, oder?«

»Er ist nicht zufrieden mit mir, Meister Mewe«, antwortete Awin vorsichtig.

»Das habe ich bemerkt, und ich weiß nicht genug über eure heiligen Pflichten, um zu erkennen, ob er dich richtig beurteilt. Doch kommt es mir so vor, als würde er in letzter Zeit, wie soll ich es sagen, zunehmend strenger über dich richten, junger Seher.«

»Strenger?«, fragte Awin. Er war einerseits erleichtert, dass er nicht der Einzige war, der das so empfand, aber er wusste nicht, wie viel er dem Jäger sagen konnte. Er konnte doch seinen eigenen Ziehvater und Lehrer nicht vor anderen in Zweifel ziehen.

Mewe blickte ihn nachdenklich an. »Ich sehe, du willst nicht darüber reden, junger Seher. Du sprichst nicht gegen deinen Meister, und das ehrt dich. Aber ich hoffe doch sehr, dass du deine Treue zu ihm nicht über die Pflicht gegenüber Sger und Klan stellst.«

Awin erschrak, daran hatte er nun gar nicht gedacht. Curru hatte ihn zur Zurückhaltung gedrängt, weil sein Ansehen in der Sippe so schwach sei. Und nun sah er, dass er vielleicht genau dadurch noch weiter an Rückhalt verlor. So wie es aussah, steckte er zwischen zwei Mühlsteinen fest. Awin wusste, dass Mewe eine heilige Scheu vor allem hatte, was das Sehen betraf. Umso erstaunlicher war es, dass er ihn nun darauf angesprochen hatte. Es musste ihn sehr beschäftigen. Der Jäger schwieg und gab ihm damit Zeit, über das Gesagte nachzudenken. Awin traf eine Entscheidung. »Ich ... ich hatte einen Traum, Meister Mewe«, begann er vorsichtig.

»Welcher Art?«, fragte der Jäger, als Awin stockte.

Awin seufzte, und dann erzählte er Mewe von dem Sandloch, dem Südländer, dem versinkenden Pferd und Senis, die auch dort gewesen war, und er berichtete ihm von dem Gespräch mit Curru und wie unterschiedlich sie beide den Traum deuteten.

Mewe hörte aufmerksam zu. Schließlich sagte er: »Ich weiß nicht, wer von euch beiden Recht hat. Uos Mund? Ein gefährlicher Weg. Für den Jäger ebenso wie für den Gejagten. Und nun ist es auch schon zu spät für uns, umzukehren. Von hier aus sind wir über die Eisenstraße genauso schnell in Serkesch wie durch die Slahan.« Mewe blickte nachdenklich in die Ferne. Dann sagte er leise: »Leider bin ich sicher, dass Curru in keinem Fall auf dich gehört hätte, junger Seher. Er ist stur geworden, der Alte, und er kann sich wohl nicht einmal mehr vorstellen, dass auch er sich zu irren vermag. Ich werde den Yaman unterrichten. Keine Angst, dein Meister wird davon nichts erfahren, aber Aryak muss wissen, dass er Currus Urteil nicht mehr so blind vertrauen kann wie früher.«

Als sie zum Lager zurückkehrten, wurde Awin zur Wache eingeteilt. Es hieß, dass es Löwen in dieser Gegend geben sollte. Aber der Yaman schärfte ihm und auch den anderen vor allem deshalb besondere Wachsamkeit ein, weil er damit rechnete, dass wenigstens eine der beiden Zauberinnen in dieser Nacht ins Lager kommen würde.

»Aber was soll ich tun, wenn es so weit ist, ehrwürdiger Yaman?«, fragte Awin.

»Mich wecken, mein Junge. Dann müssen wir sehen, was geschieht. Es gibt viel böses Blut in unserer Schar seit jenem unglücklichen Vorfall. Und entweder Meister Curru oder die Kariwa wird der Zorn unserer Krieger treffen – wenn wir es nicht verhindern.«

Awins Wache verlief jedoch ohne jeden Zwischenfall. Nach seiner Ablösung fiel er in einen tiefen, traumlosen Schlaf. Am Morgen erfuhr er zu seiner leisen Enttäuschung, dass Merege in der Nacht nicht erschienen war.

Weit vor Sonnenaufgang saßen sie schon wieder im Sattel. Die Stimmung war immer noch gedrückt. Viele unausgesprochene Gedanken hingen schwer über ihrer Schar. Sie ritten im Trab, denn sie wollten die Morgenkühle nutzen, solange sie währte. Die steilen Felsen des Glutrückens lagen jetzt zu ihrer Rechten, und es hieß, es sei nicht mehr weit bis zur Eisenstraße. Plötzlich ließen die Yamane anhalten. Als der Staub sich gelegt hatte, spähte Awin nach vorn. Dort in einiger Entfernung war ein schwarzer Punkt über dem Sand zu sehen. Die Yamane besprachen sich kurz, dann ging es im Schritt weiter. Mewe ritt nach vorne, um sich die Sache anzusehen. Jetzt erkannte Awin, dass es nicht einer, sondern drei Punkte waren. Zwei waren etwas größer, einer kleiner. Die Sonne war inzwischen aufgegangen. Es war vollkommen windstill, und sofort stand über dem Sand jenes Flimmern, das aus der Ferne wie Wasser wirkte. Die drei Punkte schienen aus dieser verlockenden Wasserfläche herauszuragen.

»Der Täuscher«, murmelte Mabak hinter ihm und meinte damit Dauwe, jenen Wind, der eigentlich eine Windstille war und die Reisenden in der Slahan gern mit der Vorspiegelung von Wasser inmitten der größten Hitze quälte. Aber hatten sie die Slahan nicht hinter sich gelassen? Awin runzelte die Stirn. Inzwischen war er sicher, dass es sich bei den Punkten um einen Menschen und zwei Pferde handelte. Mewe, der ein Stück vorausgeritten war, kam zur Schar zurück. Er besprach sich mit den Yamanen. Offenbar musste er etwas Ungewöhnliches oder sogar Gefährliches gesehen haben, denn Harmin gab ein Hornsignal. Ohne weitere Umschweife schwenkten die Fuchs-Krieger aus der langen Linie und formten eine Schlachtreihe.

»Worauf wartet ihr, ihr Männer der Schwarzen Berge, Schlachtreihe, Schlachtreihe!«, rief Curru laut. Also sammelten sie sich um das Feldzeichen, das ihr Seher in die Höhe reckte. Die Yamane ließen beide Schlachtreihen langsam vorrücken. Awin fragte sich, welcher einzelne Feind die beiden zu solcher Vorsicht drängte.

»Hast du es nicht gehört?«, raunte ihm Tauru zu. »Es ist die Zauberin.«

»Die junge oder die alte?«, fragte Awin zurück.

»Die junge«, lautete Taurus Antwort.

Dann sah Awin es selbst. Das Mädchen saß dort ruhig auf

einem Stein und streichelte einen kräftigen Fuchs. Daneben suchte ein Falbe den verdorrten Boden nach Halmen ab. Die beiden Schlachtreihen hielten an. Stumm betrachteten die Krieger das blasse Mädchen, das seinerseits keinerlei Anstalten machte, sich zum Gruß zu erheben. Die Yamane warteten eine Weile ab, dann lenkte Aryak seinen Rappen hinüber zu seinem Halbbruder. Curru folgte ihm. Als Harmin das sah, löste er sich ebenfalls aus der Reihe. Die Männer besprachen sich kurz. Dann winkte Aryak Mewe und Awin heran. Curru strafte seinen Schüler mit einem missbilligenden Blick, als er sich den Anführern näherte.

»Ich sage noch einmal«, erklärte der alte Seher gerade leise, »dass wir sie töten sollten. Gleich jetzt. Sie trägt keinerlei Panzer. Wenn wir alle gleichzeitig unsere Pfeile abschießen, möchte ich sehen, mit welchem Zauber sie sich davor schützen will.«

»Ich möchte das *nicht* sehen«, entgegnete Mewe.

»Auch ich sehe keinen Grund, dieses magere Mädchen mit einem Pfeilhagel zu überziehen«, meinte Auryd.

»Aber sie hat Deges Pferd! Reicht dir das nicht?«, entgegnete Curru wütend.

»Sie hat auch noch ein anderes, wenn mich meine Augen nicht täuschen«, erklärte Harmin ruhig, »also hat sie Deges Falben nicht gebraucht. Mir scheint, Seher, dass du dieses Mädchen töten willst, weil du nicht zugeben kannst, dass du es warst, der das Unglück auf meinen Vetter gelenkt hat.«

»Nichts dergleichen habe ich getan! Ich will sie töten, weil sie uns alle ins Verderben stürzen wird. Ich kann es sehen!« Curru blickte von einem zum anderen, und das ganze Gewicht seines heiligen Amtes lag in diesem Satz und in seinem Blick.

»Awin?«, fragte Aryak plötzlich.

Dem jungen Seher wurde kalt, als er den eisigen Blick seines Lehrers spürte. Er wurde rot und wusste zunächst nicht, was er sagen sollte. Dann sammelte er sich und erklärte: »Ich habe nichts Böses gesehen, weder bei dem Mädchen noch bei seiner Ahnmutter. Es stimmt, was Meister Curru sagt, sie verfügen über Zauberkräfte, wenigstens Senis. Ich weiß aber gerade deshalb nicht, ob es klug wäre, die Kariwa gegen uns aufzubringen.«

»Du bist blind, weil dieses Weib dich behext hat, mein Junge«, rief Curru wütend. »Ich bleibe dabei, dort steht Deges Pferd – sie hat es gerufen, und nur um uns zu täuschen, hat sie den Sattel auf dieses fremde Tier gelegt.«

»So fremd ist es nicht«, sagte Mewe plötzlich. »Ich erinnere mich an diesen Fuchs mit den drei weißen Fesseln. Er gehörte zu jener Herde, die wir ... am Rande der Wüste getroffen haben.«

Awin sah genauer hin. Sollte sich wirklich ein Tier aus Horkets Herde bis zum Rotwasser verirrt haben?

»Was für eine Herde?«, fragte Harmin misstrauisch.

»Wir können Bale fragen, er wird es wiedererkennen«, meinte Mewe, ohne auf die Frage des Schmiedes einzugehen.

Aryak schüttelte den Kopf. »Wir werden dieses Mädchen fragen. Das erscheint mir einfacher.«

»Und wenn sie uns mit einem Zauber blendet, so wie sie diesen Narr von einem Jungen hier geblendet hat?«, meinte Curru störrisch.

Der Yaman sah Curru nachdenklich an. »Dein Schüler hat nur gezeigt, dass er viel von dir gelernt hat, alter Freund. Ich wundere mich, dass du das nicht anerkennst. Und nun kommt, wir wollen die Kariwa befragen.«

Die Yamane gaben den Kriegern ein Zeichen, abzuwarten, dann setzten sie sich in Bewegung. Harmin, Curru, Mewe und Awin folgten ihnen.

»Ich grüße dich, Merege von den Kariwa«, begann Yaman Aryak.

»Sei auch du mir gegrüßt, Yaman der Hakul«, antwortete das

Mädchen, ohne sich vom seinem Platz zu erheben. »Ich habe euch eigentlich früher hier erwartet«, fuhr sie fort.

»Ein Unglücksfall hielt uns auf«, sagte Yaman Auryd düster. »Und dort grast das Pferd, das daran beteiligt war. Darf ich dich fragen, wie du zu diesem Tier kommst, Kariwa?«

Merege ließ ihren Blick eine Weile auf dem weidenden Falben ruhen. Dann wandte sie sich an Auryd und sagte: »Einige Zeit nach eurem Aufbruch sandte Tengwil, die Weberin, diesen Fuchs an das Rotwasser. Er kam aus der Wüste und schien einen weiten Weg hinter sich gehabt zu haben, denn er war sehr durstig. Als wir seinen Durst gestillt hatten, saß ich auf und folgte euch, denn dies war der Wille meiner Ahnmutter. Unterwegs kam mir dieser Falbe entgegen. Er war verstört. Ich hätte ihn vielleicht ziehen lassen, doch trug er Sattel und Zaumzeug, und dies brauchte ich. Also habe ich ihn gebeten, mich zu begleiten. Es heißt, die Hakul seien ein Volk von Reitern, das seine Pferde achtet, doch diese beiden Tiere scheinen eine andere Geschichte zu erzählen.«

Curru lief dunkelrot an. Das fehlte ihm wohl noch, dass jemand die Zuneigung seines Volkes zu den Pferden anzweifelte. »Gebeten?«, fuhr er Merege an. »Verhext würde es doch wohl eher treffen! Welche dunklen Künste hast du angewandt, um uns in der Nacht zu umgehen, ohne dass unsere Wachen es bemerken, Kariwa?«

Merege betrachtete den wütenden alten Seher kühl, dann sagte sie: »Es ist leicht, schnell zu sein, wenn zwei Pferde ihre Last abwechselnd tragen. Und für die Blindheit eurer Wachen bin ich nicht verantwortlich.«

Awin sah aus den Augenwinkeln, wie Mewe bei dieser Antwort grinste. Er konnte es wagen, denn er befand sich hinter Curru. Die Hand des Sehers fuhr zum Schwertgriff. »Haben die Kariwa nicht gelernt, das Alter zu achten, Mädchen? Rede nicht mit mir, als sei ich einer deiner Spielgefährten aus deiner eisigen Heimat!«

»Und rede du nicht mit mir, alter Mann, als sei ich deine Untergebene.«

Curru schnappte nach Luft, und Mewes Grinsen wurde noch ein wenig breiter.

»Und nun willst du uns begleiten?«, fragte Yaman Aryak und legte Curru dabei begütigend die Hand auf den Arm.

»Ich werde euch begleiten, weil meine Ahnmutter es wünscht. Jedoch warnte sie mich auch, dass ihr unsere Hilfe vielleicht immer noch nicht annehmen wollt. Es scheint, als habe sie Recht damit.«

»Ich habe ihr mein Wort gegeben, dass du mit uns reiten kannst, junge Kariwa«, erklärte der Yaman ruhig, »und wir Hakul stehen zu unserem Wort. Doch erwarte nicht, dass unsere Männer sich allzu sehr freuen, dich zu sehen. Es gibt viele Geheimnisse um euch, und das erfüllt sie mit Misstrauen.«

Merege erhob sich, strich sich die Falten ihres langen schwarzen Gewandes glatt und nahm ihr Pferd am Zügel. »Nicht nur wir haben Geheimnisse, und nicht nur wir wecken Misstrauen bei jenen, die an unserer Seite reiten, Yaman Aryak.«

Awin konnte dem Yaman ansehen, wie sehr ihn diese Bemerkung traf, und sein Halbbruder runzelte die Stirn. Wusste das Mädchen etwa von dem unglückseligen Vorfall am Bach und dem Geheimnis, das Aryak vor seinem eigenen Bruder verbarg? Aryak gab den anderen ein Zeichen, und sie zogen sich ein Stück zurück.

»Du willst sie wirklich mitnehmen?«, fragte Curru. Er war immer noch zornesrot im Gesicht.

»Ich habe mein Wort gegeben, alter Freund.«

Auryd schüttelte besorgt den Kopf. »Ich rate dir zur Vorsicht, Bruder, denn ich sehe, dass diese Frauen wirklich über Zauberkräfte verfügen. Vielleicht können unsere Wachen einen vorbeieilenden Schatten in der Nacht übersehen – doch wie könnten sie den Hufschlag überhören?«

»Auch ich bin froh, dass sie mit euch und nicht mit uns reiten will«, meinte Harmin trocken.

Damit hatte er einen anderen Punkt angesprochen. Es war Zeit, die Schar aufzuteilen, denn sie hatten die Eisenstraße erreicht. Eine lange, glatte Linie zog sich durch die staubige Ebene. Awin hatte weit mehr von diesem sagenumwobenen Handelsweg erwartet als diesen unscheinbaren langen und breiten Pfad, der von ungezählten Lasttieren in den harten Boden getrampelt worden war. Zunächst wollte er auch gar nicht glauben, dass das wirklich die berühmte Straße war, aber Mewe wies ihn auf eine lange Reihe großer Steine hin, die als Wegmarken in regelmäßigen Abständen aus dem Boden ragten. Merege hatte sie auf so einem Stein erwartet. Noch etwas entdeckte Awin: In einiger Entfernung erhob sich etwas Dunkles hoch aus der Wüste. Er hielt es zunächst für einen einsamen Felsen, aber Mewe erklärte ihm, dass es sich dabei um einen jener Türme handelte, die die Akkesch zum Schutz des Handelsweges errichtet hatten.

»Wir werden dort halten müssen, denn die Wasserstelle liegt im Schutz dieses Turmes«, sagte der Jäger.

Zunächst aber sandten die Yamane den Jäger und zwei Krieger aus Auryds Sger aus, um nach der Fährte ihres Feindes zu suchen. Doch war auf dem harten Boden nichts zu finden.

»Das hat nichts zu sagen«, meinte Curru, als sie berichteten. »Wenn er klug ist, hält er sich abseits der Straße. Es wäre schon ein großer Zufall, wenn wir im weiten Land seine Spur finden würden.«

Das mochte richtig sein; zu ihrer Rechten lag der Glutrücken zwar wie ein unüberwindlicher Riegel vor der Slahan, aber auf der anderen Seite erstreckte sich schier endloses Wüstenland.

Awin glaubte trotzdem immer weniger, dass der Feind diesen Weg gewählt hatte, und er sah Mewe an, dass auch er Zweifel an den Worten des alten Sehers hatte.

Ihre Schar teilte sich. Sie schieden ohne viele Worte voneinander. Die Männer hoben die Hand zum Gruß, dann brachen sie auf. Harmin war der Erste. Er und ein Dutzend Krieger würden auf geradem Weg nach Süden reiten, bis zur Salzstadt Albho, wenn es sein musste. Auryd zog mit seiner Schar nach Osten. Bis zur Oasenstadt Kaldhaik-Nef würde sein Weg ihn führen – wenn er den Feind nicht vorher stellen konnte. Die Männer von Yaman Aryak brachen als Letzte auf. Sieben Krieger hatte Auryd ihm überlassen, und Harmins Sohn Harbod war der Anführer dieser Männer. Ursprünglich hatte Auryd ihm ein volles Dutzend angeboten, aber das hatte Aryak abgelehnt. Sie sahen den Staubwolken der anderen Sgers nach, bis sie allmählich mit dem Flirren der Wüste verschmolzen, dann saßen sie auf. Der Yaman lenkte seinen Rappen zu dem Stein, auf dem Merege immer noch in aller Seelenruhe saß und wartete.

»Nun, junge Kariwa, wir brechen auf«, sagte er.

Sie nickte dem Yaman zu, erhob sich und sprang auf ihren Fuchs.

»Auf geht's, Hakul!«, rief Aryak, und dann ritten sie los. Es ging nach Südwesten, nach Serkesch, in die Stadt, deren hohe Mauer Awin in seinem Traum gesehen hatte.

Eisenstraße

HARBOD BESTAND DARAUF, als Anführer seiner Männer an der Seite von Yaman Aryak zu reiten, sehr zum Verdruss von Curru, der diesen Platz sonst innehatte. Merege wollte sich am Ende des Zuges einreihen, neben Eri, aber der schrie sie an, er werde sie töten, wenn sie ihm zu nahe käme. An der Seite von Tauru und Marwi konnte sie auch nicht reiten, denn der Bognersohn sollte auf den Verwundeten achten. Marwis Schulterwunde hatte sich verschlimmert, und man sah ihm an, dass er ständig Schmerzen litt. Auch die beiden Jungkrieger des Fuchs-Klans, die vor Tauru ritten, wollten das Mädchen nicht an ihrer Seite haben. »Du bist eine Zauberin, und sie sagen, dass vielleicht du Schuld hast am Tode meines Vetters Dege«, sagte der ältere der beiden feindselig. »Komm uns also nicht zu nahe, Weib!«

Mabak, der hinter Awin ritt, wollte sie ebenfalls nicht dulden und scherte wortlos aus der Reihe aus, ebenso der Fuchs-Krieger, der bis dahin neben ihm geritten war. Der Yaman ließ den Sger anhalten.

»Deine Männer scheinen sich vor mir zu fürchten«, sagte Merege ruhig, als Aryak fragte, was die Unruhe zu bedeuten habe.

»Du bist eine Hexe, Kariwa, das wissen sie«, meinte Curru.

Merege lenkte ihren Fuchs nah an Curru heran. »Und du redest von Dingen, die du nicht verstehst, alter Mann. Ich bin ebenso wenig eine Hexe, wie du ein Seher bist!«

»Sie soll nicht mit uns reiten, Baba«, rief Ebu. »Ich weiß, du hast dein Wort gegeben, aber hast du auch versprochen, dass sie in unserer Mitte reitet? Sie mag uns folgen, wenn sie unbedingt will.«

»Aus diesem Sger wird niemand ausgestoßen, mein Sohn«, belehrte ihn der Yaman.

»Dann lass Awin neben ihr reiten. Wenn sie ihn behext, kann unser Sger den Verlust verschmerzen«, erwiderte Ebu giftig.

Awin erbleichte. Das war selbst für Ebus ohnehin anmaßende Art ungeheuerlich. Er bemerkte die Seitenblicke, die sich die Männer zuwarfen.

»Ebu, mein Sohn, wenn du dich nicht selbst am Ende dieses Zuges wiederfinden willst, solltest du deine Zunge hüten«, wies ihn Aryak scharf zurecht. »Dennoch werde ich deinem Vorschlag folgen, aber aus anderen Gründen, als du denkst. Es scheint mir nämlich so zu sein, dass Awin der Einzige von euch ist, der keine Angst vor dieser jungen Frau hat.«

»Aber sie soll nicht in meine Nähe kommen, Baba«, rief Eri aufgebracht.

Der Yaman sah seinen Jüngsten nachdenklich an. Dann nickte er knapp. »Du magst wieder mit den Yamanoi reiten, mein Sohn, doch sei gewarnt, es ist noch lange nicht vergessen, was du getan hast.«

»Was hat er denn getan?«, fragte einer der Fuchs-Krieger Awin halblaut.

Aber Awin beantwortete die Frage nur mit einem Achselzucken und lenkte seinen Schecken mit sehr gemischten Gefühlen an seinen neuen Platz am Ende des Sgers.

»Stimmt es, was sie sagen?«, fragte ihn die Kariwa, als sie neben ihm auftauchte.

»Was meinst du?«, fragte er vorsichtig.

»Dass du keine Angst vor mir hast.«

Awin zuckte wieder mit den Schultern. »Sollte ich mich denn vor dir fürchten?«

Merege sah ihn aus ihren hellen Augen einen langen Moment unbewegt an. Dann beantwortete sie seine Gegenfrage ebenfalls mit einem Achselzucken.

Der Sger setzte sich wieder in Bewegung, und da Awin bemerkte, wie beunruhigt Tauru und Marwi immer wieder über die Schulter zurückblickten, ließ er sich ein Stück zurückfallen.

»Ist mit deinem Schecken etwas nicht in Ordnung?«, fragte Merege.

»Nein, alles bestens, aber ich glaube, es ist besser, wenn wir etwas Abstand halten.«

»Wegen der anderen?«, fragte die Kariwa.

»Wegen des Staubs«, log Awin und zog seinen Sandschal vors Gesicht.

Eine Weile ritten sie schweigend nebeneinander. Deges Unglückspferd folgte ihnen, obwohl es weder Halfter noch Leine dazu zwangen.

Awin nahm den Schal wieder ab. »Warum ... warum folgt der Falbe dir?«, fragte er und versuchte vergeblich, dabei nicht zu stottern.

»Ich sagte es doch: Ich habe ihn darum gebeten.«

Awin überlegte lange, er wollte ja auch nichts Dummes sagen, aber schließlich fragte er: »Kannst du, ich meine, sprichst du die Sprache der Tiere?«

Sie schüttelte den Kopf, gab ihm aber auch keine andere Erklärung.

Noch mehrfach versuchte Awin, ein Gespräch mit der Kariwa anzufangen, doch sie war stets einsilbig und gab auf keine seiner Fragen eine klare Antwort.

Der Turm, den sie schon von weitem gesehen hatten, rückte näher. Es war ein dunkles Gemäuer, das hoch in den Himmel ragte. Awin hatte an zwei Beutezügen teilgenommen, und beide hatten ihn in das Land der Budinier geführt. Sie hatten Dörfer überfallen und sich genommen, was sie brauchten. Siedlungen und Häuser waren ihm also nicht fremd, aber noch nie hatte er ein so großes Gebäude gesehen. Er hätte es auch gar nicht für möglich gehalten, dass ein von Menschen errichtetes Bauwerk so hoch in den Himmel ragen konnte. Bald jedoch erkannte er, dass die Akkesch bei der Errichtung des Turms einen Trick angewendet hatten, denn er war zu großen Teilen auf einem mächtigen roten Felsen erbaut worden. Oben, auf dem Rücken des Felsens, überragte ein mächtiger Klotz aus fensterlosen Lehmmauern das weite Land. Zu seinen Füßen erwartete sie eine befestigte Siedlung mit hohen Mauern. Die Eisenstraße schlug einen Bogen und lief nun genau auf den Turm zu. Der Sger folgte ihr.

Als sie näher kamen, verflüchtigte sich der erhabene Eindruck von Macht, die der Turm aus der Ferne ausstrahlte. Awin sah, dass das Mauerwerk schadhaft und an vielen Stellen nur notdürftig geflickt war. Je näher sie kamen, desto abstoßender wirkte die Festung auf ihn. Aber es war ihm ohnehin rätselhaft, wie jemand freiwillig sein ganzes Leben in der Enge eines unbeweglichen Lehmhauses verbringen konnte, statt wie die Hakul über die endlosen Ebenen zu ziehen. Sie hatten die Mauer schon beinahe erreicht, als dünner Hörnerklang ertönte. Er blieb ohne Antwort, aber hinter den Zinnen über dem Tor zeigte sich ein Mann mit einem Helm.

»Halt! Im Namen des Raik von Serkesch befehle ich euch anzuhalten, Hakul!«

Yaman Aryak hob den Arm, und der Sger hielt an.

»Wer seid ihr, und was wollt ihr in der Roten Festung?«, rief der Mann.

Die Hakul sahen einander an. Die Stimme des Mannes auf der Mauer klang beinahe ängstlich.

»Ich bin Yaman Aryak von den Schwarzen Hakul«, rief Aryak hinauf, »und unsere Pferde brauchen Wasser.«

»Das ist Horkets Stamm«, rief der Torwächter, und es war nicht herauszuhören, ob das eine Frage oder eine Feststellung war.

»So ist es«, antwortete der Yaman schlicht. Awin sah die Männer grinsen. Horket durfte sich Heredhan der Schwarzen Hakul nennen, und viele Sippen waren ihm verpflichtet, aber es gab noch weit mehr Klans, die es nicht waren. Dennoch war Aryaks Antwort nicht falsch – sie waren Schwarze Hakul wie Horket.

»Ihr wisst, dass wir Frieden haben«, rief der Helmträger von oben.

Wieder war nicht ganz klar, ob das eine Frage sein sollte. Der Yaman nickte und rief: »Wir achten diesen Frieden. Und im Namen der Hüter versprechen wir, eure Gastfreundschaft zu ehren.«

»Im Namen der Hüter?«

»So ist es«, bekräftigte Aryak.

»Aber ihr seid Hakul«, wandte der Mann ein.

Ein weiterer Mann tauchte oben auf der Mauer auf. Er war schon älter, ein langer grauer Bart zierte sein Gesicht. Er trug keinen Helm, sondern nur das übliche Kopftuch der Wüstenbewohner. Er warf einen flüchtigen Blick auf den Sger und sprach dann leise, aber eindringlich auf den anderen ein. Nach ihm tauchten weitere Männer auf der Mauer auf. Sie lehnten sich über die Brüstung und betrachteten die Reiter neugierig und ohne ein Zeichen von Angst. Die beiden ersten Männer stritten sich leise. Mehrfach schüttelte der Helmträger den Kopf, aber offenbar setzte sich der Graubärtige durch. Er winkte am Ende ungeduldig ab und rief hinunter: »Öffnet das Tor!« Dann wandte er sich an Yaman Aryak und rief: »Im Namen der Hüter, seid willkommen in unserer Siedlung.«

Knarrend öffneten sich die beiden schweren Torflügel. Der Behelmte war offenbar nicht sehr glücklich darüber, denn er eilte mit wütender Miene über die Mauer davon. Awin war nicht wohl, als er durch das Tor ritt, denn er hatte das Gefühl, die Festung, die vor ihm in den Himmel ragte, würde ihn schier erschlagen. Im Inneren der Siedlung erwartete sie ein schmuckloser Platz mit einer langen Tränke für die Tiere. Fensterlose Lehmhäuser drängten sich an die äußere Mauer. Dazwischen war immer wieder Platz für Pferde und Trampeltiere gelassen worden – offene Stallungen, die mit großen Stoffbahnen vor der Sonne abgeschirmt waren. Es gab ein zweites gemauertes Tor, das die Treppe schützte, die hinauf zum eigentlichen Turm führte. Dieses Tor war verschlossen, aber Awin erspähte den Helmträger, der mit gesenktem Kopf darauf zustürmte und Befehle bellte. Auf der anderen Seite setzte sich jemand in Bewegung und lief eilig die lange Treppe hinauf. Awin folgte seinen Sgerbrüdern zum Brunnen. Sie stiegen ab, und der Yaman teilte Männer ein, um das Wasser aus der Tiefe zu ziehen und die lange Rinne zu füllen. Auf den Häusern zeigten sich einige Menschen, die sie neugierig bestaunten. Es waren Frauen und Kinder darunter, aber keine Krieger. Der Graubärtige war unterdessen über eine Leiter von der Mauer herabgestiegen und hielt auf Yaman Aryak zu.

»Willkommen noch einmal, Hakul, willkommen«, rief er.

»Ich danke dir für deine Freundlichkeit, Romadh«, antwortete Aryak höflich.

»Ich bin Ada Apuk, der Älteste dieses Ortes. Darf ich fragen, wer ihr seid?«

Während der Yaman sich und seinen Sger vorstellte, trat Merege zu Awin und fragte ihn halblaut: »Was ist ein Romadh?«

»Jemand vom Salzvolk«, erklärte ihr Awin leise. »Man erzählt sich, dass die Romadh nichts anderes essen als Salz, denn davon gibt es reichlich in ihren Siedlungen in der Balas, der Salzwüste. Die Alten sagen, dass sie selbst ihre Häuser aus Salz bauen, denn sie haben mehr davon, als sie handeln können.«

»Die Häuser hier sind aber nicht aus Salz«, meinte Merege.

»Das mag sein, aber wir sind ja auch nicht in der Balas«, gab Awin zurück.

Merege zuckte mit den Schultern und führte ihren Fuchs zur Tränke. Der Falbe trottete ihr hinterher. Awin sah ihr nach. Ihm fiel auf, dass er das erste längere Gespräch mit ihr geführt hatte, ohne dabei zu stottern. Er zog seinen Schecken zur Wasserrinne, als ihm plötzlich Ebu den Weg verstellte.

»Nun, freundest du dich mit der Hexe an?«, fragte der Yamanssohn.

»Was kümmert es dich?«, entgegnete er knapp.

Ebu sah ihn einen Augenblick überrascht an, dann verdüsterte sich seine Miene. »Ich weiß, dass du eigentlich nicht zu unserem Sger gehörst, Kawets Sohn, aber ich hoffe für dich, dass du nicht vergisst, zu welchem Volk du gehörst.«

»Ich glaube, der Yaman sucht dich, junger Seher«, sagte Mewe, der plötzlich auftauchte und zwischen die beiden trat.

Ebu sah den Jäger kurz finster an, dann wandte er sich ab und ging davon.

»Sucht er mich wirklich, oder wolltest du nur verhindern, dass ich mich mit Ebu streite, Meister Mewe?«

Der Jäger grinste schwach. »Mit Ebu sollte man nicht streiten. Er vergisst eine Kränkung nie, und eines Tages wird er unser Yaman sein. Aber Aryak hat wirklich nach dir geschickt. Der Romadh hat die Führer unseres Sgers in sein Haus geladen.«

»Die Führer?«, fragte Awin verblüfft, als er begriff, was der Jäger gesagt hatte.

Aber Mewe grinste breit und erwiderte: »Noch zählst du nicht dazu, Awin, bilde dir also bloß nichts ein. Der Yaman ist der Meinung, dass ein junger Seher auch etwas über die Welt außerhalb Srorlendhs erfahren sollte, und hier scheint sich eine Gelegenheit dafür zu bieten.«

»Aber haben wir denn Zeit? Ich dachte, wir wollten hier nur kurz die Pferde tränken.«

Mewe wurde wieder ernst. »Der Älteste sagt, dass hier seit vielen Tagen weder Karawanen noch Reisende vorübergekommen sind.«

Awin blieb stehen, als er begriff, was das bedeutete. »Weiß Meister Curru das?«, fragte er.

Mewe nickte. »Curru glaubt, dass der Älteste lügt. Aber jetzt komm.«

Als sie über den Platz liefen, sah Awin, dass der Helmträger sich auf die andere Seite des Tores zurückgezogen hatte. Und er sah die drei Söhne des Yamans, die sich am Brunnen getroffen hatten. Eri und Ebu prüften ihre Waffen, während Ech auf sie einsprach. Es sah aus, als würde er ihnen ins Gewissen reden. Awin hätte gern gehört, was die drei zu besprechen hatten. Nur ungern folgte er Mewe über die Schwelle des Hauses, auch wenn es das größte der Siedlung war. Als er erst einmal drinnen war, war er überrascht, wie angenehm kühl es wirkte. Ihr Gastgeber bot ihnen Platz auf bequemen Kissen an, und ein schweigsamer Diener brachte frisches Wasser und sogar vergorene Stutenmilch herein.

Ada Apuk entpuppte sich als freundlicher und redseliger Mensch. Er plauderte offen über Dinge, die ein Hakul nicht einmal einem Stammesbruder, geschweige denn einem Fremden mitgeteilt hätte. So erfuhr Awin, dass die Siedlung blühte, die Festung aber darbte. »Raik Utu ist ein Mann des Handels, und viele Karawanen kommen hier durch. Sie bringen Holz nach Albho, Kupfer und Stoffe zu den Viramatai und Eisen oder Salz nach Serkesch. Sie alle brauchen Wasser, Nahrung und sind dankbar für ein Dach über dem Kopf. Und sie zahlen gut.« Der Ada lächelte versonnen, bevor er fortfuhr: »Raik Utu ist aber kein Mann des Krieges, und seit er mit eurem Heredhan Frieden geschlossen hat, verfällt die Festung. Früher, ja noch vor zehn, fünfzehn Jahren, lebten da oben auf dem Felsen mehrere hundert Krieger. Bogenschützen, Speerträger – und dort, wo heute die Karawanen ruhen, standen früher ihre Streitwagen. Jetzt sind es noch drei oder vier Dutzend halbverhungerte Gestalten, die der Raik vermutlich längst vergessen hat. Sie haben seit vielen Monden keinen Sold mehr bekommen, und ich nehme an, wir hätten viel Ärger mit ihnen, wenn die meisten nicht längst ihre Waffen verkauft hätten.«

»Sie verkaufen ihre *Waffen*?«, fragte Harbod ungläubig.

Auch Awin mochte es kaum glauben. Unwillkürlich griff er an seinen Waffengurt, um festzustellen, ob sein Sichelschwert noch dort war. Welcher Mann war so töricht, sich von seinem Schwert zu trennen?

Der Älteste kratzte sich am Kopf. »Nun, was sollen sie noch damit – jetzt, wo doch Frieden herrscht? Essen können sie ihre Schwerter schließlich nicht. Allerdings kann es gut sein, dass die Zeiten sich wieder ändern, denn die Nachrichten aus Serkesch sind nicht gut«, seufzte der Ada und schenkte sich Stutenmilch nach.

Bislang hatten die Hakul kaum Fragen gestellt, und sie hielten sich bedeckt, was ihre Absichten betraf. Jetzt aber hatte ihr Gastgeber die Stadt Serkesch erwähnt. Während er nachdenklich in seinen Krug blickte, fragte der Yaman vorsichtig nach: »Was sind dies für Nachrichten, ehrenwerter Ada?«

»Habt ihr es nicht gehört? Ach nein, ihr kommt ja aus Srorlendh, und das ist weit. Ihr müsst mir später unbedingt noch erzählen, was genau euch hierherführt.« Der Ada blinzelte kurz, als er von einem zum anderen blickte, dann sagte er: »Der

Raik ist schwer erkrankt, und es heißt, dass er vielleicht sogar sterben wird.«

Die Hakul sahen einander an. Der Herrscher von Serkesch war todkrank? Das war wirklich eine bedeutsame Nachricht. Nur Curru schien unbeeindruckt. Er zuckte mit den Achseln und meinte: »Das ist bedauerlich, aber er wird doch sicher einen Nachfolger haben?«

»Das ist es ja«, seufzte der Ada, »er hat zwei Söhne, Zwillinge, und schon jetzt streiten sie um das Erbe.«

Wieder tauschten die Hakul Blicke untereinander aus. Ein Nachfolgestreit im mächtigen Serkesch? Diese Stadt war eine alte Feindin, und ihre Mauern hatten die Hakul bislang nie überwunden. Das Land rund um die Stadt war reich, aber eben auch gut geschützt. »Ich weiß nicht viel über die Akkesch«, meinte Yaman Aryak, »aber gehören ihre Städte nicht eigentlich dem Kaidhan, und ist nicht er es, der ihre Herrscher ernennt?«

»Nun, das Reich ist groß und der Kaidhan weit, wie die Serkesch zu sagen pflegen. Ich fürchte, die beiden Söhne werden versuchen, vollendete Tatsachen zu schaffen, bevor der Kaidhan eingreifen kann. Es ist ein Jammer. Der Handel wird sehr leiden, wenn es Krieg gibt.«

In diesem Augenblick kam Tuwin herein, trat zu Yaman Aryak und flüsterte ihm etwas ins Ohr. Aryak sah mit einem Mal besorgt aus. Er wandte sich an den Ältesten: »Sag, ehrenwerter Ada, habt ihr hier einen Mann, der mit Kräutern handelt?«

»Kräuter?«

»Einer meiner Männer ist verletzt, und unser Heiler braucht Kräuter, um ihn zu behandeln.«

Wie es sich zeigte, gab es einen Händler, der zwar nicht die Kräuter führte, die Tuwin suchte, aber einige, die, wie er versicherte, eine ganz ähnliche Wirkung haben sollten. Außerdem konnten sie ihre zur Neige gehenden Vorräte an Trockenfleisch auffüllen. Heikel wurde es, als es ans Bezahlen ging, denn der Yaman führte nur wenige Segel Kupfer mit sich, die weder dem Händler noch dem Ältesten ausreichten. Aryak bot daraufhin an, das Fehlende später in Häuten zu begleichen, doch der Ada, der sie zum Händler begleitet hatte, schüttelte den Kopf. »Es ist nicht so, dass ich mir erlauben würde, an deiner Ehrlichkeit zu zweifeln, Yaman Aryak, denn ich weiß, die Hakul sind Männer von Ehre. Jedoch ist deine Heimat weit, und es mag viele Monde dauern, bis dein Weg dich wieder hierher führt. Die Kräuter, die ihr erworben habt, sind kostbar und schwer zu beschaffen. Allerdings habe ich gesehen, dass euch ein herrenloses Pferd begleitet. Damit wäre unsere Rechnung mehr als beglichen.«

»Ein Hakul-Pferd ist doch wohl mehr wert als einige Kräuter und ein paar Streifen Fleisch«, entgegnete Yaman Aryak stirnrunzelnd.

»Nun, ich kann noch ein Maß Salz dazugeben, um unserer Freundschaft willen, Hakul.«

Der Yaman sah den Ältesten lange an, dann erwiderte er: »Unsere Freundschaft ist recht neu, ehrenwerter Ada, viel jünger noch als der Friede, den euer sterbender Raik mit unserem Heredhan geschlossen hat. Ich hoffe, der Friede und die Freundschaft werden unseren Handel überdauern, Apuk, aber ich habe Zweifel, dass ein Maß Salz reicht, um beide zu erhalten.«

Der Älteste schluckte. »Nun, ich denke, drei, nein, vier Maß Salz wären angemessen«, stotterte er. »Weil du es bist, edler Yaman.«

Der Yaman war einverstanden, aber Harbod hatte Einwände. »Du willst ein Tier verschachern, das nicht deinem Klan gehört, Yaman. Dege hat eine Witwe, ihr steht dieser Falbe zu.«

»Das habe ich bedacht, Harbod, Harmins Sohn. Wir werden es ihr mit einem Maß Salz und einem guten Pferd aus unseren Herden vergelten.«

»Zwei Pferde«, antwortete Harbod schlicht.

Awin konnte Aryak ansehen, wie verärgert er über die Unverschämtheit Harbods war. »Aber eines davon ein Jährling«, erklärte der Yaman knapp. Damit war auch dieser Handel abgeschlossen. Die Kariwa hatte bis dahin niemand gefragt, und es wurde Awin überlassen, sie zu unterrichten. Merege nahm es scheinbar unbewegt zur Kenntnis. »Ich werde mich diesem Handel nicht in den Weg stellen, Hakul, denn ich sehe, dass dein Waffenbruder leidet, doch weiß ich nicht, ob der Falbe gewillt ist, in diesen engen Mauern zu bleiben.«

Kurze Zeit darauf verließen sie die Siedlung. Von den Kriegern der Akkesch sahen sie auch dann nicht mehr als den Kopf jenes Mannes, der sie die ganze Zeit vom inneren Tor aus misstrauisch beobachtet hatte. Die Ebene, durch die sie der Eisenstraße folgten, wurde Naqadh, die Karge, genannt. Sie war eine schier endlose trockene Fläche, durchbrochen von verwitterten Felsgraten und tückischen Bodenspalten. Es war ein trostloses Land, und nur gelegentlich wagte sich ein Büschel gelben Grases durch den steinharten Boden, und hier und da zeigte sich ein dorniger Busch. Awin lernte die Vorteile der Straße zu schätzen. Der Weg war breit ausgetreten, eben und fest, und sie kamen gut voran. Seweti, die Tänzerin, begleitete sie oder kam ihnen entgegen, wie es ihr gerade gefiel. Die Hakul verfluchten sie, denn sie trieb ihnen den Staub in die Augen, aber sie war ihnen dennoch lieber als ihre Geschwisterwinde, die sie sonst zu quälen pflegten. Sie legten eine erste Rast ein, als die Festung nicht mehr zu sehen war, und Tuwin kümmerte sich um Marwis Verletzung. Sie hatte sich entzündet, aber der Junge behauptete, die fremden Kräuter würden ihm schon Linderung verschaffen.

»Eine seltsame Wunde für einen Sturz vom Pferd«, meinte Harbod, der Tuwin zusah, als er den Verband wechselte.

Tuwin gab ihm keine Antwort. Marwi war der Einzige, der im Sattel bleiben durfte, als sie später wieder abstiegen und ihre Pferde führten. Mewe verließ von Zeit zu Zeit den Sger und ritt weit hinaus in die Ebene, aber immer kehrte er mit einem Kopfschütteln zurück. Curru schwieg dazu, und auch sonst sprach niemand darüber, auch wenn inzwischen sicher alle dachten, dass der Feind einen anderen Weg genommen haben musste. Bis zum Abend ging es ohne Rast weiter. Die Sonne war bereits untergegangen, als Yaman Aryak sie endlich lagern ließ. Sie mussten Marwi vom Pferd heben, denn der junge Krieger wurde vom Fieber geschüttelt.

»Wundbrand«, stellte Harbod trocken fest, als Tuwin den Verband öffnete.

»Sieht es schlimm aus, Meister Tuwin?«, fragte Marwi flüsternd.

Der Schmied starrte lange auf die Wunde, dann sagte er zu Awin: »Hol die Kariwa.«

Ebu und Eri standen ihm im Weg. Er fing die feindseligen Blick der beiden auf, aber sie blieben stumm und machten ihm Platz.

»Ich bin keine Heilerin«, erklärte Merege ruhig, als Awin sein Anliegen vorgetragen hatte.

»Kannst du es dir nicht wenigstens ansehen?«, bat er.

»Wem soll das nützen?«, fragte sie kühl.

Ihre Kälte überraschte ihn. »Es kann aber auch nicht schaden«, entgegnete er.

Mit einem gleichmütigen Achselzucken gab sie nach.

»Nun?«, fragte Tuwin, als Merege neben dem fiebernden Marwi kniete und die entzündete Wunde betrachtete.

»Ich habe es dem jungen Seher schon gesagt, ich vermag ihn nicht zu heilen.«

»Kannst du nicht – oder willst du nicht?«, zischte Ebu wütend. »Jeder hier weiß, dass du Zauberkräfte hast, Hexe!«

Merege erhob sich und sah Ebu aus schmalen Augen so lange an, bis er den Blick senkte, dann ging sie ohne ein Wort davon. Yaman Aryak gab Awin einen Wink, ihr zu folgen. Er fand sie bei ihrem Pferd. »Es tut mir leid, was Ebu gesagt hat«, begann er.

Merege streichelte ihren Fuchs und antwortete nicht.

»Und du kannst wirklich nichts für ihn tun?«, fragte Awin.

»Senis wüsste vielleicht ein Mittel, denn sie hat in ihrem Leben viel gesehen und viel erfahren. Aber ich bin nicht sie, und sie ist nicht hier«, antwortete Merege.

»Wir hätten sie am Rotwasser fragen sollen, aber da sah die Wunde noch gut aus«, murmelte Awin.

Merege strich über die Flanke des Fuchses. Dann meinte sie: »Frag sie, wenn du ihr das nächste Mal begegnest, junger Seher.«

Was für eine seltsame Bemerkung. Oder würde Senis plötzlich irgendwo hier aus dem Boden wachsen? War das möglich? Würde sie mit ihrem Karren irgendwo an dieser Straße auf sie warten? Awin hielt das nicht für ausgeschlossen. »Aber wann wird das sein, Merege?«, fragte er.

»Das kann ich dir nicht sagen, junger Seher«, lautete die Antwort.

Awin seufzte. Wenn sie Marwi retten wollte, müsste die alte Kariwa sich schon sehr beeilen. Er drehte sich um und ging zu den anderen zurück. Die Männer sahen ihn erwartungsvoll an. Nur in Currus und Ebus Miene las er so etwas wie Geringschätzung. Vermutlich hatten sie erwartet, dass er nichts erreichen würde, und sahen sich jetzt, als er stumm den Kopf schüttelte, bestätigt.

»Ich weiß, dass wir sie mitnehmen müssen, weil du dein Wort gegeben hast, Aryak, aber ich kann nicht sehen, was sie uns nützen soll«, meinte Curru mürrisch. »Eher sehe ich, dass sie uns weiter Unglück bringen wird. Seit diese Kariwa unseren Weg kreuzten, geht alles schief, ist es nicht so?«

Auffordernd blickte er in die kleine Runde, die sich um Marwi versammelt hatte, aber außer Ebu und Eri, die zustimmend nickten, antwortete keiner der Krieger auf seine Frage.

»Wie geht es ihm?«, fragte der Yaman.

»Mal besser, mal schlechter, Yaman«, antwortete Tuwin. »Mal liegt er im Fiebertraum so wie jetzt, dann wieder ist er bei klarem Verstand. Ich vermag aber nicht zu sagen, was davon für ihn besser ist. Die Kräuter der Romadh taugen nichts. Ich glaube, sie haben die Sache nur schlimmer gemacht.«

»Was sollen wir nun tun? Er wird sich nicht mehr lange auf einem Pferd halten können«, sagte Aryak leise.

»Nun«, antwortete Ebu, »er ist ein Hakul, oder nicht?«

Awin wusste, was der Yamanssohn meinte, und ihm wurde kalt.

»So weit ist es noch nicht«, widersprach Tuwin scharf. »Wir könnten ihn zurückschicken in die Festung.«

»Ich will nicht zwischen Mauern sterben«, sagte Marwi leise.

»Niemand redet davon, dass du sterben musst«, versuchte der Schmied ihn zu beruhigen.

»Ebu redet davon«, widersprach der Knabe.

Awin schnürte es die Kehle zu. Es war der erste Kriegszug des Jungen – sollte es wirklich schon sein letzter sein?

»Ich habe deinem Vater versprochen, auf dich zu achten. Und das werde ich auch tun«, erklärte Yaman Aryak bestimmt. »Du brauchst Ruhe und Schlaf. In wenigen Tagen sind wir in Serkesch, ich kann mir vorstellen, dass Meryak dich bereits dort erwartet.«

»Ihr werdet vor ihm dort sein«, antwortete Marwi, und dann schlief er ein.

»Morgen früh schicken wir ihn zurück, gleich was er sagt«, entschied der Yaman.

»Aber alleine wird er nicht reiten können«, widersprach Ebu. »Sollen wir denn noch einen Krieger verlieren? Oder willst du die Hexe mit ihm zurückschicken, Baba?«

»Ich werde dich schicken, Ebu, vielleicht lernst du dann, dass das Leben jedes Sgerbruders einen großen Wert hat. Und nun geht und versucht, Schlaf zu finden. Die Nacht ist kurz, und ihr werdet auch morgen wieder all eure Kräfte brauchen.«

Awin wickelte sich in seinen Mantel. Er glaubte nicht, dass er Schlaf finden würde, denn er machte sich große Sorgen um Marwi. In der Ferne hörte er ein heiseres Brüllen. Er richtete sich auf.

»Löwen«, sagte Mewe, der neben ihm saß und gar nicht müde wirkte. »Aber keine Angst, sie sind weit weg.«

»Ich wusste nicht, dass es hier Löwen gibt«, murmelte Awin, und er fragte sich, wo diese Tiere ihr Wasser finden mochten. Wenn Senis nur hier wäre. Sie könnte Marwi vielleicht helfen. Mit dieser Vorstellung schlief er ein, denn seine Gedanken kreisten zwar, aber sein Körper war nach dem langen Ritt müde. Er schlief tief und fest wie ein Stein. Dann, völlig unvermittelt, erwachte er und schlug die Augen auf. Etwas hatte ihn geweckt. Über ihm erstreckte sich der sternenübersäte Nachthimmel. Die schmale Sichel des Mondes streute schwaches Licht. Er richtete sich auf. Es war still. Die Männer rings um ihn herum schienen zu schlafen. Das Feuer war niedergebrannt. Etwas außerhalb ihres Lagers sah er eine Bewegung, eine kleine gebückte Gestalt. Senis? Er rief nach ihr, aber sie antwortete nicht, sondern schien sich vielmehr zu entfernen. Ächzend wickelte sich Awin aus seinem Mantel und erhob sich.

Wo waren die Wachen? Hatte keiner das Kommen der Kariwa bemerkt? Sie stand ein Dutzend Schritte von ihm entfernt. Ihr weißes Haar schimmerte im Sternenlicht. Sie winkte ihn zu sich, drehte sich um und lief erstaunlich schnell weiter hinaus in die Wüste. Sie hielt auf die Straße zu. Selbst nachts war die glatte Linie in der rauen Landschaft gut zu erkennen. Awin stolperte hinter ihr her. Er beeilte sich, aber irgendwie gelang es ihm einfach nicht, sie einzuholen. Schließlich blieb sie vor einem der Wegsteine stehen. Awin keuchte, als er neben ihr anhielt. Er fühlte sich, als sei er hunderte von Schritten gerannt. »Sieh!«, befahl die Alte und deutete auf etwas, das neben dem Stein aus der Erde wuchs. Es war eine Art Wüstenblume. »Sie blüht nur nachts und hat starke Kräfte, du solltest sie eurem Heiler zeigen.«

»Warum zeigst du sie ihm nicht selbst?«, fragte Awin, aber da war Senis schon wieder verschwunden.

Awin lief ein Schauder den Rücken hinab. War die Kariwa wirklich hier irgendwo aus dem Boden gewachsen und ebenso plötzlich wieder verschwunden? Er bückte sich, um die Pflanze zu pflücken und zu Tuwin zu bringen, aber er bekam sie nicht zu fassen.

»Du solltest aufwachen, junger Seher«, sagte eine kühle Stimme.

Er schlug die Augen auf. Merege hatte sich über ihn gebeugt. »Was?«, fragte er.

»Mutter Senis bat mich, dich zu wecken.«

»Senis? Ist sie hier?«

»Nein. Bist du jetzt wach?«

»Was?«

»Ich denke, du weißt, was du zu tun hast«, sagte Merege, stand auf und verschwand.

Awin setzte sich auf. Hatte er geträumt? Das Lager war still, das Wachfeuer fast heruntergebrannt. Er hörte die ruhigen Atemzüge der Schläfer. Was war geschehen? Zum Nachdenken war keine Zeit, er musste handeln, bevor der Traum verblasste. Er schälte sich eilig aus seinem Mantel und sprang auf.

»Was ist mit dir?«, fragte die Wache, einer der Jungkrieger aus Auryds Klan.

»Gar nichts«, behauptete Awin. Er lief schnell zu Tuwins Schlafplatz. Nur wenig später rannten sie durch die Wüste zu jenem Stein, den Senis ihm gezeigt hatte.

»Sie blüht nur nachts, sagtest du?«, rief Tuwin, der versuchte, mit ihm Schritt zu halten.

»So hat es die Kariwa gesagt. Hier, hier ist es.« Aufgeregt deutete er auf den Wegstein. Etwas Helles leuchtete über dem Sand.

»Wahrhaftig«, murmelte der Schmied. »Mondfuß. Schwer zu finden, denn bei Tag liegt er im Sand. Ich kann kaum glauben, was ich hier sehe.« Dabei starrte der Schmied abwechselnd von der Pflanze zu Awin und zurück.

»Kann es Marwi retten?«

»Vielleicht, wenn wir uns eilen.« Vorsichtig grub Tuwin das Kraut aus dem Sand und nahm es behutsam in seine mächtigen Hände. Sie hasteten zurück ins Lager und zu Marwis Schlafplatz. Sie fanden ihn leer.

»Der Junge! Wo ist der Junge?«, herrschte Tuwin die Wache an.

Der Fuchs-Krieger starrte ihn verwundert an. »Er bat mich, ihn gehen zu lassen.«

»Aber er ist verletzt, er wird sterben!«

»Er ist ein Hakul«, antwortete der Krieger schlicht.

Die Männer schwärmten aus. Sie fanden Marwi gar nicht weit vom Lager entfernt hinter einem Felsen. Er hielt seinen Dolch in der Hand, aber offenbar hatte die Anstrengung den Todesgott zu ihm geführt, bevor er seinem Leben selbst ein Ende setzen konnte.

Noch in der Nacht hoben sie eine flache Grube aus, in die sie den Knaben legten. Sie bedeckten sie mit großen Steinen, um ihn vor Löwen und Wüstenwölfen zu schützen. Curru hielt die Zeremonie kurz, aber jeder der Männer gab reichlich Mähnenhaar, denn der Verlust des Jüngsten ihres Sgers hatte sie alle hart getroffen, und sie wünschten ihm von Herzen, dass er im nächsten Leben weit mehr Pferde sein Eigen nennen würde als in diesem.

»Mögest du immer weit vor deinen Feinden reiten«, murmelte Awin, als er sich von Marwi verabschiedete.

Im Morgengrauen saßen sie auf und zogen weiter. Sie ritten schweigend, denn es gab vieles, über das sie nachzudenken hatten. Auch Awin war bedrückt. Erst Elwah und seine Söhne, dann die drei Hirten am Bach, danach Dege und jetzt Marwi – es waren viele Hakul gestorben, seit der Fremde in ihr Land gekommen war, und im Augenblick wussten sie nicht einmal, wo dieser Feind sich befand. Mewe ritt immer wieder weit hinaus in die Wüste, aber er fand auch jetzt keine Spur des Verfluchten. Sie ritten nach Serkesch, weil er die Stadtmauer im Traum gesehen hatte. Erst jetzt wurde Awin klar, wie aberwitzig das war. Der Mann konnte überall sein. Was waren schon Träume? Sie waren wirr und unzuverlässig – oder sie kamen zu spät wie der in der vergangenen Nacht. Awin lief ein Schauder über den Rücken. Dieser Traum war nicht von der Art gewesen, wie Träume sein sollten, viel zu klar und deutlich. Aber dennoch, er war zu spät gekommen. Vor ihm in der Reihe führte Tauru Marwis herrenloses Pferd am Zügel.

Bei Sonnenaufgang erreichten sie eine weitere befestigte Wasserstelle. Hier gab es gar keine Krieger, nur einen kleinen, verlassenen Turm und einige aneinandergedrängte Häuser, deren Außenwände gleichzeitig die Mauer der Siedlung bildeten, wie es bei den Nachbarn der Hakul üblich war. Nur eine Handvoll Menschen lebte dort. Sie bestaunten die Hakul mit großen, ängstlichen Augen und verlangten nicht mehr als ein paar Segel Kupfer für das Wasser. Awin sah ihnen an, wie erleichtert sie waren, als ihr Sger die Siedlung wieder verließ. Auch am Vormittag wurde nicht viel gesprochen, aber Awin glaubte zu bemerken, dass die Männer sich manchmal zu ihm umdrehten. Am Anfang dachte er, ihre Blicke gälten Merege, aber nach und nach schien es ihm, als ginge es doch um ihn. Irgendwann lenkte Mewe sein Pferd an seine Seite.

»Was gibt es, Meister Mewe?«, fragte Awin, als der Jäger nichts sagte.

»Ich glaube, darüber weißt du mehr als ich«, entgegnete Mewe, und als er bemerkte, dass Awin nicht verstand, erklärte er es. »Die Männer flüstern, junger Seher – du hast sie schwer beeindruckt.«

»Ich?«

»Dein Traum hat Tuwin zum Mondfuß geführt, Awin.«

Für einen Augenblick wusste Awin nicht, was er sagen sollte. Er hatte sich keine Gedanken darüber gemacht, wie die Männer über diesen Traum denken mochten. »Es war aber zu spät, Meister Mewe«, erwiderte er schließlich.

»Ebu und Curru sagen das Gleiche«, erklärte der Jäger mit einem schiefen Grinsen. Dann gab er seinem Pferd die Fersen und lenkte es wieder hinaus in die offene Wüste, um nach Spuren Ausschau zu halten.

Awin sah ihm lange nach. Dann wandte er sich an Merege. »Ich wollte, ich hätte diesen Traum früher gehabt. Dann hättest du mich früher wecken und wir hätten Marwi retten können.«

Merege sah ihn überrascht an. »Ich habe dich nicht geweckt, junger Seher«, entgegnete sie.

»Aber ich habe dich doch gesehen.«

»Das kann nicht sein, denn ich wurde erst wach, als ihr nach dem Knaben suchtet.«

Awin verstummte. Dieser Traum war ihm unheimlich. Es kam vor, dass Tengwil Botschaften schickte. Das behaupteten zumindest die Alten. Er hatte das bis vor kurzem bezweifelt, und eigentlich tat er es immer noch. Aber eines wusste er über Träume: Sie waren undeutlich und widersprüchlich, verschwommen und vieldeutig. Aber letzte Nacht? Alles war so klar erschienen. So etwas tat die Schicksalsweberin einfach nicht. Wenn aber die Botschaft nicht von ihr kam – von wem dann? Senis? Vermochte die Kariwa so etwas? Neben ihm ritt jemand, der das wissen musste. »Erscheint Senis dir auch in deinen Träumen?«, fragte er schließlich.

»Nein«, antwortete das Mädchen schlicht. Und nach einer Pause setzte sie hinzu: »Ich glaube, sie könnte mich leicht finden, aber ich denke, ich würde sie gar nicht bemerken.«

»Finden?«, fragte Awin.

Merege zögerte einen Augenblick, dann fragte sie: »Hat sie deine Hand berührt?«

Awin nickte.

»Und deshalb kann sie dich finden. Aber verrate es nicht weiter, denn deine Sgerbrüder würden vielleicht denken, da sei Hexerei im Spiel.«

Awin schwieg verblüfft. Wenn das nicht Hexerei war, was dann? »Aber was meintest du damit, du würdest sie nicht bemerken?«, fragte er.

»Wenn du es nicht selbst weißt, junger Seher, dann kann ich es dir auch nicht erklären«, antwortete die Kariwa kühl.

Und darauf wusste Awin erst einmal nichts zu sagen.

Sie zogen immer weiter Richtung Süden, die zerklüfteten roten Wände des Glutrückens zur Rechten. Am Mittag zeigte sich, zunächst kaum sichtbar, aber dann immer deutlicher, eine einzelne dunkle Wolke am sonst wolkenlosen Himmel. Sie schien von der Erde aufzusteigen, geradewegs im Süden. Die erfahrenen Krieger waren sich einig, dass ungefähr dort Serkesch liegen musste, aber sie hatten keine Ahnung, was diese graue, fast schwarze Wolke bedeuten mochte. Sie blieb den ganzen Tag über dort stehen, zog nicht weiter und wurde nicht größer.

Am Nachmittag begegneten sie Dauwe, dem Schweigsamen, der kein Wind war, sondern vielmehr die Abwesenheit von Wind bedeutete. Awin kannte diesen Unwind, der mit erdrückender Ruhe kam. Der Hufschlag ihrer Pferde klang gleichzeitig gedämpft und unnatürlich laut. Es war drückend heiß und still. Nur der Hufschlag und das Schnauben ihrer müden Tiere, das gelegentliche Klingen eines Schwertes am Gurt und das Knarren des Zaumzeugs waren zu hören. Die Stille kroch langsam unter ihre Rüstungen und legte sich auf ihre Seelen. Niemand im Sger sprach, jeder war mit seinen düsteren Gedanken unter der sengenden Sonne allein. Und in der Ferne gaukelte ihnen Dauwe Wasser vor. So ging es bis zum frühen Abend. Dann kam eine leichte Brise von Norden über die weite Ebene. Sie kündigte sich mit einem leisen Ruf an. Der Sger hielt, ohne dass Yaman Aryak dazu einen Befehl geben musste. Es war ein dünner, heller Schrei, der aus weiter Ferne zu kommen schien. Die Pferde wurden unruhig. Für einen winzigen Augenblick dachte Awin, es könnte Marwi sein, der gar nicht tot, sondern ihnen den ganzen Tag gefolgt war. Dann erklang der Ruf wieder, und er erkannte, dass es eigentlich kein Schrei, sondern ein Wiehern war. Über dem Flimmern der Wüste tauchte ein dunkler Punkt auf. Es war ein Pferd, und es kam rasch näher. Awin erkannte es, es war Deges Falbe.

»Ich sagte doch, er würde sich in diesen engen Mauern nicht wohl fühlen«, erklärte Merege, und es war das erste Mal, dass Awin sie lächeln sah.

Der Falbe stürmte heran und wurde erst langsamer, als er in

Mereges Nähe kam. Die Männer warfen einander vielsagende Blicke zu. Yaman Aryak hatte seinen Rappen gewendet und kam an das Ende des Zuges.

»Ich habe dieses Pferd eingetauscht«, erklärte er streng. »Es war ein Handel, in den alle eingewilligt haben, auch du, junge Kariwa.«

Merege gab dem Tier Wasser aus ihrem Trinkschlauch. »Ihr habt wohl vergessen, das Pferd zu fragen«, erklärte sie trocken. »Außerdem haben sie euch betrogen. Ihre Kräuter waren nutzlos.«

»Da hat sie Recht«, warf der dicke Bale ein.

Auch von anderen Männern hörte Awin zustimmendes Gemurmel, und Ech meinte: »Wir können es als Packpferd nutzen, so wie das von Marwi auch. Das wird unsere Pferde entlasten.«

»Ein kluger Vorschlag«, lobte Mewe schnell, bevor der Yaman etwas sagen konnte.

»Aber es geht nicht mit rechten Dingen zu«, mischte sich Curru jetzt ein. »Dieses Tier ist ein Bote des Unglücks, ein schlechtes Zeichen. Denkt daran, was mit Dege geschehen ist!«

Und Ebu rief: »Sie hat den Falben behext. Das vermag sie, aber unseren Waffenbruder, den wollte sie nicht retten.«

»Sie hat nie behauptet, dass sie eine Heilerin ist«, widersprach Harbod. »Aber was sagt der junge Seher zu diesem Zeichen?«

»Noch bin ich hier der Seher, Harbod, Harmins Sohn«, polterte Curru wütend.

»Deine Meinung habe ich gehört«, gab der Krieger ruhig zurück.

Awin war überrumpelt. Er wollte in diesen Streit nicht hineingezogen werden. Er fing einen finsteren Blick seines

Meisters auf, und ihm war klar, dass Curru nicht erfreut sein würde, wenn er eine andere Meinung vertrat als die seine. Aber auch Mewe warf ihm einen warnenden Blick zu und erinnerte Awin damit an ihr Gespräch am ausgetrockneten Flussbett. Awin seufzte, dann sagte er vorsichtig: »Ich kann hier nur Gutes sehen – einen Betrug, der auf den Betrüger zurückfällt, ein Packpferd, das kommt, wenn wir es brauchen. Und es bringt den leichten Wind mit, der Dauwe vertreibt.«

»Er sieht nicht – er denkt!«, rief Curru verächtlich.

»Aber seine Gedanken sind gut, alter Freund. Er hat viel von dir gelernt, wie mir scheint«, meinte der Yaman. »Wir werden den Falben und Marwis Pferd mit unseren Vorräten beladen. Doch macht schnell, wir haben noch einen weiten Weg vor uns.«

»Dein Yaman ist ein weiser Mann«, sagte Merege, nachdem sich der Zug wieder in Bewegung gesetzt hatte. Die beiden Packpferde liefen vor ihnen. Offenbar waren die Krieger immer noch darauf bedacht, Abstand zu der Kariwa zu halten.

»Wie meinst du das?«, fragte Awin.

»Er hat den alten Seher besänftigt. Er ist zwar blind, aber dennoch wäre es schlecht, ihn weiter zu verärgern.«

»Curru ist ein sehr erfahrener Seher«, verteidigte ihn Awin.

»Ich glaube, mein Pferd ist hellsichtiger als der Mann, der sich dein Meister nennt«, lautete die schlichte Antwort.

Sie ritten wieder, bis der letzte Sonnenstrahl verblasste. In der Nacht hörte Awin die Wachen streiten, denn im Süden war ein ungewöhnlich starker Lichtschein zu sehen, etwa da, wo sie am Tag die Wolke erblickt hatten. Über die Ursache der beiden Erscheinungen wurden allerlei Vermutungen angestellt, ohne dass man sich einig wurde. Eri behauptete, Serkesch würde brennen, und auch einige der anderen Jungkrieger waren bereit, das zu glauben. Tuwin widersprach: »Diese Stadt besteht aus Stein, Lehm und noch mehr Stein. Was soll dort brennen?«

Aber damit konnte er längst nicht alle überzeugen. Als sie im Morgengrauen aufbrachen, sahen sie in der Ferne immer noch die schmale, dunkle Wolke am Horizont. Irgendetwas brannte dort, das war sicher, und es musste groß sein. Der Yaman befragte Curru und dann auch Awin, aber sie konnten beide nichts über dieses Zeichen sagen. Der dicke Bale war es schließlich, der behauptete, der Heolin habe die Stadt in Brand gesetzt. Das war eine Vorstellung, die vielen der jüngeren Krieger gefiel. Ebu meinte, das sei ein Beweis, dass Curru Recht gehabt habe und der Feind nach Serkesch gegangen sei. Aber Mewe widersprach: »Diese Rauchsäule steht hoch und ruhig, doch ist sie unten sehr schmal. Würde die Stadt brennen, müsste die Wolke viel breiter sein.«

»Dann ist es vielleicht ein Dorf oder eines dieser großen Gehöfte, in denen sie leben«, meinte Bale.

»Dafür ist der Rauch wieder zu stark. Wirklich, ich kann nicht sagen, was dort brennt«, meinte der Jäger und strich sich nachdenklich über seinen schütteren Bart.

So ergingen sich die Männer weiter in ihren Vermutungen, ohne zu einem Schluss zu kommen. Die Wolke verblasste allmählich, und gegen Mittag war sie nicht mehr zu sehen. Der Sger erreichte die nächste Wasserstelle, die wieder nicht mehr war als ein dicht gedrängter Kranz von Häusern. Sie war wie die vorige ohne Krieger, die ihre Mauern bewacht hätten, und die Bewohner standen oben auf den flachen Dächern ihrer Hütten und wollten die Hakul nicht einlassen. Als Aryak ihnen ein Maß Salz für das Wasser bot, gaben sie nach, aber es durften nur vier Krieger mit den Pferden zur Tränke im Inneren. Yaman Aryak versuchte, vom Dorfältesten zu erfahren, ob ein Fremder hier vorbeigekommen war, aber er bekam keine Antwort. Auch, was die Rauchwolke am Horizont bedeutete, wollte oder konnte der Mann nicht sagen. Die Hakul waren froh, als sie ihre Pferde besteigen und diesen ungastlichen Ort wieder verlassen konnten.

Am Nachmittag veränderte sich die Landschaft allmählich. In der bis dahin fast leeren Ebene zeigten sich vermehrt trockene Büsche und größere Inseln aus rauem Gras. Bald tauchten erste dürre Bäume auf.

»Das ist der Fluss Dhanis. Sein Atem reicht bis in die Naqadh«, erklärte Mewe, als sie ihre Pferde wieder eine Weile führten.

»Glaubst du, dass wir den Feind in Serkesch finden werden, Meister Mewe?«, fragte Awin.

»Du wirst mich nicht mehr lange Meister nennen müssen, Awin, und ob wir den Verfluchten dort finden werden, das weißt du doch sicher besser als ich, Seher.«

Awin verstummte. Es lag viel Anerkennung in Mewes Worten, und das hatte er nicht erwartet. »Es ist doch Currus Sache, zu entscheiden, ob ich meine Berufung erfüllen kann oder nicht, Meister Mewe«, antwortete er nach einer Weile.

Mewe fasste ihm in die Zügel und hielt beide Pferde an. Merege blickte kurz zurück, aber dann verstand sie und folgte den anderen. Der Jäger seufzte, dann sagte er: »Wenn es nach meinem alten Freund Curru geht, wirst du erst in hundert Jahren Seher oder vielleicht auch niemals. Er ist viel zu streng mit dir. Aber nimm es ihm nicht übel, er fürchtet, dass sein Traum von Serkesch uns nur in die Irre führt, und das macht ihm schwer zu schaffen. Ich kenne ihn lange und kann gar nicht sagen, wie oft seine Gesichte und Vorhersagen uns vor großem Schaden bewahrt haben, aber seit Elwahs Tod scheint er Tengwils Schicksalsfaden nicht mehr sehen zu können. Vielleicht hat ihn der Tod seines Vetters mehr getroffen, als wir dachten, jedenfalls ist keine seiner Vorhersagen seither wahr geworden, oder? Er sagte, er habe den Traum von Serkesch in der Nacht vor Elwahs Tod gehabt. Ich hoffe, wenigstens dieses Zeichen bewahrheitet sich. Es wäre unerträglich, wenn der Feind uns wieder entkommen sollte.«

»Ich glaube auch, dass der Fremde in Serkesch ist – oder sein wird, Meister Mewe«, erwiderte Awin. »Aber ich glaube, er kommt durch Uos Mund.«

Der Jäger nickte. »Aber nicht Curru hat das geträumt, sondern du, Awin, Kawets Sohn. Dein Vater war ein berühmter Seher, und offensichtlich hast du seine Begabung geerbt, auch wenn du lange versucht hast, das zu verbergen.« Der Jäger lächelte plötzlich, dann fuhr er fort: »Jedenfalls habe ich mit Yaman Aryak in dieser Angelegenheit gesprochen. Spätestens nach diesem Zug werden wir deinen Ziehvater überreden, dich endlich zu weihen.«

Jetzt war Awin wirklich sprachlos.

Die Landschaft wurde immer fruchtbarer. Die Bäume wurden kräftiger, das Gras dichter, und aus der Ferne betrachtet, schien ein schwacher graugrüner Schleier über der Ebene zu liegen. Awin nahm das als untrügliches Zeichen, dass sie dem Fluss immer näher kamen. Innerhalb seines Gesichtskreises zeichnete sich eine bläuliche Linie ab. Er fragte Mewe, der sich jetzt öfter am Ende des Zuges aufhielt, was das sei.

»Das, junger Seher«, erklärte der Jäger, »ist das Ende des Glutrückens. Dort vorne wollte Brahas, der Gott, der diese Felsen formte, auf die andere Seite des Stromes, denn er sah dort eine wunderschöne Sterbliche, die er sehr begehrte. Aber der alte Vater Dhanis hatte sie auch gesehen und wollte sie für sich gewinnen. Daher ließ er den roten Gott nicht hinüber. Bevor er aber aufgab, versuchte Brahas, an anderen Stellen den Fluss zu überqueren, und deshalb ziehen sich seine Hügel noch ein wenig nach links und rechts. Allzu weit ging er auf unserer Seite nicht, denn er fürchtete, die Sterbliche aus den Augen zu verlieren. So blieb er liegen und wartet auf den Tag, da der Dhanis versiegen wird. Siehst du, wie die Straße hier ein wenig nach links schwenkt? Sie kürzt den Bogen ab, den der Glutrücken beschreibt. Dort, hinter diesen Hügeln, liegt unser Ziel.«

»Warst du denn schon einmal in dieser Stadt, Meister Mewe?«

»Als ich sehr jung war, jünger noch als du, zogen wir einst in diese Gegend, um Beute zu machen, denn die Stadt ist reich und liegt in einer fruchtbaren Ebene. Die Rote Festung, die du vor drei Tagen gesehen hast, war damals noch stark besetzt. Deshalb nahmen wir den langen Weg durch die Slahan und den Dhanis hinab. Wir überraschten sie, denn von dort hatten sie uns nicht erwartet. Trotzdem gelang es uns nicht, die Mauern der Stadt zu überwinden, denn sie sind hoch und wurden gut verteidigt. Viele von uns haben den Versuch mit dem Leben bezahlt. Also hielten wir uns schadlos an den umliegenden Dörfern und Gehöften. Die Beute war reich, aber der Preis hoch. Damals habe ich mir meinen Blutdolch verdient. Aber um deine Frage zu beantworten – nein, ich habe ihre Straßen nie betreten, habe nur ihre Mauern und Türme gesehen.«

»Und, wie ist sie, diese Stadt?«, fragte Merege, die zugehört hatte.

»Warte es ab, junge Kariwa, du wirst sie bald sehen, denn schon morgen Mittag sind wir in Serkesch.«

Serkesch

SIE RASTETEN NOCH einmal am Rande der Eisenstraße, aber die steilen Hügel, die zwischen ihnen und Serkesch lagen, waren schon fast zum Greifen nah. Awin war zur Wache eingeteilt worden, und er konnte den Blick nicht von diesen Hügeln wenden. Würden sie auf der anderen Seite endlich den Feind stellen und den Lichtstein wiedergewinnen? In einiger Entfernung vom Lager sah er den Yaman mit Curru und Mewe. Auch Harbod war dabei. Sie schienen sich zu streiten. Ob sie über ihn sprachen? Er war dieses Mal nicht zu dieser Beratung gerufen worden. Wollten sie Curru jetzt schon überreden, ihn in die letzten Geheimnisse einzuweihen? Es gab ein paar Dinge, die ein Seher erst bei der Weihe erfuhr, Geheimnisse, die in keinem der heiligen Sehersprüche festgehalten waren, sondern nur von einem Seher zum anderen weitergegeben wurden. Jemand trat von hinten an Awin heran.

»Glaubst du, sie werden euch hineinlassen?«, fragte Mereges kühle Stimme.

»Was? Wo hinein?«, fragte Awin verwirrt.

»In die Stadt. Die älteren Krieger sprechen von ihr, als sei sie eine Feindin. Glaubst du, diese Feindin wird euch willkommen heißen?«

Sie fragte das ganz ruhig, aber Awin schwieg betroffen. Seit Tagen hetzten sie durch Steppe und Wüste, immer mit Serkesch als Ziel vor Augen. Wie kam es, dass er sich diese Frage nicht schon selbst gestellt hatte? »Ich nehme es an, sonst wären wir doch nicht hierhergeritten«, antwortete er schließlich.

Merege schüttelte den Kopf. »Ihr seid hierhergeritten in der Hoffnung, den Feind vor der Stadt zu stellen. Doch die Gesichte deines Meisters haben euch auf den falschen Weg geführt.«

Sie hatte Recht. Awin wusste, wenn sie durch Uos Mund geritten wären, dann wäre ihre Jagd vielleicht schon zu Ende. Und nun jagten drei Sgers nach Osten, Süden und nach Serkesch – und keiner von ihnen würde den Verfluchten zu fassen bekommen. *Weil sie auf Curru gehört haben und weil du nichts gesagt hast, als du etwas hättest sagen sollen*, fügte eine leise innere Stimme hinzu. Awin versuchte, sie zu überhören.

»Ich glaube, dein Yaman weiß nicht, was er jetzt machen soll«, fuhr Merege ungerührt fort.

»Yaman Aryak weiß immer, was zu tun ist«, entgegnete Awin.

»Eure Männer sind nicht sehr vorsichtig.«

»Was meinst du?«, fragte Awin. Worauf wollte sie denn jetzt hinaus?

»Sie reden, wenn sie reiten. Unter anderem von etwas, das sie Heolin nennen. Ist es nicht so?«

Awin schwieg. Sie hatten weder Senis noch Merege vom Lichtstein erzählt. Aber ja, die Männer redeten, wenn sie ritten. Erst gestern noch hatte der dicke Bale behauptet, der Heolin hätte die Stadt in Brand gesetzt. Sie waren leichtsinnig geworden. »Bist du deshalb hier? Wegen des Heolins?«, fragte er.

»Ich bin hier, weil meine Ahnmutter es für richtig hält. Ich weiß auch nicht, was der Heolin ist, doch scheint er Macht zu besitzen und wertvoll zu sein. Wenn der Fremde ihn inzwischen in diese Stadt gebracht hat, sage mir, warum eure alte Feindin den Heolin dann zurückgeben sollte.«

Darauf hatte Awin keine Antwort. Er fragte: »Warum hast du uns begleitet, wenn du doch wusstest, dass unser Weg falsch ist?«

»Ich wusste es nicht«, antwortete die Kariwa, drehte sich um und verschwand in der Dunkelheit.

Am späten Morgen erreichten sie endlich das Ende des Glutrückens. Vor ihnen tauchten Dattelpalmenhaine und Weizenfelder auf. Dann stießen sie auf einen Graben, der mit Wasser gefüllt war. Awin entdeckte hölzerne Vorrichtungen, mit denen das Wasser in kleinere Gräben umgeleitet werden konnte. Der Yaman hieß die Männer absitzen und sich um ihre Rüstungen kümmern. »Wir nähern uns der mächtigen Stadt Serkesch, Männer, und wir wollen zeigen, dass wir keine Bande von Dieben sind. Mewe, mein Freund, ich schlage vor, dass du vorausreitest und dem Herrn dieser Stadt unser Kommen meldest. Ich kann mir vorstellen, dass wir nicht sehr willkommen sind, doch werden sie keine Einwände haben, wenn nur einige von uns ihre Stadt betreten.«

»Wie viele werden das sein, ehrwürdiger Yaman?«, fragte der Jäger ungewohnt förmlich.

Der Yaman dachte einen Augenblick nach und ließ seinen Blick über die Reihen schweifen. Etwas stimmte nicht. Awin spürte, dass in Mewes Tonfall etwas lag, das auf eine Verstimmung hindeutete. War der Zwist der vergangenen Nacht so tiefgehend gewesen, dass er bis jetzt nachwirkte?

»Sag ihnen«, meinte der Yaman schließlich, »dass Yaman Aryak von den Schwarzen Hakul mit drei weiteren Männern die Stadt betreten will. Und sag ihnen ruhig, dass wir nicht mehr als zwanzig sind. Das wird sie beruhigen.«

Als sie ihre Pferde kurz darauf am Graben tränkten, fragte Merege: »Wieso ist hier niemand?«

Awin sah sich um. Das war eine berechtigte Frage. Sein Schecke fraß von den langen Weizenhalmen, und auch die Tiere der anderen Reiter hielten sich schadlos am Feld. Doch niemand erschien, um zu fragen, was da vor sich ging, oder gar, um sie zu vertreiben. Wirkten sie so furchteinflößend? Er konnte zwei weitere große Gehöfte und einige Hütten sehen – Dutzende von

Bauern mussten hier leben. Es gab viele Felder, und soweit er es wusste, mussten diese Felder ständig bearbeitet werden. Aber da war niemand. Tatsächlich wirkte das Land wie ausgestorben.

»Sie verstecken sich nur vor uns«, meinte Tuwin grinsend. »Die Akkesch sind furchtsam, und die Kydhier, die unter ihrer Knute leben, sind noch ängstlicher, und beide haben sie vor nichts mehr Angst als vor uns.«

»Aber ich habe keine warnenden Hornrufe gehört. Ich höre auch keine Menschen vor Angst schreien. Die Felder sind verlassen, aber sie sehen nicht aus, als seien die Bauern geflohen und hätten alles stehen und liegen lassen. Ich sehe auch kein herrenloses Vieh, ja, ich sehe überhaupt kein Vieh, weder Schaf noch Ziege. Es ist alles viel zu ruhig«, entgegnete Awin.

Der Schmied zuckte mit den Schultern. »Vielleicht hast du Recht, junger Seher. Vielleicht sollten wir jemanden fragen. Ich bin sicher, sie verstecken sich in ihren Hütten.«

Aber der Yaman verbot ihnen, den Hof oder irgendeine Hütte zu betreten. »Sie leben in Furcht vor uns, ihr Krieger, und wir wollen sie nicht darin bestärken. Denkt daran, weswegen wir hier sind. Wir werden sie meiden, denn ich will nicht, dass ein unbedachtes Wort oder eine falsche Geste die alte Feindschaft weckt, die doch seit vielen Jahren schläft.«

»Dabei ruht sie nur, weil der große Heredhan Horket Eisen und Silber von den Akkesch nimmt«, brummte Tuwin missmutig, aber er achtete darauf, dass der Yaman ihn nicht hörte. Sie saßen wieder auf und ritten durch die Felder um einen letzten Ausläufer des Glutrückens herum. Es war hoher Sommer, Trockenmond, wie ihn die Hakul nannten. In der Heimat war das Gras der Steppe so ausgedörrt, dass es sich von Zeit zu Zeit sogar selbst entzündete. Manchmal versiegten die Bäche in dieser Zeit, und die Dürre quälte Mensch und Tier. Dann drängten sich die Hakul an den Ufern des Dhurys, und immer wurde gestritten und manchmal sogar um Wasser gekämpft. Daran musste Awin denken, als sie unter den dichten Dattelhainen entlangritten und über Felder, auf denen sich der Weizen unter der Last der vollen Ähren bog. Auch hier war es heiß, und es gab sicher ebenso wenig Regen wie in Srorlendh, aber die Akkesch hatten Gräben angelegt, die ihre Felder bewässerten, und es sah nicht so aus, als würden sie sich um Wasser streiten müssen.

Er hatte nie verstanden, warum diese Menschen an nur einem Ort blieben, sich plagten und mühten und nicht wie seinesgleichen frei über das weite Land zogen. Jetzt verstand er es. Niemand hier würde Männer und Jungkrieger auf Beutezüge tief ins Feindesland schicken, und trotzdem würde hier niemand in den langen Wintermonden Hunger leiden müssen. Ein Ausruf des Erstaunens riss ihn aus diesen Gedanken. Er löste seinen Blick von den reichen Feldern und schaute nach vorne. Und da lag endlich die Stadt vor ihm. Sie war groß, viel größer sogar als die Rote Festung, viel größer, als er sie sich vorgestellt hatte. Hunderte und aberhunderte von Menschen mussten innerhalb ihrer Mauern leben. Awin konnte sich nicht satt sehen. Die vielen wuchtigen Türme, die lange, gerade Mauer und dort das mächtige, dunkle Tor. War das das Tor, das er in seinem Traum gesehen und für eine grüne Höhle gehalten hatte? Auch die anderen Jungkrieger staunten über die ungeheure Größe von Serkesch. Das Gelände fiel zur Stadt hin leicht ab, und so konnten sie sehen, dass hinter den hohen Mauern unzählige Häuser aneinandergedrängt waren.

»Was ist das dort oben auf dem Hügel?«, fragte Mabak und deutete auf einen Stadtteil, der durch einen tiefen Graben von der eigentlichen Stadt getrennt war. Eine steinerne Brücke spannte sich über die Kluft.

»Das ist der Tempelberg, mein Sohn«, erklärte Bale. »Seine

Mauern sind aus Stein, nicht aus gebranntem Lehm. Und das riesige Gebäude dort ist das Bet Raik, das Haus ihres Fürsten.«

»Er allein bewohnt dieses Haus?«

Bale lachte. »Nein, es wohnen dort hunderte Sklaven und Krieger. Und siehst du die helle Mauer dahinter? Die das Bet Raik noch überragt? Das ist die Spitze ihres Stufentempels, in dem sie die Hüter verehren.«

»Was ist das dort unten am Fluss?«, wollte Tauru, der Bognersohn, wissen.

»Das ist der Hafen der Stadt, von einem Wassergraben und hohen Mauern geschützt«, erklärte Bale, der wieder ernst wurde. »Es ist lange her, dass ich diese Mauern gesehen habe. Mein Vater ist dort an jenem Graben gefallen, und sein Opfer war umsonst, denn wir konnten selbst diesen kleinen Teil der Stadt nicht einnehmen.«

Schwacher Hörnerklang wehte herüber. Offenbar hatte Mewe das Tor erreicht. Awin konnte ihn sehen: eine kleine Gestalt vor einer gewaltigen Mauer. Der Yaman ließ sie zur Schlachtreihe ausschwärmen. Dann warteten sie auf eine Antwort aus der Stadt. Es dauerte eine Weile, und Awin hatte Zeit, sich die Stadt genauer anzusehen. Es war unfassbar, wie groß sie war. Hatten die Hakul wirklich einst versucht, diese Mauern zu überwinden? Sie mussten sehr tapfer gewesen sein. Die Ebene vor der Stadt war leer und staubig, kein Feld war dort angelegt, kein Graben wässerte den trockenen Boden. Auch unten am glitzernden Fluss war beiderseits des Hafens nur nackte Erde zu sehen.

Der Dhanis kam von Westen und schlug genau hier bei der Stadt einen weiten Bogen nach Süden. An beiden Ufern lagen reiche Felder. Aber immer noch konnte Awin keine Menschenseele erblicken, und auch der Strom lag verlassen. Kein Schiff befuhr ihn, kein Fischer warf seine Netze aus. Es lag eine gespenstische Stille über allem. Was hielt die Menschen nur in ihren Häusern? Wurden sie von einer Seuche heimgesucht? Aber wo waren dann die Scheiterhaufen? Stammte der Rauch, den sie an dem vorigen Tagen gesehen hatten, etwa daher? Awin konnte sich das nicht vorstellen. Das alles ergab keinen Sinn, aber er spürte etwas bedrückend Unheilvolles, das von diesem Ort ausging. Er hätte es nicht in Worte fassen können, aber er spürte, dass die Ruhe über der Stadt trügerisch war. So, als würden all die Menschen, die sich in ihren Häusern versteckten, auf ein unausweichliches Verhängnis warten. Er war froh, als er sah, dass Mewe seine Antwort bekommen hatte und zu ihnen zurückkehrte. Auf halber Strecke hielt er an und gab ihnen einen Wink. Der Yaman hob den Arm, und dann setzte sich ihre Schlachtreihe in Bewegung. Sie ritten im Schritt, betont würdevoll, die Sgerlanze und die Speere der Yamanoi blitzten im Sonnenlicht. Merege folgte ihnen mit den beiden Packpferden. So hielten sie auf die Stadt zu, achtzehn Krieger und ein Mädchen, die einzigen Menschen, die sich auf dieser Ebene bewegten. Sie durchquerten ein ausgetrocknetes Bachbett, das aussah, als habe es seit Jahrzehnten kein Wasser mehr gesehen, und ritten bis auf Pfeilschussweite an die Mauer heran. Mewe erwartete sie dort. Awin sah, dass das riesige Tor mit dunkelgrün glänzenden Lehmziegeln verziert war. Es war ohne Zweifel das Tor aus seinem Traum.

»Sie erwarten dich und deine Begleiter, ehrwürdiger Yaman«, sagte der Jäger.

»Ich danke dir, mein Freund. Wir werden hier in der Ebene unser Lager aufschlagen.«

Awin fragte sich, wen der Yaman als Begleitung ausersehen hatte. Curru vermutlich, und Harbod wäre sicher beleidigt, wenn er Aryak nicht begleiten durfte; Mewe vielleicht. *Oder vielleicht dich*, sagte seine innere Stimme. Er hatte Wela versprochen, sich die Stadt genau anzuschauen und ihr alles zu schildern. Damals hatte er nicht bedacht, dass er sie vielleicht gar nicht würde betreten dürfen.

Der Yaman verkündete seine Entscheidung in dieser Frage: »Curru wird mich begleiten, ebenso meine Söhne Ebu und Ech. Harbod und Tuwin führen den Sger, solange ich fort bin.«

Es gab fragende Blicke, als der Yaman gesprochen hatte. Harbod und Tuwin?

»Auch ich bin dein Sohn, Baba«, rief Eri.

Awin sah, wie verletzt der Knabe war. Es war dennoch unverzeihlich, die Entscheidung seines Vaters vor den anderen Männern in Frage zu stellen. Der Yaman runzelte missbilligend die Stirn. »Vielleicht erweist du dich dessen dann endlich auch einmal als würdig, Eri, mein Sohn. Hilf Tuwin, die Männer zu führen, aber denkt an meine Anweisung – haltet euch fern von den Akkesch. Ich verlasse mich auf dich, Eri. Sollte uns etwas geschehen, was Tengwil verhüten möge, bist du der nächste Yaman dieses Klans.«

Ein unsicheres Lächeln huschte bei diesen Worten über Eris Gesicht. Harbod hatte mit versteinerter Miene zugehört. War es das, worüber die Männer vergangene Nacht gestritten hatten? Wer von ihnen die Stadt betreten durfte? »Wie lange sollen wir auf eure Rückkehr warten, ehrwürdiger Yaman?«, fragte Harbod jetzt. Es gelang ihm kaum, seinen Zorn zu unterdrücken.

»Wartet, solange es eben dauert. Wir betreten die Stadt unter dem Schutz der Hüter. Sie werden es nicht wagen, gegen dieses heilige Gesetz zu verstoßen.«

»Und wenn doch?«, fragte Harbod.

»Dann werdet ihr dem Kampf ausweichen. Meldet dem Heredhan, was hier vorgefallen ist, ja, berichtet ihm auch vom Lichtstein. Wenn die Serkesch ihn haben und nicht herausgeben wollen, dann kann Horket diesen unwürdigen Frieden nicht länger halten.«

Harbod nickte. Dieser Gedanke schien ihm zu gefallen. Vielleicht zu gut, dachte Awin. Er konnte dem Mann ansehen, wie er die Möglichkeiten abwog, die die Worte des Yamans boten. Zog er etwa in Erwägung, einen Streit mit den Akkesch zu beginnen, solange der Yaman in der Stadt war? Awin beschloss, ihn im Auge zu behalten.

Der Yaman und seine Begleiter saßen auf und machten sich auf den Weg in die Stadt. Awin sah, wie das riesige Tor sich mit einem lauten Ächzen öffnete und seine Sgerbrüder hindurchritten. Auf der anderen Seite wurden sie von einer großen Anzahl Akkesch-Krieger mit Speeren und mächtigen Schilden erwartet. Das Tor schloss sich wieder mit donnerndem Klang. Die Hakul starrten noch eine ganze Weile auf das geschlossene Tor. Bald war es Awin, als würde er aus der Stadt Stimmen hören. Menschen schrien.

»Was ist das?«, fragte Tuwin unruhig.

»Ein Willkommen ist es jedenfalls nicht«, meinte Harbod grimmig.

Der Lärm wurde schwächer. Es klang, als würde sich das Geschrei allmählich von den Toren entfernen.

»Auf den Mauern bleibt es ruhig«, sagte Mewe.

Tuwin sah ihn fragend an.

Der Jäger erklärte ihm, was er meinte: »Wenn sie etwas gegen unseren Yaman unternehmen wollten, dann würden sie doch auch uns angreifen. Und dann würden dort oben ihre Bogenschützen erscheinen.«

»Aber wir sind doch außer Reichweite«, meinte Tuwin erschrocken.

»Die Akkesch haben starke Bögen«, erwiderte Mewe trocken.

Tuwin schüttelte den Kopf. »Glaube mir, mein Freund, ich habe mich nicht um diese Aufgabe gerissen. Tausend Dinge sind hier zu bedenken, und ich weiß nicht, wo ich beginnen soll.«

Mewe zögerte einen Augenblick, dann sagte er: »Am besten fängst du mit dem Notwendigen an. Wir müssen doch das Lager errichten, mein Freund.«

»Wie Recht du hast, Mewe!«, rief Tuwin erleichtert aus. »Also, Männer, sucht eine gute Feuerstelle, am besten noch etwas weiter von der Mauer entfernt. Aber prüft mir den Wind, damit weder wir noch die Pferde später im Rauch stehen. An die Arbeit!«

Es gab fast sofort Streit, weil Harbod Männer zum Fluss schicken wollte, um die Trinkschläuche aufzufüllen, und Tuwin das nicht zulassen wollte. »Der Yaman hat gesagt, wir sollen den Akkesch aus dem Weg gehen«, meinte der Schmied.

»Siehst du hier irgendwo einen Akkesch oder Kydhier? Sieh dir das Land an, Schmied, es ist leer von hier bis zum Fluss.«

»Warum habt ihr eure Schläuche nicht am Graben aufgefüllt?«

»Haben wir«, meinte Harbod, »aber das Wasser ist schlammig, und es riecht nach faulender Erde. Warum sollten wir das trinken, wenn dort unten ein ganzer Fluss voll frischen Wassers auf uns wartet?«

»Von meinen Männer wird keiner gehen«, erklärte Tuwin bestimmt.

»Das müssen sie nicht, denn ich werde meine eigenen schicken«, entgegnete Harbod.

»Du kannst tun, was du willst, Hakul«, meinte Tuwin und wandte sich wütend ab.

Aber Harbod lachte nur und rief: »Genau das werde ich, Hakul.« Und dann beauftragte er drei seiner Krieger, die Wasserschläuche am Strom aufzufüllen.

»Sie sind uns wirklich eine große Hilfe«, murmelte Tuwin verbittert, als er den drei Männern hinterhersah.

»Es wird schon nichts geschehen, Meister Tuwin«, meinte Awin.

»So? Entspringt diese Zuversicht deiner Sehergabe? Dann will ich es glauben. Wenn das nur deine Meinung ist, behalte sie besser für dich!«, entgegnete der Schmied aufgebracht. Dann beruhigte er sich wieder und meinte: »Es tut mir leid, Awin, mein Zorn gilt nicht dir, sondern diesem treuen Verbündeten, der einen Spaß daran findet, mir Knüppel zwischen die Beine zu werfen. Und das nur, weil er nicht mit dem Yaman reiten darf.«

»Aber warum hat Yaman Aryak ihn nicht mitgenommen, Meister Tuwin?«

»Das fragst du am besten Aryak selbst, wenn er zurückkommt, und ich hoffe sehr, dass er zurückkommt, denn ich will diesen Sger nicht führen, nicht für alles Eisen der Welt. Aber sag, junger Seher, ist das nicht deine Freundin, die Kariwa, die dort zur Mauer geht?«

Awin drehte sich um. Es war wirklich Merege, die zu Fuß zur Mauer schlenderte. Sie schien es nicht sehr eilig zu haben.

»Willst du mir einen Gefallen tun, Awin?«, fragte Tuwin seufzend. »Fang sie ein und bring sie zurück. Ich will nicht, dass sie in die Nähe des Feindes kommt. Es könnte übel enden, wenn die Akkesch sehen, dass wir eine Hexe bei uns haben.«

»Einfangen, Meister Tuwin?«

»Ich meinte das nicht wörtlich, mein Junge. Überrede sie einfach, zurückzukommen.«

»Einfach«, brummte Awin, als er auf seinen Schecken sprang. Er schnalzte mit der Zunge und folgte Merege. Er schlug einen leichten Galopp an, bis er sie eingeholt hatte. Dann zügelte er sein Pferd und ließ es im Schritt neben ihr gehen.

»Wo willst du hin?«, fragte er.

»Ich will diese Mauer aus der Nähe sehen«, erwiderte sie.

»Aber Yaman Aryak hat befohlen ... Ich meine, er hat uns gebeten, uns von den Akkesch fernzuhalten.«

»Es wird immer noch eine sehr hohe Mauer zwischen mir und diesen Menschen sein«, antwortete das Mädchen gelassen.

»Und wenn sie das Tor öffnen?«

Merege zuckte mit den Achseln. »Werde ich trotzdem keinen Krieg mit ihnen beginnen. Du musst also keine Angst haben, junger Hakul.«

»Ich habe doch keine Angst!«

»Dann brauchst du mir auch nicht hinterherzulaufen. Ich werde den Weg ins Lager zurück schon finden.«

»Tuwin bat mich, dich zurückzu...begleiten.«

»Das kannst du tun, wenn ich mir die Mauer angesehen habe.«

Awin seufzte. Sie waren jetzt nur noch einen Steinwurf vom Tor entfernt. Es kam auf die letzten Schritte also auch nicht mehr an. Er stieg vom Pferd und nahm es am Zügel.

»He da – Fremde, was wollt ihr am Tor?«, rief es von der Mauer herab.

Awin legte den Kopf in den Nacken, konnte den Wächter aber nicht sehen.

»Wir werden keine Hakul mehr einlassen«, rief die Stimme.

»Wir wollen nicht hinein«, rief Awin zurück.

Einen Augenblick herrschte verblüfftes Schweigen. »Was wollt ihr dann?«, fragte der Wächter.

Merege war an der Mauer angekommen, sie strich über die Lehmziegel, von denen viele einen glänzenden grünen Überzug hatten.

»Wir sehen uns nur die Mauer an«, rief Awin zurück.

Awin meinte, oben ein Lachen zu hören. »Dann seht sie euch an, Hakul. Die Ziegel sind mit dem Blut vieler eurer Stammesbrüder getränkt. Und denkt daran, wir behalten euch im Auge.«

Mereges Hand löste sich von den Ziegeln. Sie schien beinahe enttäuscht zu sein.

»Was ist?«, fragte Awin.

»Es ist wirklich nur Lehm«, entgegnete das Mädchen. »Weißt du, aus der Ferne erinnerte sie mich an meine Heimat, an den Wall um das Skroltor. Doch ist sie sehr jung und ohne Zauberkraft erbaut, und wenn ich diese Ziegel befühle, spüre ich, dass sie nicht lange stehen wird. Sie mag den Hakul widerstehen, aber Regen und Wind werden sie zersetzen. In drei- oder vierhundert Jahren wird sie zu Staub zerfallen sein.«

Awin starrte sie an. Sie sprach von Jahrhunderten, als seien es Wochen. Und noch etwas weckte sein Interesse: »Das Skroltor, was ist das?«, fragte er vorsichtig.

»Es ist das Tor, das die Alfskrols von dieser Welt fernhält.«

»Das ... Du ... du hast es gesehen?«, fragte er ungläubig.

Sie sah ihn erstaunt an. »Natürlich, mein Volk lebt im Schatten dieses Tores. Was ist? Ist dir nicht gut?«

Awin hielt sich an seinem Schecken fest. Er vermochte nicht zu glauben, was er da hörte. Schließlich sagte er: »Deine Großmutter hat mir von diesem Tor erzählt, aber ich dachte, sie wollte mir nur Angst machen.«

Merege zuckte mit den Achseln. »Vielleicht wollte sie das. Aber Senis ist nicht meine Großmutter.«

Awin hörte kaum, was sie sagte. War das wirklich möglich, dass es da ein Tor gab, hinter dem die Daimonen und Riesen hausten? Senis hatte das behauptet, und er hatte es für ein Ammenmärchen gehalten, eine Geschichte, wie so viele über Daimonen und Götter erzählt werden. Und jetzt behauptete Merege, dass ihr Volk dort lebte. Er starrte auf ihre schmalen Schultern. Vielleicht hatte sie sich abgewandt, damit er nicht merkte, wie sie ihn auslachte. Natürlich, das war ein Scherz. Sie wollte ihn nur ins Bockshorn jagen. Ein Tor für Daimonen? Eine lächerliche Vorstellung. Er schüttelte den Kopf über sich selbst. Für einen Augenblick war er wirklich auf sie hereingefallen. Sein Schecke schnaubte, und er fragte sich, ob dieses Tier sich auch über ihn lustig machte. Merege war unterdessen in die Hocke gegangen. Sie schien am Fuß der Mauer etwas entdeckt zu haben. Awin stand urplötzlich das Bild aus seinem Traum wieder vor Augen: Das Mädchen, das an der Mauer Blumen pflückt. Er erbleichte. Curru hatte ihm damals erklärt, dass dieses Zeichen auf eine Feier hindeutete. Da Awin aber die Farbe der Blüten nicht hatte erkennen können, war unklar geblieben, ob es ein Freudenfest oder eine Trauerfeier werden würde. Gebannt starrte er auf ihren Rücken. Das Haar fiel zur Seite, und er konnte ihren Nacken sehen. Wie hell ihre Haut doch war! Sie erhob sich, drehte sich um und lächelte, zum zweiten Mal, seit er sie kannte. Sie hielt blutroten Klatschmohn in den Händen.

»Was ist mit dir? Du siehst aus, als seist du einem Gespenst begegnet«, meinte Tuwin, als Awin mit Merege ins Lager zurückgekehrt war.

»Es ist nichts«, behauptete Awin, »nur diese Mauer ist bedrückend.«

»Das ist sie, mein Junge, das ist sie wirklich«, antwortete der Schmied. Offensichtlich war er erleichtert, dass der junge Seher keine neuen Schreckensmeldungen für ihn hatte. Dann traten Eri und Tauru an ihn heran. Die beiden Jungkrieger schlugen vor, von irgendeinem der Höfe eine Ziege oder ein Schaf für das Abendessen zu besorgen, aber Tuwin verbot es ihnen.

»Wir haben Salz und könnten es bezahlen«, meinte Tauru.

»Und wenn sie es nicht verkaufen, nehmen wir es eben so«, rief Eri.

»Ich glaube nicht, dass dein Vater erfreut wäre, das zu hören«, lehnte Tuwin den Vorschlag noch einmal ab, und Awin sah, wie beleidigt der Knabe schon wieder war.

Awin suchte nach Mewe. Er wollte wissen, was in der vorigen Nacht vorgefallen war und warum der Schmied und nicht der Jäger den Sger führte. Er fand ihn ein Stück abseits vom Lager, wo er gerade dabei war, seinen Dolch mit einem Stück Leder zu säubern. Es war eine wundervolle Waffe, noch von Tuwins Vater geschmiedet und mit machtvollen Zaubersprüchen versehen. Nie würde sie zerbrechen, und jedes Leben, das sie nahm, würde ihren Besitzer stärker machen. Awin fragte sich, ob er wohl selbst jemals einen solchen Dolch besitzen würde. Bisher hatte er bei zwei Beutezügen jede Gelegenheit verpasst, sich diese Waffe zu verdienen.

»Was führt dich zu mir, Awin, Kawets Sohn?«, fragte der Jäger, ohne seine Arbeit zu unterbrechen.

»Ich habe Fragen, Meister Mewe.«

»Dann solltest du sie auch stellen, es sei denn, es geht um die Frage, warum der Yaman heute so entschieden hat, wie er entschieden hat. Denn dies solltest du ihn selbst fragen. Ich werde es dir nicht erklären.«

Awin seufzte. »Ich wollte eigentlich nur wissen, ob es etwas mit mir zu tun hat, Meister Mewe.«

Der Jäger sah kurz von seiner Arbeit auf. »Mit dir? Nicht alles auf der Welt dreht sich um dich, junger Seher.«

Awin nickte nachdenklich. Der Jäger schien außerordentlich schlecht gelaunt zu sein. Trotzdem hakte er nach: »Das war kein Nein, Meister Mewe.«

Der Jäger sah überrascht auf. Er runzelte die Stirn, bevor plötzlich ein schwaches Lächeln über sein Gesicht huschte. »Ich habe wohl vergessen, mit wem ich rede.« Dann seufzte er und sagte: »Also gut, aber du wirst dich nicht besser fühlen, wenn du es weißt, junger Seher. Eigentlich ist diese Entscheidung

Harbods Verdienst. Es stand schon fest, dass Aryak seine beiden ältesten Söhne mit in die Stadt nehmen würde. Es wird ihnen viel Ansehen bringen, dass sie in dieser Stadt waren und dem mächtigen Raik begegnet sind. Doch wer würde sie begleiten? Dann kam Harbod und hat dem Yaman geraten, lieber dich als den alten Curru mit in die Stadt zu nehmen.«

»Mich?«, rief Awin entsetzt.

Der Jäger nickte. »Curru war außer sich, wie du dir vorstellen kannst. Leider haben sie mich nach meiner Meinung gefragt, und ich habe Harbods Vorschlag wohl nicht entschieden genug zurückgewiesen. Curru hat danach lange allein mit dem Yaman gesprochen. Du kennst das Ergebnis dieser Unterredung.«

»Aber hätte er nicht einfach zwei oder drei Männer mehr mitnehmen können?«, fragte Awin, nachdem er über das Gehörte nachgedacht hatte.

»Er hat es erwogen, doch Curru hat ein Zeichen der Schicksalsweberin empfangen, ich glaube, es war der Schrei eines Nachtvogels. Und dies hat ihm gesagt, dass nicht mehr als vier Männer zum Feind gehen sollten.«

Die Welt war voller Zeichen, und zu vielen gab es einen überlieferten Seherspruch. Awin versuchte sich zu erinnern. Der Schrei der Eule war stets eine Mahnung zur Bescheidenheit. Aber eine genaue Zahl? Darüber sagte keiner der Sprüche etwas, jedenfalls keiner, den er kannte.

»Sag mir eines, junger Seher, gibt es dieses Zeichen wirklich?«, fragte der Jäger jetzt. Er wirkte verbittert.

Awin zögerte mit der Antwort. Bis vor kurzem hatte er die Überlieferung nicht sehr ernst genommen. Die Sprüche waren doch so unbestimmt, dass sie immer irgendwie zu passen schienen, und wenn ein Seher wie Meister Curru über einen großen Vorrat dieser Weisheiten verfügte, dann konnte er sich stets die aussuchen, die seinen eigenen Zielen und Absichten am besten dienten. Aber das Bild von dem Mädchen an der Mauer hatte Awin sehr beeindruckt. Also antwortete er: »Ich kann nicht sagen, was Meister Curru genau gesehen hat, aber die Eule steht meist für Zurückhaltung und Bescheidenheit, Meister Mewe.«

»Aber du hast diesen Nachtvogel nicht gehört, oder?«

Awin schüttelte den Kopf.

Der Jäger steckte seinen Dolch weg. »Hast du etwas anderes gesehen? Du wirkst bedrückt.«

Sollte Awin ihm vom roten Klatschmohn erzählen? Würde es etwas ändern? Zum ersten Mal seit langem wünschte er sich, sein Meister wäre hier und würde ihm erklären, dass Rot die Farbe einer Hochzeit oder Geburt sei.

»Du zögerst? Ist es so schlimm?«, fragte Mewe. Plötzliche Besorgnis spiegelte sich in seinen Zügen.

Awin fand, dass der Jäger eine Antwort verdient hatte. Also erzählte er ihm von dem, was an der Mauer geschehen war. Und dass er genau dieses Bild schon einmal in einem Traum gesehen und mit Meister Curru besprochen hatte.

»Ein Mädchen an einer Mauer? Das hast du geträumt?«, fragte der Jäger.

Awin nickte. Zu spät ging ihm auf, dass er kurz davor war, seinen Ziehvater bloßzustellen. Der Jäger sah ihn nachdenklich an, dann schüttelte er den Kopf. »Es gibt jetzt eine Frage, die mir auf der Seele brennt, aber ich werde sie nicht stellen, noch nicht, denn ich fürchte die Antwort. Es ist besser, du gehst jetzt und hilfst Meister Tuwin. Vielleicht hören die jungen Krieger eher auf dich als auf ihn.«

Awin ging und biss sich auf die Lippen. Der Jäger hatte sein Geheimnis erraten. Vielleicht war er sich noch nicht völlig sicher, aber wenn er nur ein bisschen darüber nachdenken würde, würde er wissen, wessen Traum sie nach Serkesch geführt hatte.

Tuwin war in der Tat froh, ihn zu sehen, denn Harbod hatte Eris Vorschlag wiederholt, einen frischen Braten aus einem der benachbarten Gehöfte zu beschaffen. »Gegen Bezahlung, natürlich«, wie er versicherte. Der Schmied konnte sich nicht gegen den Fuchs-Krieger durchsetzen, und der Blick, den er Awin zuwarf, war geradezu flehentlich.

»Nun, junger Seher, wie ist deine Meinung?«, fragte Harbod. »Hättest du nicht auch große Lust auf einen frisch gebratenen Hammel? Wäre das nicht besser als diese endlosen Streifen von Trockenfleisch, die wir seit Tagen herunterwürgen?«

»Es wäre wirklich viel besser, Meister Harbod«, antwortete Awin vorsichtig, »doch ich denke, wir sollten darauf verzichten. Und nicht nur, weil uns Yaman Aryak darum gebeten hat, sondern vor allem, weil diese Ebene und diese Gehöfte gefährliche Orte sind.«

»Gefährlich? Sie sind doch wie ausgestorben. Die Akkesch und ihre kydhischen Knechte haben sich aus lauter Angst vor uns verkrochen«, entgegnete Harbod.

»Ich weiß nicht, warum sie sich nicht zeigen, doch bin ich sicher, dass es nicht aus Furcht vor uns geschieht, Meister Harbod. Bemerkst du die drückende Stille nicht? Unheil liegt über diesem Ort. Und ich sage dir, dieses Unheil wird auch uns treffen, wenn wir nicht von nun an auf jeden unserer Schritte achten. Wir wandeln auf einem sehr schmalen Grat, Harbod, Harmins Sohn.«

Der Fuchs-Krieger sah ihn nachdenklich an. »Es stimmt, diese Ruhe ist nicht natürlich. Und dann das Geschrei, als unsere Leute in die Stadt ritten. Hast du Zeichen gesehen, Seher?«

Der Mann nannte ihn Seher. Nicht junger Seher, nein, Seher. Und er legte Wert auf seine Meinung. Für einen Augenblick fühlte sich Awin geschmeichelt, doch dann erkannte er, dass Harbod versuchte, ihn gegen Curru auszuspielen. So leicht wollte er es dem Fuchs-Krieger dann doch nicht machen: »Ja, ich habe etwas gesehen, Harbod, doch will ich jetzt nichts darüber sagen, nicht, ohne vorher meinen Meister um Rat gebeten zu haben.«

Harbod runzelte die Stirn, dann lachte er plötzlich. »Nun, die Bauern und ihre Schafe laufen uns nicht weg. Wir können warten, bis euer Yaman wieder hier ist.«

»Vielleicht werden wir auch gar keine Hammel brauchen, Harbod«, meinte Tuwin, »denn wenn alles gut geht, kommt Yaman Aryak mit dem toten Feind im Sattel und dem Lichtstein in der Hand aus der Stadt zurück.«

Harbod starrte ihn an. Dann fragte er: »Siehst du das, Seher? Siehst du, dass unsere Jagd heute zu Ende geht?«

Awin fühlte plötzlich die Blicke des gesamten Sgers auf sich gerichtet. Er errötete, vor allem weil er versuchte, genau das zu verhindern. Er hatte sich mit seinen Aussagen weit vorgewagt, nun musste er auch diese Frage beantworten. »Das Ende dieser Jagd hat mir Tengwil noch nicht gezeigt, Meister Harbod«, antwortete er ausweichend, »und dies ist ein Grund mehr, Vorsicht walten zu lassen.«

Harbod öffnete den Mund zu einer Erwiderung, aber dann schüttelte er nur den Kopf, wandte sich ab und ging davon. Die Krieger zerstreuten sich und kümmerten sich um ihre Tiere oder suchten sich einen angenehmen Ruheplatz für die Nacht.

»Ich danke dir, Awin«, flüsterte der Schmied. »Endlich hat jemand diesen Mann verstummen lassen.«

»Ich bin nicht sicher, dass dies mein Verdienst ist, Meister Tuwin«, erwiderte Awin und ging, um sich endlich um seinen Schecken zu kümmern. Er hatte nicht den Eindruck, dass Harbod für längere Zeit Ruhe geben würde. Er schien einfach zu viel Freude daran zu haben, Unruhe zu stiften. Bald war das Lager errichtet. Die Pferde waren versorgt und suchten den kargen Boden nach Halmen ab. Sie blieben aufgezäumt, denn die Hakul wollten auf alles vorbereitet sein. Aber das Feuer brannte, die Schlafplätze für die Nacht waren vorbereitet. Jetzt konnten sie nur noch warten. Einmal hörten sie Schreie aus der Stadt, fern, aber durchdringend – sie schienen vom Tempelberg zu kommen. Die Hakul erhoben sich und griffen zu ihren Waffen. Mewe zählte die Schreie, es waren mehr als vier, beinahe ein Dutzend. Danach blieb es ruhig. Die Hakul warteten, die Hand am Zügel. Awin hatte das Gefühl, dass an diesem Tag die Zeit besonders langsam verstrich. Endlich gab es Bewegung am Tor. Befehle wurden gerufen, und das Tor der Hirth öffnete sich schließlich mit schwerem Knarren. Die Krieger starrten gebannt hinüber. Aus dem tiefen Schatten der Mauer ritten vier Männer hinaus in die staubige Ebene. Der Yaman kehrte mit Curru und seinen Söhnen zurück.

Gespannte Erwartung empfing sie. Der Yaman ritt wortlos zur Mitte des Lagers, hielt seinen Rappen an und schaute nachdenklich in die Gesichter seiner Männer. Dann sagte er: »Wir haben nicht erreicht, was wir erhofft hatten. Kommt zum Feuer der Versammlung, denn es gibt viel zu berichten und beraten.«

Awin sah, wie aufgewühlt Ebu und Ech waren, aber die Versammlung war einberufen – es wäre respektlos gewesen, ihnen vorher Fragen zu stellen. Kurze Zeit später saßen sie alle um das Feuer, die Männer vorne, die Jungkrieger dahinter. Curru hatte zum Zeichen der Beratung die Sgerlanze aufgerichtet. Der Yaman wartete, bis die Männer sich gesetzt hatten, dann bat er Curru, zu berichten, was innerhalb der Mauern vorgefallen war. Der alte Seher erhob sich. Awin sah ihm an, wie sehr er es trotz aller Anspannung genoss, die ungeteilte Aufmerksamkeit der Krieger zu haben.

»Wahrhaftig, Brüder«, begann der alte Seher, »wir sind weit geritten, um den Verfluchten zu stellen, und wir wussten, dass unsere Jagd vielleicht erst hier, innerhalb der Mauern einer alten Feindin, enden wird, denn dies hat mein Traum uns klar gezeigt. Doch wo gestern noch Klarheit war, ist heute alles verworren. Ja, es ist, als hätten wir nicht die gepflasterten Straßen einer Stadt, sondern einen trügerischen Sumpf betreten, dessen Boden unter unseren Füßen schwankt. Wir ritten also durch das Tor der Hirth, das grüne Tor, das ich in meinem Traum gesehen hatte.« Awin warf einen schnellen Seitenblick zu Mewe, doch der Jäger hörte dem Seher mit halb geschlossenen Augen aufmerksam zu. Curru fuhr fort: »Drei Dutzend Speerträger erwarteten uns auf der anderen Seite. Wir dachten zunächst, das sei ein unfreundlicher Empfang, doch begriffen wir schnell, dass diese Männer zu unserem Schutz dort waren. Es ist lange her, dass wir diese Stadt angegriffen haben, doch Mauern haben ein gutes Gedächtnis, und auch die Kydhier und Akkesch haben es nicht vergessen. In den Straßen und von den Dächern ihrer Häuser aus bewarfen sie uns mit Unrat und anderen Dingen, so dass der Schab, der Anführer der Speerträger, uns schließlich bat, abzusteigen, damit die Schilde seiner Männer uns besser schützen konnten.«

»Die Akkesch haben keine Ehre!«, rief die helle Stimme Eris wütend dazwischen.

Curru hielt kurz inne, aber keiner der anderen Männer reagierte auf diesen Ausbruch des Yamanssohns, und so fuhr er fort: »Die Stadt, die so still gewesen war, war nun in Aufruhr, und wären die Speerträger nicht gewesen, so hätten wir das Haus ihres Raik wohl nie erreicht. Doch sollten die Bewohner dieser Stadt ihren Frevel noch bereuen, wie ihr später hören werdet. Erst aber empfing uns der Herrscher der Stadt in einer Halle, so groß, dass alle Zelte unseres Klans darin Platz fänden, und so hoch, dass selbst jene Palmen, die ihr dort hinten seht, ihr Dach nicht berührt hätten. Am Ende dieser Halle steht ein Thron, unter einer Öffnung in der Decke – und obwohl die Sonne den Höhepunkt ihrer Bahn längst überschritten hatte, fiel ihr Licht doch senkrecht auf den Mann, der dort saß.«

Awin hörte mit offenem Mund zu. Wie gern hätte er diese Wunder auch gesehen. Curru setzte seine Erzählung fort: »Es war jedoch nicht Raik Utu, der uns empfing, denn dieser Herrscher ist vor wenigen Tagen gestorben.« Er wartete, bis sich die aufkommende Unruhe wieder gelegt hatte. »Erinnert ihr euch an die Rauchsäule? Es waren die Besitztümer und Sklaven des Raik, die dort verbrannt wurden, denn so ist es Brauch bei den Akkesch. Dies ist auch der Grund, warum die Felder nicht bearbeitet werden und kein Boot den Fluss befährt; es sind Tage der Trauer, und alle Arbeit und alle Geschäfte müssen ruhen, bis der Raik seinen Platz in Ud-Sror, der Totenstadt der Akkesch, eingenommen hat.« Wieder wartete Curru einen Augenblick, bis das Raunen seiner Zuhörer verstummte. »Nun haben wir schon vor einigen Tagen in der Roten Festung gehört, dass der Raik zwei Söhne hat und nicht sicher ist, welcher von beiden ihm nachfolgen wird. Dort, in dieser hohen Halle, war nur einer von ihnen, ein Mann namens Malk Numur, und ich muss sagen, dass ich ihm nicht traue, und gleich werdet ihr den Grund erfahren. Jedoch war es auch nicht dieser Malk, der auf dem gleißenden Thron saß, sondern die Rechte Hand des Kaidhans, ein Mann, der sich Immit Schaduk nennt. Ich halte es für möglich, dass er die Macht über diese Stadt an sich reißen wird und beide Söhne des Raik leer ausgehen.«

»Nicht immer werden jene zu Herrschern, denen es zusteht«, rief Harbod. Curru warf ihm einen feindseligen Blick zu, dann setzte er seinen Bericht fort: »Dieser Immit ist nicht groß von Wuchs, und er ist alt, aber auch hart und entschlossen im Handeln. Er ließ einem Dutzend jener Aufrührer, die uns so feindselig empfingen, die Hand abhacken, noch während wir in der Halle standen und berieten.« Awin sah seine Sgerbrüder zufrieden nicken. Offenbar war diese Strafe nach ihrem Geschmack. Er selbst hatte allerdings Zweifel. Woher wusste dieser Immit, dass er die Richtigen bestrafte? Es mochte doch auch mancher nur mitgelaufen sein, ohne die Hand gegen die Hakul zu erheben.

»Dieser Mann schien also darauf bedacht zu sein, uns Recht widerfahren zu lassen«, erzählte Curru weiter, »und mehr können wir von einem Fürsten der Akkesch nicht erwarten. Er hörte sich unser Anliegen an, und ich muss zugeben, dass er und all die vornehmen Männer, die dort in der Halle waren, ehrlich betroffen schienen, als wir ihnen erzählten, was im Grastal geschehen war. Auch ihnen sind die Gräber ihrer Ahnen heilig, und ihre Abscheu war groß, als wir ihnen erzählten, dass Etys' Grab geschändet wurde.«

»Habt ihr ihnen etwa auch vom Heolin erzählt?«, rief Harbod dazwischen.

»Für wie einfältig hältst du uns, Harbod, Harmins Sohn?«, entgegnete Curru scharf. »Wir haben gesagt, was nötig war, denn auch wenn die Akkesch das Recht achten, so ist ihnen doch von Herzen gleich, ob ein Fremder einige Hakul tötet oder nicht. Mit einem frevelhaften Grabschänder jedoch will sich niemand gemein machen – und deshalb haben wir dem Immit von diesem Raub erzählt, doch nicht mehr, als er unbedingt wissen musste!«

»Aber du sagtest, dass ihr nichts erreicht habt – also ist der Feind nicht in Serkesch, also habt ihr umsonst verraten, wie leicht wir zu berauben waren. Sie werden sich schon denken können, dass dort etwas Wichtiges gestohlen wurde«, erwiderte Harbod giftig.

Der Yaman hob die Hand, bis das aufgeregte Raunen der Männer verstummte und sich der Fuchs-Krieger wieder setzte. »Wer sagt, dass der Feind nicht in der Stadt ist?«, fragte er.

Die Männer sahen einander überrascht an. Auch Awin war verblüfft. Hatte Curru nicht gesagt, sie hätten nichts erreicht?

»Lasst mich weiter berichten, ihr Männer, dann werdet ihr verstehen«, erklärte Curru, »denn nun beginnt der seltsame Teil dieser Geschichte, jener Teil, der mir das Gefühl gibt, ich hätte einen tückischen Sumpf betreten. Es war Ebu, der den Dolch entdeckte. Er steckte im Gürtel eines fetten Händlers, der dort in der Halle war.«

Ebu erhob sich und hielt einen Dolch in die Höhe. »Erkennt ihr ihn, ihr Männer?«, rief er.

»Elwahs Dolch! Elwahs Dolch«, riefen die Krieger durcheinander. Auch Awin erkannte ihn wieder. Silberfäden waren um den Griff geschlungen. Es war eine schöne und sehr auffällige Arbeit. Der Händler musste sehr dumm sein, wenn er einen solch prachtvollen Blutdolch in Gegenwart von Hakul offen am Gürtel trug.

»So ist es«, rief Curru, »Elwahs Dolch. Dieser Händler behauptete, ein Reisender habe ihm den Dolch überlassen, angeblich für eine warme Mahlzeit. Dies soll am Ufer des Dhanis, einige Stunden flussaufwärts geschehen sein. Der Immit hat ihm ebenso wenig geglaubt wie wir, und er hat ihm auch nicht geglaubt, dass jener Mann dann nach Scha-Adu geritten sei. Doch der Händler hatte den Dolch, das hieß, er war unserem Feind begegnet, und der Immit war ebenso begierig, die Wahrheit zu erfahren, wie wir. Er drohte dem Händler, ihm sein Lügenmaul mit kochendem Erdpech auszugießen, wenn er nicht endlich die Wahrheit offenbarte.« Die Hakul murmelten beifällig. Ihnen war jedes Mittel recht, wenn es nur half, den Feind zu stellen. Curru holte tief Luft. »Und da gestand diese feige Kröte und zeigte auf einen Mann, der gar nicht weit vom Immit in der Menge stand. Es war ein Mann aus dem Süden, unverkennbar, und seine Kleidung war nicht die eines Akkesch oder Kydhiers.«

»Also – war es der Feind?«, fragte Tuwin, als Curru verstummte.

Der Seher blickte bekümmert auf. »Ich weiß es nicht, Tuwin, ich weiß es nicht. Denn jener Mann leugnete alles, und als der Händler ihn beschuldigte, schien er mir ehrlich erschrocken.«

»Aber es war doch ein Mann aus dem Süden, ein Fremder in dieser Stadt, oder nicht?«, fragte Harbod.

»Ja, auch ich glaubte uns am Ziel, doch dann geschah Merkwürdiges«, erwiderte Curru. »Malk Numur, der Sohn des Raik, verbürgte sich für diesen Mann. Er behauptete, dieser Fremde sei schon einige Tage in der Stadt. Und der Junge, der doch mit dem Fremden reiten sollte, wie wir … an jenem Bach erfahren haben, war nicht bei ihm. Dafür ein Mädchen, seine Nichte angeblich, auch wenn sie ihm nicht ähnlich sah.«

Awin sah Curru an, dass er noch einmal alles hinterfragte, was er dort gesehen und gehört hatte. Ihm selbst schoss ein Gedanke durch den Kopf. Uos Mund! In seinem Traum war er dort im Sand versunken, und ein Fremder hatte ihm zugesehen. Wenn dort nun nicht er – sondern der Begleiter des Feindes im Sand verschwunden war?

»Vielleicht hat er dieses Mädchen gekauft?«, meinte Mewe.

Natürlich! Awin begriff es jetzt: Der Fremde hatte seinen Sklaven in Uos Mund verloren und sich bei dem Händler Ersatz besorgt. Das war einleuchtend!

Curru blickte auf. »Ja, mein Freund, das hat auch der Händler behauptet. Er sagte, der Begleiter des Fremden sei vom Sand verschlungen worden, jedoch verstrickte er sich in viele Lügen, und so ist schwer zu beurteilen, ob auch nur eines seiner Worte der Wahrheit entsprach. Und warum sollte der Mann, den wir suchen, ein Grabschänder und Mörder, ein Mädchen kaufen? Noch dazu eines, das die grünen Augen der Hirth hat, die, wie doch jedermann weiß, nichts als Unheil verheißen?«

Awin biss sich auf die Lippen. Eben noch war er sicher gewesen, das Rätsel gelöst zu haben. Aber die Augen der Hirth brachten Unglück, das war allgemein bekannt. Curru hatte Recht, es passte nicht zusammen. War dieser Fremde der Grabräuber, dann brauchte er einen kräftigen Gehilfen, so wie ihn der Hakul von Horkets Klan beschrieben hatte. Er würde sicher kein Mädchen kaufen, schon gar nicht für einen Blutdolch, der doch mindestens drei oder vier Sklaven wert war. Und der Sohn des Raik hatte sich für den Fremden verbürgt. *Trotzdem*, widersprach seine innere Stimme, *er ist es. Du hast es gesehen.*

»Wie ihr seht, ihr Männer, ist die Wahrheit in diesem Fall nicht leicht zu erkennen«, sagte Curru jetzt. »Und vor allem können wir Malk Numur, den Sohn des Raik, nicht der Lüge bezichtigen, nicht in seiner Stadt, nicht, wenn wir es nicht sicher wissen. Zumal dort noch ein Mann war, ein Krieger, ein wahrer Hüne von einem Mann und ein Wächter des Händlers. Der hatte den Fremden auch gesehen, und er sagte, dass es nicht jener war, der dort in der Halle stand. Und er sagte, genau wie der Händler, dass der Mann, den wir suchen, flussaufwärts geritten sei, nach Scha-Adu. Nun, viele Fremde reisen durch das Reich der Akkesch, und auch wenn ich Zweifel an seinen Worten habe, vermag ich nicht zu erkennen, warum dieser Krieger lügen sollte.«

Awin hätte es ihm sagen können. Wenn derjenige, der in Zukunft vielleicht Herr der Stadt sein würde, sich für den Fremden verbürgte, so konnte ein einfacher Krieger es doch kaum wagen, ihn bloßzustellen.

»Was geschah mit dem Händler?«, fragte Eri. »Habt ihr ihn getötet?«

Ech stieß ihn in die Seite, und Curru sah den Jungkrieger mit einem Stirnrunzeln an. »Dies ist der Rat der Männer, Eri, Aryaks Sohn, und auch wenn du berechtigt bist, mit den Yamanoi zu reiten, so hast du noch lange nicht das Recht, hier das Wort zu ergreifen oder Fragen zu stellen.«

Eri wurde rot, aber Curru setzte seinen Bericht ungerührt fort: »Die Frage war vorlaut, doch will ich sie trotzdem beantworten. Der Händler entriss einer der Wachen einen Speer und stach wild um sich, denn er fürchtete um sein Leben. Wir hätten es gerne genommen, doch kam uns jemand zuvor. Es war dort eine Frau an der Seite des Immits. Hochgewachsen, reich geschmückt und in den Augen der Akkesch sicher eine Schönheit. Sie trat mit einem Lächeln an den Händler heran, legte ihm sanft die Hand auf die Brust und tötete ihn. Ich glaube, in ihrem prachtvollen Armreif war eine Klinge versteckt.«

Die Hakul nickten beifällig. Awin wusste, dass sie den Mann lieber selbst getötet hätten, doch war es in ihren Augen eine Genugtuung, dass er durch die Hand eines Weibes einen ehrlosen Tod gestorben war.

»Doch was nun?«, rief Harbod. »Wollt ihr die Sache auf sich beruhen lassen? Wollt ihr hinnehmen, dass wir in der Halle ihres Herrschers belogen und betrogen werden? Wenn der Händler ein Mann dieser Stadt ist, dann schulden sie uns seine Leiche und reiche Sühne, denn er hat mit unserem Feind Geschäfte gemacht.«

Curru trat wütend an ihn heran, doch der Yaman erhob sich und ergriff das Wort: »Es ist erstaunlich, Harbod vom Fuchs-Klan, denn jener Immit Schaduk dachte genau wie du. Er bot uns die Ladung des Händlers, ein ganzes Schiff voller Sklaven, Kupfer und anderer Dinge als Entschädigung an. Dieses Angebot ist so großzügig, dass ich zögere, es wirklich anzunehmen.«

Eine Schiffsladung Kupfer und Sklaven? Die Krieger lächelten. Das wäre reiche Beute. Mewe schien diese Gedanken zu erraten, denn er erhob sich nun auch und sagte: »Wir sind nicht hier, um Beute zu machen, Hakul!«

Der Yaman nickte. »Mewe hat Recht«, erklärte er ruhig. »Und wir werden sicher keine Sühne annehmen, wenn der Mann, der sie gibt, den Feind vor uns schützt. Zumal er diese großzügige Geste mit der Forderung verband, dass wir bei Sonnenaufgang nicht mehr hier sein sollen.«

»Er *fordert* das?«, fragte Harbod ungläubig. Auch die anderen Krieger waren erzürnt. Sie waren freie Männer und ritten, wohin es ihnen gefiel. Kein Akkesch konnte es wagen, sie fortzuschicken wie Bettler.

»Und wenn dieser Fremde, jener Krieger und Malk Numur doch die Wahrheit gesagt haben?«, fragte Bale langsam. Awin sah ihm an, dass er in Gedanken Kupferbarren zählte.

»Das ist die alles entscheidende Frage, Bale, Abals Sohn. Und vielleicht haben wir einen Weg gefunden, noch in dieser Nacht zu ergründen, was wahr ist und was nicht. Ist es nicht so, Curru, mein Freund?«, erwiderte Yaman Aryak.

»So ist es, ehrwürdiger Yaman«, lautete die ruhige Antwort.

Awin hatte keine Ahnung, worauf die beiden anspielten, und er sah den anderen Hakul an, dass sie es ebenfalls nicht wussten.

»Und wie wollt ihr das anstellen?«, fragte Harbod schließlich. »Wollt ihr die Akkesch noch einmal fragen, damit sie euch erneut anlügen können?«

Curru lächelte grimmig. »Es gibt Mittel und Wege, die dir unbekannt sind, Harbod, Harmins Sohn.«

Wieder hob der Yaman die Hand. »Doch noch ist es nicht Nacht. Wir werden uns stärken und dann tun, was getan werden muss.«

Und mit dieser rätselhaften Aussage löste er die Versammlung auf. Awin runzelte die Stirn. In seinen Augen lag die Sache auf der Hand. Der Begleiter des Fremden war von Uos Mund verschlungen worden, und er hatte sich dafür Ersatz besorgt. *Und warum ein Mädchen?*, fragte seine innere Stimme. Das war der Haken an der Sache. Sollte er mit dem Yaman darüber reden? Aryak hatte gesagt, sie würden die Wahrheit in der Nacht ergründen. Es war also vielleicht gar nicht nötig, dass er Curru erneut verärgerte, zumal er da noch eine Frage hatte, die er seinem Ziehvater unbedingt stellen musste. Er fand ihn bei den Pferden auf einem Stein sitzend, wo er eine kleine lederne Tasche durchwühlte, die allerhand Kräuter zu enthalten schien.

»Meister Curru!«, rief er ihn an.

Curru drehte sich um und zog eine Augenbraue hoch. »Ah, der junge Mann, der davon träumt, bald Seher zu sein.«

Awin stockte. »Ich habe nichts dergleichen gesagt, Meister Curru«, verteidigte er sich.

»Das musst du auch gar nicht, wie es scheint. Offenbar ist es dir gelungen, andere dazu zu bringen. Wenn du mich fragen willst, warum Meister Mewe den Zorn des Yamans auf sich gezogen hat, dann frage dich das doch lieber selbst, Awin, Kawets Sohn.«

»Deswegen bin ich nicht hier«, meinte Awin und versuchte tapfer, den vorwurfsvollen Ton zu überhören.

»So? Weswegen denn?«

»Ein Zeichen, Meister Curru.«

Der Seher legte den Beutel zur Seite und sah Awin geringschätzig an. »Du kommst zu mir, um mich wegen eines Zeichens um Rat zu fragen? Wie kann das sein, wo du doch angeblich alles schon besser weißt als ich?«

»Es geht noch einmal um *meinen* Traum von Serkesch.« Es klang schärfer, als er es beabsichtigt hatte, aber sein Ziehvater machte es ihm auch nicht gerade leicht.

Curru zuckte kurz zusammen, dann sagte er mit betrübter Stimme: »Dieser Traum, den ich als den meinen ausgab, um dich zu schützen? Ich verstehe. Bist du nun gekommen, um mich bloßzustellen vor unseren Männern und denen des

Fuchs-Klans? Willst du genießen, wie Harbod mich verspottet? Wirst du dann wenigstens zugeben, dass du ohne mich gar nicht verstanden hättest, was die Schicksalsweberin dir sagen wollte?«

Awin seufzte. »Aber nein, Meister, nichts dergleichen. Das Mädchen, das die Blumen pflückte, ich habe sie heute gesehen.«

Currus Augen weiteten sich überrascht, und die alles durchdringende Selbstgerechtigkeit schien für einen Augenblick von ihm zu weichen. »Was meinst du damit?«

»Es war Merege, unten an der Mauer. Sie hat die Blumen gepflückt, es war genau wie in meinem Traum.«

»Die Kariwa? Aber natürlich, darauf hätte ich früher kommen müssen«, murmelte Curru. Dann stockte er und fragte: »Die Blumen – hast du die Blumen gesehen?«

»Ja, Meister. Roter Mohn.«

»Rot?« Curru wirkte ehrlich bestürzt. »Das bedeutet Blutvergießen – aus den Händen der Kariwa!« Er packte Awin hart am Arm: »Nimm dich vor ihr in Acht! Aus ihrer Hand kommt der Tod!«

Awin zuckte erschrocken zurück. Die Augen des Alten waren weit aufgerissen. Das war keine Verstellung und kein Versuch, ihn zu beeinflussen oder zu täuschen. Curru glaubte, was er da sagte.

»Aber ... aber sagtest du nicht, dass das Mädchen im Traum nur für ein Fest stünde, Meister Curru?«, erhob Awin zaghaft Einspruch.

Curru blitzte ihn finster an. »Wäre es eines der unseren gewesen, dann ja, doch es ist die Kariwa. Was wissen wir denn über sie? Nichts! Warum reitet sie mit uns? Das verrät sie nicht. Ich wusste von Anfang an, dass ihre Gegenwart nichts Gutes verheißt, und du selbst hast es jetzt gesehen – roter Mohn! Schlimmer kann es nicht kommen. Deges Falbe hat seinen Reiter getötet, als sie ein Pferd brauchte, Marwis Wunde wurde schlimmer, als sie in seine Nähe kam. Wie viele Beweise brauchst du noch?«

»Du hast Recht, Meister Curru«, sagte eine helle Stimme hinter Awin. Er fuhr herum. Eri hatte sich unbemerkt genähert. Wie lange hatte der Knabe zugehört? Und warum hatte Curru nichts gesagt?

»Natürlich habe ich Recht, mein Junge, doch glaubst du, ich brauche einen Knaben, der mir das sagt?«

Eri lief rot an, als Curru ihn einen Knaben nannte. »Wenn du willst, tötet der Knabe sie für dich«, stieß er wütend hervor.

»Langsam, junger Freund, langsam. Ich glaube, wir sollten diese Angelegenheit doch lieber erst mit deinem Vater besprechen«, entgegnete Curru mit einem herablassenden Lächeln. »Außerdem bezweifle ich stark, dass es dir gelänge, sie auch nur zu verletzen. Sie hat Zauberkräfte, hast du das vergessen, Eri, Aryaks Sohn?«

»Ich fürchte sie nicht!«, zischte der Knabe.

Awin hatte dem Wortwechsel ungläubig zugehört. Jetzt rief er: »Was redet ihr da? Sie reitet mit dem Sger, und wir töten niemanden, der mit uns reitet! Habt ihr denn alle Sitten und Bräuche der Hakul vergessen?«

Curru erhob sich zur vollen Größe und sah finster auf Awin herab. »Rede du mir nicht von heiligen Gesetzen, Awin. Denn heilig ist auch die Achtung, mit der ein Schüler seinem Lehrer begegnen sollte. Ich werde mit Aryak reden, denn ich glaube nicht, dass unsere Sitten auch Schlangen schützen, die sich in unseren Sger geschlichen haben.« Damit drehte er sich um und ging davon.

Eri folgte ihm nach kurzem Zögern. Awin starrte den beiden betroffen hinterher. Der Yaman würde nicht zulassen, dass sie Merege etwas taten, oder? Er folgte den beiden, denn bei dieser Unterredung musste er dabei sein. Doch Curru erklärte dem Yaman, er habe eine Angelegenheit zu besprechen, die nur ihn und seine Söhne etwas anginge. Aryak runzelte unwillig die Stirn, doch der Seher drängte ihn, bis er nachgab und seine Söhne zu sich rief. Sie entfernten sich ein Stück vom Lager, und Awin blieb nichts anderes übrig, als sie aus der Entfernung zu beobachten.

»Was gibt es da zu beobachten, junger Seher?«, fragte Merege, die herangeschlendert war. Sie hielt immer noch die Mohnblumen in der Hand.

»Nichts Gutes, fürchte ich«, murmelte Awin. Er sah, wie Curru auf den Yaman einredete. Ebu und Eri nickten immer wieder bekräftigend, während Ech, der zweite Sohn des Yamans, mit verschränkten Armen zuhörte. Ech schien nicht zu überzeugen, was der Seher vorbrachte, und auch Yaman Aryak schüttelte immer wieder ablehnend den Kopf.

»Sie sind uneins«, stellte Merege nüchtern fest.

»Das sind sie, und ich glaube, dieses Mal bin ich froh darüber«, meinte Awin halblaut.

»Reden sie über dich – oder über mich?«, fragte das Mädchen schlicht.

Ihre Unbefangenheit verblüffte Awin. Sollte er sie warnen? Durfte er das? Konnte er sich gegen seine Sgerbrüder und vielleicht sogar den Yaman stellen? Noch schien Aryak den Einflüsterungen Currus zu widerstehen. Aber würde das so bleiben?

»Du antwortest nicht, also geht es um mich«, stellte das Mädchen nüchtern fest.

Awin sah in ihre hellen Augen. Das sichelförmige Zeichen an ihrem linken Auge irritierte ihn immer wieder aufs Neue.

»Es ist das Gestirn meiner Geburt«, erklärte Merege ruhig.

»Wie?«, fragte er verwirrt.

»Die Linien, die du immer anstarrst – wir bekommen sie, wenn wir das Alter der ersten Reife erreichen.«

»Ich wollte nicht ...«, begann Awin eine lahme Entschuldigung. Dann fragte er: »Was bedeuten sie?«

»Kennt ihr Hakul keine Sternzeichen?«

Awin schüttelte den Kopf. »Die Akkesch deuten die Gestirne, aber wir glauben natürlich nicht, dass diese fernen Lichter, die ja nur des Nachts erscheinen, irgendetwas ...« Er verstummte, denn er bemerkte, dass er dabei war, ihren Glauben herabzusetzen. Es war zu spät. Ihre Augen verengten sich. »Es gibt vieles, was dein Volk nicht glaubt, und noch mehr, was es nicht weiß!«, erklärte sie kühl und ging davon.

Mewe kam ihr entgegen. Sie gingen aneinander vorbei, ohne zu grüßen. Mewe blieb neben Awin stehen. »Du bewegst dich auf gefährlichem Gelände, Awin«, meinte der Jäger und legte Awin die Hand auf die Schulter. Und als er sah, dass der Junge nicht verstand, deutete er mit einer Geste auf die kleine Versammlung um den Yaman und Curru.

»Ich glaube, sie reden nicht über mich«, entgegnete Awin.

»Da bin ich sogar sicher. Sie reden über die Kariwa, wenn mich nicht alles täuscht.«

»Woher weißt du das?«, fragte Awin überrascht.

Mewe lächelte. »Als Jäger sollte man lernen, aus seinen Beobachtungen Schlüsse zu ziehen, mein Junge.«

»Curru hält sie für eine Gefahr, Meister Mewe«, erklärte Awin.

»Natürlich tut er das. Sie ist auf jeden Fall eine Bedrohung für ihn, denn sie zeigt offen, dass sie ihn verachtet, und sein Ruf als Seher hat ohnehin schon gelitten. Aber was meinst du, junger Seher, ist sie auch eine Gefahr für uns?«

Awin blickte betroffen zu Boden. Der rote Mohn war ein starkes Zeichen. Currus Erschütterung war echt gewesen. »Ich weiß es einfach nicht, Meister Mewe. Aber sind wir nicht auch schon so von tausend Gefahren umgeben? Spürst du nicht auch, dass das Verhängnis schwer über dieser Stadt und jetzt auch über uns lastet?«

Der Jäger sah ihn überrascht an, dann nickte er ernst. »Es ist nicht ohne Weisheit, was du sagst, Awin. Wir sind tief im Land des Feindes, und viele Bedrohungen lauern außerhalb unseres bescheidenen Lagers. Doch es wäre noch einmal etwas anderes, wenn die Gefahr aus unserer Mitte käme, oder? Vor allem, wenn gewisse Hakul auf den Gedanken kämen, du seist Teil dieser Gefahr.«

»Ich?«, rief Awin entsetzt.

»Manche sind der Meinung, du habest dich zu sehr mit der Kariwa angefreundet, andere glauben sogar, du stündest unter dem Bann einer Hexe. Und deshalb ist es auch für dich gefährlich, wenn sie über das Mädchen reden. Also gib Acht, was du sagst und tust, vor allem, wenn es um die Kariwa geht.«

»Ja, Meister Mewe«, seufzte Awin niedergeschlagen. Er sah, dass die Beratung abgeschlossen war. Curru wirkte unzufrieden. Ebu und Ech folgten ihrem Vater zum Lagerfeuer. Eri blieb mit Curru zurück. Das war kein gutes Zeichen.

Später sah Awin, wie Eri eingehend die Sehne seines Bogens prüfte. So etwas war auf einem Kriegszug nicht unüblich, dennoch beunruhigte es Awin, denn er las eine finstere Entschlossenheit in der Miene des Knaben. Er kümmerte sich um seinen Schecken, aber in Gedanken blieb er bei Eri und seinem Bogen. Sollte er den Yaman warnen? Aber er hatte keine Beweise, dass der Yamanssohn wirklich etwas vorhatte, und er würde sicher alles abstreiten. Es war besser, Merege zu warnen, auch wenn das bedeutete, sich gegen einen Sgerbruder zu stellen. Er fand sie jedoch nicht an ihrem Lagerplatz. Dann rief Tuwin die Krieger zum Essen zusammen. Awin erwartete, dass er Merege am Feuer treffen würde, doch sie war nicht dort. Dafür sah er Eri, der sich im Hintergrund hielt und schweigend Trockenfleisch verschlang. Dann fiel noch jemandem auf, dass das Mädchen fehlte.

»Wo ist die Kariwa?«, fragte Mabak seinen Nachbarn Tauru leise.

Der wusste es nicht, aber Bale hatte die Frage gehört. »Sie ist hinunter zum Fluss gegangen«, erklärte er mit vollem Mund.

»Was will sie denn dort?«, fragte Tuwin erstaunt.

»Das habe ich sie auch gefragt, mein Freund«, erklärte Bale kauend, »und denk dir, sie hat gesagt, sie wolle baden.«

»Baden? Während eines Kriegszuges?«, fragte Tuwin ungläubig.

»So ist es«, erklärte Bale vergnügt.

Die Männer lachten. »Wir haben doch noch nicht einmal eine Schlacht geschlagen«, meinte Tuwin grinsend.

»Oh, vielleicht war ihr nur warm, aus ganz anderen Gründen, verstehst du?«, meinte Bale und zwinkerte ihm zu.

Awin seufzte. Er ahnte, worauf das hinauslaufen würde, und er war gar nicht in Stimmung für Scherze.

»Ja, die Nähe unserer jungen Männer kann das Blut einer Frau schon in Wallung bringen«, rief Harbod.

»Ich will dem Fuchs-Klan nicht zu nahe treten, ehrenwerter Harbod«, meinte Tuwin, »aber ich glaube, ihr Herz schlägt doch eher für einen der unseren, nicht wahr?«

»Oh, ihr könnt sie haben, sie ist viel zu blass«, erwiderte Harbod gönnerhaft.

»Aber wir wollen sie doch auch nicht«, rief Tuwin lachend, »bis auf einen vielleicht!«

Awin schnitt sich ein Stück Trockenfleisch ab und versuchte, den Spott zu überhören. Er blickte hinüber zur Stadt. Fackeln brannten auf den mächtigen Mauern. Merege war also an den Fluss gegangen. Es war wirklich ein seltsamer Zeitpunkt, um ein Bad zu nehmen. *Ob sie ihre Kleider wohl alle ablegt, wenn sie badet?*, fragte eine innere Stimme. Er versuchte geflissentlich, sie zu überhören, und war sehr erleichtert, als der Yaman die Spötteleien unterband. »Ich freue mich, dass ihr lacht, ihr Männer, hier im Angesicht unserer Feinde. Und das, obwohl wir noch nichts erreicht haben auf unserer Jagd nach dem Mörder unseres Freundes.«

Die gute Laune war augenblicklich wie weggewischt.

»Sagtest du nicht, dass ihr heute Nacht ergründen könntet, ob der Mann aus der Halle der Gesuchte ist oder nicht?«, fragte Harbod nach einer Weile betretenen Schweigens.

»So ist es«, erwiderte der Yaman.

Wieder war es Curru, der sich erhob und das Wort ergriff. »Vielleicht weißt du es nicht, Harbod, denn es lebt ja kein Seher in deinem Klan, aber es gibt einen Weg, einen gefährlichen Weg, der uns die Wahrheit enthüllen wird – einen Pfad, den nur die Seher einschlagen können.«

Harbod lachte laut auf. »Es wäre etwas Neues, aus deinem Munde einmal die Wahrheit zu hören, ehrenwerter Curru!«

Die Hand Currus fuhr zum Dolch. »Treibe es nicht zu weit, Harbod!«

Eine Menge Hände lagen auf einmal auf Dolch- und Schwertgriffen. Der Yaman hob den Arm. »Reicht es nicht, dass wir tief im Feindesland sind?«, rief er zornig. »Müssen nun unsere Krieger sich auch gegenseitig an die Gurgel gehen? Ich sage, der Erste, der hier seine Waffe gegen einen anderen Hakul zieht, hat sein Leben verwirkt! Und ich selbst werde es nehmen!«

Die finstere Drohung reichte aus, die Sichelschwerter blieben stecken. Awin fiel auf, dass er Eri nicht mehr sah. Er wäre doch sonst der Erste gewesen, hier einen Streit vom Zaun zu brechen. Wo war er? Awin bekam ein sehr ungutes Gefühl, und er hörte kaum zu, als Curru seine Erklärung fortsetzte: »Es gibt ein altes und mächtiges Ritual, das dem Kundigen enthüllt, was war, was ist und was sein wird, eine Reise des Geistes. Mein Meister, der berühmte Kluwe, hat mir ihre Geheimnisse enthüllt. Doch ist sie gefährlich, denn wer die Schicksalsfäden lesen will, muss unter die Augen Tengwils treten. So mancher Seher ist von dieser Reise mit leerem Geist zurückgekehrt. Ich selbst habe es gesehen – es ist dann, als habe die Weberin den Faden des Reisenden aus der Hand gelegt und entschieden, dass sein Schicksal endet, obwohl er noch lebt. Er liegt in völliger Umnachtung, lebend, doch unfähig zu essen, zu trinken oder auch nur die Augen zu öffnen, bis er, Tage später, an Hunger und Durst qualvoll zu Grunde geht.«

Awin vergaß über der Schilderung des Alten nicht, dass sowohl Merege wie auch Eri fort waren, aber jetzt lauschte er gebannt. Er hatte von diesem Ritual gehört. Es gehörte zu den Geheimnissen, die ihm erst bei seiner Weihe enthüllt werden würden, und deshalb kannte er keine Einzelheiten, wusste nur, dass es eine verzweifelte Maßnahme für Zeiten großer Not war. Es wäre außerordentlich mutig von seinem Meister, dieses Ritual durchzuführen.

»Und weil wir so dringend erfahren müssen, wer unser Feind ist und wo er sich aufhält«, erklärte der Seher jetzt, »werden mein Schüler und ich diese Gefahr heute Nacht auf uns nehmen.«

Gesichte

DIE NACHT WAR inzwischen angebrochen, und tausend Sterne funkelten von einem wolkenlosen Himmel. Ein leichter Wind strich über die karge Ebene, in der die Hakul ihr Lager aufgeschlagen hatten. Awin saß da wie gelähmt und starrte seinen Ziehvater an. Sein Herz pochte wild. Curru wollte ihn mitnehmen? War das nun eine Auszeichnung oder ein Versuch, ihn umzubringen? Vielleicht beides? Das Ritual der Reise war etwas, worüber selbst die Alten nur im Flüsterton sprachen. Awin erinnerte sich, dass er einmal gehört hatte, wie einer über seinen Vater Kawet sagte, er sei ein großer Seher gewesen, doch mit dem Makel behaftet, niemals diese Reise gewagt zu haben. Und jetzt sollte er …?

Curru gab Anweisungen zur Vorbereitung des Rituals. Ein Kreis musste mit Speeren abgesteckt werden, acht Schritte im Durchmesser. Eine Leine sollte entlang der Speere gespannt werden, um den Bereich mit Umhängen vor neugierigen Blicken zu schützen. Curru verlangte nach zwei Bronzeschalen, doch verfügte der Sger nicht über solche Gefäße. Der Yaman gab daraufhin Tuwin und Bale den Auftrag, die Schalen in einem der Gehöfte gegen etwas Salz einzutauschen.

»Und wenn sie sie nicht hergeben wollen?«, fragte Tuwin.

»Dann überzeugt sie eben«, meinte Curru, »aber achtet darauf, dass die Schalen nicht mit Blut verunreinigt werden. Und bringt sie mir rasch. Auch Wasser aus dem Fluss brauche ich, denn ich muss die Schalen in jedem Fall säubern.«

»Wenn wir sie überreden sollen, müssen wir mehr als zwei sein«, brummte Bale, »sonst wehren sie sich vielleicht.«

Der Einwand war berechtigt, und so entschied Yaman Aryak, dass vier weitere Krieger die beiden begleiten sollten. »Du kannst sie dir aussuchen, Tuwin, doch wenn du meinen Sohn Eri mitnehmen solltest, habe ein Auge auf ihn.«

Tuwin stutzte. »An ihn hatte ich eigentlich nicht gedacht, ehrwürdiger Yaman, aber ich sehe ihn auch nicht.«

Awin biss sich auf die Lippen. Eri und Merege, das hatte er fast vergessen.

Der Yaman runzelte die Stirn. »Ebu, Ech, wo ist euer Bruder?«

»Ich weiß es nicht, Baba«, antwortete Ech. »Ich habe ihn beim Essen noch gesehen.«

»Ich sah ihn«, meinte Harbod, »ich glaube, er ging hinunter zum Fluss.«

»Zum Fluss?«, fragte Aryak und erbleichte. »Und das sagst du erst jetzt?«

Harbod zuckte mit den Schultern. »Er ist nicht mein Sohn.«

Die Krieger, die damit beschäftigt waren, nach Currus Anweisungen die Speere als Pfosten zu setzen, hielten inne.

»Vielleicht … Er ist ein Knabe, vielleicht wollte er sie nur beim Baden beobachten«, meinte Bale lahm.

»Das wollte er nicht«, rief eine kühle Stimme. Leise Schritte kamen aus der Dunkelheit. Es war Merege, die vom Dhanis zurückkehrte. Ihre schmale Gestalt zeichnete sich als Umriss vor dem silbernen Band des breiten Stromes ab. Sie trat ans Feuer und warf Yaman Aryak etwas vor die Füße. Es war ein Sichelschwert, die Klinge in zwei Teile zerbrochen. »Dies gehört deinem Sohn, Yaman.«

Aryak starrte stumm auf das Schwert zu seinen Füßen. »Ist er …« begann er, aber er brachte die Frage nicht zu Ende.

»Nein, er ist nicht tot, wenn du das meinst, Yaman. Ich töte keine Kinder. Aber es ist gut möglich, dass er weint, weil ich sein Spielzeug zerbrochen habe.«

Tuwin bückte sich nach der Klinge. »Ich habe dieses Schwert selbst geschmiedet. Es war eine gute Waffe. Wie hast du …?«

»Ist das die einzige Frage, die dich beschäftigt?«, unterbrach ihn Merege kalt.

Awins Blick fiel unwillkürlich auf das Schwert, das an ihrem Gürtel hing. Es steckte in einer unscheinbaren ledernen Scheide. Es war gerade, schmal und nicht sehr lang. War es möglich, dass sie eine Eisenklinge besaß? Oder hatte sie Zauberei verwendet, um Eris Klinge zu zerbrechen? Warum hatte er nicht seinen Bogen verwendet? Eri war ein guter Schütze. Awin konnte Tuwin ansehen, wie sehr ihn der Bruch der von ihm gefertigten Klinge in der Ehre traf. Aber Merege hatte Recht. Es gab andere Fragen.

»Wo ist er jetzt?«, fragte Yaman Aryak mit bebender Stimme.

Merege zuckte mit den Schultern. »Vermutlich immer noch unten am Fluss, Yaman.«

»Ebu, Ech, sucht ihn und bringt ihn her. Sofort!« Der Yaman trat einen Schritt auf das Mädchen zu. »Er hat mich entehrt, doch auch auf mich fällt Schuld, junge Kariwa, denn er hatte gedroht, etwas gegen dich zu unternehmen, und mein Verbot war nicht stark genug, ihn davon abzuhalten. Dieser Angriff ist also auch mein Versagen. Du siehst mich zutiefst beschämt.«

»Es war ein Fehler, auf dein Wort zu vertrauen, Yaman«, entgegnete Merege. »Ich werde heute Nacht an einem anderen Ort ruhen, und ich bin sehr im Zweifel, ob ich euch weiter begleiten kann.«

Der Yaman nickte betroffen. Eri hatte die Ehre seines Vaters mit Füßen getreten wie schon bei den Ereignissen an jenem Bach in Srorlendh. Die Krieger wirkten verunsichert oder schockiert, denn sie begriffen sehr wohl, dass Eris Tat den ganzen Klan entehrt hatte. Der Yaman setzte sich ans Feuer und starrte in die Flammen. Awin fragte sich, was er mit Eri anstellen würde, wenn seine Brüder ihn zurückgebracht hätten. Ebu und Ech sattelten ihre Pferde mit versteinerter Miene. Sie nahmen Speer und Schild zur Hand und setzten sogar ihre Kriegsmasken auf. Sie brachen auf, einen Verräter vor den Yaman zu bringen, und er sollte nicht damit rechnen, dass sie ihn noch als ihren Bruder betrachteten. Als sie in die Dunkelheit ritten, fragte sich Awin, wie die beiden sich dabei fühlen mussten.

»Steh hier nicht herum und träume, Awin, Kawets Sohn. Wir haben eine Aufgabe zu erfüllen!« Es war die scharfe Stimme Currus, die ihn aus seinen Gedanken riss. Das Ritual! Curru war auch durch diesen Zwischenfall nicht von seinem Vorhaben abzulenken. Awin folgte seinem Meister. Die Krieger hatten den Kreis abgesteckt, aber noch nicht vollendet, weil Mereges Rückkehr die Arbeit unterbrochen hatte. Nun trieb Curru sie zur Eile. »Wir müssen diese Reise in der Nacht antreten und zurück sein, bevor es tagt. Dieser Kreis ist in der Nacht ein Leuchtfeuer, das deinen und meinen Geist hierher zurückführen wird. Bei Tag ist er jedoch nicht zu sehen.«

»Hast du dieses Ritual schon einmal durchgeführt, Meister Curru?«, fragte Awin vorsichtig.

»Nein, noch nicht, doch mein Meister, der große Kluwe, hat es getan, und er hat mir das Nötige erklärt. Auch war ich als junger Seher dabei, als ein Freund meines Meisters diese Reise antrat und nicht zurückfand. Also sei vorsichtig bei allem, was du tust!«

»Ja, Meister. Das heißt – was muss ich denn tun?«

»Eins nach dem anderen, junger Seher, eins nach dem anderen. Dies sind Dinge, die wir nicht vor den Ohren der Krieger besprechen sollten.« Und dann zeigte Curru den Männern, wie hoch die Leine gespannt sein musste, damit die schwarzen Umhänge die Seher später vor der Außenwelt schützten. Und er trieb Tuwin zur Eile, denn über den Zwischenfall mit Merege hatte dieser seinen Auftrag mit den Schalen ganz vergessen.

Mewe kam zu Awin. »Nun, junger Seher, jetzt ist es so weit.«

»Was, Meister Mewe?«

»Du wirst geweiht, oder nicht?«

»Ich?«

Mewe lächelte schwach. »Soweit ich weiß, dürfen nur geweihte Seher Rituale dieser Art durchführen, oder?«

»Daran habe ich gar nicht gedacht, Meister Mewe.«

»Dann musst du mich bald auch nicht mehr Meister nennen, und du wirst in Zukunft mit den Yamanoi reiten«, meinte der Jäger. Dann lachte er und sagte: »Bei deinem Ungeschick mit dem Bogen ist das sicher auch besser.«

Awin antwortete nicht. Die Weihe. Das war etwas, das immer in weiter Ferne gelegen hatte. Und jetzt sollte es geschehen? »Meister Curru hat gar nichts gesagt«, wandte er ein.

Mewe schlug ihm auf die Schulter. »Dein Meister ist durchdrungen von seiner eigenen Wichtigkeit. Er wird es dir schon noch sagen. Es ist aber auch schade.«

»Schade?«

»Du weißt doch sicher, dass du den Klan nach deiner Weihe verlassen musst, oder?«

Awin erbleichte. Der Jäger hatte Recht. In so einem kleinen Klan wie dem ihren war kein Platz für zwei Seher. Solange Curru noch lebte, würde Awin sich einer anderen Sippe anschließen müssen. Aber den Klan verlassen? Was würde aus seiner Schwester werden?

»Wenn du willst, kann ich mit Harbod reden. Er hält große Stücke auf dich, junger Seher.«

»Meister Mewe, ich danke dir, aber noch bin ich nicht

geweiht. Außerdem, nach allem, was Curru gesagt hat, kann es doch durchaus sein, dass ich dieses Ritual nicht überlebe«, fügte er düster hinzu.

Mewe lächelte. »Du scheinst ja mehr Angst vor der Weihe als vor dem Tod zu haben, junger Seher. Aber bereite dich jetzt lieber weiter vor. Ich werde mit dem Yaman reden. Eris Vergehen hat ihn hart getroffen. Er braucht Zuspruch, und ich denke, es spielt keine Rolle mehr, dass er seinem Jäger am Morgen noch zürnte.«

Awin nickte verunsichert. Vorbereiten? Wie sollte er sich auf etwas vorbereiten, von dem er keine Ahnung hatte, was es war? Curru hatte nie mit ihm über die Weihe gesprochen. Und jetzt dieses gefährliche Ritual? Mewe hatte Recht, er musste sich sammeln. Also tat er das, was er immer zu tun pflegte, wenn er beunruhigt war oder ihm etwas auf der Seele lag. Er ging, um sich um sein Pferd zu kümmern. Der Schecke war ihm schon ans Herz gewachsen. Er würde Bale am Ende des Kriegszuges fragen, was er für ihn haben wollte. Plötzlich tauchte Merege bei ihm auf. »Ihr wollt einen Ritus durchführen?«, fragte sie und kam damit ohne Umwege auf den Punkt.

Awin streichelte den Hals seines Pferdes. Er zögerte mit der Antwort, aber dann sagte er: »Es ist das Ritual der Reise. Meister Mewe meint, damit würde ich auch meine Weihe zum Seher erhalten.«

»Mewe ist kein Seher, was versteht er denn davon?«

»Mehr, als du denkst«, entgegnete Awin und runzelte die Stirn. Das Mädchen hatte leider die Angewohnheit, gute Fragen zu stellen. Mewe verstand schließlich wirklich nichts davon. Vielleicht würde er diese Reise antreten, und Curru würde ihm trotzdem die Weihe verweigern.

»Was ist es für ein Ritual?«, fragte sie.

»Ich weiß es nicht genau, es hat etwas damit zu tun, dass der

Geist auf eine Reise geschickt wird. Es heißt, das Gestern, das Heute und das Morgen würden dabei offenbart.«

Merege überlegte eine Weile, dann erwiderte sie: »Du solltest darauf achten, was dein Meister tut.«

»Das muss ich wohl, denn ich habe ja keine Ahnung, wie ...«

»Nein, Awin, das meinte ich nicht. Du musst darauf achten, was er tut, nicht, was er dir sagt, verstehst du?«

Sie hatte ihn zum ersten Mal mit dem Vornamen angesprochen und sah besorgt aus. Er nickte ernst, auch wenn er nicht die leiseste Ahnung hatte, was sie meinte. Jemand am Lagerfeuer rief ihn. Es war der Yaman. Er winkte zum Zeichen, dass er verstanden habe. Als er sich wieder umdrehte, war Merege verschwunden.

»Du hast mit der Kariwa gesprochen?«, fragte Yaman Aryak mit gepresster Stimme.

»Ja, ehrwürdiger Yaman.«

»Wenn du sie wieder sprichst, bitte sie in meinem Namen noch einmal um Vergebung. Eri wird für seine Tat angemessen bestraft werden, und es wird sich nicht wiederholen.«

»Ja, ehrwürdiger Yaman.« Awin hätte gerne gewusst, wie diese Strafe aussehen sollte, aber er wagte nicht, danach zu fragen.

»Nichts ist, wie es sein sollte, Awin, Kawets Sohn. Seit der Fremde den Lichtstein gestohlen hat, scheint das Glück unseren Klan verlassen zu haben. Ich hoffe, Curru und du, ihr könnt uns helfen, den Stein wiederzuerlangen.«

Awin nickte.

»Curru sagt, dass dieses Ritual den geweihten Sehern vorbehalten ist. Wenn du es überlebst, wirst also auch du ein Seher sein.«

»Ich weiß nicht, ob mein Meister das auch so sieht, ehrwürdiger Yaman.«

»Ich habe lange mit ihm darüber gesprochen. Er sagt, es sei eigentlich zu früh für dich, aber ich sage, dass vier Augen mehr als zwei sehen. Ich weiß nichts über die Art eurer Unternehmung, doch ich hoffe, ihr werdet Antworten auf unsere Fragen finden. Curru behauptet, dass dies möglich ist.«

»Das hoffe ich, ehrwürdiger Yaman.«

Aryak starrte ausdruckslos in die Nacht. »Curru meint, dass er bei Tagesanbruch wissen wird, ob der Fremde im Haus des Raik der Gesuchte ist. Und er wird wissen, wo der Heolin ist. Du musst ihm dabei helfen, hörst du?«

Der Yaman packte Awin am Arm. Der Druck war fast schmerzhaft. Awin nickte. »Und noch etwas, junger Seher – suche meinen Sohn Eri, wirst du das für mich tun?«

»Ist er noch nicht zurück, ehrwürdiger Yaman?«

Aryak schüttelte den Kopf. »Ebu und Ech suchen noch nach ihm. Sie sind gute Söhne und auch Eri, er ist ...« Der Yaman schüttelte den Kopf und beendete den Satz nicht. »Er ist jung. Ich nehme an, er weiß inzwischen, was er angerichtet hat. Er wird sich vor Scham irgendwo verstecken, sonst hätten ihn seine Brüder doch längst gefunden, es sei denn ...« Er zog Awin nah an sich heran und senkte seine Stimme. »Vielleicht hat die Kariwa gelogen und ihn getötet. Dann finde seinen Leichnam. Ergründe, was geschehen ist, wirst du das für deinen Yaman tun?«

»Ja, ehrwürdiger Yaman, wenn ich es kann.«

»Du kannst es«, flüsterte der Yaman, »und vielleicht schon besser als dein Meister. Enttäusche mich nicht! Aber jetzt geh, Curru wartet schon.«

Awin war froh, als diese Unterhaltung beendet war. Es schmerzte, den Yaman so bekümmert zu sehen. Aber es war auch erdrückend, welche Hoffnungen das Oberhaupt seines Klans in ihn setzte. Er wusste doch gar nicht, was dieses Ritual genau war, und konnte nicht sagen, ob er in der Lage sein würde, all die offenen Fragen zu beantworten. Nach dem, was Curru angedeutet hatte, stellte er es sich ein wenig wie einen Traum vor.

Sein Ziehvater erwartete ihn am Speerkreis. Bis Brusthöhe reichten die schwarzen Mäntel, die die Männer zwischen die Speere gespannt hatten. Sie hatten sich versammelt, nur der Yaman und seine Söhne fehlten. Und auch von Merege war nichts zu sehen. Curru zog Awin in das Innere des Kreises und steckte den letzten Speer in die Erde. Er war nun geschlossen. »Geht jetzt, ihr Krieger«, sagte Curru, »niemand darf sich uns nähern, gleich, was ihr auch hören möget. Erst wenn der Tag anbricht, darf der Kreis geöffnet werden, von uns, wenn wir können, von euch, wenn wir es nicht mehr vermögen. Und nun lasst uns allein.«

Der sichelförmige Mond war inzwischen aufgegangen. Er war blutrot. Man musste kein Seher sein, um das für ein schlechtes Zeichen zu halten. Die Männer zogen sich zurück. Awin fing einige wohlmeinende Blicke von Mabak und Tauru auf, und auch Mewe nickte ihm aufmunternd zu. Dann waren sie allein. Eine Fackel steckte in der Mitte ihres Kreises und warf flackerndes Licht auf den staubigen Boden. Ein Trinkschlauch und ein Dolch lagen dort zwischen den beiden Bronzeschalen, die Tuwin gebracht hatte.

»Nun gut, Awin, Kawets Sohn. Dies also ist der Augenblick, den du sicher schon ersehnt hast. Wenn ich ehrlich bin, glaube ich nicht, dass du überhaupt fähig bist, diese Reise anzutreten. Sollte es dir wider Erwarten doch gelingen, wird der Rückweg dir noch weit schwerer fallen als der Aufbruch. Nun, ich habe davon abgeraten, dich mitzunehmen, und wenn du scheiterst, wird mir niemand etwas vorwerfen können, auch der Yaman nicht, dem dein Leben nicht so sehr am Herzen zu liegen scheint, wie es sollte. Aber es sind düstere Zeiten, und wir stehen vor großen

Fragen. Dies ist das Wichtigste – die Frage! Du musst klar vor Augen haben, zu welchen Orten und Menschen dich dein Pfad führen soll. Und du musst wissen, welche Fragen du denen stellen willst, die dir begegnen. Hast du das verstanden?«

Awin fühlte sich elend. Was, wenn er versagte? »Ja, Meister, das heißt …«

Curru seufzte und legte Awin väterlich die Hand auf die Schulter, eine Geste, die Awin seit Jahren nicht mehr bei ihm gesehen hatte. »Schau, mein Junge, es gibt Berichte von diesen Reisen, geheime Berichte, die nur die Seher kennen. Ich habe einige von meinem Meister gehört, und glaube mir, keine dieser Reisen war wie die andere. Ich kann dir also nicht viel mehr sagen. Richte deine Gedanken auf den Feind und auf den Lichtstein, wenn du es vermagst.«

»Ja, Meister.«

»Gut, mein Junge. Es sind noch Vorbereitungen zu treffen. Zunächst müssen wir hier im Inneren einen weiteren Kreis ziehen. Nimm dein Schwert und ziehe die Linie in den Boden. Achte darauf, dass sie geschlossen ist. Und dabei sprichst du immer wieder die folgenden Worte: ›Dies ist der Erdkreis, mein Geist wird ihn nicht verlassen.‹ Hast du das verstanden?«

»Ja, Meister.«

Sie zogen die Linie in den harten Boden. Curru in die eine, Awin in die andere Richtung. Er hörte seinen Meister die Worte murmeln, die er auch selbst ständig wiederholte: »Dies ist der Erdkreis, mein Geist wird ihn nicht verlassen.« Ihm wurde abwechselnd heiß und kalt, denn er fragte sich, ob diese dünne Linie im Staub wirklich über Wohl und Wehe ihrer Unternehmung entschied.

Sie hielten sich eng am äußeren Ring der Speere. Awin ächzte, denn die Spitze seines Sichelschwertes verbog sich bald in der harten Erde. Aber er ließ nicht nach und vollendete den

Kreis, immer wieder die Worte flüsternd, die Curru ihm vorgesagt hatte. Als sie fertig waren, schritt Curru mit der Fackel noch einmal den Kreis ab und überprüfte die Linie. Er fand keine Unterbrechung und nickte zufrieden, dann rammte er die Fackel wieder in den Boden. »Es ist nicht mehr weit bis Mitternacht, und das ist gut. Setz dich, mein Junge. Wir werden gleich sehen, ob dein Geist bereit ist.«

Die beiden Bronzeschalen standen dort, ein Trinkschlauch lag daneben. Curru goss etwas Wasser in die Schalen, nahm den Dolch und schnitt sich damit leicht in die Handfläche. Blut trat aus, und er ließ es in die Schale tropfen. Wortlos wischte er die Waffe mit einem Tuch ab und reichte sie seinem Schüler. Awin nahm sie und tat es ihm gleich. Der Schmerz zuckte durch seine Handfläche, dann tropfte Blut in seine Schale. Er gab Curru den Dolch zurück. Im flackernden Licht der Fackel öffnete der alte Seher den Beutel, den Awin schon am Mittag bei ihm gesehen hatte. Er nahm eine Handvoll getrockneter Beeren heraus.

»Dies ist die Rabenbeere. Nimm vier Stück davon.«

Awin zögerte. Er kannte die Beere, sie war hochgiftig.

»Ich weiß, dass wir die Kinder immer vor dieser verlockenden Frucht warnen, doch jetzt bist du ein Mann – oder nicht?«

Awin nahm die Beeren und betrachtete sie.

»Du nimmst eine in den Mund, schluckst sie unzerkaut und trinkst etwas von dem Wasser aus deiner Schale. Dann bittest du die Große Weberin um ihren Segen. Sage: ›Dein Reich betrete ich, deine Gnade erbitte ich, deine Hilfe suche ich, Tengwil, allsehende Schicksalsweberin. Öffne mir die Augen. Zeige mir, was ist. Zeige mir, was war. Zeige mir, was sein wird.‹ Schaffst du das?«

»Ja, Meister«, antwortete Awin tapfer.

Er nahm die erste Beere in den Mund. Sie schmeckte säuerlich. Er schluckte, trank und wiederholte die Worte, die Curru ihm vorgesagt hatte.

»Gut mein Junge, gleich noch einmal«, lobte Curru.

So freundlich war er seit Jahren nicht mehr zu dir, warnte seine innere Stimme, als Awin die zweite Beere geschluckt hatte. Sein Ziehvater hatte die erste Rabenbeere genommen. Awin nahm die dritte und die vierte Beere, sein Meister die zweite. Awin stellte die Schale zur Seite, Curru ebenfalls. *Er hat nur zwei genommen!*, rief die innere Stimme. Awin schluckte und schwieg. Jetzt konnte er es nicht mehr ändern. Er fühlte sich seltsam entspannt und gleichzeitig schwer. »Und was nun, Meister?«, fragte er leise.

»Jetzt werden wir schweigen und warten. Denke an das, was du sehen willst. An nichts anderes. Bitte die Weberin, dir die Augen zu öffnen, doch bitte sie nur in Gedanken, nicht in Worten. Worte kommen aus deinem Mund und damit aus einem Teil deines Körpers, und den willst du hinter dir lassen. Du wirst merken, wenn die Reise beginnt. Und bitte Tengwil um Führung!« Dann nahm Curru die Fackel und drückte sie am Boden aus. Dunkelheit umfing sie. Awin lehnte den Kopf in den Nacken. Über ihm glitzerten die Sterne. Er versuchte, der unheilvoll roten Mondsichel keine Beachtung zu schenken. *Öffne mir die Augen, Tengwil*, wiederholte er in Gedanken wieder und wieder. Der Feind – er versuchte, an den Feind zu denken, an den Lichtstein und an Eri, weil der Yaman ihn darum gebeten hatte. Er schloss die Augen und lauschte auf Currus regelmäßigen Atem, dann auf leise Schritte außerhalb des Kreises. Je ruhiger er selbst wurde, desto besser schien sein Gehör die Geräusche der Nacht wahrzunehmen. Nach einer Weile hörte er die halblaute Unterhaltung der Hakul am Lagerfeuer, noch ein wenig später war ihm, als könne er die Wellen des großen Stroms hören und das Knarren der Dattelpalmen, die sich in einem leichten Wind wiegten. Der Wind schmeckte nach Sand. Es würde einen Sturm geben. Dann verstummte die Außenwelt.

Er vernahm ein leises Rauschen wie von Wasser, aber es schien aus seinem Inneren zu kommen. Er spürte jede Faser seines Körpers, seine ineinanderverschränkten Beine, seine Hände, die auf den Knien ruhten. Schauer liefen ihm über die Haut. Sein Herzschlag wurde lauter und lauter, bis er schließlich so laut donnerte, dass alles andere verstummte. Dann setzte sein Herz aus. Er fühlte, wie ihm der Boden unter den Füßen weggezogen wurde, und er fiel. Er hörte und sah nichts mehr, und ein ungeheures Glücksgefühl durchströmte ihn. Dann stürzte er in einen endlosen Abgrund aus Stille und Schwärze. Er fiel und fiel. Das Glück schwand. Unter ihm wurde es heller. Ein bläuliches Licht raste auf ihn zu und umfing ihn. Geblendet schloss er die Augen.

Als er sie wieder öffnete, sah er unter sich eine weite Landschaft. Ein karges Gebirge, das sich in der Ferne verlor. Da war eine Stadt, kleiner als Serkesch, und dort geschah etwas – eine wütende Menge trieb einen Mann durch ein Tor, bewarf ihn mit Steinen. Der Mann hatte das Gesicht verhüllt. Er floh über einen steilen Hang hinab in eine endlose Ebene. In der Ferne glitzerte ein Fluss. Es war keine Landschaft, die er kannte. Wo war er? Staub brannte in seinen Augen, und er musste blinzeln.

Als er die Augen wieder aufschlug, stand er am Rand eines Meeres. Es war dunkelgrau, fast schwarz. Am steinigen Ufer suchte eine junge Frau den Boden ab, hob Steine und Muscheln auf und ließ sie wieder fallen. Merege, dachte er. Die Frau blickte auf. Nein, das war nicht Merege, es war Senis, nur viel, viel jünger. Sie sah ihn prüfend an. »Du bist weit von deiner Heimat entfernt, Hakul«, sagte sie. Sie sagte es, als sei es völlig selbstverständlich, dass sie sich hier begegneten. »Wo bin ich?«, fragte Awin. »Was ist das für ein Ufer?«

»Das Schlangenmeer, junger Seher, doch bist du hier zur falschen Zeit und am falschen Ort.«

Awin nickte. Hier würde er nicht finden, was er suchte. »Aber wie komme ich wieder von hier fort?«, fragte er.

»Schließ die Augen.«

»Und dann?«

Aber sie antwortete nicht. Awin spürte Wind auf seiner Haut. Er öffnete die Augen vorsichtig. Er war hoch in der Luft. Unter ihm flog eine fremde Landschaft dahin, ungeheuer üppig, mit tausenden von Bächen, Seen, Teichen und Tümpeln, die das Licht der Sonne spiegelten. Es gab einen Fluss, und obwohl Awin noch nie so weit im Süden gewesen war, erkannte er den Dhanis, der sich in weiten Schleifen durch die grüne Landschaft wand. *Der Feind, denk an den Feind*, mahnte seine innere Stimme. Aber Awin konnte nicht denken. Der Anblick der dahinfliegenden Landschaft verschlug ihm den Atem. Er blinzelte. Der Wind, der eben noch an ihm gezerrt hatte, war plötzlich verstummt. Awin fand sich in den Schwarzen Bergen wieder, auf einem steilen Abhang über dem Grastal. Da war Elwah, der mit seinem Jüngsten sprach und ihn fortschickte. Etwas stimmte nicht. Es war, als würde die Zeit springen. Eben noch war der kleine Lewe bei Elwah gewesen, jetzt sah Awin mit offenem Mund, wie der Knabe in einem Seitental verschwand. Ein paar kleine Steine bewegten sich unter Awins Füßen und rollten ins Tal hinab. Elwah blickte zu ihm auf. Awin hob unwillkürlich die Hand zum Gruß, aber der Hakul schien ihn nicht zu sehen, er wandte sich ab und machte sich auf den Weg ins Tal. Awin rief, aber Elwah hörte nicht. Stöhnend fiel Awin auf die Knie. Er musste ihn doch warnen! Ein leises Murmeln erklang hinter ihm. Er fuhr herum. Da saß Curru, die Augen fest geschlossen, das Gesicht wachsbleich, und flüsterte leise Worte, die Awin nicht verstand.

Es donnerte zweimal – laute, mächtige Donnerschläge. Awin blickte zum Himmel, doch der war wolkenlos und blau. Er wollte seinen Meister ansprechen, aber dann fand er sich plötzlich auf der anderen Seite des Tals wieder. Curru war verschwunden. Ein Schatten schlich durch die Nacht. Da saß sein Freund Anak, er hatte sich an einen Stein gelehnt und war eingeschlafen. Awin schrie, doch sein Freund hörte ihn nicht. Der Schatten erreichte den Schlafenden, ein Arm zuckte nach vorn, und Awin wandte sich entsetzt ab. Eine Düne. Er stand am Fuß einer glühend heißen Sanddüne. Awin drehte sich noch einmal um, er musste doch etwas tun können! Aber da waren nur die roten Felsen des Glutrückens, das nächtliche Tal war verschwunden. Wieder ein lauter, doppelter Donnerschlag. Aber das war gewiss kein Donner, es klang verzerrt. Awin fühlte das Blut in seinem Kopf rasen. Er hörte aus der Ferne ängstliches Wiehern und aufgeregte Rufe. Er folgte den klagenden Lauten, stolperte die Düne empor. Dort in großer Entfernung sah er einen Mann, der gerade von seinem Pferd sprang und auf ein Loch im Boden zulief. Jemand versank darin. Das war sein Traum! Das Versinken im Sand, das hatte er gesehen. Doch dieses Mal war er es nicht selbst, der dort vom Sand verschlungen wurde. Der Reiter sah zu, wie sein Gefährte versank. Awin war zu weit entfernt, um Einzelheiten zu erkennen. Er spürte jemanden neben sich, blickte zur Seite. Dort stand Senis – die junge Senis – und beobachtete den Fremden. Er wollte sie ansprechen, doch dann stand er plötzlich vor einer Lehmmauer. Wo war er nun?

Es war Nacht. In der Nähe erklang eine wohltönende Stimme. Awin lauschte. Jemand erzählte, wie der Kriegsgott Strydh die Menschen verführte und seine Geschwister, die Hüter, betrog. Er folgte der Stimme. Da saßen ein paar Krieger und lauschten dem Erzähler, einem Blinden. Ein Schiff war am Ufer vertäut. Dann waren plötzlich alle bis auf den Blinden verschwunden, und Awin hatte das Gefühl, dass der Erzähler ihn aus seinen leeren Augenhöhlen anstarrte. Donnerschlag,

Hufschlag. Da kam ein Reiter. Awin konnte ihn nicht erkennen, denn Dattelpalmen versperrten ihm die Sicht. Als er sich weiter vorbeugte, ging plötzlich rasend schnell und donnernd die Sonne auf. Männer lachten. Sie führten ein Mädchen vom Schiff. Sie war jung, mager, ihre Augen von auffälligem Grün. Das Bild sprang, und plötzlich überreichte jemand dem Händler einen fein gearbeiteten Dolch. Awin sah den Geber nur von hinten. Aber es war der Feind, da war er sicher. *Vielleicht siehst du nur, was du sehen willst*, warnte seine innere Stimme. Er schüttelte unwillig den Kopf.

Nacht. Da saß Eri keine Armlänge von ihm entfernt im Schilf des Flusses versteckt und hielt seinen Bogen auf den Knien. Die Sehne war gerissen, und der Knabe starrte ausdruckslos auf den Strom hinaus. Es donnerte, Awin drehte sich um. Er sah Ebu und Ech am Rande des Schilfs entlanggaloppieren. Verfolgten sie jemanden? Awin reckte den Hals, um über das Schilf hinwegzusehen und fand sich plötzlich auf dem schmalen Grat eines Hügels. Er ächzte, denn der rasche Wechsel der Bilder war wie ein Wirbel, der ihn fortzuschleudern drohte. Er hielt sich unwillkürlich an einem Stein fest. Unter ihm lag ein nachtschwarzer kleiner Talkessel, eigentlich nur eine Einbuchtung im Fels. Jemand bewegte sich dort. Er konnte nicht viel erkennen. Dann hörte er zwei Pferde herangaloppieren. Maskenhelme schimmerten im Sternenlicht. Das waren Ebu und Ech! Sie stürmten auf dem Rücken ihrer Pferde in das Tal hinein. Awin schrie ihnen eine Warnung zu.

Das Bild sprang mit einem einzelnen Donnerschlag, der seinen Kopf dröhnen ließ. Ein schreckliches Stöhnen erklang, ein Pferd musste verletzt worden sein. Jemand schrie, und Waffen klirrten. Plötzlich war einer der Reiter wieder am Eingang des Tals. Eine helle Stimme rief, und Awin sah einen der Yamanssöhne, der auf ein Mädchen zukroch, das sich hinter einem Felsen verborgen hielt. Er schien verletzt zu sein. *Ich glaube, er ist tot*, sagte eine Stimme von irgendwoher. Awin ließ den Talgrund nicht aus den Augen, doch wieder schien das Bild durch die Zeit zu springen, denn plötzlich sah er einen Schatten, der sich über seinen verletzten Sgerbruder beugte. Awin wollte schreien, aber er brachte keinen Laut heraus. Vier gewaltige Rappen stürmten Schulter an Schulter auf ihn zu. Das Tal war fort. Er stand in einer Ebene, Wind zerrte an ihm, und seine Augen tränten, weil Isparra, die Zerstörerin, Staub über die Ebene peitschte. Die vier schnaubenden Rösser kamen rasend schnell näher. Ihre Hufe donnerten lauter als der Sturm. Er konnte den Wagenlenker nicht sehen. Er riss den Mund auf, um zu schreien, aber Isparra raubte ihm den Schrei von den Lippen. Er schloss die Augen.

Ein Löwe brüllte. Er sah einen Jungen, kaum zehn Jahre alt, der aus einem Teich zwischen roten Felsen Wasser schöpfte. Auf der anderen Seite des Wassers duckten sich zwei Löwen zum Sprung. »Du musst zurück«, sagte eine Stimme zu ihm. Er drehte sich um. Er war wieder am Meer. Ein grauer Tag ohne Sonne. Zwielicht. Wasser spülte um seine Füße. Die junge Frau, die Senis war, saß auf einem schwarzen Felsen, hielt die angezogenen Beine mit den Armen umschlungen und sah ihn nachdenklich an. *Ich fühle keinen Herzschlag mehr*, sagte die unbekannte Stimme jetzt. Awin beachtete sie nicht. Er hätte sie gern verscheucht wie eine lästige Fliege, aber sein Arm war ungeheuer schwer, und er konnte ihn nicht heben.

»Zurück? Aber ich bin doch gerade erst hierhergekommen«, rief er der Frau auf dem Stein zu, »und ich muss noch so vieles erfahren.« Das Sprechen fiel ihm schwer. Er hatte das Gefühl, zu ersticken. Da war wieder dieser doppelte Donnerschlag. Awin glaubte, er würde ihm die Schädeldecke sprengen, dabei war er viel leiser als die vorherigen. Senis schien dieser Lärm nichts auszumachen. Sie sah ihn mit ihren fast weißen Augen an. »Du hast mehr als genug gesehen, und die Zeit wird knapp.«

Ich habe dir gesagt, dass es gefährlich ist. Das hast du, alter Freund. Ich wollte ihn nicht mitnehmen. Jetzt waren es schon zwei Stimmen. *Ja, es war mein Fehler*, sagte die zweite Stimme. Sie verwirrten ihn, aber sie wurden leiser. Dann waren sie ganz verschwunden. Sie spielten keine Rolle, hier, am rauschenden Meer. Das Schlangenmeer – er hatte viel darüber gehört. Ob wirklich riesige Seeschlangen darin lebten? Es würde sich lohnen, das herauszufinden. Er bemerkte, dass die Frau ihn besorgt beobachtete. »Ich habe den Heolin noch nicht gefunden ...«, begann er.

Senis stand plötzlich neben ihm, fasste ihn sanft an der Schulter und drehte ihn um. Da war ein Kreis aus tiefschwarzer Nacht, in dessen Mitte ein kleiner Funke glomm. Der Rand des Kreises schmolz in gleißendem Licht. »Edhil kommt, und er wird dich verbrennen, wenn du dich nicht beeilst.«

Awin konnte sich nicht bewegen. »Aber wie ...«

»Behalte das Licht im Auge«, sagte Senis und gab ihm einen sanften Stoß. Er fiel vornüber, taumelte, lag plötzlich auf dem Rücken. Die Luft roch nach Sand. Es donnerte, dann noch einmal. Awin fühlte ein Brennen in der Lunge. *Es ist schade um Awin*, sagte eine neue, traurige Stimme. Der doppelte Donner verebbte zu einem Herzschlag, noch einer, wieder einer. Sein Schädel dröhnte. Blut rauschte in seinem Kopf, sein Herz pochte, ein Echo der Donnerschläge, die er noch eben gehört hatte. Awin riss die Augen auf und sog gierig Luft ein.

»Aber – er ist gar nicht tot!«, rief eine helle Stimme. Mabak stand über ihn gebeugt und sah ihm besorgt ins Gesicht.

Awin rollte sich auf die Seite und übergab sich. Über ihm wölbte sich ein rötlich grauer Morgenhimmel.

»Ich wusste, er schafft es«, rief Tauru, der hinter Mabak

stand. Awin kam mühsam auf alle viere und hustete. Er hatte das Gefühl, sein Innerstes würde sich nach außen kehren. Tauru schlug ihm kräftig auf den Rücken. »Die Männer haben schon angefangen, eine Grabstelle für dich zu suchen. Es ist rücksichtsvoll von dir, ihnen diese Arbeit zu ersparen.«

Awin rang nach Luft. Jetzt klopfte Mabak ihm immer wieder auf den Rücken, und Awin hätte sich gewünscht, er möge damit aufhören. Dann stürmten viele Schritte heran. »Wasser, so bringt ihm doch Wasser!«, befahl eine Stimme, und dann wurde Awin hochgehoben, und viele Männer schlugen ihm auf die Schulter und überschütteten ihn mit Fragen.

Es dauerte eine Weile, bis Awin verstand, was um ihn herum geschah. Offenbar hatte man ihn für tot gehalten. Angeblich hatte er nicht mehr geatmet, und auch ein Herzschlag war nicht zu spüren gewesen.

»Wäre die Kariwa nicht gewesen, hätten wir dich schon unter die Erde gebracht, das heißt, wir hätten dich dort drüben unter Steinen begraben, denn der Boden ist hart«, meinte Tauru freudestrahlend.

»Lasst ihn doch wenigstens Luft holen, ihr Krieger«, rief Mewe, »sonst stirbt er uns am Ende doch noch.«

»Was hast du gesehen, Awin, Kawets Sohn?«, fragte eine ruhige Stimme. Es war der Yaman, der die Jungkrieger zur Seite schob. Curru war bei ihm.

»Ich fürchte, es wird noch dauern, bis er berichten kann. Seht nur, wie glasig sein Blick ist«, meinte Mewe.

»Wenn er überhaupt etwas zu berichten hat«, meinte Curru zweifelnd.

Awin blickte kurz auf. Er sah nur verschwommen, musste immer wieder husten und spuckte Schleim aus. In der Luft war viel Staub. Der Sturm war wohl schon in der Nähe.

»Ich muss wissen, was er gesehen hat. Die Sonne ist bereits aufgegangen, und wir müssen Klarheit haben.«

»Ich sagte dir doch, ehrwürdiger Yaman, dass der Fremde jener ist, den wir suchen.«

»Hast auch du das gesehen, Awin? Ist er es wirklich?«

Awin hob schwach die Hand, weil er etwas sagen wollte. Er fühlte sich völlig kraftlos. Er öffnete den Mund, aber nur ein Krächzen kam heraus.

»So gebt ihm doch Wasser!«, rief Mewe.

Awin trank in kleinen Schlucken, denn er wusste nicht, ob er es würde bei sich behalten können. Aber es tat gut. Er hatte das Gefühl, völlig ausgetrocknet zu sein. Allmählich begann er auch wieder, etwas von dem zu erkennen, was um ihn herum vorging.

»Ist der Mann in der Stadt der, den wir jagen?«, drängte Yaman Aryak.

Awin schloss die Augen, und er war sehr beruhigt, als er sie öffnete und immer noch an Ort und Stelle war. »Es ist der Feind«, flüsterte er. »Ich sah, wie er das grünäugige Mädchen kaufte für Elwahs Dolch.« Awin versuchte sich an die Bilder zu erinnern, die er gesehen hatte. Sie wirbelten wild durcheinander, und mit Schrecken bemerkte er, dass sie bereits zu verblassen begannen.

»Wie ich es sagte!«, rief Curru.

Der Yaman hatte Awin am Arm gepackt und sah ihm tief in die Augen. »Weiter, was hast du noch gesehen?«

»Da war eine Stadt, weit im Süden. Ich glaube, der Fremde wurde von dort verjagt. Dann sah ich das Meer, das Schlangenmeer.« Er stockte. Aus irgendeinem Grund wollte er nicht verraten, dass er auch Senis dort getroffen hatte. »Dann sah ich ein seltsames Land voller Teiche und Sümpfe«, fuhr er langsam fort. Er hätte gerne berichtet, was für ein Gefühl es war, über die Länder hinwegzufliegen wie ein Vogel, aber er spürte, dass das jetzt nicht angemessen gewesen wäre. »Und das Grastal. Ich sah Elwah und Anak ... und den Feind. Curru war auch dort.«

»Du hast mich gesehen?«, entfuhr es dem verblüfften Seher. Awin nickte.

»Weiter, was noch?«, drängte ihn der Yaman.

Awin holte Luft. Er spürte, dass immer größere Teile seiner Erinnerung an diese Reise wegbrachen. Er schloss die Augen. »Ich sah Löwen an einer Wasserstelle in den Felsen und ...«, er erbleichte, als die Erinnerung zurückkehrte, » ... wo sind Ebu und Ech?«, fragte er.

Der Yaman wurde leichenblass. »Sie sind noch nicht wieder da, aber warum fragst du?« Awin sah Furcht in seinen Augen.

»Ich ... ich sah sie kämpfen, in der Nacht ... mit dem Fremden.«

Schweigen breitete sich unter den Hakul aus, als sie begriffen, was Awin da andeutete.

»Sie müssten längst zurück sein«, murmelte Tuwin.

Der Yaman setzte an, eine Frage zu stellen, doch er brachte sie nicht über die Lippen.

»Genauer, was hast du gesehen?«, drängte Mewe.

»Sie verfolgten jemanden. Dann war da ein Einschnitt in die Felsen, ein Kampf. Ein Pferd stürzte. Und einer war verwundet. Und ... mehr konnte ich nicht erkennen«, sagte Awin mit tonloser Stimme. Dieses Bild stand ihm unauslöschlich vor Augen: Wie der verwundete Sgerbruder über den Boden kroch und plötzlich der Schatten über ihm auftauchte. Der Yaman trat entsetzt einen Schritt von Awin zurück.

»Dieser Einschnitt, kannst du ihn beschreiben?«, fragte Mewe. Er hatte Awin an der Schulter gepackt.

Awin versuchte es, beschrieb aus der Erinnerung den kleinen Talkessel mit dem schmalen Zugang. Der Jäger nickte. »Ich sah einen Ort, auf den diese Beschreibung passt. Wir sind auf unserem Weg hierher daran vorbeigeritten. Es ist auf der anderen Seite jener Hügel. Wenn du erlaubst, Yaman, werde ich mit einigen Männern auf die Suche gehen, bevor der Wind alle Spuren verwischt.«

Aryak sah ihn stumm an und nickte, unfähig zu sprechen.

»Ich will mitkommen«, rief eine helle Stimme.

»Du bleibst besser hier, Eri«, entgegnete der Jäger knapp.

»Aber es sind meine Brüder!«, rief Eri.

»Du verlässt das Lager nicht«, entschied der Yaman düster.

Eri? Awin entdeckte den Knaben, der blass etwas abseits von den anderen stand. Hatte er ihn nicht auch gesehen auf seiner Reise? Er war sich auf einmal nicht mehr sicher.

»Du scheinst viel gesehen zu haben, mein Junge«, sagte Curru herablassend. »Wir werden bald wissen, wie viel du dir eingebildet und wie viel du wirklich erfahren hast.«

Awin sah seinen Ziehvater an. *Er hat nur zwei Rabenbeeren genommen*, rief ihm seine innere Stimme in Erinnerung. Doch das war eine Sache, die er später klären würde, unter vier Augen, von Seher zu Seher.

»Sag, hast du auch den Heolin gesehen?«, fragte Harbod plötzlich.

Awin wollte antworten, aber dann merkte er, dass er es nicht wusste. Da war etwas gewesen, ein Bruchstück, ein Bild, das er nicht greifen konnte. Er schüttelte den Kopf.

»Ihr solltet ihn in Ruhe lassen, Hakul, seht ihr nicht, wie sehr ihn seine Reise erschöpft hat?«

Awin drehte sich um. Da stand Merege, der Wind spielte mit ihren schwarzen Haaren.

»Was geht dich das an, Kariwa?«, fuhr Curru sie an.

Awin hob die Hand. »Sie ist wichtig«, erklärte er.

Die Hakul starrten ihn verblüfft an. »Was meinst du damit?«, fragte Tuwin unsicher.

Awin schüttelte den Kopf. »Ich kann es nicht erklären, aber sie ist wichtig, das weiß ich.«

»Sie ist gefährlich«, entgegnete Curru. »Hast du es nicht selbst gesagt, dass du unseren Tod durch ihre Hände gesehen hast?«

Die Hakul fuhren unwillkürlich einen Schritt von der Kariwa zurück. Awin war so verblüfft, dass er nicht gleich antworten konnte. Merege warf ihm einen ernsten Blick zu, drehte sich um und ging. Awin stand auf. »Nichts dergleichen habe ich gesagt, Curru!«, rief er aufgebracht.

»Sind es die Anstrengungen deiner Reise, die dich das haben vergessen lassen?«, fragte der alte Seher mit gut gespieltem Erstaunen.

»Ich habe nichts vergessen, auch nicht die Rabenbeeren!«, schrie Awin.

Curru verstummte kurz, dann lächelte er traurig. »Du bellst gegen den Wind, junger Freund, und die Kariwa kann dich nicht mehr hören. Aber ich höre dich, und du betrübst mich. Ein Seher willst du sein? Und plauderst hier vor aller Welt über die geheimen Kulte? Ich bin enttäuscht, Awin, Kawets Sohn. Es war ein Fehler, dich auf diese Reise mitzunehmen, das habe ich vorher gesagt, und ich sage es wieder. Ein Seher? Nein, du bist noch nicht so weit! Es war ...«

»Mir scheint, dass du ihm Unrecht tust, Curru, mein Freund«, unterbrach ihn der Yaman schroff. »Er hat Dinge gesehen, die dir verborgen blieben. Und ich sage, wenn Mewe ... die Spur meiner Söhne an jenem Ort findet, dann ist Awin nicht länger dein Schüler, und sein Platz wird unter den Yamanoi sein!«

»Nichts werden sie finden außer den Tod!«, brach es zornig aus Curru heraus. »Denk an meine Worte, Yaman. Und dieses Weib dort ist die Wurzel allen Übels!« Und damit stürmte er davon. Mabak wurde von ihm fast über den Haufen gerannt.

Yaman Aryak sah ihm nicht nach. Er beugte sich zu Awin hinab und fragte flüsternd: »Sag, Seher, meine Söhne – hast du da noch etwas gesehen. Irgendetwas?«

Awin schüttelte den Kopf.

Dann, wie aus weiter Ferne, sagte der Yaman: »Ich hoffe, du versöhnst dich wieder mit Curru. Wir werden euch beide brauchen, wenn wir unsere Aufgabe erfüllen wollen.«

Als Aryak sich abwandte und davonging, hoffte Awin, dass er für einen Augenblick Ruhe hätte, doch er hatte die Neugier seiner Freunde unterschätzt. Sie wollten wissen, was er gesehen hatte, wie diese Reise war und ob er Tengwil begegnet sei. »Du hast so viel erzählt, Awin«, rief Mabak aufgeregt. »Curru, ich meine, Meister Curru hat nur gesagt, dass er den Fremden gesehen habe, wie er Elwah tötete, und dass es der Mann aus dem Haus des Raik sei, mehr nicht.«

»Sag, wie war es, wie fühlte es sich an?«, fragte Tauru.

Awin setzte zu einer Antwort an, aber dann breitete er nur die Arme aus und sagte: »Es ist nicht zu beschreiben, denn es fehlen mir die Worte für das, was ich sah. Es ist … groß!«

»Groß?«, hakte Mabak unzufrieden nach. »Was meinst du denn mit groß?«

»Ach, ich sagte ja, ich kann es nicht beschreiben. Aber erzählt, was ist hier geschehen, während ich … fort war? Ich sehe, dass Eri wieder da ist.«

Die beiden Jungkrieger wechselten einen vielsagenden Blick. »Der Yaman hat ihn noch nicht bestraft. Er hat kaum ein Wort mit ihm geredet. Eri wird wohl noch sehr bedauern, was er getan hat«, sagte Tauru.

»Und in der Nacht wurde auf dem Tempelberg gekämpft, wir konnten es hören!«, rief Mabak aufgeregt.

»Auf dem Berg?«, fragte Awin verwundert.

»Ja, doch war es kein sehr langer Kampf«, meinte Tauru,

»vielleicht war es auch gar kein Kampf, denn in der Stadt blieb es sonst ruhig. Ich bin sicher, es war nicht halb so aufregend wie das, was du erlebt hast, Awin. Erzähle, hast du auch uns gesehen?«

»Lasst ihn in Ruhe, ihr jungen Krieger, euer neuer Seher muss sich erholen, seht ihr das nicht?« Es war Harbod, der den Eifer der Jungkrieger bremste.

Awin sah Mewe und Bale ihre Pferde besteigen. Zwei Krieger aus dem Fuchs-Klan begleiteten sie. Sie machten sich auf den Weg, Ebu und Ech zu suchen, in der Hoffnung, dass sie nicht vorfinden würden, was Awin angedeutet hatte. Ihre Tiere scheuten, denn der Wind war stärker geworden.

»Ein seltsamer Wind«, meinte Harbod, als die Jungkrieger murrend verschwanden.

»Nyet bereitet sein Kommen vor«, entgegnete Awin und nahm einen großen Schluck aus dem Trinkschlauch.

»Das dachte ich auch, doch ich glaube, in diesem Land haben die Winde andere Namen und ein anderes Benehmen. Nyet wäre schon längst über uns hinweggezogen und hätte uns unter seinen hässlichen Staubwolken begraben. Dieser dort kündigt sich seit dem Morgengrauen an, doch will er wohl einfach nicht erscheinen, ja, er kann sich noch nicht einmal entscheiden, aus welcher Richtung er kommen will. Er scheint launisch und unbeständig wie Seweti, nur viel stärker.«

»Das mag sein, Meister Harbod.«

»Ich sehe, es ist nicht der Wind, der dich beschäftigt, Seher.«

»Es ist viel geschehen«, erwiderte Awin lahm. Er hatte den Verdacht, dass Harbod auf etwas hinauswollte. Konnten sie ihn nicht einfach alle für eine Weile in Ruhe lassen?

»Curru würde es sicher gerne ungeschehen machen, aber ich denke, seit dieser Nacht bist du ein Seher.«

Awin zuckte mit den Achseln. Einige Eindrücke der Nacht

zuckten plötzlich durch seine Gedanken. Der Kampf in dem kleinen Talkessel, das schreiende Pferd. Er schloss die Augen und schickte Tengwil ein Gebet, dass es nicht geschehen sein möge.

»Der Klan der Schwarzen Berge ist alt und hat viel Ruhm erworben, Awin«, fuhr Harbod fort.

Awin öffnete die Augen. Halb hoffte er, sich am grauen Meer wiederzufinden. Aber da war nur Harbod. Ihm fiel erst jetzt auf, dass der schwarze Kreis aus Speeren und Umhängen verschwunden war.

»Dir ist doch klar, dass euer Klan für zwei Seher zu klein ist, oder?«

Ging es darum? Wollte Harbod ihn für den Fuchs-Klan gewinnen? Jetzt? Er schwieg.

»Ich weiß, was du sagen willst, Seher. Es ist die Sache der Yamane, solche Dinge zu entscheiden. Ich hoffe, du verurteilst mich nicht, wenn ich versuche, den Wohlstand meines Klans zu mehren, auch wenn ich noch nicht Yaman bin.«

Hatte er *noch nicht* gesagt?

»Yaman Auryd ist gewiss ein ehrenwerter Mann, doch sein Anspruch auf den Titel wird von vielen in unserem Klan bezweifelt. Er hat auch noch keinen Erben gezeugt, ja, noch nicht einmal eine Tochter. Ich hingegen habe zwei Söhne und drei Töchter. Die erste ist schon verheiratet, doch die zweite, die liebliche Kuandi, nicht, und sie ist nur drei oder vier Jahre jünger als du.«

Awin erhob sich abrupt. »Ich muss nach meinem Pferd sehen«, murmelte er und ließ den verdutzten Harbod einfach stehen.

Bei den Pferden traf er Tuwin den Schmied, der dabei war, das Zaumzeug seines Pferdes zu überprüfen. »Wir werden bald aufbrechen, denke ich«, erklärte er, obwohl Awin nicht gefragt hatte.

Awin blickte zum Himmel. Er war immer noch rötlich grau. »Wie spät ist es eigentlich, Meister Tuwin?«

Tuwin grinste plötzlich breit. »Der Himmel ist seltsam, nicht wahr? Die Sonne ist vor über zwei Stunden aufgegangen, *Meister* Awin.«

»Vor zwei Stunden schon?«, fragte Awin ungläubig. Er hatte die Rabenbeere um Mitternacht genommen. Wie lange hatte seine Reise gedauert? Sicher keinesfalls länger als eine halbe Stunde. Es konnte doch nicht schon so spät sein! Erst dann ging ihm auf, dass Tuwin ihn Meister genannt hatte. Er glotzte ihn an.

Tuwins Grinsen wurde eine Spur breiter. »Mein alter Freund Curru wird sich noch ein wenig querstellen, aber das solltest du nicht so ernst nehmen, Awin.« Dann erlosch das Grinsen jedoch, und der Schmied fuhr leise fort: »Er kann es nicht verhindern, nicht nach dem, was du gesehen hast. Ebu und Ech – glaubst du, sie sind tot?«

»Das habe ich nicht gesagt, Meister Tuwin.« Die Erinnerung an dieses Bild war schmerzhaft. Awin versuchte, das Thema zu wechseln. »Sag, Meister Tuwin, die Akkesch, sie haben doch gesagt, wir sollten bei Sonnenaufgang verschwunden sein ...«

»Ich glaube, ich habe damals auch Zeit gebraucht, bis ich es mir abgewöhnt hatte, die älteren Krieger Meister zu nennen«, erwiderte Tuwin lächelnd, »aber du hast Recht. Bei Sonnenaufgang erschien eine Abordnung aus der Stadt. Ein Verwalter, begleitet von vier Kriegern. Er bibberte vor Angst und fragte, warum wir die angebotene Sühne nicht vom Schiff geholt hätten. Und als der Yaman erklärte, dass noch nicht entschieden sei, ob wir sie wirklich annehmen, forderte er uns tatsächlich sehr höflich auf, zu verschwinden. Dabei habe ich deutlich seine Zähne klappern hören.«

Awin wusste, dass Tuwin manchmal zu Übertreibungen neigte. »Was hat der Yaman geantwortet?«

»Oh, er war freundlich, hat dem Boten nur gesagt, dass wir noch etwas Zeit brauchen, einen halben Tag oder auch ein oder zwei.«

»Und die Akkesch haben sich damit zufriedengegeben?«, fragte Awin erstaunt.

»Ja, ein seltsames Volk, nicht wahr? Ich bin sicher, sie haben hunderte Krieger hinter diesen Mauern, aber der Verwalter gab uns nun Zeit bis zum Mittag. Er meinte, diese Großzügigkeit hätten wir dem Raik zu verdanken, denn der würde in der Frühe beigesetzt und kein Streit solle seine Reise nach Ud-Sror stören.«

»Wirklich ein eigenartiges Volk«, meinte Awin. »Mabak hat mir erzählt, dass in der Nacht gekämpft wurde.«

»Ja, offenbar stört so ein kleiner Kampf in den Tempeln den verblichenen Raik weniger als ein Streit mit einer Handvoll Hakul vor der Mauer.« Der Schmied zuckte mit den Schultern und fügte hinzu: »Es sind eben Akkesch.«

»Ich nehme an, sie haben nicht verraten, worum es bei diesem Kampf ging, oder?«

»Sie haben ihn nicht einmal erwähnt, und als Mewe sie einfach danach fragte, taten sie erstaunt und behaupteten, das habe zu den Darbietungen des Festes gehört. Als könnten wir den Klang von Gesang und Tanz nicht vom Klirren der Schwerter unterscheiden«, meinte der Schmied grinsend. Er gähnte. »Die halbe Nacht hat uns das wach gehalten. Und heute Morgen sind sie vor Sonnenaufgang mit Hörnerklang aus der Stadt gezogen.«

»Sie beerdigen den Raik nicht bei den Tempeln?«, fragte Awin erstaunt.

»Aber nein! Siehst du diesen ausgetrockneten Bachlauf, der zwischen Stadt und Tempelberg verschwindet? Bale sagt, er käme aus einem Tal, in dem alle ihre Toten ruhten. Es liegt wohl auf der anderen Seite der Stadt, deshalb kannst du es nicht sehen. Aber du hättest sie hören können, heute Morgen. Gerade, als der Bote gegangen war, zogen sie aus. Und wenn ich mich nicht sehr täusche, wanderten sie aus der Stadt hinaus zwischen diese steilen Hügel dort. Sie müssen in dem Tal verschwunden sein, das Bale meinte.«

Awin starrte hinüber zur Stadt. Es war sinnlos, noch hierzubleiben. Der Feind war nicht mehr in Serkesch. Das hatte er gesehen. »Warum sind wir noch hier, Meister Tuwin?«, fragte er.

Der Schmied sah ihn überrascht an: »Hätten wir etwa ohne dich aufbrechen sollen? Wenigstens begraben hätten wir dich, auch wenn es uns allen lieber ist, dass du nun doch nicht tot bist.« Tuwin grinste schief. »Du hast uns eine Menge Arbeit erspart, und dafür bin ich dir wirklich dankbar. Und jetzt – nun, wir warten auf Ebu und Ech. Sie werden bald zurückkehren. So oder so«, fügte er düster hinzu.

»Aber wir müssen hier weg, Meister Tuwin«, erwiderte Awin.

Der Schmied wirkte verunsichert. »Hast du etwas gesehen? Vorhin sagtest du nichts davon, dass ...«

Awin fiel ihm ins Wort: »Spürst du nicht das Unheil, das von dieser Stadt ausgeht? Heute Nacht haben sie gegeneinander gekämpft. Ich glaube, das war erst der Anfang. Tod und Zerstörung wohnen in diesen Mauern, und sie werden bald aus den Toren kommen und das Land heimsuchen.«

»Du wirst Aryak kaum dazu bewegen können, von hier zu verschwinden, Awin, nicht, solange er keine Gewissheit über das Schicksal seiner beiden Ältesten hat. Wenn sich aber bewahrheitet, was du gesehen hast, und ich fürchte, es wird sich bewahrheiten, dann wird er erst recht nicht aufbrechen, nicht, bevor er nicht jene zur Rede gestellt hat, die dem Feind in ihrer Stadt Unterschlupf gewährten.«

Das hatte Awin nicht bedacht. Ihr Feind war von den Akkesch beschützt worden. Das konnte der Yaman – das konnte ihr Sger so nicht hinnehmen. Er schüttelte den Kopf. »Das ist nicht die Zeit, Rechenschaft zu fordern, Meister Tuwin!«

»Und was ist mit dem Heolin?«

Awin verstummte. Natürlich, Malk Numur hatte den Feind gedeckt. Hatte er vielleicht als Gegenleistung den Heolin bekommen?

»Ruhe dich aus, Awin«, sagte der Schmied, »du hast heute Nacht dein Meisterstück gemacht, und, mit Verlaub, das sieht man dir auch an. Man könnte meinen, ein ganzer Sger wäre über dich hinweggaloppiert. Nutze die Zeit, um dich zu erholen, aber mache dich auch bereit, diesen Ort schnell zu verlassen. Ich denke nämlich, dass du Recht hast – Unheil geht von dieser Stadt aus.« Und damit ließ ihn der Schmied stehen und ging zurück zum Lagerfeuer.

Awin seufzte. Ausruhen und vorbereiten? Er sah sich seinen Schecken an, der ihn freudig begrüßte. Er tastete Beine und Hufe ab, aber dem Tier ging es offensichtlich gut, viel besser als ihm selbst. Er seufzte. Es waren Dinge geschehen, die er nicht auf sich beruhen lassen konnte. Er hatte mit Curru zu reden. Die Sache mit den Rabenbeeren musste geklärt werden. Und er wollte mit Merege sprechen. Wenn stimmte, was Mabak sagte, hatte sie ihn davor bewahrt, lebendig begraben zu werden, aber dank Curru glaubte sie nun, er würde sie für eine Todesbotin halten. Er sah sie ein Stück abseits des Lagers, dicht hinter dem ausgetrockneten Bach, den er bisher kaum beachtet hatte. Er musste schon sehr lange trocken liegen, denn seine Ufer waren genauso karg wie die Ebene, die er einst durchströmt hatte. Kein Busch, kein dichtes Gras säumte das steinige Bett. Es standen allerdings drei vertrocknete alte Dattelpalmen jenseits seines Laufs, und genau dort hatte Merege ihr Lager aufgeschlagen. Er ging langsam hinüber zu ihr – immer noch fühlte er sich wie zerschlagen.

»Ich grüße dich, Merege«, begann er verlegen. Wieder suchte er in ihrer Gegenwart ziemlich erfolglos die richtigen Worte.

Sie nickte ihm knapp zu.

»Ich wollte mich bei dir bedanken. Ich habe gehört, dass du die Männer davon abgehalten hast, mich lebendig zu verscharren.«

»Du warst noch nicht tot«, entgegnete sie kühl.

»Ja, das weiß ich.« Er seufzte und sagte dann: »Es stimmt nicht, was Curru behauptet hat.«

»Nein?«

»Nein, ich meine, es stimmt zum Teil, denn ich habe dich schon vor vielen Tagen einmal im Traum gesehen.«

Jetzt sah Merege überrascht aus. »Mich?«

»Ja, auch wenn ich dich nicht gleich wiedererkannte, als ich dich am Knochenwasser sah. Es war eben ein Traum, unscharf – ein Mädchen, das im Schatten einer Mauer Blumen pflückt. So wie du gestern.«

»Ich verstehe. Und warum denkst du, dass der Tod aus meinen Händen kommt?«

Awin war unglücklich. Das Zeichen war eindeutig. Wie sollte er ihr das nur erklären? »Damals hat mein Meister gesagt, dass die Farbe der gepflückten Blumen entscheidet, ob das Mädchen ein Fest oder eine Trauerfeier ankündigt. Und du hast roten Mohn gepflückt.«

»Diese Blume wächst bei uns nicht«, erklärte sie ruhig, »ebenso wenig wie diese Bäume hier. Auch die habe ich hier zum ersten Mal gesehen. Tuwin hat mir erklärt, dass man ihre Früchte essen kann, stimmt das?«

»Wie? Ja, Datteln kann man essen.« Awin hatte den Faden verloren. Sie schien nicht wissen zu wollen, was es mit den Blumen auf sich hatte. Er erklärte es ihr trotzdem. »Roter Klatschmohn steht für Blut, Merege.«

»Das habe ich verstanden«, lautete die kühle Antwort.

»Und nur Curru hat behauptet, dass du dieses Blut über uns bringen wirst.«

»Er behauptet es noch. Und ich kann nicht erkennen, dass deine Stammesbrüder ihm widersprechen.«

»Wie willst du das wissen, wo du doch viele Längen von unserem Lager entfernt bist?«

»Der Yaman hat Eri noch nicht bestraft«, entgegnete sie.

Awin runzelte die Stirn. Eri hatte die Waffe gegen ein Mitglied des Sgers erhoben. Unter den Hakul war das ein todeswürdiges Verbrechen. Eri war ein unreifer Knabe. Dennoch, wäre er ein anderer gewesen, hätte er es umgehend schwer gebüßt. Es passte gar nicht zu Yaman Aryak, dass er nicht wenigstens schon irgendeine Strafe über ihn verhängt hatte. Vielleicht war es die Sorge um Ebu und Ech, die ihn zögern ließ. Awin spürte, dass das als Erklärung für Merege kaum ausreichen konnte. Es wäre besser, über etwas anderes zu sprechen: »Ich habe Senis gesehen.«

Merege hob die Augenbrauen um eine Winzigkeit und erwiderte dann ruhig: »Ich habe es mir fast gedacht. Was hat sie gesagt?«

Das war nicht ganz die Antwort, die Awin erwartet hatte. Er verlor schon wieder den Faden. »Sie hat mir geholfen. Sie war jung. Am Meer«, stotterte er.

»Hat sie gefunden, was sie gesucht hat?«, fragte Merege langsam.

»Gefunden? Sie hat nichts darüber gesagt. Aber das war doch auch nur *dort*, also auf der Reise, ich meine, ich habe sie ja nicht wirklich … Sie kann ja auch gar nicht am Meer, denn … ich …«

Awin stockte, denn er merkte, dass er gar nicht so genau wusste, wo genau er gewesen war. Waren das bloße Traumbilder gewesen, oder hatte ein Teil von ihm wirklich am Ufer des Meeres gestanden? Und war Senis dann auch dort gewesen, oder war nur sein Geist dem ihren begegnet? Sie war jung gewesen, und doch hatte sie ihn gekannt. Er bekam Kopfschmerzen.

Merege hatte ihm offenbar kaum zugehört, denn ihr Blick schien auf irgendetwas weit hinter ihm gerichtet. Sie runzelte die Stirn und erhob sich. »Sieh, dort brennt es.«

Awin drehte sich um. Tatsächlich, von der anderen Seite der Stadt stieg schwarzer Rauch auf. Der Wind frischte auf, er blies den Qualm in Fetzen über die Hügel hinter der Stadt. Awin sah, dass seine Sgerbrüder das noch nicht bemerkt hatten. Er formte mit seinen Händen einen Trichter und rief laut ein »Hakul!« hinüber.

Tauru hörte seinen Ruf. Awin wies mit dem gestreckten Arm zur Stadt. Im Lager wurde es lebendig.

»Ich nehme an«, meinte Merege kalt, »Curru wird mir auch dafür die Schuld geben.«

Sturm

EILIG BRACHEN DIE Hakul ihr Lager ab. Die Lagerfeuer wurden gelöscht, die Pferde gesattelt und die Waffen bereitgelegt. Kampflärm kam aus der Stadt, zuerst leise, dann schien er sich wie eine Feuersbrunst über die ganze Stadt auszubreiten. Schwerter klirrten, und Männer brüllten. Awin sah auf der Mauer Krieger miteinander kämpfen. Die Hakul saßen auf und bildeten ihre Schlachtreihe gegenüber dem Tor der Hirth. Awin wusste nicht recht, welcher Platz ihm nun zustand, und so ordnete er sich am Ende zwischen dem Jungkrieger Tauru und Harbod ein. Jetzt hörten sie sogar vom Tempelberg Kampfgeschrei, dann stieg über dem Hafen dichter Rauch auf. Kurz darauf trieben zwei große brennende Schiffe stromabwärts. Der Lärm schwoll an, verebbte, dann schien der Kampf an anderer Stelle neu zu entbrennen.

Am Tor der Hirth verstummte das Kampfgeschrei schließlich ganz. Plötzlich öffnete sich eine kleine Pforte in dem mächtigen Tor, und zwei Männer rannten hinaus. Sie warfen ihre Sichelschwerter und Schilde fort und flohen hinaus in die Ebene. Auf der Mauer tauchten einige Bogenschützen auf. Sie sandten den beiden Flüchtenden einen Schwarm Pfeile hinterher. Die Bögen der Akkesch seien stark, hatte Mewe am Vortag gesagt. Jetzt sah Awin, dass er Recht hatte. Erst wurde der vordere Läufer von mehreren Geschossen getroffen, dann der andere. Sie taumelten und gingen nach wenigen Schritten stöhnend zu Boden. Als einer der beiden Männer wieder auf die Beine kam, setzte ein weiterer Pfeilhagel seinem Leben ein Ende. Er starb keine dreißig Schritte von den Hakul entfernt, umgeben von einem Kranz weiß gefiederter Pfeile. Die Hakul sahen stumm und regungslos zu. Von anderen Stellen der Stadt war immer noch Kampflärm zu hören. Der böige Wind wechselte die Richtung und trug den Hakul Brandgeruch zu. Auch oben auf dem Tempelberg brannte es jetzt. Dann schwoll der Lärm zu einem seltsamen Brausen an. Die Pferde wurden unruhig. Der Boden zitterte. Die Hakul sahen einander besorgt an. Eine große, unsichtbare Kraft erschütterte die Ebene, und sie schien rasch näher zu kommen. Ein durchdringendes Krachen und Splittern erfüllte plötzlich die Luft – und dann schoss zwischen Stadt und Tempelberg eine mächtige braune Woge hinaus in die Ebene, toste durch das Bachbett und überschwemmte die Ufer.

»Um Marekets willen, was ist das?«, rief Tuwin.

Schlammig wälzte sich das Wasser über die Ebene, aber gelegentlich blitzte etwas weiß in den Wellen auf. Die Tiere scheuten, und die Männer starrten ungläubig auf die Wassermassen.

»Weg vom Ufer, Hakul«, rief Yaman Aryak.

Sie trieben ihre Pferde eilig näher zur Stadt, weg von dieser seltsamen Flut, die über die Ebene schoss. Von der Mauer ertönten aufgeregte Stimmen. Die unheimliche Woge hatte sie in die Reichweite der Bogenschützen getrieben, und die Hufe von Awins Pferd zertrampelten den Kranz aus Pfeilen, der sich um einen der beiden Flüchtlinge gelegt hatte. Der Mann lag dort unten, das Gesicht zur Seite gewandt, und starrte ins Nichts. Awin drehte sich weg.

Wo war Merege? Er entdeckte sie auf dem anderen Ufer. Auch sie hatte ihr Pferd bestiegen und sich vom Bachlauf zurückgezogen. Es schien, als wolle das Gewässer nachholen, was es in den letzten hundert Jahren versäumt hatte. Fünf-, sechs-, ja, zehnmal breiter als das Bachbett schoss das Wasser durch die Ebene und hinunter zum Fluss, riss Steine und allerlei rätselhafte Dinge mit sich.

Plötzlich entdeckte Awin mitten in den braunen Wellen einen seltsamen Körper. Er war von Kopf bis Fuß in Stoff gewickelt und tanzte auf den Wasserwirbeln. Geschlossene Schalen und Krüge folgten ihm, und viele bleiche, kurze Gebilde schienen ihn zu begleiten. Awin sah genauer hin. Es waren Knochen und Schädel. Da trieben zahllose Knochen auf dem aufgewühlten Wasser! Und er begriff, dass der verhüllte Körper eine Leiche war. Kaum war der verhüllte Leichnam davongespült, verebbte die Flut fast so plötzlich, wie sie begonnen hatte, und der Bach zog sich weiter und weiter zurück, bis er als schmales Rinnsal durch sein altes Bett floss. An seinem Ufer blieben zahllose Gebeine zurück. Keiner der Hakul sprach. Selbst Curru versuchte nicht, dieses Ereignis irgendwie zu deuten.

»Seht!«, rief Mabak aufgeregt.

Die Gruppe um Mewe tauchte in einem Palmenhain auf. Die Männer gingen zu Fuß, denn drei ihrer Pferde hatten Lasten zu tragen. Awin sah, wie der Yaman erbleichte. Mewe hielt an, als er den Bach erblickte. Stumm bestaunten er und die anderen das unheimliche Wunder zu ihren Füßen.

»Wen bringt ihr?«, rief Yaman Aryak gegen den böigen Wind. Awin staunte, dass er so viel Haltung bewahrte.

»Die Söhne des Yamans und einen Akkesch«, rief Mewe zur Antwort.

Der Yaman nickte, aber er ließ sich nicht anmerken, was in ihm vorging.

»Akkesch?«, fragte Tauru halblaut, »dann ist es nicht der verfluchte Feind?«

»Unsere Welt ist voller Feinde, junger Hakul«, antwortete Harbod grimmig.

»Kommt herüber!«, rief Curru.

Mewe zögerte noch einen Augenblick, aber dann durchquerten sie den Bach, der eben noch ein reißender Strom gewesen war. Die Schlachtreihe rührte sich nicht. Es war Ebus Leiche, die auf Mewes Pferd lag, und Bale brachte Ech. Einer der Fuchs-Krieger hatte einen Fremden über dem Sattel liegen. Seine Kleidung wirkte kostbar. Mewe hielt sein Pferd an. Bale breitete zwei schwarze Umhänge auf dem Boden aus, und die Männer halfen ihm, Ebu darauf abzulegen. Ech betteten sie daneben. Ihre Gesichter waren bleich und verzerrt, die Augen geschlossen. Beide hatten mehrere Wunden. Der Yaman starrte lange stumm auf die beiden Körper, dann fragte er, und er konnte ein leichtes Beben in der Stimme nicht unterdrücken: »Wer ... wer ist dieser Fremde?«

Mewes Pferd tänzelte unruhig, vielleicht wegen der Leichen, vielleicht wegen des Brandgeruchs in der Luft. Der Jäger packte es fest am Zügel und antwortete: »Ich weiß es nicht, ehrwürdiger Yaman. Wir fanden ihn dort, wo auch deine Söhne gefallen sind, in jenem kleinen Talkessel, den Awin uns beschrieben hatte.«

Wieder nickte der Yaman nur, aber sein Gesichtsausdruck war nicht zu beschreiben. »Weißt du, was dort geschehen ist, Mewe, Jäger unseres Klans?«

Mewe schüttelte den Kopf. »Jemand hat sich Mühe gegeben, die Spuren zu verwischen, und dieser namenlose Wind tat ein Übriges. Deine Söhne sind als Krieger gefallen, mit der Waffe in der Hand, das kann ich dir sagen, ehrwürdiger Yaman. Was aber den Fremden dort betrifft, so steckt die Spitze einer Hakul-Lanze in seiner Brust.«

»So haben Ebu und Ech ihn besiegt?«, fragte der Yaman tonlos.

»Es ist an dieser Wunde kein Blut aus dem Körper ausgetreten. Es ist, als habe ihn die Lanze erst durchbohrt, nachdem er schon lange tot war. Eine andere Wunde klafft in seiner Brust, von einer großen Axt, würde ich sagen. Seine Kleider sind dort voller Blut. Doch war der Boden unter dem Leichnam ganz trocken. Es ist ein Rätsel.«

»Wer fragt danach?«, rief Harbod. »Dieser Akkesch war am Kampfplatz, wahrscheinlich hat er dem Fremden geholfen!«

»Ich frage danach, Harbod!«, rief der Yaman mit schneidender Stimme.

»Ich habe den ganzen Weg hierher darüber nachgedacht«, fuhr Mewe fort, »und ich denke, auch dieser Mann fiel durch die Hand unseres Feindes – und zwar nicht in diesem Talkessel. Der Feind hat ihn anderswo getötet und nur dorthin geschafft, um uns und die Akkesch zu täuschen. Seht ihre Ringe, ihre Dolche, Waffen – es ist noch alles da. Der Räuber versucht uns weiszumachen, nicht er habe unsere Brüder getötet.«

»Und wenn es so war?«, rief Curru. »Awin hat doch nicht mehr als einen Schatten gesehen.«

»Er sah auch ein Mädchen!«, widersprach Tuwin. »Und jener Mann dort im Sattel sieht wahrlich nicht aus wie ein Mädchen, auch wenn er kostbare Gewänder trägt.«

»Und den hat mein Schüler gar nicht erwähnt«, stellte Curru trocken fest.

»Aber wer mag das sein?«, fragte Harbod.

»Wir werden die fragen, die es wissen müssen«, erwiderte Yaman Aryak langsam. »Folgt mir zum Tor.«

»Aber ehrwürdiger Yaman, wie sollen wir mit deinen Söhnen …«, begann Bale, stockte und fuhr dann fort: »Wir müssen sie begraben, Aryak.«

Der Yaman ließ seine Augen auf den beiden Toten ruhen. Eine ganze Weile sagte er gar nichts. Dann schüttelte er den Kopf. »Nicht hier, Bale, ich will nicht, dass meine Söhne in fremder Erde ruhen. Wir werden sie nach Hause bringen.«

Die Männer sahen einander besorgt an. Nach Hause? Das war ein Ritt von beinahe zwei Wochen.

»Alter Freund, ich verstehe deinen Schmerz, aber wir sind auf einem Kriegszug«, wandte Curru vorsichtig ein, doch der Yaman schnitt ihm das Wort ab: »Ihre Gräber sollen in unserer Erde liegen. Baut Tragen, wie für die Verwundeten, und reinigt ihre Wunden.«

Die Krieger zögerten, denn Currus Einwand war berechtigt. Ebu und Ech waren auf einem Kriegszug gefallen, und das hieß für einen Hakul, dass fremde Erde ihn decken würde. Aber der Yaman duldete keinen Widerspruch. »Ich habe einen Befehl erteilt, oder nicht? Wollt ihr mir in dieser Stunde den Gehorsam verweigern?«

»Ich werde die Tragen bauen, ehrwürdiger Yaman«, erklärte Tuwin der Schmied zu Awins Erstaunen. Die Hakul nahmen ihre Toten nicht mit, ja, oft genug mussten sie sogar die Verwundeten zurücklassen. Vielleicht nahm der Schmied an, dass der Yaman noch zur Vernunft kommen würde – wenn nicht gleich, dann doch vielleicht am nächsten Morgen. Und dann würden sie tun, was getan werden musste. Natürlich, so musste es sein: Tuwin wollte Aryak einfach etwas Zeit geben. Awin sah in das Gesicht ihres Klanoberhaupts. Alle Farbe war daraus gewichen, es war leblos wie Stein. Zwei seiner drei Söhne waren tot. Er hatte sich entschlossen, sie nach Hause zu bringen. Es sah nicht so aus, als würde er sich bald anders besinnen.

»Ich helfe dir, Tuwin«, rief Eri. Auch der Knabe war totenbleich, und seine Mundwinkel zuckten. Der Verlust seiner Brüder hatte ihn ohne Zweifel hart getroffen.

»Mabak und Tauru, geht ihnen zur Hand«, befahl der Yaman mit heiserer Stimme. »Die anderen folgen mir. Wir wollen die Akkesch fragen, wer dieser Tote ist.«

Ohne ein weiteres Wort wendete der Yaman sein Pferd und

hielt auf das Tor der Hirth zu. Die Krieger zögerten nur einen kurzen Augenblick, dann setzte Curru sein Pferd in Bewegung, ihm folgte Harbod, dann die Übrigen. Auch Awin folgte seinem Yaman. Er bemerkte, dass in der Stadt wieder Ruhe herrschte. Die Kämpfe schienen vorüber zu sein. Es roch verbrannt, sobald sie näher an die mächtige Stadtmauer kamen. Als sie das Tor fast erreicht hatten, wurden sie von einem verborgenen Wächter angerufen: »Halt, Hakul! Nicht näher oder ihr werdet es bereuen.«

Der Yaman gab dem Fuchs-Krieger, der das Pferd mit dem toten Akkesch führte, einen Wink. Der Mann zog das Tier vor die Schlachtreihe.

»Ich verlange, mit dem Herrn dieser Stadt zu reden!«, rief Yaman Aryak hinauf.

»Malk Numur ist beschäftigt, er hat keine Zeit für Räuber und Diebe.«

Awin runzelte die Stirn. Malk Numur war nun Herrscher über Serkesch? War das das Ergebnis der Kämpfe? Dann war der Vertreter des Kaidhans wohl tot.

Der Yaman ließ sich durch die Unverschämtheit der Wache nicht beirren. »Sag deinem Herrn, dass er die Wahl hat: Er kann heute mit mir und meinen Männern reden oder nächste Woche mit einigen tausend von uns.«

Die Wache verstummte für eine Weile, dann meldete sich eine andere Stimme. »Wir haben einen Boten zu ihm geschickt, Hakul. Doch sagt, dieser Tote auf dem Pferd, wer ist das?«

»Diesen Mann haben wir gefunden. Ich nehme an, er ist einer eurer Großen, denn seine Kleidung ist reich.«

Es erfolgte keine Antwort. Die Hakul tauschten besorgte Seitenblicke. So nah an der Mauer der Stadt fühlten sie sich unbehaglich. Staub wehte in kräftigen Böen über die Mauer. Plötzlich öffnete sich unten jene kleine Pforte, durch die erst vor kurzem die beiden Krieger vergeblich zu fliehen versucht hatten. Ein Akkesch erschien, offensichtlich ein Befehlshaber, rannte zum Leichnam, hob dessen Kopf an den Haaren vorsichtig an und starrte dem Toten mit wachsendem Unglauben ins Gesicht. Er ließ den Kopf wieder los, drehte sich um und rief hinauf: »Bei den Hütern, er ist es!«

In der Pforte erschienen einige Speerträger und spähten unsicher heraus.

»Schafft ihn hinein«, befahl der Akkesch.

Die Hakul senkten auf ein Zeichen des Yamans drohend ihre Lanzen. »Niemand bewegt diesen Leichnam, bevor ich nicht weiß, wer das ist!«, rief Yaman Aryak.

Der Befehlshaber starrte ihn verblüfft an. »Du willst um diese Leiche kämpfen? Es braucht doch nur ein Wort von mir, und unsere Bogenschützen löschen euch aus, Hakul.«

»Du würdest es nicht überleben, Akkesch«, entgegnete der Yaman. Awin hörte ein leichtes Zittern in seiner Stimme. Das war Wahnsinn. Ein Kampf? Hier? Awin fragte sich, ob sich der Yaman vielleicht wünschte, hier zu sterben.

Der Akkesch schüttelte den Kopf. »Er ist tot, und seinetwegen muss niemand mehr sterben, Hakul. Und auch ich habe für heute genug Blut gesehen. Es ist Malk Iddin, der zweite Sohn von Raik Utu. Sein Bruder Numur wird erfreut sein, ihn zu sehen, jetzt, da er tot ist. Ich werde mit deiner Erlaubnis den Leichnam nun zu ihm bringen lassen.«

»Diese Erlaubnis hast du nicht, Akkesch. Dieser Tote wird warten müssen, bis sein Bruder ihn über die Schwelle dieses Tores führt.«

»Du musst selbst wissen, ob du an diesem düsteren Tag wirklich mit dem Herrn der Stadt sprechen willst, Hakul, aber ich werde das Nötige veranlassen.« Er ging zurück zur Pforte und flüsterte einem der Speerträger etwas zu. Dieser nickte und verschwand. Kurz darauf öffneten sich die großen Torflügel mit einem durchdringenden Stöhnen. Awin reckte den Hals. Nun in dieser dunklen Stunde würde er also doch etwas von Serkesch zu sehen bekommen. Die Tore schwangen weit auf, und hinter dem finsteren Torbogen öffnete sich eine breite Straße. Sie war von einer dichten Reihe hoher Häuser gesäumt und schien kein Ende zu nehmen, ja, Awin konnte sogar die Mauer auf der anderen Seite der Stadt sehen. Er hätte nicht gedacht, dass ihn jemals eine Stadt so beeindrucken könnte. Die Straße war sorgfältig gepflastert, und in regelmäßigen Abständen zweigten kleinere Straßen von der Hauptstraße ab. Aber Awin sah auch Leichen, die auf der Straße lagen, Krieger offenbar, die in den Kämpfen ihr Leben gelassen hatten. Am anderen Ende der Straße ragte ein Tor auf, ebenso groß wie das, vor dem sie warteten. Dort stieg noch Rauch auf, doch das Feuer schien gelöscht zu sein. Jetzt quollen aus einer der Seitenstraßen zahlreiche schwer bewaffnete Krieger hervor. Da waren Speerträger mit riesigen Schilden und Männer, die schwere Äxte auf den Schultern trugen. Und mitten unter ihnen sah Awin jetzt den Herrn der Stadt herankommen. Er fuhr in einem von zwei prachtvollen Schimmeln gezogenen Streitwagen, den ein schwer gepanzerter Krieger lenkte. Der Boden dröhnte unter den eiligen Schritten der vielen Männer. Kurz vor dem Tor wurde ein Befehl gebrüllt, und die Krieger bildeten eine waffenklirrende Gasse für den Wagen. Awin bemerkte, dass ein großer, einäugiger Mann in einem grauen Gewand den Malk zu Fuß begleitete.

»Ein Abeq Strydhs, ein böses Zeichen«, murmelte Harbod neben ihm.

Awin hatte noch nie einen Priester des Kriegsgottes gesehen, aber viel von ihnen gehört. Es hieß, sie opferten Strydh ein Auge als Zeichen ihrer Hingabe und Treue, und es hieß, dass sie keine Furcht kannten und in der Schlacht den Kriegern vorangingen. Der Streitwagen hielt unter dem Torbogen. Eine Windböe ließ das Gewand Malk Numurs flattern. Awin fand bei ihm keine große Ähnlichkeit mit Malk Iddin. Seine Augen flackerten unruhig. Er hat Angst, dachte Awin, er weiß noch nicht, wie dieser Tag enden wird. Der neue Herr der Stadt starrte auf den Leichnam, der immer noch auf dem Rücken des Hakul-Pferdes lag. Der Priester trat vor den Wagen. »So nehmt ihn doch herunter, ihr Männer!«, rief er. »Der tote Malk soll die Stadt, die ihn mehr liebte als er sie, nicht auf diese Art betreten.«

Malk Numur sprang vom Streitwagen. Er konnte seine Augen nicht von dem leblosen Körper wenden. »Wir waren oft unterschiedlicher Ansicht, Iddin, aber es schmerzt mich tief in meiner Seele, dass du tot bist, geliebter Bruder.«

Awin fand, dass er zu dick auftrug. Jedem seiner Worte war anzuhören, dass er seine Trauer nur heuchelte. Vier Speerträger waren unterdessen herangeeilt und hatten den toten Malk vom Pferd genommen. »Auf den Schild«, befahl der Abeq. »Die Menschen unserer Stadt sollen sehen, dass wir ihm mehr Ehre erweisen, als ihm zusteht.«

Die Speerträger gehorchten und legten den Leichnam auf einen der großen Schilde. Zu viert trugen sie ihn durch das Tor. Malk Numur hielt sie kurz an. Er sah seinem Bruder ins Gesicht, strich ihm mit beinahe zärtlicher Geste die Haare aus dem Antlitz. »Weh mir, guter Bruder, dass du mich nun mit der schweren Bürde der Herrschaft über diese Stadt alleine lässt. Ich habe dir angeboten, gemeinsam zu herrschen. Die Hüter werden wissen, was dich bewog, dieses Angebot abzulehnen und Krieger zum Überfall auf mich anzustiften.« Er sprach laut, um den Wind zu übertönen, der durch das offene Tor pfiff, so laut, dass es die Männer hinter dem Tor gut hören konnten. Dann warf er dem Priester einen unsicheren Blick zu. Der hagere Abeq nickte und wandte sich nun an Yaman Aryak. »Ich danke dir, dass du den geliebten Sohn unseres Raik in die Stadt gebracht hast, Yaman Aryak, doch muss ich dich fragen, ob es deine Krieger waren, die ihn töteten.«

»Ich habe dich in der Großen Halle gesehen, doch weiß ich deinen Namen nicht, Priester«, antwortete der Yaman ruhig.

»Ich bin Mahas, Abeq Abeqai des Strydh in dieser Stadt«, lautete die stolze Antwort.

»In der vergangenen Nacht, Abeq Mahas, fielen meine beiden ältesten Söhne durch die Hand jenes Mannes, den wir hierher verfolgt haben. Du hast sie gesehen, Ebu und Ech, Stolz und Hoffnung meiner Sippe.« Aryak sprach sehr ruhig. »An ebenjener Stelle fanden wir auch Malk Iddin. Er starb durch dieselbe Hand, die Hand des Mannes, für den Malk Numur sich gestern noch verbürgt hat.«

»Du musst dich täuschen, Yaman!«, antwortete der Priester schnell.

Aryak schüttelte finster den Kopf. »Wir wissen, was wir wissen, Mahas. Wir haben es gesehen.«

Zu Awins Überraschung lief Numur rot an. Er schien seine Gefühle nicht sehr gut im Griff zu haben. »Wenn er es war, dann hat er mich ebenso getäuscht wie euch, Hakul, und mein Verlust ist ebenso groß wie der deine!«, rief er.

Yaman Aryak richtete sich im Sattel auf und blitzte Numur zornig an. »Mir sind zwei geliebte Söhne geraubt worden, dir ein Verwandter, der dir mehr Feind als Bruder war. Wage nicht, das auf eine Stufe zu stellen, Akkesch!«

Die Krieger hinter dem Tor wurden unruhig. Offenbar waren sie es nicht gewohnt, dass man so mit ihrem Herrn sprach.

Abeq Mahas hob die Hand. »Ruhig, ihr Tapferen. Es ist nur der Schmerz, der dem Hakul die Sinne trübt. Und wer von uns könnte das nicht verstehen? Haben doch auch wir heute viele Verluste zu beklagen.«

»Ich sehe, wie sehr du dich grämst«, spottete Curru gallig. Die ganze Zeit schon hatte er unruhig im Sattel gesessen, nun hielt er es offenbar nicht mehr aus.

»Was weißt du schon, Seher!«, schleuderte ihm der alte Abeq entgegen. »Glaubst du, wir haben gerne gegen unsere Brüder die Waffen erhoben? Doch ließen unsere Feinde uns keine Wahl. Iddin nicht, dessen Männer uns letzte Nacht töten wollten, und Immit Schaduk nicht, der die Herrschaft über die Stadt an sich reißen wollte und plante, Malk Numur nach der Beisetzung unseres Raik zu ermorden!«

Ein Raunen lief durch die Reihen der Akkesch-Krieger, und Awin begriff, dass der Abeq mehr zu diesen Männern als zu Curru sprach. Er muss sich rechtfertigen, dachte er – seine Männer haben Zweifel.

»Ich glaube, dem Raik hat nicht gefallen, was in seiner Stadt vorgegangen ist, denn denk dir, Priester, wir haben ihn gesehen«, rief Curru.

Es wurde totenstill unter dem Torbogen. Numur erbleichte, und der Abeq trat erschrocken einen Schritt zurück. »Raik Utu? Scherze nicht über die Toten, Hakul!«

»Er war ein Spielball der Wellen, Akkesch. Auf jenem seltsamen Bach, der so plötzlich aus dem Nichts erschienen ist, trieb er an uns vorbei.«

Awin wusste, dass Curru richtig geraten hatte. Der verhüllte Leichnam konnte nur der Raik gewesen sein.

»Wo ist er jetzt?«, rief der Priester aufgeregt, und sein verbliebenes Auge war weit aufgerissen.

Curru grinste breit. »Er trieb hinunter zum Fluss. Vermutlich ist er längst auf dem Weg zu eurem Kaidhan im Süden, um zu berichten, was hier vor sich geht. Wirklich, ihr hättet ihn tiefer vergraben sollen«, spottete er.

»Zum Kaidhan«, flüsterte der Abeq heiser.

»Utu ist auferstanden!«, rief es plötzlich aus der Reihe der Speerträger.

»Er zürnt!«, rief ein anderer.

»Die Erde hat sich aufgetan, um uns zu verschlingen«, ein dritter. »Unsere Toten hält es nicht mehr in den Gräbern!« – »Es war der Frevel, der Frevel!« – »Numur hat sich gegen den gottgleichen Kaidhan gestellt.«

Die Unruhe nahm zu. Awin sah erstaunt, wie die Krieger der Akkesch ihre eben noch so beeindruckende waffenstarrende Ordnung aufgaben und aufgeregt miteinander stritten. Numur hatte vielleicht die Schlacht gegen diesen Immit Schaduk gewonnen, aber es sah aus, als könne er gleich seinen Kopf verlieren. Auch der Malk schien das zu spüren. Er schob sich langsam zurück zum Streitwagen, als wolle er fliehen.

»Ihr Narren«, übertönte die heisere Stimme des Abeq das Durcheinander. »Was redet ihr da? Hat der Raik etwa seine Hand gegen Malk Numur erhoben? Habt ihr etwa gesehen, dass er unsere Krieger angriff? Nein, nichts dergleichen! Der göttliche Utu kam aus dem Grab, als die Stadt in Not war. Er brachte uns Wasser, als unsere Häuser in Flammen standen. War es nicht so? Und mit ihm kamen unsere Ahnen, die sich aus den Gräbern erhoben und halfen, die Stadt zu retten. Ich habe es selbst gesehen!«

Awin war mehr als verblüfft. Dort stand ein Mann, der Zeichen weit besser zu seinen Gunsten umzudeuten verstand, als selbst Curru es vermochte. Und seine Krieger schienen ihm zu glauben. Eben noch hatte es ausgesehen, als würden sie sich gegen Numur erheben, aber nun waren sie vor Ehrfurcht verstummt.

»Ich sehe, dass ihr nun begreift«, fuhr der Priester fort, »doch solltet ihr noch wissen, dass Raik Utu sich nicht unerwartet aus dem Grab erhob – nein, Malk Numur, Herr dieser

Stadt, hat ihn gerufen. Ich habe es selbst gehört, Strydh ist mein Zeuge!«

Am überraschten Gesichtsausdruck des Malk konnte Awin erkennen, dass das eine glatte Lüge war, aber sie erfüllte ihren Zweck. Die Krieger sahen ihren Herrn plötzlich mit ganz anderen Augen. Awin schauderte es. Der Priester benutzte den Leichnam des Raik mit Eiseskälte für seine Zwecke. Hatte er keine Angst, dass die Götter ihn dafür strafen würden?

»Er sollte nicht leichtfertig über die Toten reden«, sagte eine kühle Stimme hinter Awin. Es war Merege. Er hatte gar nicht bemerkt, dass sie sich genähert hatte. Er fand aber keine Gelegenheit, ihr zu antworten, denn der Yaman gab Curru mit einem Nicken zu verstehen, dass er ihr Anliegen vortragen sollte. Der alte Seher kam dieser Aufforderung nur zu gerne nach. »Es ist gut zu wissen, dass Malk Numur die Toten auferstehen lassen kann. Vermag er das auch mit seinem so geliebten Bruder oder den Söhnen unseres Yamans?«

»Das verstehst du nicht, Hakul«, entgegnete Mahas kalt, »denn du weißt nicht, dass unsere Raik von den Göttern abstammen und dass sie nach ihrem Tod Platz finden an der Tafel Uos, von wo aus sie über uns wachen und uns beschützen. Aber noch keiner unserer Ahngötter hat sich zurück ins Land der Lebenden begeben. Es ist ein Wunder. Kannst du nicht wenigstens das erkennen?«

»Ich kann nur sehen, dass hier viele Krieger gestorben sind und dass ein Mann unter euch war, der uns bestohlen und gute Männer hinterrücks ermordet hat.«

»Nun, Seher, wenn ihr Malk Iddin nicht am Fuße der Stadtmauer gefunden habt, dann nehme ich doch an, dass sich euer Feind in der Nacht davongestohlen hat. Geht und sucht ihn in einer anderen Stadt!«, giftete der Abeq. Offenbar hatte er das Gefühl, die Lage jetzt wieder im Griff zu haben.

»Wir werden ihn suchen, finden und fragen, wie es dazu kam, dass Malk Numur seine Hand für ihn ins Feuer legte, Mahas, dessen sei versichert«, entgegnete Curru. »Und ich nehme an, dass alle Hakul des Staublandes seiner Antwort sehr aufmerksam lauschen werden. Jedoch wüssten wir gerne, was der Fremde euch dafür gegeben hat.«

Mahas' verbliebenes Auge funkelte böse. »Nichts hat er uns gegeben, und nichts hat er von uns bekommen. Du bist ein Seher? Nun, Seher, ich prophezeie dir, dass auch ihr nun mit leeren Händen fortgehen werdet. Und lass dir nicht einfallen, uns wieder mit dem Zorn aller Hakul zu drohen, denn ich bin nicht Immit Schaduk. Ich kenne Heredhan Horket, und ich weiß, dass er den Klang von Eisen und Silber weit mehr schätzt als den Lärm der Kriegshörner!«

Plötzlich meldete sich auch Malk Numur wieder zu Wort: »Habt ihr nicht gehört, Hakul? Ihr sollt verschwinden! Geht, bevor unsere Krieger die Geduld mit euch verlieren! Seid ihr in einer Stunde noch hier, so werdet ihr sterben, darauf habt ihr mein Wort!«

Abeq Mahas warf dem Malk einen bösen Blick zu, aber der bemerkte oder verstand ihn nicht. Numur gab seinem Wagenlenker ein Zeichen. Dieser wendete den Streitwagen geschickt auf der Stelle und lenkte ihn zurück in die Stadt. Mahas zögerte einen Augenblick. Er schien noch etwas sagen zu wollen, aber dann schüttelte er nur unmerklich den Kopf und folgte dem neuen Herrn der Stadt. Die Akkesch-Krieger starrten die Hakul feindselig an, bis sich die gewaltigen Torflügel geschlossen hatten.

»Dieser Mahas ist ein gefährlicher Mann«, meinte Mewe, als sie sich vom Tor zurückzogen.

»Und dieser Numur ist ein Dummkopf, den Hütern sei Dank«, antwortete Harbod.

»Wie meinst du das, Meister Harbod?«, fragte einer der Jungkrieger des Fuchs-Klans.

»Er hat uns sein Wort gegeben, dass sie uns nicht angreifen, wenn wir uns jetzt zurückziehen. Dieser Priester hat gekocht vor Wut, als er das hörte.«

Tuwin und seine Helfer hatten die Tragen fertig gestellt. Sie waren einfachster Bauart: Ein Umhang, mit Seilen verstärkt, der zwischen langen Äste gespannt war. Diese waren am Sattel eines Pferdes befestigt, das dieses Gestell hinter sich herziehen würde. Ein einzelnes, tiefes Ächzen entrang sich der Brust des Yamans, als er die beiden schwarz verhüllten Körper auf diesen Gestellen sah, mehr nicht. Die Männer waren verunsichert. Eile war geboten, doch Aryak schien nicht fortzuwollen, und seine versteinerte Miene hinderte die Männer daran, ihn einfach anzusprechen. Es war schließlich Harbod, der es wagte. Er lenkte sein Pferd an die Seite des Yamans und sagte: »Ehrwürdiger Yaman, ich verstehe deinen Schmerz, doch müssen wir zu einer Entscheidung kommen.«

Aryak betrachtete ihn, als sähe er ihn zum ersten Mal.

Harbod drängte weiter: »Wir können hier nicht bleiben. Wenn du deine Söhne nach Hause bringen willst, sollten wir jetzt aufbrechen. Oder willst du deinen Sohn Eri auch noch verlieren?«

»Eri?«, fragte der Yaman, so als wisse er gar nicht, wer das sei.

»Wir brauchen deine Führung, Yaman Aryak«, drängte Harbod weiter.

Aryak schüttelte langsam den Kopf, als versuche er, einen Albdruck loszuwerden. Er blickte auf, und Awin sah, dass ihm Tränen in den Augen standen. Er sagte: »Wir haben unsere Aufgabe nicht erfüllt.«

Harbod wusste offenbar nicht, was der Yaman meinte.

»Unser Feind ist fort, alter Freund«, sprang ihm Curru bei, »und auch wir sollten hier nicht bleiben.«

»Und der Heolin?«, fragte der Yaman bitter. »Wir müssen den Heolin zurückbringen, habt ihr das vergessen? Ebu und Ech sind dafür gestorben.«

Awin sah in das versteinerte Gesicht des Klanoberhauptes. Es ergab keinen Sinn, was der Yaman sagte. Wenn der Heolin hier war, dann würden ihn die Akkesch nicht herausgeben. Das Einzige, das sie hier noch zu erwarten hatten, war ihr Tod. War es etwa Todessehnsucht, die aus Aryak sprach? »Er ist nicht mehr hier«, hörte sich Awin zu seinem eigenen Erstaunen sagen.

»Der Heolin? Wie kommst du darauf?«, fragte Harbod mit einem Stirnrunzeln. »Glaubst du etwa, dieser Numur hätte dem Fremden wirklich aus reiner Güte geholfen?«

»Das nicht, Meister Harbod, aber ich habe diesem Priester ins Gesicht gesehen. Er ist ein Meister der Täuschung, aber als er sagte, dass sie nichts von dem Fremden bekommen hätten, war keine Lüge in seinen Worten, nicht wahr, Meister Curru?«

Sein Ziehvater hob verwundert die Augenbrauen. Er war offensichtlich überrascht, dass ihn Awin um seine Meinung bat. Er zögerte, aber offenbar war ihm der Ernst der Lage bewusst, denn er nickte. »Mein Schüler hat Recht. Ich hätte es bemerkt, wenn sie gelogen hätten. Der Heolin ist nicht hier.«

»Aber wo ist er dann?«, fragte der dicke Bale.

Plötzlich waren alle Blicke auf Awin gerichtet. »Ich glaube«, begann er vorsichtig, »er hat diese Stadt nie erreicht. Ich sah auf ... meiner Reise ein Bild, eine rote Wüste, nah am Glutrücken. Dort waren der Fremde und sein Gehilfe, der im Sand versank. Ich glaube, der Heolin ist mit ihm versunken.«

»Uos Mund«, murmelte Harbod ehrfürchtig.

Curru schüttelte den Kopf. »Das ist Unsinn. So etwas Wertvolles wird der Feind doch nicht seinem Gehilfen anvertrauen.

Hatte er nicht die Blutdolche noch bei sich, als er das grünäugige Mädchen kaufte? Ich sage, der Fremde trägt den Heolin noch bei sich. Wir müssen ihn suchen.«

»Wir müssen vor allem von hier fort«, warf Harbod ein, »und ich kann auch keinen Grund finden, noch zu bleiben. Immerhin sind unsere Seher sich darin einig, dass weder der Feind noch der Heolin hier sind, wenn sie auch sonst in wenig übereinstimmen.«

Die Pforte im Tor der Hirth öffnete sich. Ein junger Mann kam herausgelaufen. Er lief schnell, aber er rannte nicht, als würde er verfolgt. Stirnrunzelnd behielt Awin ihn im Auge. Der Mann trug nicht mehr als einen Lendenschurz. Ohne die Hakul eines Blickes zu würdigen, eilte er über die Ebene, sprang über den Bach und verschwand nahe des Ufers hinter einem Gehöft. Er schien den Fluss hinabzuwollen. Awin bekam ein ungutes Gefühl. Er hielt den Läufer für einen Boten. Wenn er aber eine Nachricht den Fluss hinabzutragen hatte – warum nahm er dann kein Boot?

Der Yaman ergriff wieder das Wort: »Ein böser Geist begleitet diese Reise. Von Anfang an schien Tengwil uns den Erfolg zu verweigern. Nun werde ich heimkehren, mit meinen Söhnen. Der Feind hat uns besiegt. Mögen andere ihn jagen, ich vermag es nicht mehr.«

Die Krieger schauten einander besorgt an. Aller Mut schien von ihrem Anführer gewichen zu sein. Eben am Tor hatte Awin ihn noch dafür bewundert, mit welcher Kraft er diesen furchtbaren Schicksalsschlag hingenommen hatte, doch nun erkannte er, dass Aryak ein gebrochener Mann war.

»Wohin auch immer«, rief Harbod ungeduldig, »wir müssen endlich von hier fort.«

Der Yaman nickte schließlich, wandte sich der Stadt zu, betrachtete sie lange und sagte: »Ich verfluche diese Stadt und ihre Herrscher. Das Unglück soll sie treffen, so wie es mich getroffen hat. Lasst uns aufbrechen, ihr Krieger. Mögen die Zeiten, die vor uns liegen, besser sein als die, die wir hinter uns haben.«

Der Zug setzte sich endlich in Bewegung. Am Bach stiegen Mabak und Eri ab. Sie nahmen das hintere Ende der Tragen auf und trugen sie so über das Gewässer. Am anderen Ufer meldete sich Mewe noch einmal zu Wort. »Wir müssen Tuge und die seinen warnen, ehrwürdiger Yaman. Wenn du erlaubst, werden wir einen der Jungkrieger schicken, um sie auf ihrem Weg hierher abzufangen.«

Aryak nickte müde. Das hatte Awin völlig vergessen. Der Bogner hatte die Slahan durchquert und ihren Feind am Dhanis gesucht. Sie hatten verabredet, dass er dem Strom bis nach Serkesch folgen sollte, aber die Akkesch würden ihn jetzt sicher nicht sehr freundlich empfangen. Bales Enkel Mabak wurde ausgewählt, denn sein Vater Malde ritt an Tuges Seite. Aryak überließ es Mewe, ihm seinen Auftrag zu erläutern: »Lass dich nicht aufhalten und gehe Streit aus dem Weg, Mabak, Maldes Sohn«, schärfte ihm der Jäger ein. »Du wirst Meister Tuge vermutlich irgendwo zwischen hier und Scha-Adu finden. Er soll umkehren und den Weg zurück nehmen, den er gekommen ist.«

»Aber sollten wir nicht vielleicht durch Uos Mund reiten? Vielleicht finden wir dort den Heolin, wie Awin es gesagt hat«, wandte der Knabe schüchtern ein.

Der Jäger fasste den Jungkrieger hart an der Schulter: »Auf keinen Fall werdet ihr diesen Weg nehmen! Es würde euch ergehen wie dem Gefährten des Fremden. Jeder Mensch von Verstand sollte Uos Mund meiden! Kein Wasser gibt es dort, und der Sand hat schon ganze Heere verschlungen. Sollte er wirklich auch den Heolin verschluckt haben, so wäre er für alle Zeit verloren, und auch ihr könntet ihn nicht finden. Nein, Mabak, haltet euch auf sicheren Wegen und seht, dass ihr wohlbehalten zu Hause anlangt. Dieser Klan hat schon genug Männer verloren. Und nun reite! Achte darauf, dass du der Stadt nicht zu nahe kommst, aber halte dich auch fern vom Hafen. Noch schützt uns das Wort des Malk, aber du musst dich beeilen.«

Mabak nickte aufgeregt. Er nahm sich kaum die Zeit, sich von seinem besorgten Großvater zu verabschieden, dann preschte er davon. Awin sah ihm nach. Wind trieb Staub und Rauch über die trockene Ebene. Raik Utu mochte von den Toten auferstanden sein, um seine Stadt vor dem Feuer zu retten, aber offenbar hatte er einige Brände übersehen. Dann wandte Awin sich ab. Er hatte genug von den Städten der Akkesch.

Sie ritten schweigend zwischen den Gehöften. Immer noch lag Totenstille über dem Land, und von den Bewohnern war nichts zu sehen. Awin fühlte sich plötzlich von den fruchtbaren Feldern und grünen Dattelhainen eingezwängt. Sie überquerten den Graben, an dem sie auf dem Hinweg ihre Pferde getränkt hatten. Dann endlich öffnete sich vor ihnen die weite, kahle Ebene Naqadh. Awin erinnerte sich daran, dass sie ihm vor wenigen Tagen erst lebensfeindlich und leer vorgekommen war, vor allem, als er sie mit dem üppigen Reichtum des Landes am Dhanis verglichen hatte. Jetzt erschien ihm die unbegrenzte Weite schön und verlockend. Staubwolken trieben darüber, aber immer noch war der Wind nicht zu dem Sturm geworden, den sie schon den ganzen Tag erwarteten. Sie verließen die Felder und folgten der langen Linie, die die unzähligen Karawanen in den harten Boden getreten hatten. Die Eisenstraße hatte sie wieder. Awin erinnerte sich, mit wie viel Zuversicht sie erst vor zwei Tagen hier angekommen waren. Und nun zogen sie ab, niedergeschlagen und mutlos. Keines ihrer Ziele hatten sie erreicht. Der Feind war entkommen, und der Heolin schien verloren.

»Ich denke, der Feind hat ihn noch«, meinte der dicke Bale, »und mit etwas Glück reitet er Auryd oder Harmin in die Arme.«

»Das glaube ich nicht, Bale«, widersprach Harbod, »wenn ich Curru richtig verstanden habe, haben sie bei ihrem Besuch in der Stadt doch verraten, dass unsere Männer ihn auch in Albho und Kaldhaik-Nef suchen. Nun wird er dort nicht hingehen.«

Bale und Harbod ritten vor Awin, denn er gehörte jetzt zu den Yamanoi. Eigentlich hatte er erwartet, dass noch eine Weihezeremonie erfolgen würde. Er hatte Curru danach gefragt, aber der hatte ihn nur finster angestarrt und gesagt: »Hast du keine anderen Sorgen? Wie es aussieht, halten dich die anderen nun für einen Seher, und ich bin es leid, mich gegen sie zu stellen, auch wenn ich denke, dass du immer noch zu vieles nicht weißt. Nenne dich also Seher, mein Junge, wir werden sehen, ob dir dieser Ehrgeiz bekommt.«

Mewe hatte ihm dann nahegelegt, sich auch, seinem neuen Rang entsprechend, bei den Yamanoi einzureihen: »Es ist nicht gut, wenn die Ordnung im Sger verloren geht, Awin, es ist so schon schlimm genug.«

Awin ritt nun also zwischen den erfahrenen Kriegern und fühlte sich fremd. Neben ihm ritt ein Krieger aus dem Fuchs-Klan, Skyt mit Namen, der nicht unfreundlich, aber schweigsam war. Er war nicht viel älter als Awin, und er musste sich auf irgendeine Weise ausgezeichnet haben, denn für die Yamanoi war er eigentlich noch zu jung. Awin nahm sich vor, ihn danach zu fragen, später, wenn die Düsternis, die schwer auf dem gesamten Sger lastete, gewichen war. Der Yaman ritt immer noch an der Spitze des Zuges, und neben ihm hatte Curru seinen angestammten Platz eingenommen. Harbod hatte freiwillig darauf verzichtet. Danach folgte Eri, der die beiden Packpferde führte, die nun eine besondere Last hinter sich her zogen. Niemand wollte neben ihm reiten. Auch Merege hatte sich wieder in den

Sger eingereiht. Niemand hatte sie darum gebeten, es hatte sie aber auch niemand daran gehindert. Seit Awin erklärt hatte, dass ihre Anwesenheit für den Sger wichtig sei, schienen die Hakul sie endlich zu akzeptieren. Zu Awins Erstaunen verstand sie sich gut mit Tuwin. Dieser ritt neben ihr und wich ihr die meiste Zeit nicht von der Seite. Am späten Abend, als sie endlich lagerten, erfuhr Awin den Grund: »Weißt du, Awin, ich bin Schmied, wie mein Vater und mein Großvater vor mir und wie, wenn die Hüter es wollen, meine Tochter Wela nach mir. Und jeder Schmied, der etwas taugt, ist ein wenig besser als seine Vorgänger, lernt etwas Neues, fügt der Kunst etwas hinzu. Ich kann also mit Fug und Recht behaupten, dass meine Schwerter etwas taugen. Weißt du, warum ich nur noch Sichelschwerter fertige?«

»Nein, Meister Tuwin«, antwortete Awin, der sich einfach nicht abgewöhnen konnte, die anderen Yamanoi Meister zu nennen.

»Sie sind widerstandsfähiger, denn der Bogen der Klinge gibt ihnen mehr Festigkeit. Es sind keine Eisenklingen, das gebe ich zu, doch ein gutes Sichelschwert kann gegen eine eiserne Klinge durchaus bestehen. Es zerbricht nicht!«

Jetzt wusste Awin endlich, worauf der Schmied hinauswollte. Eris zerbrochenes Schwert ließ ihm keine Ruhe.

Der Schmied fuhr fort: »Und nun kommt diese Kariwa, ein schmächtiges Mädchen, und zerschlägt dieses prachtvolle Schwert, das ich erst vor zwei Jahren für den Sohn des Yamans geschmiedet habe. Ich glaube nicht, dass es bei den Hakul viele Bronzeschwerter gibt, die besser sind. Sie hat mir ihr Schwert gezeigt – Awin, so etwas habe ich noch nicht gesehen. Es ist schmal, viel schmaler als die plumpen Eisenklingen der Akkesch. Aber es ist scharf, stark und doch biegsam. Und dieses Mädchen versichert mir, dass ihr Schwert in ihrem Volk nichts Besonderes sei!«

»Aber was ist denn das Geheimnis dieses Schwertes, Meister Tuwin?«, fragte Awin neugierig.

Tuwin seufzte. »Leider weiß sie nicht viel über diese Kunst. Aber es scheint, dass die Schmiede der Kariwa ihre Waffen in einer Glut fertigen, die aus Feuerbergen stammt und heißer ist als alles, was meine armselige Esse zu Stande bringt. Merege meinte, es sei dasselbe Feuer, in dem Brond einst den Grund der Welt geschmiedet habe. Ich würde diese Glut zu gerne einmal sehen, glaubst du mir das, mein Freund?«

»Natürlich, Meister Tuwin«, antwortete Awin.

Nach dem Essen rief Yaman Aryak ihn zu sich. Die Yamanoi seines Klans waren bei ihm. Ihre Mienen waren ernst. Awin fragte sich, was das zu bedeuten hatte. Aryak sah Awin nachdenklich an, dann sagte er: »Ich habe bemerkt, dass du nun unter den Yamanoi reitest, Awin, Kawets Sohn.«

Awin errötete – hatte er etwas falsch gemacht?

»Du weißt, dass die Yamanoi sich dem Feind stellen. Sie kämpfen nicht nur mit Pfeil und Bogen wie die Jungkrieger, die den Feind zermürben, nein, mit dem Speer in der Hand reiten sie dem Feind entgegen. Wie ich sehe, hast du aber keinen Speer, und ich sage, dass es nicht sein kann, dass ein Mann ohne diese Waffe unter den Yamanoi reitet.«

Awin erbleichte. Er besaß doch keinen Speer. Wollte ihm Aryak daraus nun einen Vorwurf machen? Oder ihn gar wieder aus dem Kreis der Yamanoi ausschließen? Er sah in die Gesichter der Männer, die um den Yaman herumstanden. Da waren Curru, Bale, Mewe und Tuwin, der sich auf einen Speer stützte. Sie blickten ernst. Dann gab der Yaman Tuwin einen Wink, und dieser reichte ihm den Speer. »Dies, junger Seher, ist der Speer meines Sohnes Ech. Ich selbst habe ihm diese Waffe geschenkt. Er braucht sie nun nicht mehr.« Der Yaman verstummte kurz, dann hatte er sich wieder gefasst und fuhr fort. »Ich weiß, dass

Ech dich schätzte, und ich denke, er wird einverstanden sein, dass du diese Waffe nun an seiner Stelle führst. Möge sie dir mehr Glück bringen als ihm.«

Awin wusste nicht, was er sagen sollte. Er nahm dem Yaman den Speer aus den Händen und stotterte verlegen ein paar Dankesworte. Der Yaman nickte, stand auf und ging. Curru folgte ihm. Tuwin grinste und schlug Awin auf die Schulter. »Wenn wir wieder in der Heimat sind, werde ich einen Maskenhelm für dich fertigen, junger Yamanoi. Aber deinen Blutdolch, den musst du dir trotzdem erst verdienen.«

»Ihr seid ein seltsames Volk«, sagte Merege, als sie sich neben ihm auf dem harten Wüstenboden ausstreckte.

Awin hatte sich schon fest in seinen Umhang gewickelt, um dem lästigen Wind und Staub zu entgehen. Die Speerleite. Der Yaman hatte ihm seinen Speer verliehen. Nun gehörte er wirklich zu den Yamanoi. Das war normalerweise ein großer Tag für einen jungen Hakul. Doch Awin fühlte sich eigenartig, denn er konnte nicht vergessen, wessen Speer er von nun an tragen würde. Er antwortete Merege nicht, denn er wollte sich gerade jetzt nicht auf ein Gespräch einlassen, das für ihn nach Meinungsverschiedenheiten roch, aber sie fuhr unbeirrt fort: »Der junge Marwi war nur verwundet, aber ihr hättet ihn zurückgelassen, weil er euch aufhielt. Nun schleppt ihr zwei Leichen mit.«

»Es sind die Söhne des Yamans«, antwortete Awin lahm.

»Und deshalb sind sie tot mehr wert als Marwi lebend?«

Awin setzte sich auf. »Das sind sie sicher nicht«, erwiderte er flüsternd, »aber der Yaman bringt es nicht übers Herz, sie zurückzulassen. Noch nicht. Er wird bald einsehen, dass es besser ist, sie hier würdevoll zu bestatten, als sie zwei Wochen lang durch diese Wüsten zu schleppen. Er braucht einfach nur etwas Zeit.«

»Und du glaubst, ihr habt Zeit?«, fragte die junge Kariwa.

Awin schüttelte den Kopf. Natürlich hatten sie keine Zeit. Sie hatten eine Aufgabe zu erfüllen, und er hoffte, dass der Yaman auch das bald einsehen würde. Er beantwortete die Frage aber nicht, sondern fragte nun seinerseits: »Warum reitest du nun doch wieder mit uns, Merege?«

Sie schwieg einen Augenblick, dann antwortete sie: »Ahnmutter Senis hatte mich am Rotwasser darum gebeten. Ginge es nach mir, wäre ich längst nicht mehr bei euch, doch ich denke, sie weiß, warum sie das von mir verlangt.«

»Ahnmutter – was bedeutet das eigentlich?«

»Wir nennen sie eben so«, erwiderte Merege, und es klang, als würde sie etwas verbergen wollen.

»Und warum nennt sie dich Ahntochter?«

»So hat sie mich schon immer genannt, und jetzt sollten wir schlafen, die Nacht ist kurz.«

Awin lag eine Erwiderung auf den Lippen, denn er wollte sich nicht mit diesen knappen Antworten zufriedengeben. Doch dann ließ er es bleiben. Er würde ihr Geheimnis schon noch erfahren, und sie hatte Recht – die Nacht würde kurz werden.

»Du kannst meine Ahntochter von mir grüßen. Und sag ihr, sie wird es noch verstehen.«

Awin stand am Meer. Neben ihm war Senis damit beschäftigt, das Ufer abzusuchen. Sie sammelte Treibholz, aber sie drehte auch jeden größeren Stein um, als hoffte sie, darunter etwas Bedeutsames zu finden. Es war die uralte Senis, nicht die junge, die er in der vorigen Nacht auf seiner Reise getroffen hatte.

»Wie …?«, fragte er.

»Dein Geist ist offen, junger Seher. Er ist stets auf der Suche, und er hört, wenn ich ihn rufe.«

Awin fühlte eine ungewisse Kälte seine Glieder emporkriechen.

»Das kommt, weil du mit den Füßen im Wasser stehst«, sagte die Kariwa grinsend.

Awin blickte nach unten. Wellen umspülten seine nackten Füße. »Du hörst, was ich fühle?«

»Nur, wenn ich es will, junger Seher.«

»Aber warum bin ich hier?«

»Sieh nur«, antwortete die Kariwa und deutete auf das Meer hinaus.

Awin folgte ihrem Wink und sah einen riesigen schwarzen Körper, der sich aus dem Wasser hob und sich in einem kunstvollen, langen Bogen wieder in die Tiefe senkte. Awin stöhnte, überwältigt von diesem Anblick. Ein Awathan. Es gab nicht viele Hakul, die je einen gesehen hatten.

»Die Welt ist voller Wunder, junger Hakul, und dies war nicht das letzte, das du sehen wirst.«

Die Seeschlange war wieder verschwunden. Starke Wellen brandeten ans Ufer. »Du weißt, was mich erwartet?«, fragte Awin, als er seine Fassung wiedererlangt hatte.

Senis legte ihm die Hand auf die Schulter. »Es ist nicht gut, zu früh zu viel zu wissen, junger Seher. Aber sag Merege, dass mehr als ein Sturm auf euch zukommt, und sag ihr, dass sie auf dich Acht geben soll.«

Awin schlug die Augen auf. Die Luft war finster und voller Staub. Es musste noch Nacht sein. Mewe hatte sich über ihn gebeugt. »Steh auf, mein Freund, die Sonne geht bald auf, auch wenn es nicht so aussieht. Es scheint, dass sich dieser namenlose Wind nun doch entschlossen hat, ein Sturm zu werden.«

Awin starrte in den Himmel, über den rötlich graue Schleier zogen. Hatte er nur geträumt? Oder ging sein Geist nun schon ohne Ritual und Rabenbeere auf Reisen? Ein Schauer lief ihm über den Rücken. Er hatte eine Seeschlange gesehen, und Senis hatte gesagt, das sei nicht das letzte Wunder, dem er begegnen würde. Es hatte sehr nach einer Warnung geklungen.

Er setzte sich auf. Die Luft war voller Sand. Der Sturm! Sie hatte auch gesagt, es würde ihnen mehr als ein Sturm begegnen. Und das war ganz sicher eine Warnung. Merege war schon aufgestanden und sattelte ihr Pferd. Er musste mit ihr reden. Hier ging es um Dinge, die er nicht mit seinen Sgerbrüdern besprechen konnte. Sie sahen ihn auch so schon an, als sei er ein Wundertier. Mit Curru musste er erst noch die Sache mit den Rabenbeeren klären. Er hatte es am Vorabend versucht, doch der alte Seher war ihm aus dem Weg gegangen. Merege war die Einzige, die in Frage kam. Er würde auf einen günstigen Augenblick warten. Bis dahin hatte er Gelegenheit, noch ein wenig über diesen Traum – oder diese Reise – nachzudenken.

Am Vortag hatte der Wind sich oft gedreht, war in Böen von hier und dort gekommen, hatte den Staub über das karge Land geblasen, ohne stärker, aber auch ohne müde zu werden. Die Hakul hatten sich gestritten, ob der namenlose Wind nun eher ein Verwandter von Isparra, der Zerstörerin, oder von Seweti, der Tänzerin, war. Und nun war es doch Nyet, der Angreifer, der sich in der Slahan erhob und über den Glutrücken heranstürmte. Es war Glück im Unglück für den Sger, dass er aus dieser Richtung kam, denn die roten Berge hielten viel von dem Sand ab, den Nyet mitzubringen pflegte. Sie blieben möglichst dicht unter den Felsen, so dass die Hauptgewalt des Sturmes über sie hinwegzog, dennoch mussten sie absitzen und ihre Pferde am Zügel führen, denn sie waren unwillig, sich dem Sturm auszusetzen.

»Warum warten wir nicht, bis Nyet sich beruhigt hat?«, rief Skyt, der Fuchs-Krieger, Awin zu.

Awin schüttelte den Kopf. »Wer weiß, wann das sein wird? Dieser Sturm fühlt sich nicht an, als ob er schnell müde würde.«

»Aber es ist doch Nyet, und der wütet nie lange«, rief Skyt gegen den Wind.

Awin spuckte Sand aus. »Es mag Nyet sein, doch er benimmt sich eigenartig. Ich glaube, er hat Streit mit seiner Schwester Isparra. Sie ringen miteinander. Es kann lange dauern, bis sie diesen Kampf beenden. Und ich bin froh um jeden Schritt, den wir zwischen uns und Serkesch bringen.«

Awin ließ sich etwas zurückfallen, um mit Mewe zu sprechen, der wieder die Schar der Jungkrieger anführte. Sie war klein geworden. Marwi war tot, Mabak fort. Awin kannte nur noch Tauru, den Bognersohn. Mit den drei Jungkriegern aus dem Fuchs-Klan hatte er nicht mehr als einige wenige Worte gewechselt. Er kannte gerade einmal ihre Namen.

»Glaubst du, wir werden verfolgt, Meister Mewe?«, rief er, als der Jäger zu ihm aufschloss.

»Warum sollten sie? Außerdem würde der Sturm sie ebenso aufhalten wie uns«, meinte Mewe, »und sie haben keine Reiter. Wir sind zwar langsam, aber ihre Speerträger mit den schweren Schilden und Rüstungen wären doch noch viel langsamer. Mach dir also keine Sorgen, Awin.«

Aber Awin machte sich Sorgen. Mewe hatte nicht Unrecht, eigentlich hatten die Akkesch keinen Grund, sie zu verfolgen. Aber er traute diesem Malk und seinem Priester nicht. Dann wurde Nyet noch stärker, und er zeigte eine Ausdauer, die die Hakul von ihm nicht kannten.

»Man könnte meinen, die Slahan hätte etwas gegen uns«, brummte Skyt, als gegen Mittag immer noch kein Nachlassen zu bemerken war. Das ganze weite Land schien nur noch aus rotem Staub zu bestehen, der in den Augen brannte und das Atmen schwer machte. Schließlich befahl Yaman Aryak doch einen Halt. Sie suchten sich eine halbwegs windgeschützte Stelle unter einem Felsen, drängten sich zusammen, deckten sich und die Köpfe ihrer Pferde mit ihren Umhängen zu und warteten. Curru brachte ein Wasseropfer, um die Slahan und ihre Winde zu beruhigen, aber Nyet hatte kein Einsehen und stürmte weiter unermüdlich über das Land. Sie konnten nicht einmal Feuer machen. Awin würgte etwas Trockenfleisch herunter. Es schien zur Hälfte aus Sand zu bestehen.

Sie warteten, vielleicht zwei Stunden, ohne dass der Sturm nachließ. Schließlich gab der Yaman das Zeichen, wieder aufzubrechen. Sie konnten nicht ewig dortbleiben, spätestens am Abend würden die Pferde Wasser brauchen. Also quälten sie sich dicht unter den Felsen weiter voran. Awin fragte sich, ob sie die gesuchte Wasserstelle nicht verfehlen würden. Die Sicht war schlecht, vor lauter Staub konnten sie schon in fünfzig Schritten nichts mehr erkennen, und sie waren weit abseits der Straße. Aber da hatte er Mewe unterschätzt. Gegen Abend ließ der Jäger den Sger halten, verschwand im Staub und kehrte bald darauf zurück. Er hatte die kleine Siedlung gefunden. Also zog der Sger hinaus ins offene Land, und Nyet schien nur auf sie gewartet zu haben. Mit unbändiger Kraft fiel er über sie her und machte jeden Schritt und jeden Atemzug zur Qual. Es zeigte sich, dass es eine Sache war, diesen Ort zu finden, eine andere, Wasser zu bekommen. Schon auf dem Hinweg waren die Bewohner dieses Ortes abweisend gewesen. Nun riefen die Hakul nach ihnen, aber sie zeigten sich nicht. Tuwin donnerte gegen das Tor, ohne dass sich etwas tat. Der Yaman schien unschlüssig, aber Harbod schrie gegen den Wind: »Wir brauchen das Wasser, Yaman Aryak. Wenn sie uns nicht öffnen, müssen wir es eben selbst tun.«

Aryak nickte. Die Akkesch verstanden, sich vor Überfällen zu schützen. Auch dieses Dorf war ein geschlossener Kreis von

Häusern, deren Mauern gleichzeitig die Außenmauer der Siedlung darstellten. Sie waren so hoch, dass auch ein Hakul, der auf dem Rücken seines Pferdes stand, nicht hinaufgelangen konnte. Es gab auch keine Zinnen und keine Mauervorsprünge, über die man ein Seil hätte werfen können, und die flachen Dächer der Häuser waren hervorragend dazu geeignet, Männer zur Abwehr dort aufzustellen. Wurde so eine Siedlung tapfer verteidigt, war sie nur unter Opfern einzunehmen, das wusste Awin.

»Ich sehe keine Verteidiger«, rief Bale, der wohl dieselben Gedanken hatte.

»Sie mögen sich verstecken oder nicht, wir werden es gleich wissen«, rief Harbod. »Bale, Tauru, Kawi – die Leiter, schnell, schnell!«, rief er. Die Akkesch hatten ihre Mauern, die Hakul ihren Mut und ihre Geschicklichkeit. Bale und Harbod bildeten das Fundament, Tauru stellte sich auf ihre Schultern und der junge Fuchs-Krieger Kawi kletterte behände über die Männer auf den Rand der Mauer. Er verharrte oben einen kurzen Augenblick, stieß einen lauten Schrei aus und ließ sich zurück in die Tiefe fallen. Ein Wurfspeer schnitt durch die Luft, wo er eben noch gekauert hatte.

»Verflucht sollen sie sein, die Akkesch«, rief Harbod. »Schnell Männer, hinauf, hinauf!«

»Ich sah nur einen!«, rief Kawi, der auf dem Boden saß und sich den Knöchel hielt.

Awin sprang vom Pferd. Sie brauchten das Wasser, und ein einzelner Speerwerfer konnte sie nicht aufhalten. Rasch bildete einer der Fuchs-Krieger mit Mewe und Tuwin eine zweite Leiter, ein Stück weiter wuchs eine dritte mit Curru und Eri empor. Awin wurde plötzlich bewusst, dass es an ihm war, die Mauer zu erklimmen. Er kletterte über Harbod und Tauru nach oben, zog sich über die Brüstung und rollte sich blitzschnell zur Seite ab. Kawi hatte Recht, es war nur ein einzelner Mann oben auf den flachen Dächern der Häuser zu sehen. Awin griff nach seinem Sichelschwert. Der Akkesch starrte ihn an, einen Wurfspeer in der Hand. Dann kamen auch Eri und ein weiterer Fuchs-Krieger über die Mauer. Der Akkesch warf seinen Speer nach Eri, aber eine Sturmböe ergriff das Geschoss und trug es weit am Ziel vorbei. Der Mann zog sein Sichelschwert, aber Eri war zu schnell für ihn. Mit einem Schrei stürzte er sich auf den Fremden, unterlief das ungelenk geschwenkte Schwert und rammte dem Mann seinen Dolch in die Brust. Awin lief über das Dach zum Innenhof. Er lag völlig verlassen. Die ganze Siedlung war wie ausgestorben. Er nahm eine Holzleiter, die auf dem Dach lag, ließ sie in den Hof hinab und kletterte schnell hinunter. Immer noch war kein weiterer Feind zu sehen. Hielten sich die Bewohner in den Häusern versteckt, oder hatten sie das Dorf sogar verlassen? Der Fuchs-Krieger folgte ihm. Zu zweit hoben sie den schweren Riegel vom Tor, öffneten es und ließen ihre Sgerbrüder ein. Es war eine Sache von wenigen Augenblicken. Die Krieger stürmten hinein und kletterten auf die Dächer. Die Siedlung und ihr Wasser gehörten ihnen.

Yaman Aryak kam als Letzter durch das Tor. Stumm betrachtete er die tür- und fensterlosen Mauern. »Bringt mir den Ältesten«, befahl er, »aber tötet niemanden, der sich nicht wehrt. Wir sind nicht auf einem Kriegszug!«

»Habt ihr gehört, ihr Krieger? Wir sind nicht hier, um zu plündern!«, rief Curru.

Awin stieg über die Leiter wieder auf das Dach. Er wollte sich den Toten näher ansehen. Eri kniete neben ihm, den Blutdolch noch in der Brust seines Gegners. Er murmelte die Gebete, die die Kraft seines Feindes auf ihn übertragen würden. Die anderen Hakul brachen die Deckenklappen auf, die einzigen Zugänge zu diesen Häusern, und verlangten nach dem Ältesten. Awin sah Bale und Harbod durch eine der Klappen nach unten verschwinden. Kurz darauf verrieten durchdringende Schreie, dass wohl doch jemand versuchte, sich zu wehren. Awin wandte sich ab. Plötzlich stand Merege neben ihm. Ihr langes schwarzes Haar wurde vom Wind zerzaust. Es berührte seinen Arm.

»Es ist der Läufer«, rief sie gegen den Sturm.

Jetzt erkannte Awin ihn auch. Der Mann trug einen leichten Umhang über seinem Lendenschurz, wohl um sich vor Nyet zu schützen. Das ist nicht gut, dachte Awin.

Eri zog seinen Dolch aus dem Körper, sah Merege mit einem sehr seltsamen Blick an und sagte zu Awin: »Ich habe sein Leben und seine Stärke genommen. Und du? Du hast wieder eine Gelegenheit versäumt, dir endlich deinen Blutdolch zu verdienen, Awin, der du dich Seher nennst und mit den Yamanoi reiten darfst! Aber du, Weib, komm mir nicht zu nah, sonst vergesse ich vielleicht, dass ich meinem Vater geschworen habe, die Hand nicht mehr gegen dich zu erheben.«

Merege beachtete den Knaben gar nicht, und Awin war viel zu verblüfft, um zu antworten. Eri verschwand über eine Leiter in den Hof. Aus einer der Dachluken tauchte jetzt Mewe auf, der einen grauhaarigen Mann hinter sich herschleifte. Er hatte den Ältesten gefunden und brachte ihn in den Innenhof. Der Mann flehte um Gnade für sich und seine Leute, und er beantwortete bereitwillig jede Frage, die Curru ihm stellte. Sie erfuhren, dass der Läufer wirklich ein Bote von Malk Numur war und ihnen verboten hatte, den Hakul die Tore zu öffnen. »Sie wollten auch, dass wir gegen euch kämpfen, aber wie könnten wir, wir haben doch nichts, womit wir kämpfen könnten – nicht, seit die Krieger des Raik abgezogen sind.«

»Und die Wurfspeere? Hat die der Sturm in euer Dorf geweht?«, fragte Curru zornig.

Kawi saß mit schmerzverzerrtem Gesicht an die Mauer

gelehnt. Er hatte sich den Knöchel verstaucht. Tuwin kümmerte sich um ihn.

»Aber es sind doch nur eine Handvoll, zur Jagd und wegen der Löwen«, rief der Alte ängstlich. Awin fand das nicht wichtig. Ob sie nun hunderte oder gar keine Waffen hatten, die Hauptsache war doch, dass sie das Dorf nicht entschlossen verteidigt hatten. Es hätte sonst übel für die Hakul ausgehen können. »Sag, Ältester«, fragte er, als Curru schwieg, »habt ihr einen Boten in das nächste Dorf geschickt?«

Der Grauhaarige sah ängstlich auf.

»Antworte, du Hund«, fuhr ihn Harbod an.

Der Alte nickte eilig. »Auf Befehl des Malk, nur auf Befehl des Malk, Herr!«

»Also haben sie einen Läufer gesandt«, stellte Awin fest, »und sie werden von dort aus einen weiteren zur Roten Festung schicken.«

»Nicht, wenn wir den Boten einholen und töten«, erklärte Harbod grimmig.

»Bei dem Sturm?«, fragte Mewe zweifelnd. »Du könntest um Haaresbreite an ihm vorbeireiten, ohne ihn auch nur zu sehen.«

»Ach was, er wird sich an die Eisenstraße halten, dort kriegen wir ihn. Wann ist euer Mann von hier aufgebrochen, Alter?«, fragte er den Grauhaarigen und packte ihn hart an der Gurgel.

»Er kann nicht antworten, wenn du ihm die Luft abdrückst, Harbod«, meinte Mewe trocken.

Als Harbod den Griff lockerte, warf sich der Mann ängstlich zu Boden. »Vor sechs Stunden, Herr, vor sechs Stunden schon.«

»Dieser verfluchte Bote muss die ganze Nacht durchgelaufen sein«, murmelte Curru.

»Glaubst du immer noch, dass wir ihn abfangen können, Harbod, Harmins Sohn?«, fragte Mewe.

»Wenn der Sturm nachließe ...«, begann Harbod nachdenklich.

»Aber er lässt nicht nach, und selbst dann müsstest du dein Pferd schon zu Schanden reiten, um ihn rechtzeitig zu stellen«, widersprach Mewe.

Harbod zuckte mit den Schultern. »Nun, vielleicht hast du Recht, Mewe, und vielleicht ist es auch gar nicht wichtig. Wenn sie im nächsten Dorf genauso tapfer kämpfen wie die Männer hier, werden wir unser Wasser schon bekommen, mit oder ohne Blutvergießen.«

Eingeklemmt in den Ring der Häuser fanden sie einen schmalen Ziegenstall. Sie brachen ihn auf, trieben die Ziegen in den Hof, schlachteten zwei und brieten sie noch im Stall, denn dort waren sie vor dem Sturm geschützt.

»Es ist schade, dass wir hier nicht über Nacht bleiben können«, meinte Mewe, der am Stalltor lehnte und zusah, wie Nyet über die Mauer fegte. Auf den Dächern wachten die Jungkrieger darüber, dass die Dorfbewohner in ihren Häusern blieben. Den Ältesten hatten sie am Brunnen angebunden. Es blieb ruhig in den Hütten, nur aus einem der Lehmgebäude hörte Awin Jammern und Klagen. Es war das Haus, in das Harbod und Bale eingedrungen waren.

»Vater und Sohn«, erklärte Harbod auf seinen fragenden Blick hin knapp, »sie hätten sich eben nicht wehren sollen. Als wären wir Strauchdiebe, die Frauen schänden und rauben.«

Awin schwieg, denn er wusste, dass sie durchaus Mädchen verschleppten, wenn sie nur jung genug waren, um ihre Herkunft zu vergessen. Sie wuchsen dann zu Töchtern der Hakul heran.

»Warum können wir denn nicht bleiben?«, fragte Bale, der die Ziegen am Spieß drehte.

»Wenn Malk Numur uns Steine in den Weg legt, will er uns

aufhalten. Und wenn er uns aufhalten will, dann wird er uns auch verfolgen lassen«, erwiderte Mewe.

»Du kannst aber auch immer dafür sorgen, dass einem der Bissen im Hals stecken bleibt«, murrte Bale.

»Sollen sie doch ihre Speerträger schicken«, meinte Harbod. »Wir schicken ihnen Grüße mit unseren Pfeilen und verschwinden im Wind.«

»Und Ebu und Ech?«, fragte Tuwin düster.

Der Yaman hatte teilnahmslos in die Flammen gestarrt. Seit sie aufgebrochen waren, hatte er kaum getan, was nötig war, um den Sger zu führen, und wenn seine Führung nicht gebraucht wurde, schien er regelrecht in sich zusammenzufallen. Nun blickte er auf: »Sie werden einen Leichenzug nicht verfolgen«, sagte er ruhig.

Keiner der Yamanoi fand den Mut, ihm zu widersprechen. Auch Awin brachte es nicht übers Herz, dabei wusste er, dass Tuwin Recht hatte. Die beiden Toten hielten sie auf. Da war es nichts mit dem Kampf nach Hakul-Art, den Harbod so großspurig für den Fall der Fälle angekündigt hatte, es sei denn, sie ließen Ebu und Ech doch zurück. Und es sah nicht so aus, als würde der Yaman das zulassen. Sie konnten nur hoffen, dass sie Srorlendh erreichten, bevor die Akkesch sie einholten. Und dann? Sie mussten durch Horkets Weideland, und das war für sie noch gefährlicher als das Reich der Akkesch. Ob der Heredhan inzwischen wusste, was seinen Hirten an jenem Bach widerfahren war und wer sie getötet hatte? Awin dachte an die Frauen und Kinder, die sie fast schutzlos zurückgelassen hatten, an seine Schwester Gunwa und Wela, die Tochter des Schmiedes. Er verließ den Stall, denn er ertrug diese Enge plötzlich nicht mehr. Die Pferde hatten sich, nachdem sie getränkt worden waren, im Schutz des Tores zusammengedrängt. Awin sah Merege bei ihnen und ging hinüber.

»Ich … ich soll dich von deiner Ahnmutter grüßen«, begann er.

Merege blickte überrascht auf. »Wann hast du sie gesehen?«

»Vergangene Nacht. Ich weiß nicht, ob es nur ein Traum oder wieder eine Reise war.«

»Was hat sie gesagt?«

»Sie sagte, es käme mehr als ein Sturm auf uns zu und ich solle auf dich aufpassen.«

»Du auf mich? Das hat sie gesagt?«, fragte Merege, und sie wirkte belustigt.

»Genau genommen sagte sie so etwas wie, dass wir aufeinander Acht geben sollten, aber ich nehme doch an, sie meinte, dass ich dich beschützen soll.«

»Das nimmst du also an, junger Seher«, erwiderte die Kariwa, der ein leichtes Lächeln um die Lippen spielte.

»Sag, wie macht sie das? Wie erscheint Senis in meinen Träumen?«, platzte es aus Awin heraus.

Merege sah ihn nachdenklich an. »Das kann ich dir nicht sagen, Awin. Ich fürchte, das musst du sie selbst fragen.«

»Aber sie ist doch deine Ahnmutter.«

»Sie ist die Ahnmutter von vielen, junger Seher«, lautete die Antwort, aber auch als Awin weiterbohrte, sagte sie nicht mehr darüber.

Obwohl es schon dunkelte und der Sturm nicht nachließ, hatte Mewe den Yaman überreden können, die Siedlung zu verlassen, kaum dass sie gegessen hatten. So zogen sie wieder aus, die Pferde am Zügel. Nur Kawi, dessen Knöchel geschwollen war, durfte reiten. Er klammerte sich an den Hals seines Pferdes, und einer seiner Klanbrüder führte es für ihn durch den Sturm. Sie kämpften noch volle zwei Stunden gegen Nyet, bis sie unter einem vorspringenden Felsen eine halbwegs geschützte Stelle fanden, weit abseits der Eisenstraße, wo sie die kurze Nacht über lagerten. Dort fühlten sie sich vor unliebsamen Überraschungen sicherer als in den beengenden Mauern des Dorfes. In dieser Nacht schlief Awin ohne Träume, und er erwachte nur einmal, weil er unweit des Lagers einen Löwen brüllen hörte. Der Sturm muss nachgelassen haben, dachte er, bevor er wieder einschlief.

Im Morgengrauen brachen sie wieder auf. Die Luft war immer noch voller Staub, der in Augen, Nase und Mund brannte, aber Nyet hatte an Kraft eingebüßt. Es schien, als würde bald Isparra die Oberhand gewinnen. Sie konnten ihre Pferde besteigen und kamen nun, solange sie sich nahe bei den Felsen hielten, schneller voran. Yaman Aryak war immer noch schweigsam. Vor dem Aufbruch hatte er lange an den Bahren seiner beiden Söhne gestanden. Awin fragte sich, ob er überhaupt geschlafen hatte.

Sie zogen weiter, schweigend, denn wer redete, schluckte selbst mit dem Sandschal vor dem Gesicht viel Staub, so dass er schnell wieder die Lust daran verlor. Nyet gab noch nicht ganz auf. Den ganzen Morgen quälte er sie, und auch am Mittag war noch keine richtige Besserung zu erkennen. Sie alle hofften, er würde sich weiter abschwächen, endlich seiner Schwester Isparra weichen, aber er tat ihnen diesen Gefallen nicht. Die Sicht blieb schlecht. Irgendwann kämpfte sich die Sonne durch die dichten Staubwolken, aber das machte es noch schlimmer, denn nun blendete der Sand, der durch die Luft gewirbelt wurde. Awin wurde allmählich unruhig. Er war sich inzwischen sicher, dass die Akkesch sie verfolgen würden. Die Dörfer mit ihren wenigen Einwohnern waren ihnen nicht gewachsen. Und die Rote Festung – nun, wenn stimmte, was der Älteste dort erzählt hatte, dann wurde sie nur von einer Handvoll schlecht bewaffneter Krieger gehalten. Sie konnten sie auch einfach umgehen, denn von dort war es nicht mehr weit zum Bett des

Dhurys. Dort mussten sie nur tief genug graben, dann hätten sie alles Wasser, das sie brauchten. Nein, der Widerstand des Dorfes ergab nur Sinn, wenn Malk Numur sie aufhalten wollte. Und das wiederum würde er nur tun, wenn er sie verfolgen ließ, wie Mewe es gesagt hatte. Immer öfter blickte Awin über die Schulter zurück. Der Läufer zum ersten Dorf war lange vor ihnen dort angekommen. Ob die Speerträger ebenso schnell waren? Mewe hatte versucht, ihn zu beruhigen, und auch die anderen Yamanoi meinten, dass keine Gefahr bestünde, doch Awin spürte ein immer stärker werdendes Unbehagen. Es war ein Gefühl, als habe er etwas Naheliegendes übersehen. Er ließ sich zu Mewe zurückfallen.

»Was gibt es?«, rief Mewe gegen den Wind.

»Ich bin sicher, dass wir verfolgt werden.«

»Ihre Speerträger können uns nicht einholen«, erwiderte Mewe knapp. Seine Stimme klang fremd durch das schützende Tuch.

Plötzlich wusste Awin, was sie nicht bedacht hatten: »Und ihre Streitwagen?«

Mewe starrte ihn an. Von seinem Gesicht war nicht mehr zu sehen als ein Paar dunkler Augen. Jetzt nahm er den Sandschal ab. »Reite nach vorne und sag es dem Yaman. Auch Curru und Harbod, wenn Aryak es nicht glauben will. Ich werde zurückreiten und Ausschau halten.«

»Aber du kannst doch fast nichts sehen!«, rief Awin.

»Der Feind auch nicht«, entgegnete Mewe, schlug das Tuch wieder vors Gesicht, wendete sein Pferd und preschte zurück.

Die Jungkrieger sahen ihm besorgt nach. Awin galoppierte zur Spitze des Sgers und schilderte Aryak und Curru, was er mit dem Jäger besprochen hatte.

»Streitwagen?«, fragte Curru zweifelnd.

Der Yaman sah Awin nachdenklich an. Er drehte sich um zu

Eri, der die beiden Pferde mit den Bahren für Ebu und Ech führte. Dann nickte er grimmig. »Ich war blind, Seher«, sagte er. »Hilf Eri mit den Pferden, Awin, wir müssen sehen, dass wir schneller werden.«

Gehorsam lenkte Awin sein Pferd an Eris Seite. Der Knabe starrte ihn feindselig an und wollte zunächst keinen der beiden Zügel aus der Hand geben. Aber dann rief sein Vater ein gebieterisches »Eri!« nach hinten, und er gab nach.

Sie verließen den Schutz der Felsen und folgten wieder der Eisenstraße. Dort waren sie zwar dem Wind ausgesetzt, aber der von unzähligen Karawanen geebnete Weg ließ sie dennoch schneller vorankommen als die tückische Ebene mit ihren Spalten und Felsen. Nyet schien darüber zornig zu sein, denn er wehte unablässig Staub über die Straße, als wolle er sie verschleiern, aber die Wegsteine waren zuverlässige Anhaltspunkte. Wohl zwei Stunden quälten sie sich so im ständigen Kampf mit dem Sturm voran, dann kehrte Mewe zurück. Sein Pferd keuchte und stöhnte erschöpft, als er am Sger vorbei nach vorne preschte.

»Streitwagen, sicher drei Dutzend«, rief er dem Yaman zu.

»Wie weit hinter uns?«, fragte Curru, als der Yaman stumm blieb.

»Keine Stunde mehr.«

Der Yaman starrte geradeaus.

»Sind sie schneller als wir?«, fragte Curru.

Der Jäger nickte.

»Wir können deine beiden Söhne zwischen den Felsen dort verstecken und später zurückkehren, wenn wir sie abgeschüttelt haben«, rief Harbod.

Der Yaman stöhnte laut auf. Er drehte sich um. Sein Gesicht war verhüllt, weshalb Awin nicht sehen konnte, was er empfand. Jetzt nahm er sein Tuch ab. »Was habe ich getan?«, rief er. »Habe ich meinen Sger geopfert, um meine Ältesten nach Hause zu bringen?«

»Noch ist es nicht zu spät!«, drängte Harbod.

Der Yaman nickte. »Eri, Awin, schnell, bringt sie dort zwischen die Felsen, versteckt sie, und dann holt uns ein, wenn ihr könnt. Und nun auf, ihr Hakul, reiten wir mit Nyet um die Wette!«

Awin und Eri eilten mit den Pferden zum Glutrücken. Eri entdeckte eine gut geschützte Stelle zwischen zwei hoch aufragenden Felsen, die sich an ihrer Spitze fast berührten. »Hier finden wir sie wieder!«, rief er und sprang vom Pferd. Awin folgte seinem Beispiel. Mit fahrigen Händen löste er die Seile vom Sattel. Gemeinsam schleppten sie die beiden Brüder in die Felsspalte. Das ist alles andere als ein würdiges Begräbnis, dachte Awin, als sie den zweiten verhüllten Leichnam neben den ersten schoben. Aber dann blickte er nach oben. Die beiden Felsen ließen weit entfernt einen schmalen Spalt Licht erkennen. Vielleicht ist das den Toten lieber als die Finsternis, die sie umgibt, wenn sie in der Erde vergraben werden, dachte er.

»Träum nicht, Seher, oder willst du, dass die Akkesch dich wecken?«, schrie Eri und preschte schon davon. Er hatte den Bogen eines seiner Brüder in der Hand, ließ aber das Zugpferd – es war das von Marwi – zurück. Awin fluchte. Es gefiel ihm gar nicht, die Pferde im Stich zu lassen. Also nahm er sie beide am Zügel und jagte dem Yamanssohn hinterher. Er verlor ihn schnell aus den Augen, denn Nyet blies immer noch Staub und Sand über die Ebene. Awin war froh, als er die Eisenstraße wieder erreicht hatte, denn die Naqadh war gerade hier voller Unebenheiten und anderer Stolperfallen. Sein Schecke keuchte, aber er hetzte weiter. Er lehnte sich weit vornüber, um das Tier zu entlasten, und flüsterte: »Nur, bis wir die anderen einholen, nur, bis wir die anderen einholen.«

Plötzlich, viel früher, als er gedacht hätte, tauchten Umrisse vor ihm im Staub auf. Es war sein Sger. Er hatte offenbar angehalten. Awin flog an seinen Sgerbrüdern vorbei zur Spitze des Zuges, dann zügelte er sein Pferd hart. Vor ihnen war etwas, eine dunkle Linie in den Staubschleiern, die auf sie zu warten schien, nur einen Pfeilschuss weit entfernt. Der Schecke kam zum Stehen. Nyet holte Luft, und für die Länge dieses Atemzuges erlaubte er Awin einen Blick auf jenes rätselhafte Hindernis. Es war eine lange Reihe von Reitern. Sie trugen schwarze Umhänge, also waren es Hakul. Es sah aus, als würden sie warten. Awin sah in diesem kurzen Augenblick der Windstille wenigstens fünf Sgerlanzen dort drüben aufragen. Dann hatte Nyet wieder genug Atem, um sie erneut zu quälen, und blies eine dichte Wolke aus Staub über die dunkle Reihe. Aber Awin hatte genug gesehen, er wusste jetzt, wessen Reiter dort im Sturm auf sie warteten. Heredhan Horket hatte sie gefunden.

Hammer und Amboss

»ES SIND WENIGSTENS achtzig, wenn nicht mehr«, sagte Mewe, als sie sich um ihren Yaman versammelt hatten. Nyet zerrte an ihren Mänteln.

Aryak nickte. »Ich wäre enttäuscht gewesen, hätte Horket weniger geschickt.«

»Aber was hat das zu bedeuten?«, fragte Harbod, »Was will der Heredhan hier? Und vor allem, was will er von uns?«

Awin hatte fast vergessen, dass sie den Fuchs-Kriegern nichts über das unglückselige Ereignis an jenem Bach erzählt hatten. Sie wussten, dass ihr Sger dem Heredhan Sühne schuldete, aber sie kannten den Grund nicht. Sie hatten auch nicht gefragt, denn Aryak hatte ihnen versprochen, dass sie dieser Zwist nicht betreffen würde. Der Yaman sah Harbod jetzt nachdenklich an und erwiderte: »Einer seiner Männer hatte dem Feind frische Pferde verkauft. Wir haben ihn bestraft.«

Harbod brauchte einen Augenblick, um zu verstehen, dann rief er: »Ihr habt einen seiner Krieger getötet?«

»Drei, um genau zu sein«, erklärte Aryak ruhig, »aber ich kann dich beruhigen, Harbod, dies geht deinen Klan nichts an, und wir erwarten keine Hilfe von euch bei dem, was nun vor uns liegt. Wie ich es gesagt habe.«

»Ihr werdet sie auch nicht erhalten«, entgegnete Harbod düster.

»Ich denke, Horket wird Sühne verlangen. Es muss nicht zum Kampf kommen«, warf Curru ein.

»Ich kenne den Heredhan«, erwiderte Harbod, »und ich

weiß, dass er immer mehr verlangt, als ihm zusteht. Er wird etwas fordern, das du ihm nicht geben kannst.«

»Und für lange Verhandlungen haben wir keine Zeit«, brummte Curru mit einem Blick über die Schulter. Irgendwo dort, im dichten Staub, den der Sturm aus der Slahan mitbrachte und unentwegt über die karge Ebene wehte, kamen die Streitwagen der Akkesch heran.

»Da drüben tut sich etwas«, rief Tuwin.

Tatsächlich hatte sich eine Gruppe von drei Männern aus der schwarzen Reihe der Reiter gelöst und in Bewegung gesetzt. Auf halber Strecke hielten sie an.

Der Yaman nickte grimmig. »Curru, Harbod, Awin, begleitet mich«, rief er. Dann setzte er seinen Rappen in Bewegung. Der alte Seher richtete die Sgerlanze auf, und dann folgten sie ihrem Yaman. Awins Herz schlug bis zum Hals. Heredhan Horket hatte einst seinen Klan vernichtet. Er war froh, dass der Sandschal sein Gesicht und damit auch seine Gefühle verbarg. Hass spürte er – und Angst. Was würde Horket tun, wenn er erfuhr, dass der Klan der Schwarzen Dornen, den zu tilgen er geschworen hatte, doch nicht völlig ausgelöscht war? *Dann darf er es eben nicht erfahren*, mahnte seine innere Stimme. *Und wenn der Yaman Haltung bewahren kann, dann kannst du das auch.*

Heredhan Horket war groß und breitschultrig, und er thronte auf einem mächtigen Grauschimmel. So überragte er sie alle um eine Haupteslänge. Als sie näher gekommen waren, nahmen sie ihre Sandschals ab, wie es die Höflichkeit gebot. Horkets Gesicht war von drei tiefen Narben gezeichnet. Dieser Mann hatte für seinen Rang viele Kämpfe ausgetragen, das sah Awin sofort. Er musterte sie stumm und erwartete ihren Gruß. Aryak ließ sich Zeit. Natürlich war es an ihm, den ranghöchsten Fürsten der Schwarzen Hakul zuerst zu grüßen, aber offenbar wollte er nicht zu ehrerbietig erscheinen. Awin betrachtete verstohlen die

Begleiter des Heredhans. Zu seiner Rechten wartete ein Mann, der Horket so ähnlich sah, dass Awin ihn für seinen Sohn hielt. Zur Linken des Heredhans saß ein schmächtiger Mann mit einem zu großen Kopf weit vornüber auf einem dürren Braunen. Er hatte tief liegende Augen, unter denen sich dunkel verfärbte Ringe zeigten. Der Mann sah aus, als habe er viel erlebt, vielleicht zu viel, dachte Awin. Vermutlich war auch er ein Seher. Er hielt die Sgerlanze in der Hand. Das Sgertan des Grases, das unter drei schwarzen Rossschweifen befestigt war, war aus Eisen und größer als alle, die Awin bis dahin gesehen hatte.

Schließlich sagte Yaman Aryak: »Darf ich fragen, mit wem ich die Ehre habe?«

Awin zuckte zusammen. Das war unverschämt. Aber dann begriff er, dass sein Klanoberhaupt den Heredhan mit Absicht reizte. Er wollte klarmachen, dass er sich nicht einschüchtern ließ. Awin sah, wie die Begleiter des Heredhans sich wütend strafften, aber Horket stockte nur für einen kurzen Augenblick der Atem, dann spielte ein Lächeln über seine Lippen.

»Verzeih, Yaman, ich nahm an, das Sgertan des Schwarzen Grases sei auf allen Weiden bekannt. Ich ahnte nicht, dass ihr es nicht kennt. Ich bin Horket, Yaman des Klans des Grases, Heredhan der Schwarzen Hakul.«

»Ich grüße dich, *Yaman* Horket. Ich bin Aryak, Yaman des Klans der Schwarzen Berge.«

Wieder wurden die Begleiter des Heredhans unruhig, aber Horket ließ sich auch durch diese Spitze Aryaks nicht reizen. Awin verstand, dass Aryak seinen Standpunkt dargelegt hatte. Horket mochte sich Heredhan nennen, aber längst nicht alle Klans der Schwarzen Hakul schuldeten ihm Gehorsam.

»Ich kenne dich, Yaman Aryak, dich und deinen Klan, so wie ich alle Yamane und Klans meines Stammes kenne. Ihr habt erst kürzlich meine Weiden gestreift, wie ich erfahren habe.«

Er sagte es freundlich, so als plaudere er am Lagerfeuer über die Jagd und die Zucht, aber er stellte damit unmissverständlich klar, dass er Bescheid wusste.

»Es ist schwer, von den Schwarzen Bergen nach Süden zu reiten, ohne dein Land zu streifen. Dieses Land hier gehört jedoch nicht zu deinen Weiden, Yaman Horket«, erwiderte Aryak nach einer kurzen Pause.

»Und nicht zu den deinen, wenn ich mich nicht irre. Sag, was führt dich und deinen Sger so weit fort von den Zwillingsquellen, so weit fort von Frauen und Kindern?«

Die Zwillingsquellen? Horket wusste, wo sie ihre Zelte aufgeschlagen hatten? Awin schluckte. Er sah, dass auch sein Yaman beunruhigt war.

»Wir jagen einen Feind, Yaman Horket, und unsere Frauen und Kinder stehen unter dem Schutz der Weißen Federn«, erklärte er betont ruhig.

»Es ist mir neu, dass die Akkesch unsere Feinde sind, Aryak«, entgegnete Horket, »denn ich habe einen Vertrag mit ihnen geschlossen, und den hat jeder aus meinem Stamm zu beachten.«

»Ich habe nicht gesagt, dass unser Feind ein Akkesch ist, Yaman«, erwiderte Aryak.

»Kein Akkesch, Aryak? Führst du deinen Sger vielleicht gegen andere Hakul?« Unvermittelt brach der Zorn bei Horket durch: »So wie gegen meinen Vetter Tolgon, den wir erschlagen am Dornbach fanden?«

Ein Vetter? Awin wusste, dass es viel schlimmer nicht hätte kommen können. Sie hatten gehofft, dass der Mann nur irgendein Hirte aus dem großen Klan Horkets war – und nun war es ein Blutsverwandter.

»Der Feind, den wir jagen, Horket, hat fünf der unseren im Schlaf erschlagen. Dein Vetter hat ihm frische Pferde verkauft«, erklärte Aryak schlicht.

»Und das gibt euch das Recht, ihn zu töten?«, rief der Heredhan aufgebracht.

»Wäre er zu uns so freundlich gewesen wie zu diesem Fremden, so könnte er noch leben, Yaman«, lautete Aryaks einfache Antwort.

Der Heredhan nickte grimmig, dann erwiderte er: »Ich verstehe, es mangelte Tolgon also nur an Höflichkeit? Und deshalb habt ihr ihn erschlagen, Yaman Aryak, der du mir meinen Titel so unhöflich verweigerst? Er trieb also Handel mit dem Feind? Wusste er denn, dass dieser Mann ein Feind war? Und war er nur dein Feind oder der aller Hakul? Und wenn er gleich fünf der euren im Schlaf überraschte, dann kann ich nur sagen, dass sie besser Wachen gestellt hätten, Yaman Aryak, dann wäre dir und mir viel Ungemach erspart geblieben.«

Aryak zögerte, bevor er erwiderte: »Sie waren nachlässig, das gebe ich zu, doch fühlten sie sich auch sicher, denn sie weideten ihre Tiere im Grastal.«

Horket sah Aryak stirnrunzelnd an. Offenbar verstand er nicht, was Aryak andeutete. Dafür meldete sich plötzlich der Hohläugige zu Wort: »Im Grastal, sagst du?« Er beugte seinen großen Kopf dabei weit vor. Seine Stimme war überraschend tief. Und als Aryak stumm nickte, fuhr er fort: »Dort, edler Heredhan, liegt Etys begraben, unser Erster Fürst.«

»So ist es«, ergänzte Yaman Aryak, »und der Feind, dem dein Vetter so gerne seine Pferde verkauft hat – dieser Feind hat das Grab unseres Fürsten aufgebrochen und geschändet! Ausgeraubt und entehrt hat er es!«

Horket schwieg betroffen. Eine Windböe fuhr zwischen sie hinein, und ihre Pferde wurden unruhig. »Davon wussten wir nichts!«, rief der Hohläugige und lenkte seinen Braunen näher an Aryak heran. »Und – der Heolin?«, fragte er flüsternd.

»Gestohlen«, erwiderte Aryak kurz.

»Ah!«, zischte der Sgerträger entsetzt.

Awin biss sich auf die Lippen. An den Worten dieses Mannes gab es etwas, das ihn störte. Wenn sie *davon* nichts wussten – und es war offensichtlich, dass es so war –, hieß das, dass sie von den anderen Ereignissen schon gehört hatten?

»Ihr habt euch den Lichtstein rauben lassen?«, fragte Horket in einer Mischung aus Unglauben und Wut. »Der Heolin war deiner Sippe anvertraut, Aryak, denn ihr seid der Klan der Schwarzen Berge. Wer schützt uns vor dem Bösen, das in der Slahan lauert, wenn der Lichtstein fort ist? Dies geht den ganzen Stamm an, nicht nur deine kleine Sippe. Du hättest mich um Hilfe bitten müssen.«

»Und du hättest geholfen, ohne eine Gegenleistung zu verlangen, Horket?«, fragte Aryak mit spöttischem Unterton.

Horket erwiderte diese Bemerkung mit einem finsteren Blick. Der Hohläugige ergriff wieder das Wort: »Dieser Stein bedeutet auch große Macht, edler Heredhan. Kein Fürst der Hakul nach Etys hat ihn je in der Hand gehalten. Wenn Etys ihn nun nicht mehr halten kann, dann sollte ihn in Zukunft vielleicht ein anderer großer Fürst hüten.«

»Große Macht, sagst du, Isgi?«, fragte der Heredhan langsam, als koste er den Klang der Worte.

»Habt ihr ihn? Habt ihr den Heolin wiedererlangt?«, fragte Isgi drängend.

»Wir hätten ihn, denn die Pferde unseres Feindes waren schon müde. Doch dann traf er deinen Vetter, Yaman Horket. Sag mir, seit wann verkaufen wir unsere Pferde an Fremde?«

Der Heredhan versteifte sich. »Das war nicht sehr klug von Tolgon, und sei versichert, er hätte dafür gebüßt. Doch nicht mit seinem Leben und schon gar nicht mit dem Leben seiner beiden Söhne! Du wirst verstehen, dass ich deine Tat nicht durchgehen lassen kann, Yaman von den Schwarzen Bergen.«

Aryak nickte. »Ich verstehe, dass du eine Sühne verlangst, Horket, und ich bin bereit, deine Forderung zu hören.«

»Drei der meinen sind tot, Aryak, das ist keine kleine Sache. Aber ich bin kein rachsüchtiger Mensch.« Er schloss die Augen, denn eine heftige Windböe fegte eine dichte Staubwolke zwischen ihnen hindurch. Dann öffnete er sie wieder. Sein Blick war lauernd: »Wenn du mir den Heolin übergibst, dann würde ich die Schuld als abgegolten betrachten. Der Lichtstein ist eine angemessene Sühne, oder was meinst du, Isgi?«

»Das ist er wirklich, mein Fürst. Angemessen. Nicht mehr und nicht weniger. Es waren immerhin Blutsverwandte von dir.«

»Wir haben ihn nicht«, erklärte Aryak ruhig, »wie ich es schon sagte.«

»Doch du weißt, wo er ist?«, fragte Isgi lauernd.

»Der Feind führt ihn immer noch mit sich«, antwortete Aryak. Awin bewunderte den Yaman für seine Kaltblütigkeit. Es mochte so sein, dass der Feind den Heolin wirklich noch mit sich führte, doch es gab noch eine andere Möglichkeit – die, dass der Lichtstein im Sand verlorengegangen war. Es war klug von Aryak, dem Heredhan das zu verheimlichen.

»Was macht ihr dann hier, Hakul?«, fuhr Isgi den Yaman an. »Warum jagt ihr dem Feind nicht hinterher, wie es das Gesetz der Rache gebietet und wie es der Heolin verlangt?«

»Wir haben seine Spur verloren, Isgi. In Serkesch hatten wir ihn fast gestellt, doch schützten ihn die Akkesch, mit denen dein Fürst so gut befreundet ist.«

»Du willst mir die Schuld für euer Versagen geben, Aryak?«, fragte der Heredhan betont ruhig.

»Ich will dir nur sagen, dass wir dir den Heolin nicht geben können, Horket, noch nicht«, antwortete Aryak gelassen.

Horket spuckte Staub aus und fragte dann: »Du siehst eine Möglichkeit, die verlorene Spur wiederzufinden?«

»Viele Wege führen nach Serkesch, und viele davon fort, doch einige sind dem Feind versperrt. Auf der Eisenstraße wäre er euch in die Arme gelaufen, geht er nach Albho, so fangen ihn die Männer meines Bruders Auryd ab. Also muss er nach Süden. So viele Städte haben die Akkesch nicht, dass wir ihn nicht finden könnten.«

»Die Welt ist groß, Aryak«, widersprach Horket, »viel größer als die Weiden deines Klans. Er könnte überall hingehen, wie der Wind.«

»Wir werden ihn finden«, erklärte Aryak ruhig.

»Wenn deine Feinde dich lassen«, antwortete Horket nachdenklich.

Aryak stutzte. »Zählst du dich zu unseren Feinden?«

Auch Awin war überrascht. Es stand Blut zwischen ihnen, aber sie verhandelten doch noch über die Sühne, wieso sprach der Heredhan von Feindschaft?

Horket wartete, bis eine erneute Böe vorübergezogen war, dann schüttelte er den Kopf. »Du hast drei der meinen getötet, also könnte ich dich als Feind betrachten, aber du bist auch ein Stammesbruder. Ich hoffe also, dass du uns nicht für deine Feinde hältst, Aryak. Doch denk dir, uns lief ein Bote der Akkesch in die Arme. Er hatte Befehle an die nächste Siedlung und die Rote Festung zu übermitteln. Sie sollen euch kein Wasser mehr geben, und ihre Quellen sind euch verschlossen.«

»Wir verstehen sie zu öffnen«, entgegnete Aryak grimmig. »Was habt ihr mit dem Boten gemacht?«

»Gemacht? Nichts. Wir ließen ihn ziehen, als er uns gesagt hatte, was wir wissen wollten. Es wird ihm nur schwerfallen, seine Nachricht zu übermitteln, jetzt, da ihm die Zunge fehlt.«

Awin schauderte es. Horket schien es für das Selbstverständlichste der Welt zu halten, diesen Läufer zu verstümmeln.

»Dann bin ich dir wohl zu Dank verpflichtet, Horket«, erwiderte Yaman Aryak langsam.

»Du bist mir vor allem zur Sühne verpflichtet, Hakul, und wenn du mir den Heolin nicht verschaffen kannst, und ich glaube nicht, dass du es kannst, wirst du auf andere Weise für eure Tat Buße leisten.«

»Was verlangst du, Horket?«

Nun also waren sie endlich an dem Punkt angelangt, auf den es ankam. Der Heredhan antwortete schnell. Offenbar wusste er längst, was er wollte: »Ich verlange den Kopf desjenigen, der Tolgon tötete, ich verlange des Weiteren zwei Dutzend Hengste für ihn und zwei weitere Dutzend Pferde für seine beiden Söhne. Außerdem werden du und dein Klan meine Herrschaft endlich anerkennen und jährlich jedes zehnte Schaf, Pferd, Rind, Trampeltier sowie jede achte Ziege als Abgabe entrichten.«

Awin schluckte betroffen. Das war viel. Sie besaßen kaum so viele Pferde, wie der Heredhan verlangte. Nein, berichtige er sich selbst, wir besitzen gerade so viele Pferde, wie er verlangt. Er weiß genau, was wir haben. Yaman Aryak war blass geworden. Natürlich, dachte Awin, der Heredhan hatte ja auch den Kopf von Eri verlangt.

»Dein Vetter muss dir sehr nahegestanden haben, Yaman Horket«, sagte Aryak langsam. »Du verlangst weit mehr, als Sitte und Gesetz es erlauben. Drei Dutzend Pferde biete ich dir an, mehr nicht. Und du wirst zugeben, dass dies angemessen ist angesichts des Vergehens deines Vetters.«

»Angemessen? Weil er mit einem Fremden Handel trieb? Vier Dutzend Pferde und wir selbst wählen sie aus; die jährlichen Abgaben und den Kopf dessen, der ihn tötete.«

»Vier Dutzend, die wir bestimmen. Es werden wenig genug übrig bleiben«, erwiderte Aryak mit bitterem Unterton.

Der Heredhan legte den Kopf zur Seite und musterte Aryak

nachdenklich. »Er muss dir am Herzen liegen, der Mann, der Tolgon tötete. Sonst würdest du doch eher seinen Kopf als ein Dutzend Pferde opfern. Wer ist es?«

Aryak schwieg einen Augenblick, dann sagte er: »Es ist Eri, mein jüngster Sohn, und der letzte, der mir von dreien geblieben ist.«

»So sind die anderen tot? Das wusste ich nicht«, sagte der Heredhan und schloss die Augen, als müsse er neu rechnen. Dann verkündete er das Ergebnis: »Fünf Dutzend Pferde, drei Dutzend Schafe und Ziegen, eure Unterwerfung und die Abgabe, dann mag dein Sohn seinen Kopf behalten, Hakul.«

Yaman Aryak atmete schwer, Awin konnte ihm ansehen, dass er mit sich rang, doch plötzlich ergriff Curru das Wort: »Wir müssen das beraten, Yaman Horket.«

Der Heredhan starrte ihn finster an. »Tut das, Alter, aber beratet nicht zu lange. In einer Stunde will ich eure Antwort. Da ihr mir den Heolin nicht beschaffen könnt, sage ich, dass ihr nun nur noch diese Wahl habt – unterwerft euch oder büßt gemeinsam für Tolgons Tod!« Und damit wendete er seinen Grauschimmel und galoppierte davon. Und auch Aryak und seine Begleiter kehrten zu ihrem Sger zurück.

Nyet hatte die Ebene verlassen und endlich seiner Schwester Isparra Platz gemacht. Aber offenbar war Isparra wütend, dass sie so lange um diesen Platz hatte streiten müssen, denn sie erschien nicht viel schwächer als Nyet. Die Yamanoi des Sgers saßen beisammen, dicht aneinandergedrängt, um sich gegenseitig vor dem scharfen Wind zu schützen. Ein wenig abseits davon sprach der Yaman mit Merege. Awin hätte gern zugehört. Die Kariwa nickte ein paarmal und gab kurze Antworten, die den Yaman offenbar zufrieden stellten. Dann packte sie ihr Pferd am Zügel und zog es in Richtung der Felsen. Awin sah ihr nach, aber sie drehte sich nicht um. Natürlich, dachte er, sie hat mit alldem nichts zu tun. Er fragte sich, ob der Heredhan das auch so sah und ob ihr Aufbruch ihm verborgen bleiben würde. Der Staub wehte dicht über die Ebene, aber war er dicht genug? Dann begann die Versammlung. Stumm hörten sich die Krieger an, was Curru von der Forderung Horkets zu berichten hatte. Awin war unaufmerksam, er ging die Unterredung noch einmal in Gedanken durch. Irgendwie war der Heredhan einfach zu gut unterrichtet. Er hatte nicht einmal überrascht gewirkt, als er erfahren hatte, dass es Eri war, der seinen Vetter getötet hatte.

»Nun, ihr Männer, was sollen wir tun?«, fragte Aryak, als der alte Seher geendet hatte.

»Die Forderung ist unannehmbar«, verkündete Tuwin.

»Ich hoffe, euch ist klar, dass ich und meine Männer euch nicht zur Seite stehen, wenn es hart auf hart kommt«, erklärte Harbod ruhig.

»Etwas anderes habe ich von dir auch nicht erwartet, Hakul«, entgegnete Curru verbittert.

Harbod sprang auf: »Es war nicht meine Klinge, die dem Vetter des Heredhans das Leben raubte, alter Mann!«

»Ruhig, ihr Krieger!«, rief Aryak bestimmt. »Harbod hat Recht. Es ist nicht sein Kampf, und ich werde es dem Heredhan mitteilen, falls es so weit kommen sollte. Doch bis dahin bitte ich dich, Harbod, Harmins Sohn, an unserer Seite zu bleiben. Der Heredhan wird vielleicht eher zu Zugeständnissen bereit sein, wenn er die Zahl seiner Gegner für größer hält, als sie ist.«

»Sie ist auch so schon klein genug«, brummte Bale, »aber dennoch können wir ihm nicht geben, was er verlangt. Fünf Dutzend Pferde? Das sind fast alle, die wir besitzen. Und die Schafe und Ziegen? Wir würden den nächsten Winter kaum überleben.«

»Bale hat Recht«, meinte Mewe. »Es ist für unseren Klan

besser, wir bezahlen unseren Fehler hier mit unserem Leben, als Frauen und Kinder dem Hungertod auszuliefern.«

»Und die Unterwerfung?«, fragte Aryak.

»Niemals«, entgegnete Curru, und niemand widersprach ihm.

»Es gäbe noch eine andere Möglichkeit«, sagte der Yaman nachdenklich. »Ich biete ihm meinen Kopf an.«

Die Männer schwiegen betroffen, und Awin war geschockt. Der Yaman, der Führer ihres Sgers, wollte sich opfern? Unwillkürlich wanderte sein Blick zu Eri. Der Knabe hörte zu, sein Gesicht war eine verschlossene Maske. Es war nicht zu erahnen, was er fühlte, als sein Vater anbot, für seinen Fehler zu sterben.

»Das ... das ist nicht dein Ernst, alter Freund«, meinte Curru schließlich.

»Nun, ich sehe es so: Kämpfen wir, werden wir alle sterben, auch ich. Da ist es doch besser, nur ich gebe mein Leben«, erklärte Aryak gelassen. »Ich könnte ihn fordern. Nimmt er mein Leben, ist die Sühne getilgt.«

»Eine große Geste, Yaman«, sagte Harbod anerkennend, »eine wirklich große Geste.«

»Er muss die Forderung nicht annehmen, solange du ihm Sühne schuldest«, widersprach Curru, »und er will nicht deinen Kopf, sondern deine Unterwerfung.«

»Einen Versuch wäre es wohl wert«, sagte der Yaman ruhig.

»Vielleicht muss es nicht sein«, wandte Tuwin plötzlich ein. Isparra peitschte eine dichte Sandwolke durch die Versammlung und ließ den Schmied verstummen. Als sie vorübergezogen war, sagte er: »Die Akkesch werden bald hier sein. Vielleicht können wir Horket in einen Kampf mit ihnen hineinziehen.«

»Mit den Akkesch?«, fragte Curru zweifelnd. »Glaubst du, der Heredhan erhebt die Waffe gegen die, die ihn mit Eisen und Silber füttern?«

»Nun, Isparra ist Herrin dieser Ebene – wie leicht kann da ein Pfeil fehlgehen? Wir müssen die Streitwagen der Akkesch nur nahe genug an Horkets Männer heranlocken«, erklärte der Schmied seinen Gedanken.

Die Männer sahen einander an. Tuwins Vorschlag hatte etwas für sich. Im wilden Kampfgetümmel konnte sich leicht ein Feind in die Reihen von Horkets Kriegern verirren. Vielleicht konnten sie den Heredhan wirklich so auf ihre Seite ziehen. Es würde ihm schwerfallen, seine Männer von diesem Gefecht fernzuhalten. Es waren Hakul, begierig auf Schlacht und Ruhm. Es widersprach ihrer Natur, nur zuzusehen, wenn ihre Brüder kämpften.

»Du bringst mich in eine schwierige Lage, Schmied«, sagte Harbod. »Ich war mit euch in Serkesch, und wenn die Akkesch wirklich angreifen, werde ich euch beistehen, doch werde ich meinen Klan niemals in einen Kampf mit dem Heredhan hineinziehen.«

»Es würde auch wenig helfen«, warf Mewe ein. »Ich gebe zu, dass mir Tuwins Gedanke gut gefällt, aber selbst, wenn der Heredhan mit uns in die Schlacht zieht, wird er seine Forderungen nicht vergessen. Im Gegenteil, er würde sie nur erhöhen.«

»Nicht, wenn er stirbt«, gab Tuwin zu bedenken.

Für einen Augenblick kosteten sie diesen Gedanken aus. In einer Schlacht konnte selbst einem Heredhan ein Unglück widerfahren. Yaman Aryak schüttelte den Kopf. »Sein Tod würde die Sühne in unermessliche Höhe treiben. Und wenn wir nicht mehr leben, werden seine Söhne sie von unseren Frauen und Kindern fordern. Nein, wir müssen und wir werden für unseren Fehler bezahlen.«

»Dennoch sollten wir warten, bis die Akkesch hier sind, ehrwürdiger Yaman«, sagte Curru nachdenklich, »denn wenn es uns auch nicht retten wird, so haben sie doch viel zu erklären. Und vielleicht wird es dazu führen, dass Malk Numur doch noch dafür büßt, dass er den Feind vor uns versteckt hat.«

»Curru hat Recht«, meinte Mewe. »Wer weiß – wenn der Heredhan gegen die Akkesch in den Krieg zieht, wird er unsere Schuld vielleicht erst einmal vergessen.«

Awin hatte zugehört, ohne das Wort zu ergreifen. Er hätte auch nicht gewusst, was er sagen sollte. Ihre Lage war beinahe aussichtslos. Und der Gedanke, dass sie nur ein Krieg zwischen ihren Gegnern retten konnte, bot auch keinen Trost. Mewe hatte Recht, im Krieg konnte viel geschehen. Aber das erschien ihm, als wollten sie ein Feuer mit einem Flächenbrand bekämpfen. Alle Vorschläge, die bisher geäußert worden waren, waren unausgegoren. Es waren Ausgeburten ihrer Verzweiflung, keiner von ihnen hatte wirklich Aussicht auf Erfolg. Aber der Yaman hatte angeboten, sich selbst zu opfern. Ein Gedanke, auf den sein Sohn Eri noch nicht gekommen war. Awin sah ihn zwischen den anderen Jungkriegern. Er war still und hielt sich im Hintergrund. Wenn der Yaman starb, war er der nächste Anwärter auf die Führerschaft des Klans. Awin wurde schlecht bei diesem Gedanken. Der Rat der Männer musste seinen Anspruch zwar bestätigen, aber Eri war der einzige Anwärter. Wie immer es auch enden würde, es war ein schwarzer Tag für ihren Klan. Es war einfach nicht richtig: Aryak, der weise Anführer ihres Sgers, sollte sterben, und sein verzogener Sohn, der sie alle in diese Schwierigkeiten gebracht hatte, sollte seinen Platz einnehmen? Awin sah noch einmal hinüber zu Eri. Er entdeckte einen seltsamen Glanz in den Augen des Knaben. *Hoffte* er etwa darauf, dass sein Vater sich für ihn opferte? Awin verschlug allein der Gedanke fast die Sprache. Aber dann sagte er laut und vernehmlich: »Und was ist mit Eri?«

Mit einem Schlag wurde es ruhig unter den Kriegern, nur der Wind heulte noch über die Ebene. Awin fing einen hasserfüllten Blick des Knaben auf.

Der Yaman antwortete: »Ich weiß, du meinst es nur gut, mein Junge, doch wir opfern keine Knaben für unsere Fehler.«

»Er reitet mit den Yamanoi«, widersprach Awin.

Alle Blicke wandten sich plötzlich Eri zu. Der erhob sich, zog sich unwillkürlich zwei Schritte zurück und stammelte dann: »Es war doch nicht mein Fehler. Ich konnte doch nicht ahnen … Es war nicht meine Schuld!«

»Ich werde meinen Sohn nicht opfern, und keiner von euch kann dieses Opfer von mir verlangen«, erklärte der Yaman bestimmt.

»Vielleicht ist er ja bereit, dieses Opfer selbst zu bringen«, sagte Mewe langsam.

»Ich verbiete es!«, rief der Yaman laut.

»Wir könnten doch sagen, dass es Awin war«, rief Eri jetzt. »Der Heredhan weiß doch nicht, wer dein Sohn ist, Baba, und Awin gehört doch noch nicht einmal richtig zum Klan.«

»Es ist besser, du schweigst, mein Sohn, bevor du dich weiter entehrst!«, herrschte Aryak ihn an. »Wir sind Hakul – wir stehen zu unseren Taten und wälzen sie nicht auf Unschuldige ab.«

Die Männer starrten betreten zu Boden. Awin konnte ihnen ansehen, dass sie jetzt weit eher dazu bereit wären, Eri zu opfern, als noch vor wenigen Augenblicken. Aber niemand sprach es aus.

»Hört ihr das?«, fragte der Jäger plötzlich.

Die Männer lauschten. Im Wind war ein Geräusch, ein fernes Donnern, und jetzt spürte Awin, dass der Boden unter dem Tritt vieler Hufe erzitterte – die Akkesch! Dann konnte er sie sehen. Zuerst waren es nur ungewisse Schemen im Staub, dann dunkle Umrisse, und schließlich zeigten sich Pferde, Wagen, Krieger und Waffen. Ihre Feinde hatten sie eingeholt. Aryaks Sger saß in Windeseile auf.

»Schlachtreihe!«, brüllte Aryak. »Aber dass mir keiner von euch den Kampf eröffnet! Überlasst ihnen den ersten Schritt!«

Awin verstand, was er vorhatte. Sollten die Akkesch den Kampf ohne Vorwarnung beginnen, wäre der Heredhan fast gezwungen, auf Seiten seiner Stammesbrüder einzugreifen. Die Streitwagen hielten, jemand brüllte einen Befehl, und nun begannen auch die Wagen über die Ebene auszuschwärmen. Awin zählte sie – es waren sicher drei Dutzend, wie Mewe gesagt hatte. Zumeist waren es Zweispänner, leichte Wagen, mit zwei oder drei Kriegern besetzt, aber in der Mitte fanden sich auch einige schwere Wagen, die von vier Pferden Schulter an Schulter gezogen wurden und mit fünf oder gar sechs Männern besetzt waren. Awin sah Bogenschützen, aber auch Krieger mit langen Speeren und Schilden. Sie hielten ihre Wagen an und warteten.

»Warum greifen sie nicht an?«, fragte Tauru aufgeregt.

»Sie sind leider nicht so dumm, wie wir gehofft hatten«, antwortete Harbod.

Der Yaman ritt ihre kurze Reihe ab. Vor Awin hielt er seinen Rappen an. »Awin, mein Junge, für dich habe ich einen besonderen Auftrag.«

»Ja, ehrwürdiger Yaman?«

»Wenn der Kampf beginnt, ziehst du dich dort zu den Felsen zurück. Ich will, dass du das hier überlebst, denn ich glaube, dass du der Einzige bist, der den Heolin zurückbringen kann.«

»Aber, ehrwürdiger Yaman ...«, begann Awin.

»Kein Wort mehr!«, unterbrach ihn Aryak. »Ich weiß, dass du tapfer bist. Du musst es mir nicht mit einem sinnlosen Tod beweisen. Heute werden genug von uns sterben, glaube mir. Du wirst die Kariwa dort irgendwo finden. Vielleicht kann sie dir wirklich helfen, wie es die Alte sagte, vielleicht sogar mehr, als es einer von uns vermag.«

Awin sah hinüber zu den steilen Felsen. Es war zu viel Staub in der Luft, um zu erkennen, ob Merege wirklich dort irgendwo wartete.

»Wirst du gehorchen, Awin?«, fragte der Yaman.

Awin nickte stumm, auch wenn sich alles in ihm dagegen sträubte, seine Sgerbrüder im Stich zu lassen. Der Yaman ritt weiter und musterte seine Männer. Er sprach kein Wort mehr, nickte jedem Einzelnen nur ernst zu und kehrte schließlich wieder auf seinen Platz in der Mitte der Yamanoi zurück.

»Er hat Recht, junger Seher, mit deinem Tod ist keinem gedient«, sagte Harbod halblaut.

»Aber ich kann euch doch nicht in höchster Not verlassen!«

»Du musst, Awin«, meinte Tauru ruhig.

Awin schluckte, er wusste nicht, was er sagen sollte.

Einer der Streitwagen setzte sich in Bewegung. Ein rotes Banner flatterte im Wind. Es war einer der großen Vierspänner, aber er hielt nicht auf ihre Schlachtreihe zu, sondern schien sie umgehen zu wollen.

»Was hat er vor?«, fragte Tauru.

»Sie wollen mit Horket reden«, meinte Harbod.

»Woher wissen die Akkesch, dass ...«, begann Awin eine Frage, aber dann sah er einen Reiter, der den Wagen begleitete. Es war ein Hakul.

»Verflucht sei Horket!«, entfuhr es Tuwin. »Der Bote! Er wusste, dass die Akkesch hinter uns sind! Und nun stecken wir fest zwischen Hammer und Amboss.«

Awin war klar, was das bedeutete: Ihr verwegener Plan, den Heredhan in einen Kampf mit den Akkesch hineinzuzwingen, war zum Scheitern verurteilt. Jetzt fuhr der Anführer ihrer Verfolger zu Horket und verhandelte über ihr Schicksal.

»Er wird es sich bezahlen lassen, dass er sich heraushält«, murmelte Harbod, der wohl den gleichen Gedankengang gehabt hatte.

»Curru, Harbod, Awin, mir nach!«, rief der Yaman und preschte dem Streitwagen hinterher.

Sie folgten ihm. Bei Horkets Männern blieb das nicht unbemerkt. Auch dort setzte sich eine Gruppe von Reitern in Bewegung. Es waren sieben oder acht. Der Streitwagen hielt auf sie zu, doch dann blieb er plötzlich stehen und ließ die Hakul herankommen. Sofort verlangsamte Aryak seinen Ritt, und die Gruppe um Heredhan Horket tat es ihm gleich. Awin kannte diese Spiele. Man wollte sich treffen, aber es sollte nicht so aussehen, als sei man darauf angewiesen. Fünf Männer standen auf dem Wagen. Vier davon trugen knöchellange lederne Panzer, einer ein graues Priestergewand. Es war Abeq Mahas, der einäugige Priester aus Serkesch.

»Ich grüße dich, Horket, Fürst der Hakul«, rief er dem Heredhan entgegen. Yaman Aryak würdigte er keines Blickes.

»Ich grüße dich, Mahas«, erwiderte der Heredhan knapp.

Awin bestaunte den Kampfwagen, denn etwas Derartiges hatte er noch nie gesehen. Er war mit langen Dornen gespickt, auch auf der Radnabe, und vor den Rädern entdeckte er lange, senkrecht stehende Klingen. Erst begriff er nicht, welchen Zweck sie erfüllen sollten, aber dann erkannte er, dass sie heruntergeklappt werden konnten. Mit diesen Klingen konnten die Akkesch die Beine des Feindes oder die seiner Pferde durchtrennen wie eine Sichel die Halme des Weizens.

Der Reiter, der den Wagen begleitet hatte, lenkte sein Pferd an die Seite Horkets und erstattete ihm flüsternd Bericht. Horket hörte mit halb geschlossenen Augen aufmerksam zu. Awin sah, dass ihn die Neuigkeiten erstaunten.

»Du bist weit von deinem dunklen Tempel entfernt, Priester«, begrüßte Yaman Aryak unterdessen den Abeq.

Der warf ihm einen abschätzigen Blick zu und erwiderte: »Ich bin hier, weil Strydh mir auftrug, eine Untat zu rächen.«

Eine Untat? Awin runzelte die Stirn. Er wusste nicht, was der Priester meinte, aber es war klar, dass es nichts Gutes bedeuten konnte.

»Ich höre erstaunliche Neuigkeiten aus deiner Stadt, Mahas«, sagte der Heredhan jetzt. »Raik Utu tot, sein Sohn Iddin ebenfalls? Und Numur ist jetzt Herr der Stadt?«

»So ist es, edler Heredhan. Die Götter haben Serkesch schwere Prüfungen auferlegt.«

»Raik Utu war ein kluger Mann und ein Freund der Hakul.«

»Malk Numur ist es ebenso, das kann ich versichern«, antwortete Mahas schnell.

»Lässt er uns deshalb verfolgen?«, fragte Aryak spöttisch. »Weil er unser Freund ist?«

»Nun, vielleicht hätte ich sagen sollen, dass er Freund aller Hakul ist, ausgenommen jener, die seinen geliebten Bruder ermordeten!«, giftete der Priester.

»Wir sollen …?«, entfuhr es Harbod.

Curru fiel ihm aufgebracht ins Wort: »Du bist ein Lügner, Abeq!«

»Strydh ist der Herr der Welt, Hakul, und ich wundere mich, dass du es wagst, mich, seinen treuen Diener, zu schmähen.«

»Wir Hakul achten den Gott des Krieges und seine Priester«, versicherte Horket eilig. »Ich selbst ritt schon oft unter seinem Banner!«

»Du, Horket?«, rief Yaman Aryak lachend. »Vielleicht warst du einmal ein Krieger, doch sieh dich an, du bist faul geworden, und dein Schwert rostet in der Scheide. Lieber verhandelst du mit deinen Feinden, als sie zu bekämpfen, wie es sonst die Art der Hakul ist.«

Der Heredhan sah Aryak finster an. »Ich habe in vielen Schlachten gekämpft, Aryak, und es mag gut möglich sein, dass du noch heute feststellst, dass mein Schwert scharf genug für dich und deine Männer ist!«

»Ich erwarte dich auf dem Schlachtfeld, Hakul!«, entgegnete Aryak ruhig.

Der Heredhan hob abwehrend die Hand. »Ich bin nicht gewillt, das Blut meiner Stammesbrüder zu vergießen, Aryak. Und ich will hören, was den Hohepriester des Kriegsgottes hierher führt.«

Mahas deutete eine Verneigung an, bevor er seinen Fall vortrug: »Es ist nun zwei Tage her, dass jene Männer vor unserem Tor auftauchten und den Leichnam Iddins achtlos auf unsere Schwelle warfen. Sie behaupteten, ein Fremder habe ihn getötet, doch fanden wir in seiner Brust die Spitze eines Hakul-Speeres. In seinem Schmerz war Numur leichtgläubig und ließ diese Männer gehen. Aber das Volk war aufgebracht, und es fragte, warum der Malk die Mörder seines Bruders unbehelligt ziehen ließ. Es verlangt die Bestrafung der Täter, und deshalb sind wir hier.«

»Du hast vergessen zu erwähnen, Priester«, entgegnete Aryak mühsam beherrscht, »dass viel Blut in den Straßen eurer Stadt floss. Die beiden Brüder haben doch einander bekämpft! Hat Numur nicht auch die Rechte Hand des Kaidhans ermordet, eine Tat, die viele Krieger mit ihrem Leben bezahlten?«

»Du verstehst nichts von den Vorgängen in unserer Stadt, Hakul!«, entgegnete Abeq Mahas scharf. »Es ist wahr, dass Iddin versuchte, sich des Throns zu bemächtigen, ebenso wie Immit Schaduk. Beide sind nun tot. Doch trotz seiner Verbrechen hat Numur seinen Bruder geliebt, ebenso wie es sein Volk tat. Und waren es nicht deine Söhne, die man an der Seite unseres geliebten Malk tot fand?«

»An der Seite, Priester, an der Seite, du sagst es. Denn sie fielen durch die gleiche Hand, die auch Iddin tötete.« Dann wandte sich Aryak an den Heredhan: »Du musst wissen, Horket, dass es jener Mann war, den wir von den Schwarzen Bergen bis nach Serkesch verfolgt haben. Doch stand er unter dem Schutz Malk Numurs, der sich für seine Unschuld verbürgte. Eine weitere Lüge der Akkesch, wie wir nun wissen.«

»Es war die Spitze eines Hakul-Speeres, die wir in Iddins Leiche fanden!«, rief Abeq Mahas anklagend.

»Aber kein Blut kam aus dieser Wunde, Priester«, entgegnete Curru, »denn er empfing sie erst, nachdem er längst tot war.«

»Lügen!«, rief der Abeq.

»Malk Numur hat jenen Fremden gedeckt, Priester?«, fragte der Heredhan jetzt mit einem finsteren Stirnrunzeln.

Isparra trieb Staubwolken über die Ebene. Awin schöpfte Hoffnung. War es möglich, dass Horket ihnen wider Erwarten beistand?

Der Abeq zögerte mit einer Antwort. Offenbar bemerkte er, dass sich die Waagschale zu seinen Ungunsten senkte. Dann sagte er bedächtig: »Herr, Malk Numur ist ein Freund der Hakul. Er würde keinen ihrer Feinde decken, nein, es liegt ihm ganz im Gegenteil daran, die unschätzbar wertvolle Freundschaft mit dem Heredhan zu erneuern und zu vertiefen.«

Horket zeigte ein grimmiges Lächeln. »Sie sollte ihm auch einiges wert sein, denn wisse, Priester, diese Männer schulden mir Sühne. Sie verfällt, wenn sie sterben. Und ich kann nicht sehen, warum ich Numur zuliebe meine Forderung zurückstellen sollte.«

Der einäugige Priester warf Aryak einen finsteren Blick zu. Vielleicht verfluchte er ihn dafür, dass er nun dem Heredhan ein Angebot unterbreiten musste: »Ich weiß nicht, wie viel sie dir schulden, doch sage ich dir, dass mir jeder Kopf, den ich nach Serkesch zurückbringen kann, sein Gewicht in Silber wert ist.«

»In Eisen«, entgegnete Horket kühl.

Die Miene des Priesters verfinsterte sich noch weiter. »So sei es«, presste er schließlich hervor.

»Du lässt dich kaufen, Hakul?«, rief Aryak voller Verachtung.

»Hüte deine Zunge, Hakul«, entgegnete der Heredhan düster.

Yaman Aryak setzte zu einer scharfen Erwiderung an, aber plötzlich wurde er ganz ruhig. »Nun, du musst wissen, was du tust, Horket. Jedoch habe ich eine Bitte an dich.«

Horket hob misstrauisch die Brauen.

»Es sind nicht nur Männer meines Klans, die mit mir reiten. Harbod, Harmins Sohn, ein Krieger des Fuchs-Klans, und sechs seiner Männer begleiten uns seit dem Rotwasser. Sie haben nichts mit dem zu tun, was am Dornbach geschah, und sollten dafür auch nicht büßen.«

Der Heredhan nickte und stellte fest: »So ist es also wahr, was mir dein Bruder Auryd berichtete.«

Jetzt konnte Aryak sein Erstaunen nicht verbergen: »Auryd? Du hast ihn getroffen?«

»Vor drei Tagen schon. Er hat sein Lager am Dhurys aufgeschlagen, und er wartet dort auf euch. Er ist ein kluger Mann und sorgt sich um das Leben seiner Krieger. Wir haben eine Vereinbarung getroffen.«

Daher, dachte Awin, war er also so gut über alles unterrichtet, was vorgefallen war.

Doch welcher Art mochte die Vereinbarung sein, die Horket mit Auryd getroffen hatte?

»Aber diese Männer waren auch in Serkesch«, rief Abeq Mahas. »Sie waren dabei, als Iddin starb. Und dir entgeht viel Eisen, wenn du sie ziehen lässt.«

»Sie haben keinen Fuß in eure Stadt gesetzt, Priester«, fuhr ihn Aryak wütend an, »und sie waren auch nicht an jenem Ort, an dem Iddin und meine Söhne ermordet wurden.«

Awin sah ihm an, wie sehr es ihn beunruhigte, dass sein Halbbruder auf den Heredhan getroffen war.

»Nun, Harbod, Harmins Sohn, stimmt es, was Aryak sagt?«, fragte Horket.

»Jedes Wort ist wahr, Heredhan, doch wünsche ich nicht, seinen Sger zu verlassen, denn ich bin ein Hakul, und wir lassen unsere Brüder nicht im Stich.«

Horket sah ihn nachdenklich an, dann winkte er einen seinen Begleiter heran, der ihm einen flachen, in Stoff gewickelten Gegenstand überreichte. Der Heredhan wickelte ihn aus. Es war eine kleine Bronzescheibe, auf der das Zeichen des Fuchses prangte. »Weißt du, was das ist, Harbod?«, fragte er.

»Unser Sgertan!«, entfuhr es dem Fuchs-Krieger.

»So ist es. Dein Yaman gab es mir. Er hat sich mir verpflichtet, damit ich dich und deine Männer schone, wenn ich den Sger der Schwarzen Berge stelle.«

»Diese Männer haben dir nichts getan, Horket. Du hast kein Recht, für ihre Schonung eine Gegenleistung zu verlangen!«, rief Aryak aufgebracht.

Der Heredhan zuckte mit den Schultern und entgegnete gelassen: »Gilt das auch, wenn ich sie vor dem Zorn der Akkesch rette?«

Aryak zögerte, und Awin wusste, dass der Heredhan sogar Recht hatte. Wenn er Auryds Männer vor dem sicheren Tod in der Schlacht bewahrte, hatte er alles Recht, eines Tages das Sgertan zurückzuschicken und von Auryd eine Gegenleistung zu verlangen.

»Diese Männer waren in Serkesch!«, beharrte der Priester wütend.

»Ich werde es als Zeichen unserer erneuerten Freundschaft werten, Priester, dass ihr sie dennoch ziehen lasst«, erklärte der Heredhan ruhig.

»Du verlangst viel«, entgegnete der einäugige Priester eisig.

Horket lachte laut auf. »Viel? Ich werde noch weit mehr verlangen, Mahas, doch erst heute Abend, wenn das Feuer der Beratung brennt.«

Harbod schüttelte den Kopf. »Ich danke dir für deine selbstlosen Bemühungen, edler Heredhan«, spottete er, »doch kann ich dein Angebot nicht annehmen.«

Horket sah ihn erstaunt an.

»Vielleicht verstehst du es nicht, aber dieser Priester dort unterstellt uns Mord und Lüge. Dies kann ich nicht hinnehmen. Denn ich habe Ehre, falls du weißt, was das ist, Horket.«

Isgis Kopf schnellte weit nach vorne: »Ehre? Falschen Stolz, so solltest du es nennen. Du bist bereit, deine jungen Brüder für deinen Stolz sterben zu lassen?«

Awin begriff nicht, was den Höhläugigen so aufbrachte.

Harbod lächelte plötzlich. »Es tut mir leid, Isgi, wenn ich deinem Herrn damit Unannehmlichkeiten beschere.«

»Lass ihn, Isgi, wenn er so dumm ist«, rief der Heredhan ungehalten.

Jetzt ahnte Awin, worum es hier ging: Wenn Harbod und seine Krieger sein Angebot angenommen hätten, wäre ein weiterer Klan unter seinen Einfluss geraten. So würden sie sterben, und die Verpflichtung Auryds wäre hinfällig. Deshalb lächelte Harbod. Aber auch Strydhs Priester sah zufrieden aus.

»So ist hier alles gesagt?«, fragte Aryak.

»Ich kann meine Brüder nicht schützen, wenn sie es nicht wollen«, sagte Horket düster. »Doch gebe ich dir Zeit, Harbod, Harmins Sohn, dich mit den deinen zu beraten. Noch eine Stunde werden meine Männer jeden Krieger des Schwarzen

Fuchses willkommen heißen, der diesem sinnlosen Tod entgehen will. Jeder andere Hakul hingegen, der sich von nun an unseren Reihen nähert, ist des Todes. Alles Weitere mögt ihr mit den Akkesch ausmachen.«

Und dann wendete er seinen Grauschimmel und sprengte davon. Seine Männer folgten ihm, und Isparra begleitete sie mit einer Wolke aus Sand. Abeq Mahas warf einen missmutigen Blick von einem zum anderen, dann sagte er: »Nun gut, ich achte den Willen des Heredhans. Mögen die Männer dieses Klans dich verlassen, Aryak, wenn sie nicht tapfer zu sterben wissen. Doch sollten sie nicht zu lange säumen. In einer Stunde werden wir über euch kommen und unser Recht einfordern.«

»Ich werde dich finden und töten, Priester«, antwortete Aryak ruhig.

Dann wendete der Streitwagen, und die Akkesch fuhren zurück zu ihren Männern. Aryak und seine Begleiter warteten, bis der Streitwagen im wirbelnden Staub verschwunden war, dann kehrten sie zu ihrem Sger zurück. Der Yaman war ganz ruhig: »Harbod, ich will, dass du deinen Männern das Angebot des Heredhans übermittelst. Niemand wird schlecht von ihnen reden, wenn sie es annehmen.«

»Ich werde tun, was du verlangst, aber ich glaube nicht, dass auch nur einer darauf eingeht.«

Harbod sprach mit seinen Kriegern. Wie er es vorhergesagt hatte, wollte keiner den Sger verlassen.

Yaman Aryak nahm es mit einem knappen Nicken zur Kenntnis, und Curru sagte: »Ich bin erfreut, dass ich mich so in dir getäuscht habe, Harbod.«

Harbod grinste dünn. »Ich tue das ganz bestimmt nicht dir zuliebe, Seher, und auch nicht für deinen Yaman, aber dieser Priester verleumdet auch mich und meine Brüder. Und das kann ich nicht hinnehmen.«

Der Yaman rief sie zusammen. »Nun, Hakul, jetzt ist es an uns, die Ehre unseres Stammes zu verteidigen, die der Heredhan so leichtfertig verkaufen will.«

»Hakul!«, antworteten die Krieger wie aus einem Mund.

»Auf die Pferde, Männer, bereitet euch auf die Schlacht vor!«

Sie stiegen auf, prüften ihre Waffen und den Sitz ihrer leichten Rüstungen und schickten stumme Gebete an die Götter, ihnen Mut zu verleihen. Dann bildeten sie die Schlachtreihe. Der Wind zerrte an ihren Umhängen.

Der Yaman ritt noch einmal ihre Reihe ab. Sie war kurz geworden. Nur vierzehn Krieger waren es, die Aryak jetzt ernst musterte. Bei Awin hielt er noch einmal an. »Ich hoffe, du hast meinen Befehl nicht vergessen, Kawets Sohn?«, fragte er.

Awin schüttelte den Kopf.

»Dann befolge ihn auch. Wir werden dir Zeit verschaffen.«

»Ja, ehrwürdiger Yaman«, erklärte Awin bedrückt. Er schielte hinüber zu den Felsen. Irgendwo dort drüben musste Merege stecken. Sie hatte alles Recht der Welt, sich aus diesem Streit herauszuhalten. Außerdem – was könnte ein einzelnes Mädchen schon ausrichten?

Der Yaman hielt in der Mitte ihrer kurzen Reihe und betrachtete die bronzene Scheibe an der Sgerlanze, die Curru stolz aufgerichtet hatte. »Der Priester war so großzügig, uns eine Stunde Frist zu gewähren«, rief er. Isparra wehte Sand über die Ebene. Sie war wieder stärker geworden, aber Awin schickte trotzdem ein stummes Gebet an Fahs, den Hüter der Winde, er möge doch wieder den wütenden Nyet entfesseln. Er blickte hinüber zur Reihe der Streitwagen. Hinter den Staubschleiern sah er Schemen hin und her laufen. Einige schienen sich um die Streitwagen in der Mitte versammelt zu haben. Yaman Aryak lächelte. »Ich dagegen habe weder Horket noch den Akkesch eine Frist eingeräumt. Was meint ihr, Männer, wollen wir den Feind überraschen?«

Die Krieger sahen einander an. Das Lächeln des Yamans wirkte ansteckend. »Ich denke, wir sollten ihre Reihe durchbrechen und herausfinden, wie beweglich ihre Streitwagen sind, was meint ihr, Männer?«

»Hakul!«, lautete die einstimmige Antwort.

»Dann macht euch bereit für Kampf und Tod, kämpft, solange ihr Pfeile für euren Bogen habt. Danach seht, ob Tengwil euch nicht doch euren Frauen und Müttern erhalten will. Denjenigen aber, die heute ihr Leben geben, verspreche ich: Wir werden uns auf den immergrünen Weiden der nächsten Welt wiedersehen. Und ihr werdet mit mir in Mareketts Gefolge reiten!«

»Hakul!«, riefen die Männer.

Die Yamanoi befestigten die Kriegsmasken an ihren Helmen und griffen zu ihren Speeren. Awin spürte sein Herz schlagen. Eine fiebrige Erregung, stärker noch als Jagdfieber, ergriff ihn. Vergessen war der Befehl des Yamans, vergessen der Heolin. Er fühlte sich zum Bersten lebendig, das Blut rauschte durch seine Adern, und er vergaß, dass er und die anderen in den fast sicheren Tod ritten.

»Hakul!«, rief Aryak.

»Hakul!«, klang es dumpf durch die Kriegsmasken, und dann stürmten sie in vollem Galopp auf den Feind los.

Isparra war auf ihrer Seite. Ihre Sandwolken verschleierten den Akkesch ihre Vorbereitungen, und jetzt ritt sie mit ihnen und schleuderte ihren Feinden Staub in die staunenden Gesichter. Der Yaman hatte Recht, die Akkesch waren nicht auf ihren Angriff gefasst. Als Awin auf sie zuflog, sah er, dass die meisten von den Wagen abgestiegen waren. Einige kümmerten sich um die Pferde, andere schienen sich für die Schlacht zu stärken. Doch die Schlacht wartete nicht, sie kam über sie in der Gestalt einer Handvoll Hakul, die die lange Reihe ihrer Streitwagen durchbrachen. Die Jungkrieger sandten im vollen Galopp Pfeil um Pfeil hinüber. Awin konnte nicht erkennen, ob sie etwas trafen. Isparra war eine unzuverlässige Verbündete, sie verwehte jeden noch so gut gezielten Schuss. Die Yamanoi senkten ihre Speere zum Stoß. Awin hielt auf einen Akkesch zu, der bei seinen Pferden stand, den Wasserschlauch in der Hand, und ihn ungläubig anstarrte. Awin stieß zu. Sein Speer durchbohrte den ledernen Panzer seines Feindes unterhalb des Brustbeins und wurde Awin aus der Hand gerissen. Er ritt weiter. Schreie waren um ihn herum zu hören. Ein Pfeil von irgendwoher streifte ihn am Rücken. Er griff zum Bogen und blickte zurück. Die anderen waren nah bei ihm. Dahinter folgte ein führerloses Pferd – es war das von Tauru.

»Ausschwärmen!«, brüllte Aryak.

Hinter ihnen rannten die Akkesch kreuz und quer. »Schieß doch«, brüllte eine dumpfe Stimme neben ihm. Er sah Pfeile davonschwirren. Die Yamanoi verstanden es, mit dem Bogen umzugehen, doch bei diesem Wind war jeder Treffer eine Glückssache. Jetzt war Isparra gegen sie. Awin schoss in vollem Galopp, Pfeil um Pfeil, einfach hinein in die dichte Reihe seiner Feinde. Er fühlte sich erregt wie bei der Jagd. Die Wagen kamen in Bewegung. Pferde schrien, weil ihre Wagen und Geschirre sich ineinander verhakten. Männer brüllten Befehle. Wo waren die anderen? Awin sah Mewe dahinfliegen, aufgerichtet im Sattel, den Bogen in den Händen. Er schoss nicht blind wie Awin – er konnte den Wind lesen, und er traf, was er treffen wollte. Plötzlich tauchte Harbod neben Awin auf. »Dein Befehl, Awin!«, brüllte er durch die gesichtslose Kriegsmaske, dann war er verschwunden.

Awin nickte, unfähig zu sprechen. Sein Schecke stöhnte plötzlich auf und vollführte einen Sprung zur Seite. Ein Pfeil hatte ihn an der Kruppe getroffen. Vielleicht war es eine Jagd, doch dieses Wild verstand, sich zu wehren. Der Schecke galoppierte weiter, stöhnte und ließ sich nur durch den Druck der Schenkel und Knie nicht mehr lenken. Awin senkte den Bogen und nahm die Zügel wieder auf. Vor ihm tauchten zwei Streitwagen aus dem Staub auf. Sie hielten auf ihn zu, und einer der Männer schleuderte einen Wurfspeer nach ihm. Awin duckte sich und riss den Schecken zur Seite. Da war noch ein Streitwagen, der ihn beinahe über den Haufen fuhr, und Awin musste erneut die Richtung wechseln. Etwas streifte ihn am Arm, aber er bemerkte kaum, dass nun Blut floss.

Er blickte zurück – Staub, Streitwagen überall und dazwischen schemenhaft Hakul, die aus vollem Galopp Pfeile abschossen. Da war Curru, der seinen Schimmel zu einem Sprung antrieb, um der langen Sichel eines Streitwagens auszuweichen. Der Vierspänner vollführte eine waghalsige Wendung. Awin verlor ihn aus den Augen, denn er musste selbst einem Wagen und seinem Bogenschützen ausweichen. Sein Schecke sprang über einen am Boden liegenden Körper. Es war ein Akkesch. Dann sah Awin den Sichelstreitwagen wieder. Curru war hinter ihm und stieß dem Wagenlenker die lange Sgerlanze in den Rücken. Der Mann fiel, und der schwere Wagen raste führerlos auf drei andere Streitwagen zu, die einen Hakul vor sich her hetzten.

Awin riss sein Pferd herum, denn ein Wagen kreuzte seinen Weg. Er kam so nah, dass einer der Krieger mit dem Speer nach ihm stieß. Er verfehlte ihn nur knapp. Hinter ihm erklangen markerschütternde Schreie von Menschen und Pferden. Der Sichelstreitwagen musste mit den anderen zusammengestoßen sein. Awin hatte nicht einmal Zeit, sich umzudrehen, denn wie aus dem Nichts rasten weitere Wagen auf ihn zu. Er wich aus, nach links, dann nach rechts, aber wohin er sich auch wandte, die Akkesch waren überall. Das Jagdfieber verschwand. Er begriff, dass er hier nicht Jäger, sondern Beute war. Wieder wich er aus, Pfeile flogen ihm um die Ohren – schlecht gezielt –, und er gelobte, Isparra ein Dankopfer zu bringen, später, wenn er das hier überleben sollte.

Wo waren die anderen? *Der Heolin!*, durchzuckte es ihn plötzlich. Er blickte sich um, denn er hatte völlig die Orientierung verloren. Die Felsen – er musste irgendwie zu den Felsen. Er sah ein weiteres herrenloses Pferd durch den Sturm galoppieren. War es das von Tuwin? Er war sich nicht sicher, und es entschwand schnell seinen Blicken. Sein Schecke stöhnte vor Schmerz. Ein zweiter Pfeil steckte in seiner Flanke. Wann war das geschehen?

Awin wich einem heranrasenden Streitwagen im letzten Augenblick aus, hörte hinter sich einen laut gebrüllten Befehl und wandte sich um. Ein Sichelstreitwagen tauchte aus dem Staub auf, und er verfolgte ihn. Dahinter überschlug sich mit markerschütternden Schreien ein Hakul-Pferd. Der Wagen musste es mit seinen fürchterlichen Klingen getroffen haben. Vier Männer trug er, zwei davon schickten Awin Pfeile nach. Awin wich nach links und nach rechts aus. Sein Bogen, wo war sein Bogen? Er musste ihn irgendwann verloren haben. Die Felsen waren immer noch entsetzlich weit entfernt.

Da stand ein Pferd, regungslos, inmitten von Sturm und Kampf. Die schmächtige Gestalt eines Jungkriegers lag regungslos daneben, eine Hand noch im Zügel verstrickt. Awins Schecke spitzte plötzlich die Ohren und bog nach rechts ab. Awin hörte einen lang gezogenen Pfiff, dann noch einen. Der Schecke schien diesen Pfiffen zu folgen und ließ sich durch Awin nicht beirren. Er wandte sich im Sattel um. Der Streitwagen war näher gekommen. Plötzlich sprang der Wagen in die Luft, und einer der Bogenschützen wurde aus dem Wagen geschleudert. Sie mussten einen Stein erwischt haben. Die Felsen! Dort war der Boden uneben und tückisch, gefährlich für Pferde, noch weit gefährlicher aber für diesen Streitwagen. Der Schecke jagte mit rasselndem Atem über die Ebene. Er konnte diese Geschwindigkeit nicht mehr lange halten. Wieder hörte Awin den Pfiff. War das Merege? Der Streitwagen schien aufzuholen. Awin hörte die vier Pferde keuchen und stöhnen. Er wandte sich um. Drei Männer waren im Wagen, und einer hatte einen Pfeil auf der Sehne. Aus dieser Entfernung würde der Akkesch ihn kaum verfehlen. Awin riss hart an den Zügeln. Sein Pferd stöhnte, sprang zur Seite und strauchelte. Awin sah den Pfeil kommen. Er flog durch den Sturm, durchschnitt Staub und Wind und hätte Awin sicher durchbohrt – wenn der Schecke nicht gestürzt wäre. Awin flog aus dem Sattel, landete hart auf dem Rücken, überschlug sich und blieb auf dem Bauch liegen. Der harte Aufprall hatte ihm den Atem geraubt. Sein Pferd war neben ihm zu Fall gekommen, schlug wild um sich, sprang auf und stürmte davon.

Awin kam zitternd auf die Knie und rang nach Luft. Der Sichelstreitwagen war weitergerast, doch jetzt blickte sein Lenker zurück und zog hart an den Zügeln. Er wendete. Awin kam auf die Beine. Ein Pfeil flog heran und wurde im letzten Augenblick von Isparra zur Seite gelenkt. Awin griff mit fahriger Bewegung nach seinem kurzen Sichelschwert. Der Wagenlenker schrie heiser auf, und dann stürmten seine Pferde auf ihn los, Schulter an Schulter. *Die Rappen!* Das war das Bild, das er auf seiner Reise gesehen hatte: die Pferde, die auf ihn losstürmten. Awin erstarrte. Mit donnernden Hufen hielten die Rappen auf ihn zu. Schweiß troff von ihren Flanken. Der Bogenschütze senkte seine Waffe. Natürlich, sie wollten ihn einfach überrollen! Das war sein Ende. Plötzlich wurde Awin ganz ruhig und kalt. Alle Gedanken, die ihm eben noch durch den Kopf gerast waren, verstummten. Er war völlig leer. Dann rannte er los.

Noch nie in seinem Leben war er so schnell gelaufen. Er rannte vor dem Wagen davon, vor Pferden, die doppelt so schnell liefen wie er. Die Felsen, er musste zu den Felsen! Aber die waren noch weit, viel zu weit entfernt. Er rannte noch schneller.

Dann sah er den Stein. Es war ein einzelner großer Brocken, der hüfthoch aus dem harten Boden ragte, hier, mitten in der Ebene. Awin flog daran vorbei, schon konnte er das Keuchen der vier Rappen hören. Er warf sich im letzten Augenblick zur Seite und rollte sich hinter dem Stein zusammen. Die Pferde rasten an ihm vorüber. Dann traf die lange Sichel mit einem hässlichen Geräusch auf den Felsen, Awin hörte die lange Klinge brechen und sah sie im Wind davonwirbeln. Er sah ihr nach und bemerkte erst gar nicht, dass der Aufprall den ganzen Wagen erschüttert hatte. Die Deichsel brach, das Rad sprang von der Nabe. Awin sah es wegfliegen. Die Männer brüllten, als ihr Gefährt in die Luft sprang, und der Wagen zerbarst, als er ohne das Rad wieder aufsetzte. Die Krieger wurden herausgeschleudert, und das führerlose Gespann raste nun ohne Wagen weiter über die Ebene.

Awin kam zitternd wieder hoch. Sein Herz schlug bis zum Hals, und seine Lungen schmerzten. Er sah weiter hinten den dicken Bale über die Ebene taumeln, zu Fuß, ohne Helm, das Schwert in der Hand, ein halbes Dutzend Pfeile steckten in seinem Körper. Drei Streitwagen umkreisten den Verwundeten, die Bogenschützen ließen ihre Pfeile von der Sehne schnellen. Awin wandte sich ab. Streitwagen, überall schossen Streitwagen hin und her, und jeder von ihnen trug Feinde. Er würde es nie bis zu den Felsen schaffen. Plötzlich hörte er seinen Namen. Eine helle Stimme rief nach ihm. Er drehte sich um. Das war Merege, die auf ihn zugeritten kam. Hatte sie vor, hier mit ihm zu sterben? Etwas anderes konnte sie nicht erwarten. Jemand brüllte. Er fuhr herum.

Die Krieger, die aus dem Wagen geschleudert worden waren! Einer lag regungslos auf der Erde, ein anderer kroch auf allen vieren schwankend durch den Staub. Doch da war noch ein dritter. Er stand dort, keine zwanzig Schritte entfernt, den langen Lederpanzer zerrissen, den Helm fort, aber in den Fäusten hielt er eine riesige, doppelschneidige Axt. Er brüllte unartikuliert und hinkte auf Awin zu. Awin fasste sein Sichelschwert fester. Ein reiterloses Pferd schoss an ihm vorbei, und plötzlich stand Merege neben ihm. Er versuchte, sich schützend vor sie zu stellen, aber sie schob ihn zur Seite, packte ihn mit der Linken fest am Schwertarm und streckte ihre offene Rechte dem Akkesch in abwehrender Geste entgegen.

Dieser war nur noch wenige Schritte entfernt und glotzte sie an, die Axt in den Fäusten. Awin spürte Mereges harten Griff. Sie senkte den Kopf, starrte den Akkesch an, straffte sich und rief laut einige Worte in einer Sprache, die Awin nicht verstand. Der Akkesch erstarrte mitten in der Bewegung, die Axt halb erhoben. Er begann zu zittern. Dann brüllte er, laut, noch lauter, sein Gesicht verzerrte sich zu einer Grimasse, seine Augen traten weit aus den Höhlen. Awin sah plötzlich alles nur noch wie durch einen roten Schleier, und dann spürte er eine Eiseskälte, die ihm durch den Arm in die Brust kroch und sein Herz mit eiserner Hand zusammendrückte. Um ihn herum wurde alles rot. Das Brüllen erstarb – und plötzlich war der Akkesch fort. Er war verschwunden, die Trümmer des Streitwagens hatten sich in Luft aufgelöst, ja, selbst die Ebene war nicht mehr da. Awin hatte das Gefühl, dass ihm irgendetwas, ein Geschoss vielleicht, die Brust zerriss. Er fühlte den Boden unter den Füßen nicht mehr. Dann wurde ihm schwarz vor Augen, er taumelte – und auf einmal umfing ihn Stille.

Merege

UM AWIN WAR nichts. Nur Schwärze. Und Schmerz. Seine Lungen waren wie aus Eis. Blut rauschte in seinen Ohren. Sein Atem ging schnell, stoßweise. Er konnte sich nicht bewegen und spürte gleichzeitig, dass er am ganzen Leib zitterte. Er versuchte sich zu beruhigen, tiefer einzuatmen. Das Rauschen wurde leiser, sein Atem langsamer. Der Schmerz in der Brust blieb, die Eiseskälte auch. Sein rechter Arm war ohne Gefühl. Er hörte etwas klirren und wusste, es war sein Sichelschwert, das ihm aus der Hand geglitten war. Vorsichtig öffnete er die Augen. Er stand auf einer roten Felsplatte. Um ihn herum ragten steile Hügel auf. Darüber wölbte sich ein blauer Himmel, getrübt von Staubschleiern. Wind zerrte an seinem Umhang. Dicht neben ihm stöhnte jemand. Er wandte langsam den Kopf, unsicher, ob er das überhaupt noch vermochte. Seine Beine waren wachsweich. Dort kniete Merege auf dem Boden, die Augen geschlossen, das ohnehin blasse Gesicht noch bleicher als sonst. Sie öffnete die Augen. Awin erschrak. Alle Farbe war aus ihnen gewichen. Da war nur reines, schimmerndes Weiß. Sie schloss die Augen wieder und atmete tief ein. Awin wollte einen Schritt machen, aber die Beine gaben unter ihm nach, und er taumelte ungelenk und stürzte. »Wo ...?«, krächzte er und verstummte erschrocken, als er den fremden Klang seiner eigenen Stimme hörte.

»Atmen«, antwortete Merege heiser.

Und er atmete, schloss die Augen und holte tief Luft. Sein Herz pochte, und er fühlte immer noch einen durchbohrenden Schmerz in der Brust. Er betastete sie mit der Linken, denn sein rechter Arm hing schwer wie Blei an ihm. Halb erwartete er, einen Pfeil oder eine Wurflanze dort zu finden, aber da war nichts. Nicht einmal Blut. Ein Stöhnen entrang sich seiner Brust. »Wie …?«, begann er erneut. Aber seine Stimme versagte ihm den Dienst. Ihm war schwindlig. Vorsichtig öffnete er die Augen, blinzelte. Felsen, Staubwolken, Himmel. Es war immer noch alles da. Wind heulte um die Felsen. »Wo …?«, begann er zum dritten Mal.

»Glutrücken«, lautete die Antwort. »Irgendwo.«

Awin zitterte. Als er die Augen schloss, sah er das schmerzverzerrte Gesicht des Akkesch mit der Axt vor sich. Schnell riss er sie wieder auf. »Wie sind wir …?«, versuchte er es wieder. Merege hustete. »Gleich«, sagte sie, »gleich.«

Awin nickte. Warum hetzen? Er war vermutlich tot. Er musste tot sein. Dieser unglaubliche Schmerz, der ihn getroffen hatte. Irgendein unsichtbares Geschoss vielleicht. Er konnte die Augen nicht offen halten. Die Ebene, der Kampf, die Streitwagen. Der Akkesch mit der großen Axt. Es hatte kein Entkommen gegeben. Es war am einfachsten, anzunehmen, dass er tot war. Aber warum tat ihm dann jeder Knochen im Leib weh? Er stöhnte. Nachdenken brachte nichts. Er atmete.

Die Luft war viel besser als unten in der Ebene, weniger Staub. Natürlich, er war ja gestorben. Und gleich würde ein strahlend schöner Schimmel erscheinen, seinen schneeweißen Rücken darbieten und ihn davontragen zu Marekets immergrünen Weiden. Neben ihm murmelte jemand Worte in einer fremden Sprache. Merege kniete immer noch neben ihm, totenbleich. Ob für sie auch Platz auf den Weiden des Pferdegottes war? Darüber hatte Awin noch nie nachgedacht. Er blinzelte. Sie öffnete die Augen. Sie waren so blassblau, wie er sie kannte, das unheimlich leuchtende Weiß war verschwunden. Tränen hatten Spuren auf ihren Wangen hinterlassen. Musste man im nächsten Leben auch weinen? Awin schüttelte den Kopf. Die Schmerzen verblassten allmählich. »Sind wir tot?«, fragte er schließlich.

Zu seiner Überraschung spielte plötzlich ein schwaches Lächeln um Mereges Lippen. »Nein, junger Seher, wir sind nicht tot«, antwortete sie leise.

»Aber wo ist die Schlacht? Wo ist die Ebene? Wie sind wir …?«

»Das erkläre ich dir, aber später, später. Gib mir noch einen Augenblick.«

Awin hatte plötzlich das Gefühl, dass tausend glühende Nadeln in seinen rechten Arm stachen. »Lass dir Zeit«, murmelte er, »lass dir einfach Zeit.«

Er konnte später nicht sagen, wie lange sie so dort gesessen hatten. Es mochte nur das Zehntel einer Stunde oder aber eine Vielzahl von Stunden gewesen sein. Vielleicht war er sogar kurz eingeschlafen, denn als Merege ihn ansprach, war es schon beinahe Abend.

»Geht es wieder?«, fragte sie.

Ihm wurde klar, dass sie ihn mehrfach gefragt haben musste. Er nickte. Sie stand vor ihm, der Wind spielte mit ihren Haaren. Es war nicht Isparra. Der Sturm hatte sich offenbar gelegt. Awin fühlte sich müde, fast wie nach seiner Reise. Er versuchte aufzustehen und war überrascht, dass es ohne Schwierigkeiten ging. Seine Beine zitterten nicht, und sein rechter Arm fühlte sich wieder an, wie er sich anfühlen sollte. Er sah sich um. Sie waren irgendwo im Glutrücken, wie sie es gesagt hatte. Er bemerkte ihren prüfenden Blick und sagte: »Wirklich, es geht mir gut.«

»Es tut mir leid, ich bin nicht Senis«, erklärte sie.

Awin hatte keine Ahnung, was sie meinte. Er holte tief Luft.

»Wo sind ... Ich meine, warum oder wie, nein, *was* hast du gemacht?«

Merege seufzte und blickte in die Weite. Am Himmel entfaltete sich ein prachtvolles Abendrot. »Ich habe uns hierher gebracht, Awin«, antwortete sie schlicht.

Awin nickte. Er versuchte, die Bilder, die auf ihn einstürmten, zu ordnen. Das schmerzverzerrte Gesicht des Akkesch stand ihm vor Augen. Es ergab keinen Sinn.

»Du weißt, dass Curru sagte, ich sei eine Zauberin ...«, begann sie und vollendete den Satz nicht.

Nein, das hat er nicht gesagt, dachte Awin, er hatte sie Hexe genannt. Aus ihren Händen kommt der Tod, das hatte er gesagt.

»Wenn du so willst, stimmt das, auch wenn ich mir diesen Titel nie anmaßen würde«, fuhr Merege fort, »ich bin nur eine Wächterin, aber das, was du ... erlebt hast, das ist Teil der Kunst, die ich noch erlerne.«

Awin schwieg. Er bekam die Erinnerung an den sterbenden Akkesch nicht aus dem Kopf. »Senis beherrscht diesen Zauber natürlich viel besser als ich. Bei ihr spürt man nicht einmal, dass man den Ort wechselt«, erklärte sie jetzt.

»Natürlich«, murmelte Awin, der sich auf einmal sehr schwach fühlte. Den Ort wechseln? Es klang einfach, aber Anstrengung und Schmerz standen Merege ins Gesicht geschrieben.

»Geht es dir jetzt besser?«, fragte sie besorgt.

»Viel besser. Eigentlich müsste ich doch tot sein, oder? Ich glaube, du hast mich gerettet.«

Merege lächelte verlegen. »Senis sagte ja, wir sollten aufeinander aufpassen.«

»Ja, das sagte sie.« Plötzlich begann Awin zu verstehen. »Das war ... wie die Reise des Geistes, oder? Ich meine, es ist so ähnlich, nur dass ihr den Körper mitnehmt, oder?« Es klang dumm, als er es aussprach.

»Das weiß ich nicht, Awin – ich verstehe mich nicht auf das, was du die Reise nennst.«

»Und – wo sind wir, ich meine – genau?«, fragte er.

»Im Glutrücken, gar nicht weit von der Schlacht entfernt.«

Awin zuckte zusammen. Die Schlacht, seine Sgerbrüder. Die herrenlosen Pferde von Tuwin und Tauru; Bale, der von vielen Pfeilen getroffen umhertaumelte. Er schloss die Augen. »Hat es noch jemand außer uns geschafft, Merege?«, fragte er langsam.

»Ich weiß es nicht, Awin. Ich sah den Yaman fallen, von einem Speer durchbohrt. Und Mewe ritt dicht an mir vorüber und war schwer verletzt. Mehr kann ich dir nicht sagen.«

»Schon gut«, murmelte Awin. Er hatte keinen Zweifel daran, wie der ungleiche Kampf ausgegangen war. Hätte sie ihn dort nicht fortgebracht, wäre er jetzt ebenso tot wie seine Brüder. Er stöhnte. Sie waren alle tot.

»Wenn es dir gut genug geht, müssen wir aufbrechen, Awin.«

»Wohin?«, fragte er geistesabwesend.

»Wir haben kein Wasser«, erklärte sie schlicht.

Er nickte. Sein Wasserschlauch hing am Sattel seines Schecken. Sein Pferd war gestürzt, mehrfach verwundet. Awin versuchte, die furchtbaren Bilder abzuschütteln. Er seufzte. »Ich glaube nicht, dass uns die Pforten der Siedlungen offen stehen, Merege. Wo willst du also Wasser hernehmen?«

Sie sah ihn an, und ihre Augen verengten sich. »Da, wo es die Löwen, die wir gestern gehört haben, auch hernehmen, oder glaubst du, die Dorfbewohner tränken sie?«

Awin errötete und murmelte etwas davon, dass er auf diesen Gedanken auch noch gekommen wäre, aber das stimmte natürlich nicht. Als er nach Osten sah, war ihm, als läge dort ein Lichtschimmer in der Abenddämmerung.

»Was ist das?«, fragte er.

Merege zuckte mit den Schultern. »Ich nehme an, es sind die Lagerfeuer eurer Feinde. Sie feiern wohl den Sieg.«

Awin biss sich auf die Lippen und fasste nach seinem Sichelschwert. Es lag neben ihm auf dem Boden, dort, wo er es fallen gelassen hatte. Für einen Augenblick dachte er daran, zurück zum Schlachtfeld zu gehen, aber dann schüttelte er den Kopf. Merege hatte Recht. Sie feierten ihren Sieg. Das wollte er nicht sehen.

Als sie nach Süden aufbrachen, schoss ihm ein Gedanke durch den Kopf. Da war noch etwas, was er das Mädchen unbedingt fragen musste: »Sag, Merege, eines verstehe ich noch nicht. Du hast uns von dort fortgebracht, gerettet, von einem Augenblick auf den nächsten, aber warum hast du dich noch damit aufgehalten, diesen Akkesch zu töten?«

Merege blieb stehen und drehte sich zu ihm um. Schweigend sah sie ihm in die Augen. Dann verstand er. Er schluckte. »Du *musstest* ihn töten, um …?« Er brachte die Frage nicht zu Ende, und sie gab ihm keine Antwort.

Eine Weile kletterten sie schweigend durch die roten Felsen. Sie stiegen um große Steinbrocken herum, krochen über steile Hänge und sprangen über tiefe Spalten, bis die Nacht hereingebrochen war und es zu gefährlich wurde, weiterzugehen.

»Wir brauchen ein Feuer«, sagte Merege.

»Ein Feuer?«, brummte Awin. »Um unsere Verfolger anzulocken?«

»Um die Löwen fernzuhalten«, lautete die kühle Antwort.

Awin stutzte, dann fragte er: »Aber kannst du nicht, ich meine, du hast doch auch diesen Akkesch …«

Sie fuhr zu ihm herum. Es war zu dunkel, um ihr Gesicht zu sehen, aber er konnte ihre Wut fühlen. »Es wird noch lange dauern, bis ich wieder Kraft nehmen kann. Im Augenblick könnte ich keinen Feind abwehren, sei es ein Mensch oder ein Löwe.«

Awin murmelte verlegen eine Entschuldigung und suchte in der Finsternis nach Holz. Er stolperte über einen verdorrten Baum, der seinem Sichelschwert keinen Widerstand leistete. Sie fanden eine geschützte Ecke, und Awin entzündete ein Feuer.

»Glaubst du, das reicht, um die Löwen abzuschrecken?«, fragte er.

Sie zuckte mit den Schultern. »Wir werden es vielleicht herausfinden.«

Awin starrte nachdenklich in die Flamme. Er hatte viele Fragen, aber er war sich nicht sicher, ob er sie stellen sollte. Merege hatte einen Menschen töten müssen, um zaubern zu können, so viel hatte er verstanden. Wenn *das* der Weg der Kariwa war, wollte er gar nicht mehr darüber wissen. *Wollen? Du musst!*, flüsterte ihm seine innere Stimme zu, und schließlich gab er ihr nach.

»Du sagtest, Senis könne das besser als du?«, begann er schließlich.

Sie blickte starr in die Flammen. Dann sagte sie: »Erinnerst du dich daran, wie erstaunt ihr wart, als wir vor euch am Rotwasser waren?«

Awin nickte. Dann fiel es ihm wieder ein: »Der Ochse! Da war nur noch ein Ochse!«

»Auch Senis braucht etwas Lebendes, um …« Sie stockte, dann fuhr sie fort: »Die Kraft von Tieren ist uns fremder als die von Menschen. Es ist schwerer, sie zu … nehmen.«

Awin schauderte, als er darüber nachdachte. Nein, er war nicht bereit, mehr darüber zu hören, noch nicht, nicht jetzt. »Sag, Merege: Senis, wie alt ist sie?«, fragte er. Diese Frage schien ihm in weniger dunkle Gewässer zu führen.

Zu seiner Überraschung lächelte Merege, als sie antwortete:

»Ich habe meiner Großmutter einmal dieselbe Frage gestellt. Sie sagte, Senis sei schon uralt gewesen, als sie geboren wurde. Ja, meine Großmutter erzählte mir, dass sie ihrer Großmutter einst dieselbe Frage gestellt habe – und die Antwort sei die gleiche gewesen.«

Awin lehnte sich an die Felswand und schloss die Augen. Der harte Stein hatte etwas Beruhigendes, er war etwas, das er begreifen und festhalten konnte.

Merege fuhr ungerührt fort: »Man erzählt sich bei uns im Dorf, dass sie schon alt war, als die ersten Wächter ausersehen wurden, das Skroltor zu bewachen. Sie spricht nie darüber, aber einige behaupten, sie sei die Tochter eines Riesen.«

Wie hatte er nur glauben können, diese Frage führe zu weniger verwirrenden Antworten? Er hatte die kleine bucklige Gestalt Senis' vor Augen und schüttelte den Kopf. »Das ist doch Unsinn, kein Mensch kann Kind eines Riesen sein!«

»Es ist nur ein Geschichte, ich habe nie behauptet, dass sie wahr ist«, antwortete Merege.

»Du ziehst mich auf!«, rief er.

Merege lachte leise. »Das ist gut möglich, Hakul.«

Natürlich, das waren alles nur Geschichten, Ammenmärchen, nichts davon war wahr, versuchte Awin sich einzureden. Und doch saß er am Feuer, lebend, und lag nicht tot in der Ebene, wie es hätte sein müssen.

»Kann ich nun dich etwas fragen, Awin?«

Er blickte überrascht auf. Sie fragte sonst nie. Er nickte.

»Der Heolin, den du – den wir suchen sollen: Was ist das?«

Awin seufzte, und dann erzählte er ihr die Geschichte von Etys, dem Ersten Fürsten, der in die hohen Berge geklettert war und Edhil ein Stück Zierrat vom Sonnenwagen geraubt hatte und wie er mit verbrannter Hand durch Schnee und Eis zurückkam, um die vielen Sippen und Stämme der Hakul gegen ihre

Feinde zu vereinen. Er erzählte, wie der Stein Etys mit ins Grab gegeben wurde, weil die Seher es verlangten, und wie der Heolin von Etys' Grab aus die Hakul vor Xlifara Slahan geschützt hatte, der Gefallenen Göttin und Menschendiebin. »Jetzt ist er geraubt, vielleicht sogar für immer verloren in Uos Mund. Ich habe immer geglaubt, diese Geschichten seien nur dazu da, die Kinder zu erschrecken, aber diese Winde und Stürme, die seit Tagen über die Lande ziehen – manchmal glaube ich fast, es stimmt, und das Böse in der Wüste macht sich nun bereit, wieder über uns herzufallen.«

Merege hatte ihm aufmerksam zugehört, ohne ihn ein einziges Mal zu unterbrechen. »Hast du ihn gesehen, diesen Stein?«, fragte sie jetzt.

»Nein, auch in meinen Träumen ist er mir nie erschienen. Es ist seltsam, doch die Große Weberin hält manche Dinge wohl vor mir verborgen.«

»Und er hatte eine verbrannte Hand, euer Fürst?«

Das schien sie zu beschäftigen. Er nickte. »Es war die rechte, ich habe es selbst gesehen, als ich an seinem Grab stand«, fügte er hinzu und spürte dabei ein Echo der Ehrfurcht, die er dabei empfunden hatte.

Sie blickte mit gerunzelter Stirn lange in die Flamme. Er sah wieder das schwarze Zeichen über ihrem Jochbein.

»Uos Sichel«, sagte sie, ohne ihn anzusehen.

»Was?«

»Das ist der Name des Sternzeichens, das du so anstarrst, junger Seher.«

Zögernd fragte er: »Und ... was bedeutet das?«

»Es ist das Zeichen, das unseren Himmel zu Mittwinter beherrscht, der Zeit, in der ich ... ich wurde.«

»Du meinst, in der du geboren wurdest?«, fragte Awin. Er hatte so etwas in der Art auch von den Akkesch gehört. Angeblich bestimmten die Sterne ihrer Geburtsstunde ihr ganzes Leben.

»Nein, Awin. Ich war schon elf Jahre alt, als die Ältesten endlich meine Bestimmung ergründen konnten, und das war im Mittwinter.«

»*Schon* elf?«, fragte Awin vorsichtig.

»Mit zwölf sollte die Bestimmung einer Kariwa offenbar geworden sein, denn dann hat sie das Zeichen der ersten Reife erreicht. Kennt ihr Hakul so etwas nicht?«

Awin seufzte. Ihm selbst war sein Schicksal schon in die Wiege gelegt worden, aber er war eine Ausnahme. Der erste Kriegszug war die Prüfung für jeden Heranwachsenden. Dann zeigte sich, ob er zum Krieger taugte oder als Feigling davongejagt werden musste. »Nein, so etwas kennen wir nicht«, behauptete er schließlich, »bei uns werden die Söhne meist, was die Väter waren, und die Töchter …« Er beendete den Satz nicht, sondern zuckte mit den Achseln. Merege warf ihm einen kurzen, aber sehr missbilligenden Blick zu und starrte dann wieder ins Feuer. Awin lauschte auf die Geräusche der Nacht. Wind zog um die Felsen, aber er war schwach und sanft. Skefer, dachte er, der Überbringer schlechter Nachrichten. Wenn er auf seiner Wanderung bis zu den Zwillingsquellen kommt, hat er viel zu erzählen. Er dachte an seine Schwester Gunwa, an Wela und seine Ziehmutter Egwa, die ihren Mann an diesem Tag verloren hatte. Sein Magen zog sich zusammen, als er wieder an die Gefallenen dachte.

»Kann ich dir auch eine Geschichte erzählen, Awin?«, fragte Merege nun unvermittelt.

»Wie? Ja, natürlich«, erwiderte er, dankbar für die Ablenkung, und warf noch etwas Holz in ihr kleines Feuer. Er hoffte, diese Geschichte würde nicht die finsteren Dinge berühren, über die sie schon gesprochen hatten.

»Wir sind die Kariwa«, begann sie. »Wir leben hoch im Norden, unsere Sommer sind kurz und kühl, die Winter lang und dunkel. Und doch ist meine Heimat schön und voller Wunder. Es gibt Wasser, das selbst im kältesten Winter heiß aus der Erde steigt und zum Bad einlädt, es gibt Berge, die glühendes Gestein ausspucken, und Tiere, die du dir noch nicht einmal vorstellen kannst. Das größte Wunder aber ist das Skroltor, jenes große Tor, das Brond selbst geschmiedet hat für die Mauer, die die Riesen errichtet haben, um die Daimonen von unserer Welt fernzuhalten.

Awin, diese Mauer ist vielfach höher und stärker als die Mauer der Akkesch, die dir so gewaltig erschien. Und es ist die Aufgabe der Kariwa, das Tor zu bewachen. Du kannst sie manchmal hören, die Daimonen und Alfskrols, wie sie am Tor rütteln, weil sie die Sehnsucht treibt – die Sehnsucht, zurückzukehren in die Welt der Menschen. Unsere Zahl ist gering, Awin, und wir leben abgeschieden von unseren Nachbarn. Es ist selten, dass sich ein Händler zu uns verirrt, denn der Weg ist beschwerlich. Im Sommer führt er durch weite, mückenverseuchte Sümpfe, im Winter durch endlose Schneewüsten. Und doch kam eines Tages vor langer Zeit ein Fremder zu uns. Es war ein entflohener Sklave, am Hals trug er noch die bronzene Fessel seines Standes. Unsere Schmiede befreiten ihn davon. Wir gaben ihm Nahrung und Kleidung, und es heißt, dass sich sogar eines unserer Mädchen in den seltsamen Fremden verliebte. Er sprach wenig, nannte weder einen Namen noch eine Herkunft, doch drängten wir ihn auch nicht, denn es war offensichtlich, dass er eine grausame Zeit hinter sich hatte. Du musst wissen, dass die wenigen, die zu uns kommen, niemals zum Skroltor gehen. Es ist furchterregend in seiner Höhe, mit seinen schwarzen Steinen und der Zauberkraft, die in ihm wohnt und die jeder Mensch spüren kann. Der Fremde aber war ohne Furcht. Er bewunderte das Tor, lobte seine Bauart, vor allem aber bewunderte er Edhils Siegel.«

Merege starrte nachdenklich in die Flamme.

»Was ist das, Edhils Siegel?«, fragte Awin.

»Als Brond das Tor gefertigt hatte, musste es verschlossen werden. Daimonen, Alfholde und Alfskrols gebieten oft über große Kräfte, und selbst die riesigen steinernen Riegel, die das Tor verschließen, könnten sie nicht aufhalten. Auch sollte das Tor nicht für immer verschlossen sein. Edhil hat noch Pläne, auch mit den Geschöpfen seiner Albträume, doch verrät er sie uns nicht. Und deshalb schützt ein mächtiges Siegel dieses Tor, ein Siegel, das erst geöffnet wird, wenn das Ende unserer Zeit gekommen ist. Es hat die Form einer Sonne mit zwölf armlangen Strahlen, die die beiden Flügel verschlossen halten, und es gleicht nicht nur in der Form, sondern auch in der Hitze der Sonne. Kein Mensch kann sich ihm nähern, ohne dass es ihm die Haut vom Körper sengt, und niemand kann es berühren.«

Merege schwieg für einen Augenblick. Über Awins Rücken kroch ein Gefühl böser Vorahnungen. Er ahnte, was er gleich hören würde, aber das *konnte* nicht sein.

»Der Fremde jedoch fühlte sich angezogen von der Schönheit des Siegels. Eines Nachts, während eines fürchterlichen Schneesturms, tötete er den arglosen Wächter, schlich sich zum Siegel und brach einen der kunstvoll gefertigten Strahlen ab.«

Vor Awins Geist öffnete sich ein Abgrund.

Merege fuhr ungerührt fort. Ihre Stimme war kalt. »Wir wissen nicht, wie er es fertigbrachte, nicht gänzlich zu verbrennen, doch offensichtlich schaffte er es. Er entkam im Schneesturm. Wir glaubten all die vielen Jahrhunderte, er sei ertrunken, eingebrochen in einen der vielen zugefrorenen Seen, verhungert oder auf sonst eine Weise ums Leben gekommen. Doch seit heute – seit heute sehe ich eine andere Möglichkeit.«

Awin schüttelte den Kopf. Etys, der Erste Fürst aller Hakul, Etys, der zur Rechten Marekets über die immergrünen Weiden der nächsten Welt ritt – Etys sollte ein gemeiner Dieb sein? Das war nicht möglich!

»Seit jener Zeit«, fuhr Merege fort, »müssen nun vier Kariwa dort wachen, wo einst schon einer genügte. Die Daimonen spüren, dass das Siegel geschwächt ist, und sie kommen nun öfter, um zu prüfen, ob das Tor ihnen noch standhält. Die Wächter müssen dann all ihre Kraft aufbieten, um das Siegel zu stärken. Es sind schwere Zeiten für uns Kariwa, und sie dauern schon sehr lange.«

In Awin tobte ein Kampf widersprüchlichster Gefühle, schließlich sagte er: »Du solltest das nie einem anderen Hakul erzählen, Merege, keinem, dem du nicht wenigstens, so wie mir, das Leben gerettet hast. Es könnte sonst sein, dass er dich tötet.«

»Aber wie wir wissen, ist das nicht so einfach«, sagte eine Stimme aus dem Dunkel.

Awins Hand fuhr zum Sichelschwert. Ein Mann trat aus dem Schatten. Kleidung und Brustpanzer hingen in Fetzen, das graue Haar stand wirr in alle Richtungen, und sein Arm war blutverschmiert. Es war Curru.

»Meister Curru!«, rief Awin und sprang auf.

»Ihr seid unvorsichtig, dieses Feuer leuchtet weit über die Felsen.«

»Wie lange hast du uns belauscht, alter Mann?«, fragte Merege kalt.

»Gar nicht, Kariwa, denn ich komme um vor Durst und hoffe, dass ihr etwas für uns habt.«

Awin konnte immer noch nicht glauben, dass sein Ziehvater die Schlacht überlebt hatte. Dann erfasste er, was Curru gesagt hatte. »Uns?«, fragte er.

»Habt ihr nun Wasser? Der Yaman ist bei mir.«

»Nein, nein, keinen Tropfen, Meister«, stotterte Awin aufgeregt. »Aber der Yaman, er hat überlebt? Wo ist er?«

Curru drehte sich um und rief in die dunklen Schatten hinein: »Yaman Eri, du kannst kommen. Es ist sicher. Aber Wasser haben sie auch keines.«

Eri sah nicht viel besser aus als Curru. Sein Umhang war fort, seine Kleidung zerrissen. Er hatte seinen Helm noch, aber die Kriegsmaske hatte er verloren. Eine dicke Schwellung im Gesicht zeugte davon, dass sie vermutlich Schlimmeres verhindert hatte. Er kam aus den Schatten, nickte den beiden am Feuer knapp zu und setzte sich wortlos auf einen Stein. Merege betrachtete ihn mit einem Stirnrunzeln. Eri bemerkte es, er sah sie mit brennendem Blick an, dann sagte er: »Ich habe meinen Schwur nicht vergessen, Kariwa, du kannst also unbesorgt sein.«

Merege lächelte ein sehr feines Lächeln, bevor sie erwiderte: »Ich habe keinen Schwur geleistet, Hakul, doch entspricht es nicht meiner Art, mich an Kindern zu vergreifen. Also kannst auch du unbesorgt sein.«

Eri sprang auf, und seine Hand fuhr zum Dolch, doch Curru fiel ihm in den Arm und nötigte ihn, sich wieder zu setzen. Die Blicke der beiden verhießen jedoch nichts Gutes. Tausend Fragen schossen Awin in den Sinn. Er fing mit der wichtigsten an: »Sind noch mehr von uns entkommen?«

Curru schüttelte den Kopf. »Ich hielt bis eben Eri und mich für die Einzigen. Ich sah dich stürzen, Awin, mitten in der Ebene, und viele Streitwagen waren zwischen dir und mir. Wie hast du es geschafft, ihnen zu entgehen?«

»Merege hat mich gerettet. Sonst wäre ich nicht hier«, antwortete Awin knapp.

Curru setzte sich vorsichtig hin und hielt dabei ein Stück Stoff an sein Bein gepresst. Es war blutgetränkt. Er bedachte sie beide mit misstrauischen Blicken. »Ich frage mich, wie sie das wohl geschafft haben mag.« Da aber weder Awin noch Merege diese Frage beantworteten, fuhr er fort. »Was mich betrifft, so hatte ich schon mit meinem Leben abgeschlossen. Meine Pfeile hatte ich verbraucht, die Sgerlanze war an der Rüstung eines Akkesch zerbrochen, und mein kurzes Sichelschwert war nutzlos gegen ihre Wagen, Speere und Bögen. Es wäre ein guter Tod gewesen inmitten dieser Schlacht. Dann sah ich dich stürzen, Awin, und ich erinnerte mich an das, was Yaman Aryak dir aufgetragen hatte. Wenn du aber tot warst, wer sollte dann die Suche nach dem Heolin fortsetzen? Ich blickte mich um. Ich hatte Tuwin sterben sehen, Bale und auch Aryak. Auch Harbod war längst gefallen und seine Klanbrüder mit ihm. Ich glaubte, ich sei der Einzige, der noch übrig war. Also durfte ich nicht sterben! Der Sturm war so gnädig, die meisten Pfeile, die die verfluchten Akkesch nach mir schossen, abzulenken. Dennoch war mein Pferd verwundet, und ich wusste, dass ich ihren Streitwagen in der Ebene nicht entkommen konnte. Mewe hat das versucht, doch weit kann er nicht gekommen sein, denn diese Wagen sind schnell, und er und sein Pferd waren schon verletzt, als ich ihn zuletzt sah. Ich versuchte mein Glück also an den Felsen, denn ich hatte bemerkt, dass die Akkesch ihre Wagen nicht dorthin lenkten. So war es auch, sie hielten Abstand, aber ihre Bogenschützen hatten noch viele Pfeile in ihren Köchern, und sie deckten mich mit einem Hagel ihrer Geschosse ein. Da tat sich zu meiner Rechten plötzlich ein schmaler Spalt in den Felsen auf. Ich lenkte mein Pferd hinein und traf zu meiner Überraschung dort auf Eri, unseren neuen Yaman, und ich erkannte, dass Tengwil uns beide am Leben lassen wollte.«

»Ist es nicht ein wenig zu früh, Eri zum Yaman zu erklären?«, platzte es aus Awin heraus.

Eri schwieg, aber sein Blick war finster. Curru schüttelte missbilligend den Kopf: »Mein Freund Aryak ist tot, ich habe es gesehen. Also ist sein einziger Sohn nun Yaman.«

»Nur wenn die Versammlung der Männer ihn bestätigt!«, widersprach Awin.

»Sie kann nicht anders, denn es gibt keinen Bewerber mit ähnlich berechtigten Ansprüchen!«, rief Curru aufgebracht.

»Dennoch muss er bestätigt werden, bevor er auf den Schild gehoben wird!«

»Willst du ihm etwa seinen Rang streitig machen, Awin, Kawets Sohn?«

Awin war aufgesprungen, aber dann winkte er ab und setzte sich wieder: »Nein, Curru, das will ich nicht. Er soll ruhig Yaman des Klans der Schwarzen Berge werden. Ich muss die Sippe ohnehin verlassen, jetzt, da ich Seher bin.«

»Bist du das? Ich kann mich nicht erinnern, dass ich dich geweiht hätte!«

»Dein Gedächtnis ist schlecht, Curru, aber ich weiß, was ich getan habe.«

»Lass ihn, Curru«, sagte Eri mit viel Bitterkeit in der Stimme. »Mein Klan hat so viele Männer verloren, dass es auf ihn auch nicht mehr ankommt.«

»Das bringt mich zu der Frage, wie du eigentlich entkommen bist, Eri, Aryaks Sohn«, entgegnete Awin wütend. Mit welcher Selbstverständlichkeit Eri von *seinem* Klan gesprochen hatte!

Eri sah ihn böse an, dann sagte er: »Diese Schlacht stand unter keinem guten Zeichen für mich, mein Schwert hat diese Hexe ja zerbrochen, und auch die Sehne meines Bogens war zerrissen, wie du weißt.«

Awin stutzte. Von einer zerrissenen Bogensehne hatte er nichts gewusst. Aber dann fiel es ihm wieder ein. Auf seiner Reise hatte er Eri am Fluss sitzen sehen, den Bogen auf den

Knien und die Sehne entzwei. Er bekam so eine Ahnung, dass Merege auch daran nicht unbeteiligt war.

Eri fuhr fort: »Ich hatte den Bogen Ebus genommen, meines Bruders, doch konnte ich nur wenige Pfeile abschießen, denn die Axt eines ihrer Streitwagenfahrer zerbrach ihn mir in den Händen. So hatte ich nur meinen Speer, der jedoch bald darauf im Leib eines Akkesch stecken blieb. Der Mann mag ihn behalten, denn diese Waffe wird vermutlich das Letzte gewesen sein, was er in diesem Leben bekommen hat. Nun hatte ich nur noch meinen Dolch und wenig Aussicht, seinen Blutdurst zu stillen, doch hätte ich sicher weitergekämpft, wenn ich nicht gesehen hätte, wie mein Vater fiel. Es sind dunkle Zeiten für die meinen und schlimme auch für den Klan. Der Yaman ist tot, wie schon meine Brüder Ebu und Ech, die die nächsten Anwärter gewesen wären. Sollte ich den Klan denn ohne Führung lassen? Ich beschloss also, zu überleben. Wie schon Curru kam ich auf den Gedanken, mich unter den Felsen zu halten, wo ihre Streitwagen nicht hinkönnen. Doch war es weit bis dorthin. Auf dem Weg traf mich ein Wurfspeer im Gesicht, und ich stürzte vom Pferd. Ohne die Kriegsmaske wäre ich vielleicht … Nun, die Akkesch hielten mich wohl für tot und beachteten mich nicht mehr, und so entkam ich in diesen Spalt. Doch waren die Wände steile und ohne Curru und sein Pferd hätte ich von dort nicht entkommen können.«

»Wurdet ihr verfolgt?«, fragte Merege kühl.

»Ich glaube nicht, wir lagen eine Weile dort auf einem hohen Felsen und haben sie beobachtet«, meinte Curru. »Dieser verfluchte Strydh-Priester hat sich nach der Schlacht mit Horket getroffen, während seine Männer noch damit beschäftigt waren, die Toten zusammenzutragen. Es war ein guter Kampf, wir haben viel mehr von ihnen getötet als sie von uns.«

»Gut?«, fuhr Awin auf. »Unser Yaman ist tot, unsere Brüder

ebenfalls. Wer soll sie ersetzen? Glaubst du, die Akkesch merken überhaupt, wenn zehn oder zwanzig der Krieger in ihren Reihen fehlen. Sie haben hunderte Krieger, und wir … wir sind nur noch zu dritt.«

»Vergiss nicht Tuge und seine Männer«, widersprach Eri.

Awin sah ihn fassungslos an. Vor etwas über zwei Wochen waren sie einundzwanzig Krieger im Klan gewesen. Jetzt waren sie noch acht – wenn Tuge, seine Begleiter und der junge Mabak überhaupt noch lebten. Es hätte nicht viel gefehlt, und Awin hätte sich auf Eri gestürzt, einfach, um ihm Verstand einzuprügeln – aber er tat es natürlich doch nicht. Er schüttelte den Kopf und schwieg. Die meisten seiner Klanbrüder waren tot – er fühlte sich entsetzlich.

»Es mag sein, dass unsere Feinde irgendwann bemerken, dass sie uns nicht alle erwischt haben«, meinte Curru nachdenklich. »Vielleicht sollten wir dieses Feuer besser löschen, denn wir haben seinen Schein schon von weitem gesehen.«

»Ich denke, wir müssen es weiter unterhalten«, widersprach Awin mit unterdrückter Wut. »Es gibt Löwen in diesen Felsen, und mit unseren Schwertern und Dolchen werden wir wenig gegen sie ausrichten.«

»Dann lass es uns als Glut unterhalten, mein Junge. Wenn diese Raubtiere hier erscheinen, lässt sich die Flamme dann sicher rasch genug schüren. Und es ist besser, uns finden die Löwen vielleicht als die Akkesch sicher.«

Widerstrebend gab Awin nach.

»Wir sollten abwechselnd wachen und so viel schlafen wie möglich«, meinte der alte Seher dann, »denn wir haben einen weiten Weg vor uns, wenn wir den Fremden verfolgen wollen.«

»Den Fremden? Zu Fuß?«, fragte Awin verblüfft.

»Nun, war das nicht der Auftrag, den dir Yaman Aryak gegeben hat, mein Junge?«

»Das war er ganz sicher nicht, Curru. Der Yaman wollte, dass ich nach dem Heolin suche, und ich denke, den finden wir in Uos Mund!«, erwiderte Awin wütend.

»Mach dich nicht lächerlich, Awin. Wenn er wirklich dort im Sand verschwunden ist, werden wir ihn nie finden. Wir müssen dem Fremden nach.«

»Ich sage, dass wir machen, was Curru sagt«, mischte sich Eri ein.

»Danke, mein Junge«, sagte Curru mit einem gönnerhaften Lächeln.

»Ihr könnt tun, was ihr wollt, ich werde den Lichtstein in Uos Mund suchen!«, verkündete Awin bestimmt.

»Du bist wirklich eine Last, Awin, Kawets Sohn. Nie bist du bereit, Leitung und Führung eines klügeren und erfahreneren Mannes anzunehmen.«

»Du meinst – von Eri?«, fragte Awin bissig.

»Du solltest deinem Yaman mit mehr Achtung begegnen, Awin!«, zischte Eri.

»Das werde ich, sobald unser Klan wieder einen Yaman hat!«, erwiderte Awin wütend.

»So beruhigt euch doch, ihr Männer«, rief Curru. »Ich glaube, bevor wir uns Gedanken über unseren weiteren Weg machen, sollten wir zunächst versuchen, Wasser zu bekommen. Wenn wir morgen früh zeitig aufbrechen, könnten wir morgen Nachmittag wieder das Dorf erreichen, in dem wir gestern die Pferde tränkten.«

»Ich bin sicher, sie werden uns mit offenen Armen empfangen«, spottete Awin.

»Es sind Feiglinge, sie haben sich gestern nicht gewehrt, sie werden sich morgen nicht wehren«, meinte Eri. »Und wenn doch, werden wir sie eben töten.«

»Gestern waren wir viele, jetzt ... Nein, Eri, dort werden wir kein Wasser bekommen.«

»Ich bin sicher, du hast einen besseren Vorschlag«, giftete Eri.

»Ich nicht«, erwiderte Awin bissig, »aber die Kariwa.«

Alle Blicke wandten sich dem Mädchen zu. Merege zuckte nur mit den Achseln und meinte: »Die Löwen. Auch sie müssen trinken.«

Awin sah Curru an, dass er gerne widersprochen hätte, doch er konnte es nicht.

»Das heißt, wir müssen die Löwen nicht meiden – sondern suchen?«, fragte Eri verdutzt.

»So ist es, junger Hakul«, antwortete Merege ruhig.

»Dann sollten wir aufhören, uns zu streiten«, meinte Eri ruhig, »denn sonst verscheuchen wir sie noch.«

Awin schwieg überrascht. Das war das Klügste, was er je aus dem Munde des Knaben gehört hatte.

»Ich habe Zweifel, dass wir diese Quelle finden werden«, brummte Curru.

»Wir werden sie finden«, erklärte Awin ruhig, »denn ich habe sie gesehen.« Er hatte es fast vergessen, wie so viele Bilder, die er auf seiner Reise gesehen hatte. Sie waren verblasst, und er hätte sie nicht beschreiben können, wenn er noch einmal von seinen Erlebnissen jener Nacht berichten hätte sollen. Aber plötzlich, ohne sein Zutun, war dieses Bild wieder aufgetaucht: Die Löwen an dem Teich zwischen den Felsen. Und da war noch etwas gewesen – ein Knabe, vielleicht zehn Jahre alt, der Wasser schöpfte, während die Raubkatzen sich zum Sprung duckten. Darüber sagte er jedoch nichts. Etwas an diesem Bild schien ihm beunruhigend falsch zu sein.

Auch diese Nacht war kurz. Awin hatte gehofft, er könne im Traum auf Reisen gehen, vielleicht sogar Senis treffen, aber er schlief tief und traumlos und konnte nicht glauben, dass es schon dämmerte, als Curru ihn weckte. Als sie aufbrachen, hörten sie das heisere Brüllen eines Löwen. Es schien gar nicht so weit entfernt zu sein. Eri hatte die Wache für die ganze Nacht übernommen, wenigstens behauptete er das. »Ich war am Rand der Felsen. Ich sah einige Streitwagen, die noch in der Nacht Richtung Serkesch fuhren, doch waren es bestimmt nicht alle. Es ist also doch möglich, dass sie uns Männer hinterhergeschickt haben.«

»Wenn du an dieser Felskante warst, junger Hakul«, fragte Merege, »wie hast du dann gleichzeitig hier Wache gehalten?«

»Es ist nicht weit«, zischte Eri.

Awin grinste dünn. Der Knabe hatte seinem Vater ja schwören müssen, dass er der Kariwa kein Haar krümmen würde. Er war sich sicher, dass Eri diesen Schwur gerade bedauerte. Jetzt drängte der Yamanssohn zum Aufbruch und übernahm wie selbstverständlich die Führung. Curru folgte ihm hinkend und rief ihm ständig wohlmeinende Ratschläge zu. Mal schlug er andere Wege vor, mal riet er dazu, die Kräfte zu schonen, falls es zum Kampf käme. Eri schien weder das eine noch das andere zu hören. Er kletterte voran, ohne Rücksicht darauf, ob die anderen ihm folgen konnten oder nicht. Awin widerstand der Versuchung, es Eri gleichzutun. Er fühlte sich in der Gegenwart seines ehemaligen Meisters unwohl. Er hatte die Sache mit den Rabenbeeren immer noch nicht klären können und wollte es auch jetzt nicht tun. Es war eine Seherangelegenheit, und er wollte sie nicht in Mereges Gegenwart besprechen.

»Dein Yaman versteht es, einen Sger zu führen«, stichelte Awin, als sie Eri gänzlich aus den Augen verloren hatten.

»Er ist *unser* Yaman, junger Freund, und ich bin froh, dass er für uns den besten Weg erkundet«, antwortete Curru keuchend. Er hatte sich an die Wand gelehnt, sein Gesicht war schmerzverzerrt, und er hielt die Hand auf sein Bein gepresst.

»Du bist verwundet«, stellte Merege nüchtern fest.

»Wie klug du bist, Kariwa«, spottete der alte Seher. »Es ist aber nur eine Fleischwunde.«

»Aber der Verband dort ist blutig, und es scheint frisches Blut auszutreten«, stellte Awin besorgt fest.

»Deine Fürsorge rührt mich, mein Junge«, erwiderte Curru grimmig.

»Wir sollten nachsehen«, meinte Awin.

»Wozu? Keiner von uns versteht sich auf das Heilen, nicht einmal diese Hexe.«

Aber Awin ließ nicht locker. Als sie den Verband, einen schmutzigen Streifen Stoff, abnahmen, sah er, dass Curru ein kurzes Stück eines Pfeilschaftes aus dem Bein ragte. »Fleischwunde?«, fragte er trocken.

»Säße er im Knochen, könnte ich nicht mehr laufen«, meinte Curru.

»Er kann dort aber nicht bleiben«, erwiderte Awin.

Der Pfeil saß nicht sehr tief. Awin konnte sogar die flache Pfeilspitze unter der Haut erahnen.

»Wenn du ihn herausziehst, reißen mir die Widerhaken das Fleisch vom Bein, und dann werde ich sicher verbluten. Aber vielleicht ist es ja das, was du willst, mein Junge. Dann wärst du deinen alten Lehrmeister endlich los, und der Klan hätte nur noch einen Seher.«

Awin kochte innerlich vor Wut. »Ich habe nicht versucht, einen anderen Seher zu vergiften«, rief er.

»Vergiften? Was redest du da, mein Junge?«

Jetzt war es Awin gleich, dass Merege zuhörte. Er konnte es nicht länger aufschieben: »Die Rabenbeeren. Vier hast du mir gegeben und selbst nur zwei genommen!«

Curru sah ihn mit großen Augen an. »Aber, mein Junge, was redest du da? Was unterstellst du mir? Ich gab dir vier, weil ich wusste, dass es dir schwerfallen würde, diese Prüfung zu bestehen, ja, die Reise überhaupt anzutreten! Deshalb habe ich mich notgedrungen mit nur zweien begnügt. Glaubtest du etwa, ich wollte dich vergiften? Und dann, als alle dich feierten, weil du so viel gesehen hattest, viel mehr als ich, habe ich da etwas gesagt? Habe ich deinen Ruhm geschmälert, indem ich sagte, staunt nicht, ihr Krieger, denn ich gab ihm die Mittel, die uns sehen lassen, und habe selbst verzichtet? Nein, ich ließ dir die Anerkennung, und ich war stolz, denn immerhin hast du deine Kunst von mir erlernt, auch wenn du sie noch lange nicht so gut beherrschst, wie du denkst, Awin. Und wie blind du bist, das hast du mit deinem Vorwurf gerade bewiesen!«

Awin war sprachlos. Entweder log ihn der Alte aufs Unverschämteste an, oder er hatte ihm wirklich Unrecht getan. Er wusste es nicht. Er bekam Kopfschmerzen, aber das führte er auf den tückisch sanften Skefer zurück.

»Die Spitze ist nicht groß. Wir können diesen Pfeil vielleicht nicht herausziehen, aber wir können ihn hindurchstoßen«, sagte Merege plötzlich.

»Wie?«, fragten Curru und Awin wie aus einem Mund.

»So!«, erwiderte Merege, legte ihre schlanken Finger auf das Stückchen Holz, das noch aus der Wunde ragte, und stieß zu.

Curru schrie laut auf und taumelte zur Seite. Er wäre gestürzt, wenn Awin ihn nicht aufgefangen hätte. »Wollt ihr mich jetzt vielleicht beide umbringen, du und diese verdammte Hexe?«, fluchte er laut.

Awin starrte auf Currus Bein. Die Pfeilspitze stand vollständig heraus.

»Falls ich dich töten wollte, alter Mann«, erklärte Merege trocken, »hätte ich wohl jämmerlich versagt.«

Curru starrte auf sein Bein, murmelte einen Fluch, griff die Spitze und zog sie mit einem Ruck und einem Schrei ganz heraus. Es blutete stark. Awin erneuerte den Verband mit einem Stück Stoff, das er aus seinem Umhang herausriss.

»Seltsam, dass so ein kleines Stück Erz so viel Schmerz verursachen kann«, meinte Merege, als die kleine Spitze auf dem Boden klirrte.

»Du solltest ruhen, Curru, gib der Wunde Zeit, sich zu schließen«, riet Awin.

Curru nickte schwach, setzte sich stöhnend und erwiderte: »Aber nicht lange, denn wenn wir nicht bald Wasser finden, brauche ich mir um diese Verletzung keine Sorgen mehr zu machen.« Dann streckte er sich aus und schloss die Augen.

»Er ist zäh«, sagte Awin, als sie sich ein Stück von ihm entfernt hatten, um ihm Ruhe zu gönnen.

»Dennoch wird er mit dieser Wunde nicht sehr schnell vorankommen«, erwiderte Merege kühl.

»Wir werden ihn auf keinen Fall zurücklassen«, stellte Awin klar.

»Es ist Art der Hakul, nicht der Kariwa, Verwundete im Stich zu lassen«, entgegnete Merege trocken. »Im Augenblick sieht es allerdings so aus, als habe euer Yaman uns alle drei zurückgelassen.«

»Er wird schon wiederkommen. Vielleicht sogar mit Wasser«, meinte Awin.

Merege zuckte mit den Schultern.

»Wenigstens erkundet er mögliche Wege, das kann nicht schaden«, fügte Awin hinzu. Ihr Gleichmut war für ihn schwer zu durchschauen und manchmal noch schwerer zu ertragen. Er war sich nie darüber im Klaren, was in ihr vorging, hatte keine Ahnung, was sie vorhatte und plante. Ob Senis gewusst hatte, dass sie dem Lichtstein hinterherjagten, als sie ihrer Ahntochter befahl, den Sger zu begleiten? Sie hatte nichts darüber gesagt.

Und Merege war ihnen nur unwillig gefolgt. Da hatte sie allerdings auch noch nicht gewusst, was sie suchten. Aber Senis? War es möglich, dass sie Merege mit einer ganz bestimmten Absicht gesandt hatte? »Ich hoffe, dir ist klar, dass wir dir den Heolin nicht überlassen können«, brach es plötzlich aus ihm heraus.

Die Kariwa sah ihn nachdenklich an. Ihre hellblauen Augen wurden wieder etwas schmaler.

»Du weißt, dass er uns gestohlen wurde, lange bevor der Fremde ihn euch raubte.«

»Er schützt uns Hakul schon viele hundert Jahre, und ganz offensichtlich kommt dein Volk auch ohne dieses Stückchen von diesem Siegel aus!«

»Das Skroltor bleibt nur geschlossen, weil mein Volk sich opfert, um das Siegel zu bewahren. Werden wir überwunden, werden die Daimonen diese Welt überrennen – auch die Hakul.«

»Dafür schulden wir euch Dank, aber wir werden dir nicht den Heolin geben, Kariwa!«

Merege warf ihm einen sehr kalten Blick zu, dann sagte sie: »Ich denke, wir sollten ihn erst einmal haben, bevor wir darüber streiten, wer ihn bekommt.«

»Wer wen bekommt?«, fragte eine helle Stimme.

Awin blickte auf. Auf einem Felsen über ihnen hockte Eri. Die Schwellung in seinem Gesicht hatte sich verfärbt, aber seine Augen strahlten unternehmungslustig.

»Nicht so wichtig«, meinte Awin lahm. »Hast du Wasser gefunden?«

Eri schüttelte den Kopf. »Nicht einmal eine Spur. Ich sah ein paar Geier kreisen, aber ich glaube, das hilft uns nicht, oder?«

Awin überlegte. Der Knabe hatte Recht, es half nichts.

»Wo ist unser Seher?«, fragte Eri.

»Curru ist dort drüben. Er muss sich ausruhen. Er ist zwar

den Pfeil losgeworden, aber die Wunde blutet wieder«, antwortete Awin.

»Wenn er es nicht schafft, werden wir ihn zurücklassen müssen«, meinte Eri ruhig.

»Gebietest du über so viele Krieger, dass du so leicht auf ihn verzichten kannst, Eri?«, fragte Awin kopfschüttelnd.

Der Junge warf ihm einen giftigen Blick zu. »Er ist ein Hakul, er weiß, dass er den Sger nicht aufhalten darf.«

»Sger?«, fragte Awin. »Du nennst uns vier einen Sger?«

»Uns drei«, berichtigte ihn Eri, drehte sich um und verschwand.

»Nyet soll sich diesen Knaben holen und ihn weit, weit forttragen«, fluchte Awin.

»Awin!«, rief eine heisere Stimme. Es war Curru.

Er stand, zwar an den Felsen gelehnt und mit schmerzverzerrtem Gesicht, aber er war wieder auf den Beinen. Eri war bei ihm.

»Was gibt es, Meister Curru?«

Curru grinste schwach, und Awin verfluchte sich, weil er sich doch fest vorgenommen hatte, ihn nicht mehr Meister zu nennen.

»Mein Junge, du hast vorhin gesagt – und auch schon bei Serkesch, wenn ich mich richtig erinnere –, dass du sie gesehen hast, die Wasserstelle mit den Löwen.« Und als Awin nickte, fuhr er fort: »Du musst dich erinnern. An irgendetwas, das uns hilft, sie zu finden. Wir irren sonst noch Tage hier umher.«

»Wenn du das überhaupt kannst, Kawets Sohn«, fügte Eri in einer Mischung aus Zweifel und Herablassung hinzu.

Awin beschloss, diese Bemerkung zu überhören. Curru hatte Recht. Der Glutrücken war ein Gewirr von Felsen, Spalten, steilen Hängen und schmalen Tälern. Mit etwas Pech konnten sie den Teich um einige Dutzend Schritte verfehlen und würden es nicht einmal merken. Awin versuchte, die Erinnerung heraufzubeschwören. Die Löwen, zum Sprung geduckt; der Junge, der Wasser schöpfte. Da war eine glatte Felswand im Hintergrund, die hatte er bisher nicht beachtet. Grobe Bilder waren in die Wand gemeißelt. »Ein behauener Felsen, glatt, mit Zeichen«, sagte Awin langsam.

»Weiter«, befahl Curru streng.

Awin schloss die Augen, nichts sollte dieses Bild stören. Der Teich. Die Löwen, die sich duckten. Die Bedrohung, die in der Luft lag. Etwas spiegelte sich im Wasser, verzerrt durch den Wellenschlag, als der Junge Wasser schöpfte. Es war ein seltsam geformter Felsen, fast wie eine doppelte Säule, schlank und hoch. Die Spitze. Etwas Schwarzes thronte auf einer der beiden Spitzen. Awin holte tief Luft. »Eine doppelte Felsnadel«, sagte er langsam. »Auf der einen ruht ein großes Nest, vielleicht Bussarde oder Geier.«

Eri staunte ihn mit offenem Mund an. »Ein Nest? Ich sah ein Nest, gar nicht weit von hier. Auf einer Felsnadel, wie du es sagtest!«

»Es erstaunt mich immer wieder, wie wenig du doch siehst, mein Junge«, meinte Curru. »Ohne meine Hilfe hättest du all das gar nicht wahrgenommen.«

Awin unterdrückte eine bissige Bemerkung. Er hielt es für zwecklos, sich mit dem Alten zu streiten.

»Folgt mir«, rief Eri und fügte hinzu: »Kariwa, du kannst den Seher stützen, dann kommen wir schneller voran.«

»Euer *Seher* scheint mir ganz gut zu Fuß zu sein, Eri, aber wenn du den alten Curru meinst, dann schlage ich vor, dass du ihm selbst hilfst«, entgegnete Merege gelassen, »oder hast du vergessen, dass ich nicht zu deinem Sger gehöre?« Und mit diesen Worten kletterte sie an Eri vorbei den nächsten Felsen empor, ohne ihn eines weiteren Blickes zu würdigen.

Eri griff nach dem Dolch am Gürtel, aber Awin legte ihm die Hand auf die Schulter. »Sie kann mehr als nur Schwerter zerbrechen, Eri, glaube mir.«

»Dann hilf du Curru, Awin. Er ist immerhin dein Ziehvater.«

Awin lag eine Antwort auf der Zunge, die der von Merege geähnelt hätte, aber Eri hatte natürlich Recht. Curru war sein Ziehvater, auch wenn nicht viel Liebe zwischen ihnen bestand. Hätte der Yamanssohn es ihm befohlen, hätte er abgelehnt, aber so... *Er lernt schnell*, dachte Awin und musste sich eingestehen, dass er dem Jungen so viel Klugheit nicht zugetraut hätte. Dann fiel ihm wieder ein, dass dieser Knabe ihn noch gestern an seiner statt hatte opfern wollen. Das würde er nicht mehr vergessen. Eri stapfte bald an Merege vorbei und übernahm wieder die Führung. Zu Awins Erleichterung war Currus Verletzung weniger schlimm, als er dachte. Er war außerdem stolz und lehnte Awins Hilfe ab, außer, wenn es ans Klettern ging, und das war nicht oft der Fall. Etwa eine halbe Stunde später sah Awin den Geierhorst auf der Felsnadel vor sich.

»Ist er das?«, fragte Eri aufgeregt. »Ist es der, den du gesehen hast?«

Awin runzelte die Stirn. Er hatte ihn nur gespiegelt gesehen, im Teich. Aber ja, er musste es einfach sein. Er nickte. Als Eri daraufhin losstürmen wollte, hielt Awin ihn am Arm. »Langsam, Eri, wenn das Bild mich nicht täuschte, dann sind die Löwen auch dort und...« Awin stockte.

Curru lehnte sich stöhnend an die Wand. »Was noch, Junge? Was hast du uns bisher verschwiegen?«

Er weiß, dass ich etwas verschweige? Awin hätte eigentlich nicht überrascht sein dürfen. Currus Vorhersagen in letzter Zeit waren zwar meist, nein, eigentlich sogar immer falsch gewesen – aber das hieß nicht, dass er ihm so leicht etwas vormachen konnte. Er seufzte. »Ich sah einen Knaben dort am Wasser, vielleicht zehn Jahre alt.«

Eri runzelte die Stirn. »Menschen, hier? Bis du sicher? Oder ist das so ein Seherhirngespinst?«

»Ein Knabe am Wasser«, murmelte Curru nachdenklich. »Was hat er dort gemacht?«

»Er schöpfte Wasser.«

»Reichtum«, erklärte Curru. »Wäre es ein Traum, würde ich sagen, der Knabe steht für Reichtum.«

»Aber es war kein Traum«, erwiderte Awin.

»Für mich steht dieser Teich einfach für Wasser, und ich habe Durst«, erklärte Eri ungeduldig.

»Dennoch müssen wir aufpassen, mein Junge«, meinte Curru. »Denk an die Löwen.«

»Ich fürchte sie nicht«, erklärte Eri und legte die Hand selbstbewusst auf den Dolch.

Awin hörte nicht mehr zu, er musste nachdenken. Je länger er dieses Bild in seinem Kopf betrachtete, drehte und wendete, desto stärker fühlte er die Bedrohung. Waren das nur die Löwen?

»Vielleicht ist es unsere Aufgabe, diesen Jungen zu retten«, sagte Merege plötzlich, und Awin, der für einen Augenblick das Gefühl hatte, der Lösung zum Greifen nah zu sein, spürte, wie sie ihm wieder entglitt.

»Natürlich«, rief Eri, »wir retten ihn, und zum Dank überhäuft er uns mit Schätzen.«

Curru lachte leise. »Mein Junge, im Augenblick würde ich all meine Waffen für einen guten Schluck frischen Wassers hergeben. Also lasst uns nicht länger verweilen, es kann doch nicht mehr weit sein. Und wenn da Löwen sind – nun, dann können wir es nicht ändern.«

Sie blieben dicht zusammen. Selbst Eri schien sich jetzt Gedanken über die beiden Raubkatzen zu machen. Nach wenigen Schritten stießen sie auf einen Einschnitt in den Felsen. Ein Windhauch wehte hindurch. Er schmeckte nach Feuchtigkeit. Sie beschlossen, diesem Spalt zu folgen, und erlebten eine Überraschung – Stufen. Sie waren alt, verwittert, aber ohne Zweifel von Menschenhand in den roten Stein gehauen. Sie führten steil nach unten. Sie nahmen es als gutes Zeichen, denn wenn es hier Wasser gab, dann sicher nicht oben auf den Felsen, sondern in irgendeinem tiefer gelegenen Tal – so wie es Awin beschrieben hatte. Awin ging das Gesehene noch einmal durch. Kam die Bedrohung von den Zeichen im Fels? Er versuchte, sie sich in Erinnerung zu rufen. Es waren grob gehauene Bilder von Menschen und Tieren. Alt und verwittert. Aber irgendetwas lauerte in den Schatten. In seiner Erinnerung warf die Sonne harte Schatten in den kleinen Talkessel. Sie musste fast senkrecht stehen so wie jetzt auch. Aber sosehr er sich auch bemühte, er konnte die Schatten nicht durchdringen. Ein Gefühl der Beklemmung bemächtigte sich seiner. Er schob das zunächst auf die beengenden Felsen, aber dann wurde ihm mit jedem Schritt, den sie sich vorantasteten, klarer, dass sie sich einer tödlichen Gefahr näherten, einer Bedrohung, die nichts mit Löwen zu tun hatte.

Die Löwenpforte

SKEFER ZOG LEISE durch die Felsen. Awin verfluchte ihn, denn der Peiniger ließ seinen Kopf schmerzen und das Denken mühsam werden. Dann drang ein Geräusch an seine Ohren. Es war das leise Plätschern von Wasser. Sie schlichen vorsichtig weiter, bis sie am Ende des Spalts einen mächtigen umgestürzten Baumstamm erreichten. Awin fragte sich, vor wie langer Zeit dieser Baum wohl umgefallen sein mochte. Er berührte ihn. Er fühlte sich nicht wie Holz an, sondern wie Stein. Sie spähten über den versteinerten Baum hinweg in einen kleinen Talkessel. Dort ragte die behauene Wand in den glühenden Himmel, davor lag der Teich. In der wirklichen Welt wirkte er kleiner als im Traum.

Etliche niedrige Bäume und Büsche wuchsen an seinem Ufer, und zwischen diesen Büschen kniete der Knabe und schöpfte Wasser, genau, wie Awin es gesehen hatte. Er war höchstens zehn, hatte dichtes schwarzes Haar und war mit einem kurzen grauen Lendenschurz bekleidet. Er schöpfte Wasser, beobachtete die Wellen, die dabei entstanden – und dann goss er das Wasser wieder aus und betrachtete die neuen Wellen. Er schien völlig gefangen von diesem Spiel und beachtete die beiden Löwen nicht, die sich am anderen Ufer des Teiches duckten. Es waren zwei junge Männchen. Sie würden nicht mehr als zwei Sprünge brauchen, um den Jungen zu erreichen. Awin sah ihre Schwänze durch die Luft peitschen. Sie waren unruhig und ließen den Knaben nicht aus den Augen. Eri griff nach seinem Dolch. Awin legte ihm die Hand auf die Schulter und schüttelte den Kopf. Jede unbedachte Bewegung konnte hier etwas Verhängnisvolles auslösen. Die beiden Raubkatzen blieben geduckt auf der anderen Seite des Teiches, sahen zu, wie der Junge Wasser schöpfte, den Krug langsam ausleerte und wieder füllte. Er lächelte. Dann stellte er den Tonkrug unvermittelt zur Seite, sprang auf, wandte sich ab und lief davon. Die Löwen fauchten. Der Knabe drehte sich nicht um.

Verblüfft blickten ihm die vier Beobachter hinterher. Er lief auf die Felswand zu. Gab es dort einen Eingang? Der Schlagschatten machte es schwer, Genaueres zu erkennen. Dann verschwand der Junge in der Wand. Einer der Löwen brüllte, und Awin fragte sich, ob es vor Enttäuschung war, weil ihnen die leichte Beute entgangen war. Eine Weile starrten die Löwen dem verschwundenen Jungen noch hinterher, dann schlichen sie vorsichtig zum Teich und begannen zu saufen. Awin dankte Skefer, dass er aus der richtigen Richtung wehte, denn die beiden Raubkatzen bemerkten sie nicht. Sie stillten ihren Durst, unruhig und immer wieder in die Schatten spähend. Dann jagten sie plötzlich davon. Sie erkletterten einen Felsen, sprangen mit weiten Sätzen auf den nächsten und entzogen sich schließlich jenseits einer Kante ihren Blicken. Awin und die anderen blieben sitzen. Jeder von ihnen wurde vom Durst gequält, aber sie alle spürten, dass hier etwas nicht stimmte.

»Er hat sie nicht einmal beachtet«, murmelte Curru.

»Warum haben sie ihn nicht angegriffen?«, flüsterte Eri.

»Es sah nicht so aus, als ob er Angst vor ihnen gehabt hätte«, meinte Merege stirnrunzelnd.

Awin nickte. Jetzt endlich verstand er, was ihn an diesem Bild so gestört hatte: »Eigentlich«, sagte er langsam, »sah es doch vielmehr so aus, als ob die Löwen Angst vor ihm gehabt hätten.«

»Löwen? Vor diesem Kind?«, fragte Eri zweifelnd.

»Es war seltsam«, gab Curru zögernd zu.

Und Merege sagte: »Awin hat Recht. Sie haben nicht gewagt zu trinken, solange er am Wasser war. Und sie hatten es eilig, von hier zu verschwinden.«

»Aber sie sind fort, oder?«, fragte Eri. »Denn ich komme um vor Durst und werde keine Sekunde mehr hier warten.«

Nachdem sie ihren Durst gestillt hatten, saßen sie am Ufer und wuschen sich Staub und Blut ab. Awin fragte sich, wie dieses Wasserloch entstanden war. Es regnete nie über der Slahan, und er bezweifelte, dass es im Glutrücken so etwas wie eine Schneeschmelze gab. Vielleicht gab es hier eine Quelle, die den Teich speiste. Curru kühlte seine Wunde. Er schöpfte Wasser mit der hohlen Hand. Keiner von ihnen wagte es, den leeren Krug zu berühren, auch wenn er nur wie ein ganz gewöhnliches Tongefäß aussah. Awin musterte die steile Wand mit den Bildern. Menschen und Tiere waren dargestellt, dazwischen hohe Bäume. Das alles war grob gearbeitet und erweckte nicht den Anschein besonderer Kunstfertigkeit.

»Kennst du diese Bilder, Merege?«, fragte Awin.

Merege betrachtete sie stumm. »Nein, so etwas habe ich noch nie gesehen. Ahnmutter Senis könnte vielleicht damit etwas anfangen, denn sie hat in ihrem Leben viel gesehen.«

Das hat sie bestimmt, dachte Awin. Er hätte sie gerne um Rat gefragt, doch war sie nicht hier, und solange er wach war, würde er sie auch nicht treffen. Er seufzte. Leider war auch nicht gesagt, dass er sie im Schlaf treffen würde – außerdem war es erst Mittag. Er schüttelte den Kopf über diese seltsamen Gedanken.

»Der Junge ist dort in der Wand verschwunden«, meinte Eri nachdenklich.

Inzwischen hatten sich Awins Augen an die harten Schatten gewöhnt. Er sah dort ein Loch im Fels. Eine schwarze Pforte.

»Wir könnten ihn rufen«, schlug der Yamanssohn unsicher vor.

»Und die Löwen gleich mit?«, fragte Curru brummend.

»Hast du denn nicht noch etwas gesehen, etwas, das uns sagt, was hier zu tun ist, Awin?«, fragte Eri nach einer Weile.

Awin schüttelte stumm den Kopf.

»Es ist eine seltsame Frage für einen Yaman, Eri«, schimpfte Curru plötzlich. »Du bist der Führer unseres Sgers, du musst entscheiden, was wir tun sollen, und nicht immer wird ein Seher Rat für dich wissen. Besser, du gewöhnst dich daran.«

Awin wunderte sich, dass er den Knaben so anfuhr, aber dann wurde ihm klar, dass Curru beleidigt war, weil Eri nicht den alten, sondern den jungen Seher gefragt hatte.

Eri erhob sich, starrte die Wand an, dann die Felsen, hinter denen die Löwen verschwunden waren. »Dann schlage ich vor, dass wir den Jungen suchen gehen. Sicher wohnen noch mehr Menschen aus seinem Volk hinter dieser Pforte.«

Sicher? Sicher ist hier gar nichts, dachte Awin. Die Pforte in der Felswand wirkte nicht sehr einladend, und er dachte an das seltsame Verhalten der Löwen. Dafür musste es einen Grund geben.

»Seid ihr sicher, dass ihr diese Menschen finden wollt?«, fragte er. »Die Löwen scheinen sie zu fürchten.«

»Die meisten Tiere fürchten den Menschen«, gab Curru zurück.

»Du kannst gerne bleiben, wenn du willst, Awin«, meinte Eri herablassend, »wir haben jedenfalls keine Angst vor Kindern.«

Awin unterdrückte eine scharfe Antwort. Es ging hier nicht um eine unbestimmte Furcht, ganz im Gegenteil, er spürte mit Gewissheit, dass hinter dieser schwarzen Pforte Gefahr auf sie wartete. Oder redete er sich das nur ein? Menschen bedeuteten doch Nahrung, Wasser, vielleicht sogar Pferde. Und natürlich konnten sie auch schlecht bleiben, wo sie waren. Die Raubkatzen würden irgendwann zurückkommen. Und Awin, der erkannte, dass er nun zwischen einer bekannten und einer unbekannten Gefahr zu wählen hatte, entschied sich für die unbekannte. Als sie den Teich verließen, schnitt Merege ein Bündel grüner Schilfhalme am Ufer und nahm sie mit, aber sie verriet nicht, was sie damit vorhatte.

Über der steinernen Pforte prangte ein gemalter Löwenkopf. Er war alt, und die Farben waren verblasst, aber Awin fand, dass er wie eine Warnung aussah. Es gab dort keine Tür, nur ein rechteckiges schwarzes Loch im Fels. Es war eindeutig von Menschenhand geschaffen, aber sie würden die Köpfe einziehen müssen, um hindurchzugehen. Sie hatten gehofft, einen Lichtschimmer oder etwas in der Art auf der anderen Seite zu sehen, aber es gab nur Finsternis. Ein beständiger Windhauch wehte dort heraus, und es klang wie ein schwacher Seufzer.

»Ich glaube, da ruft uns jemand«, meinte Eri unsicher.

»Das ist nur Skefer, der hier um die Ecken heult«, erwiderte Curru grimmig.

Awin fragte sich, seit wann denn der Wind aus einem Felsen *heraus*kam.

Dann rief Eri: »Skefer, das ist es! Der alte Mann, der die Reisenden in der Wüste in die Irre führt. Vielleicht ist dieser Junge ja Skefer …«

Curru schüttelte den Kopf. »Sieht das hier aus wie eine Wüste?«

Der Yamanssohn verstummte, aber jetzt war Awin verunsichert. »Es ist etwas Unheimliches an dieser Pforte. Vielleicht sollten wir besser nicht hineingehen.«

Eri grinste plötzlich breit. »Mut war nie deine starke Seite,

Awin«, sagte er, zog den Kopf ein und schlüpfte hinein. Einen Augenblick lang blieb es ruhig, dann rief er: »Ich kann hier keine Fackeln finden.«

Merege schob Awin sanft zur Seite, bückte sich und tat es Eri gleich. Curru schüttelte wieder den Kopf, brummte etwas vom Leichtsinn der Jugend und folgte ihr hinkend. Awin drehte sich noch einmal um. Der Talkessel lag still und verlassen. Dennoch wurde er das Gefühl der Bedrohung nicht los. Kam es von der Wasserstelle – oder doch vom Inneren des Berges? Er folgte den anderen.

»Ah, hier ist es hoch genug, um zu stehen«, meinte Curru.

Nach den Stunden im gleißenden Sonnenlicht sah Awin erst einmal gar nichts. Er tastete um sich und fühlte eine nackte Wand.

»*Nawias gaida*«, flüsterte Mereges helle Stimme. Ein blassweißer Funke glomm in der Dunkelheit auf. Zunächst beleuchtete er nur Mereges Handfläche, dann wurde er stärker und drängte die Dunkelheit zurück.

»Wie hast du ...?«, fragte Eri.

»Ich wusste, sie ist eine Hexe«, brummte Curru. Schatten tanzten in seinem hageren Gesicht, und in seiner Stimme schwangen sowohl Abscheu wie auch Bewunderung mit.

»Sei froh, dass ich weit davon entfernt bin, das zu sein, was du glaubst, alter Mann«, entgegnete Merege. Der Funke schwebte jetzt reglos über ihrer ausgestreckten Hand.

»Das wird nicht ewig vorhalten«, erklärte sie ruhig und ließ etwas fallen. Awin sah, dass es einer der Schilfstängel war. Er war völlig verdorrt, so als sei er schon vor Wochen und nicht erst vor wenigen Augenblicken abgeschnitten worden. Er biss sich auf die Lippen. Merege hob die Hand, und sie erkannten, dass sie in einer geräumigen und völlig leeren Kammer standen. Die Wände waren glatt und kahl, nichts deutete darauf hin, dass hier Menschen wohnten. Auf der gegenüberliegenden Seite der Kammer öffneten sich zwei weitere leere Türhöhlen.

»Links oder rechts?«, fragte Merege.

»Vielleicht sehen wir sie uns erst einmal aus der Nähe an«, schlug Curru vor. Die linke Kammer glich der, in der sie standen. Auch sie war völlig leer, und ein weiterer schwarzer Gang führte noch tiefer in den Berg hinein.

»Hier spüre ich einen Luftzug«, meinte Eri vor dem rechten Durchlass.

Merege zuckte mit den Achseln und trat hindurch.

»Sollten wir nicht rufen?«, fragte Eri leise.

»Nach wem?«, fragte Awin ebenso leise.

Auch diese Kammer war völlig kahl. Zwei weitere finstere Durchgänge erwarteten sie auf der anderen Seite. Unschlüssig blieben sie davor stehen. Der Luftzug war kaum zu spüren. Sie einigten sich darauf, dass er aus der rechten Kammer kam. Diese war länger als die anderen und ebenso leer, doch fünf Türen führten von dort aus weiter in die Dunkelheit.

»Er muss sich gut auskennen, wenn er seinen Weg hier ohne Fackel findet«, sagte Merege bedächtig und meinte den schwarzhaarigen Knaben.

Ein leises, heiseres Grollen ließ sie den Atem anhalten.

»Was war das?«, fragte Awin flüsternd.

»Die Löwen«, antwortete Curru tonlos. »Sie scheinen in der Nähe der Pforte zu sein.«

»Sie werden hier drinnen auch nichts sehen«, behauptete Eri.

»Wenn sie nicht blind sind, können sie mein Licht sehr wohl sehen. Und sie können uns wittern«, erwiderte Merege ruhig.

»Dann müssen wir aus dem Luftstrom heraus«, flüsterte Awin.

Das heisere Grollen wiederholte sich. Ohne lange zu überlegen, nahmen sie den nächstbesten Durchgang. Es war keine

Kammer, sondern ein Gang, der bald zu einer Treppe führte. Sie folgten ihr hinab. Auf halber Strecke erlosch Mereges Licht. Sie hielten an und lauschten in die Dunkelheit. Es blieb ruhig. »In dieser Finsternis würden wir die Löwen eher riechen als sehen«, flüsterte Eri unruhig.

»Sie uns auch«, antwortete Curru trocken.

»*Nawias gaida*«, hauchte Merege. Wieder entstand in ihrer hohlen Hand ein zitternder Funke, der stärker wurde und die Dunkelheit vertrieb. Raschelnd fiel ein vertrocknetes Stück Schilf zu Boden.

»Warum gibt es hier kein Licht?«, fragte Awin. »Dieser Junge, er kann doch wohl nicht im Dunkeln sehen, oder?«

»Wir haben doch Licht«, brummte Curru.

Awin biss sich auf die Lippen. Sah der Alte nicht, dass Merege nicht hunderte, sondern nur eine Handvoll Schilfhalme hatte? Die würden nicht ewig reichen, und dann? Es konnte ein sehr langer Rückweg werden. Ein heiseres Grollen erinnerte ihn daran, dass ihnen der Rückweg wenigstens für den Augenblick versperrt war und dass das Licht vielleicht ihre kleinere Sorge war. Sie eilten weiter die Treppe hinab, bis sie auf eine schwere hölzerne Tür stießen. Sie wirkte alt, uralt, und sie war ohne Schloss und Riegel.

»Seltsam, diese Pforte«, meinte Curru nachdenklich. »Warum hier, warum nicht am Eingang?«

»Hauptsache, sie ist nicht verriegelt«, erwiderte Eri und öffnete sie kurzerhand.

Stille erwartete sie. Und Licht. Gedämpftes, schwefelgelbes Licht sickerte aus den Wänden, von der Decke und stieg sogar aus dem Boden auf. Es war der Stein selbst, der leuchtete. Er war gelb, nicht rot, wie es die Felsen des Glutrückens sonst waren. Sie standen in einer weiten Halle, die aber so flach war, dass Awin das Gefühl hatte, er müsse den Kopf einziehen. Awin verstand nicht viel von Häusern, aber er hatte den Eindruck, dass es hier Säulen geben müsste, um die Decke zu stützen. Der Raum hatte etwas Erdrückendes. Es gab allerdings ein Geräusch, doch es war so leise, dass es das Gefühl der Stille noch verstärkte: das Rieseln von Sand. Es schien von überallher zu kommen. Sie entdeckten viele Aus- und Eingänge, jedoch keinen zweiten mit Tür. Unschlüssig blieben sie stehen. Plötzlich erklangen aus einem dieser Gänge schwere Schritte. Jemand schien eine Treppe emporzusteigen. Sie lauschten. Die Schritte kamen näher.

Curru räusperte sich, dann rief er mit lauter Stimme: »Wer kommt dort? Hier stehen Yaman Eri von den Hakul und sein Sger. Wir entbieten euch unseren Gruß.«

»*Gruß*«, flüsterte die Wand. Awin sträubten sich die Nackenhaare. War das ein Echo? Merege warf ihm einen fragenden Blick zu. Also hatte sie es auch gehört. Die Schritte hatten die Treppe offenbar hinter sich gelassen und kamen jetzt rasch näher. Awins Hand wanderte wie von selbst zu seinem Sichelschwert, und auch die anderen griffen nach ihren Waffen. Das Echo der Schritte stürmte heran, jemand atmete schwer. Dann trat er durch die Tür. Awin zuckte einen halben Schritt zurück. Das war ein Hüne von Mann, mit langem blondem Haar, vor Anstrengung rotem Gesicht und wilden Augen. Er trug eine knielange Lederrüstung, und in der Faust hielt er eine große Axt. Er warf ihnen einen wütenden Blick zu, schnaubte verächtlich, und noch bevor sie etwas sagen oder tun konnten, war er durch die nächste Pforte verschwunden. Erstaunt schauten sie einander an. Das Echo der schweren Schritte klang ihnen in den Ohren und wurde schnell leiser. Der Hüne schien zu rennen.

»Was war das?«, fragte Awin verblüfft.

»Vor allem, wer war das?«, meinte Curru.

Ein Windhauch zog durch die Kammer. Das Licht über Mereges Hand flackerte.

»Ich glaube, da kommt noch jemand«, flüsterte Awin.

»Ich höre nichts«, meinte Curru stirnrunzelnd. »Nur das Echo von diesem unhöflichen Riesen. Er ist schnell.«

»Ich spüre, dass da jemand kommt«, wiederholte Awin, und er war sich ganz sicher.

Merege nickte. »Er hat Recht, aber ich höre auch keine Schritte.«

Plötzlich erschien eine hochgewachsene Frau in der Kammer. Auch sie lief schnell wie der Hüne, doch schien sie eher zu schweben als zu stapfen. Sie war in vielem das genaue Gegenteil des Mannes. Ihr Haar war schwarz gelockt, ihr Kleid flammend rot. Sie lief barfuß. Sie hielt kurz inne, blickte zu ihnen herüber, und ihr Gesichtsausdruck wandelte sich zu einer Mischung aus Verachtung und Zorn. Curru öffnete den Mund, um sie zu begrüßen, aber da huschte sie durch eine weitere Pforte davon. Wieder wehte ein Windhauch durch die Kammer. Awin fröstelte. Die Frau war verschwunden. Kein Echo, keine Schritte. Aber dennoch vermeinte Awin zu spüren, dass sie sich schnell entfernte. Das Geschehene kam ihm unwirklich vor, fast wie einer seiner Träume oder Gesichte.

»Gehören die zu dem Knaben?«, fragte Eri.

»Wer weiß, vielleicht seine Eltern. Der Knabe scheint dann eher nach der Mutter geraten zu sein«, meinte Curru geistesabwesend.

»Seltsame Menschen«, flüsterte Eri. »Wenn es denn überhaupt Menschen sind.«

Curru lächelte herablassend. »Was sollten sie denn sonst sein? Nicht sehr höflich zwar, aber uns wohl nicht feindlich gesonnen. Wir sollten der Frau folgen.«

»Wir könnten auch dem Mann folgen«, widersprach Awin.

»Du kannst machen, was du willst, mein Junge, wir werden dieser Frau folgen«, erklärte Curru entschieden.

»Wir?«, fragte Awin spitz.

»Curru hat Recht«, meinte Eri. »Eine Frau ist doch nicht so gefährlich wie ein Mann. Schon gar nicht wie dieser Riese mit seiner Axt.«

»Das kann täuschen«, meinte Awin, der daran denken musste, auf welche Weise er in der Schlacht gerettet worden war. Das Gesicht des sterbenden Akkesch stand ihm wieder vor Augen.

Der Funke in Mereges Hand erlosch, aber sie bemerkten kaum einen Unterschied, denn das gelbliche Licht, das von den Wänden stammte, war hell genug.

Eri lief zu der Tür, durch die die Frau verschwunden war. Curru hinkte ihm hinterher.

»Es ist eine Treppe, sie führt nach unten«, meldete der Yamanssohn.

Awin sah auf einmal etwas Merkwürdiges: Auf dem Boden zeigte sich eine schwache Linie aus Sand, kaum höher und breiter als ein Handrücken. Sie kam von einer Wand, lief quer durch den Raum und verschwand in der gegenüberliegenden Mauer.

»Was ist das?«, fragte Merege leise.

»Vorsicht, Meister Curru«, rief Awin.

Sein Ziehvater und Eri waren auf der anderen Seite dieser Linie. Ein leises Knirschen erklang.

»Was …?« Currus Satz erstarb ihm auf den Lippen, denn plötzlich sprang die sandige Linie nach oben. Es war nicht anders zu beschreiben – die Linie schoss in die Höhe, bohrte sich in die Decke und zog eine Mauer aus Sand mit sich hoch. Awin prallte entsetzt zurück. Er hörte einen gedämpften Schrei. Er musste von der anderen Seite der Wand kommen.

»Meister Curru! Eri!«, schrie er.

Seine Stimme versickerte im Sand. Es gab nicht einmal ein Echo. Merege trat nach vorne, legte ihre Hand auf die neue Mauer. »Darin steckt eine starke Kraft.«

»Aber das ist Sand!«, rief Awin.

Merege schüttelte den Kopf. »Das war Sand. Sie ist hart wie Stein. Befühle sie. Du kannst die Macht spüren, die in ihr wohnt.«

Aber nicht für alles Silber und Eisen in der Welt hätte Awin diese unheimliche Mauer berührt.

Er schrie noch einmal laut nach Eri und Curru, aber es gab keine Antwort.

»Diese Mauer ist nicht ohne Grund zwischen uns errichtet worden, junger Seher«, behauptete Merege. »Irgendjemand will uns trennen.«

»*Trennen*«, flüsterte es. Awin fuhr herum. Aber da war nur die Wand. Ob die Stimme aus einem der Gänge gekomken war? Merege schien sie dieses Mal nicht vernommen zu haben. Sie stand vor der neuen Wand und schlug mit den Fingerknöcheln dagegen. Es klang hart und trocken wie Stein.

»Vielleicht können wir sie mit den Schwertern …«, begann Awin, aber Merege schüttelte den Kopf. »Waffen sind hier nutzlos. Ein Zauber hat dies errichtet, und kein Zauber, den ich kenne, könnte es durchdringen.«

»Dann müssen wir sie eben umgehen. Wenn Curru und Eri klug sind, werden sie das Gleiche versuchen. Irgendeiner dieser Gänge wird zu einer Kammer führen, von der aus wir auf die andere Seite gelangen.«

»Hier gibt es sehr viele Gänge«, gab die junge Kariwa zu bedenken, aber da sie auch schlecht bleiben konnten, wo sie waren, versuchten sie ihr Glück. Sie nahmen den Durchgang, der der Mauer am nächsten war. Er brachte sie zu einer langen Treppe, die nach unten führte.

»Auch Eri hat von einer Treppe gesprochen, ein gutes Zeichen«, meinte Awin.

Die Kariwa zuckte mit den Schultern. »Ich habe Zweifel, dass es so einfach ist.«

»Und ich schlage vor, dass wir dicht zusammenbleiben«, erwiderte Awin und stieg die Treppe hinab.

Es waren viele Stufen, und sie führten in seltsamen Windungen immer tiefer hinab. Zweimal stießen sie auf leere Kammern. Doch diese hatten keine anderen Ausgänge, also gingen sie weiter. Dann erreichten sie eine achteckige Kammer mit sechs Türen. Alle öffneten sich zu Gängen oder weiteren Treppen, die mal nach oben, mal nach unten führten.

»Ein Gang sieht so gut oder schlecht aus wie der andere«, meinte Awin enttäuscht. »Spürst du einen Luftzug? Oder hörst du etwas, das uns weiterbringt, Merege?«

Das Mädchen schüttelte den Kopf. Es war nur das leise, beständige Rieseln von Sand zu hören.

»Wohin immer wir uns wenden, wir müssen uns den Weg gut einprägen, denn ich will mich hier nicht verirren«, meinte Awin besorgt.

»*Verirren*«, flüsterte der Sand.

Awin erstarrte. »Hast du das gehört?«

»Nur ein Echo«, meinte Merege, aber er sah ihr an, dass auch sie verunsichert war.

»Vielleicht sollten wir zurückgehen und einen anderen Gang versuchen«, schlug Awin vor.

»Ich glaube nicht, dass wir den selben Weg zurück nehmen können«, erwiderte Merege ruhig, »denn die Treppe, die uns herführte, ist verschwunden.«

Awin fuhr herum. Da war Durchgang neben Durchgang, aber Merege hatte Recht – der, durch denn sie gekommen waren, war fort. Awin betastete entsetzt die Wand. »Aber er war doch eben noch hier!«, rief er.

»Und jetzt ist er es nicht mehr«, stellte die Kariwa nüchtern fest.

»Aber dann sind wir verloren!«

Mereges Augen verengten sich. »Gibst du immer so schnell auf, Hakul? Es ist möglich, dass wir verloren sind, vielleicht werden wir aber auch gefunden. Wir müssen weiter!«

»Und wohin? Weißt du das auch, da du so klug bist?«

Merege zuckte mit den Schultern. »Ich denke, es ist beinahe unerheblich, welchen Weg wir wählen. Offensichtlich kann jemand unsere Schritte lenken. Also werden wir am Ende dort ankommen, wo dieser Jemand uns haben will.«

»Aber wir sind doch keine Schafe, die sich von Hirten treiben lassen!«, erwiderte Awin. Er konnte nicht fassen, wie ruhig die Kariwa blieb.

»Mag sein, vielleicht hält uns derjenige für Schafe«, entgegnete Merege, »aber dann wird er bald erfahren, dass diese Schafe scharfe Schwerter besitzen.«

Awin fand es beinahe beruhigend, dass er einen Anflug von Zorn in ihrer Stimme hörte. »Glaubst du, dass es der Mann oder die Frau sind, die uns hier quälen?«

Wieder zuckte Merege nur mit den Schultern. »Vielleicht weder noch. Vielleicht ist es einer der alten Maghai, von denen die Menschen dieser Gegend erzählen.«

»Ein Zauberer?«, fragte Awin. Er dachte nach. Das wäre eine Erklärung für vieles. Aber wozu der ganze Aufwand?

»Was immer er vorhat, er will es wohl beschleunigen«, sagte Merege und deutete auf eine der Wände. Dort verwandelte sich einer der Durchgänge gerade in ein Stück Mauer. Awin sah mit offenem Mund zu. Jetzt standen ihnen nur noch drei Wege offen. »Warum drei, warum nicht einer?«, fragte er.

»Er spielt mit uns«, meinte Merege trocken.

»Dann ist es auch gleich, für welchen Weg wir uns entscheiden«, antwortete Awin grimmig.

Sie nahmen die nächste Öffnung. Dahinter erschien ein langer Gang. Sie folgten ihm, umgeben von jenem seltsamen gelblichen Leuchten, das aus den Mauern zu sickern schien. Wie lange waren sie schon in diesem Berg? Awin verlor das Zeitgefühl. Sie stießen auf immer neue Abzweigungen und Kammern. Manchmal sahen sie Türen, die vor ihren Augen verschwanden, einmal schloss sich der Gang dicht hinter ihnen. Am Anfang versuchten sie noch, ungefähr eine Richtung einzuhalten, aber das war aussichtslos. Sie wanderten durch unwirklich leuchtende Gänge und Kammern, bogen nach links oder rechts und hatten sich bald hoffnungslos verirrt. Manchmal stießen sie auch auf Abschnitte, denen dieses Leuchten fehlte. Hier waren die Wände dann auch nicht gelb, sondern rötlich, und die Kammern, die sie dort fanden, lagen in Finsternis. Plötzlich hatte Awin einen Einfall. Als sie wieder an einer dunklen Kammer vorbeikamen, packte er Merege am Arm und zog sie hinein.

»Ich glaube, das ist es«, meinte er zufrieden.

»Das ist was, Awin?«

»Die Wand, befühle die Wand. Der Stein hier ist von anderer Art.«

»Das ist leicht zu sehen, denn er leuchtet nicht«, erwiderte die Kariwa trocken.

»Eben. Ich glaube, das hier ist richtiger Stein, kein Sand. Und der Zauberer, oder wer immer es ist, hat darüber keine Macht.«

In der Dunkelheit konnte Awin nicht erkennen, was Merege dachte. Aber schließlich sagte sie: »Ich verstehe.«

»Wenn wir hier einen steinernen Gang hinaus finden, dann können wir unserem Gastgeber vielleicht entkommen. Ich bin es nämlich leid, wie eine Ziege hin und her gescheucht zu werden«, sagte Awin, der die dunkle Wand abtastete. »Hier ist ein Durchgang«, rief er.

»Und er leuchtet nicht, ein gutes Zeichen«, sagte Merege leise.

Wie seltsam, dachte Awin, jetzt liegt unsere Hoffnung schon in der Dunkelheit. Aber er behielt diesen Gedanken für sich.

»Wenn du willst, kann ich uns Licht machen«, bot Merege an.

»Nein, das sollten wir uns für den Notfall aufheben.«

Vorsichtig tasteten sie sich den Gang entlang.

»Hörst du das?«, fragte Merege plötzlich.

Sie hielten an. Aus der Ferne drangen blecherne Geräusche an ihre Ohren. Sie sahen einander an, dann gingen sie wortlos weiter, stießen kurz darauf auf eine Kreuzung und entschieden sich blind für den Gang, aus dem das leise Scheppern zu dringen schien. Es erklang in unregelmäßigen Abständen, und jedes Mal war es ein wenig anders. Bald sahen sie vor sich einen schwachen Lichtschein. Er war gelblich. Und dort unten war eine Stimme zu hören. Ein Brummen und Fluchen. Es klang verzerrt, aber auch vertraut.

Awin stutzte. »Ich glaube, das ist Curru«, flüsterte er.

Es wurde heller. Der Gang endete bald darauf in einer weiten und gewölbten Halle. Sie war völlig leer bis auf einen seltsamen, riesigen Berg Sand, der sich genau in ihrer Mitte bis fast zur hohen Decke erhob. Am Fuße dieses gewaltigen Haufens lag ein totes Pferd, halb vom Sand verschüttet. Dann entdeckte Awin den alten Seher. Er kniete ein Stück oberhalb des Pferdes und schien etwas auszugraben. Achtlos warf er Bronzeschalen hinter sich, die dann scheppernd über den gepflasterten Fußboden rollten.

»Meister Curru!«, rief Awin.

Curru fuhr herum mit wildem Blick. Seine Rechte griff nach einer großen Axt mit silbern schimmerndem Blatt. In der Linken hielt er einen ledernen Sack. Er starrte sie an, als wüsste er nicht, wer sie waren.

»Wir sind es, Meister Curru«, rief Awin und wollte auf ihn zulaufen.

Merege hielt ihn zurück. »Die Wände«, sagte sie tonlos.

Awin blickte irritiert zu den Mauern. Sie waren anders, anders als die gelblichen Wände, anders als der rote Fels. Sie waren von hellem Weiß und weit kunstvoller gestaltet als alles, was sie bisher gesehen hatten. Zarte Simse und Säulen ragten daraus hervor, und die Wände schienen seltsam unregelmäßig geformt. Awin sah genauer hin. Knochen – die ganze Mauer bestand aus schneeweiß gebleichten Gebeinen! In Augenhöhe starrte sie eine endlose Reihe von Totenschädeln an. Es mussten hunderte sein. Awin dachte an die Geschichte, die Mewe am Rotwasser erzählt hatte – von den Menschen, die Uo beleidigt hatten, deren Stadt er zerstört und aus deren Knochen er eine große Halle errichtet hatte. Ein Schauer lief ihm über den Rücken.

»Awin, mein Junge, bist du das?«, rief Curru jetzt. »Was willst du denn hier?«

»Was ... was ist das, Meister Curru?«, rief Awin, der seinen Blick nicht von der grauenvollen Mauer abwenden konnte.

»Wie? Bist du blind? Das ist Etys' Schatz. Ich habe Etys' Schatz gefunden!«

Awin zögerte. Die gewölbte Kuppel über ihm leuchtete in fahlem Gelb, und die weiße Wand warf das Licht zurück in die Mitte der Kammer, genau auf Curru, der die silberne Axt in der Hand hielt. »Wo ist Eri, Meister Curru?«, fragte Awin.

Der Alte zuckte unwillig mit den Schultern und rief: »Ich weiß es nicht. Er lief einen Gang entlang, weil er glaubte, diese Frau wieder gesehen zu haben. Als ich ihm folgen wollte, war er verschwunden und der Gang ebenso.«

Erst jetzt entdeckte Awin den Körper eines Jungen, der halb vom Sand bedeckt unweit des Pferdes lag. Es war nicht Eri. Und es war auch nicht der schwarzgelockte Junge von der Löwenquelle. Dann erkannte Awin ihn wieder. Er hatte ihn in seinen Träumen gesehen.

»Du weißt, wo wir sind?«, fragte Merege leise.

»Uos Mund«, antwortete Awin flüsternd.

»Was ist, wollt ihr mir nicht helfen?«, rief Curru.

Awin riss sich zusammen. Das waren einfach nur Knochen an den Wänden, mehr nicht. Und Curru hatte offensichtlich den Gehilfen ihres Feindes gefunden, tot wie sein Reittier. Der Sack, dessen Inhalt der alte Seher so achtlos herausschleuderte, der enthielt die geraubten Schätze aus Etys' Grab. Jetzt erfasste Awin die volle Bedeutung dieses Fundes. »Der Heolin! Hast du den Heolin?«

Curru antwortete nicht, sondern riss jetzt den großen Sack ganz aus dem Sand, hob ihn hoch und schüttete den Inhalt über den Boden. Bronzeschalen, silberne Armreife, Speerspitzen, Schmuckspangen, Messer, Dolche – alles fiel unter ohrenbetäubendem Lärm auf den steinernen Boden. Ein kleiner Holzkasten zersprang, und ein Regen von Bernsteinen verteilte sich über den sandigen Stein.

»Siehst du ihn?«, rief Curru bitter. »Siehst du den Lichtstein, Kawets Sohn? Ich sehe ihn nicht!«

Awin und Merege näherten sich vorsichtig dem Sandhügel. Ein silberner Armreif rollte über den Boden und blieb mit klingelndem Laut vor Mereges Füßen liegen. Sie schritt vorsichtig darüber hinweg.

Curru setzte sich in den Sand. Er zog die Axt mit dem versilberten Kopf an sich. »Wenigstens habe ich eine Waffe gefunden, die etwas taugt, wenigstens das.«

Awin ließ den Blick über das Durcheinander schweifen. Da war nichts, was nach einem Lichtstein aussah. Ihm sank der Mut. Sollte Curru also wirklich Recht behalten? Hatte ihr Feind den Lichtstein an sich genommen so wie die Dolche von Elwah und seinen Söhnen?

Merege kniete sich neben das tote Pferd und streichelte seinen Hals. »Sag, Awin, wann ist dieses arme Tier im Sand versunken?«

Awin runzelte die Stirn. War das wirklich wichtig? Er zuckte mit den Schultern und rechnete grob nach, wann der Fremde hier vorübergekommen sein musste. »Vor sechs oder sieben Tagen vielleicht.«

Jetzt ging Merege hinüber zu dem Jungen. »So ist auch dieser Reiter zur selben Zeit gestorben?«

Awin folgte ihr. »So habe ich es gesehen«, bestätigte er. Der Knabe war kräftig, beinahe grobschlächtig für sein Alter. Ihm stockte der Atem. »Das kann nicht sein«, sagte er dann langsam.

Plötzlich war Curru bei ihnen. »Was kann nicht sein, junger Freund? Dass er den Lichtstein nicht hat, den du und deine Freundin hier vermuteten? Aber so ist es wohl, er hat ihn nicht. Sein Meister, der Verfluchte, er hat ihn, wie ich es gesagt habe!«

»Das meinte er nicht, alter Mann«, sagte Merege kühl.

»Dieser Junge, sieh ihn dir doch an, Meister Curru. Er sieht aus, als sei er gerade erst gestorben. Ja, man könnte meinen, er sei eben hier niedergesunken und nicht vor einer Woche. Sieh, seine Wangen sind noch rot, beinahe so, als schliefe er nur.«

Curru starrte finster auf den Leichnam. »Er ist unzweifelhaft tot. Und der Heolin ist ebenso unzweifelhaft nicht hier.«

Awin bückte sich und tastete den Jungen ab. Er trug einen Gurt mit allerlei Taschen, die Awin ausleerte. Feuerstein, Messer, ein paar Münzen, Lederschnüre, alles Dinge, die ein Reisender eben so mit sich führt, aber nichts, was auch nur im Entferntesten nach dem Lichtstein aussah.

»Er ist nicht hier, sieh es ein. Jetzt sollten wir sehen, dass wir hier wieder herauskommen«, rief Curru ungeduldig.

»Vielleicht sollten wir auch sehen, dass wir Eri wiederfinden, Curru«, entgegnete Awin ruhig.

Der Alte starrte ihn kurz an und nickte dann. »Natürlich, den Yaman, wir müssen ihn suchen. Das versteht sich doch wohl von selbst, mein Junge.«

»Und was machen wir damit?«, fragte Awin und breitete die Arme aus. Bernstein und Silber leuchteten im Sand.

Curru verzog verächtlich das Gesicht. »Wenn du das alles durch die Slahan schleppen willst, kannst du das gerne tun. Ich rate dir, such dir eine Waffe aus, am besten eine, die etwas größer ist als dein armseliges Sichelschwert. Den Rest lassen wir liegen.«

»Aber es gehört Etys«, widersprach Awin.

Curru schüttelte den Kopf. »Hast du Angst, dass jemand diese Schätze stiehlt? Das ist Uos Mund, mein Junge. Kein Mensch kommt hierher, schon gar nicht in diese seltsamen Gänge.«

»Und was ist mit denen, die wir gesehen haben?«, fragte Awin.

Der alte Seher starrte ihn an. »Wenn es keine Trugbilder waren, dann mögen sie den Schatz behalten. Ich bezweifle, dass er ihnen hier viel nutzt. Aber ich bezweifle auch, dass es wirklich Menschen sind, ja, ich bin sicher, Scheinwesen sind es, geschaffen, um uns in die Irre zu führen.«

»Aber wer sollte sie erschaffen haben und wozu?«, fragte Merege kühl.

»Weißt du nicht, wo wir sind, Kariwa? Das ist Uos Mund. Diese Gänge führen in sein unterirdisches Reich – frag die Akkesch. Ich nehme an, diese drei, die wir sahen, sind Geschöpfe Uos. Schatten vielleicht, die er an den Rand der Unterwelt verbannt hat. Wächter, die ihn warnen, wenn Menschen das verbotene Land betreten. Es ist besser, wir gehen ihnen aus dem Weg, und noch besser wäre es, diese Gänge schnell wieder zu verlassen. Macht euch also keine Sorgen um den Schatz. Wenn diese Gaben irgendwo sicher sind, dann hier. Auch glaube ich nicht, dass Etys diese Schätze wieder annehmen würde. Der Feind hat sie entweiht. Wir werden neue, bessere für ihn fertigen, für seine neue, bessere Grabstätte.«

»*Grabstätte*«, flüsterten die Knochen.

Awin lief es kalt den Rücken hinunter, aber Merege und Curru schienen die Stimme nicht gehört zu haben. Er versuchte sich selbst davon zu überzeugen, dass es nur ein seltsames Echo war, und es gelang ihm halbwegs. Merege ging zurück zum Pferd. Sie nahm den Trinkschlauch vom Sattel, und Awin ärgerte sich, dass er nicht selbst auf diesen guten Gedanken gekommen war. Wenn sie erst einmal hier heraus waren, würden sie die Slahan durchqueren müssen, zu Fuß. Es war ein weiter Weg bis zum Dhanis und ein noch weiterer bis zum Rotwasser. Er selbst suchte die verstreut liegenden Gaben nach Waffen ab. Er erinnerte sich an die Löwen und an die Hünen mit der Axt. Geschöpfe Uos? Er hatte seine Zweifel, aber er brauchte wirklich etwas Größeres als sein altes Sichelschwert. Er fand eine silberne Axt und zog sie aus dem Sand. Leider war die untere Hälfte des Schaftes abgebrochen, und er ließ sie wieder in den Sand fallen. Er suchte weiter und bekam plötzlich das Gefühl, beobachtet zu werden. Er blickte auf. Oben, auf der Spitze des Sandhügels, hockte ein alter Mann, der ihn aus dunklen Augen zornig anfunkelte. Er war kahlköpfig und hatte die dichtesten weißen Augenbrauen, die Awin je gesehen hatte. Awin öffnete den Mund, aber der Alte hob den Finger an die Lippen und gab ihm das Zeichen, zu schweigen. »Curru, Merege«, rief Awin leise, ohne den Mann aus den Augen zu lassen. Der Alte verschwand. Er stand nicht auf und ging, nein, er schien im Sand zu versinken. Awin sprang auf. »Habt ihr ihn gesehen?«, rief er.

»Wen?«, fragte Merege.

»Den Alten, da oben. Er muss auf der anderen Seite sein!«, Awin rannte und rutschte durch den tiefen Sand auf die Rückseite des Haufens. Aber da war nichts.

»Dort, in der Pforte!«, rief Merege.

Awin sah gerade noch etwas durch die Tür huschen. Wie konnte der Alte so schnell den ganzen Raum durchquert haben?

»Ihm nach!«, rief Curru und hinkte dem Alten hinterher.

Merege war dicht hinter ihm. Awin brauchte länger, denn der Sand war tief und schien unwillig, ihn loszulassen. Er kämpfte sich hinaus und beeilte sich, um sie einzuholen. Die Kariwa hatte den hinkenden Seher überholt und war schon in dem Gang verschwunden, den Curru gerade erst erreichte. Awin war zehn Schritte hinter ihm. Die Pforte veränderte sich. Die scharf geschnittenen Ränder wurden weich. Sand schien aus den Knochenmauern zu fließen. Entsetzt sah Awin, wie sich der Durchgang vor seinen Augen schloss.

Wind zog durch die Halle. Jemand lachte. Awin drehte sich um. Auf der anderen Seite der Halle stand der schwarzgelockte Knabe in einer Tür, sah zu ihm herüber und lachte ein helles Kinderlachen. Dann drehte er sich um und lief davon. Awin unterdrückte einen Fluch und rannte los. Als er den Gang erreichte, konnte er den Jungen schon nicht mehr sehen, aber er hörte seine Schritte. Er rannte weiter. Der Gang beschrieb einen langen Bogen, und sosehr Awin sich auch beeilte, er schien dem Jungen nicht näher zu kommen. *Du wirst doch noch ein Kind einholen können*, schimpfte seine innere Stimme. Awin biss die Zähne zusammen und lief schneller. Irgendwann blieb er stehen. Sein Herz hämmerte in der Brust. Er lehnte sich an die Wand und rang nach Luft. Er war an einem Dutzend Kammern und Abzweigungen vorbeigelaufen, der Junge konnte längst irgendwo abgebogen sein. Ihm gegenüber grinsten zwei Totenschädel aus der Wand. Sie waren anders als die in der Halle. Dort war säuberlich Knochen an Knochen gereiht gewesen, die Baumeister schienen sich Mühe gegeben zu haben, sie nach ihrer Größe und Form zu einem seltsamen Muster anzuordnen. Erst auf den zweiten Blick wurde Awin bewusst, dass die Knochengesichter in diesem Gang Helme trugen. Er hatte das zuerst für Sand gehalten, denn sie waren alt und ohne Glanz, aber als er genauer hinsah, erkannte er, dass es Bronzehelme waren. Jetzt sah er auch, dass dort noch mehr Knochen in der Wand steckten. Sie ragten an einigen Stellen fingerbreit aus dem gelben Stein heraus. Mit Grauen erkannte Awin, dass ganze menschliche Skelette in der Wand ruhten. Er sah Beinknochen, Hände, eine Hand schien sogar noch ein Schwert zu halten. Und daneben ragte der Rand eines großen Schildes in den Gang. Er erinnerte sich an die alten Geschichten über die Slahan, in der einst ganze Heere verschwunden sein sollten. War er auf die Überreste eines solchen Heeres gestoßen? Jetzt erkannte er auch hier und dort Teile von Brustpanzern und Beinscheinen.

Er prallte entsetzt von der Wand zurück, an die er sich eben noch erschöpft gelehnt hatte. Auch dort ragten Knochen, Schädel und Überreste von Waffen und Rüstungen in den Gang. Ein verschwundenes Heer? Nein, die Akkesch hatten Recht – das war ein Zugang zur Unterwelt! Und er war gerade auf dem Weg hinab in ihre grauenvolle Totenstadt Ud-Sror. Vielleicht wartete am Ende dieses Ganges schon der Totengott Uo auf ihn. Awin rannte den Weg zurück, den er gekommen war. Schon nach wenigen Schritten gabelte sich der Gang, was ihm auf dem Hinweg nicht aufgefallen war. Er hielt sich rechts, eine Entscheidung, die er bereute, denn wenig später fand er sich in einer Sackgasse. Er kehrte um und lief fast gegen eine Mauer, die vor einigen Augenblicken noch nicht dort gewesen sein konnte. Er hastete in die nächste offene Kammer durch einen weiteren Gang.

»*Laufen*«, hauchte die Wand, und jetzt konnte es kein Echo sein, es sei denn, es war das Echo seiner Gedanken. Awin biss die Zähne zusammen und rannte schneller. Das gelbliche Licht machte ihn ganz krank, und noch schlimmer war, dass nun immer wieder Knochen oder Schädel aus den Wänden ragten. Er war sich fast sicher, dass er in die Richtung lief, aus der er gekommen war, aber musste er dann nicht langsam aus diesem Reich der Gebeine herauskommen? Dann kam ihm ein Gedanke. Er lief weiter und hielt Ausschau nach einer steinernen Kammer. Er musste aus diesen tückischen Gängen heraus. Vor ihm wurde es dunkler – er schien gefunden zu haben, was er suchte. Richtig – ein dunkelroter Abschnitt, fester Stein und es gab einen Zugang zu einer finsteren Kammer. Gerade, als er eintreten wollte, sah er, gar nicht weit entfernt, ein Mädchen stehen. Sie war etwas älter als der Junge, hatte die gleichen schwarzen Haare und einen beinahe zerbrechlich wirkenden Körper, der mit langen blauen Schleiern verhüllt war. Das Mädchen drehte sich einmal auf der Stelle, lachte – und verschwand um die nächste Biegung. Awin war kurz davor, ihr nachzulaufen, aber er blieb, wo er war. Er hatte endlich einen Plan.

Er trat in die steinerne Kammer und tastete ihre Wände ab. Es gab noch einen weiteren Zugang, der aber nach wenigen Schritten an einer matt schimmernden gelben Wand endete. Awin kehrte zurück in die Kammer. Er versuchte sich zu beruhigen. Was immer an diesem seltsamen Ort vorging, er würde Hilfe brauchen, und er wusste, wer ihm helfen konnte. Er nahm sein Sichelschwert und begann, einen kleinen Kreis in den harten Boden zu ritzen. »Dies ist der Erdkreis, mein Geist wird ihn nicht verlassen«, murmelte er. Das kratzende Geräusch der

Klinge erschien ihm so laut, dass er glaubte, es müsse in allen Gängen dieses unterirdischen Reiches zu hören sein. Seine Gedanken schweiften ab, und er fragte sich, wie es den anderen erging. Eri hatte geschworen, Merege nicht anzurühren, aber Curru hatte keinen solchen Schwur geleistet. Er stockte. Merege war allein mit den beiden, irgendwo in diesen Gängen. Plötzlich huschte ein unwillkürliches Lächeln über seine Lippen. Er hatte gesehen, wozu Merege fähig war, vielleicht sollte er sich also eher Sorgen um seine beiden Sgerbrüder machen? Er schüttelte den Kopf. *Reiß dich zusammen*, schimpfte seine innere Stimme.

Er nahm Feuerstein und Zunder aus der Tasche. Er hätte viel für ein Stück Holz gegeben, aber so blieb ihm nur, ein Stück Stoff aus seinem Umhang zu reißen. Es brannte mehr schlecht als recht, gerade hell genug, um zu erkennen, dass der Kreis an zwei Stellen nicht geschlossen war. Awin zog diese Stellen nach. Er setzte sich und rief sich das Ritual in Erinnerung. Er hatte weder Rabenbeeren noch Wasser, aber er erinnerte sich an die Worte, die ihm Curru vorgesagt hatte: »Dein Reich betrete ich, deine Gnade erbitte ich, deine Hilfe suche ich, Tengwil, allsehende Schicksalsweberin. Öffne meine Augen. Zeige mir, was ist. Zeige mir, was war. Zeige mir, was sein wird«, flüsterte er. Er schloss die Augen und lauschte auf die Geräusche, die durch die Gänge klangen.

Es war still, nur das leise Rieseln von Sand schien von überallher zu kommen. Es wurde lauter, pochender, wie sein allmählich ruhiger werdender Herzschlag. Awin verstummte und wiederholte die Zauberworte in Gedanken: *Dein Reich betrete ich, deine Gnade erbitte ich, deine Hilfe suche ich, Tengwil, allsehende Schicksalsweberin. Öffne meine Augen. Zeige mir, was ist. Zeige mir, was war. Zeige mir, was sein wird.* Wieder und wieder. Er wartete auf den Donner, der ihn beim letzten Mal auf der Reise begleitet hatte, den Donner, der eigentlich sein Herzschlag war. Plötzlich wurde ihm klar, dass er die Tageszeit nicht wusste! War es schon Nacht? Nur im Schutze der Dunkelheit konnte er auf diese Reise gehen. Senis hatte ihn gewarnt – Edhils Licht würde ihn bei Tag verbrennen. Awin zögerte, die Zauberworte stockten. Er hatte nicht nur keine Ahnung, wo er war, er hatte auch das Zeitgefühl völlig verloren.

»Nun ist es wohl zu spät für solche Bedenken, junger Hakul«, sagte eine vertraute Stimme.

Es wurde heller, noch bevor Awin vorsichtig die Augen öffnete. Er war am Ufer des Meeres, und darüber verzehrte ein riesiger roter Ball den Himmel. Es brannte wie Feuer in seinen Augen, und Awin wandte sich entsetzt ab. Er blinzelte, und als er wieder einigermaßen sehen konnte, war da Senis, die aufs Meer hinausstarrte. Die Landschaft hatte sich verändert. Es gab keinen schwarzen Strand, nur dunkle Bäume, die noch im Meer zu wachsen schienen. Schwere Flechten hingen in ihren Ästen.

»Es sind die letzten Strahlen der Sonne, junger Seher«, erklärte sie ruhig. »Nur ein wenig früher und du wärst verbrannt.«

Awin nickte. »Deine Ahntochter, ich habe sie aus den Augen verloren«, begann er.

Senis runzelte die Stirn und kam näher. Sie sah ihm mit ihren fast weißen Augen lange ins Gesicht, dann nickte sie. »Ihr seid Mächten begegnet, die ihr besser hättet meiden sollen, junger Seher. Uos Halle? Das hatte ich nicht erwartet.«

Awin schwieg. Das Geschehen in der Kammer und in den unterirdischen Hallen und Gängen schien ihm mit einem Mal sehr weit weg zu sein.

»Ich werde dir nicht viel helfen können, junger Hakul«, sagte sie seufzend. Sie drehte eine kleine Pflanze in ihren uralten Händen.

»Ist das ... Ist das die ... die Wurzel, die du gesucht hast, ehrwürdige Senis?«, fragte er stotternd.

Die Kariwa starrte auf das Grün in ihren Fingern, dann schüttelte sie den Kopf. »Schlangenkraut. Hilfreich, doch nicht für mein Leiden.«

»Was ist dein ...?«, begann Awin, aber Senis schnitt ihm das Wort ab: »Sie sind nicht deine Feinde, nicht alle. Nein, ich glaube, den meisten seid ihr gleichgültig«, murmelte sie.

»Wie? Ich meine, wer?«, fragte Awin verdutzt. Immer noch fraßen rote Sonnenstrahlen das Blau des Himmels. Es schien nicht dunkler geworden zu sein.

»Der Erdkreis ist weit, junger Hakul, weiter, als dein Pferd je laufen könnte. Warum musste das, was ihr Heolin nennt, ausgerechnet dort verloren gehen, wo es verloren gegangen ist?« Dann starrte sie nachdenklich zu Boden und murmelte: »Zufall? Oder Plan? Aber dann wäre es ein seltsames Vorhaben. Sie weiß nicht, wie stark der Heolin ...« Und dann verstummte sie.

»Aber – der Junge hatte ihn nicht, ich meine, der, der im Sand versank, er hatte ...«, meinte Awin.

»Hast du ihn durchsucht?« Das Gesicht der Kariwa war auf einmal ganz nah. Ihre fast weißen Augen schienen ihn zu durchbohren.

Awin nickte verdutzt.

»Und der Alte, den ihr Seher nennt, der auch?«

Wieder wollte er nicken, aber dann hielt er inne. Nein, Curru hatte den Leichnam nicht durchsucht. Aber war das wichtig?

Senis hob den Kopf. »Der Löwe ist noch deine geringste Sorge, Seher. Hilf Merege, wenn du kannst. Auf euch allein gestellt, seid ihr beide verloren. Und jetzt geh. Sie kommen, und hier sollten sie dich nicht sehen.«

Dann gab sie ihm einen leichten Stoß, und Awin stürzte in ein finsteres Loch. Er fiel und fiel und fiel und schlug die Augen auf. Er blinzelte. Es war dunkel. Sein Herz schlug ruhig. Der Donner war ausgeblieben. Aber wo war er? Allmählich wurde es ihm wieder bewusst – die Kammer, die langen Gänge, die Skelette in den Wänden, die seltsamen Menschen. Ein Geräusch ließ ihn erstarren. Es war ein heiseres Grollen aus tiefer Kehle, und es war sehr nah. Awin schluckte. War das möglich? Konnte es sein, dass die Löwen nun auch in diesen Gängen herumstreiften? Das Grollen kam noch näher. Awin sah den rechteckigen Lichtfleck auf der gegenüberliegenden Seite der Kammer. Das war der Durchlass. Nur ein Rest von Licht erhellte den steinernen Gang. Gebannt starrte er dorthin. Er roch die Raubkatze, bevor er sie sah. Wieder ließ sie ihren Atem rollend durch die Kehle laufen. Dann erschien sie im Eingang, ein mächtiger Schatten vor undeutlichem Licht. Awin suchte zitternd nach seinem Sichelschwert. Er hatte es zur Seite gelegt, als er den Kreis gezogen hatte. Er tastete um sich, aber er konnte es nicht finden. Der Löwe verharrte im Eingang zur Kammer. Awin konnte die gelben Augen der Raubkatze sehen. Dann brüllte der Löwe, und Awin glaubte, davon taub zu werden. Endlich fand er sein Schwert. Die Raubkatze wich einen Schritt zurück, noch einen. Es wurde heller in der Kammer. Noch einmal brüllte der Löwe. Plötzlich wurde er von einer unsichtbaren Gewalt gepackt, hochgehoben und zu Boden geschmettert. Awin spürte die Erschütterung, und er glaubte, die Knochen des Tieres brechen zu hören. Das heisere Grollen erstarb. Dann, wie aus dem Nichts, füllte ein riesenhafter Schatten den Gang vor der Pforte. Es war der Hüne. Er blickte auf den leblosen Tierkörper, trat ihn, schüttelte missmutig den Kopf und stürmte davon.

»Er weiß nicht, ob das richtig war«, sagte eine hochmütige Stimme, »aber er wird nicht sehr lange darüber nachdenken.«

Mitten in der Kammer stand die schwarzgelockte Frau. Sie blickte auf Awin herab. Aus dem toten Gang fiel Licht in die Kammer. Also hatte sie ihn wohl geöffnet. Awin konnte ihr Gesicht nicht erkennen. »Wer …?«, begann er.

»Er wird schnell wütend«, sagte die Hochmütige. »Geh ihm aus dem Weg.«

Awin nickte. »Aber wer …?«

»Ihr habt den Schmerz mitgebracht«, sagte die Frau, und es klang böse. »Sie liebt die Löwen, denn sie erinnern Sie an die alte Zeit. Sie ist gereizt. Spürst du das nicht?«

»Wer?«, fragte Awin vorsichtig.

Die Frau lachte schallend, aber es klang viel Bitterkeit in diesem Lachen mit. »Wie dumm ihr seid!«, rief sie. »Und wie unvorsichtig! Nun kennt Sie keine Ruhe mehr. Sie hat so vieles vergessen, nur den Schmerz nicht. Und ihr habt Sie geweckt.«

»Das war nicht unsere Absicht«, versuchte Awin sich zu rechtfertigen. Warum hatte sie gelacht?

»Absicht? Blinde Geschöpfe seid ihr. Kriecht über den Sand wie Schaben. Nein, wie Skorpione. Kurzlebig, dumm, leichtsinnig, aber mit einem giftigen Stachel. Nichts, was ihr tut, ergibt einen Sinn.« Sie trat in den Gang hinaus, blickte Awin streng an und sagte: »Folge mir.«

Awin rappelte sich auf, schritt vorsichtig über den Leib des toten Löwen, und dann rannte er hinter ihr her. Sie war die Erste unter diesen seltsamen Menschen, die mit ihm redete. Und Awin hatte das Gefühl, dass sie ihm helfen wollte. Aber er hatte nicht allzu viel von dem verstanden, was sie gesagt hatte.

Die Frau schritt – nein, schwebte – barfuß durch den Gang. Sie schlenderte gemächlich, so sah es zumindest aus, aber sie war viel schneller als Awin, der rannte, aber nicht aufholen konnte. Sie blieb stehen und wartete. »Beeil dich, oder willst du hierbleiben, wie deine Brüder dort?« Dabei zeigte sie auf die Skelette in den Wänden. Dann ging es weiter. Sie schritt, Awin rannte, und doch hätte er sie bald aus den Augen verloren, wenn sie nicht von Zeit zu Zeit stehen geblieben wäre. Plötzlich stand das Schleiermädchen im Gang. Sie schien sie zu erwarten. Die Hochmütige verlangsamte ihre Schritte nicht.

»Warum hilfst du denen da, Schwester?«, fragte das Mädchen.

»Geh mir aus dem Weg, Schwester«, erwiderte die andere streng und ging weiter.

Awin rannte an dem Mädchen vorbei. Ihre Schleier waren aus einem Stoff, wie er ihn noch nie gesehen hatte, und schienen mehr zu entblößen als zu verdecken.

»Komm!«, herrschte ihn die Frau an, als er eine Winzigkeit langsamer wurde.

Das Mädchen lachte, drehte sich schnell im Kreis und verschwand in einer Kammer. Plötzlich war sie wieder viele Schritte vor ihnen im Gang und ließ sie herankommen. »Sie wird nicht erfreut sein, Schwester«, sagte sie.

»War Sie das je, Schwester?«, lautete die wütende Antwort der Hochmütigen. Sie blieb stehen, sah das Mädchen durchdringend an und fragte: »Willst du dich uns anschließen?«

Das Mädchen legte den Kopf schief. »Sie ist stark«, erwiderte sie und zog einen Schmollmund.

»Und du bist schwach, Schwester! Dann geh und spiel mit dem Sand, aber steh uns nicht im Weg!«, rief die Hochmütige.

Das Mädchen lachte und verschwand.

Awin lehnte sich an die Wand. Er war die ganze Zeit gerannt. »Ich kann nicht mehr«, keuchte er.

Die Hochmütige sah ihn von oben herab an. »Ich bin eine Närrin, dass ich auf euch vertraue.« Aber immerhin blieb sie stehen.

Awin versuchte, wieder zu Atem zu kommen. »Wer ist deine Schwester?«, fragte er. »Und wer bist du?« Dicht neben ihm starrte ein Schädel aus der Wand.

Die Frau sah ihn nachdenklich an. Ihr Gesicht war ebenmäßig, ja, sogar schön, aber es lag doch auch ein starker Zug von Hochmut darin. »Du kannst mich Isparra nennen. Und nun komm. Es ist nicht mehr weit.«

Sand

AWIN GAB ES auf. Er bemühte sich nicht mehr, zu verstehen, was hier vor sich ging. Isparra? Hieß das, er versuchte gerade, mit dem Wind Schritt zu halten? Er folgte der Frau durch den Gang, der sich wie in einem Schneckengehäuse in einem endlosen Bogen dahinzog. Nach einer Weile fiel ihm auf, dass sie schon lange nicht mehr an einer steinernen Kammer vorbeigekommen waren. Es gab fast nur noch diese Wände aus leuchtend gelbem Sand, hart wie Stein und auf unheimliche Weise geschmückt mit den Skeletten von Kriegern. Dazwischen ragten vereinzelt Mauerbruchstücke aus Lehmziegeln hervor. Waren das die Reste der Stadt, die Uo einst zerstört hatte? Awin musste weiterrennen, denn Isparra wurde nicht langsamer, eher im Gegenteil. Schließlich erreichten sie eine weitere Kammer. Diese unterschied sich gänzlich von allem, was er bis dahin gesehen hatte. Sie war gemauert. Unter dem grauen, abblätternden Putz konnte Awin Reihen von roten Ziegeln sehen. Sie war groß, beinahe eher eine Halle als eine Kammer, und hatte zwei Zugänge. Durch einen war Awin eingetreten, und im anderen lehnte der Hüne und versperrte den Weg. Der schwarzhaarige Knabe war bei ihm. Und noch jemand war dort – Merege. Sie saß mit angezogenen Knien in einer Ecke auf dem Boden und begrüßte Awin mit einem winzigen Nicken.

»Ich denke nach wie vor, dass es gefährlich ist, Isparra«, sagte der Junge.

»Ich bin es leid, Bruder«, lautete die schlichte Antwort.

Der Hüne schnaubte verächtlich. »Ich verstehe dich nicht, Schwester. Das Land gehört uns!«

»Land? Karge Wüste und Steppe finde ich, bestenfalls halb vertrocknete Felder, die diese armseligen Geschöpfe dem gepeinigten Boden abringen. Wo sind die grünen Wiesen, die Haine und Wälder, die wir früher durchstreiften?«

»Es ist besser als nichts«, meinte der Hüne düster. »Und niemand macht uns dieses Reich streitig.«

»Aber es ist nicht unser! Es gehört Ihr. Sie duldet uns nur, und wir können nirgendwo anders hin. Bist du die Ketten nicht leid, Nyet, mein Bruder?«

»Sie sind sehr lang, Schwester«, antwortete Nyet verdrossen.

»Und noch länger waren sie, als Sie schlief«, meinte das Mädchen, das plötzlich hinter Awin aus dem Nichts auftauchte.

»Es ist der Schlaf der Erschöpfung, Schwester«, rief der Knabe, »und nur aus Schwäche lässt Sie uns Raum. Verzagt ist Sie, seit der Schwarze Gott Kalmon Sie mit dem Stein daran hindert, diese Wüste zu verlassen, dankbar schon für die kargen Wasseropfer, mit denen diese Schaben versuchen, Ihren wütenden Durst zu besänftigen...«

»Doch jetzt«, sagte Isparra mit Bitterkeit in der Stimme, »ist Sie erwacht und durstig.«

»Weil jene Sterblichen Sie geweckt haben«, zischte der Knabe und deutete dabei auf Awin und Merege.

»Ist das so?«, fragte Isparra und wandte sich an das Mädchen: »Haben jene Sie geweckt? War es wirklich der blinde Gott des Zufalls, der die Menschen mit dem Stein hierhergeführt hat, Seweti, meine Schwester?«

Seweti lachte laut auf. Dann erstarb das Lachen, und ein seltsamer Zug flackerte über ihr Gesicht. Es sah fast aus, als wolle sie gleich weinen.

Der Knabe funkelte sie zornig an. »Du? Du hast den Fremden hierhergelockt?«

Seweti zog einen Schmollmund. »Skefer hat mir berichtet, was der Fremde getan hatte. Es war eine Gelegenheit. Ich dachte, wir könnten ihn zerstören«, rechtfertigte sie sich.

»Närrin!«, fuhr sie Nyet zornig an. »Wenn wir das könnten, hätten wir es wohl längst getan!«

»Aber ich dachte, auf der Schwelle zu Ud-Sror …«, begann Seweti mit weinerlicher Stimme.

»Wie dumm du bist, Schwester!«, unterbrach sie Isparra. »Hast du deinem eigenen Flüstern Glauben geschenkt? Edhil hat diesen Stein geschaffen, um Daimonen und Götter zu verbannen. Selbst der mächtige Uo könnte ihm nichts anhaben. Keiner von uns könnte ihn auch nur berühren! Du hättest ihn ziehen lassen sollen, weit fort.«

Für einen Augenblick glaubte Awin, das Mädchen würde in Tränen ausbrechen, aber dann lachte sie plötzlich, drehte sich um und tänzelte aus dem Zimmer.

Awin schob sich vorsichtig durch die Kammer hinüber zu Merege und setzte sich neben sie.

»Weißt du, was hier vor sich geht?«, fragte er flüsternd.

Merege zuckte mit den Schultern.

Der Knabe sah sie mit durchdringendem Blick an. Awin spürte einen pochenden Kopfschmerz. *Skefer*, sagte seine innere Stimme.

»Aber die Menschen könnten es!«, rief der Knabe.

»Diese Schaben?«, fragte Nyet ungläubig.

Isparra zischte verächtlich. »Was können die Menschen? Zerstören? Den Stein? Oder Sie, Bruder?«

Der Knabe starrte die Frau erschrocken an. Der Hüne verfärbte sich, zerschmetterte mit seiner Faust ein Stück Wand und rief: »Das ist Wahnsinn! Sie wird dich verschlingen und alle, die dir helfen. Aber mich nicht, Schwester, mich nicht!« Und mit diesen Worten stürmte er davon.

Skefer folgte Nyet. Im Durchgang drehte er sich noch einmal um. Awin konnte seinen stechenden Blick kaum ertragen. »Hört nicht auf meine Schwester«, zischte er. »Sie wird sterben und ihr mit ihr, wenn ihr auch nur daran denkt, Sie herauszufordern.« Er wandte sich Isparra zu. »Und ich, Schwester, werde nicht dabei zusehen.« Dann löste er sich in Luft auf.

»Narren«, fluchte die Frau.

»Ich verstehe nicht, was hier vor sich geht, Isparra«, sagte Awin vorsichtig.

»Etwas fehlt noch, aber es ist gleich hier«, lautete die rätselhafte Antwort.

Awin warf einen fragenden Seitenblick zu Merege, aber die zuckte nur gelassen mit den Schultern. Die Frau sah Merege plötzlich an, für einen Augenblick schwand der Hochmut aus ihrem Antlitz. »Du bist von dem Volk, das das Große Tor bewacht, nicht wahr? Ich hörte den anderen darüber sprechen.«

Merege nickte, und Awin fragte sich, welcher »andere« da wohl gemeint war.

»Verrate es Ihr nicht!«, sagte Isparra in drängendem Tonfall. »Verrate Ihr auf keinen Fall, wer du bist und woher du kommst!«

Wieder begnügte sich Merege mit einem gelassenen Nicken. Awin wäre gern aus der Haut gefahren. Da saß sie auf dem Boden, unterhielt sich mit Isparra, der Zerstörerin, und tat, als sei es das Gewöhnlichste der Welt. Er hingegen zweifelte schon seit einer ganzen Weile an seinem Verstand.

»Eines verstehe ich noch nicht, Ehrwürdige«, sagte die Kariwa jetzt. »Ich dachte, die Windholde seien Diener des Fahs.«

Ein Zucken lief über das Gesicht der Frau. »Er schläft. Wie fast alle Götter. Aber Sie ist erwacht. Und Sie findet die Welt voller Menschen, aber ohne ihresgleichen.«

Awin verfluchte die Abneigung Isparras gegen Namen. Er begriff, dass sie von zwei verschiedenen Wesen sprach und mit »er« Fahs meinte, den Hüter der Winde und des Himmels, aber wer war diese »Sie«, von der sie und die anderen gesprochen hatten? Er dachte an die alten Geschichten. Die Winde, die Fahs die Gefolgschaft verweigert hatten, weil sie von der schönen Xlifara verführt worden waren. Xlifara ... Ein kalter Schauer kroch ihm über den Rücken. Die Gefallene Göttin, die zu Slahan geworden war. Sprach diese Frau, die behauptete, Isparra zu sein, von *Xlifara Slahan*? Er konnte sich gar nicht ausmalen, was das bedeutete. Aber dann hätte er beinahe gelacht. Wer immer dort auf sie wartete, es war sicher nicht Slahan. Das konnte einfach nicht sein.

»Endlich«, sagte Isparra und richtete sich auf.

Schritte waren zu hören. Jemand, der sein Bein nachzog. Der Alte, den Awin auf dem Sandhügel gesehen hatte, trat lautlos in die Kammer. Sein Blick funkelte. Er nickte Isparra kurz zu, sagte aber nichts. Mit ihm hinkte Curru durch den Zugang. »Hier steckt ihr also!«, rief der alte Seher zornig. »Seit Stunden suche ich euch schon.«

Die Frau betrachtete ihn mit einem seltsamen Blick. Sie ging um ihn herum, sorgsam auf Abstand bedacht. Dann erschien wieder der hochmütige Zug auf ihrem stolzen Gesicht. Sie schüttelte den Kopf und wies auf den anderen Gang. »Sie erwartet euch. Seid vorsichtig. Verratet nichts.« Dann verschwand sie.

Awin stellte erstaunt fest, dass der glatzköpfige Alte bereits verschwunden war, ohne dass er gesehen hätte, wie er das bewerkstelligt hatte.

Curru schüttelte sein graues Haupt. »Seltsame Menschen, wenn ihr mich fragt. Der Alte hat auf dem ganzen langen Weg keinen einzigen Ton gesagt.«

Dauwe, der Täuscher, dachte Awin. Er stand auf, unschlüssig, was er Curru erzählen sollte und was nicht.

»Es sind keine Menschen«, erklärte Merege ruhig.

Curru kniff ein Auge zusammen. »Was sollten sie denn sonst sein, junge Frau?«

»Windholde natürlich«, lautete die erstaunte Antwort.

Curru lachte heiser. »Götter des Windes? Hat dir das mein Schüler erzählt? Gaukeleien sind es, die uns erschrecken wollen, Scheinwesen vielleicht. Ich glaube, dass hier irgendein halb verfaulter Maghai aus den Sümpfen sein Spiel mit uns treibt. Wie sonst hätte es sein können, dass wir nicht vorhersahen, dass der Feind diesen Weg nach Serkesch wählen würde? Das kann nur ein Maghai gewesen sein, der unseren Blick mit schwarzem Zauber trübte. Denn das sind sie, Meister der Täuschung und Lüge, nicht besser als Hexen. Wer das erkennt, muss sie nicht mehr fürchten, ganz im Gegenteil, ich werde ihn das Fürchten lehren!«

Uns den Blick getrübt? Wenn es wirklich ein Maghai ist, hat er dem Alten wohl auch das Gedächtnis verwirrt, dachte Awin grimmig. Er selbst wusste nicht viel über die alten dhanischen Zauberer, aber er bezweifelte, dass sie Winde beherrschen konnten. Doch wer war es dann, der am anderen Ende dieses Ganges auf sie wartete, wenn es weder ein Maghai noch eine Göttin war? Ihn beschlich das Gefühl, dass sein Verstand ihm hier nicht weiterhalf. Hatte Curru vielleicht Recht, und es waren nur Trugbilder, und das alles geschah gar nicht wirklich? Träumte er am Ende nur? Alles war so unwirklich. Eine ganz andere Frage kam ihm plötzlich in den Sinn: »Sagt, wo ist Eri?«

»Der Yaman? Er ist nicht bei euch? Ich habe ihn nicht wieder gesehen, seit wir getrennt wurden.«

»Wir müssen ihn suchen«, meinte Awin.

»Und wo in diesem endlosen Gewirr?«, fragte Curru mürrisch.

»Die Windholde sagte, wir sollten diesen Weg dort nehmen«, wandte Merege ein.

»Vielleicht ist Eri schon dort«, meinte Curru.

»Vielleicht ist es auch eine Falle«, entgegnete Awin.

Merege zuckte mit ihren schmalen Schultern. »Ich bin sogar sicher, dass es so ist. Aber ich bin auch sicher, dass kein anderer Weg uns hier herausführt.«

»Was es auch sein mag, wir werden es nicht herausfinden, wenn wir hier nur herumstehen«, meinte Curru. Ein kampflustiges Grinsen zuckte um seine Mundwinkel. »Es ist unhöflich, den Feind warten zu lassen. Also folgt mir!« Er legte die Hand auf die silberne Axt an seinem Gürtel und hinkte in den Gang hinaus.

»Kommst du?«, fragte Merege und zog ihr schlankes Schwert aus der Scheide.

Awin seufzte. Natürlich war es eine Falle. Er konnte die Gefahr förmlich riechen. Wer immer dort auf sie wartete, war so mächtig, dass selbst die Winde ihn – oder vielmehr Sie – fürchteten. Er glaubte nicht, dass sie mit Waffen irgendetwas würden ausrichten können. Trotzdem zog er sein altes Sichelschwert und folgte den beiden.

Sand rieselte von der Decke, von den Wänden, und Awin sah ihn sogar durch die Augen und Münder von Totenschädeln rinnen. Das leise Geräusch füllte den kurzen Gang, und es zerrte an Awins Nerven. Dann hörte er ein anderes Geräusch. Awin spitzte die Ohren. Es klang wie das Klappern von Geschirr.

Jemand lachte. Sie erreichten eine lang gestreckte, niedrige Kammer. Awin sah Reste von Mauern, dazwischen die unvermeidlichen gelben Wände, von denen dicht an dicht die Totenköpfe längst verblichener Krieger grinsten. Awin mochte den Raum nicht, er war zu niedrig, zu schmal, das Licht zu fahl. Aber das waren Gedanken, die ihm erst kamen, als er sich gesetzt hatte, denn beherrscht wurde dieser Raum von einer langen, niedrigen Tafel, die sich unter der Last von Speisen bog. Awin bekam große Augen. Er sah Hammelkeulen, Obst, Brot, ein ganzes gebratenes Zicklein, dazwischen Krüge, die nach Brotbier aussahen, und Becher mit vergorener Stutenmilch. Und an diesem Tisch saß Eri auf einer langen Bank und ließ es sich schmecken.

»Ah, sind das deine Brüder, von denen du sprachst, Yaman Eri?«, fragte eine leise, sehr weiche Stimme. Sie schien vom Kopfende des Tisches zu kommen. Dort war eine Art Vorhang durch den Raum gespannt, hinter dem Awin den Umriss eines Menschen zu erkennen glaubte. War das die Stimme, die er schon ein paarmal so schwach in diesem verfluchten unterirdischen Irrgarten gehört hatte?

»Das sind sie, Ehrwürdige«, rief Eri und sprang auf.

»Ich grüße die Reiter der Schwarzen Berge«, flüsterte die Stimme. »Seid willkommen an meiner Tafel, Krieger des Staublandes!«

Awin zuckte zusammen. Sie wusste viel über sie. Hatte Eri ihr das alles verraten? Er saß dort, zufrieden lächelnd, vor ihm auf dem Teller stapelten sich abgenagte Knochen.

Curru nahm langsam die Hand von der Axt. »Ich grüße dich auch, Fremde, und danke für dein Willkommen. Darf ich dich nach deinem Namen fragen?«

»Du musst Curru sein, der berühmte Seher, richtig?«, hauchte die weiche Stimme freundlich.

»Der bin ich«, erwiderte Curru langsam.

»Nehmt Platz und greift zu, ihr müsst hungrig sein«, flüsterte ihre Gastgeberin.

Sie hatte Recht. Awin hatte das Gefühl, als habe er seit Wochen nichts gegessen. Aber die Fremde hatte ihren Namen nicht verraten. »Ich bin Awin, Ehrwürdige«, stellte er sich vor, »darf ich auch dich nach deinem Namen fragen, Herrin?«

Einen kurzen Augenblick blieb es still hinter dem Vorhang. Dann flüsterte es: »Ich habe meinen Namen vor langer Zeit abgelegt, doch könnt ihr mich Dhane nennen.«

Awin runzelte die Stirn. Das war ein Titel, kein Name. Dennoch suchte er sich einen Platz an der Tafel. Diese freundliche Stimme gehörte vermutlich einem Feind, aber er hatte Hunger. Er setzte sich neben Eri, denn er hatte das Gefühl, dass der Yamanssohn zu viel redete.

»Ist das das Mädchen, das das Große Tor bewacht, Yaman Eri?«, flüsterte die Stimme jetzt. Awin verschlug es den Atem. Hatte der Knabe denn alles verraten?

»Das Weib? Ja, sie ist …«, begann Eri, aber Awin stieß ihm hart den Ellenbogen in die Rippen. »Merege begleitet uns, ehrwürdige Dhane«, sagte er dann schnell.

»Dieses Tor, Mädchen. Es ist weit weg, nicht wahr?«, fragte die Dhane.

Merege setzte sich, ohne zu antworten.

»Der Yaman Eri wusste nicht viel darüber, aber du musst mir davon erzählen«, hauchte die Stimme sanft.

»Später vielleicht«, antwortete Merege vorsichtig.

»Später«, echote die Stimme enttäuscht.

Curru schnitt sich unterdessen ein Stück Fleisch von dem Zicklein und beäugte es misstrauisch.

»Greift zu. Immer habt ihr Hunger, nicht wahr? Selten beehren mich Gäste in meinen Hallen«, hauchte es freundlich.

Awin war sich auf einmal nicht mehr sicher, dass ihre Gastgeberin wirklich jenseits des Vorhangs saß. Die Stimme schien von allen Seiten zu kommen. Er hatte die Hand schon auf einen Krug Bier gelegt, aber jetzt hielt er inne. Sie bekam nicht oft Besuch? Wo hatte sie dann all diese Speisen her? Sie selbst aß offenbar nichts. Merege hatte gegenüber Awin Platz genommen, aber sie rührte nichts an. Awins Magen knurrte. Curru neben ihm kostete vorsichtig von seinem Braten. Dann breitete sich Entzücken auf seinem Gesicht aus, und er biss herzhaft zu.

»Yaman Eri berichtete, dass ihr einen Räuber jagtet. Habt ihr ihn gefunden?«

»Nein, Ehrwürdige«, antwortete Curru kauend, »er ist uns entwischt – für den Augenblick. Wir werden ihn noch bekommen.«

»Ich hörte ein Wort«, flüsterte die Gastgeberin. »Lichtstein.«

Curru hörte auf zu kauen und warf Eri einen bösen Blick zu. Der Knabe lief rot an.

»Was ist damit?«, fragte der alte Seher jetzt langsam.

»Euer Feind war in der Nähe. Ich glaube, er hat diesen Stein hier verloren.«

»Den Heolin? Hast du ihn gefunden?«, rief Eri aufgeregt, bevor Awin ihn bremsen konnte.

»Heolin«, antwortete die Stimme, und es schien, als würde sie aus den Totenschädeln kommen, die von der Wand starrten. Sie beantwortete die Frage nicht, sondern fragte nun ihrerseits: »Habt ihr ihn gefunden?«

Curru schob seinen Teller zur Seite. Sein Misstrauen war offensichtlich wieder erwacht und stärker als sein Hunger. »Nein, Ehrwürdige, wie ich schon sagte, der Fremde ist uns entkommen. Er wird ihn haben.«

»Aber er ist doch hier, dieser Stein. Ich kann ihn fühlen«, erwiderte die Stimme.

Curru sah lauernd zu dem Vorhang hinüber. »Wenn du den Heolin an dich genommen hast, wären wir dir dankbar, wenn du uns diesen Stein überlassen könntest, Ehrwürdige«, erwiderte er ruhig.

»Ich würde den belohnen, der ihn zerstört«, antwortete ein bekümmertes Flüstern, »reich belohnen.«

»Leider haben wir ihn nicht«, entgegnete Curru steif.

Awin witterte den Geruch der Lüge, ja, er spürte unzweifelhaft, dass sein Meister log. Senis hatte gefragt, ob Curru den Jungen durchsucht hatte, aber das hatte er nicht. Awin biss sich auf die Lippen. Wenn Curru den Heolin nicht in dem Sack bei den anderen Schätzen gefunden hatte, warum hatte er dann nicht auch Pferd und Reiter durchsucht? Das ergab keinen Sinn, es sei denn – Curru hatte schon gefunden, was sie alle so dringend suchten. Awin wurde heiß und kalt. Sein Meister hatte den Lichtstein längst! Er hatte es ihnen verheimlicht. Selbst Eri wusste es nicht.

»Nein«, flüsterte die Dhane. »Er ist hier, er ist näher. Ich spüre den Schmerz, die Pein. Ihr habt ihn mitgebracht an meine Tafel!«

»Ich weiß nicht, wovon du redest, Ehrwürdige«, entgegnete Curru gelassen.

»Du weißt nichts, wie mir scheint, Seher«, erwiderte die Stimme unnatürlich sanft. »Du weißt nichts über den Heolin, du weißt nichts über das Verhängnis, das über euch schwebt.«

Awin hörte ein durchdringendes Knacken in der Wand, und es kam ihm so vor, als sei das Rieseln des Sandes lauter geworden. Er bemerkte, dass Merege sich unmerklich vom Kopfende der Tafel entfernte. Ganz langsam rutschte sie zur Seite. Sie ließ den Vorhang nicht mehr aus den Augen.

»Er ist hier, an meiner Tafel!«, schrie die Dhane plötzlich.

Ihre Stimme war so durchdringend, dass es schmerzte. Und dann verfärbten sich die Wände dunkel. Dünne Rinnsale aus Blut flossen aus den Augenhöhlen der Totenköpfe, und Blut quoll zwischen den bleichen Rippen hervor. Awin hörte wieder das schneidende Knacken in den Wänden. Er blickte besorgt zur Decke. Ein Riss war dort zu sehen. War der vorhin schon da gewesen? Eine feine Spur Sand rieselte herab.

»Wollt ihr Silber? Wollt ihr Eisen? Oder gar Gold? Immer wollt ihr Schätze, immer! Ich gebe euch alles, was ihr wollt, wenn ihr ihn nur zerstört!«, rief die Dhane jetzt. »Zerstört ihn! Jetzt!«

»Eisen und Gold?«, fragte Eri beeindruckt.

»Schweig, Eri«, schnaubte Curru, und dann stand er auf. »Nun, Dhane, oder sollte ich dich Maghai oder besser gleich Hexe nennen? Ja, er ist hier. Er ist unser. Kein Silber oder Eisen der Welt kann ihn aufwiegen. Er hält das Böse von uns fern. Spürst du ihn? Spürst du ihn brennen, Hexe? Offenbar verträgst du ihn nicht! Warum sollte ich ihn dir geben? Vergiss nicht, ich bin ein Seher, und ich sehe, dass du Böses im Schilde führst, und der Heolin sieht es auch! Komm doch und hole ihn dir – oder vermagst du es nicht?«

Die Fremde stöhnte hinter dem Vorhang. Sie schien große Schmerzen zu leiden. Awin stand langsam mit den anderen auf. Plötzlich sprang Eri zum Vorhang. Er riss ihn zur Seite, und der Stoff verwandelte sich und zerfiel zu Sand. Verblüfft starrte Eri auf seine leere Hand, durch die der Sand rann. Hinter dem Vorhang glaubte Awin für einen Augenblick, einen Schemen zu erkennen, der sich an die Wand lehnte – und dann in ihr verschwand.

Das Knacken wurde lauter. Es sprang über die Decke, durch die Wände und selbst durch den Fußboden. Ein böses Zischen lenkte ihre Blicke auf den Tisch. Und dort, wo sich gerade noch die schwere Holzplatte unter köstlichen Speisen gebogen hatte, war von einer Sekunde auf die nächste nur noch Sand. Curru taumelte vornüber, hustete, Sand rann ihm aus dem Mund. Eri verfärbte sich und krampfte sich stöhnend zusammen. Das beunruhigende Knacken verwandelte sich in ein Knirschen und Bersten, Sandbrocken fielen von der Decke. Awin zog sein Sichelschwert und drehte sich um. Wenn die Dhane in einer Wand verschwinden konnte, dann kehrte sie vielleicht durch eine andere zurück. Zwischen den Gebeinen sickerte immer noch Blut aus den Wänden, aber es verschwand, als es den Boden berührte. Merege hatte ihr Schwert in der Hand. Sie beobachtete den Fußboden. Das Knacken verstummte, und selbst das ewige Rieseln schien innezuhalten. Curru hörte auf, Sand zu spucken, und nahm seine Axt in die Fäuste. Auch Eri schien seinen Krampf überwunden zu haben. Er zog seinen Dolch. Sie warteten. Das Knirschen kehrte zurück, leise zunächst, dann lauter sprang es über die Wände – und dann barsten sie, und die Knochen erwachten zum Leben.

Für einen Augenblick glaubte Awin, die Toten würden aufstehen, aber es war schlimmer. Die Wand geriet in Bewegung, und eine riesige Schlange schälte sich aus dem gelben Stein. Sie zischte, obwohl sie doch selbst nur aus Sand war. Sie riss ihr Maul weit auf und stieß auf Curru herab. Awin sah entsetzt, dass ihr Blut aus dem Maul floss. Es sah aus, als wolle sie den alten Seher mit einem einzigen Biss verschlingen.

»Hakul!« Curru stieß einen Kampfruf aus, schwang die Axt und ließ sie auf den Kopf der Schlange niedergehen. Er zerbarst in einer Explosion aus Sand, und der mächtige Leib fiel aufgelöst in hunderttausende einzelne Körner zu Boden. Es klirrte, und Awin sah mit Grauen, dass der Leib des Ungeheuers nicht nur aus Sand, sondern auch aus den Knochen und Waffen der unglücklichen Toten bestand, die eben noch in der blutenden Wand gesteckt hatten.

»Ist das deine ganze Kunst, Maghai?«, schrie Curru.

Es zischte wieder, vielstimmig. Aus allen Wänden züngelten jetzt Schlangen hervor. Manche mit Leibern so stark wie der eines Mannes, andere kaum dicker als Arme. Curru schwang seine Axt und stürzte sich auf die nächsten Gegner. Er brauchte nur wenige Augenblicke, um vier der Schlangen mit seiner Axt zu zerlegen. Awin folgte seinem Beispiel. Die Angreiferinnen waren langsam. Er schlug der ersten mit einem Schlag den Kopf ab, spaltete einer zweiten den Schädel. Sand zerspritzte bei jedem Treffer. Eine dritte schnappte nach seinem linken Arm. Sie streifte ihn an der Schulter. Sofort breitete sich dort lähmende Kälte aus. Awin schlug auch diesem Untier den Kopf ab. Er zerfiel zu Knochen und Sand. Er sprang zurück. »Lasst euch nicht berühren!«, rief er.

»Von wem?«, antwortete Eri lachend. Awin sah sich um. Curru erledigte gerade die letzte ihrer Gegnerinnen. »Mehr hast du nicht zu bieten, Hexe?«, rief er laut.

Awin schüttelte ungläubig den Kopf. Das war zu einfach. Es knackte wieder in der Wand, Sand rieselte von der Decke, und neue Gegner schälten sich zischend aus den Wänden, und dann strömten sie aus dem Gang in die Kammer, langsam, ungelenk, die Leiber mit schartigen Waffen, Knochen und verrosteten Rüstungen grotesk verunstaltet, aber es waren Dutzende, Aberdutzende. Blut tropfte aus ihren offenen Mäulern. Eris Lachen erstarb.

»Nehmt euch Schilde, Rüstungsteile, irgendetwas. Aber lasst euch nicht berühren!«, rief Merege, die einen halb zerfallenen Holzschild aufgehoben hatte.

Ein ungleicher Kampf begann. Keine dieser Schlangen war für sich genommen eine Gefahr, aber es waren so viele. Awin schlug um sich. Er hatte einen kleinen, verbeulten Bronzeschild gefunden, mit dem er die Angreiferinnen auf Abstand hielt. Er schlug immer wieder zu, aber bald hatte er das Gefühl, dass für jede Schlange, die er auslöschte, zwei neue in die Kammer drängten. Sie kamen aus den Gängen und aus den blutenden Wänden, schließlich ließen sie sich sogar aus der Decke herab. Bald stand Awin mit den anderen Rücken an Rücken in der Mitte der Kammer, inmitten von Knochen und Sand, und schlug Welle um Welle zurück. Sie kämpften verbissen. Es war ein grimmiges Metzeln von Gegnerinnen, die langsam, aber unerbittlich ihren Weg zur Schlachtbank antraten, nach vorne drängten, vernichtet und ersetzt wurden. Awin keuchte. Die linke Schulter schmerzte immer noch von der einen kurzen Berührung. Allmählich wurde ihm klar, dass sie langsam, aber sicher untergehen würden. Bis zu den Knöcheln stand er schon im Sand. »Kannst du uns nicht hier herausbringen?«, rief er Merege zu, während er sich vor dem Angriff einer mächtigen Schlange zurückzog. Merege streckte ein Untier mit ihrer schlanken Eisenklinge nieder. »Nein, nicht alle vier«, rief sie zurück.

Ein Stoß erschütterte Awins Schildarm. Er schlug dem Wesen mit dem Schild gegen den Leib. Es zerfiel zischend zu Sand und Knochen. Schon kroch die nächste Schlange heran. »Außerdem«, rief Merege keuchend, »sind diese Schlangen doch schon tot. Es gibt nichts, was ich von ihnen nehmen könnte.«

»Wovon redet die Hexe?«, rief Curru.

Awin wich einem zuschnappenden Maul aus. Wieder streckte er zwei Gegnerinnen nieder. Drei neue nahmen ihren Platz ein. Eri schrie auf und taumelte hinter Awin zu Boden. »Mein Bein, sie haben mein Bein erwischt«, rief er.

»Schützt den Yaman!«, rief Curru und warf sich mit gewaltigen Axthieben auf den Feind. Er atmete schwer. Lange konnten sie das nicht mehr durchhalten.

»Und weißt du keinen anderen Zauber?«, rief Awin und

schlug nach einem Schlangenkopf, der beinahe Mereges Rücken getroffen hätte.

»Für jeden Zauber brauche ich Kraft, Awin«, rief Merege.

Awin stolperte über einen Knochen und fing sich gerade noch rechtzeitig, um einem blutigen Maul zu entgehen. Wieder erledigte er das Wesen mit dem Schild, dann ein weiteres mit dem Schwert. Seine Arme wurden langsam schwer. Wie lange fochten sie nun schon? Immer noch lief das unheimliche Knirschen und Knacken durch die Wände, und immer noch drängten weitere Schlangen aus den Wänden. Eri hatte sich einen Speer gegriffen und kämpfte auf den Knien weiter. Curru hatte die Waffe gewechselt. Er kämpfte mit seinem Schwert, und sein linker Arm hing schlaff herab.

Plötzlich hatte Awin eine Eingebung: »Der Heolin!«, rief er. »Kannst du nicht Kraft vom Heolin nehmen?«

Merege wehrte einen Gegner ab, stöhnte kurz auf und rief: »Aber wo ist er?«

»Curru hat ihn«, rief Awin. Ein harter Stoß traf seinen Schild. Sein Arm wurde taub von der Erschütterung, und er sah entsetzt, wie der Schild zerbrochen von seinem Unterarm glitt. Er schlug einen Sandschädel von einem grotesken Rumpf, dann sprang er zurück.

»Gib mir den Heolin, Curru!«, rief Merege.

»Niemals, Hexe!«, lautete die Antwort.

»Sie kann uns retten, Curru!«, rief Awin.

»Das können wir schon selbst«, erwiderte der Alte keuchend.

Awin zerschmetterte ein paar Leiber. Er hörte Merege schreien, dann Curru. Awin fuhr herum. Die Kariwa hatte Curru gepackt. »Gib ihn mir, alter Mann, oder wir werden alle sterben.«

Curru wehrte sich und schrie plötzlich auf. Eine Schlange

hatte sich in seinen Knöchel verbissen. Awin sah weitere Ungeheuer auf Merege eindringen. Er stürzte sich auf sie und streckte sie nieder. Ein zweifacher Stich in der Seite raubte ihm den Atem. Sie hatten ihn erwischt. Er spürte Fangzähne, tödliche Kälte schien sich rasch von dort auszubreiten. Sein Schwert glitt ihm aus der Hand. Hinter ihm rangen Merege und der Seher miteinander. »Dann eben so!«, rief Merege.

Eri kauerte hinter ihnen und versuchte, die unerbittlich anrückenden Schlangen mit Schild und Speer zurückzuschlagen. Awin sah Mereges entrücktes Gesicht. Sie hatte den zitternden Curru am Kragen gepackt. Er musste sie schützen! Sie war ihre einzige Hoffnung. Er warf sich einem weiteren riesigen Schlangenleib entgegen und rannte ihn einfach über den Haufen. Der Zusammenprall raubte ihm die Luft, Kälte strömte durch seine Glieder. Er taumelte. Über sich sah er Merege stehen, ihre Hand lag auf Currus Brust. Ihre Augen verfärbten sich weiß, und sie rief Worte in einer fremden Sprache, die sich Awin dennoch unauslöschlich ins Gedächtnis einbrannten: »*Uo jega! Uo jega! Kaiwin Milnar! Kaiwin Wecuna!*«

Die Zeit blieb stehen. Die Sandschlangen erstarrten. Awin sah Risse über die Wände springen und Knochen bersten. Er wusste, all das geschah ungeheuer schnell, aber er sah es langsam, im Takt seines immer träger schlagenden Herzens. *Uo jega* – sie hatte den Totengott angerufen, so viel hatte er verstanden, und es erschien ihm, während er zwischen all den Knochen, Waffen und Rüstungsteilen von Kriegern, die seit Jahrhunderten verblichen waren, allmählich zusammensank, seltsam angemessen. Curru stöhnte durchdringend. Ein Licht glomm auf. Awin keuchte. Die Kälte hatte seine Lunge erreicht und bohrte sich mit tausend Nadeln hinein. Das Licht wurde stärker. Aus dem Funken wuchs eine Flamme und dann ein gleißendes Feuer. Awin schloss geblendet die Augen. Noch einmal hörte er Merege rufen: »*Uo jega! Kaiwin Milnar! Kaiwin Wecuna! Uo jega!*«

Der Donnerschlag war so laut, dass der Boden bebte. Awins Ohren dröhnten. Er war sich nicht sicher, ob das sein letzter Herzschlag war oder ob es wirklich donnerte. Er öffnete die Augen wieder. Da stand Merege, totenbleich, die Augen leuchtend weiß, und die schwarzen Haare flatterten im Zentrum eines Sturms, den sie selbst entfesselt zu haben schien. Die Wände wankten, Knochen wurden umhergewirbelt, und dann zerriss ein gleißender Blitz die Kammer. Awin schloss geblendet die Augen. Er spürte die ungezügelte Gewalt, die an ihm zerrte und zog. Er keuchte, hustete Blut. Dann kam der Schrei. Er war lauter als der Donner, viel lauter, und so durchdringend, dass Awin meinte, er würde ihn in der Mitte auseinanderreißen. Er schluckte Sand, hörte Winde brüllen und Menschen schreien. Er hob abwehrend die Hand, und für einen Augenblick war ihm, als würde er dort, inmitten des Sturms, Isparra sehen, die ihn aus leeren Augen ansah. Aber dann kam eine Sturmböe, packte die Frau mit roher Gewalt und riss sie fort, als sei sie nur eine Statue aus Staub. Noch einmal donnerte es, der Boden schwankte – und dann war es endlich still. Awin spürte eine sanfte Last, die sich über ihn legte, ihn zudeckte und langsam, ganz langsam begann, ihn zu erdrücken. Die Kälte wich aus seinen Gliedern, eine ungeheure warme Müdigkeit breitete sich in ihm aus. Er wäre sofort eingeschlafen, wenn er nicht ein seltsames Brennen in der Lunge gespürt hätte.

»Ich habe dich lange nicht gesehen, mein Junge«, sagte eine vertraute Stimme.

Awin öffnete die Augen. Er war an einem langen grauen Strand. Im Hintergrund ragten Berge in den Himmel. Aber wo war das Meer?

»Ihr habt es geschafft, denke ich«, sagte Senis. Es war die

junge Senis, die große, hochgewachsene Frau, die Merege so ähnlich sah.

»Was?«, fragte Awin verständnislos.

»Du solltest dennoch aufstehen. Denn sonst wirst du schnell das finden, was ich schon so lange vergeblich suche. Und du musst gehen. Sag ihr, dass sie ihn nicht behalten darf. Er ist gefährlich! Sag ihr das!«

»Gehen? Ich bin doch gerade erst angekommen«, widersprach Awin.

Senis runzelte die Stirn. »Du bist noch lange nicht angekommen, junger Seher«, sagte sie und gab ihm einen kräftigen Stoß.

Awin stürzte und schlug dumpf im Sand auf. Er wollte die Augen öffnen, aber er konnte es nicht. Er öffnete den Mund und schluckte Sand. Der Kampf. Die Schlangen. Currus verzweifelter Schrei. Merege und das Licht. Er war im Sand gefangen! Die Decke musste eingestürzt sein. Panisch begann er zu strampeln. Er kämpfte, seine Lungen brannten. Dann spürte er, dass seine Hand plötzlich frei war. Er streckte sich, bäumte sich auf und stieß mit dem Kopf durch die Oberfläche. Gierig sog er die Luft ein, schluckte Staub, spuckte ihn wieder aus und kam langsam auf die Knie. Seine Augen brannten. Um ihn herum lagen Knochen verstreut, und über ihm leuchtete der volle Mond. Er hustete sich die Seele aus dem Leib. Der Schmerz in seiner Seite! Da hatte ihn die Schlange erwischt.

»Hilf mir, Awin!«, rief eine helle Stimme.

Awin blinzelte und erkannte die Umrisse von Merege, die offensichtlich versuchte, etwas aus dem Sand zu ziehen. Er kroch zu ihr. Da ragte ein Büschel Haare heraus. Er tastete sich durch den Sand vor und bekam eine Schulter zu fassen. Gemeinsam zerrten sie Eri an die Oberfläche.

»Ist er...?«, fragte eine heisere Stimme.

Awin drehte sich um. Curru stand dort, auf einen zerbrochenen Speer gestützt, staubbedeckt im hellen Mondlicht.

Merege schüttelte den Kopf. »Der Knabe wird es überleben«, sagte sie.

»Wo ist der Sand?«, fragte Curru.

»Meister Curru, du lebst?«, fragte Awin, der endlich seine Verblüffung überwand.

»Enttäuscht?«, fragte Curru verbittert.

»Ich ... ich sah dich fallen«, erwiderte Awin lahm. Aber er war erleichtert. Merege hatte es also geschafft, sie zu retten, ohne den Alten zu töten. Aber was meinte Curru mit dem Sand? Er blinzelte noch einmal. Allmählich sah er besser. Er sah die Mauerreste der Kammer, dahinter ragten weitere Ruinen aus dem Boden. Knochen schimmerten bleich im Mondlicht. Ein starker Wind blies. Es war kalt.

»Westwind«, meinte Curru. »Du kannst den Dhanis schmecken.«

»Aber wir sind doch in der Slahan, in Uos Mund. Da kommt der Westwind nicht hin«, widersprach Awin.

»Ist das so, Awin?«, fragte Curru.

Awin schüttelte sich den Staub aus den Haaren und stand auf. Der Himmel war sternenklar, und der Mond leuchtete. Etwas stimmte nicht. Awin runzelte die Stirn und sah sich um. Da waren die Ruinen, Mauerreste, die sich ein gutes Stück über die kahle Ebene zogen. In einiger Entfernung sah er die Reste einer weißen Kuppel. Hinter ihm ragte der Glutrücken in den Nachthimmel. Aber – wo war die Wüste? Er stand bis zu den Knien in einem kleinen Hügel Sand, aber sonst gab es nur nackten Boden. Die Slahan war fort.

Merege stand auf, klopfte sich Staub aus dem schwarzen Gewand und betrachtete nachdenklich den Himmel. Schließlich sagte sie: »Das ist der Lange Mond. Seht ihr die Sterne dort? Nur bei Mittwinter siehst du die Sichel Uos so hoch stehen.«

»Mittwinter? Das kann nicht sein. Es war etwa Mittsommer, als wir aufbrachen!«, widersprach Awin.

»Nein, diese Hexe hat Recht. Es ist der Frostmond. Auch wenn ich nicht verstehe, wie das möglich ist«, brummte Curru.

»Ein halbes Jahr? Wir waren ein halbes Jahr in diesen Gängen?«, rief Awin ungläubig.

»Es muss eine wirklich mächtige Maghai gewesen sein«, meinte der alte Seher nachdenklich.

»Eine Maghai, ist das dein Ernst?«, fragte Merege aufgebracht. »Es gibt keine weiblichen Maghai, hast du das vergessen, Seher? Und es war auch sicher keine Hexe. Oder glaubst du wirklich, dass ein Zauberer oder eine Hexe oder überhaupt irgendein Mensch über ein Heer solcher Ungeheuer gebieten könnte? Wenn du das glaubst, dann bist du ein Narr, Curru von den Hakul.«

Es war das erste Mal, dass Awin sie so wütend erlebte.

»Zumindest bin ich kein Verräter, der seine Brüder im Kampf angreift, Hexe!«, schleuderte ihr der alte Seher entgegen.

»Und was ist der, der für sich behält, was seine Brüder so verzweifelt suchen?«, fragte Merege. Plötzlich war sie wieder ganz gelassen.

Curru ballte die Fäuste. »Er ist vorsichtig und das zu Recht, denn der Hexe kann er ebenso wenig trauen wie seinem Schüler, der ihn und seinen Klan hintergangen hat!«

Awin schüttelte den Kopf. Curru verstand alles falsch, und zwar, das begriff er erst jetzt, mit voller Absicht! Er wollte gar nicht verstehen, dass dieses schmächtige Mädchen sie alle gerettet hatte.

»Sie hat uns gerettet, siehst du das nicht, Curru?«, fragte er trotzdem.

Aber Curru antwortete nicht, sondern stapfte wütend davon.

»Wo will er hin?«, fragte Awin.

Die junge Kariwa zuckte mit den Schultern. »Weit wird er schon nicht gehen.«

Awin seufzte. Er stellte fest, dass er sein Sichelschwert irgendwo verloren haben musste. Der Mond warf helles Licht auf den nackten Boden, und im weiten Umkreis sah er kleine Dinge weiß schimmern. Er wusste, dass das Knochen waren. Ganz in der Ferne glaubte er Dünen zu sehen. Also war die Slahan vielleicht doch nicht ganz verschwunden. »Merege, was war das?«, fragte er schließlich.

Die Kariwa sah nachdenklich zu Boden und zog mit dem Fuß Linien in den Sand. »Ich war schon am Skroltor, wenn ein Daimon dagegenhämmerte. Sie müssen sehr wütend oder verzweifelt sein, wenn sie sich trotz Edhils Siegel dem Tor nähern. Es verursacht ihnen Schmerzen.«

»Dann war das also doch … nur … eine … Alfskrole?«, fragte Awin unsicher.

»Ich glaube nicht. Sie ist sehr mächtig. Herrin über den Sand. Ich glaube, auch die Winde hatte sie unterworfen.«

»Ist? Aber, ich meine, wir – ich meine, du –, du hast sie doch vernichtet, oder?«

Merege sah sehr ernst aus. Im Mondlicht war ihre helle Haut beinahe schneeweiß. »Ich bezweifle, dass man Xlifara Slahan vernichten kann, junger Hakul.«

Awin öffnete den Mund zu einer Antwort und schloss ihn wieder. Xlifara Slahan? Nein! Sie war eine Göttin. Das war nicht möglich.

»Wir haben sie vertrieben«, sagte Merege bedächtig. »Und ich glaube, es ist seit vielen Jahrhunderten nicht geschehen, dass eine Göttin von Menschen bezwungen wurde. Sie hatte schon viel von ihrer Macht verloren, wenn stimmt, was ich an euren

Lagerfeuern gehört habe. Und ich glaube, die Nähe des Heolins hat sie noch weiter geschwächt. Aber vernichtet? Nein, vernichtet haben wir sie nicht. Sie ist fort, geflohen. Ich bin nicht sicher, ob das gut ist.«

Awin blickte stumm auf die Ruinen, die sie umgaben. Die Wüste war verschwunden. Das war undenkbar, aber geschehen. War es undenkbarer als die Winde, mit denen er gesprochen hatte? Nyet, der den Löwen getötet hatte, Isparra, die ihn um Hilfe gebeten hatte? Er hatte Isparra gesehen, bevor der Sand ihn beinahe doch noch erstickt hätte. Es hatte ausgesehen, als sei sie zerrissen worden. Was war mit ihr geschehen? Und was mit den anderen Winden? Wie Curru gesagt hatte, war es der Westwind, der über den nackten Boden zog. Wo waren Slahans Winde jetzt?

Eri kam zu sich. Er hustete Staub. Warum war dieses Stückchen Sand, in dem sie fast erstickt wären, zurückgeblieben? Vielleicht hatte er diese Frage, ohne es zu merken, laut gestellt, denn Merege antwortete: »Sie konnte sich dem Heolin nicht nähern. Dieses Stück musste sie zurücklassen – und hätte uns so doch noch fast getötet.«

Auf eine seltsame Weise ergab das Sinn.

»Der Heolin, wo ist er?«, fragte Eri hustend.

»Ich habe ihn sicher verwahrt«, antwortete Merege kühl.

»Er gehört uns!«, rief Eri wütend.

Merege zischte nur verächtlich. Awin wandte sich ab. Diese leere Ebene war unheimlich. Ob das dort hinten wirklich Dünen waren? Es wäre unvorstellbar, wenn die Slahan ganz verschwunden wäre. Sein Volk hatte sie nicht nur als Feindin betrachtet. Sie war gefährlich, natürlich, aber sie war viel gefährlicher für Budinier und Akkesch, die sie nicht kannten und die ihre Winde nicht achteten. Wer aber die Opfer brachte und ihre Zeichen lesen konnte, der konnte sie durchqueren und den konnte sie sogar vor seinen Feinden beschützen. »Kann ich ihn sehen, den Lichtstein?«, fragte er. Sie waren weit gereist, um diesen Stein wiederzuerlangen, und er hatte ihn noch nicht einmal zu Gesicht bekommen.

Merege musterte ihn nachdenklich, aber dann nickte sie. Sie zog ein Bündel lederner Lumpen aus ihrem Gewand, löste eine Schnur und begann, es auseinanderzuwickeln. Vielleicht war es dieses alte Leder, das den Stein vor der Gier des Fremden bewahrt hatte, dachte Awin. Der Räuber hatte ihn mitgenommen, aber es konnte unmöglich sein, dass er ihn sich näher angesehen hatte, er hätte ihn sonst sicher nie wieder aus der Hand gegeben. Awin erinnerte sich an das gleißende Licht, das ihn geblendet hatte. Gespannt sah er dem schmächtigen Mädchen zu. Schließlich lüftete sie die letzte Schicht. Dann lag er in ihrer schlanken Hand. Awin hatte ein helles Feuer erwartet, aber er wurde enttäuscht. Es war ein länglicher Stein, kleiner, als Awin gedacht hatte. Er hätte ihn leicht in seiner Faust verstecken können. Rötlich gelb war er, fast wie Bernstein. Und in seinem Inneren glomm ein schwacher Funke. »Aber – wo ist die unerträgliche Helligkeit, die einst Etys geblendet hat, und die verzehrende Hitze, die seine Hand verbrannte?«, fragte er zögernd.

»Er war lange in der Erde verborgen, und ich habe ihm auch Kraft genommen. Vielleicht hat er seine Stärke für immer verloren, vielleicht kehrt sie aber auch zurück, wenn die Sonne ihn berührt. Edhils Siegel ist im Sommer auch stärker als im Winter«, erklärte Merege.

»Er gehört uns, Hexe«, sagte Eri wieder. »Ich weiß, du willst ihn zurückbringen in dein eisiges Land. Ich habe euch reden hören, dich und Awin. Aber er gehört uns. Du kannst ihn nicht haben!«

»Du kannst versuchen, ihn mir wegzunehmen, Knabe!«, entgegnete Merege kalt.

»Der Stein gehört mir!«, rief Eri und griff danach.

Merege wehrte ihn mit Leichtigkeit ab.

Awin hob die Hand, um den Streit zu beenden. »Deine Ahnmutter sagte, dass du ihn auf keinen Fall behalten darfst.«

Merege sah ihn überrascht an. Sie kniff die Augen zusammen und schien zu überlegen. »Warum?«, fragte sie schließlich knapp.

»Sie sagt, er sei gefährlich, Merege.«

»Hat sie denn gesagt, dass er euch gehört?«

»Nein, das nicht, aber ich kann sie fragen, denn ich bin sicher, dass ich sie wiedersehe.«

Die junge Kariwa sah ihn nachdenklich an.

»So hat sie nicht gefunden, was sie gesucht hat?«

Awin runzelte die Stirn. Senis hatte auch darüber gesprochen. Die Wurzel des Todes. Das hatte sie am Rotwasser gesagt. Plötzlich begriff er, für wen sie diese Pflanze suchte. Entsetzt sah er Merege an. »Sie will sich selbst ... Aber weshalb?«

Die junge Kariwa legte den Kopf leicht zur Seite und zuckte mit den Schultern. »Sie ist alt, sehr alt und müde«, antwortete sie schlicht. Dann betrachtete sie den sanft glimmenden Stein in ihrer Hand. Wie in einem plötzlichen Entschluss reichte sie ihn Awin. »Du magst ihn verwahren, junger Seher, denn ich denke, ich sollte dem Rat der Ahnmutter folgen.«

Awin nahm ihn überrascht an. Er lag in seiner Hand, auf der schäbigen Schicht Leder, die ihn bisher verhüllt hatte. Der Heolin war leichter, als er erwartet hatte, aber noch durch das Leder fühlte er die angenehme Wärme, die der Stein ausstrahlte.

»Ich bin der Yaman, ich sollte ihn tragen«, rief Eri wütend.

»Du bist erst Yaman, wenn der Rat der Männer dich auf den Schild hebt, Eri, Aryaks Sohn«, entgegnete Awin ruhig. »Und die Männer des Rates werden sehr erstaunt sein, dich lebend zu sehen, denn wenn die Gestirne nicht lügen, warten sie nun schon ein halbes Jahr auf unsere Rückkehr. Wer weiß, vielleicht haben sie schon längst einen anderen gewählt.«

Eri glotzte ihn ungläubig an. Er war nicht bei Bewusstsein gewesen, als sie vorhin darüber gesprochen hatten. Der Knabe schaute hinauf zum Mond. Sein Mund stand weit offen, als er staunend erkannte, dass es wirklich stimmte. Awin fühlte sich plötzlich leer. Ein halbes Jahr? Sie waren vor nicht einmal drei Wochen von ihren Weiden aufgebrochen, voller Hoffnung, den verfluchten Feind rasch zu stellen und den Lichtstein wiederzubeschaffen. Drei Wochen? Es war viel geschehen. Der Yaman war tot, ebenso Mewe, Tuwin, Bale, Ebu und Ech und all die anderen Sgerbrüder. Und auch Harbod und die Männer des Fuchs-Klans waren gefallen. Es war leichter, anzunehmen, dass volle sechs Monde darüber vergangen waren.

Sechs Monde. Awin war klar, was das hieß. Der Feind, der Mörder Elwahs und seiner Söhne, war ihnen entkommen. Inzwischen konnte er ans andere Ende der Welt entflohen sein. Awin schüttelte den Kopf. Immerhin hielt er den Heolin in den Händen, und er würde ihn nach Hause bringen, wie er es versprochen hatte. Zu Hause warteten sie schon lange, viel zu lange auf den Stein, der sie vor dem Bösen schützte. Aber das Böse war über sie gekommen und hatte viele von ihnen verschlungen. Er schloss die Augen und dachte an das Lager an den Zwillingsquellen. Ob sie noch dort waren? Er dachte an seine Schwester Gunwa, an Tuwins Tochter Wela, seine Ziehmutter Egwa und all die anderen, die ihre Hoffnungen in ihren Sger gesetzt hatten. Gregil, die Frau des Yamans, hatte es gesagt: Sie sollten den Lichtstein zurückbringen, das war viel wichtiger als ihre Rache, denn die hatte Zeit. Gregil hatte Recht. Mochte der Feind auch über das Schlangenmeer fliehen, sie würden ihn finden, nein, *er* würde ihn finden, denn er war ein Seher. Awin ballte die Faust um den Heolin. Aber erst würde er den Lichtstein heimbringen. Es war höchste Zeit.

Glossar

GÖTTER

Edhil – Schöpfer- und Sonnengott

Hüter (die Erstgeborenen Götter)
Alwa – Hüterin der Quellen, Flüsse und Meere
Brond – Hüter des Feuers und der Herdglut
Fahs – Hüter der Winde, des Himmels und des Wissens
Hirth – Hüterin der Erde und der Herden

Weitere Götter
Strydh – Gott des Krieges. Der fünftgeborene Gott, der seine Geschwister, die Hüter, betrog und mit einem Schlafkraut betäubte, gilt nun als alleiniger Herr der Welt.
Uo – Gott des Todes und im Glauben der Akkesch Herr der Unterweltstadt Ud-Sror
Tengwil – die Schicksalsweberin
Mareket – Gott der Pferde, der die Hakul nach ihrem Tod auf immergrünen Weiden erwartet
Kalmon – Gott der Schwarzen Berge
Xlifara Slahan – die Gefallene Göttin, einst Geliebte des Fahs, Herrin der Wüste Slahan

Für die Völker entlang des Dhanis sind Götter, ungeachtet ihrer Macht, grundsätzlich in zwei Gruppen unterteilt:

Alfholde – göttliche Wesen, die vom Schöpfergott den Hütern zur Hilfe gegeben wurden
Alfskrole – Ausgeburten der Albträume Edhils

Die Hakul wenden diese Unterteilung allerdings nur bei übernatürlichen Wesen geringerer Macht an wie zum Beispiel bei Winden oder Daimonen.

Winde der Slahan
Skefer – der Peiniger, Fallwind und Überbringer schlechter Nachrichten
Nyet – der Angreifer, Sturm
Isparra – die Zerstörerin, dauerhafter Sturmwind, nicht so stark wie Nyet, aber ausdauernder
Seweti – die Tänzerin, ein wechselhafter Wind
Dauwe – der Schweigsame oder auch der Täuscher genannt, eigentlich eine Windstille, gaukelt dem Reisenden gerne Wasserflächen vor

BEGRIFFE

Heredhan – Anführer eines Stammes
Yaman – Anführer eines Klans
Yamanoi – die erfahrenen Krieger
Sger – Kriegs- oder Beutezug

Kaidhan – der Herrscher der Akkesch
Raik – der Herrscher einer Stadt der Akkesch
Malk – Sohn eines Raik
Abeq – Priester
Abeq Abeqai – Hohepriester
Ud-Sror – Unterweltstadt

PERSONEN

Der Klan der Schwarzen Berge
Aryak – Yaman
Ebu, Ech, Eri – Yamanssöhne
Curru – Seher
Awin – sein Ziehsohn, angehender Seher
Tuwin – Schmied
Wela – seine Tochter
Mewe – Jäger
Tuge – Bogner
Tauru, Karak – seine Söhne
Bale – Pferdezüchter
Malde, Mabak – Sohn und Enkelsohn Bales
Meryak – Pferdezüchter
Marwi – sein Sohn

Weitere Hakul
Auryd – Halbbruder Aryaks, Yaman des Klans des Schwarzen Fuchses
Harmin – Schmied, Bruder des früheren Yamans des Fuchs-Klans
Harbod – Harmins Sohn
Skyt – Fuchs-Krieger

Kariwa
Senis – Ahnmutter
Merege – Ahntochter

Akkesch
Utu – Raik
Numur – Malk
Iddin – Malk
Abeq Mahas – Hohepriester von Strydh
Schaduk – Immit oder Rechte Hand des Kaidhans

Zu den Völkern am Dhanis

URSPRÜNGLICH SIEDELTEN AM großen Strom die Dhanier, geführt von den Maghai, mächtigen Zauberern. Schon vor langer Zeit wurden die Dhanier von den Budiniern (im Norden) sowie den Kydhiern (im Süden) unterworfen und verdrängt. Etwa einhundert Jahre vor den hier geschilderten Ereignissen kamen die Akkesch an den Dhanis. Sie hatten ihr Reich im fernen Süden aufgeben müssen, unterwarfen die Kydhier und gründeten ein neues Reich, in dem sie aber nur eine dünne Oberschicht stellen. Näheres über die Geschichte und vor allem über die Ereignisse in Serkesch findet sich in der Trilogie *Die Tochter des Magiers*.